HEYNE BÜCHER

W0385933

Fantasy

Herausgegeben von Wolfgang Jeschke

Von Dave Duncan erschienen in der Reihe
HEYNE SCIENCE FICTION & FANTASY:

DAS SIEBENTE SCHWERT:

1. Roman: Der zögernde Schwertkämpfer · 06/4725
2. Roman: Die Ankunft des Wissens · 06/4726
3. Roman: Die Bestimmung des Schwertes · 06/4727

DAVE DUNCAN

DER ZÖGERNDE SCHWERTKÄMPFER

ERSTER ROMAN
des Zyklus
Das siebente Schwert

Deutsche Erstausgabe

Fantasy

WILHELM HEYNE VERLAG
MÜNCHEN

HEYNE SCIENCE FICTION & FANTASY
Band 06/4725

Titel der amerikanischen Originalausgabe
THE RELUCTANT SWORDSMAN
Deutsche Übersetzung von Irene Bonhorst
Das Umschlagbild schuf Dieter Rottermund
Die Illustrationen
im Text zeichnete Johann Peterka

Redaktion: E. Senftbauer

Printed in Germany 1990
Umschlaggestaltung: Atelier Ingrid Schütz, München
Satz: Schaber, Wels
Druck und Bindung: Elsnerdruck, Berlin

ISBN 3-453-04311-1

›Das siebente Schwert‹

widme ich von ganzem Herzen
JENNI und JUDY,
die Geduld, Liebe und Verständnis aufbrachten
für einen Vater mit solchen
seltsamen, unweltlichen Ideen.

Inhalt

SMITH — Walter Charles Smith, 36 Jahre alt, verschied am 8. April im Sanderson Memorial Hospital nach kurzer Krankheit. Seine Hinterbliebenen sind seine Schwester, Mrs. Cecily Smith Paddon in Auckland, Neuseeland, und ein Onkel, Mr. Clyde Franks in Pasadena, Kalifornien. Walter wurde in Weyback, Saskatchewan, geboren. Er besuchte die High-School in Binghampton, New York. Er erlangte sein Ingenieur-Diplom an der Universität Waterloo, Ontario, und studierte Betriebswirtschaft an der Harvard-Universität. Während der letzten drei Jahre war er Manager der hiesigen Niederlassung der AKL-Petrochemie. Die vielen Freunde, die er während seines kurzen Aufenthalts in unserer Gemeinde gewonnen hat, trauern zutiefst um ihn, und der Verlust seiner gern geleisteten großzügigen Beiträge zum Allgemeinwohl wird als sehr schmerzlich empfunden. Walter hat verschiedene Organisationen aktiv unterstützt, so den ›Vereinigten Weg‹, die ›Onkel Für Alle‹ und die ›Historische Gesellschaft‹, und zum Zeitpunkt seines Dahinscheidens war er Präsident des Avenue Tennis Clubs. Gemäß seinem eigenen Wunsch wurde sein Leichnam der medizinischen Forschung zur Verfügung gestellt. Ein Gedenkgottesdienst wird am Dienstag, dem 12. April, um 14.00 Uhr in der Kirche der Unitarier in Parkdale abgehalten. Anstatt Blumen werden Spenden an die ›Onkel Für Alle‹, 1215 River Road, erbeten.

Buch Eins

WIE DER SCHWERTKÄMPFER ZU SEINER AUFGABE GERUFEN WURDE

1

Verfüge über mein Herz getreu Deiner Gesetze«, intonierte Honakura in inbrünstigem Singsang, während er die zitternde linke Hand auf die schimmernde, glatte Fläche des gefliesten Bodens legte.

»Laß mich Deinem Willen mit all meiner Kraft dienen«, winselte er, wobei er sich wie üblich bei den hohen Tönen überschlug, und legte die ebenso zartgliedrige rechte Hand neben die linke.

»Und lasse meine Augen Deine Absichten erkennen.« Das war der kritische Teil — das Ritual hätte von ihm erfordert, daß er mit der Stirn das Mosaik berührte, doch in den vergangenen fünfzehn Jahren war ihm dieses Kunststück nicht gelungen. Er krümmte sich soweit nach vorn, wie es nur ging. Wenn es der Göttin gefallen hatte, seine alten Glieder steif werden zu lassen, dann mußte sie sich eben mit der Leistung zufriedengeben, die er zustande brachte ... und natürlich würde sie das auch.

Er verharrte eine Zeitlang mit erheblicher Anstrengung in dieser Stellung und hörte das leise Leiern der anderen Priester und Priesterinnen, die ganz in der Nähe ebenfalls die morgendliche Weiheandacht absolvierten. Dann stieß er ein verhaltenes und außerplanmäßiges »Uff!« der Erleichterung aus und lehnte sich wieder nach hinten, bis er auf den Absätzen hockte; er legte die Handflächen aneinander und blickte Sie voller Anbetung an. Jetzt stand ihm ein stilles und sehr persönliches Gebet zu, eine private Anrufung. Er brauchte nicht zu überlegen, was ihm am Herzen lag, heute genausowenig wie die Tage zuvor. *Allerhöchste Göttin, unternimm etwas wegen der Schwertkämpfer in Deiner Wachmannschaft!*

Sie antwortete nicht. Er hatte es auch nicht von Ihr erwartet. Dies war nicht die Göttin selbst, sondern lediglich ein Abbild, um bescheidenen Sterblichen bei der

Vorstellung Ihrer Größe eine Hilfe zu sein. Wer wußte das besser als ein Priester der Siebten Stufe? Doch Sie hörte sein Gebet, und eines Tages würde Sie ihm antworten.

»Amen!« trillerte er.

Jetzt konnte er anfangen, seinen Tag zu planen, doch einen Moment lang blieb er noch auf den Absätzen kauern, hielt die Hände weiterhin nachdenklich aneinandergelegt und blickte liebevoll zur Allerhöchsten Majestät und zu dem riesigen steinernen Gitterwerk über Ihr hinauf, zum Dach Ihres Tempels, dem heiligsten aller heiligen Orte der Welt.

Er hatte viele Termine auf dem Tagesplan — ein Treffen mit dem Schatzbewahrer, mit dem Ausbildungsmeister der Akolythen, mit vielen anderen, die fast alle irgendwelche Ämter innehatten, die Honakura selbst zu irgendeinem Zeitpunkt bekleidet hatte. Jetzt war er nur noch Dritter Stellvertretender Vorsitzender des Rates der Würdenträger. Dieser harmlos klingende Titel verschleierte mehr, als er enthüllte. Macht, so hatte er schon vor langer Zeit entdeckt, wird am besten im verborgenen ausgeübt.

Um ihn herum endeten die morgendlichen Weiheandachten. Es wurden bereits die ersten der vielen Pilger des heutigen Tages hereingeführt, damit sie ihre Gaben und Bittgesuche loswerden konnten. Geld fiel klimpernd in die Schalen; Gebete wurden gemurmelt, begleitet vom leisen Soufflieren der Priester. Zunächst würde er, so beschloß Honakura, bei einigen Pilgern selbst die Führung übernehmen. Es war ein würdiger Dienst an Ihrer Allerheiligkeit; es war eine Aufgabe, die ihm Spaß machte, es war ein gutes Beispiel für den Nachwuchs. Er senkte die Hände und blickte sich um in der Hoffnung, daß jemand praktischerweise in der Nähe war, um ihm beim Aufstehen zu helfen — was für ihn heutzutage keineswegs mehr zu den leichtesten Übungen gehörte.

Sofort war eine braune Robe neben ihm, und starke Hände leisteten ihm Beistand. Mit einem leisen Dankesmurmeln gelangte Honakura auf die Beine. Er wollte sich gerade abwenden, als der Mann anfing zu sprechen.

»Ich bin Jannarlu, Priester der Dritten Stufe ...« Er entbot dem Höhergestellten seinen unterwürfigen Gruß, mit Worten und Handbewegungen und Verbeugungen. Im ersten Augenblick reagierte Honakura bestürzt und mißbilligend. Dieser junge Mann bildete sich doch wohl nicht ein, daß eine so geringfügige Hilfeleistung ihn dazu berechtigte, sich einem Lord der Siebten Stufe aufzudrängen? Dieser Ort hier, vor dem Sockel mit dem Abbild der Göttin, war das Allerheiligste Heiligtum, und wenn auch kein Gesetz eine Unterhaltung und formelle Begrüßung hier ausdrücklich verbot, so verstieß es doch gegen die guten Sitten. Dann erinnerte er sich an diesen Jannarlu. Er war der Enkel des alten Hangafau, dem eine vielversprechende Zukunft vorausgesagt worden war. Wahrscheinlich hatten sich die Dinge anders entwickelt, und jetzt hatte er einen triftigen Grund für sein ungehöriges Verhalten.

Also wartete Honakura, bis die Grußformel vollends zu Ende gebracht war, und gab dann die Antwort, die das Ritual erforderte: »Ich bin Honakura, Priester der Siebten Stufe ...« Eins der Statussymbole in Jannarlus Gesicht war noch leicht gerötet, was darauf hinwies, daß er ein sehr frischgebackener Drittstufler war. Er war groß — viel größer als der eher klein geratene Honakura — mit einem knochigen, ungelenken Körperbau und einer Hakennase. Er sah lächerlich jung aus, doch das taten heutzutage alle.

Ganz in ihrer Nähe ließ ein altes Weib ein Goldstück in die Schale fallen und flehte die Göttin an, das peinigende Grimmen in ihren Eingeweiden zu lindern. Daneben betete ein junges Paar, daß Sie ihnen keine Kinder mehr bescheren möge, wenigstens für die nächsten paar Jahre.

Sobald Honakura geendet hatte, sprudelten die Worte aus Jannarlu: »Mein Lord, da ist ein Schwertkämpfer — ein Siebentstufler!«

Sie hatte geantwortet!

»Habt Ihr ihn dort draußen stehenlassen?« fragte Honakura aufgebracht; es gelang ihm nur mit Mühe, seine Stimme ruhig klingen zu lassen und seine Erregung vor eventuellen Beobachtern zu verbergen.

Der Drittstufler zuckte zusammen, nickte jedoch. »Er ist ein Namenloser, mein Lord!«

Honakura gab ein erstauntes Zischen von sich. Unglaublich! Mit verdeckter Stirn und vollkommen in Schwarz gekleidet, wie ein Bettler, konnte jeder zu einem Namenlosen werden. Nach dem Gesetz durften solche Personen keinerlei Güter besitzen und mußten in den Dienst der Göttin treten. Viele betrachteten das als besonderen Akt der Buße, deshalb war ein solches Vorgehen unter den Pilgern, die den Tempel besuchten, nicht ungewöhnlich. Doch für einen Lord der Siebten Stufe war es in höchstem Maße absonderlich, seinen Status auf diese Weise herabzusetzen. Schon für einen Schwertkämpfer jedweden Rangs war es undenkbar. Doch für einen Schwertkämpfer der Siebten Stufe — unglaublich!

Das erklärte, wie er lebend hierhergelangt war.

Würde er am Leben gehalten werden können?

»Ich habe ihm empfohlen, sich weiterhin zu verbergen, mein Lord«, sagte Jannarlu unsicher. »Er ... er schien von diesem Vorschlag ziemlich angetan zu sein.«

In seinem Ton schwang ein Hauch von Übermut mit, und Honakura warf ihm einen warnenden Blick zu, während er nachdachte. Jannarlus häßliches braunes Gesicht schien leicht gerötet.

»Ihr habt keine übermäßige Eile an den Tag gelegt, hoffe ich?«

Der Drittstufler schüttelte den Kopf. »Nein, mein Lord. Ich folgte ...« Er deutete mit einer Handbewegung auf das kranke alte Weib, dem jetzt von ihrem zuständigen Priester beim Aufstehen geholfen wurde.

»Gut gemacht, Priester!« sagte Honakura besänftigt. »Laßt uns gehen und dieses Wunder, das Ihr da aufgetan habt, betrachten. Wir werden uns langsam bewegen und uns über heilige Angelegenheiten unterhalten ... und nicht genau in die richtige Richtung, wenn Ihr so gut sein wollt!«

Der junge Mann errötete vor Freude über das Lob und ging im Gleichschritt neben ihm her.

Der große Tempel der Göttin zu Hann war nicht nur das prächtigste und älteste Gebäude der Welt, es war zweifellos auch das größte. Als sich Honakura von dem Sockel abwandte, blickte er über eine endlos erscheinende Fläche eines glänzenden, vielfarbigen Bodens, der sich bis zu den sieben gewaltigen Bogen erstreckte, die die Fassade bildeten. Viele Menschen bewegten sich dort — kamen oder gingen —, Pilger und deren Führer aus der Priesterschaft —, doch der Raum war so gigantisch, daß menschliche Gestalten kaum größer als Mäusekot wirkten. Jenseits der Bogengänge, im strahlenden Sonnenlicht, bot sich dem Auge der Anblick einer Schlucht und des Flusses, dessen gurgelndes Tosen den Tempel schon seit der vielen Jahrtausende seines Bestehens mit seinem Lärm erfüllte, und des Göttlichen Gerichts. Entlang der Seiten des geräumigen Mittelschiffs waren die Schreine geringerer Götter und Göttinnen aufgereiht, und darüber warfen die Fenster mit den bunten Glasscheiben Strahlen aus Rubin, Smaragd, Amethyst und Gold herein.

Honakuras Gebet war erhört worden. Nein ... die Gebete so vieler. Er war sicher nicht der einzige Ihrer Diener hier, der täglich dieses Gebet aussandte, doch ihm war die Antwort zuteil geworden. Er mußte vorsichtig und mutig und entschlossen vorgehen, doch wurde er von einem warmen Gefühl der Befriedigung durchflutet, weil er erwählt worden war.

Er brauchte lange, bis er den Bogengang erreichte, mit dem jungen Drittstufler, der da neben ihm herumzappelte. Sie waren ein sonderbares Paar, dessen war sich Honakura bewußt; beide in ihren Priestergewändern, Jannarlu im Braun der Dritten Stufe, er im Blau der Siebten. Der junge Mann war groß, während Honakura nie groß gewesen und jetzt noch geschrumpft und gebeugt war, dazu zahnlos und glatzköpfig. Der Nachwuchs bezeichnete ihn hinter seinem Rücken als Weisen Affen, und der Ausdruck ergötzte ihn. Im Alter blieb nicht mehr viel, das einen ergötzte. In den quälend lautlosen Stunden der Nacht spürte er, wie sich seine Knochen an den Laken scheuerten, und er wünschte sich im stillen, daß Sie ihn bald davon erlösen und ihm einen neuen Anfang gewähren möge. Doch vielleicht behielt Sie ihn in diesem Leben, damit er Ihr einen letzten Dienst erweise, und falls es sich so verhielt, dann war dies sicherlich der Dienst. Ein Schwertkämpfer der Siebten Stufe! Sie waren eine Seltenheit, wie der Priester wußte — eine Seltenheit und ein Kleinod, wenn man sie brauchte.

Während er voranschritt, kam er zu dem Schluß, daß der junge Jannarlu weise gehandelt hatte, zu ihm zu kommen und nicht etwa zu irgendeinem Plappermaul der mittleren Stufen. Er hatte eine Belohnung verdient. Doch er verlor kein Wort darüber.

»Wo ist Euer Mentor jetzt?« fragte er. »Ja, ich kenne ihn. Ein wertvoller und heiliger Mann. Doch der Ehrenwerte Londossinu braucht einen neuen Schützling, der ihm bei einigen neuen Aufgaben zur Seite steht. Es handelt sich um Angelegenheiten, die viel Feingefühl erfordern, und er braucht einen Mann von Verschwiegenheit und Diskretion.«

Er warf einen Blick zur Seite auf den jungen Mann neben sich und sah eine Röte der Freude und Erregung über dessen Gesicht huschen. »Ich würde mich außerordentlich geehrt fühlen, mein Lord.«

Das sollte er wohl auch, ein Drittstufler, dem ein Sechststufler als Mentor in Aussicht gestellt wird, doch er schien die Botschaft zu empfangen. »Dann werde ich mit Eurem Mentor und der Heiligkeit sprechen, um zu klären, ob sich dieser Tausch machen läßt. Aber das muß warten, bis die Sache mit dem Schwertkämpfer geregelt ist, versteht sich ... bis diese Angelegenheit erfolgreich abgeschlossen ist.«

»Selbstverständlich, mein Lord.« Der junge Jannarlu starrte geradeaus, konnte jedoch ein Lächeln nicht ganz unterdrücken.

»Und in welchem Stadium der Kasteiung befindet Ihr euch zur Zeit?«

»Ich werde in einer Woche das Fünfte Schweigen beginnen«, sagte der junge Mann und fügte geflissentlich hinzu: »Ich kann es kaum erwarten, damit anzufangen.«

»Ihr werdet damit anfangen, sobald ich Euer Wunder kennengelernt habe«, bestimmte Honakura mit einem stillen Schmunzeln. »Ich werde Eurem Mentor eine Nachricht übermitteln.« Ein scharfsinniger junger Mann! Das Fünfte Schweigen würde zwei Wochen dauern — bis dahin wäre die Angelegenheit sicher geregelt.

Endlich hatten sie den Bogengang erreicht. Auf der anderen Seite fielen die breiten Stufen wie der Hang eines Hügels ab und führten hinunter in den Tempelhof. Der obere Teil war bereits dicht besetzt mit Reihen von Pilgern, die geduldig im Schatten knieten. Später am Tag, wenn die tropische Sonne sie niederbrannte, würde ihnen das Warten schwerer fallen.

Aus alter Gewohnheit ließ der Priester den Blick über die Gesichter der am nächsten Knienden schweifen. Wessen Augen die seinen trafen, der verneigte ehrfürchtig das Haupt vor ihm; aus langer Erfahrung konnte er aufgrund ihrer Verneigung bereits ihren Rang und ihr Handwerk deuten, und er stellte eine vorläufige Diagnose — ein Töpfer der Dritten Stufe, vermutlich mit einem Gesundheitsproblem; eine alte Jungfer der Zweiten Stufe, wahrscheinlich ein Fruchtbarkeitsanliegen; ein Goldschmied der Fünften Stufe, der sich bestimmt nicht lumpen lassen würde.

Nur wenige der Köpfe waren verhüllt. Honąkura konnte den Schwertkämpfer leicht ausmachen. Der Mann hatte sich für einen der seitlichen Bogen entschieden, was eine glückliche Wahl war, denn die schwarzgekleidete Wache stand nur im mittleren Bogen, doch für einen Mann seines Rangs war es eine befremdliche Wahl. Irgend etwas mußte mit ihm ernsthaft faul sein.

»Der Große dort, nehme ich an. Sehr gut. Und dort ist, wenn ich mich nicht täusche, der Ehrenwerte Londossinu persönlich. Wir wollen gleich mit ihm reden.« Das paßte Honakura gut, denn er hatte nicht mehr viel Lust, seine Erinnerung mit Ballast zu befrachten, und sicher hatte Ihre Allerheiligkeit die Hände dabei im Spiel. Die ganze Angelegenheit war dann mit einem Dutzend Worte geklärt — ergänzt durch ein paar bedeutsame Blicke, Nuancen im Tonfall, Andeutungen und Schmeicheleien. Der Austausch der Mentoren würde vonstatten gehen, und Londossinu würde vom Komitee die beiden anderen Schützlinge, die er beantragt hatte, gewährt bekommen, und dazu das Versprechen auf einen weiteren. Und der junge Jannarlu würde den Mund halten. Honakura wartete, bis er den jungen Mann im Eilschritt im Tempel verschwinden sah, wo er mit dem Ritual des Schweigens beginnen würde, ohne die meisten der Machenschaften durchschaut zu haben, die soeben in seiner Gegenwart abgewickelt worden waren. Es bestand kein Grund zur Eile; der Namenlose brachte keine Opfergaben und war deshalb für die Tempelgehilfen von geringem Interesse.

Ja, die Göttin hatte die Hand im Spiel! Seine Gebete waren erhört worden, die Antwort war ein hochrangiger Schwertkämpfer, und der Mann war — unglaublicherweise — inkognito und aufgrund dessen unbehelligt hierhergekommen, und er war sogar den beiden im mittleren Bogen postierten gelangweilten Wachtposten entgangen, die ihn möglicherweise schon an seinem langen Haar als Schwertkämpfer erkannt hätten. Gepriesen sei die Göttin!

Honakura schlenderte gemächlich in die richtige Richtung, wobei er jedem, der sich vor ihm verneigte, mit einem Kopfnicken antwortete. Nach dem Gesetz durfte ein Namenloser nur von einem Priester verhört oder von einem Schwertkämpfer durchsucht werden, aber es war keine Seltenheit, daß Nachwuchsschwertkämpfer sich aus diesem Recht, jemanden zu drangsalieren, einen Sport machten. Der kleine Priester versuchte sich die Reaktion auszumalen, wenn einige von ihnen das in diesem Fall versuchen würden und feststellen müßten, daß sie es mit einem Schwertkämpfer der Siebten Stufe zu tun hatten. Es wäre sicherlich ein unterhaltsames Schauspiel. Zum Glück war im vorliegenden Fall der Rang des Mannes noch nicht enthüllt worden.

Endlich kam er an seinem Ziel an.

Der Mann war tatsächlich sehr groß — selbst in kniender Stellung waren seine Augen fast auf der Höhe Honakuras. Schwertkämpfer waren selten so groß, denn Geschwindigkeit war für sie wichtiger als Kraft. Wenn dieser Mann auch noch wendig war, dann mußte er ungeheuerlich sein, aber schließlich war er dem Vernehmen nach ein Siebentstufler, und etwas Ungeheuerlicheres gab es kaum. Abgesehen von dem schwarzen Lumpen, den er sich um den Kopf gebunden hatte, trug er nichts als den dreckigen Fetzen eines schwarzen Lendenschurzes. Er war schmutzig und schweißverklebt, und dennoch ließen ihn seine Größe und seine Jugend imposant erscheinen. Sein Haar war ebenfalls schwarz und reichte ihm bis zu den Schultern, und seine Augen waren vollkommen schwarz — die Pupillen verschwanden im Schwarz der Iris. Augen voller Kraft — wenn es

Ärger gäbe, würden sie Entsetzen verbreiten. Doch als Honakura jetzt in sie blickte, entdeckte er etwas anderes: Schmerz und Angst und Verzweiflung. Solche Regungen sprachen oft aus den Augen derer, die zu der Göttin kamen — der Kranken, der Sterbenden, der Betrogenen, der Verlorenen —, doch selten waren sie von solcher Intensität, und daß sie aus den Augen dieses hochgewachsenen, gesunden jungen Mannes sprachen, bereitete ihm ein schwindelerregendes Grauen. In der Tat, hier stand er vor etwas Ungeheuerlichem.

»Laßt uns an einen ungestörteren Ort gehen«, sagte er rasch. »Mein Lord?«

Der junge Mann erhob sich mühelos und überragte den kleinen Priester zusehends mehr, so wie die Morgendämmerung am Himmel emporsteigt. Er war wirklich ein außerordentlich großer Mann, und seine Bewegungen waren geschmeidig. Selbst für einen Schwertkämpfer war er als Siebentstufler sehr jung, vermutlich jünger als Jannarlu, der Priester der Dritten Stufe.

Sie gingen bis ans Ende der Fassade, und Honakura deutete zum Sockel einer stark verwitterten Statue. Der Schwertkämpfer setzte sich ohne ein Wort. Seine Apathie war erstaunlich.

»Wir wollen in diesem Moment auf Formalitäten verzichten«, sagte Honakura, der stehen geblieben war, leise, »denn wir sind nicht unbeobachtet. Ich bin Honakura, Priester der Siebten Stufe.«

»Ich bin Shonsu, Schwertkämpfer, ebenfalls auf der Siebten Stufe.« Seine Stimme entsprach seiner ganzen Erscheinung in ihrer Kraft. Wie ein entferntes Donnergrollen. Er hob eine Hand, um seine zerlumpte Kopfbedeckung abzunehmen, doch Honakura schüttelte den Kopf.

»Ihr sucht Hilfe bei der Göttin?«

»Ich bin von einem Dämon besessen, Heiligkeit.«

Das war eine Erklärung für diese Augen. »Dämonen können exorziert werden, doch im allgemeinen suchen sie keine Angehörigen der oberen Stufen auf«, sagte Honakura. »Seid so gut und erzählt mir darüber.«

Der furchtsame junge Mann erschauderte. »Er hat die Farbe von saurer Milch. Gelbe Haare wachsen ihm auf dem Bauch und den Gliedern und im Gesicht, doch keine auf dem Kopf, so, als ob ihm der Kopf verkehrt herum aufgesetzt wäre.«

Honakura erschauderte ebenfalls und machte das Zeichen der Göttin.

Der Schwertkämpfer fuhr fort: »Er hat keine Vorhaut.«

»Kennt Ihr seinen Namen?«

»O ja«, seufzte Shonsu. »Er plappert mir von abends bis morgens die Ohren voll, und neuerdings sogar auch während des Tages. Wenig von dem, was er sagt, ergibt einen Sinn, aber jedenfalls heißt er Walliesmith.«

»Walliesmith?« wiederholte Honakura zweifelnd.

»Walliesmith«, bestätigte der Schwertkämpfer in einem Ton, der jeden Zweifel ausräumte.

Kein einziger der siebenhundertundsiebenundsiebzig Dämonen trug diesen Namen — doch ein Dämon sprach natürlich niemals die Wahrheit, wenn man ihn nicht mit den richtigen Mitteln dazu brachte. Und obwohl im Sutra Dämonen der absonderlichsten und abscheulichsten Art aufgeführt waren, hatte Honakura noch niemals von einem so abartigen gehört, dem Haare im Gesicht wuchsen.

»Die Göttin wird ihn kennen, und er kann vertrieben werden«, sagte er. »Was bietet Ihr als Gegenleistung dafür an?«

Traurig senkte der junge Mann den Blick. »Mein Lord, mir ist nichts geblieben, das ich anbieten könnte, außer meiner Kraft und meinem Können.«

Ein Schwertkämpfer, der kein Wort über die Ehre verlor?

»Wie wäre es mit einem oder zwei Jahren Dienst in unserer Tempelwache?« schlug Honakura vor und ließ den anderen dabei nicht aus den Augen. »Ihr Oberster Anführer ist der unerschrockene Lord Hardduju der Siebten Stufe.«

Der Gesichtsausdruck des Schwertkämpfers war hart, und jetzt warf er dem Priester einen harten Blick zu. »Wie viele Siebentstufler braucht Ihr in der Tempelwache?« fragte er argwöhnisch. »Und welchen Eid müßte ich leisten?«

Honakura antwortete offen. »Ich bin nicht vertraut mit all den Eiden der Schwertkämpfer, mein Lord. Und jetzt, da Ihr danach fragt, erinnere ich mich nicht daran, daß es je mehrere Siebentstufler gleichzeitig in der Wache gegeben hätte, sondern immer nur einen einzigen, und ich bin hier schon über sechzig Jahre tätig.«

Eine Zeitlang musterten sie sich gegenseitig schweigend. Der Schwertkämpfer runzelte die Stirn. Während Männer seiner Sorte normalerweise wenig Hemmungen hatten, sich gegenseitig auszurotten, legten sie jedoch wenig Wert darauf, sich in dieser Hinsicht von Zivilisten gute Ratschläge anzuhören. Honakura beschloß, noch etwas offener zu sprechen.

»Es geschieht selten, daß ein hochrangiger Schwertkämpfer den Tempel besucht«, sagte er. »Seit zwei Jahren ist es kein einziges Mal mehr vorgekommen. Jetzt habe ich jedoch davon gehört, daß merkwürdigerweise gleich mehrere in Hann angekommen sind, die alle den Tempel als ihr Ziel angeben — mindestens ein Siebent- und einige Sechststufler.«

Die riesigen Hände des Schwertkämpfers ballten sich zu Fäusten. »Was schließt Ihr daraus?«

»Ich schließe gar nichts daraus!« beeilte sich Honakura zu versichern. »Ich weiß es nur vom Hörensagen. Sie hatten die Absicht, mit dem Fährboot überzusetzen und dann den langen Marsch durch die Wälder anzutreten. Wahrscheinlich hat sich ihr Sinn gewandelt. Einer schaffte es immerhin bis zu einer Pilgerherberge, doch dort ereilte ihn das Unglück, daß er verdorbenes Fleisch verzehrte. Da Ihr eine solche Seltenheit darstellt, seid Ihr um so willkommener, mein Lord.«

Ausgeprägte Muskeln bedeuteten nicht unbedingt geistige Einfalt — der junge Mann begriff den Sinn dieser Worte. Dunkle Zornesröte trat ihm auf die Wangen.

Er sah sich um, betrachtete die prunkvolle Fassade des Tempels und den ausgedehnten Hof darunter, gesäumt vom kiesbedeckten Ufer eines stillen Teichs; dann schweifte sein Blick weiter zum Fluß, der tosend und schäumend aus der Schlucht stürzte, und weiter die Schlucht entlang zur dunstverhüllten Pracht des Göttlichen Gerichts. Schließlich wandte er den Kopf, um den baumbestandenen Park der Tempelanlage mit den geräumigen Häusern der älteren Würdenträger zu überblicken. In einem davon war wahrscheinlich der Amtssitz des Obersten Anführers der Wache untergebracht. »Es wäre eine große Ehre für mich, in Ihrer Tempelwache als Schwertkämpfer zu dienen«, sagte er.

»Der Verdienst dort scheint heute auch besser zu sein als früher«, bemerkte Honakura unterstützend.

Das harte Gesicht nahm einen bedrohlichen Ausdruck an. »Ein Mann kann sich ein Schwert ausleihen, nehme ich an?«

»Das läßt sich einrichten.«

Der junge Mann nickte. »Ich stehe der Göttin stets zu Diensten.«

Nun, das war die richtige Art, dachte Honakura zufrieden, einen solchen Handel abzuschließen. Die Möglichkeit des Tötens war nicht einmal erwähnt worden.

»Aber zuerst exorziert mich!« sagte der Schwertkämpfer.

»Selbstverständlich, mein Lord.« Honakura konnte sich nicht erinnern, daß während der vergangenen fünf Jahre Exorzismus durchgeführt worden war, aber er war mit dem Ritual vertraut. »Glücklicherweise ist dabei nicht vonnöten, daß Euer Handwerk oder Euer Rang auch nur erwähnt werden. Und Eure gegenwärtige Gewandung ist durchaus angemessen.«

Der Schwertkämpfer seufzte vor Erleichterung. »Und der Erfolg ist gesichert?«

Man wurde nicht Dritter Stellvertretender Vorsitzender des Rates der Würdenträger und hielt sich in diesem Amt, wenn man nicht gelernt hatte, sich immer noch eine Hintertür offen zu halten. »Der Erfolg ist gesichert, mein Lord, es sei denn ...«

»Es sei denn?« wiederholte der Schwertkämpfer, und sein breites Gesicht verdunkelte sich vor Mißtrauen ...

Oder war es Schuldgefühl? Vorsichtig sagte Honakura: »Es sei denn, die Allerheiligste selbst hat den Dämon geschickt. Nur Ihr allein wißt, ob Ihr ein ernstes Vergehen wider Sie begangen habt.«

Ein Schatten tiefen Kummers und großer Qual fiel auf das Gesicht des Schwertkämpfers. Er senkte den Blick und schwieg eine geraume Weile. Dann sah er trotzig auf und entgegnete grollend: »Er ist von den Magiern geschickt worden!«

Magier! Der kleine Priester taumelte einen Schritt zurück. »Magier!« schnaubte er. »Mein Lord, während all meiner Jahre hier in diesem Tempel habe ich niemals gehört, daß ein Pilger die Magier erwähnte! Ich war fast zu der Überzeugung gelangt, daß sie tatsächlich gar nicht mehr existieren.«

Jetzt wurden die Augen des Schwertkämpfers so schrecklich, wie sie der Vermutung des Priesters nach in Wirklichkeit waren. »O doch, sie existieren sehr wohl!« polterte er los. »Ich bin weit herumgekommen, Heiligkeit, sehr weit. Und ich weiß, daß es die Magier gibt, glaubt mir!«

Honakura nahm sich zusammen. »Magier können sich nicht gegen die Allerheiligste behaupten«, sagte er voller Vertrauen. »Ganz bestimmt schon gar nicht in ihrem eigenen Tempel. Wenn sie die Ursache für Euren Kummer sind, dann wird das Exorzieren erfolgreich verlaufen. Sollen wir das Nötige in die Wege leiten?«

Honakura rief mit einem Kopfnicken einen Viertstufler in orangefarbener Gewandung herbei und erteilte Anweisungen. Dann führte er den Schwertkämpfer durch den nächsten Bogen und längs durch das Mittelschiff bis zur Statue der Göttin.

Der Riese schlenderte neben Honakura her, indem er einen Schritt machte, wenn der andere drei brauchte, doch er wandte den Kopf ständig hierhin und dorthin und betrachtete mit aufgerissenen Augen die Pracht um ihn herum, wie es alle Besucher taten, die zum erstenmal der Heiligen Gefilde ansichtig wurden — überwältigt vom Anblick der großen blauen Statue auf dem silbernen Sockel, vollbeladen mit glitzernden Opfergaben, der vielfarbigen Glasfenster entlang der beiden Seiten, des weiten Gewölbes der Deckenkuppel, das sich wie ein entfernter Himmel über sie spannte. Es herrschte rege Geschäftigkeit in dem Tempel, ein Gewühle von Priestern und Priesterinnen und Pilgern und anderen Gläubigen, die sich über das glänzende Mosaik der Bodenfliesen bewegten, doch ihre winzigen Gestalten wirkten im Gegensatz zu der gewaltigen Kulisse wie Staubkörnchen, und der riesige Raum schien von friedlicher Stille erfüllt zu sein.

Beim Näherkommen drang unweigerlich nur noch die Herrlichkeit der Statue ins Bewußtsein des Schwertkämpfers, die Göttin Selbst, die Gestalt einer Frau in einem langen Gewand, die mit überkreuzten Beinen dasaß, die Hände auf den Knien, eingerahmt von Ihrem langen Haar. Gewaltig groß und unfaßbar und majestätisch ragte Sie immer höher auf, je weiter er sich Ihr näherte. Schließlich gelangte er an den Rand des Sockels und warf sich ehrfurchtsvoll zu Boden.

Die Durchführung des Exorzismus verlangte nach vielen Priestern und Priesterinnen, nach Gesängen und Tänzen, nach bedeutungsvollen Bewegungen, Ritualen und einer feierlichen Zeremonie. Honakura stand am Rand und überließ Perandoro von der Sechsten Stufe die Rolle des Ersten Exorzisten, denn es war eine seltene Gelegenheit. Er selbst hatte nur ein einziges Mal als Erster Exorzist fungiert. Der Schwertkämpfer kauerte in der Mitte des Kreises auf den Knien, mit gesenktem Kopf und ausgestreckten Armen, wie man ihn angewiesen hatte — hätte man eine Tischdecke über diesen Rükken gebreitet, hätte man darauf für drei Personen zum Essen decken können. Weitere Priester und Priesterinnen sahen mit verhohlener Neugier zu, während sie mit der Prozedur fortfuhren. Pilger wurden höflich gebeten, zur Seite zu gehen. Das Ganze war sehr eindrucksvoll.

Honakura schenkte den Vorbereitungen wenig Beachtung. Er war damit beschäftigt, seinen nächsten Schritt gegen den unsäglichen Hardduju zu planen. Die Beschaffung eines Schwerts war kein Problem — er konnte eins von Athinalani, der die Waffenkammer verwaltete, bekommen. Einen blauen Kilt, wie er Angehörigen der Siebten Stufe gebührte, aufzutreiben, war ebenfalls kein Problem, und ein Haarband eine nebensächliche Kleinigkeit. Doch Schwertkämpfer trugen ganz bestimmte Stiefel, und ein Paar davon besorgen zu lassen, noch dazu in der erforderlichen Größe, würde mit Sicherheit Mißtrauen auslösen. Außerdem war er ziemlich sicher, daß das Ritual des Duellierens verlangen würde, daß seinem neuen Streiter ein Sekundant zur Seite stand, und damit fingen die Dinge an kompliziert zu werden. Wahrscheinlich würde es darauf hinauslaufen, daß er diesen gefährlichen jungen Mann für einen oder zwei Tage verschwinden lassen müßte, während die vorbereitenden Maßnahmen ergriffen wurden, doch bis jetzt war seine Anwesenheit ohnehin noch ein Geheimnis. Honakura war äußerst zufrieden darüber, daß die Göttin nicht nur sein priesterliches Gebet auf diese Weise erhört hatte, sondern daß Sie ihn auch noch mit der weiteren Verfolgung der Angelegenheit betraute. Er war fest davon überzeugt, daß Ihr Vertrauen gerechtfertigt war. Er würde schon dafür sorgen, daß nichts schieflief.

Dann steigerte sich der Gesang zu seinem Höhepunkt, und ein Chor schmetterte: »Weiche!« Der Schwertkämpfer hob den Kopf, blickte sich zunächst wild um und sah dann zu der Göttin hinauf.

Honakura runzelte die Stirn. Dem Tölpel war doch gesagt worden, daß er den Kopf gesenkt halten sollte!

»Weiche!« dröhnte es erneut aus den Kehlen der Sänger, und ihr Rhythmus wich einer Spur von der Vollkommenheit ab. Der Schwertkämpfer richtete sich mit einem Ruck auf den Knien auf, mit zurückgeworfenem Kopf und so weit aufgerissenen Augen, daß ringsum das Weiße zu sehen war. Das Trommeln wurde zu einem rasenden Wirbel, und von einer Trompete erklang ein schriller Mißton.

»Weiche!« brüllte der Chor noch einmal. Perandoro hob einen silbernen Pokal voll heiligen Wassers aus dem Fluß und goß den Inhalt über den Kopf des Schwertkämpfers.

Dieser zuckte in einem heftigen Krampf zusammen, sprang mit einem unglaublichen Satz von den Knien in die Luft und landete auf den Füßen. Der schmutzige Lendenschurz flatterte zu Boden, und da stand er, nackt, mit hochgereckten Armen, zurückgeworfenem Kopf, und Wasser tropfte ihm über Gesicht und Brust. Er stieß den lautesten Schrei aus, den Honakura je aus einer menschlichen Kehle gehört hatte. Es geschah wahrscheinlich zum erstenmal in der jahrtausendealten Geschichte des Tempels, daß eine Stimme den Chor, die Lauten und die Flöten und das entfernte Tosen des Flusses übertönte. Es war ein mißklingender Ton, bestialisch, Entsetzen einjagend und voller seelenzerstörender Verzweiflung. Sein Echo wurde von der Decke zurückgeworfen. Er dauerte eine unfaßbare, unmenschliche, unglaubliche Minute lang an, während die Sänger und Musikanten hoffnungslos Takt und Melodie verloren, die Tänzer stolperten und aufeinanderprallten, und aller Augen sich vor Entsetzen weiteten. Dann endete die Zeremonie mit einem wilden, ohrenbetäubenden Trommelwirbel, und der Schwertkämpfer taumelte rückwärts.

Er stürzte wie eine Marmorsäule zu Boden. In der plötzlich einsetzenden Stille schlug sein Kopf mit einem hörbaren Krachen auf den Fliesen auf.

Reglos lag er da, riesig und nackt wie ein Neugeborenes. Das Tuch war ihm von der Stirn gerutscht und enthüllte für alle sichtbar die Symbole seines Standes, die sieben Schwerter.

2

Der Tempel war ein Gebäude, dessen Ursprung sich irgendwo in neolithischen Zeiten verlor. Viele Male war er erweitert worden, und der größte Teil des Materials war von Zeit zu Zeit erneuert worden, wenn es verwittert oder zerfallen war — nicht einmal, sondern häufig.

Doch der Tempel, das waren auch die Leute. Sie alterten viel schneller und mußten weitaus häufiger ersetzt werden. Jeder frischgesichtige Akolyth betrachtete voll Bewunderung einen alten Weisen der Siebten Stufe und dachte voller Ehrfurcht, daß dieser in seiner Jugend noch jenes und jenen gekannt haben mußte, ohne sich Gedanken darüber zu machen, daß dieser alte Mann als Neuling ebenso den einen oder anderen Soundso angehimmelt und ihn bewundert hatte, weil er alt genug war, jenes und jenen noch gekannt zu haben ... Es war bei den Männern und Frauen des Tempels genau wie bei den Steinen der Bögen, sie reichten von der Finsternis der Vergangenheit bis in den unsichtbaren Lichtschein der Zukunft. Sie bewahrten die alten Traditionen und heiligen Gebräuche, und sie beteten zur Göttin, feierlich und würdevoll ...

Doch keiner von ihnen hatte je einen Tag wie diesen erlebt. Betagte Priesterinnen der Sechsten Stufe wurden rennend gesehen; Fragen und Antworten wurden vor dem Antlitz der Göttin hin- und hergerufen, was eine ernste Verletzung der Tradition bedeutete; Sklaven und Lastenträger und Heilkundige huschten an den allerheiligsten Orten umher; und Pilger spazierten ohne Geleit direkt bis zum Sockel. Vier der größten männlichen Nachwuchspriester wurden von ehrenwerten älteren Priestern von untadeliger Moral in verschwiegene Hinterzimmer geführt und angewiesen, sich nackt auszuziehen und hinzulegen. Drei hochangesehene Angehörige der Siebten Stufe erlitten vor der Mittagsstunde Herzanfälle.

Die Spinne in der Mitte dieses Netzes der Verwirrung war Honakura. Er war es, der mit dem Stock in den Ameisenhaufen gepiekst hatte und darin herumstocherte. Er bediente sich all seiner Autorität, seiner unausgesprochenen Macht, seiner unvergleichlichen Kenntnisse der Machenschaften innerhalb des Tempels und seines zweifellos scharfen Geistes — und er benutzte diese Fähigkeiten, um Zwietracht, Verwirrung und ein allgemeines großes Durcheinander zu stiften. Er benutzte sie mit Erfahrung und Raffinesse. Er löste einen Schwall von Befehlen aus — gebieterischen, unverständlichen, widersinnigen, fehlleitenden und sich widersprechenden Befehlen.

Als endlich der unerschrockene Lord Hardduju, der Oberste Anführer der Tempelwache, bestätigte, daß sich tatsächlich ein weiterer Schwertkämpfer der Siebten Stufe in den Reihen der Auserwählten befand, war der Mann vollkommen von der Bildfläche verschwunden, und durch keine Schmeichelei, keine Bestechung, kein noch so strenges Verhör oder die Androhung von Strafe konnte in Erfahrung gebracht werden, wo er abgeblieben war.

Und das war natürlich der Sinn der ganzen Aktion.

Doch auch ein Tag wie dieser mußte enden. Als der Sonnengott seines Glanzes müde wurde und sich seinem Abgang zuneigte, suchte der ehrenwerte Lord Honakura Ruhe und Frieden in einem engen Raum weit oben in einem der kleineren Nebenflügel des Tempels. Er hatte diesen Teil seit Jahren nicht mehr besucht. Er glich noch viel mehr einem Labyrinth als der Rest der Anlage, war jedoch ideal für seine Zwecke geeignet. Scherereien, das wußte er, würden ihm nicht erspart bleiben — aber er konnte es ihnen zumindest so schwer wie möglich machen, ihn zu finden.

Der Raum war eine enge, kahle Kammer, höher als lang und breit, mit Wänden aus Sandsteinblöcken und einem zerkratzten Holzfußboden, auf dem ein kleiner, fadenscheiniger Teppich lag. Es gab zwei Türen, durch die selbst Riesen hätten eintreten können, ohne sich zu bücken, und ein einziges Fenster mit diamantartig geschliffenen Scheiben, voller Schlieren und Staub, durch die das Licht in grünen und blauen Kringeln hereinfiel. Der Fensterrahmen hatte sich verzogen, so daß er sich nicht öffnen ließ, und in dem Raum war es stickig und roch nach Staub. Die ganze Möblierung bestand aus zwei Eichenbänken. Honakura hatte sich auf einer davon niedergelassen, mit baumelnden Füßen und um Luft ringend, während er überlegte, ob er vielleicht irgendeine winzige Kleinigkeit übersehen hatte.

Fingerknöchel pochten gegen die Tür, ein vertrautes Gesicht spähte herein und blinzelte ihn an. Er seufzte und erhob sich, als sein Neffe Dinartura eintrat, die Tür hinter sich schloß und vortrat, um einen Höhergestellten mit formvollendeter Ehrerbietung zu grüßen.

»Ich bin Dinartura«, *rechte Hand aufs Herz,* »Heilkundiger der Dritten Stufe«, *linke Hand an die Stirn,* »und es ist mein zutiefst empfundener bescheidener Wunsch«, *Handflächen in Höhe der Taille aneinandergelegt,* »Daß die Göttin Selbst«, *Wellenbewegung mit der rechten Hand,* »sich in der Lage sieht, Euch ein langes und glückliches Leben zu gewähren«, *Augenschlag nach oben, Hände an die Seiten gelegt,* »und Euch zu veranlassen, meine unterwürfigen und freudig dargebrachten Dienste anzunehmen«, *Blick gesenkt,* »auf welche Weise auch immer ich Euren edlen Zwecken zunutze sein kann«, *Hände vors Gesicht geschlagen, Verneigung.*

Honakura antwortete mit der gleichermaßen blumenreichen Erwiderung, dann bedeutete er ihm mit einer Handbewegung, auf der anderen Bank Platz zu nehmen.

»Wie geht es Eurer lieben Mutter?« fragte er.

Dinartura war ein junger Mann mit gebückter Haltung, schütterem hellbraunen Haar und dem Ansatz eines Faßbauches. Vor gar nicht langer Zeit hatte er den Kilt der Jugend gegen das ärmellose Gewand der mittleren Jahrgänge eingetauscht, eine Baumwollrobe in dem Braun, das seinem Rang entsprach, und er neigte jetzt dazu, sich die Dinge sehr dicht unter die Nase zu halten, wenn er sie sehen wollte. Er war das jüngste Kind von Honakuras Schwester, und nach Honakuras Ansicht ein unverzeihlich nüchterner Langweiler von anödender Zuverlässigkeit.

Nachdem die Formalitäten mit gebührender Hingabe erledigt waren, sagte Honakura: »Und wie geht es dem Patienten?« Er lächelte, aber er wartete ungeduldig auf eine Antwort.

»Als ich ihn verließ, war er immer noch weggetreten.« Dinartura nahm sich aufgrund seiner Neffenschaft die Freiheit der lockeren Rede. »Er hat ein solches Riesending von einer Beule, aber allem Anschein nach keine tödlichen Verletzungen. Augen und Ohren sind in Ordnung. Ich rechne damit, daß er bald aufwachen und in einem oder zwei Tagen wie neu sein wird.«

Honakura seufzte vor Erleichterung, so daß der Heilkundige hastig hinzufügte: »Sofern Sie es will, versteht sich. Bei Kopfverletzungen weiß man nie. Wenn ich Euch nicht so gut kennen würde, mein Lord Onkel, würde ich mich mit mehr Vorsicht äußern.«

»Wir müssen also Geduld haben. Zwei Tage, meint Ihr?«

»Sagen wir sicherheitshalber drei«, erwiderte der Heilkundige. »Falls Ihr irgendwelche anstrengenden Übungen mit ihm vorhabt«, ergänzte er mit untypischem Scharfsinn. »Wenn Ihr ihn fesseln wollt, dürfte dann der richtige Zeitpunkt gekommen sein, denke ich.« Nach einer Weile sagte er: »Und dürfte ich vielleicht erfahren, was das Ganze soll? Es sind viele Gerüchte im Umlauf, doch nicht eins davon erscheint glaubhaft.«

Honakura schmunzelte und sabberte dabei ein wenig. »Sucht Euch das am wenigsten glaubhafte aus, dann werdet Ihr der Wahrheit am nächsten kommen. Also, es bleibt unter uns?«

»Natürlich, mein Lord.«

Honakura lächelte bei der Erinnerung vor sich hin. »Euer Patient ist einer von fünf jungen Männern, die heute im Tempel verletzt wurden.«

»Fünf!« Dinartura musterte seinen Onkel abschätzend aus der Nähe, um zu sehen, ob er es ernst meinte.

Einen Moment lang überlegte sich Honakura, wieviel Kraft er wohl während des Tages aufgewandt hatte. Er hatte nicht mehr viel Reserven, die er mobilisieren konnte, er hatte seine Rücklagen aufgebraucht. »Das ist sehr traurig. Ihr stimmt mir doch sicher zu? Alle lagen flach auf dem Boden, mit Leintüchern bedeckt, ohne sich zu rühren oder zu sprechen. Alle wurden eilends an sichere Orte gebracht — auf Bahren, in Sänften, in Karren. In einigen Fällen wurden die Bahren sogar von Priestern getragen! Mindestens zweiundzwanzig Heilkundige schwirrten umher, sowie einige Dutzend andere Menschen. Ein paar von den Opfern wurden gleich vom Tempelgelände gebracht, in die Stadt, doch andere wurden von einem Raum zum anderen verfrachtet, durch eine Tür nach der anderen ... Es gibt acht oder neun Krankenzimmer wie jenes« — er deutete mit einer Handbewegung auf die zweite große Eichentür — »die gegenwärtig bewacht werden.«

Die Tür ging in einen weiteren Korridor hinaus, doch er sah keinen Grund, auf diesen Umstand hinzuweisen.

»Von Priestern bewacht«, sagte der jüngere Mann. »Dann traut Ihr also den Schwertkämpfern nicht? Natürlich habe ich meinen Patienten beobachtet. Verhalten sich Schwertkämpfer wirklich so, wie Ihr befürchtet?«

Der Priester nickte traurig. »In diesem Fall, mein lieber Neffe, könnte es schon so sein.«

Es gab eine Tempelwache, um die Ordnung aufrechtzuerhalten, die Pilger zu schützen, Verbrechen zu ahnden ... doch wer überwachte die Bewacher?

»Mir sind da so Geschichten zu Ohren gekommen«, murmelte Dinartura, »vor allem über Pilger, die auf der Wanderschaft überfallen worden sind. Wollt Ihr andeuten, daß das die Schwertkämpfer getan haben könnten?«

»Na ja«, antwortete Honakura vorsichtig. »Nicht direkt. Die räuberischen Banden, die die Wanderer belästigen, bestehen nicht aus Schwertkämpfern — doch sie werden nicht so verfolgt, wie es der Fall sein müßte, also ist Bestechung im Spiel.«

»Doch sicher sind die meisten von ihnen untadelige Männer?« hielt sein Neffe dagegen. »Gibt es denn niemanden, dem Ihr vertraut?«

Der alte Mann seufzte. »Also gut, lauft hinunter in den Hof«, schlug er vor, »und wählt einen beliebigen Schwertkämpfer aus — einen der Dritten oder, sagen wir mal, der Vierten Stufe. Fragt ihn, ob er ein untadeliger Mann ist. Wenn er sagt ...«

Der Heilkundige wurde blaß und machte das Zeichen der Göttin. »Das möchte ich lieber nicht tun, mein Lord!«

Sein Onkel schmunzelte. »Seid Ihr sicher?«

»Ganz sicher. Ich danke Euch, mein Lord!«

Schade! Honakura hatte die Vorstellung ganz amüsant gefunden. »In gewisser Weise habt Ihr recht, lieber Neffe. Die meisten von ihnen, davon bin ich überzeugt, sind untadelig, doch jeder ist auf einen bestimmten Mentor eingeschworen, der wiederum auf seinen Mentor eingeschworen ist oder letztendlich auf den Obersten Anführer persönlich. Nur er allein hat einen Eid auf den Tempel geleistet. Wenn er nun keine Überwachung des Pilgerpfads anordnet, wer sollte ihn dazu bringen, es zu tun? Die anderen sind alle nur Befehlsempfänger — und sagen nichts. Tatsächlich müssen sie ihre Zungen noch viel sorgsamer hüten als wir anderen alle. Für sie ist die Gefahr größer.«

Dann bemerkte er den Blick, mit dem er bedacht wurde, und er wußte genau, von welchem Gedanken er begleitet war. *Der alte Knabe ist für sein Alter noch schwer in Ordnung* ... Ihm erschien das störend und anmaßend. Er war in fast allen Bereichen noch erheblich besser, als es dieser Grünschnabel je sein würde.

»Was wollt Ihr also dagegen tun, mein Lord Onkel?«

Eine typisch törichte Frage, dachte Honakura. »Beten natürlich! Heute hat Sie unsere Gebete erhört, indem Sie uns einen Siebentstufler sandte. Sie hat eigens einen Dämonen verpflichtet, um ihn zu uns zu treiben.«

»Verläuft das Exorzieren immer so gewalttätig?« fragte Dinartura und zuckte unter dem Blick, der ihn daraufhin traf, heftig zusammen.

»Exorzismus ist eine seltene Gepflogenheit, doch im Sutra wird warnend darauf hingewiesen, daß es zu extremen Reaktionen kommen kann.« Honakura verfiel in Schweigen, und es entstand eine lange Pause.

Die Bank knarrte, als sich Dinartura zurücklehnte und

seinen Onkel mit unverhohlener Neugier ansah. »Was ist mit diesem Siebentstufler?« fragte er. »Warum wird er durch die Zuweisung dieses schäbigen Quartiers beleidigt, warum bekommt er nur eine einzige Sklavin anstatt eines Heers von Dienern?«

Honakura fand seine gute Laune wieder und kicherte. »Es war der am unwahrscheinlichsten zu vermutende Ort, der mir eingefallen ist, um ihn zu verbergen — eine schlichte Pilgerhütte. Sie liegt direkt an einer geschäftigen Straße, und er besitzt keine Kleidung, so daß er sich bestimmt nicht aus dem Staub machen wird, wenn er aufwacht. Aber sagt mir«, fügte er voller Interesse hinzu, »diese Sklavin? Kikarani versprach, eine hübsche auszusuchen. Wie sieht sie aus?«

Sein Neffe runzelte nachdenklich die Stirn. »Wie eine ganz normale Sklavin«, sagte er. »Sie ist groß ... und üppig. Ja, ziemlich hübsch, würde ich sagen.« Er dachte weiter nach und ergänzte: »Mit einer gewissen animalischen Sinnlichkeit, wenn ein Mann auf so etwas steht.«

Das war typisch! Wenigstens hatte Honakura immer noch Augen für hübsche Mädchen. Er wußte sehr wohl, welche Dienstleistungen die Priesterin Kikarani von ihren Sklavinnen verlangte. Sie kämpfte mit Zähnen und Krallen, um ihre Stellung als Leiterin des Krankenpflege-Ordens zu verteidigen, und er konnte sich gut vorstellen, welche Art von Mädchen sie beschäftigte. »Mein lieber Neffe! Habt Ihr nichts bemerkt?«

Ein zartes Rosa überzog das Gesicht des jüngeren Mannes. »Ich denke, Onkel, daß sie den Bedürfnissen entsprechen wird, wenn der Schwertkämpfer aufwacht und sich mit etwas beschäftigen möchte ... und feststellt, daß er nichts anzuziehen hat.«

Der alte Priester lachte gackernd. Er hätte sich weiter dazu geäußert, doch in diesem Moment flog die Tür auf, und laute Stimmen waren zu hören, die im Vorraum herumschrien. Dann kam der Oberste Anführer der Tempelwache hereinmarschiert. Honakura rappelte sich auf und hopste zu Boden, um zu der anderen Tür hinüber zu hasten. Er stellte sich mit dem Rücken vor die Tür und setzte die harmloseste Miene auf, die er zustande brachte, um den Eindringling zu mustern.

Hardduju von der Siebten Stufe war ein großer Mann, obwohl er nicht ganz die Maße von Shonsu erreichte. Er war um die Vierzig mit einem Ansatz zur Fettleibigkeit. Sein Speck wölbte sich über dem Rand eines Kilts in blauem Brokat, durchzogen mit einem goldenen Faden. Er wölbte sich ebenfalls zwischen den gepunzten Lederriemen seines Harnischs. Er hatte keinen Hals. Der Schwertgriff, der hinter seinem rechten Ohr hervorblinkte, glitzerte und blinkte mit vielen kleinen Rubinen, die in filigranes Gold eingelegt waren. Die Haarspange, die seinen dünnfransigen Pferdeschwanz zusammenhielt, schimmerte im passenden goldenen und rubinroten Feuer, ebenso wie das goldene und rubinrote Band, das seinen fleischigen Arm umspannte. Seine Stiefel waren aus Ziegenleder gearbeitet und mit Granatperlen verziert. Sein dickliches Gesicht war vor Zorn rot angelaufen.

»Ha!« entfuhr es ihm, als er Honakura sah. Einen Augenblick lang standen sich die beiden schweigend gegenüber — weder die Zunft der Priester noch die der Schwertkämpfer war jemals bereit zuzugestehen, daß die andere den höheren Status einnahm. Doch Hardduju war eindeutig der jüngere, und dazu noch der Besucher. Außerdem war er ungeduldig, deshalb trieb er die Sache voran, indem er mit dem Schwert durch die Luft peitschte. Der Heilkundige zuckte zusammen, doch bei dieser Geste handelte es sich lediglich um den Auftakt der Begrüßung eines Gleichgestellten durch einen Schwertkämpfer. »Ich bin Hardduju, Schwertkämpfer der Siebten Stufe ...«

Als er geendet hatte, erwiderte Honakura seinen Gruß auf untadelige Weise mit seiner brüchigen, nuschelnden Stimme, wobei er mit den alten Händen herumfuchtelte, um die entsprechenden Gesten zu vollführen.

Hinter dem Obersten Anführer erschien ein muskulöser junger Schwertkämpfer der Vierten Stufe in einem orangefarbenen Kilt sowie ein kümmerlicher Sklave, angetan mit dem üblichen schwarzen Lendenschurz. Der Sklave trug ein großes Bündel, das in einen Umhang eingewickelt war. Er fand keine Beachtung, doch nach einigem Zögern ließ sich Hardduju herab, den Adepten Gorramini vorzustellen.

Honakura stellte seinerseits den Heilkundigen Dinartura vor.

Dann trat der Schwertkämpfer sehr dicht an den kleinen Priester heran, verschränkte die fetten Arme und blickte auf ihn herab. »Ihr habt einen Schwertkämpfer der Siebten Stufe an der Hand?« blökte er, ohne sich mit weiteren Höflichkeiten aufzuhalten.

»Ihr sprecht von dem furchterregenden Lord Shonsu, nehme ich an«, sagte Honakura, als ob es daran den geringsten Zweifel geben könnte. »Ich hatte in der Tat die Ehre, dem in Bedrängnis geratenen Lord heute morgen meine Unterstützung angedeihen zu lassen, ja.« Er musterte Harddujus Harnisch mit Interesse, da er für ihn genau auf Augenhöhe war.

»Es handelt sich um Exorzismus, wenn ich richtig unterrichtet bin?« Der Schwertkämpfer hatte Mühe, seine Stimmlage in den Grenzen der Höflichkeit zu halten, wie der Priester bemerkte — und gleichzeitig schwor er sich, ihm das Leben vor Beendigung dieser Unterhaltung noch entschieden schwerer zu machen. Er hob unsichtbar eine Augenbraue vor dem Harnisch und murmelte ungereimtes Zeug über Standesethik.

»Es hätte sich für den tapferen Lord geziemt, mir gleich nach seiner Ankunft seine Aufwartung zu machen«, schnarrte Hardduju, »doch andererseits habe ich gehört, daß er nicht passend gekleidet war. Deshalb habe ich mich hierher bemüht, um meinerseits ihm meine

Aufwartung zu machen und ihm rasche Genesung zu wünschen.«

»Ihr seid überaus liebenswürdig, mein Lord.« Honakura strahlte. »Ich werde selbstverständlich dafür Sorge tragen, daß Eure guten Wünsche sofort an ihn weitergeleitet werden.«

Das Gesicht des Schwertkämpfers verfinsterte sich. »Ich habe ihm ein Schwert und andere Ausrüstung mitgebracht.«

Das war eine unerwartet glückliche Fügung. Honakura fragte sich, wie zuverlässig das Schwert wohl sein mochte. »Eure Liebenswürdigkeit überschreitet alles Maß! Wenn Ihr so gut sein wollt, Euren Sklaven zu veranlassen, die Dinge hier abzulegen, dann werde ich dafür Sorge tragen, daß sie in seinen Besitz gelangen und er von Eurem Wohlwollen erfährt.«

Ein tiefes Brummen entrang sich der fleischigen Brust. »Ich bitte darum, ihm meine Aufwartung persönlich machen zu dürfen. Und zwar *jetzt!*«

Der alte Mann schüttelte traurig den Kopf. »Er schläft gerade, und im übrigen befindet er sich in der Obhut eines überaus einfühlsamen Heilkundigen.«

Hardduju wandte sich um und musterte Dinartura wie einen Dreckklumpen, den man ihm von der Stiefelsohle gekratzt hatte. »Ein Drittstufler, der sich um einen Siebentstufler kümmert? Ich werde einen geschickteren und fähigeren Mann herbeischaffen.«

»Der kenntnisreiche Heilkundige ist ein Neffe von mir«, bemerkte Honakura gutgelaunt.

»Aha!« Hardduju fletschte die Zähne vor Genugtuung. »Endlich habe ich also den richtigen gefunden! Nun gut, ich werde den wackeren Lord nicht ungebührlich stören. Doch ich *werde* meine Aufwartung machen.« Er streckte die Hand aus, um die Tür zu öffnen, doch Honakura breitete die Arme aus, um ihn daran zu hindern. Er fürchtete nicht ernsthaft, daß es zu offenen Gewalttaten kommen könnte, denn Priester waren unantastbar, doch er wußte, daß er sich zukünftigen üblen Belästigungen aussetzen mochte. Der hoffnungsvolle Shonsu würde in einem oder zwei Tagen dieser Möglichkeit entgegenwirken können.

Einen Augenblick lang spielten die beiden mit offenen Karten. Der Oberste Anführer hob den Schwertarm.

»Nur zu, mein Lord«, ermunterte ihn Honakura. Selbst der Gorilla der Vierten Stufe erstarrte bei dieser Bewegung.

Doch der Oberste Anführer war nicht so unbesonnen, ernsthaft die Waffe gegen einen Priester der Siebten Stufe zu ziehen. Statt dessen hob er ihn an wie ein Kind und setzte ihn ein Stückchen weiter wieder ab. Dann stieß er die Tür mit Schwung auf und marschierte hinaus.

Der jüngere Schwertkämpfer grinste den Priester triumphierend an und folgte seinem Herrn. Er wäre fast umgerannt worden, als Hardduju in den Raum zurückgestürmt kam.

Honakura blinzelte seinem Neffen zu.

Dann wandte er sich wieder höflich an den Obersten Anführer. »Ihr werdet Geduld aufbringen müssen, mein Lord, wie ich sagte.« Er hielt inne und fügte dann vielsagend hinzu: »Doch der unvergleichliche Lord hat mir versichert, daß er Euch in allernächster Zukunft aufzusuchen gedenkt.«

Die Augen des Schwertkämpfers funkelten zornig ... hatte er begriffen? Dann fuhr er den Sklaven an, das Bündel abzulegen, und führte Gorramini hinaus. Der Sklave schloß leise die Tür. Honakura sah seinen Neffen an, kicherte und rieb sich die Hände.

Dann schleppte er sich müde in seine eigenen Gemächer und dachte, daß er sich ein warmes Bad und eine ausgiebige Ruhepause verdient hätte. Als er dort ankam, hatte er sich zögernd zu dem Schluß durchgerungen, daß sein normalerweise begriffsstutziger Neffe dieses eine Mal eine scharfsinnige Beobachtung gemacht hatte. Kein Lord der Siebten Stufe wäre entzückt, wenn er in einer jämmerlichen Pilgerhütte aufwachte. Ein wichtiger Verbündeter durfte nicht vor den Kopf gestoßen werden. Er erteilte weitere Anweisungen.

Kurz darauf waren nicht weniger als sechs Sänften auf dem Tempelgelände unterwegs, alle mit zugezogenen Vorhängen. Eine nach der anderen passierten sie die Pforte in Richtung Stadt, wo sie weiter kreisten. Sie ließen Passagiere aussteigen und nahmen andere auf ...

Nachdem er zweimal die Sänfte gewechselt hatte und der zufriedenen Überzeugung war, daß er jeden möglichen Verfolger damit ausreichend verwirrt hatte, befahl Honakura seinen Trägern, die Richtung aus der Stadt hinaus einzuschlagen. Es kam dafür nur eine Straße in Frage, und diese führte auf halber Höhe am Steilhang des Tales entlang. Einige Jahrhunderte zuvor hatten einige weitsichtige Bauunternehmer entlang dieser Straße kleine, bescheidene Häuschen gebaut, und diese dienten heute als Unterkünfte für Pilger — nicht für die reichen, aber auch nicht für die allerärmsten, denn die schliefen unter den Bäumen.

Er war seit vielen Jahren nicht mehr in dieser Gegend gewesen, und mit fast kindlicher Aufregung spähte er durch einen Spalt zwischen den Vorhängen und betrachtete das Durcheinander von Dächern und Baumwipfeln unter ihm. Jenseits der Stadt erhob sich das gewaltige Massiv des Tempels; seine goldenen Spitztürme glitzerten in den warmen Strahlen des Sonnengottes, der sich jetzt dem Horizont näherte und als Säule aus Lichtsprenkeln beinah direkt über dem Göttlichen Gericht stand. Das Schlimmste am Alter, entschied Honakura in diesem Moment, war die Langeweile. Er hatte, seit er sich erinnern konnte, keinen Tag so sehr genossen wie den heutigen.

Die Sänfte hielt an, und er kletterte so behende, wie

er es vermochte, hinaus und schlüpfte dann durch den Perlenvorhang, der vor der Tür der Hütte hing.

Der Ort war noch beengter und schäbiger, als er es erwartet hatte; er bestand lediglich aus vier Wänden aus schmierigen Steinblöcken und einem niedrigen Strohdach, das nach einem Tag mit tropenheißem Sonnenschein entsetzlich stank. Er bemerkte das einzige Fenster und ein Bett, dessen Kuhlen und Beulen man sogar von der Tür aus erkennen konnte; der Boden war mit unebenen Steinen gepflastert; es gab zwei wackelige Stühle und einen groben Tisch; an der Wand hing ein kleiner Spiegel mit Bronzerahmen. Nach einigen Atemzügen nahm er immer noch den säuerlichen Geruch nach Urin und Körpern neben dem Gestank des Strohs wahr. Man konnte mit Sicherheit davon ausgehen, daß es hier Flöhe und Wanzen gab.

Die Strahlen der Abendsonne fielen durch das Fenster auf die Wand neben dem Bett, wo der Schwertkämpfer flach auf dem Rücken lag. Er wirkte sogar noch größer, als Honakura ihn in Erinnerung hatte, unbekleidet wie er war, mit Ausnahme eines Tuchs, das seine Lenden bedeckte, und schlafend wie es Babys tun sollten, jedoch selten tun.

Ein Mädchen saß neben ihm auf einem der Stühle und schwenkte geduldig einen Fliegenwedel. Sie glitt schnell auf die Knie, als sie den Rang des Besuchers erkannte. Honakura bedeutete ihr mit einer Handbewegung, sich zu erheben, dann wandte er sich um, weil ihm seine Träger mit großem Getue und dem sperrigen Bündel, der Gabe des ruchlosen Hardduju, gefolgt waren. Leise erteilte er ihnen den Befehl, in einer Stunde wiederzukommen.

Der Schwertkämpfer lebte offensichtlich, war aber nicht bei Bewußtsein und stellte infolgedessen kein unmittelbares Problem dar. Weil er seinen Neffen in dieser Hinsicht gehänselt hatte, nahm sich der alte Mann die Zeit, die Erscheinung des Mädchens genauer einzuschätzen, als er es normalerweise getan hätte. Sie trug natürlich nichts als ein kurzes schwarzes Wickeltuch, und ihr Haar war lieblos kurz abgehackt, doch sie war eindeutig von gesundem bäuerlichen Schlag — groß und kräftig gebaut, mit groben, doch ansprechenden Zügen, verunstaltet durch die schwarze Sklavenlinie, die ihr vom Haaransatz bis zum Mund mitten durchs Gesicht lief. Doch ihre Haut war frei von Pockennarben, ihre Brüste zeichneten sich aufregend prall unter dem Wickeltuch ab, ihre Glieder waren wohlgeformt. Die breiten, vollen Lippen hatten etwas Verlockendes. Honakura war beeindruckt. Auf dem freien Markt wäre sie bestimmt fünf oder sechs Goldmünzen wert gewesen. Er fragte sich, wieviel Kikarani jede Woche wohl an ihr verdiente und wie viele Mädchen dieser Sorte die alte Hexe noch in ihrem Stall haben mochte. Ja, sollte dem Schwertkämpfer der Sinn nach Vergnügung stehen, wäre dies sicher der geeignete Zeitvertreib.

»Ist er überhaupt schon mal aufgewacht?«

Sie schüttelte den Kopf, nervös aufgrund seines hohen Rangs. »Nein, mein Lord.« Sie besaß eine angenehm wohlklingende Altstimme. »Ich dachte, er würde aufwachen, mein Lord, denn er stöhnte. Doch dann blieb er wieder ruhig. Er scheint einen ganz normalen Schlaf zu schlafen, mein Lord.«

Das schien eine vernünftige Annahme zu sein, und es war eine kluge Bemerkung für eine Sklavin.

Offensichtlich hatte sie Dinarturas Anweisungen befolgt und den Schwertkämpfer gewaschen. Er sah recht annehmbar aus. Sie hatte ihm sogar das lange schwarze Haar gekämmt.

Honakura zögerte, doch wenn wirklich eine ernsthafte Gefahr bestand, wie er befürchtete, dann würde jeder seiner Besuche diese Gefahr vergrößern. Das mögliche Opfer mußte gewarnt werden. »Weck ihn auf!« befahl er.

Das Mädchen zuckte zusammen. Wahrscheinlich war

sie in ihrem ganzen Leben noch keinem Siebentstufler begegnet, und jetzt war sie gleich mit zweien davon allein in einem Raum. »Nur zu«, sagte er etwas sanfter. »Ich werde nicht zulassen, daß er dich auffrißt.«

Behutsam streckte sie die Hand aus und rüttelte zart die Schulter des Schlafenden.

Der Schwertkämpfer richtete sich auf.

Die Bewegung erfolgte so unvermittelt, daß das Mädchen mit einem Japsen zurücksprang, und selbst Honakura trat einen Schritt vom Fußende des Bettes zurück. Der Mann starrte wild um sich, die dichten schwarzen Augenbrauen in dem finsteren Gesicht waren zusammengezogen. Mit einem einzigen funkelnden, prüfenden Blick erfaßte er Honakura, das Mädchen und den Raum. Dann schien er sich ein wenig zu entspannen. Er betrachtete alles um sich herum noch einmal eingehend, aufrecht sitzend und ohne ein Wort zu sprechen. Sein Blick verweilte eine Weile anerkennend auf dem Mädchen, dann wanderte er wieder zurück zu dem Mann ihm gegenüber.

»Wer, zum Teufel, seid Ihr?« fragte er.

Bei dieser unerwartet derben Ausdrucksweise trat Honakura noch einen Schritt zurück. Dann fiel ihm ein, daß sie bei ihrer ersten Begegnung die Formalitäten einer höflichen Begrüßung außer acht gelassen hatten, und obwohl er der ältere war, setzte er zu der vorgeschriebenen Anrede eines Gleichgestellten an: »Ich bin Honakura, Priester der Siebten Stufe, Dritter Stellvertretender Vorsitzender des Rates der Würdenträger, und ich erweise der Allerheiligsten meinen unterwürfigsten Dank, daß Sie mir die Gelegenheit gibt, einem solchen Geschenk an die Menschheit zu versichern, daß sein Wohlergehen und sein Glück stets mein dringendstes Anliegen und Gegenstand meiner Gebete sein werden.«

Der Schwertkämpfer runzelte ungläubig die Stirn bei dieser Rede und den vielen komplizierten Gesten, die sie begleiteten. Er blickte zu dem Mädchen, um dessen Reaktion zu beobachten. Es entstand eine lange Pause.

Dann nickte er Honakura feierlich zu und sagte: »Ganz meinerseits, bestimmt. Ich heiße Wallie Smith.«

3

Jja sprang vor und half dem alten Mann, sich auf einen der Stühle zu setzen. Sein Gesicht war grau geworden, und er rang nach Luft. Sie war überrascht gewesen, als sie seinen Namen hörte, denn ihre Herrin Kikarani war heute morgen von einer Vorladung in den Tempel wutschnaubend und gleichzeitig zutiefst entsetzt zurückgekehrt und hatte die Pest und allerlei Mißgeschick auf eben diesen heiligen Honakura herabgewünscht — und Jja hatte sich einen gewaltigen, furchterregenden Unhold darunter vorgestellt und nicht so einen ruhigen und freundlichen alten Mann. Sie beugte sich über ihn und überlegte einen Moment lang, ob sie loslaufen und einen Heilkundigen holen sollte. Doch es war Sache des Schwertkämpfers, das zu entscheiden. Sie hörte ein Knacken des Bettes, und als sie sich umdrehte, sah sie, daß er sich weiter nach hinten geschoben hatte, um sich an der Wand anzulehnen. Er zupfte das Bettuch zurecht, damit es ihn züchtig bedeckte. Sie war im Begriff, neben dem Priester niederzuknien, doch der Schwertkämpfer lächelte sie an und deutete auf den Stuhl neben sich. Er hatte ein sehr liebenswürdiges Lächeln.

»Und wie heißt du?« fragte er, während sie folgsam zu ihm hin ging.

»Jja, mein Lord.«

»Jja?« wiederholte er und ließ den Klang nachhallen. »Jja! Wie ...« Er runzelte die Stirn und setzte erneut an.

»Wie ... Verdammt!« murmelte er. Er versuchte es noch mal. »Wie machst du das mit Zeichen sichtbar?«

Sie verstand nicht. Auch er machte ein hilfloses Gesicht.

Der alte Mann war wieder in der Lage, einigermaßen normal zu atmen. »Mein Lord«, sagte er schwach, »heute morgen habt Ihr mir gesagt, Euer Name sei Shonsu.«

Der Riese starrte ihn einen Augenblick lang bedrohlich an. »Daran kann ich mich nicht erinnern.« Er runzelte verwirrt die Stirn. »Wirklich, ich kann mich an gar nichts mehr erinnern, seit ... nun, mir scheint, seit einer sehr langen Zeit.«

»Ihr sagtet, Euer Name sei Shonsu und Ihr wäret besessen von einem Dämonen namens Walliesmith. Und jetzt behauptet Ihr, selbst Walliesmith zu sein ...«

»Ein Dämon?« Der Schwertkämpfer ließ ein tiefes, brummendes Lachen vernehmen. »Dämon? Shonsu?« Er dachte einen Moment lang nach, dann wiederholte er: »Shonsu?«, als ob ihm der Name irgendwie bekannt vorkäme. »Nun ja, Wallie Smith ist mein Name, aber ich bin kein Dämon.« Er schenkte Jja ein erstaunlich freundliches Grinsen und flüsterte: »Ganz ehrlich!«

»Gewiß ist das nicht der Name eines der bekannten Dämonen«, murmelte der alte Mann. »Es gibt einen Dämonen des Siebten Zyklus, der Shaasu heißt, aber ich bin sicher, daß Ihr das nicht gesagt habt.«

Der Schwertkämpfer blickte Jja fragend an, als ob er sie fragen wollte, ob der Alte öfter mal nicht ganz bei Sinnen wäre. Dann schlug er nach einer Stechmücke auf seinem Bein.

Er starrte auf sein Bein hinab. Anschließend betrachtete er fassungslos seinen Arm, drehte ihn in alle Richtungen. Er hob eine Hand vors Gesicht. Jetzt war es an ihm, blaß zu werden.

Und wieder bewegte er sich mit unglaublicher Geschwindigkeit. Er sprang aus dem Bett, wobei er das Tuch um sich gewickelt hielt, und machte zwei große

Sätze durch den Raum vor den Spiegel — und schreckte entsetzt zurück bei dem Anblick, der sich ihm bot. »*O Gott!*« Er duckte sich noch einmal, um sein Gesicht anzustarren, rieb sich das Kinn, fuhr mit einem Finger die Linien nach, zog an einer Strähne des langen schwarzen Haars. Er entdeckte die Beule auf seinem Hinterkopf und betastete sie.

Die Zeit verstrich. Eine Gruppe junger Frauen, die von der Feldarbeit heimkehrten, gingen auf der Straße vorbei. Die stickige kleine Hütte war angefüllt von ihrem Kichern und dem Frohlocken der jungen Männer, die ihnen folgten und den Mädchen und sich gegenseitig Scherze zuriefen. Die beiden Gruppen verschwanden den Hügel hinunter in Richtung Stadt, und der Schwertkämpfer stand immer noch vor dem Spiegel, betrachtete sich eingehend von oben bis unten, ja, er sah sogar unter dem Wickeltuch nach. Endlich drehte er sich um und kam zurück, sehr langsam, mit verschlossenem Gesicht. Er setzte sich auf die Bettkante und schien in sich zusammenzufallen.

»Shonsu, sagtet Ihr?« fragte er.

Der alte Mann nickte. »Ihr habt Euch den Kopf sehr fest angeschlagen, mein Lord. So etwas führt manchmal zu einem Zustand der Verwirrung ... bei allem Respekt, mein Lord.«

»Erzählt mir alles — von Anfang an.«

Honakura warf Jja einen Blick zu. »Laß uns allein!« sagte er.

Der Schwertkämpfer schien sich nicht bewegt zu haben, doch seine Hand lag plötzlich auf Jjas Arm. »Bleib!« sagte er, ohne sie anzusehen.

Es war eine große und kräftige Hand, und bei der Berührung durchfuhr sie ein Beben. Er spürte es. Sie errötete, als er sie mit einem schrägen Blick forschend ansah. Dann lächelte er sanft und nahm seine Hand weg. »Entschuldigung«, murmelte er. Ein Siebentstufler, der sich bei einer Sklavin entschuldigte? Sie war so verwundert und verwirrt, daß sie kaum den Anfang der Geschichte hörte, die der Priester erzählte.

Doch als er den Dämonen beschrieb, packte sie kaltes Grauen — Haare im Gesicht und auf dem Bauch? Er mußte wie ein Affe ausgesehen haben!

»Ich bin gekommen«, sagte Honakura, und seine Stimme zitterte immer noch, »um Euch zu erklären, warum ein edler Lord wie Ihr in eine so erbärmliche Unterkunft gebracht worden ist, ohne angemessene Dienerschaft ...«

Der Schwertkämpfer sah Jja mit einem Augenzwinkern an und sagte: »Ich kann mich über die Dienerschaft nicht beklagen.« Ihr Herz machte einen Sprung.

»Ihr seid überaus gütig, mein Lord«, fuhr der Priester fort, ohne weiter auf die Worte einzugehen. »Doch die Tatsache bleibt bestehen, daß Euer Leben möglicherweise in Gefahr ist. Nicht, daß ich an Eurer Kühnheit zweifle, mein Lord«, fügte er schnell hinzu. »Ich bin sicher, daß Ihr nicht die geringste Schwierigkeit hättet, in einer Auseinandersetzung zwischen Ehrenmännern mit Hardduju fertigzuwerden. Er ist der einzige Siebentstufler im ganzen Tal. Und er ist fünfzehn Jahre älter als ihr und führt einen ausschweifenden Lebenswandel. Nein, es ist der Gedanke an einen hinterhältigen Verrat, der mich beunruhigt.«

Der Schwertkämpfer schüttelte langsam den Kopf und runzelte die Stirn, als ob er nichts von all dem glauben könnte.

»Nein, ich befürchte nicht, daß tatsächlich Schwertkämpfer persönlich auftauchen werden«, erklärte er. In sein Gesicht war etwas Farbe zurückgekehrt, und seine Stimme klang immer kräftiger. »Viel eher diese Banditen, die von der Bestechlichkeit der Wache abhängen, damit sie bei ihrem Treiben ungestört bleiben. Doch niemand wird auf die Idee kommen, Euch hier zu suchen, mein Lord.«

Jja holte tief Luft und schwieg, in der Hoffnung, daß

die beiden ihre Erregung nicht bemerkt hätten; doch anscheinend entging dem Schwertkämpfer nicht so leicht etwas, denn seine tiefgründigen, furchtsamen Augen ruhten wieder auf ihr. »Was wolltest du sagen?« fragte er.

Sie schluckte. »So etwa um die Mittagsstunde, mein Lord ...«

»Ja?« Er nickte ihr aufmunternd zu.

»Ich habe einen Schritt vor die Tür getan, mein Lord ... nur für einen Moment, mein Lord. Doch ich mußte mich erleichtern. Ich war nur einen kurzen Augenblick draußen.«

»Wie schön.« Er war ungeheuer aufmerksam und geduldig. »Was hast du gesehen?«

Sie erzählte, daß sie eine Priesterin der Fünften Stufe erblickt habe, eine rundliche Frau mittleren Alters, die die Straße heraufgekommen sei und in jede Hütte gespäht habe. So etwas hatte sie noch nie zuvor gesehen, und sie hatte sich daran erinnert, wie nachdrücklich ihre Herrin Kikarani darauf hingewiesen hatte, daß niemand von der Anwesenheit des edlen Herrn hier erfahren dürfe.

Honakura pfiff durch die Zähne. »Wie ich befürchtet habe, hat die Korruption auch die Priesterschaft ergriffen! Ihr seid entdeckt, mein Lord!«

»Wartet mal einen Moment«, brummte der Schwertkämpfer, der Jja immer noch unverwandt ansah und sie erneut sanft anlächelte. »Ist sie hereingekommen, hat sie mich gesehen?«

Jja spürte, wie ihr flammende Röte ins Gesicht stieg. »Nein, mein Lord.«

»Doch der Umstand, daß sie nicht eingelassen worden ist, verrät ihnen, was sie wissen wollen«, sagte der Priester wütend.

Der Schwertkämpfer beachtete ihn nicht. »Was hast du dann gemacht, Jja?«

Sie senkte den Kopf und berichtete flüsternd, wie sie sich das Kleid ausgezogen und ihn mit ihrem Körper bedeckt habe, indem sie so tat, als ob sie sich miteinander verlustierten. Die Frau war nicht hereingekommen und konnte ihn nicht deutlich gesehen haben.

Dann herrschte Schweigen, bis sie zitternd aufblickte und sah, daß er lächelte — nein, grinste, ein freches, jungenhaftes Grinsen, was in seinem kraftvollen Gesicht verblüffend wirkte.

»Ich wollte, ich hätte es miterlebt!« sagte er. Er wandte sich an den Priester. »Ich wiederhole, daß ich mich über die Bedienung absolut nicht beklagen kann.«

Honakura strahlte. »Das ist ganz sicher das Werk der Göttin. Ich hatte recht mit der Annahme, daß Sie Euch hierhergeführt und alles so bestimmt hat. Nicht eine Sklavin unter Tausenden hätte die Geistesgegenwart aufgebracht, Euch auf diese Weise zu schützen, mein Lord, oder den Willen.«

»Sklavin?« Sie war durch sein Lächeln erschreckt und dachte nicht darüber nach, weshalb er so erzürnt sein mochte. »Bedeuten das die Linien in deinem Gesicht, daß du eine *Sklavin* bist?« Sie nickte schüchtern, und sein Zorn entlud sich jetzt auf den Priester. »Und wer ist der Besitzer dieser Sklavin?«

»Der Tempel, soviel ich weiß, oder die Priesterin Kikarani.« Der Priester war nicht betroffen, lediglich verdutzt. »Warum fragt Ihr, mein Lord?«

Der Schwertkämpfer antwortete nicht. Er blickte finster ins Leere und murmelte leise vor sich hin: »In welchen Pfuhl bin ich hier geraten?« Dann zuckte er mit den Schultern und wandte sich wieder an den Priester.

»Ich soll ihn also töten, diesen — Kerl Hardduju, ja? Was ist mit seinen Freunden?«

Der Alte schien überrascht zu sein. »Wenn Ihr die anderen Schwertkämpfer meint, mein Lord, so werden sie den Ausgang einer formgerechten Auseinandersetzung respektieren. Die meisten von ihnen, davon bin ich überzeugt, sind ehrenwerte Männer. Und dann, wenn Ihr in das Amt des Obersten Anführers der Wache eingeführt seid, könnt Ihr die Verräter bestrafen, den Pilgern wirksamen Schutz gewähren und Jagd auf die Banditen machen.«

»Ich verstehe.« Er verfiel in Schweigen und starrte zu Boden. Ein Maultierzug trabte draußen vorbei, mit schallendem Stakkato der Hufe auf den Pflastersteinen, und die Reiter stießen Rufe der Erleichterung aus, als sie sahen, daß sie ihrem Ziel endlich so nahe waren. Ein einzelnes Pferd kam die Straße heraufgetrottet. Der Sonnengott stand tief, der Lichtfleck auf der Wand verblaßte zu einem schwachen Rosa. Fliegen summten in der Luft. Der Schwertkämpfer verscheuchte sie mit einer lässigen Handbewegung, und hin und wieder erwischte er eine im Fluge und zerdrückte sie.

Dann sah er den Priester wieder mit hochgezogenen Augenbrauen an. »Nun gut, wo sind wir hier?«

»Dies ist eine Hütte, die als Unterkunft für Pilger dient«, sagte Honakura.

»Und wo liegt sie?«

»Nicht weit außerhalb der Stadt.«

»Welcher Stadt?« Die Stimme des Schwertkämpfers wurde immer tiefer und nahm einen gefährlichen Klang an.

Geduldig gab der Priester Auskunft. »Es ist die Stadt des Tempels, mein Lord. Des Tempels der Göttin zu Hann.«

»Hann? Danke«, sagte der Schwertkämpfer. »Noch nie gehört. Was ... welcher ...« Er knurrte unwillig und preßte dann mit Mühe in plötzlich gehetztem Ton heraus: »Auf welchem großen von Salzwasser umgebenen Landstück befinden wir uns?« Er schien genauso ratlos zu sein.

»Salzwasser?« entfuhr es Honakura überrascht. Er blickte zu Jja, als ob er gar von einer Sklavin Unterstützung erwartete. »Wir befinden uns auf einer Insel, mein Lord, zwischen dem Hauptstrom des Flusses und einem kleinen Nebenarm. Aber das Wasser ist nicht salzig.«

Dann fügte er eilends hinzu, um weiteren Fragen vorzubeugen: »Der kleine Nebenarm hat keinen eigenen Namen, obwohl er manchmal der Fluß des Göttlichen Gerichts genannt wird.«

»Und wie heißt der Hauptarm?«

Mit immer tieferer Verzweiflung in der Stimme antwortete der Alte: »Einfach nur der Fluß. Es gibt keinen anderen, warum sollte er einen Namen haben?« Nach kurzem Schweigen ergänzte er: *»Der Fluß ist die Göttin, und die Göttin ist der Fluß.«*

»So ist das also?« Der Riese rieb sich das Kinn und dachte nach. Dann wollte er wissen: »Welcher Tag ist heute?«

»Es ist der Tag des Lehrers, mein Lord«, sagte der Priester. Er verzog das Gesicht bei dem Blick, den er dafür erntete, und ratterte los: »Der dritte Tag der zweiundzwanzigsten Woche des Jahres siebenundzwanzigtausenddreihundertfünfundfünfzig seit Gründung des Tempels!«

Der Schwertkämpfer stöhnte auf und sagte eine Weile lang nichts mehr.

Der Lichtfleck auf der Wand verschwand vollends, und es wurde dämmrig in der Hütte. Er erhob sich und ging zum Fenster, wo er die Ellbogen auf den Sims stützte und hinaus auf die Straße starrte. Sein wuchtiger Körper ließ die Dämmerung noch dunkler werden. Jja sah undeutlich die Vorübergehenden vor dem Perlenvorhang an der Tür — Landarbeiter, die von der Feldarbeit heimkehrten, ein paar Pilger, die von einigen ihrer Mitsklavinnen zu den Hütten geleitet wurden. Dann kam ein Mann zu Pferde vorbei, und der Riese zuckte mit einem Fluch auf den Lippen zurück.

Er drehte sich um und lehnte sich an die Wand zwischen der Tür und dem Fenster, so daß sein Gesicht im Schatten verborgen war. Er verschränkte die Arme — Arme so dick wie bei den meisten Männern die Beine — und wandte sich wieder an den Priester.

»Das ist eine interessante Geschichte«, sagte er, und seine tiefe Stimme klang ganz ruhig. »Es gibt nur ein kleines Problem — ich bin kein Schwertkämpfer. Ich wüßte nicht zu sagen, welches Ende eines Schwertes der Griff ist.«

»Mein Lord«, blökte Honakura, »Ihr seid immer noch verstört. Das sind die Nachwirkungen des Exorzierens und des Aufpralls des Kopfes. Ich werde Euch noch mal einen Heilkundigen schicken ... Nach einigen Tagen Ruhe werdet Ihr vollständig wiederhergestellt sein.«

»Oder tot, laut Euren Worten.«

»Ihr habt recht«, antwortete der Alte mit betrübter Stimme. »Die Gefahr ist jetzt größer geworden, denn wenn der Oberste Anführer Euch in einem so verletzlichen Zustand antrifft, wird er Euch sofort herausfordern. Das ist seine einzige Hoffnung.«

»Nein, ist es nicht.« Die kraftvolle, tiefe Stimme klang immer noch merkwürdig sanft. »Ich will es Euch erklären. Ihr existiert nicht, Lord — sage ich das richtig? — Lord Honakura. Genausowenig, und ich bedaure sehr, das sagen zu müssen, wie du, schöne Jja. Ihr seid die Ausgeburten eines kranken Gehirns, beide. Ich bin wirklich Wallie Smith. Ich war krank. Ich litt unter — o verdammt! Schon wieder Worte! Ich hatte ein Insekt im Gehirn ...«

Er beobachtete ihren Gesichtsausdruck und brach in ein tiefes Baß-Lachen aus. »Das klingt komisch, was? Ein Floh im Kopf! Auch ein Insekt, nicht wahr. Na ja, jedenfalls wurde ich von einem Insekt gebissen und bekam hohes Fieber. Das bewirkte, daß ich sehr viel schlief und sonderbare ... Träume hatte.« Er strich sich wieder nachdenklich übers Kinn. »Ich glaube, der Name ›Shonsu‹ kam darin vor. Auf jeden Fall war ich sehr schwer krank. Und offenbar bin ich es immer noch. Deshalb existiert Ihr gar nicht. Ich bilde mir all das nur ein.«

Er hob die Augenbrauen, als er die Miene des Priesters sah. »Ich glaube, ich dürfte eigentlich nicht leben, denn meine Schwester ist eigens angeflogen gekommen aus ... Oh, vergeßt das!«

Diplomatisch sagte Honakura: »Ihr habt einen schweren Schlag auf den Kopf bekommen, mein Lord. Genau wie Fieber verursacht eine Kopfverletzung sonderbare Träume oder erlaubt sogar das Eindringen von Dämonen. Wir können es morgen früh noch einmal mit Exorzieren versuchen.«

»Morgen früh«, sagte der Schwertkämpfer, »werde ich wieder im ... im Haus der Heilkundigen aufwachen. Oder vielleicht werde ich vorher sterben. Ich bin immer noch sehr krank. Aber bitte kein Exorzieren mehr. Und keine Duelle. Keine Schwertkämpfer.«

Lange Zeit herrschte Schweigen.

»Ich frage mich ...« Der heilige Mann fuhr sich mit der Zunge über die Lippen. »Als ich ein Junge war, ungefähr vor zwei Lebensspannen ... eines Tages zog ein Schwertkämpfer durch die Lande und suchte einen Rekruten. Natürlich wollten wir Knaben alle als Schwertkämpfer vereidigt werden.« Er schmunzelte. »Also stellte er uns auf die Probe. Ihr wißt, welche Aufgabe wir lösen mußten, mein Lord?«

»Nein«, brummte der Riese. Sein Gesicht war im Schatten.

»Wir mußten Fliegen fangen.«

»Fliegen? Mit einem Schwert?«

Der Alte schmunzelte wieder und warf Jja einen Blick zu, um zu sehen, ob ihr auch etwas aufgefallen war. »Mit der Hand, mein Lord. Es gibt nur sehr wenige Menschen, die Fliegen fangen können. Aber Ihr habt die ganze Zeit, während Ihr so dasaßt, genau das getan, und dabei brauchtet Ihr nicht einmal hinzusehen.«

Nun schmunzelte auch der Riese in der Dunkelheit leise vor sich hin. »Während Ihr, so vermute ich, sie mit geschickten Reden dazu bewegen könntet, aus den Bäumen herauszukommen, Lord Honakura. Laßt uns morgen weiter darüber sprechen — falls Ihr dann noch existiert.«

Der Priester stand auf, wobei er noch älter und geschrumpfter aussah als zuvor. Er verbeugte sich und murmelte dem Schwertkämpfer einen formalen Abschiedsgruß zu, dann schob er sich durch den Perlenvorhang und ging hügelabwärts von dannen.

Und Jja war mit dem Schwertkämpfer allein.

4

Fliegen!« schnaubte der Schwertkämpfer. »Hast du Hunger, Jja?«

Sie hatte großen Appetit. Den ganzen Tag hatte sie nichts gegessen. »Ich könnte aus der Garküche etwas zu essen holen, mein Lord. Es ist nicht besonders gut — für jemanden Eures Ranges, mein Lord.«

Er hob einen Henkelkorb hoch und stellte ihn aufs Bett, wo immer noch ein wenig Licht hinfiel. »Ich hoffe, das wird uns etwas nützen«, sagte er. »Ja!« Dann fing er an auszupacken: große silberne Platten, eingewickelt in Tücher aus Leinen. Jedesmal, wenn er wieder ein Teil auf den kleinen wackligen Tisch stellte, gab er erneut ein erstauntes Grunzen von sich. »Ein ganzes verdammtes Vermögen an Silberzeug! Wenn wir von Banditen überfallen werden, werden wir ihnen diese Brokken an den Kopf werfen. Und es gibt genügend Gabeln und Löffel für eine ganze Bande von ihnen. Kannst du die Gauner mit einer Gabel abwehren, während ich losrenne, um Hilfe zu holen, Jja?«

Sie war völlig verdattert und verunsichert. Sie hätte ihm etwas zu essen vorsetzen sollen, nicht umgekehrt, doch noch nie hatte sie solches Geschirr und Besteck gesehen oder solche würzigen Düfte gerochen, wie sie jetzt die Hütte erfüllten. Und er hatte ihr eine Frage gestellt, die offenbar als Scherz gemeint war, und Sklaven hatten Schwierigkeiten, auf Scherze zu reagieren. »Ich könnte es versuchen, mein Lord, wenn Ihr schnell seid.«

Er grinste — weiße Zähne blitzten in seinem schwach sichtbaren braunen Gesicht auf. »Hier ist eine Kerze«, sagte er. »Weißt du, wie man sie anmacht? Ich weiß es nicht.«

Sie holte einen Feuerstein von einem Regalbrett und entzündete die Kerze, wobei auf dem ganzen Tisch kleine Funken tanzten.

»Dinner für zwei bei Kerzenschein«, sagte er. »Verzeih meine unangemessene Kleidung. So, jetzt setz dich mal hierher und sag mir, womit wir deiner Meinung nach anfangen sollen.«

»Mein Lord ...«, protestierte sie. Sie durfte sich nicht mit einem freien Mann an einen Tisch setzen.

Er hielt inne; mit einer Flasche in der Hand stand er neben dem Tisch, sein Gesicht und seine Brust schimmerten in der Dunkelheit, seltsam von unten durch das flackernde Kerzenlicht und den vielfachen Widerschein angestrahlt. »Als dir deine Herrin, diese ... Kikarana, Anweisungen für den Umgang mit mir gab, hat sie dir da gesagt, was du mit mir tun sollst, wenn ich aufwache?«

»Ja, mein Lord.« Sie blickte auf ihre Hände hinab.

»Und wie lauteten diese Anweisungen?« Sie hörte Belustigung in seinem Tonfall, aber keine Wut oder Drohung.

»Ich soll alles tun, was Ihr wünscht, mein Lord.«

»Aha. Alles?«

Sie nickte in Richtung Boden. »Es gibt einige Dinge, die brauche ich für Pilger nicht zu tun, mein Lord, selbst wenn sie es verlangen. Aber sie sagte ... nun, sie sagte: ›In diesem Fall tust du alles, absolut alles, sorge nur dafür, daß er dort bleibt.‹ Mein Lord.«

Der Mann räusperte sich rauh. »Gut. Nun denn, höre

meine Befehle. Als erstes, sag nicht mehr ›mein Lord‹ zu mir, sondern nenn mich Wallie. Zum zweiten, vergiß, daß du eine Sklavin bist, fühle dich statt dessen als schönes Edelfräulein. Ich vermute, daß die meisten Schwertkämpfer mit sieben Schwertern irgendwo zu Hause in ihrer Burg eine schöne Dame haben?«

»Das weiß ich nicht, mein ...« Schweißperlen traten ihr kitzelnd auf die Stirn, doch sie schaffte es zu sagen: »Wallie.«

»Ich auch nicht«, sagte er. »Aber wir wollen mal so tun, als wäre ich ein großartiger Schwertkämpfer und du eine großartige Lady. Nun denn, sagt mir doch bitte, was haltet Ihr von diesem Wein, Lady Jja?«

Sie hatte noch nie zuvor Wein gekostet. Sie hatte noch nie von silbernem Geschirr gespeist. Sie hatte noch nie bei einem Lord gesessen. Doch sie war hingerissen, und das Essen war das Köstlichste, das sie je genossen hatte — Fleisch in einer üppigen Sauce und zartes Gemüse und, was sie nur vom Hörensagen kannte, knusprig-frisches Weißbrot.

Die meiste Zeit sprach er, wahrscheinlich weil er spürte, wie anstrengend für sie das Ganze war, und wohl wissend, daß eine Unterhaltung in diesem Moment zu hohe Anforderungen an sie gestellt hätte. »Du bist sehr schön, weißt du«, sagte er. »Du solltest dein Haar lang tragen, aber natürlich herrscht hier ein heißes Klima. Du arbeitest als Wäscherin, nehme ich an. Ja, deine Hände ...«

Später sagte er: »Schwarz ist nicht deine Farbe. Blau, würde ich sagen. Ich war ziemlich gut darin, mir in meiner Phantasie etwas Schönes vorzugaukeln; dich würde ich mir in einem langen blauen Kleid vorstellen ... ohne Ärmel, aus schimmernder hellblauer Seide, vorne tief ausgeschnitten und enganliegend ... Du würdest wie eine Göttin aussehen ...

Dieser Wein ist gar nicht schlecht, oder? Und das hier sieht aus wie Obstkuchen zum Nachtisch. Irgendwo ist auch noch ein Becher Sahne. Und hier ist eine Pastete! Iß, iß, es ist reichlich da...«

Das war ein Traum, davon war sie überzeugt; hier im Warmen zu sitzen mit einer einzigen Kerze, deren Schein sich im Silber spiegelte und die einen großen Herrn beleuchtete, der sie anlächelte und ein wenig mit ihr scherzte. Nicht irgend so ein grapschender alter Steinmetz der Dritten Stufe, der eine Pilgerfahrt unternahm, um die Göttin zu bitten, seinen Husten zu heilen, oder ein zahnloser grauer Schäfer der Vierten Stufe, dem es ums Gedeihen seiner Herde ging, nein, ein gutaussehender junger Lord, der sie mit strahlend weißen Zähnen anlächelte und mit funkelnden Augen anblitzte.

Ein Traum, der sich wiederum in einem anderen Traum abspielte.

Er machte sich etwas aus ihr. Sie kannte die Männer — und sie erkannte das männliche Interesse in seinen Augen, wenn er sie ansah. Zum erstenmal genoß sie das. Sie gab sich alle Mühe, eine gute Sklavin zu sein, es der Göttin recht zu machen, indem sie ihre Pflicht gewissenhaft erfüllte, doch manchmal war das nicht leicht. Heute abend hatte sie das Gefühl, daß es sehr leicht sein würde, obwohl es ihr seltsam vorkam, daß er sie noch nicht einmal angefaßt hatte.

Schließlich hatten sie beide das Mahl beendet, und ihr Kopf drehte sich etwas vom Wein. Bestimmt würde er ihr jetzt die üblichen Anweisungen geben. Sie erwartete sie mit merkwürdiger Erregung, wie es noch nie der Fall gewesen war, doch sie kamen nicht. Er saß einfach da und hielt einen Becher in der Hand, und dabei starrte er ins Kerzenlicht und beobachtete die Motten, die sich wild darin tummelten.

Dann erinnerte er sich offenbar an sie. Er riß sich aus seiner Traurigkeit. »Wir könnten doch tanzen«, sagte er. »Wenn mir meine Phantasie doch nur noch ein paar Musikanten vorgaukeln würde! Kannst du tanzen, Jja?«

Sie schüttelte den Kopf. »Ich weiß nicht, wie ... Lord

Wallie.« Da sie ihn nicht ganz enttäuschen wollte, oder vielleicht angeregt durch den Wein, fügte sie eifrig hinzu: »Ich kann ein bißchen singen.«

Er war sehr angetan. »Dann sing mir etwas vor.«

Und noch eifriger fing sie an, ein kleines Sklavenlied zu singen.

»In meinen Träumen höre ich mein Rufen,
und dieses Rufen dringt von fern zu mir
aus einem anderen Leben als diesem hier,
liegt es schon weit hinter oder noch vor mir?

Einmal wird die Göttin selbst mich rufen,
dann wird mir jenes andere Ich erscheinen,
wird mich edlen Herrn, schöne Dame meinen,
endlich wieder frei, wie einst die Meinen.«

Er bat sie, es noch einmal zu singen, und lauschte aufmerksam den Worten. »Das ist deine Erklärung, ja?« fragte er. »Du glaubst, Shonsu lebte in einer Welt und Wallie Smith in einer anderen, doch sie waren ein und dieselbe Person? Dieselbe Seele? Und irgendwie sind sie durcheinandergeraten?«

Sie nickte. »Man sagt, das seien die Träume, mein ... Wallie. Unser zweites Leben.«

Er dachte gründlich über diese Vorstellung nach und tat sie nicht etwa als Sklavenunsinn ab. »Reinkarnation? Ich kann dir gut nachfühlen, daß dir dieser Gedanke gefällt. Doch es ist doch wohl so, daß man mit der Geburt in eine Welt eintritt und sie mit dem Tode verläßt, oder nicht?« Dann lächelte er, aber es schien ihm Mühe zu bereiten. »Wenn ich ein neugeborenes Baby bin, Jja, wie groß werde ich dann als erwachsener Mann sein?«

»Ich ... ich weiß nicht, mein Lord.«

»Entschuldige! Ich sollte mich nicht lustig machen über ... Ich weiß, daß du versuchst, mir zu helfen, und ich bin dir dankbar dafür. Warum bist du Sklavin?«

»Ich war ein sehr schlechter Mensch, mein Lord.«

»Inwiefern?«

»Ich weiß es nicht, mein Lord.«

»In einem früheren Leben?«

Sie nickte verblüfft. Wie konnte man so etwas überhaupt fragen?

»Und die Priester haben dir also eingeredet, daß du in diesem Leben eine gute Sklavin sein mußt? Pah!«

Er versank wieder in grübelndes Schweigen. Sie nahm ihren ganzen Mut zusammen und sagte: »Die Göttin wird sich um sie kümmern.«

»Um wen?«

Sie hatte sich getäuscht, das spürte sie. »Eure Frauen ... Söhne ...«

Einen Moment lang funkelte wieder das männliche Interesse in seinen Augen auf. Er schüttelte den Kopf. »Ich habe weder das eine noch das andere! Wenigstens niemand Bestimmtes ... Warum machst du dir solche Gedanken?« Dann trübte sich seine Laune. »Und warum erwähnst du nur Söhne? Wenn ich Töchter hätte, würde ich mir um die nicht ebenso große Sorgen machen?«

Sie stammelte: »Ich dachte ... ein Schwertkämpfer ...«

Er seufzte. »Ich bin kein Schwertkämpfer, Jja. Weder in dieser Welt noch in einer anderen. Und ich werde niemals einer sein!«

»Die Göttin vermag alles einzurichten, mein Lord.«

Er lächelte wieder traurig. »Ich bezweifle, daß sie aus mir einen Schwertkämpfer machen kann! Die Fechtkunst bedarf jahrelangen Übens, Jja ...« Er hielt inne. »Bitte hör mir mal gut zu. Ich möchte heute abend nicht ... mich nicht mit dir verlustieren, auch wenn ich sicher bin, daß du es von mir erwartest. Doch du sollst nicht denken, daß du für mich nicht begehrenswert bist — bei deinem Anblick bebt mein Körper und richtet sich auf. Das ist es nicht, du bist wirklich hinreißend.«

Sie durfte ihre Enttäuschung nicht zeigen.

Er blickte wieder in die Flamme der Kerze. »Und es liegt auch nicht daran, daß ich weiß, daß du schon bei sehr vielen Männern gelegen hast. So ist es doch, nicht wahr?«

Vielleicht hatte er einen besonderen Eid geleistet? »Ja, mein Lord ... Wallie. Wenn sie meine Herrin dafür bezahlen.«

Er starrte mit gefletschten Zähnen in den Kerzenschein. »Du hast also gar keine Wahl, deshalb denke ich deswegen nicht gering von dir. Das ist es also auch nicht, verstehst du ... sicher ist es nicht leicht für dich, das zu verstehen. Dort, woher ich komme, verachten wir Menschen, die sich Sklaven halten. Wenn ich sagen würde: *Leg dich hin!*, dann müßtest du dich hinlegen, und so sollte es nicht sein. Ein Mann und eine Frau sollten diese Dinge miteinander machen, weil sie sich gegenseitig lieben und beide es tun wollen. Und deshalb werde ich es nicht tun.«

»Aber ich möchte es tun, mein Lord!« O nein! Woher nahm sie nur den Mut, so etwas zu äußern? Aber natürlich, das Ganze war ja nur ein Traum.

»Weil es deine Pflicht ist! Nein, Jja!«

Es mußte an dem Wein liegen ... sie mußte gegen das Verlangen ankämpfen, ihm zu erklären, daß sie die höchsten Preise erzielte, daß Kikarani sie deshalb den älteren Männern vorbehielt, die das meiste Geld hatten, daß es die älteren, häßlicheren Frauen waren, die den jüngeren Männern zugewiesen wurden. Kam er denn nicht darauf, warum sie die Idee gehabt hatte, ihn in der Weise, wie sie es getan hatte, vor der spionierenden Priesterin zu verbergen? Hatte er denn keine Ahnung, daß sie am liebsten vor Enttäuschung geweint hätte, weil er nicht in der Lage war zu reagieren, während sie gleichzeitig entsetzliche Angst hatte, daß er aufwachen und eine Sklavin auf ihm liegend entdecken könnte?

Sie sagte: »Mein Lord«, und neigte den Kopf.

»Also gut, du schläfst auf dieser Seite des Bettes.« Er stand auf, ohne sie anzusehen. »Und ich werde auf dieser Seite schlafen. So, wo kann ich mal ...?«

»Draußen, mein Lord«, sagte sie überrascht.

Er drehte sich zu ihr um und grinste sie an — mit diesem merkwürdig jungenhaften Grinsen, das so plötzlich kam und ging und das ihn so jung und glücklich aussehen ließ. »Ich hatte nicht vor, es hier im Raum zu erledigen! Also irgendwo, egal wo?«

Er trat durch den Vorhang hinaus in die tropenwarme Nacht. Sie räumte den Tisch ab. Es war noch genug Essen übrig, das sie für morgen aufheben konnte, also fischte sie ein paar Motten heraus, die hineingefallen waren, deckte die Schüsseln zu, wickelte sie wieder ein und packte sie in den Korb. Schließlich löschte sie die Kerze, und die Hütte lag im Dunkeln, nur ein winziger Silberstrahl des Traumgottes schimmerte durchs Fenster.

Dann hörte sie ihn und ging hinaus, um nach ihm zu sehen.

Er stand an die Wand gelehnt neben der Tür, den Kopf auf die Arme gebettet. Der ganze Körper wurde von Schluchzen geschüttelt. Ein Schwertkämpfer, der weinte? Das kam ihr seltsam vor, aber inzwischen wußte sie, daß dies hier kein gewöhnlicher Schwertkämpfer war.

Wieder mußte es am Wein liegen, daß sie den Mut faßte, einen Arm um ihn zu legen, ihn in die Hütte und zum Bett zu führen. Er sagte nichts. Das Bett knarrte laut, als er sich hinlegte. Er hielt sein Gesicht bedeckt und schluchzte weiter. Sie zog ihr Wickelgewand aus und ging ums Bett herum, um sich auf die andere Seite zu legen, wie es ihr gesagt worden war. Dann wartete sie.

Schließlich endete sein Schluchzen in einem letzten erstickten Schniefen, und er flüsterte: »Das Licht am Himmel? Was ist das?«

»Das ist der Traumgott, mein Lord.«

Er erwiderte nichts. Sie wartete, aber sie wußte, daß er nicht schlief.

Es mußte am Wein liegen ... »Der Gott der Traurigkeit und der Gott der Freude sind Brüder, mein Lord.«

Nach einer Weile rollte er sich zu ihr herum und sagte: »Erzähle also!«

Sie erzählte es ihm, so wie es ihr erzählt worden war, vor langer Zeit, von einem anderen Sklaven, einem jungen Mann, den sie niemals wiedersehen würde. »Der Gott der Traurigkeit und der Gott der Freude sind Brüder. Damals, als die Welt entrollt wurde, umwarben sie beide die Göttin der Jugend. Sie erwählte den Gott der Freude, und sie liebten sich inniglich. Als die Zeit kam, gebar sie ihm einen Sohn, das hübscheste Kind, das selbst die Götter jemals gesehen hatten, und der Vater holte das Baby selbst auf die Welt und hielt es hoch, damit die Mutter und die Götter es betrachten konnten.

Doch der Gott der Traurigkeit war eifersüchtig und äußerst erzürnt, als er das Kind sah — also schleuderte er seinen Rachestrahl und tötete es.

Danach packte den Gott der Traurigkeit tiefes Entsetzen über seine eigene Tat, und er floh, während alle anderen Götter weinten. Sie begaben sich zur Göttin Selbst und baten um Gerechtigkeit. Und so erging Ihr Urteil, daß von nun an bis in alle Ewigkeit dem Gott der Freude von der Göttin der Jugend der schönste aller Götter geboren werden sollte, doch er würde immer ein Baby bleiben, und er würde jeweils nur ein paar Augenblicke leben. Doch obwohl er nur ein Baby wäre, wäre er kräftiger als sein Vater, und der Gott der Traurigkeit, der abscheulichste der Götter, könnte ihm nichts anhaben und müßte ständig vor ihm fliehen. So kam es, daß der kleinste Gott aller Götter den Gott der Traurigkeit in die Flucht schlagen kann.«

»Und wie heißt dieser kleinste aller Götter?« fragte der Mann in der Dunkelheit.

»Es ist der Gott der Ekstase, mein Lord«, sagte sie.

Er rutschte dicht zu ihr und nahm sie in die Arme. »Dann wollen wir diesen kleinen Gott gemeinsam suchen«, sagte er.

Sie hatte erwartet, daß ein Schwertkämpfer brutal sein würde, doch er war der allerzärtlichste Mann. Er war geduldig und voller Kraft und Ausdauer und ging so einfühlsam mit ihr um, wie sie es noch nie von einem Mann erfahren hatte. Gemeinsam beschworen sie den kleinen Gott viele Male herbei, und der Gott der Traurigkeit war in die Flucht geschlagen.

5

Eine Fliege summte dicht bei seinem Ohr und weckte ihn auf. Er öffnete die Augen und schloß sie schnell wieder. Stroh?

Es war alles noch da.

Da war ein Krankenhaus gewesen mit ernst dreinblikkenden Ärzten in weißen Kitteln und müde aussehende Schwestern mit Spritzen ... vertraute Gesichter, die eine unechte Fröhlichkeit aufgesetzt hatten ... Blumen, die ihm die Belegschaft seiner Firma geschickt hatte ... der Geruch nach Desinfektionsmitteln und das Geräusch eines elektrischen Mobs ... Infusionsflaschen ... Schmerz und Verwirrung und die feuchte Hitze des Fiebers.

Da waren Träume gewesen und das Delirium ... Nebel und ein Riese von einem Mann mit brauner Haut und langem schwarzen Haar und einem brutalen Gesicht — ein großflächiges Gesicht mit hohen Backenknochen und einem breiten Kinn —; eine barbarenhafte Tätowierung auf der Stirn. Er hatte wahrgenommen, wie diese unheimliche nackte Gestalt ihn angebrüllt und bedroht hatte.

Er hatte dieses Gesicht vergangene Nacht im Spiegel wiedergesehen.

Unter dem feuchten Bettuch betastete er einen Arm mit der Hand des anderen. Dieser Körper war immer noch da. Wallie Smith hatte niemals solche Arme gehabt.

Der ganze Spuk war also nicht verschwunden, obwohl er es so sehr gehofft hatte.

Ein Vogel zwitscherte ganz in der Nähe einen einfältigen Refrain aus zwei Tönen, und etwas weiter entfernt hörte er Stimmen und das Krähen eines hoffnungsvollen Hahns.

»Maultier-Pendelzug!« Das mußte vom Fuß des Hügels kommen. Dann ein sehr schwaches Signalhorn — und unterlegt war das Ganze vom dumpfen Rauschen des Wasserfalls in weiterer Ferne. Das Trappeln von Hufen hallte in dem kleinen Raum wider. »Maultier-Pendelzug!« Er fragte sich, ob Maultiere wohl so aussahen wie jenes abartige Pferd, das er gesehen hatte, mit einem Kamelgesicht und dem Körper eines Dachshundes.

Es war noch alles da. Enzephalitis verursachte häufig eine seltsame geistige Verwirrung, hatte jemand gesagt. Er hatte gedacht, das Delirium sei überstanden, die merkwürdigen Visionen und der Schmerz und die Verwirrung. Jetzt war alles wirklicher geworden, noch erschreckender.

Es machte absolut nicht mehr den Eindruck eines Deliriums.

Er durfte nicht vergessen, daß es sich um eine Halluzination handelte. Man würde ihn heilen können, irgendwie, und ihn die wirkliche Welt zurückholen, die Welt der Krankenhausgeräusche und Krankenhausgerüche; weg von diesem Wahn des Gestanks und der Maultierhufe und der Hähne.

Zögernd öffnete er erneut die Augen und richtete sich auf. Nur die Frau war verschwunden. Also, wenn *sie* wirklich gewesen wäre …

Sie hatte sich sehr wirklich angefühlt, entzückend,

wundervoll wirklich. Natürlich waren sexuelle Halluzinationen immer die lebhaftesten, nicht wahr? Das ergab einen Sinn. Alles andere ergab keinen. Was war das für ein ödipaler Humbug, dieses Phantasiebild von seinem supermännlichen Körper, den er sich da eingebildet hatte? Und welche verwerflichen Triebe mußten in seinem Unterbewußtsein schlummern, die sich dadurch verrieten, daß er sich in seinen Wahnvorstellungen Sklavinnen ausdachte? Ganz schöne Abgründe tun sich da auf, was, Wallieboy? Uff!

Er stand auf und reckte sich. Er fühlte sich wohl, unwahrscheinlich wohl. Er schlenderte hinüber zum Spiegel und musterte das grausame Barbarengesicht mit der Tätowierung der sieben Schwerter. Stellte er sich in seiner Phantasie so vor, enthüllte das Delirium seine geheimsten Wünsche? Hielt er sich selbst für einen unscheinbaren Mickerling und träumte davon, ein großer, starker Märchenheld zu sein?

Die Sache mit der Vorhaut störte ihn am allermeisten. Wenn er hineinkniff, tat sie weh. Wie konnte etwas weh tun, das ihm bereits als Baby weggeschnitten worden war? Es gab keine Spur einer Blinddarmoperationsnarbe, doch er hatte am rechten Knie ein rotes Muttermal und eine deutliche Narbe auf der rechten Schulter und ein paar schwache Schrammen in der Rippengegend, vor allem auf der rechten Seite. Er war also kein makelloses Musterexemplar, und das war irgendwie seltsam.

Das Trappeln des Maultierzuges kam immer näher, und schließlich hielt er fast vor der Hütte an. Wieder hörte er den Ruf des Treibers. Er ging zum Fenster und spähte hinaus, wobei er darauf achtete, daß er selbst nicht gesehen werden konnte. Zwei Männer gaben dem Treiber Geld und kletterten auf Maultiere, und ein halbes Dutzend Leute saßen bereits auf den anderen Tieren. Die Maultiere boten einen noch verrückteren Anblick als die Pferde — mit langen Ohren und Kamelgesichtern. Dann erinnerte er sich an die Ringe, die er am nächtlichen Himmel gesehen hatte. Diese Ringe waren es gewesen, die schließlich seine sorgsam bewahrte Selbstbeherrschung zum Einstürzen gebracht hatten. Es war nicht nur ein Phantasieland, das er sich in seinem Wahn geschaffen hatte, es war eine ganze Phantasiewelt, ein Planet mit Ringen.

Und die Menschen überraschten ihn ein wenig — ziemlich kleinwüchsig, obwohl das daran liegen konnte, daß er selbst so überdurchschnittlich groß war. Sie waren alle von brauner Hautfarbe, ausnahmslos, und hatten hell- oder dunkelbraune Haare. Eine der Frauen, die auf einem Maultier saß, hatte einen rötlichen Schimmer im Haar; vielleicht war es gefärbt. Angenehm anzusehende, kräftig gebaute Leute, die meisten schlank und wendig, die offenbar gern lachten und schwatzten ... mit leicht amerikanisch-indianischen bis kaukasischen Gesichtszügen. Sie hätten geradewegs aus einem Dokumentarfilm über den südamerikanischen Urwald herausgetreten sein können. Bartlos — er rieb sich übers Kinn und spürte nicht die Spur von Stoppeln, keine Haare auf der Brust oder an den Beinen.

Es liefen noch weitere Menschen auf der Straße herum — Männer im Lendenschurz und Frauen mit schlichten Wickeltüchern, die auf der Höhe der Armkuhlen verknotet waren und bis zu den Knien reichten, wie Badetücher. Jjas war kürzer gewesen, aber schließlich war sie ja auch eine Hure. Der Maultiertreiber trug eine Reithose aus Leder. Der alte Mann hatte ein Gewand getragen, das seinen Körper vollständig, mit Ausnahme des Kopfes und der Hände, verhüllte. Dann sah er ein mittelaltes Paar auf den Maultierzug zugehen, und diese beiden trugen ebenfalls Gewänder, jedoch ärmellose; das Maß der Körperbedeckung richtete sich also offenbar nach dem Alter. Keine schlechte Idee: die gutaussehende Jugend zeigte man her, das Alter versteckte man. Einige Männer und Frauen seiner Welt hätten hier einiges lernen können.

Wallie ermahnte sich streng, nicht zu vergessen, daß dies alles eine Illusion war.

Doch er fühlte sich so wohl! Und er war neugierig! Er wollte diese Phantasiewelt erforschen ... aber er hatte nichts anzuziehen. War das vielleicht sein warnendes Unterbewußtsein, das ihm empfahl, in seinem Krankenhauszimmer zu bleiben?

Er hatte überhaupt nichts — er konnte nicht einmal mehr das Tuch finden, das er sich am Abend zuvor umgewickelt hatte. Nackt wie neugeboren! Er hatte niemals umfangreiche Besitztümer angehäuft, dafür verlief sein Leben viel zu unstet. Seine Kindheit war ein ständiges Hin- und Hergeschubstwerden zwischen seinen beiden Elternteilen, zwischen einer Tante und einem Onkel; dann das College, dann eine Reihe verschiedener Jobs. Wurzeln hatte er nie irgendwo geschlagen, und weltliche Güter niemals gesammelt. Doch nur noch ein Betttuch zu besitzen, um sich darin einzuwickeln ...

Illusion! Delirium!

Der Maultierzug setzte sich wieder in Bewegung. Er beobachtete noch eine Weile die Fußgänger, dann wandte er sich ab. Ihm fiel ein, daß er eine Probe machen könne, und fühlte sorgfältig seinen Puls. Er ging langsam, natürlich, der Herzschlag eines Athleten, obwohl er keine Uhr hatte, um ihn zu messen. Er ließ sich auf die schmutzigen, stinkenden Fußbodensteine fallen und machte fünfzig schnelle Liegestützen. Kniend fühlte er seinen Puls noch einmal. Er schien kaum beschleunigt. Wallie Smith hätte höchstens zehn oder fünfzehn geschafft, niemals fünfzig, und sein Herz wäre danach wie wild gerast.

Das bewies noch nicht allzuviel.

Eine Fliege umkreiste ihn summend, und er schnappte nach ihr in der Luft, um zu sehen, ob er sie wirklich fangen könnte. Er konnte es, aber das bewies auch noch nichts.

Ein kleiner Junge kam durch den Vorhang hereinspaziert und grinste ihn an. Er war nackt, nußbraun und mager. Er hatte lockiges braunes Haar und ein freches Gesicht; ein Schneidezahn fehlte. Er sah wie etwa acht oder neun Jahre alt aus, und er hatte einen belaubten grünen Zweig dabei.

»Guten Morgen, Mr. Smith!« Sein Grinsen wurde noch breiter.

Wallie fühlte sich etwas erleichtert — nichts mehr von diesem »mein Lord«-Quatsch. Er blieb auf den Knien, denn so waren ihre Augen mehr oder weniger auf einer Höhe.

»Guten Morgen. Wer bist du?«

»Ich bin ein Kurier.«

»Ach ja? Für mich siehst du eher wie ein nackter kleiner Junge aus. Wie müßtest du eigentlich aussehen?«

Der Junge lachte. »Wie ein nackter kleiner Junge.« Er hievte sich auf einen der Stühle.

»Ich hatte gehofft, du wärst ein Arzt.« Doch Wallie war sich bedrückt des Schmutzes, der Insekten und des Gestanks bewußt. Ein Krankenhaus?

Der Junge schüttelte den Kopf. »Es gibt keine Ärzte mehr. Man nennt sie hier Heilkundige, und Sie tun gut daran, ihnen aus dem Weg zu gehen.«

Wallie setzte sich und verschränkte die Beine. Der Steinboden machte sich kalt und rauh an seinem Hinterteil bemerkbar. »Nun, du hast mich ›Mister‹ genannt, vielleicht normalisieren sich die Dinge langsam wieder.«

Der Junge schüttelte den Kopf. »Gestern abend haben Sie die Sprache des Volkes gesprochen. Sie benutzten Shonsus Wortschatz, deshalb fielen Ihnen einige Begriffe nicht ein, mit denen Sie etwas ausdrücken wollten. Er war ein hervorragender Schwertkämpfer, aber nicht besonders gebildet.«

Wallies Mut sank. »Wenn du wirklich ein nackter kleiner Junge wärst, dann wüßtest du all diese Dinge nicht und würdest auch nicht so reden.«

Der Junge grinste wieder. Er ließ die Beine baumeln, stützte sich nach vorn auf die Hände und krümmte die zarten Schultern. »Ich habe nicht gesagt, daß es das ist, was ich bin. Ich sagte, daß ich so aussehen müßte. Ich muß Sie davon überzeugen, daß dies eine reale Welt ist und daß Sie zu einem bestimmten Zweck hierhergebracht worden sind.«

Sein Grinsen war ansteckend. Wallie merkte, daß er es erwiderte. »Bis jetzt hast du deine Sache noch nicht besonders gut gemacht.«

Der Junge zog frech eine Augenbraue hoch. »Hat die Frau Sie nicht überzeugt? Ich war der Meinung, daß sie sehr überzeugend wirkte.«

Hatte er sie durch eine Ritze beobachtet? Wallie drängte seinen aufwallenden Ärger zurück. Dieser Junge war nichts als ein weiteres Trugbild, das ihm sein verwirrter Geist vorgaukelte, und deshalb wußte er natürlich, was in der letzten Nacht geschehen war. »Das war der unwirklichste Teil von dem Ganzen«, sagte er. »Jeder Mann hat so seinen Ehrgeiz, Freundchen, aber die Natur setzt gewisse Grenzen. Das war *viel* zu gut, um wirklich zu sein.«

Der Junge seufzte. »Die Männer der Welt sind eben lüsterner als die Männer der Erde, Mr. Smith, so unwahrscheinlich das klingt. Walter Smith ist tot, Enzephalitis, Meningitis ... das sind nur Namen. Es gibt kein Zurück, Mr. Smith.«

Alle wollten ihn davon überzeugen, daß er tot war! Und wenn es so wäre? Wer würde sich etwas daraus machen? *Niemand Bestimmtes,* hatte er zu Jja gesagt, und das war ein bedrückender Gedanke. Er hatte keine Wurzeln, nirgends. Keine liebenden Hinterbliebenen außer einer Schwester, die er seit zehn Jahren nicht mehr gesehen hatte. Wenn er tatsächlich tot wäre, würde sich niemand darum scheren. Die Firma würde ebensogut ohne ihn weiterlaufen — er hatte ein gutes Team aufgebaut, das auch ohne Aufsicht bestens arbeitete. Harry würde in das Eckbüro umziehen, und dann würde alles weiterlaufen wie bisher.

Neddy würde um ihn trauern. Aber Neddys Mutter hatte ihn bereits zu sich genommen und war zurück nach Osten gezogen. Es war bei einem Abschieds-Campingausflug mit Neddy passiert, daß Wallie von einer Enzephalitis übertragenden verdammten Zecke gestochen worden war ... in einer Gegend, von der bis dahin nicht bekannt gewesen war, daß die dortigen Zekken Enzephalitis übertrugen. Neddy würde um ihn trauern, aber er würde es überleben. Wally mußte zugeben, daß bei Neddy gute Arbeit geleistet worden war. Der Junge war in einer entschieden besseren emotionalen Verfassung, um mit dem Verlust fertigzuwerden, als es noch vor drei Jahren der Fall gewesen wäre; damals wurde Wallie Ersatzvater für ihn. Neddy war schon für ihre Trennung gewappnet ...

Nein! Wenn er anfing, in diesen Bahnen zu denken, dann war er wirklich tot. Die Voraussetzung für eine Genesung war immer der Wille zu leben. Vergiß nicht, daß dies immer noch ein Delirium ist. So mußte es sein.

Er blickte auf und sah, daß der Junge ihn mit einem belustigten Gesichtsausdruck beobachtete.

»Ist dies hier der Himmel?« spottete Wallie. »Es riecht nicht so, wie ich erwartet hatte.«

Ein Funkeln trat in die Augen des Jungen. Es waren außergewöhnlich kluge Augen. »Dies ist die Welt, die Welt der Göttin. Die Menschen können noch nicht schreiben, Mr. Smith. Sie müßten eigentlich noch von der Erde wissen, daß vor dem Zeitalter der Schrift das Zeitalter der mündlich überlieferten Legenden kommt. Ich selbst bin eine Legende.«

»Das will ich gern glauben.«

Der Junge nickte ziemlich traurig und schwieg. »Wir wollen es mal von der anderen Seite her probieren. Shonsu war ein Schwertkämpfer, ein bemerkenswerter Schwertkämpfer. Die Göttin hatte Bedarf an einem

Schwertkämpfer. Sie erwählte Shonsu. Er hat den Bogen überspannt. Er versagte, und sein Versagen war katastrophal.«

»Was heißt das?« Trotz seines Argwohns war Wallies Neugier geweckt.

»Vergessen Sie es! Jedenfalls wurde er wegen seines Versagens bestraft, und zwar mit dem Tode. Er starb gestern an den Folgen eines zerschmetterten Schädels.« Er lächelte wieder, als Wallies Finger nach der Beule an seinem Kopf tasteten. »Vergessen Sie auch das — Sie wurden geheilt. Dieser Körper funktioniert einwandfrei, er ist ein bemerkenswertes Exemplar eines männlichen Erwachsenen. Wie Ihnen zweifellos nicht entgangen ist?«

»Können wir diesen Teil meiner Phantasien bitte aus dem Spiel lassen, ja?«

»Wie Sie wünschen.« Der Junge wedelte lässig mit seinem Zweig. »Shonsu ist also tot, doch die Aufgabe wartet immer noch auf ihre Erfüllung. Sie standen zur Verfügung, Mr. Smith. Fragen Sie nicht, wieso. Sie wurden mit diesem vorzüglichen Körper ausgestattet, ihnen wurde die Sprache gegeben, sie erhielten den höchstmöglichen Status in einer der beiden höchstangesehenen Zunften dieser Welt. Jede Zunft hat ihren Schutzgott, doch die Priester und die Schwertkämpfer sind der Göttin Selbst zugeteilt ... und sie sorgen dafür, daß die anderen das nicht vergessen, glauben Sie mir! Ihnen sind also ganz außergewöhnliche Gaben zuteil geworden.«

»Und ich soll die Aufgabe erfüllen?«

Das zahnlückige Grinsen blitzte kurz auf. »Genau!«

»Gefährlich, wie ich annehme?«

Der Junge nickte. »In Maßen, ja. Es besteht ein gewisses Risiko für den Körper — aber er wurde Ihnen gratis geschenkt, denken Sie daran! Wenn Sie erfolgreich sind, werden Sie mit einem langen Leben und Zufriedenheit und Glück belohnt werden. Es gibt so gut wie keine Schranken für einen Schwertkämpfer der Siebten Stufe,

Mr. Smith — Wohlstand, Macht, Frauen, alles gebührt ihm. Alles, was Sie wollen, wirklich. Jede Frau wird sich Ihnen hingeben. Kein Mann wird sich je gegen Sie auflehnen.«

Wallie schüttelte den Kopf. »Wer bist du?«

»Ich bin ein Gott«, sagte der Junge schlicht. »Ein Halbgott, um genau zu sein.«

Der Riese sah sich in der schäbigen Hütte um, lächelte und schüttelte den Kopf. »Die Irrenanstalt scheint überfüllt zu sein. Jetzt packen sie schon zwei Insassen in einen Raum!«

Der Junge warf ihm einen wütenden, finsteren Blick zu. Die Fliegen schienen um ihn weniger herumzuschwirren als um Wallie. Es war eine verrückte Unterhaltung, doch Wallie hatte nichts Besseres mit seiner Zeit anzufangen.

»Ein Schwertkämpfer ist ein Soldat, oder nicht?«

Der Junge nickte. »Und ein Polizist. Und ein Richter. Und noch einiges andere.«

»Ich habe nicht den blassesten Schimmer vom Soldatspielen.«

»Man kann Ihnen das Nötige beibringen, ohne Schwierigkeit. Auch den Umgang mit einem Schwert werden Sie lernen, falls Sie sich deswegen Sorgen machen sollten.«

»Ich kann nicht behaupten, daß das mein sehnlichster Wunsch ist. Doch laß mich raten. Die Aufgabe besteht darin, diesen Typen Hardduju umzubringen. Habe ich recht?«

»Nein!« fauchte der Junge. »Sie haben nicht recht! Allerdings sollen Sie das auch tun. Als ehrenhafter Schwertkämpfer sollten Sie es als Ihre Pflicht ansehen, die Ehre ihres Handwerks hochzuhalten. Hardduju ist bestechlich.«

Wallie erhob sich und ging zum Bett, um sich auf die Kante zu setzen. »Es sieht sehr danach aus, als hätte er mehr Feinde als Freunde. Das alles geht mich nichts an, und bis jetzt hat mir auch noch niemand irgend etwas bewiesen.«

Der Junge drehte sich auf seinem Stuhl blitzartig zu ihm um und funkelte ihn zornig an. »In diesem Fall ist kein richterlicher Spruch nötig, denn er ist ein Schwertkämpfer. Es bedarf lediglich eines Zweikampfes. Sie brauchen dafür keinen Grund anzugeben, und er kann ihn nicht ablehnen. Ich versichere Ihnen, daß er für Shonsu kein ernsthafter Gegner ist.«

Wallie lachte. »Aber für mich! Außer vielleicht im Tennis. Steht mir die Wahl der Waffen zu?«

Der Junge fletschte wütend die Zähne. »Sie sind mit Shonsus Sprache ausgestattet, Mr. Smith — sie werden sich auch seine Fähigkeiten erwerben. Die Aufgabe ist wichtig. Viel wichtiger, als zum Beispiel die Kosten pro Einheit Polypropylen um einige Tausender zu senken oder die Sachverständigenberichte über alternative katalytische Systeme zur Hydrierung auszuwerten.«

»Du hast meinen Eingangspostkorb durchgeschnüffelt, was, Wahngestalt? Nun gut, beweise es mir! Kläre mich auf, worin diese wichtige Aufgabe besteht.«

»Götter bitten nicht!«

Wallie zuckte mit den Schultern. »Und ich glaube nicht an Götter.«

»Aha! Jetzt haben Sie es uns aber gegeben, wie?«

»Vollbringe ein Wunder«, schlug Wallie grinsend vor. »Verwandele diesen Stuhl in einen Thron!«

Das Gesicht des Jungen war im Schatten, doch seine klugen Augen blitzten. »Wunder sind primitiv! Und sie werden nicht auf Befehl vollbracht!« Dann setzte er sein Grinsen wieder auf. »Übrigens, wenn ich ein Wunder vollbrächte, würde Ihnen das kaum helfen zu glauben, daß diese Welt wirklich ist, oder?«

Wallie schmunzelte und stimmte ihm zu. Er fragte sich, wann wohl das Frühstück gebracht werden würde. Der Junge lehnte sich auf dem Stuhl zurück. Er war zu groß für ihn, und er krümmte sich wie eine Banane, hielt das Kinn auf die Brust gedrückt und sah Wallie an. »Worauf beruht der Glaube?«

Er könnte dem Jungen die Ohren langziehen und ihn hinauswerfen, doch was sollte er dann mit dem Rest des Tages anfangen? »Glaube? Das ist eine Frage der Erziehung.«

Der Junge sah ihn spöttisch an. »Das verschiebt die Sache lediglich um eine Generation nach hinten, nicht wahr?«

»Stimmt«, pflichtete Wallie belustigt bei. »Nun, laß uns Glaube definieren als den Versuch, die eigenen Werte einem allmächtigen Wesen zuzuschreiben. Wie findest du das?«

»Mies«, sagte der Junge. »Warum sollte man die eigenen Werte und so weiter und so weiter ...?«

Wallie spürte, daß er gedrängt wurde, etwas zu sagen, das er nicht sagen wollte, doch er war sich nicht sicher, was es war. »Um sich einen glücklichen Abgang zu verschaffen? Um das Leiden zu erklären, indem man ihm einen tieferen Sinn unterstellt?«

Es wurde schon langsam heiß, obwohl die Sonne noch tief stand und der Tag noch jung war. Wallie merkte, wie ihm der Schweiß den Brustkorb hinunterlief. Dem mageren Jungen schien die Hitze nichts anzuhaben.

»Schon besser«, sagte er. »So, wie können wir erreichen, daß Sie an die Welt glauben? Sie haben einen Vorgeschmack ihrer Freuden genossen. Würde eine Kostprobe ihrer Leiden mehr bewirken — wäre der Geschmack der Hölle überzeugender als der des Himmels?«

»Nein.« Das war keine verlockende Aussicht.

Die dunklen Augen funkelten erneut auf. »Sie widersetzen sich also dem Spruch der Göttin, ja?«

Wenn das nicht eine ganz und gar abwegige Vorstellung gewesen wäre, hätte man die Worte des schmächtigen Jungen als Drohung auffassen können ...

»Sag deiner Göttin, das kann sie sich aus dem Kopf schlagen«, sagte Wallie mit Bestimmtheit. »Ich habe nicht die geringste Lust, Schwertkämpfer zu sein, weder in dieser noch einer anderen Welt.«

Der Junge blickte ihn kalt an. »Ich bin nur ein Halbgott — ich werde Ihr nichts Derartiges sagen. Warum kommen Sie nicht mit zum Tempel und sagen es Ihr selbst?«

»Ich? Soll mich vor einem Götzenbild verbeugen? Ist es aus Ton oder aus Stein?«

»Stein.«

»Nie und nimmer!«

»Warum nicht?« fragte der Junge. »Sie haben oft genug einer Flagge aus Stoff diese Ehre erwiesen.«

Wallie spürte, daß er in einem Punkt verloren hatte. »Aber ich habe an das geglaubt, was die Flagge symbolisierte.«

Daraufhin lachte der Junge und hüpfte vom Stuhl. »Da haben wir's ja! Aber wir sollten jetzt besser verschwinden, denn es sind Mörder unterwegs hierher, Sie täten also gut daran, sich aus dem Staub zu machen.«

Wallie sprang ebenfalls auf die Füße. »Nett, daß du das so nebenbei erwähnst. Ich brauche eine Hose.«

Der Junge deutete auf ein Bündel am Boden. »Sie haben Ihr Geschenk noch nicht aufgemacht.«

Wieso hatte er das bisher noch nicht gesehen? Wallie hob das Bündel aufs Bett und packte es aus.

»Ziehen Sie zuerst den Kilt an«, sagte der Junge und beobachtete ihn. »Vielleicht ist er etwas kurz, aber es wird schon gehen. Jetzt den Harnisch. Die Stiefel passen nicht.«

»Nein, allerdings nicht«, bestätigte Wallie taumelnd. Er hätte etwa Größe fünfzig gebraucht, vermutete er.

»Dann schneiden Sie mit dem Schwert die Spitzen auf!« Der Junge kicherte. »Sie können doch kein barfüßiger Schwertkämpfer sein.«

Wallie drehte das Schwert hin und her. Es war beängstigend. »Wozu braucht man so etwas?« fragte er. »Für die Elefantenjagd?« Indem er die Klinge dicht bei der Spitze mit den Fingerspitzen anfaßte, schlitzte er den Zehenteil der Stiefel auf. Danach konnte er sie anziehen, doch sie drückten, und die Zehen ragten vorn heraus. Der Junge kicherte wieder.

»Am besten lasse ich das Schwert fürs erste noch mal hier«, sagte Wallie.

Der Junge schüttelte den Kopf. »Ein Schwertkämpfer ohne Schwert wäre ein öffentlicher Skandal!«

Die Schwertscheide war mit dem Harnisch verbunden und hing ihm auf dem Rücken. Als er versuchte, das Schwert hoch genug anzuheben, um die Spitze in die Öffnung zu schieben, schlug er mit der Hand gegen die Decke. Er versuchte, sich aufs Bett zu setzen, und mußte feststellen, daß er auf der Scheide saß. Langsam wurde ihm die Sache zu bunt, denn der Junge grinste breit.

»Sie könnten sich hinknien«, schlug er vor. »Oder sich nach vorn beugen. In dem Fall würde allerdings die Scheide zur Seite rutschen.«

Genau das tat sie, indem sie ihm an den Riemen über den Rücken glitt. Wallie gelang es, die Öffnung der Scheide zur einen Seite zu schieben und die Spitze zur anderen, um dann unter wilden Verwünschungen und der Beinaheinbuße eines Ohrs die Klinge hineinzuschieben.

»Gar nicht schlecht«, sagte der Junge und blickte ihn abschätzend an. »Zwar haben Sie den Griff auf der falschen Seite, aber das macht nichts, denn Shonsu ist beidhändig gleich stark, soviel ich weiß. Denken Sie daran, daß Sie mit der linken Hand ziehen müssen, wenn Sie jemanden töten wollen.«

»Ich habe nicht im entferntesten die Absicht, dieses Ding wieder da rauszuziehen!« Doch Wallie zog es heraus und drehte das Ganze in die andere Richtung um.

»Jetzt bringen Sie es noch so in die richtige Position,

daß der Griff neben Ihr Ohr kommt«, sagte der Junge, während er den letzten Gegenstand aus dem Umhang, der die äußere Hülle des Bündels gebildet hatte, nahm — einen schmalen Lederriemen. »Für die Haare«, erklärte er.

»Ich habe noch nie viel für die Lederszene übriggehabt«, murmelte Wallie, während er sein Haar am Hinterkopf zusammenraffte und den Lederriemen darum herumband — es war dickes, schweres Haar, nicht Wallie Smiths Haar. »Soll ich mich wirklich in dieser Aufmachung in die Öffentlichkeit wagen? Man wird mich festnehmen.« Er betrachtete sich mit einem finsteren Blick in dem stumpfen, fleckigen Spiegel.

Der Junge lachte. »Schwertkämpfer nehmen andere Leute fest, und Sie sind ein hochrangiger Schwertkämpfer. Nein, Sie sehen blendend aus. Die Mädchen würden Ihnen nachpfeifen, wenn sie es wagen würden. Gehen wir!«

Wallie zögerte, als sein Blick den Umhang auf dem Bett und den Henkelkorb mit einem Vermögen an silbernem Geschirr darin streifte. »Was geschieht mit diesen Sachen«, fragte er.

»Es wird gestohlen werden«, antwortete der Junge. »Macht das was?«

Wallie entging nicht der eigenartige Beiklang in dieser Frage, und er sah das Funkeln in den scharfen Augen. Es war eine Fangfrage — wenn er zugegeben hätte, daß es etwas machte, dann hätte er zugegeben, daß die Sachen wertvoll waren und demnach in gewisser Weise wirklich sein mußten. Wenn er bei diesem Köder zuschnappte, dann hing er sozusagen an der Angel.

»Mir nicht.«

»Dann gehen wir jetzt«, wiederholte der Junge und trippelte über den Boden.

»Momentchen doch mal, Kurzer!« sagte Wallie. »Wie soll ich denn wissen, daß du mich nicht in eine Falle führst?«

Das freche Koboldgesicht grinste wieder und zeigte die Zahnlücke. »Genau das tue ich.«

Die gleiche Frage hing in der Luft, diesmal unausgesprochen: *Macht es was?*

Wallie zuckte mit den Schultern und lächelte. »Also, geh voraus!« Er folgte dem Jungen aus der Hütte.

6

Es war ein schöner Morgen, tropisch schwül, auch wenn er zu sehr nach Pferden und Menschen roch. Sobald er aus dem Schatten der Hütte trat, traf ihn die Sonne heiß im Rücken — es war die Art von Morgen, bei der er an Sommerferien dachte, an Strände und sonnengebräunte Mädchen, an Wanderungen im Wald oder ans Tennisspielen. Der Junge flitzte über die Straße, sprang auf das niedrige Seitengeländer und balancierte darauf voran, wackelnd und mit ausgebreiteten Armen, um das Gleichgewicht zu halten. Wallie ging ebenfalls auf die andere Seite, um neben ihm herzugehen, und sah jenseits des Geländes einen steilen Abhang, an dessen Fuß Bäume standen. Er enthielt sich jedes Kommentars dazu, da er damit wieder die gleiche Frage heraufbeschworen hätte.

Es kamen ihnen nur wenige Leute auf der Straße entgegen. Wenn sie näher kamen, winkten sie und verbeugten sich. Er nickte ihnen zu und setzte seinen Weg fort.

»Wie soll ich diese Grußgesten erwidern?« fragte er seinen Führer.

»Nicken ist gut«, sagte der Junge, der jetzt sicherer lief, da das Geländer von einer breiteren Mauer abgelöst worden war. Sein Gesicht war beinah auf derselben Höhe mit Wallies. »Den Schwarzen und Weißen brauchen Sie natürlich keine Beachtung zu schenken. Den Gelben auch nicht, wenn Sie nicht wollen. Die Grünen und Blauen sollten Sie jedoch zur Kenntnis nehmen und mit geballter Faust am Herzen grüßen. Das bedeutet, daß Sie nicht die Absicht haben, die Waffe zu ziehen, verstehen Sie, genau wie das Händeschütteln bedeutet, daß man keine Waffe versteckt hält.« Er breitete die Arme wieder aus, da er an einen brüchigen, schmalen Mauerabschnitt gekommen war. »Lächeln Sie nicht — das tut man nicht.«

»Nicht einmal beim Anblick hübscher Mädchen?«

Der Junge warf ihm einen mahnenden Blick zu. »Von einem hochrangigen Schwertkämpfer würde das sozusagen einem Befehl gleichkommen.«

Wallie betrachtete die nächsten Gruppen, die ihnen begegneten, genauer. Orangefarbene Gewänder waren von vier Zeichen im Gesicht begleitet, braune mit dreien. Weiß bedeutete die Erste Stufe, zu der offensichtlich die absoluten Neulinge gehörten. Bis jetzt hatte er noch keine schwarzen Gewänder gesehen, aber er wußte, was sie bedeuteten — Sklaven. Kinder vor dem Pubertätsalter, sowohl Jungen als auch Mädchen, liefen nackt herum wie sein Begleiter.

»Das gilt für Zivilisten«, fuhr der Junge fort. »Bei Schwertkämpfern ist die Sache entschieden komplizierter. Es gibt einen bestimmten Gruß, den man nur im Vorbeigehen auf der Straße anwendet, ein anderer ist die Einleitung zu einem ernsthaften Gespräch. Und dann kommt es immer noch darauf an, wer auf der höheren Stufe steht und so weiter.« Er übersprang eine Mauerlücke und landete so sicher wie eine Ziege auf der anderen Seite. »Die Erwiderungen auf die Begrüßungen unterscheiden sich auch wieder von diesen.«

Wallie sagte nichts dazu. Die Straße führte jetzt seitlich den Hang hinunter ins Tal zu einem geschäftigen Wirrwarr von Gebäuden, allesamt überragt von einem kathedralenartigen Bauwerk mit sieben goldenen Spitztürmen ... dem Tempel der Göttin zu Hann. Zweifellos war das ihr Ziel. Hinter dem Tempel erhob sich die andere Wand des Tals, schroffer, kahler Felsen, mit dem Einschnitt einer schmalen Schlucht. Vom Fenster der Hütte aus hatte er in die Schlucht hineinsehen können, bis zu dem Wasserfall, der eingehüllt in eine gewaltige Sprühwolke in die Tiefe stürzte; von seinem jetzigen Standpunkt aus war nur die Wolke sichtbar.

Die gefurchte Straße war verdreckt mit Maultierkot und anderem Unrat — er hatte Mühe, seine Zehen nicht zu beschmutzen, doch schließlich gab er es auf und fügte sich dem Schicksal. Die Stiefel drückten, und der Junge bewegte sich mit erschreckender Geschwindigkeit voran, auch für so lange Beine wie die Shonsus.

Als sie ebenen Boden erreicht hatten, mußte der Junge neben ihm auf der Straße gehen, und sie wurden langsamer. Die Stadt verschlang sie sofort mit ihrem gedrängten Elend zwischen Reihen hoher Holzhäuser, die fast jeden Zentimeter bedeckten. Zwischen ihnen schlängelten sich häßliche Gassen voll hastender Menschen hindurch; sie schleppten Lasten oder schoben Karren oder eilten einfach irgendwohin. Doch irgendwie wurde immer Platz gemacht für einen Schwertkämpfer der Siebten Stufe, und er wurde nicht einmal angerempelt, obwohl die Grußgesten recht nachlässig wurden. Der Gestank war noch viel schlimmer als oben auf dem Hügel.

»Die Braunen stehen auf der untersten Stufe?« fragte Wallie.

Der Junge mußte immer wieder Sprünge machen, um mit ihm schritthalten zu können, doch Wallie setzte seinen Weg unbeirrt fort — sollte der Kleine doch sehen, wie er es schaffte.

»Drittstufler. Handwerkerstatus.« Er verschwand hinter dem Karren eines Händlers und stieß auf der anderen Seite wieder zu Wallie. »Qualifizierte Fachleute. Weiße und Gelbe sind Lehrlinge. Darüber fängt es mit den Jungakademikern an.« Er grinste kurz.

Viele streunende Köter stöberten in dem Unrat herum, und die hohen Mauern schlossen das Sonnenlicht aus. Die Luft war angefüllt mit einem Gemisch aus Insekten und dem Gestank nach Menschen und Tieren und abgestandenen Kochdünsten und Müll, mit Ausnahme der Stellen, wo ein Gewürzladen oder eine Bäkkerei ihren Wohlgeruch in die Straße verströmte und eine Duftoase schuf.

Wallie blickte jetzt einigermaßen durch: Weiß, Gelb, Braun, Orange und Rot. Grün und Blau waren die höchsten Stufen, doch diese Farben hatte er bis jetzt noch nicht gesehen. Offenbar war das Ganze ziemlich willkürlich verteilt.

»Warum diese Ordnung nach Stufen?« fragte er.

»Hier entlang«, sagte der Junge und bog in eine weitere verwinkelte Gasse ab, die ebenso wie die anderen schmutzig und dunkel und voller Menschengewühl war. »Aus keinem bestimmten Grund. Es ist schon immer so gewesen. Das ist eine Standarderklärung, die für alles herhalten kann.«

Bettler trugen Schwarz, meistens nur einen zerfetzten, dreckigen Lumpen. Viele von ihnen hatten sich auch einen Lumpen um den Kopf gebunden ... um ihrer Handwerkszunft keine Schande zu machen? Die Bedeutung einiger der Zeichen in den Gesichtern konnte er erahnen. Ein lautes Hämmern vor ihnen erwies sich als der Lärm einer Schmiede, und natürlich waren die Zeichen des Schmieds Hufeisen. Ein Mann, der einen Karren mit Stiefeln und Schuhen vor sich herschob, trug die Umrisse von drei Stiefeln im Gesicht. Manche waren jedoch nur Symbole, deren Bedeutung er nicht erraten konnte: Rauten, Halbkreise, Sparren.

»Man müßte diesen ganzen Ort hier abbrennen und neu aufbauen«, brummte Wallie.

»Das wird gemacht, alle fünfzig Jahre oder so«, sagte der Junge.

In dem Erdgeschoß der meisten Häuser war ein Laden untergebracht, mit einem Zeichen über der Tür und manchmal Auslagetischen davor, die sorgsam bewacht wurden und den Verkehr noch mehr behinderten. In einigen der Werkstätten, wie bei dem Schmied, konnte man den Leuten beim Arbeiten zuschauen, zum Beispiel auch beim Weben oder Nähen oder Töpfern. Krüge waren das Zeichen der Töpfer.

Wallie bemerkte auch viele Anzeichen von Krankheit — Blindheit und Auszehrung und häßliche Geschwüre. Die Armut war überwältigend; alte Frauen schleppten mit gebeugten Rücken Holzbündel, und Kinder arbeiteten ebenso schwer wie Erwachsene. Das alles gefiel ihm gar nicht. Er hatte schon zuvor Armut gesehen — in Tijuana zum Beispiel, aber Tijuana hatte die Entschuldigung, neu zu sein, vergänglich. Doch diese Stadt wirkte uralt und beständig und dadurch irgendwie schlimmer.

Der Junge wich immer wieder in Seitengassen aus und vermied die Hauptstraßen, obwohl diese noch schmaler und vielleicht sogar belebter waren, weil sich darin noch mehr Karren und Wagen drängten. »Versuchst du, mich zu verwirren, und gehen wir irgendeiner Sache absichtlich aus dem Weg?« wollte Wallie wissen.

»Ja«, sagte der Junge.

Es war eine wuchernde Elendsstadt — einige der Gebäude waren vier Stockwerke hoch. Jetzt bemerkte er, daß viele der Tiere, die er für streunende Hunde gehalten hatte, in Wirklichkeit ausgemergelte Schweine waren, die im Müll nach Nahrung suchten. Schweine fraßen alles, sogar Fäkalien, und ihre Anwesenheit erklärte zum Teil den Gestank.

»Ich vermute, eine Fluß-Göttin hätte nichts gegen Toiletten mit Fließwasserspülung?« höhnte Wallie.

Der Junge blieb stehen und sah ihn zornig an. »Unterlassen Sie solche Scherze!«

Wallie wollte ihn ins Ohr kneifen — und griff daneben. Er konnte Fliegen fangen, doch dieser Knirps entwischte ihm? »Aha, du bist also nicht allzu wirklich«, sagte Wallie und lachte.

Sie standen in einer der Nebengassen, und die Fußgänger machten nervös zu beiden Seiten Bogen um einen gefährlichen Schwertkämpfer.

»Kommen Sie!« Der Junge ging zu einer Auslage in einem schmalen Eingang, ein senkrecht aufgestelltes Brett, an dem aufgefädelte Perlen hingen. Ein zerknittertes altes Weib hockte mit angewinkelten Beinen auf einem Schemel daneben. Der Junge griff nach oben und zog ein Perlenband herab. Die Alte rappelte sich überrascht auf, um dem edlen Herrn schönzutun und gnädig behandelt zu werden.

»So, jetzt sehen Sie mal!« Der Junge ließ das Perlenband um einen Finger kreisen — grüne Tonperlen auf einem verknoteten Faden ohne Verschluß. »Alle sind gleich, und doch ist jede geringfügig anders; es gibt keinen Anfang und kein Ende; der Kreis verläuft in beide Richtungen gleich; der Faden geht rundherum durch. Richtig? So, lassen Sie uns weitergehen.«

Er setzte sich in Bewegung. Wallie packte ihn an der Schulter und schnappte diesmal nach dem Köder. »Die Perlen gehören dir nicht, Kurzer!«

»Macht es was?« fragte der Junge und zeigte die Zahnlücke.

»Ja, das macht was. Welten mögen sich voneinander unterscheiden, Gehirne mögen krank werden, aber was Anstand ist, bleibt Anstand.« Wallie blickte zu ihm hinab und hielt die schmächtige Schulter fest mit seiner großen Hand umklammert. Die alte Frau sah verschreckt aus und biß sich schweigend auf die Fingerknöchel.

»Das ist dann also noch etwas, das Sie vergessen müssen«, sagte der Junge. »Doch wenn Sie den Vergleich mit den Perlen verstehen, dann kommen Sie der Sache schon viel näher, Wallie Smith. Hier, Großmütterchen.«

Er ließ das Perlenband durch die andere Hand gleiten und warf es ihr zu, doch irgendwie hatten sich die Perlen verwandelt. Sie schimmerten und waren ganz bestimmt nicht mehr aus Ton. »Los jetzt!« knurrte er barsch und eilte auf der Straße weiter, während Wallie ihm mit gemächlichen Schritten folgte und sich zu erinnern versuchte, was er eigentlich mit den Perlen gemacht und wie er sich aus seinem Griff befreit hatte, und überlegte, was dieses ganze rätselhafte Theater bedeuten sollte.

Sie überquerten wieder eine Straße und bogen in eine weitere Gasse ein, drückten sich an einem abgestellten Wagen vorbei und huschten in einen Eingang, als ein Ochsenkarren vorbeikam, gezogen von etwas, das glaubhafter aussah als die kamelgesichtigen Pferde mit den langen Körpern.

Endlich gelangten sie an den Rand eines freien Platzes, der weiträumig genug war, um das Sonnenlicht hereinzulassen. Der Junge blieb stehen.

»Ah! Frische Luft!« schnaufte Wallie. »Wenigstens vergleichsweise.«

Der Junge blickte aufmerksam zur anderen Seite des Platzes hinüber, wo eine Wand wie eine Felsklippe aufragte. Zwei gewaltige Türflügel aus Balken, die dicker als ein Mann waren, hingen schief an massiven eisernen Angeln zu beiden Seiten eines bogenförmigen Eingangs. Die Türflügel standen weit auf und sahen so aus, als ob sie überhaupt nicht mehr geschlossen werden könnten, ohne auseinanderzufallen. Daneben schloß sich in beide Richtungen ein Gebäude dicht am anderen an, alle ebenso hoch wie die Wand. Hinter dem Torbogen fielen helle Sonnenstrahlen auf grünes Gras und hohe Bäume. Kleinere Gruppen von Menschen kamen aus den verschiedenen Gassen und Straßen, die auf den Platz mündeten, überquerten ihn und gingen durch den Torbogen.

»Geht es dort in den Tempel?« fragte Wallie.

Der Junge nickte. »Die Wachen werden keine Notiz von Ihnen nehmen.«

Wallie hatte die Wachen nicht bemerkt. Jeweils zwei standen zu beiden Seiten, junge Schwertkämpfer, drei in Gelb und einer in Orange. Zwei lümmelten sich gegen die Wand, und zwei standen lässig mit in den Harnisch geschobenen Daumen da — ein sehr wenig eindrucksvolles Bild militärischer Disziplin. Sie beobachteten gelangweilt die Pilger und ließen hin und wieder eine Bemerkung fallen, meistens über die Frauen.

Der Junge musterte Wallie mißbilligend. »Ihr Schwert hängt schief!« zischte er.

»Es ist kopflastig«, beschwerte sich Wallie und schob es wieder in eine mehr senkrechte Lage.

»Ja, aber es gibt einen Trick, wie man es in der richtigen Position hält. Nur Erststufler schieben es andauernd wieder zurecht.« Ärger schwang in seinem Ton mit.

»Nun ja, ich bin eben noch ein Anfänger.«

Der Junge stampfte mit dem Fuß auf. »Aber das braucht nicht gleich jeder zu sehen.«

Wallie hatte nicht darum gebeten, verrückt zu werden. »Laß uns die ganze Geschichte mit diesem Planeten streichen, und ich gehe wieder in die Chemie.«

Der Junge schüttelte den Kopf. »Sie können hier leben oder hier sterben. Je eher Sie sich damit abfinden, desto besser. Also, folgen Sie jetzt der nächsten Gruppe von Pilgern durch das Tor, dann werden die Wachen Sie nicht bemerken.«

Das war Unsinn, denn die Gruppen bestanden selten aus mehr als einem Dutzend Leuten, und Wallie hatte bis jetzt noch niemanden gesehen, der auch nur annähernd so groß war wie er. »Und ob sie mich sehen werden«, sagte er.

»Macht es was?« fragte der Junge triumphierend.

Wallie sah ihn an. Ja, machte es was? Für ein Trugbild war diese Welt unglaublich lebensecht, angefangen von dem kalten Schmutz, der seine Zehen überzog, bis zu den Insekten, die ihm um den Kopf schwirrten. Und das Sonnenlicht glitzerte überaus realistisch in den Schwertgriffen auf den Rücken der Wachtposten.

»Es würde auf jeden Fall nichts machen«, sagte der Junge. »Sie würden Ihnen höchstens einen Gruß entbieten. Wenn Sie ihn nicht erwidern, müßten sie Sie zum Zweikampf herausfordern — aber das würden sie nicht wagen. Nicht bei einem Siebentstufler.«

»Vier an der Zahl würden das nicht wagen?«

»Die Frage ist, welcher als erster kämpft!« Der Junge grinste. »Los, weiter! Gehen wir!«

Wallie reihte sich am Ende einer Gruppe von acht Pilgern ein, sechs Männer und zwei Frauen — ein Fünftstufler, vier Viertstufler und drei Drittstufler. Sie schritten gemächlich über den Platz, während er die Wachen aus den Augenwinkeln aufmerksam beobachtete und jedes Prickeln einer bösen Ahnung verdrängte. Als sie am Torbogen ankamen, nahmen die Wachtposten die Pilger in Augenschein und ließen eine schlüpfrige Bemerkung über den Umstand fallen, daß eine der Frauen schwanger war; doch ihr Blick schien Wallie irgendwie zu umgehen, und er spazierte unbehelligt in die Tempelanlage.

»Du hattest recht, Kurzer«, sagte er. Dann sah er sich überrascht um. Der Junge war verschwunden. Er war allein.

7

Wallie schlenderte auf einer glatt gepflasterten Straße gemütlich hinter den Pilgern her. Er wunderte sich sehr über den Gegensatz zwischen dem Gewühle in der dreckigen Stadt und dem Frieden hier in einer Parklandschaft mit samtenen Rasenflächen und ordentlich angelegten Blumenbeeten unter schattenspendenden Bäumen.

Wie die Pferde, ähnelten die Pflanzen denen auf der Erde, aber irgend etwas an ihnen war auch wieder anders. Er war kein Botaniker und kam nicht darauf, worin die Abweichung genau bestand. Sträucher wie Bougainvillaea wuchsen in flammendem Orange und Purpur neben scharlachrotem Hibiskus. Palmen, hoch wie Säulen, reckten sich empor, um den indigofarbenen Himmel mit ihren Wedeln zu kitzeln. Gewaltig große Gebäude standen in der Ferne versteckt hinter Akazien und Eukalyptusbäumen; einige davon sahen wie Gesindehäuser aus, doch andere hatten prächtige Marmorfassaden. Hier lebten die hohen Herrn des Tempels, ergötzten sich an ihrer Macht direkt neben der Armut der Stadt und ließen sich von ihren Sklaven verwöhnen, denn er sah viele kleine braune Männer mit schwarzen Lendenschürzen, die irgendwelche Pflanzen mit den Wurzeln herausrissen, mit Sensen Gras mähten und Bündel schleppten. Ihm wurde schwindelig ob dieser Ungerechtigkeit, und er stellte fest, daß er immer größere Schwierigkeiten hatte, sich daran zu erinnern, daß all dieses ein Trugbild war, das ihm sein Unterbewußtsein vorgaukelte.

Zwei ältere Frauen in blauen Seidengewändern standen in ein Gespräch vertieft da und blickten erstaunt auf, als sie seiner ansichtig wurden. Er legte sich im Vorübergehen die Faust aufs Herz, doch das schien ihre Überraschung nur noch zu vergrößern. Mit ziemlicher Sicherheit waren sie Priesterinnen, und es war eindeutig, daß er für sie nicht unsichtbar war. Die Kunde würde sich also verbreiten, daß ein Schwertkämpfer der Siebten Stufe angekommen war. *Macht es was?* Voller Unbehagen benahm er sich so, als ob es etwas machte. Er beschleunigte seine Schritte und überholte die Pilger vor sich, wobei er hörte, wie sie warnende Rufe ausstießen, wenn er vorbeikam.

Die Straße vor ihm war frei; sie schlängelte sich weiter durch Bäume und um Häuser herum und über Rasenflächen. Die Querstraßen waren offenbar von untergeordneter Bedeutung, und dorthin hatten sich kleinere Trauben von Pilgern verzogen, um ihm den Weg zu räumen. Die Tempelanlage war größer als die Stadt, und das Tosen des Wasserfalls war hier lauter zu hören.

Dann machte die Straße eine Biegung, und er war am Ziel angekommen.

Vor ihm lag ein riesiger Platz wie die Startbahn eines Flugplatzes. Auf der rechten Seite war er gesäumt von einigen Bäumen und einem großen stehenden Teich, fast einem kleinen See. Auf der linken Seite stand ein Tempel. Er mußte den Kopf zurücklegen, um ihn zu betrachten, und er war atemberaubend. Eine hohe Treppe reichte über die ganze Breite der Front; sie endete oben in sieben gewaltigen Bögen, und darüber erhoben sich goldene Spitztürme. Er hatte den Eindruck, daß er größer war als jede Kirche oder Kathedrale auf der Erde; ein Komplex aus sieben nebeneinanderstehenden geschlossenen Hallen. Die Pilger vor ihm mühten sich auf ihrem Weg die Stufen hinauf voran und verteilten sich oben in alle Richtungen wie Sprudelblasen, die in einem Glas aufsteigen.

Er ging geradewegs über den freien Platz, bis er mit dem mittleren Bogen auf einer Linie stand, dann nahm er Anlauf und stürmte die Stufen hinauf, ohne genau zu wissen, ob er das tat, weil er ein Siebentstufler war und dieses Verhalten für einen solchen für angemessen hielt, oder weil diese seine ganz persönliche Illusion war und er deshalb seine Einmaligkeit noch steigern wollte.

Während er weiterkletterte, bemerkte er, daß die am oberen Ende der Treppe dicht gedrängten Pilger alle mit dem Gesicht zum Tempel knieten. Er beschloß, daß er sich nicht hinknien würde, aber er war sich noch nicht sicher, *was* er tun würde. Sich vielleicht einen Priester packen und verlangen, mit Mr. Honakura zu sprechen.

Und dann? Der kleine Junge hatte ihn gewarnt, daß er in eine Falle tappen würde. Doch müßte er im Tempel selbst eigentlich gegen einen plötzlichen Tod gefeit sein, oder nicht?

Er war fast oben angekommen, als eine Glocke zu läuten begann, tief und bedrohlich und lauter als das Gurgeln des Wasserfalls. Die Pilger erhoben sich sofort und wandten sich um. Weitere Menschen strömten aus dem Tempel und gesellten sich zu ihnen. Im ersten Moment dachte er, sie blickten alle ihn an, und das war tröstend, denn das war etwas so Unmögliches, wie es nur in Träumen geschah, doch gleich darauf erkannte er, daß nicht ihm die Aufmerksamkeit galt — Waffen waren gezückt worden.

Er hielt inne und drehte sich ebenfalls um. Der Anblick war umwerfend: Der Platz, der See und die ganze Schlucht bis zu der schäumenden weißen Wand des Wasserfalls waren von einem Regenbogen eingerahmt. Einen Augenblick lang dachte er daran, wie entzückt Neddy bei diesem Schauspiel gewesen wäre — Neddy war ganz wild auf Wasserfälle.

Er wünschte, er hätte einen Fotoapparat dabei gehabt. Sein ganzes Leben lang hatte Wallie Smith eine Brille getragen, doch jetzt entging ihm nicht die kleinste Einzelheit dieses Anblicks. Das war ebenfalls typisch für Träume. Wozu jedoch die Aufregung? Trieb vielleicht jemand in einem Faß den Wasserfall hinunter?

Nicht ganz.

Auf halber Höhe des Wasserfalls ragte aus der Felswand ein flacher Vorsprung heraus und bildete so etwas wie eine grün überzogene Plattform, und seine überraschend scharfen Augen erkannten Menschen darauf. Während er hinsah, schwebte einer von ihnen in den freien Raum davon, zuerst langsam, dann wurde er immer schneller und verschwand schließlich in der Gischt darunter.

Menschenopfer?

Die Glocke läutete immer noch.

Unten am Rand des Wassers stand eine kleine Gruppe von Männern und ganz wenigen Frauen. Ein zweiter Körper segelte von dem Felsvorsprung. Der Fluß würde ihn bis in den Teich mitreißen, denn jetzt konnte er auch die Wirbel in der Strömung sehen. Und da kam der erste auch schon an, mit dem Gesicht nach unten wurde er getrieben und drehte sich langsam. Die Zuschauer am Ufer rannten mit langen Stöcken über den Kies, offenbar nicht willens, sich die Füße naß zu machen. Der Körper wich ihnen aus, trudelte aus ihrer Reichweite, wurde vom Fluß weggetragen, über den Rand des großen Platzes hinaus und hinter dem Tempel aus der Sicht. Der zweite näherte sich. Er wurde zur Überprüfung ans Ufer gezogen, doch dann wieder hinausgestoßen, da er offensichtlich tot war.

Insgesamt geschahen unter Wallies Augen fünf Morde. Alle fünf Leichen wurden vom Fluß weggetragen. Die auf dem Vorsprung zurückgebliebenen Gestalten formierten sich und marschierten im Gleichschritt von dannen; es waren also zweifellos Schwertkämpfer. Da hast du dir ja einen netten Beruf ausgesucht, Wallie Smith! Er war angewidert. Zuerst Sklaven und jetzt Menschenopfer! Hätte seine Phantasie ihm nicht eine bessere Welt als ausgerechnet diese schaffen können? Doch das Dilemma war immer noch das gleiche — wenn diese Welt wirklich war, dann gab es keine Erklärung, wie er hierhergekommen war, weder nach den Regeln seiner Welt noch nach denen dieser, denn Honakura und Jja waren ebenso verwirrt gewesen wie er. Menschenopfer oder nicht, er konnte nur weiterhin an dem Glauben festhalten, daß sich all dies in seinem durch das Fieber gestörten, kranken Gehirn abspielte.

Er stieg die restlichen Stufen hinauf, so schnell er konnte. Die Pilger waren wieder auf die Knie gesunken und blickten in die ihm abgewandte Richtung. Kurz darauf konnte er das Dach des Tempels sehen, ein unglaubliches Labyrinth von Kuppelgewölben. Es gab im Innern keine Stützsäulen, die ganze weitgespannte Decke trug sich selbst, was eine architektonische Unglaublichkeit war und viel dazu beitrug, sein Mißtrauen zu bestätigen. Als er sich der obersten Stufe näherte, erblickte er die Statue. Das war also sein Ziel! Er würde hingehen und mit dieser Göttin über ihre Welt plaudern und ein paar Verbesserungsvorschläge machen.

Er bahnte sich einen Weg durch die Knäuel kniender Pilger. Zwei Schwertkämpfer in braunen Kilts sprangen bei seinem Anblick wachsam auf und zogen die Schwerter zum Gruß. Er beachtete sie nicht, sondern ging weiter durch den Bogen in das Mittelschiff und zielstrebig auf die Statue am anderen Ende zu, wobei er verblüfft war über die ungeheuerlichen Ausmaße dieses Ortes. Die riesigen Fenster aus buntem Glas strahlten in komplizierten Mustern aus Blumen und Pflanzen und Tieren und Vögeln und Fischen in funkelnden Rot- und Blau- und Grüntönen. Man nehme sämtliche große Kirchen und Tempel und Moscheen der Erde und mache eine einzige daraus ...

Müßig herumschlendernde Priester und Pilger erstarrten bei seinem Näherkommen entsetzt. Er schritt gelassen an ihnen vorbei. Die Kunde von seinem Erscheinen war ihm bestimmt längst vorausgegangen, und er würde ja sehen, wer ihn empfangen würde — der kleine alte Honakura oder die finstere Gestalt des Hardduju mit seinem üblen Leumund.

Die Größe des Tempels wurde von der Größe der Statue dominiert. Doch es war keine Statue. Es war ein natürliches Felsgebilde, eine konische Säule aus irgendeinem bläulichen Gestein, amorpher Art, vermutete er, obwohl er von Geologie nicht mehr wußte als von Botanik. Die Figur einer sitzenden Frau in einem langen Gewand ließ sich erahnen, das ausdruckslose Gesicht dem Wasserfall zugewandt, doch hatte kein menschliches Werkzeug an der Form gearbeitet. Ihr fehlte jegliche

Symmetrie. Die geopferten Gläubigen hatten ihr Leben also zu Ehren eines steinernen Findlings hingegeben! Fünf am Tag — sofern der heutige typisch war und das Ereignis täglich stattfand — mal siebenundzwanzigtausend Jahre ... er hätte einen Taschenrechner gebraucht ... wie viele Tage hatte das Jahr in dieser Welt?

Er kam an den silbernen Sockel, der dieses Idol umgab, und blieb stehen. Betende auf Knien blickten empört zu ihm auf, und Priester runzelten mißbilligend die Stirn. Wellenlinien waren das Symbol für Priester.

Das Idol war ein eindrucksvoller Felsbrocken, doch der Sockel war eine Schande. Rundherum an seinem Rand standen goldene Schalen mit Münzen darin — manche aus Gold oder Silber, die meisten jedoch aus Kupfer —, Opfergaben. Das konnte er noch verstehen und verzeihen, doch hinter den Schalen türmten sich andere Schätze: Pokale, Schmuck, Geschirr, Schnitzereien, Degen und sogar Schwerter, alle möglichen wertvolle Dinge, eine Pracht von glänzendem Metall und funkelnden Edelsteinen, Elfenbein und Leder, poliertem Holz und schimmernden Stoffen. Die, die weiter vom Rand entfernt lagen, zeigten Spuren der Alterung. Gleich hinter der vorderen Reihe hatten Kupfer und Bronze Grünspan angesetzt, weiter hinten waren Silber schwarz und Elfenbein gelb geworden, und direkt am Fuß des Idols waren Stoffe und Leder und Hölzer zerfallen, und selbst Gold und Kristall lagen stumpf unter einer dicken Staubschicht. Die Reichtümer aus Jahrhunderten häuften sich hier wie ein Berg Müll.

Wallie starrte dieses Bild des Frevels fassungslos an. Alle Schätze der Pharaonen und der Schahs und der Rajahs und sonstiger gekrönter Häupter zusammen konnten nicht an diese hier heranreichen! Atahualpas Grabbeilagen waren Talmi dagegen ... Zuerst diese Orgie letzte Nacht und jetzt dieser unermeßliche Reichtum! Wenn du schon Halluzinationen hast, dann im *großen* Stil!

Und er dachte an das Elend in der Stadt, an den Hunger und das Leid, das mit einem geringen Teil dieser Schätze hier gelindert werden könnte ...

Er mußte in seiner Entrüstung eine Zeitlang so dagestanden haben. Als er sich umsah, fand er sich umringt — von seiner Umgebung abgeschnitten durch einen Halbkreis von Priestern und Priesterinnen, jungen und alten, im Rang der Dritten bis zur Siebten Stufe; schweigend, bedrohlich, gereizt. Weitere kamen hinzu, um den Ring zu verdichten, und er entdeckte in der ganzen Menge keinen freundlichen Blick. Was sollte er jetzt tun? *Machte es was?*

Dann öffnete sich in der Barrikade eine schmale Schneise, in der die kleine Gestalt Honakuras erschien, atemlos und aufgeregt, ein winziges Männchen in einem blauen Satingewand, dessen von zahllosen Furchen durchzogenes Gesicht einen Gegensatz zu dem glatten braunen Kahlkopf darüber bildete. Seine Augen blickten forschend in Wallies; ohne Zweifel versuchte er herauszufinden, wer gekommen war: Shonsu oder Walliesmith?

»Ihr müßt Euch hinknien, mein Lord«, sagte er.

Damit war der Bann gebrochen.

»Knien?« polterte Wallie. »Ich gehe doch nicht vor einem Felsbrocken in die Knie! Ich habe beobachtet, was sich da draußen am Wasserfall abgespielt hat. Ihr seid ein mordlüsternes kleines Ungeheuer, und Eure Göttin ist ein Schwindel!«

Aus der Menge ertönte ein Zischen wie von Schlangen, und Hände bewegten sich durch die Luft. Honakura schwieg mit einem Ausdruck deutlicher Mißbilligung.

Wallie öffnete den Mund, um noch etwas zu sagen, hielt jedoch inne. Es hatte keinen Sinn. Was immer er versuchen würde, er würde keine religiöse Revolution entfachen, zumindest nicht hier.

Dann teilte sich die Menge erneut, diesmal um der Tempelwache den Weg freizugeben.

Der fette Kerl an der Spitze mit den Rubinen und dem prächtigen blauen Kilt mußte Hardduju sein. Sein grobes, verlebtes Gesicht betrachtete Wallie mit höhnischer und zufriedener Verachtung. Hinter ihm kamen drei kraftstrotzende Viertstufler in Orange, grimmig grinsend. Die Priester wichen zurück und vergrößerten den Kreis, während der Oberste Anführer mit einem süffisanten Lächeln erwartungsvoll in Positur stand. Anscheinend war es an Wallie, als erster das Wort zu ergreifen.

Er wußte nichts zu sagen, also sagte er nichts.

Sein Schwertgriff war ihm irgendwo hinter die linke Schulter gerutscht.

Harddujus Zufriedenheit wuchs. Dann zückte er sein Schwert mit beeindruckender Geschwindigkeit und durchschnitt mit gewandten Bewegungen in einer komplizierten Figur die Luft.

»Ich bin Hardduju, Schwertkämpfer der Siebten Stufe, Oberster Anführer der Tempelwache der Göttin zu Hann, und ich erweise der Allerheiligsten meinen Dank, daß Sie mir die Gelegenheit gibt, einem solchen Geschenk an die Menschheit wie Euch zu versichern, daß mir Euer Wohlergehen und Glück stets dringendstes Anliegen und Gegenstand meiner Gebete sind.«

Er schob das Schwert schwungvoll zurück in die Scheide und wartete.

Bevor Wallie eine Antwort einfiel, trat der kleine Honakura vor und deutete mit schmächtigem Arm auf ihn. »Mein Lord Oberster Anführer!« keifte er. »Entfernt diesen Gotteslästerer!«

Hardduju sah auf Honakura hinab und lachte hämisch. »Ich weiß etwas Besseres, Eure Heiligkeit.« Er winkte seine Männer heran. »Ich werde diesen Mann als Hochstapler vor Gericht bringen. Nehmt ihn fest!«

Wallie wich zurück, um sich vor den Sockel zu stellen, wohl wissend, daß er keinen echten Schutz darstellte. Die drei jungen Muskelprotze grinsten vor Vorfreude und näherten sich ihm lauernd, indem sie sich verteilten, um ihn von allen Seiten zu bedrängen. Wahrscheinlich war keiner von ihnen jünger oder kräftiger als er, aber sie konnten bis drei zählen.

Wenn er sein Schwert zöge, wäre er ein toter Mann, davon war er überzeugt, und es hatte den Anschein, daß sie ihre Waffen nicht ziehen würden, wenn er es nicht tat. Sie wollten ihn lebend, also wäre der Tod vielleicht vorzuziehen. Er tastete nach seinem Schwert, und sie stürzten sich auf ihn, gleichzeitig und unausweichlich.

Er wehrte einen Hieb mit der linken Hand ab, spürte, daß sein rechter Arm von zwei Händen gepackt wurde, empfing einen heftigen Schlag seitlich gegen den Kopf und dann den uralten, unfehlbar wirkenden Tritt eines Stiefels in die Leistengegend.

Und das machte was. Das machte sogar sehr viel.

Buch Zwei

WIE DER SCHWERTKÄMPFER SEIN SCHWERT BEKAM

1

Die Zelle des Tempelgefängnisses war langgestreckt, schmal und sehr, sehr feucht. Nachdem Wallie seiner Sinne wieder so weit mächtig war, um den Raum genauer zu untersuchen, kam er ihm wie eine Kreuzung zwischen einer offenen Kloake und einem leeren Schwimmbecken vor. Das Balkendach war zum größten Teil weggefault, und geblieben war ein pelziges Holzgerippe, von dem dunkle Moossträhnen vor der blauen Helligkeit hingen. Die Steine des Fußbodens und der Wände waren von einem braunen und gelbgrünen Schleim überzogen. Es gab rostige Gitter an beiden Enden, doch nach oben hin war keine Barriere. Ein sportlich trainierter Mann hätte durch das Dach hinausklettern können.

Er hatte nicht viel von seiner Ankunft hier mitbekommen, doch er beobachtete, wie nach ihm andere hereingebracht wurden. Wenn der Gefangene weder bewußtlos noch hinreichend fügsam war, wurde er zusammengeschlagen, dann entkleidet und auf den Boden gelegt. Ein großer Steinquader mit zwei Kerben am unteren Rand wurde ihm dann hochkant über die Beine gestellt, und damit waren seine Fußgelenke an den Boden gefesselt.

Das war alles.

Er brauchte einige Stunden, bis er sich wieder so weit erholt hatte, daß er sich aufsetzen konnte; er hatte Prellungen und Schwellungen am ganzen Körper, und alles tat ihm weh und war beschmiert mit Erbrochenem und getrocknetem Blut, innerlich und äußerlich. Er hätte alle Schätze des Tempels eingetauscht für ein Glas Wasser, und er hatte das Gefühl, daß ihm gleich mindestens sechs Zähne herausfallen würden. Durch halbgeschlossene Augenlider spähte er erschöpft zu der Reihe von sitzenden Männern, die allesamt mit den Füßen in der niedrigen Mauer von Steinblöcken steckten, die durch die Mitte des Raums verlief. Es waren außer ihm fünf, und er befand sich am Ende der Reihe.

Sein Nachbar lächelte ihn nervös an und unternahm dann den Versuch, einem Höhergestellten seinen Gruß zu entbieten, so gut es eben im Sitzen ging; er stellte sich als Innulari, Heilkundiger der Fünften Stufe, vor.

Wallie brauchte ein paar Minuten, um seine Gedanken zu sammeln. »Ich bin Shonsu, Schwertkämpfer der Siebten Stufe, mein Lord«, sagte er. »Ich bedaure, daß ich Euren Gruß nicht formgerecht erwidern kann, aber ich bin so verwirrt, daß mir die Worte nicht einfallen.«

Der Heilkundige war ein kleiner, pummeliger Mann, dessen Nacktheit den schwabbeligen Körper schonungslos enthüllte. Er hatte schlaffe, fast weibliche Brüste und einen fleischigen Hängebauch. Sein Kopf war oben kahl, und die verklebten Haare an den Seiten standen in alle Richtungen ab. Er sah wirklich ekelerregend aus, doch so waren sie alle, Wallie vielleicht am meisten.

Der Heilkundige lächelte geziert. »Oh, Ihr braucht mich nicht mit ›Lord‹ anzusprechen, mein Lord. ›Meister‹ ist die richtige Anrede für einen Fünftstufler.«

Mindestens fünf Zähne, schätzte Wallie dumpf. »Ich bitte um Verzeihung, Meister Innulari. Ich wünschte, ich könnte Eure Dienste in Anspruch nehmen, doch bedauerlicherweise verfüge ich im Moment nicht über die nötigen Mittel.«

Der fette kleine Mann betrachtete ihn mit Interesse. »Macht diese Bewegung«, sagte er und schwenkte einen Arm. »Und jetzt diese ...«

Wallie gehorchte und bewegte sich, so gut er es mit festgeklammerten Füßen konnte; jede Zuckung bereitete ihm Schmerzen.

»Vielleicht ein paar gebrochene Rippen«, entschied

der Heilkundige befriedigt. »Ihr habt nicht viel Blut gebrochen, also dürften die inneren Verletzungen nicht allzu schwer sein. Es handelt sich offenbar um das Werk von Spezialisten, denn als ich Euch sah, rechnete ich mit Schlimmerem.«

Wallie fiel wieder ein, welche Anweisungen Harddu-ju seinen Schlägern gegeben hatte, bevor die Strafaktion begann. »Es wurde ihnen befohlen, meinen Wert nicht allzusehr zu mindern«, erklärte er. »Der Oberste Anführer erwartet, fünf Goldstücke für mich zu bekommen.«

»Geht es um Denunziation?« fragte Innulari entsetzt. »Oh, ich bitte um Vergebung, mein Lord; das geht mich nichts an.«

Erschöpft erklärte Wallie, so gut er konnte, daß er am Tag zuvor einen Schlag gegen den Kopf erhalten und sein Gedächtnis verloren hatte. Deshalb war er nicht in der Lage gewesen, den Gruß des Obersten Anführers in der korrekten Weise zu erwidern.

»Und daraufhin hielt er Euch für einen Hochstapler!« Der kleine Mann sah aufgebracht und mitleidig aus. Anscheinend fühlte er sich so geehrt, neben einem Siebentstufler zu sitzen, daß er zögerte, zu der gleichen Schlußfolgerung zu kommen. »Das ist natürlich eine abscheuliche Geschichte. Und wenn er Euch denunziert hat, dann bekommt er Euch als Sklave, versteht ihr?«

Wallie nickte und wünschte im selben Moment, es nicht getan zu haben. »Wie wird man die Zeichen aus meinem Gesicht entfernen?«

»Sie nehmen ein Brandeisen«, erklärte Innulari treuherzig. »Damit werden sie Euch wahrscheinlich auch mit dem Sklavenstreifen markieren, um die Kosten für eine fachmännische Ausführung zu sparen.«

Großartig.

In diesem Moment fingen die beiden Männer neben Innulari eine Rauferei an, indem sie seitlich und einhändig aufeinander eindroschen und sich gegenseitig Unflätigkeiten an den Kopf warfen. Nach einigen Minuten kam ein jungenhaft aussehender Schwertkämpfer der Zweiten Stufe die Treppe herunter. Er marschierte auf der Fußseite der Steinquader an ihrer Reihe entlang. Die beiden Männer schrien nacheinander auf, dann verstummten sie. Der junge Schwertkämpfer entfernte sich wortlos.

»Wie hat er das gemacht?« fragte Wallie überrascht.

»Er hat sie gegen die Füße getreten. Sehr wirkungsvoll.« Innulari blickte sich anerkennend in dem Gefängnis um. »Das ganze System ist äußerst wirkungsvoll. Versucht nicht, den Stein zu bewegen. Es gelingt Euch wahrscheinlich, ihn umzustoßen, doch dann fällt er Euch auf die Füße und zerquetscht sie.«

Wallie legte sich wieder hin, die einzige andere Stellung, die ihm noch zur Verfügung stand, und fragte sich, warum der Boden wohl so fürchterlich naß war. Der Gestank hier war noch schlimmer als der in der Stadt. Er dachte an den geheimnisvollen kleinen Jungen und seine Bemerkung über eine Kostprobe der Hölle ... In gewisser Weise hatte der Kurze vernünftiger gewirkt als irgend jemand oder irgend etwas in diesem verrückten Spiel, doch in anderer Hinsicht war er noch unglaubwürdiger. Dieses Kunststück mit den Perlen, also ...

Der Heilkundige legte sich ebenfalls nieder. Wallie kam zu der Ansicht, daß der andere offenbar eine geborene Plaudertasche und damit eine weitere Qual war, zusätzlich zu allen anderen, aber er mochte sich vielleicht auch als wertvolle Informationsquelle erweisen.

»Die Sache mit dem Schlag gegen Euren Kopf ist sehr interessant, mein Lord. Mir sind derartige Symptome noch niemals untergekommen, doch sie werden in einem unserer Sutras erwähnt.« Er runzelte mißbilligend die Stirn. »Es überrascht mich, daß man den Priestern nicht erlaubt hat zu exorzieren, denn das wäre die zu bevorzugende Behandlung gewesen. Eindeutig hat sich ein Dämon Zugang verschafft.«

»Damit fing das Problem in erster Linie an.« Wallie seufzte und erklärte den Sachverhalt. Er versuchte, sich an die Auseinandersetzung zu erinnern, die stattgefunden hatte, nachdem er aus dem Mittelschiff des Tempels in den Nebenraum gezerrt worden war, in deren Verlauf Hardduju den Hochstapler als Sklave für sich beanspruchte, während Honakura darauf beharrte, daß er ein Gotteslästerer war, und andere — Priester, so vermutete er — von Dämonen sprachen. Er hatte den Eindruck gewonnen, daß ein Machtkampf um seine japsende, würgende Person entbrannt war. Er versuchte, auch das zu erklären.

Der Heilkundige schnappte bei diesem wichtigen Stück Tempelklatsch gierig zu. Wenn der Exorzismus des heiligen Honakura versagt hatte, dann hatte der alte Mann von der Göttin keine Anerkennung erfahren und damit das Gesicht verloren. Das könnte eine entscheidende Verschiebung der Machtverhältnisse bedeuten, sagte er.

Auch großartig.

»Na ja, jedenfalls haben sie nicht versucht, einen Heilkundigen hinzuzuziehen«, sagte Innulari. »Ich weiß, daß ich Euren Fall nicht übernehmen würde — mit Verlaub, mein Lord.«

»Warum nicht?« wollte Wallie wissen, trotz seiner Schmerzen neugierig.

»Weil die Prognose natürlich äußerst entmutigend ist.« Er machte eine Handbewegung zu dem Dachgerippe über ihnen und den glitschigen Wänden. »Aus diesem Grund bin ich hier. Ich habe einen Fall abgelehnt, doch die Familie hatte Geld und erhöhte ihr Angebot immer weiter. Schließlich konnte ich meiner Habgier nicht widerstehen, möge Sie mir vergeben.«

»Wollt Ihr damit sagen, daß ein Heilkundiger, der einen Patienten verliert, ins Gefängnis geworfen wird?«

»Sofern die Verwandten einflußreich sind.« Innulari seufzte. »Ich war zwar habgierig, aber letztendlich war das Ganze die Idee meiner Frau; jetzt muß sie sehen, daß sie, so gut es geht, damit fertig wird.«

»Wie lang müßt Ihr denn hier drin bleiben?«

Der fette kleine Mann zitterte trotz der dampfenden Hitze. »Oh, ich rechne damit, daß ich morgen drankomme. Ich bin jetzt seit drei Tagen hier. Das Tempelgericht fällt sein Urteil normalerweise in kürzerer Frist.«

Drankommen, wo? Vor dem Göttlichen Gericht natürlich. Wallie richtete sich erneut auf und blickte über die Reihe der nackten Männer. Nicht eine einzige hübsche Jungfrau darunter. Also keine Menschenopfer, sondern Exekutionen. Dann waren es also Verbrecher gewesen, die er den Wasserfall hatte hinabstürzen sehen? Die meisten, sagte der Heilkundige. Oder Sklaven, die keinen Nutzen mehr brachten, das natürlich auch. Und manchmal übergaben sich Bürger freiwillig der Göttin — die Schwerkranken und Alten.

»Wie viele überleben?« fragte Wallie nachdenklich.

»Vielleicht einer von fünfzig«, antwortete der Heilkundige. »Das kommt alle zwei oder drei Wochen mal vor. Im allgemeinen straft Sie unerbittlich.«

Weitere Fragen ergaben, daß die Bestrafung darin bestand, daß derjenige geschlagen und gegen die Felsen geschmettert wurde — so daß es in der Tat selten jemand schaffte, unbeschadet daraus hervorzugehen. Dennoch schien der Heilkundige seine persönlichen Aussichten recht hoffnungsvoll einzuschätzen, überzeugt davon, daß sein habgieriges Verhalten eine kleinere Sünde war, die die Göttin vergeben würde. Wallie war sich nicht klar darüber, ob der kleine Mann lediglich die Fassade der Tapferkeit aufrechterhielt oder ob er wirklich von diesem Glauben durchdrungen war. Nach Wallies Meinung waren das alles überaus düstere Aussichten.

Im Laufe des Tages wurde noch ein junger Sklave hereingebracht und unter den nächsten Steinquader geklemmt. Er blickte Wallies Gesichtsmarkierung voller Angst an und sagte kein Wort. Wallie kam nach und nach zu dem Schluß, daß der andere von Geburt aus schwachsinnig sein mußte.

Der Tag schleppte sich dahin, bestimmt von Schmerzen und unerträglicher Hitze und dem immer schlimmer werdenden Gestank, da die Gefangenen vor sich hindünsteten und die Sonne die feuchte Zelle in eine Sauna verwandelte. Der schwabbelige Innulari plapperte unaufhörlich, angeregt durch die Begegnung mit einem Siebentstufler und darauf bestehend, seine Lebensgeschichte und die Beschreibung seiner Kinder zum besten zu geben. Schließlich widmete er sich wieder dem Thema Tempelgericht. Die angeklagte Person erschien nicht persönlich vor dem Gericht — diese Vorstellung hielt er für außergewöhnlich abwegig — und erfuhr von dem Urteil im allgemeinen erst, wenn sie zur Exekution abgeholt wurde. Begnadigungen kamen allerdings auch vor, räumte er ein.

»Natürlich könnt Ihr in Eurem Fall kaum damit rechnen, mein Lord«, sagte er, »denn mehrere Mitglieder des Gerichts, darunter der heilige Honakura, waren als Zeugen bei Eurem Verbrechen zugegen.« Er machte eine Pause und fügte dann hinzu: »Es dürfte jedoch interessant sein zu erfahren, welche Entscheidung fallen wird — Dämon, Hochstapler oder Gotteslästerer?«

»Ich kann es auch kaum erwarten«, sagte Wallie. Wenn er die Wahl gehabt hätte, hätte er sich ein erneutes Exorzieren ausgesucht — wenn man ihn mittels Exorzismus in dieses Irrenhaus verfrachtet hatte, könnte man ihn vielleicht auch wieder hinausexorzieren. Aber kurz darauf erfuhr er von Innulari, daß weiteres Exorzieren sehr unwahrscheinlich wäre. Widerspenstige Dämonen wurden üblicherweise der Göttin übergeben.

Eine Frau wurde von den Wachen hereingebracht. Sie

zog sich aus und setzte sich folgsam hin, um neben dem jungen Sklaven mit dem herunterhängenden Kiefer unter den Stein geklemmt zu werden. Sie war mittleren Alters, mit grau durchsetztem Haar, mit einem schlaffen Körper und runzeliger Haut, doch der Junge fuhr herum, um sie anzustarren, und blieb den restlichen Tag über in dieser Haltung.

Das war sicher nicht Wallies Problem — vielleicht niemals mehr. Er grübelte weiter über den Vorgeschmack der Hölle nach, den der kleine Junge erwähnt hatte. War das eine Drohung gewesen, eine Weissagung oder nur eine zufällig richtige Mutmaßung? Wenn der Himmel grob als sexuelle Ekstase in den Lenden eines Mannes definiert werden konnte, dann hatte die Hölle bei ihm passenderweise mit unerträglichen Schmerzen in derselben Gegend begonnen.

Erste Feststellung: All diese Schmerzen waren real. Sexuelle Freuden mochten der Phantasie entspringen, aber dies hier nicht.

Folglich: Diese Welt war real.

Es gab, so seine Schlußfolgerung, drei mögliche Erklärungen. Die erste war Wallie Smiths Enzephalitis, was bedeutete, daß diese Welt ein Delirium war. Doch das schien immer weniger überzeugend, je weiter sich die Dinge entwickelten.

Die zweite war Shonsus Kopfverletzung — er war Shonsu, und Wallie Smith war das Trugbild. Er lag auf dem harten, nassen Stein und grübelte lange über diese Möglichkeit nach, mit geschlossenen Augen gegen die grelle Sonne. Er konnte sich nicht überzeugen. Wallie Smiths Leben haftete ihm mit zu vielen Einzelheiten in der Erinnerung. Er konnte sich zum Beispiel an Tausende von technischen Ausdrücken erinnern, doch wenn er versuchte, sie auszusprechen, brachte er nur ein Grunzen hervor. Er entsann sich seiner Kindheit und seiner Freunde und seiner Ausbildung. Politik. Musik. Sport. Die Erde wollte für ihn nicht sterben.

Dann blieb nur noch eine Erklärung: beide Welten waren real, und war in die falsche geraten.

Die Sonne stand kurz vor dem Untergehen, und plötzlich ertönte ein Rasseln vom Gitter an dem einen Zellenende her.

»Zeit zum Großreinemachen!« verkündete Innulari in zufriedenem Ton. »Und etwas zu trinken, wie Ihr es wolltet, mein Lord.«

Wasser ergoß sich in die Zelle, stieg ständig höher. Es war an fünf Männern vorbeigeflossen, als es Wallie erreichte, und bei dem Dreck mußte er würgen — was qualvolle Folgen für seine geschundenen Bauchmuskeln hatte —, doch bald hatte es eine gewisse Tiefe und war verhältnismäßig sauber und angenehm kühl. Die Gefangenen lehnten sich darin zurück und plantschten und lachten... und tranken. Dieses zweimal täglich stattfindende Großreinemachen war die einzige Gelegenheit, im Gefängnis an Wasser zu kommen, versicherte ihm Innulari.

Das Gericht verurteilt Sie zu einer Woche Amöbenruhr und zwei Wochen Septikämie auf Bewährung. Es wird sich in Kürze mit Ihrem Fall befassen.

Nachdem das Wasser durch das andere Gitter abgeflossen war, wurde das Abendessen in einem Korb hereingebracht, der in der Reihe weitergereicht wurde — Küchenabfälle, meist verschimmeltes Obst und ein paar Fetzen verdorbenes Fleisch und harte Krusten, die Wallie auch nicht angerührt hätte, wenn er das Gefühl gehabt hätte, daß seine Zähne fest im Kiefer sitzen. Alles einigermaßen Genießbare war aus dem Korb gefischt worden, bevor er bei ihm ankam. Eine Woche in dieser Zelle würde einem Todesurteil gleichkommen.

Dann ging die Sonne mit tropischer Plötzlichkeit unter; das Cello-Gesumme der Fliegen schwoll zum tausendfachen Violin-Gezirp der Stechmücken an. Innularis entschlossener Optimismus schwand offenbar ebenfalls, und er versank in Grübeln. Wallie drang mit Fragen nach den Einzelheiten seines Glaubens in ihn und hörte die gleiche schlichte Auffassung von der Reinkarnation, die er von dem Sklavenmädchen gehört hatte.

»Das liegt doch auf der Hand, nicht wahr?« fragte der Heilkundige und hörte sich an, als ob er sich selbst ebenso überzeugen wollte wie Wallie. »Der Fluß ist die Göttin. So wie der Fluß von Stadt zu Stadt fließt, fließen unsere Seelen von Leben zu Leben.«

Wallie hatte seine Bedenken. »Ihr könnt Euch nicht an frühere Leben erinnern, oder? Was ist dann die Seele, wenn sie nicht unser Geist ist?«

»Ganz anders«, entgegnete der kleine Mann beharrlich. »Die Städte sind die Leben und der Fluß ist die Seele. Das ist eine Allegorie, an die wir uns halten können. Oder nehmen wir Perlen auf einer Schnur.«

»Oh, Himmel und Hölle!« sagte Wallie leise. Er versank in Schweigen. Man konnte nicht eine Stadt auf einem Fluß bewegen, aber man konnte den Knoten einer Schnur lösen, die Perlen vertauschen und die Schnur wieder zubinden.

Das Tageslicht verblaßte, und die unglaubliche Schönheit der Ringe stand am Himmel über ihm, schmale silberne Bänder, die den bloßen Mond so nichtssagend wie eine Glühbirne erscheinen lassen würden. Fr dachte an die Pracht des Wasserfalls, den sie das Göttliche Gericht nannten. Dies war eine sehr schöne Welt.

Selbst ohne die Schmerzen, die ihm seine Verletzungen bereiteten, hätte er kaum schlafen können. Beinkrämpfe waren allen Gefangenen gemein; in der Zelle war entschieden mehr Stöhnen als Schnarchen zu hören. Das System der Ringe, das die Sklavin als Traumgott bezeichnet hatte, erwies sich als brauchbarer Zeitmesser. Der dunkle Fleck, der durch den Schatten des Planeten entstand, stieg kurz nach Sonnenuntergang im Osten auf und wanderte über den Himmel. Um Mitternacht sah er ihn in Form von zwei ganz genau gleichen Bogen, und in der Morgendämmerung verblaßte er.

Ein neuer Tag brach an, und er war noch nicht zur Wirklichkeit erwacht.

2

Der Morgen kam mit hellem Schein, und der Tag versprach so heiß wie der gestrige zu werden. Der Heilkundige Innulari machte einen enttäuschten Eindruck und gestand schließlich, daß an sehr regnerischen Tagen, wenn die Göttin den Platz des Göttlichen Gerichts nicht sehen konnte, keine Exekutionen stattfanden.

Das Großreinemachen begann und hörte wieder auf. Die Gefangenen brüteten in unbehaglichem Schweigen vor sich hin oder flüsterten nervös.

Dann kamen zwei Priester, drei Schwertkämpfer und vier Sklaven mit Gepolter die Treppe herunter und rümpften wegen des Gestanks die Nasen.

»Innulari, Heilkundiger der Fünften Stufe, wegen Pflichtverletzung …

Kinaragu, Schreiner der Dritten Stufe, wegen Diebstahls …

Narrin, Sklave, wegen Unbotmäßigkeit.«

Ein Priester rief die Namen auf, ein Schwertkämpfer deutete auf die jeweilige Person. Sklaven hoben den entsprechenden Steinquader hoch und zogen das Opfer heraus. Jeder brüllte auf, wenn die steifen Beine mit Gewalt geknickt wurden, einer nach dem anderen wurde weggezerrt. So wurden also Wallies direkte Nachbarn und ein Mann weiter unten in der Reihe zur Exekution abgeholt, und die Todesschwadron entfernte sich wieder. Anschließend wurde der Korb mit den Früchten weitergereicht.

Wallie merkte, daß ihm der schwatzhafte Innulari

fehlen würde. Eine oder zwei Stunden später hörte er das Läuten der Glocke. Er überlegte sich, ob er ein Gebet an die Göttin, an die der Heilkundige so sehr glaubte, zu dessen Gunsten richten sollte, doch er tat es nicht.

Im Laufe des Vormittags wurden weitere fünf Männer hereingebracht. Obwohl es am anderen Ende noch Platz für etliche mehr gegeben hätte, schien der Raum auf einmal überfüllt. Wallie bekam zwei neue Nachbarn, die entzückt waren, einen Schwertkämpfer der Siebten Stufe im Gefängnis zu sehen. Sie machten sich lustig über ihn und antworteten mit Unflätigkeiten, als er sich mit ihnen unterhalten wollte. Er war erschöpft vor Schmerzen und Schlafmangel, doch wenn er einzunicken drohte, versetzten sie ihm boshafte Stöße.

Plötzlich herrschte absolute Stille. Wallie hatte vielleicht doch ein wenig geschlummert, denn als er aufblickte, sah er den Obersten Anführer, der ihn von der sicheren Seite der Steinquader aus mit zufriedener Verachtung betrachtete. Er hielt eine Bambusgerte in beiden Händen und ließ sie geistesabwesend federn; es bestand kein Zweifel, wen er sich als Opfer ausgesucht hatte. Wallies erster Gedanke war, daß er keine Angst zeigen durfte. Das war nicht allzu schwer, denn sein Gesicht war so geschwollen, daß darin wahrscheinlich überhaupt keine Regung zu erkennen war. Sollte er den Versuch einer Erklärung unternehmen oder sollte er schweigen? Er wog immer noch die beiden Möglichkeiten gegeneinander ab, als das Verhör begann.

»Welches ist das erste Sutra?« fragte Hardduju.

»Ich weiß nicht«, sagte Wallie ruhig — wenigstens hoffte er, daß es ruhig war. »Ich ...«

Bevor er noch etwas sagen konnte, ließ der Oberste Anführer die Bambusgerte quer über Wallies linke Fußsohle zischen. Das war schlimm — sowohl der direkte Schmerz als auch der Reflex, der ihn mit dem Fuß hochzucken ließ, so daß er sich die Haut des Gelenks an dem

Stein abschabte. Hardduju beobachtete seine Reaktion genau und anscheinend mit Genugtuung.

»Welches ist das zweite Sutra?« Nun war der rechte Fuß dran.

Und mit dem dritten Sutra ging es wieder zum linken. Wie viele gab es wohl? Nach dem sechsten Sutra ersparte sich der Sadist jedoch die weitere Befragung und fuhr einfach mit den Schlägen fort, während er Wallies Pein mit einem immer breiteren Lächeln und offensichtlicher Erregung, die sein rotes, glänzendes Gesicht verriet, beobachtete. Er wechselte nach Lust und Laune von einem zum anderen Fuß und täuschte manchmal einen Hieb vor, um sich am Zucken des Beins gegen den Stein in Erwartung des Schmerzes zu ergötzen.

Wallie setzte zum Versuch einer Erklärung an, fand jedoch kein Gehör. Er versuchte es mit Schweigen, und Blut füllte seinen Mund, weil er sich so fest auf die Zunge biß. Er versuchte es mit Brüllen. Er versuchte es mit Flehen. Er weinte.

Anschließend mußte er wohl in Ohnmacht gefallen sein, denn ihm fehlte jede Erinnerung an das Entschwinden des Ungeheuers. Wahrscheinlich litt er auch unter einem Schock, denn den Rest des Tages verbrachte er in einem verwirrten Dämmerzustand — einer endlosen, zitternden, verschwommenen Hölle. Vielleicht war es gut, daß er seine gemarterten Füße nicht sah, die in dem Backofen auf der anderen Seite des Steinquaders lagen. Die Sonne zog ihre Bahn, die Schatten des Dachgebälks krochen über ihn, und die Fliegen kamen, um seine Wunden zu inspizieren. Seine Nachbarn verhöhnten und stießen ihn nicht mehr.

Der Abendkorb war an der Reihe vorbeigezogen, und er hatte ihn vorbeiziehen lassen, ohne etwas zu essen oder ihn überhaupt wahrzunehmen. Der Himmel wurde rasch dämmerig, als Wallie spürte, wie er aus seiner

Lethargie gerissen wurde. Er rappelte sich zum Sitzen auf und blickte sich um. Alle anderen Gefangenen waren offenbar merkwürdig kraftlos geworden und lagen schweigend da. In dem schleimigen Raum herrschte Totenstille, Wasserdunst von der letzten Überflutung hing in der Luft, und im schwindenden Tageslicht wurden die Schatten dichter.

Der kleine braune Junge lehnte gegen den Steinquader, mit dem Wallies Fußgelenke gefesselt waren, und beobachtete ihn. Er war immer noch nackt, immer noch so dürr wie ein Bündel Stecken, und immer noch hielt er einen belaubten Zweig in einer Hand. Sein Gesicht war ausdruckslos.

»Nun, macht es was?« fragte er.

»Ja, es macht was«, sagte Wallie. Das waren die ersten Worte, die er seit dem Weggehen Harddujus gesprochen hatte. Seine Füße waren Klumpen brüllenden Schmerzes, der alle anderen Schmerzen und Verletzungen übertönte.

Der kleine Junge sagte eine Weile lang nichts, sondern sah den Gefangenen nur forschend an, doch schließlich ergriff er wieder das Wort. »Das Tempelgericht tagt, Mr. Smith, und beschäftigt sich mit Ihrem Fall. Welches Urteil beantragen Sie?«

»Ich?« sagte Wallie. »Wie kann ich denn die Entscheidung beeinflussen?« Er fühlte sich aller Empfindungen beraubt, zu sehr geschlagen, um auch nur zu hassen.

Der Junge hob eine Augenbraue. »All dies spielt sich nur in Ihrem Kopf ab — es ist alles nur eine Illusion. Das haben Sie gesagt. Können Sie da nicht das Urteil in die richtige Richtung lenken?«

»Ich glaube nicht, daß ich das Tempelgericht beeinflussen kann«, sagte Wallie. »Aber ich glaube, daß du es könntest.«

»Aha!« sagte der Junge. »Vielleicht kommen wir jetzt doch ein Stück weiter.« Er legte die Hände auf den Stein hinter sich und kam mit einem Sprung darauf zu sitzen; seine Beine baumelten in der Luft.

»Wer bist du?« fragte der Mann.

»Der Kurze.« Der Junge lächelte nicht.

»Entschuldige!« rief Wallie. »Ich war unwissend!« Er blickte die Reihe der Gefangenen entlang. Niemand rührte sich.

»Sie werden nichts merken«, sagte der Junge. »Nur Sie. Nun gut, wir wollen uns wieder um den Glauben kümmern, einverstanden?«

Wallie brauchte eine Weile, bis er seine Gedanken beisammen hatte. Er mußte dies alles hier begreifen, sonst würde er sterben. Oder etwas Schlimmeres.

»Ich glaube, daß diese Welt wirklich ist. Aber die Erde war ebenfalls wirklich.«

Der Junge nickte und wartete.

»Es war wegen der Pferde«, sagte Wallie. »Sie sind wie Pferde, und doch nicht ganz. Ich habe immer an die Evolution geglaubt, nicht an die Schöpfung; die Menschen hier sind ... wenigstens Menschen. Sie gehören keiner irdischen Rasse an, aber sie sind menschlich. Zwei verschiedene Welten konnten doch wohl kaum in einer zusammenlaufenden Evolution wirkliche Menschen hervorbringen. Etwas ähnliches für eine ähnliche ökologische Nische, das vielleicht, aber nicht so ähnlich. Ich meine, Vögel und Fledermäuse fliegen gleichermaßen, doch sind sie nicht dasselbe. Nasen und Ohrläppchen? Sie sind nicht zwingend notwendig, doch die Menschen hier haben sie auch. Trotz allem, was in den Science Fiction-Geschichten zu lesen ist, würden in einer anderen Welt bestimmt keine intelligenten Zweifüßler leben, die vom *Homo sapiens* nicht zu unterscheiden sind ...«

Der Junge gähnte.

»Götter!« sagte Wallie schnell. »Es müssen Götter sein, nicht wahr? Ziel! Richtung! Das wolltest du mit den Perlen andeuten, nicht wahr? ›Eine gleicht der anderen, mit ganz kleinen Unterschieden‹, hast du gesagt. Viele Welten, Variationen zu einem Thema. Vielleicht Kopien einer idealen Welt.«

»Sehr gut!« Der Junge nickte anerkennend. »Weiter!«

»Also ist die Göttin ... die Göttin. Sie hat mich hierhergebracht.«

»Und wer sind Sie?«

Das war die große Frage, und jetzt glaubte Wallie die Antwort zu wissen. »Ich bin Wallie Smith, und ich bin Shonsu ... Wallie Smiths Erinnerungen und Shonsus Körper. Seele ... über die Seele weiß ich nicht Bescheid.«

»Dann machen Sie sich keine Sorgen über sie«, sagte der Junge. »Und Hardduju? Wie denken Sie jetzt über die Todesstrafe, Mr. Smith?«

»Ich habe nicht gesagt, daß ich nicht ...«

»Aber Sie haben es gedacht!«

»Ja«, gab Wallie zu. »Bring mich hier raus, dann werde ich den Bastard umbringen, und ich werde alles tun, was du willst ... alles.«

»So so, das werden Sie?« Der Junge schüttelte den Kopf. »Rache? Das ist nicht das Richtige.«

»Aber ich glaube jetzt an die Göttin!« protestierte Wallie, und seine Stimme überschlug sich. »Ich werde bereuen. Ich werde beten. Ich werde Ihr dienen, wenn Sie es mir gestattet. Ich werde Schwertkämpfer sein, wenn Sie das von mir wünscht. Alles werde ich tun!«

»Du liebe Zeit!« murmelte der Junge spöttisch. »Eine so unerwartete Hingabe!« Er schwieg und musterte den anderen mit starrem Blick; Wallie hatte das merkwürdige Gefühl, geprüft und gelesen zu werden — wie ein Buchhalter eine Zahlenreihe mit dem Auge bis zur untersten Ziffer abfährt. »Es ist ein sehr kleiner Glaube, Mr. Smith.«

»Mehr habe ich nicht«, sagte Wallie. Es war fast ein Schluchzen.

»Es ist nicht mehr als ein Funken Zweifel in Ihrem Unglauben. Sie werden Beweise bringen müssen.«

Das hatte er befürchtet. »Das Göttliche Gericht?«

Der Junge verzog das Gesicht. »Sie wollen doch nicht Harddujus Sklave werden, oder? Er würde Sie bestimmt doch nicht verkaufen — er hätte zuviel Spaß daran, einen Siebentstufler in seinem Keller in Ketten gebunden zu haben! Es gibt viele Vergnügungen, die er noch nicht ausprobiert hat! Sie stellen sich also doch wohl lieber dem Göttlichen Gericht, meinen Sie nicht?« Zum erstenmal grinste er wieder sein zahnlückiges Grinsen. »Der Trick ist folgender: Wenn Sie sich widersetzen, versetzt man Ihnen einen Hieb auf den Kopf und wirft Sie über den Rand des Vorsprungs. Dann schlagen Sie auf dem Felsen auf. Wenn Sie jedoch wegrennen und weit hinausspringen, dann landen Sie im tiefen Wasser. Es ist eine Glaubensprobe.«

»Ich kann mit diesen Füßen nicht rennen«, sagte Wallie. »Ist überhaupt noch etwas von ihnen übrig?«

Der Junge drehte sich kurz um, um sich Wallies Füße anzusehen, dann hob er die Schultern. »Auf dem Platz der Gnade steht ein Heiligtum. Beten Sie dort um die Kraft zum Rennen.« Seine Umrisse wurden immer verschwommener, je mehr das Licht verblaßte. »Ich habe Ihnen gesagt, daß es um etwas Wichtiges geht. Es ist eine seltene Gelegenheit für einen Sterblichen.«

»Ich habe nicht viel Übung im Beten«, sagte Wallie kleinlaut, »aber ich will mein Bestes tun. Ich hatte daran gedacht, für Innulari zu beten. Hätte ihm das geholfen?«

Der Junge warf ihm einen sonderbaren Blick zu. »Es hätte ihm nicht geholfen, aber es hätte Ihnen geholfen.« Er machte eine kurze Pause und sagte dann: »Die Götter zaubern keinen Glauben aus dem Nichts hervor, Mr. Smith. Ich hätte Sie dazu bringen können, zu glauben, aber dann wären Sie ein Werkzeug gewesen, kein selbständig Handelnder. Die Dienste eines Sterblichen sind für die Götter wertlos, wenn sie nicht freiwillig geleistet werden — und Freiwilligkeit kann nicht befohlen werden. Begreifen Sie? Doch wenn der Glaube einmal da ist, können die Götter ihn verstärken. Sie haben einen Funken gefunden. Ich kann einen Funken zur Flamme anblasen. Diesen Gefallen werde ich Ihnen tun, als Gegenleistung dafür, daß Sie mit soviel Mitgefühl an den Heilkundigen gedacht haben.«

Er zupfte ein Blatt von seinem Zweig. Im selben Moment schien das tobende Feuer in Wallies Füßen mit eiskaltem Wasser gelöscht zu werden. Der Schmerz erstarb, und alle anderen Schmerzen ebenso.

»Bis zur Abenddämmerung«, sagte der Junge.

Wallie stammelte Dankesworte, stotternd vor Erleichterung. »Ich weiß nicht einmal, wie ich dich nennen soll«, sagte er.

»Nennen Sie mich ruhig weiterhin Kurzer«, sagte der Junge, und sein zahnlückiges Grinsen war im aufsteigenden Licht des Traumgottes soeben sichtbar. »Es ist lange her, daß ein Sterblicher so respektlos war. Sie machen mir Spaß.« Seine Augen glitzerten in der Dunkelheit. »Haben Sie mal ein Spiel namens Schach gespielt — wissen Sie was passiert, wenn ein Bauer ans Ende seiner Reihe gelangt?«

Der Spott war nicht zu überhören, aber Wallie verdrängte schnell seine aufkeimende Wut. »Sir, es kann gegen jede andere Figur mit Ausnahme des Königs ausgetauscht werden.«

Der Junge schmunzelte. »Sie haben also das Ende Ihrer Reihe erreicht und sind ausgetauscht worden. Das ist doch einfach, oder nicht? Denken Sie morgen daran, so weit wie möglich zu springen, dann werden wir uns wiedersehen.«

Dann war der Steinblock leer.

In seiner zweiten Nacht im Gefängnis schlief Wallie einen gesunden Schlaf, doch gegen Morgen fand er sich an einem Tisch sitzend. Es war eine Erinnerung, eine Szene aus seiner Jugend, die so lebensecht vor ihm ablief, daß er den Geruch der Zigarettenstummel riechen und entfernte Jazzmusik aus einem Radio im anderen Zimmer hören konnte ... grüner Filz in der Dunkelheit, von einem Licht darüber erhellt; Spielkarten, Aschenbecher und Gläser. Bill saß zu seiner Linken, Justin zu seiner Rechten, und Jack war aufs Klo gegangen.

Er führte in einem Bridgespiel, mit doppeltem Einsatz, betrunken, verletzbar nach hohen Gewinnen, in einem jener verrückten Spiele, bei dem die Karten in Bündeln ausgeteilt wurden. Kreuz war Trumpf, und er hatte noch die letzte Karte davon, die Zwei. Bill legte ein Pik zu Wallies einsamem As auf dem Tisch und schob ihm das As zuvorkommend hin. Justin bediente. Das zwang Wallie, als nächster herauszukommen, und sie warteten auf ihn.

Er übertrumpfte sein eigenes As, und eine Stimme sagte: »Baff!« Dann bekam er sieben gute Herzkarten auf die Hand. Die Verteidiger waren in Bedrängnis — was immer sie ablegten, er konnte mithalten. Er hörte sich selbst siegesgewiß brüllen ... peng, drauf, jawoll, verdoppelt, noch mal verdoppelt, verdreifacht, Spiel und Robber! Er griff nach dem Anschreibeblock. Er spürte ihn zwischen den Fingern. Dann war er verschwunden, er selbst befand sich wieder im Gefängnis, und der erste Schimmer des Morgengrauens erhellte langsam den Himmel im Osten.

Der Glaube an Götter, so entdeckte er, führte einen dazu, auch an Gottesbotschaften zu glauben. Wer gab einem schlechte Karten auf die Hand ... beteiligten sich die Götter an den Spielen der Menschen, um sich die Ewigkeit zu vertreiben? Pik beim Bridgekartenspiel ist weniger wert als das Schwert beim Tarockspiel — hatte die Göttin Ihr eigenes Schwert-As, Shonsu, mit Wallie Smith, der Kreuz-Zwei, der kleinsten Karte eines Spiels, übertrumpft?

Als das Tageslicht heller wurde, kehrten die Schmerzen zurück. Aber so hatte es der kleine Junge vorausgesagt, und er glaubte daran, daß er heute aus dem Gefängnis geholt würde.

Ein Gott hatte es versprochen.

3

Im Tempelgericht war man emsig gewesen. Die Todesschwadron holte an diesem Tag sechs Gefangene, und der erste Name auf der Liste lautete: »Shonsu, Schwertkämpfer der Siebten Stufe, von einem Dämon besessen.« Wenn Innulari mit seiner Deutung richtig gelegen hatte, dann hatte der alte Honakura den Machtkampf verloren.

Wallie wurde brutal die Treppe hinaufgeschleift und dann durch einen Wachraum, und schließlich ließ man ihn schlaff auf ein hartes, von der sengenden Sonne erhitztes Pflaster fallen. Er hatte nicht geschrien. Er blieb einen Augenblick lang ruhig liegen, kämpfte gegen das Schwindelgefühl an, das ihm die Schmerzen in den Gliedern und die Wunden verursachten, und verdrehte die Augen im grellen Sonnenlicht. Dann setzte er sich mit aller Anstrengung auf, während die anderen heraufgezerrt und neben ihm zu Boden geworfen wurden, winselnd oder brüllend. Nachdem er einen Blick auf seine Füße geworfen hatte, versuchte er, sie nicht mehr anzusehen.

Er lag am Rand eines weitläufigen Hofes, einem Paradeplatz ähnlich, und die Hitze tanzte darauf in kleinen Wellen. Hinter ihm befand sich das Gefängnis, und er hörte den Fluß dahinter fröhlich plappern. An zwei Seiten war der Hof von gewaltigen Gebäuden gesäumt, und die hohen Spitztürme des Tempels reckten sich in der Ferne empor. Die vierte Seite öffnete sich in eine himmlische Landschaft, einen Park mit üppigem Grün.

Die Priester gingen von dannen, nachdem ihre Arbeit verrichtet war. Ein gelangweilt dreinblickender Schwertkämper der Vierten Stufe war jetzt offenbar der Verantwortliche. Zackig und zu vollem Glanz herausgeputzt, schlug er sich mit einer Peitsche lässig gegen die Stiefel und ließ den Blick über seine Opfer schweifen.

»Zehn Minuten, damit ihr euch wieder an eure Beine gewöhnen könnt«, verkündete er. »Dann marschiert ihr über den Platz und zurück. Oder kriecht, ganz wie euch beliebt.« Die Peitsche knallte laut.

Ein Zweitstufler in einem gelben Kilt, mit einem frischen Gesicht, kam herbei und warf jedem der Verurteilten ein schwarzes Tuch als Lendenschurz zu. Als er zu Wallie kam, runzelte er die Stirn und sah zu seinem Vorgesetzten hinüber.

»Für den lassen wir wohl besser einen Karren kommen«, sagte der Viertstufler.

Wallie entgegnete mit lauter Stimme: »Ich bin ein Schwertkämpfer. Und ich werde laufen.« Er nahm das Lendentuch, riß es in zwei Hälften und fing an, sich einen Fuß damit zu umwickeln.

»Du bist ein dreckiger Hochstapler«, schnarrte der Viertstufler.

Wallie riß von der zweiten Tuchhälfte einen schmalen Streifen ab und band sich das Haar zurück, so daß seine Gesichtszeichen sichtbar wurden. »Laut dem Urteil des Tempelgerichts bist du nicht das, was deine Zeichen besagen, Schwertkämpfer.« Das war offenbar keine ehrenhafte Anrede, denn der Mann errötete und erhob drohend seine Peitsche.

»Nur zu«, sagte Wallie. »Genau wie dein Boß!«

Der Mann starrte ihn einen Moment lang an, dann riß er dem Zweitstufler ein weiteres Tuch aus der Hand und warf es Wallie zum Umbinden hin.

Wallie war sich nicht sicher, ob er sich sehr klug verhalten hatte, doch es wurde von ihm erwartet, daß er seinen Glauben unter Beweis stellte, und das einzige Mittel, das ihm dazu einfiel, war, seinen Mut zu beweisen. Ob er ihn den Göttern bewies oder den Schwertkämpfern oder sich selbst, spielte dabei offenbar keine große Rolle. Als es soweit war, daß sie den Platz überqueren mußten, fingen ein paar Männer an zu kriechen und bekamen die Peitsche zu spüren. Wallie ging aufrecht. Er ging sehr langsam, und jedesmal, wenn er einen Fuß vor den anderen setzte, keuchte er vor Schmerz, doch er schaffte es bis zum anderen Ende und zurück. Und er hielt die ganze Zeit über den Kopf hoch.

Dann wurden die sechs aneinandergekettet, um zum Flußufer geführt zu werden, vorbei an Gebäuden, die er vor lauter Tränen nicht sehen konnte, vorbei an dem lebhaften, lauten Wasser, das in Kürze vielleicht seinen zerschmetterten Leichnam mit sich führen würde, und zur Tempelfassade mit der breiten Treppe. Dort mußten sie eine Weile warten, bis eine Priesterin herauskam und sie stammelnd segnete.

Die Wache bestand aus neun Schwertkämpfern und vier grobschlächtigen Sklaven. Wallie war der Ehrenplatz an der Spitze zugewiesen worden, und die Kette an seinem Hals wurde von einem der Zweitstufler gehalten.

Jeder Schritt war eine Qual. Inzwischen war viel von dem Wasser in seinen Augen hineinrinnender Schweiß, und wieviel Tränen herausrannen, wußte er nicht, und er scherte sich auch nicht darum. Er nahm die lange Straße durch den Park und das große Tor nur verschwommen wahr, doch die Bande in Ketten war noch nicht weit in die Elendsviertel und Gassen der Stadt vorgedrungen, als er eine Kinderstimme schreien hörte: »He, die haben einen Schwertkämpfer dabei!«

Er rieb sich die Augen frei, um klar sehen zu können, und sofort hatte sich eine Menge versammelt. Er war nicht auf die Idee gekommen sich zu fragen, was die

Leute in der Stadt wohl von den täglichen Todesmarschierern halten mochten. Innulari hatte ihm erzählt, daß die Mehrzahl der Verdammten Sklaven oder Verbrecher waren, die die umliegenden Ortschaften sandten, da dies aus einem finsteren Grund mit weit zurückreichenden Wurzeln als hoch anzurechnender Dienst an der Göttin erachtet wurde, doch einige der Opfer waren auch aus der Stadt, und vielleicht wurden ab und zu Versuche unternommen, sie zu retten. Das mochte eine Erklärung für die Zahl der Bewacher sein, denn neun Männer, die sechs in Ketten hüteten, schien übertrieben.

Doch dies war kein Rettungsversuch. Die Menge johlte, einige rannten voraus, einige hinterher — Kinder und Halbwüchsige und junge Erwachsene. Ein Schwertkämpfer der Siebten Stufe, der zum Göttlichen Gericht geführt wurde, war ein herrliches Schauspiel. Der Lärm und der Tumult in der schmalen Gasse steigerten sich immer mehr, Köpfe wurden aus Fenstern und Türen gesteckt, und aus den Seitengassen drängten weitere Neugierige heran. Die Bewacher wurden nervös und wütend und beschleunigten den Schritt, wobei sie an der Kette zerrten. Wallie hielt den Kopf hoch und zeigte die Zähne, und so stolperte er dahin.

Ein weicher Dreckklumpen traf ihn, und dann weitere, nicht ganz so weiche. Die höhnischen Rufe galten allein ihm, dem edlen Lord, dem unerschrockenen Schwertkämpfer. Na, hast du eine Schlacht verloren? Wo ist dein Schwert, Schwertkämpfer? Hier, eine Ladung von mir, mein Lord ...

Der verantwortliche Viertstufler zog sein Schwert, und einen Moment lang sah es so aus, als käme es zum Blutvergießen, dem dann unvermeidlich ein gewalttätiger Aufruhr der Massen folgen würde. Doch einer der Sklaven war losgeschickt worden, um Verstärkung zu holen. Ein weiterer Trupp von Schwertkämpfern kam im Laufschritt herbeigeeilt, und die Menge wurde brutal auseinandergetrieben. Wallie litt zu sehr unter seinen Schmerzen, um Angst zu haben, doch er empfing die Botschaft — Schwertkämpfer der Siebten Stufe waren nicht beliebt. Wenn man Hardduju als den hiesigen Prototyp annahm, dann war das nicht weiter verwunderlich.

Die Gefängniszelle war keineswegs die Hölle gewesen, nicht einmal das Fegefeuer, denn dieser Marsch war schlimmer. Tausendmal verfluchte er sich, weil er das Angebot mit dem Karren abgelehnt hatte, wie entwürdigend diese Art des Transports auch gewesen sein mochte oder wie schmerzhaft für seinen gepeinigten Körper. Er sah nicht, wie er die Stadt und die Landschaft unter sich ließ, sondern wurde nur gewahr, daß der Weg steil bergan führte. Er befürchtete, ohnmächtig zu werden, denn dann wäre er entweder vollends bis zu seinem Ziel geschleift oder kurzerhand von einem Schwert durchbohrt und ins Wasser geworfen worden. Die Lumpen, die er sich um die Füße gewickelt hatte, waren blutgetränkt und scheuerten über rohes Fleisch, und die Schmerzen und die Hitze waren unerträglich. Jeder Muskel und alle Glieder schienen zu schreien.

Ein kalter Regenschauer rief ihn ins Leben zurück, nachdem sie um die Kante eines Felsbrockens gebogen waren und sich dem Wasserfall näherten, auf einem Pfad, der auf der einen Seite von einem senkrecht abfallenden Hang und auf der anderen von einem überhängenden Felssims gesäumt war. Der Boden bebte, der Wind wirbelte eine Dunstwolke kalter Tröpfchen auf, und das Tosen dröhnte ihm in den Ohren. Der Wasserfall hing wie eine Wand vor ihm. Als er über den Rand des Pfades spähte, sah er tief unten weiße Gischt und Felsen und trudelnde Baumstämme im Wasser. Sein anfälliger neuer Glaube geriet ins Wanken — konnte überhaupt irgend jemand diesen Sprung lebend überstehen? Und selbst wenn es ihm gelänge, würde er nicht schließlich wieder im Tempel landen und das erste Sutra immer noch nicht kennen? Doch dann vertrieb der Schmerz alle Zweifel; tief in seinem Innern brodelte Zorn, Zorn über die Ungerechtigkeit und niederträchtige Grausamkeit, und nährte sein Verlangen nach Rache an dem Sadisten Hardduju — und vielleicht richtete sich sein Zorn auch gegen den wunderwirkenden, geheimnisvollen kleinen Jungen, der Wallie Smith so spaßig gefunden hatte. Wallie würde es ihnen allen heimzahlen, und bei jeder neuen Woge von Zorn wurde er entschlossener.

Jetzt wurde der Schmerz in seinen Füßen von dumpfer Gefühllosigkeit abgelöst, als ob sie abgestorben wären, doch das war möglicherweise die Wirkung des kühlenden Sprühdunstes oder auch ein Teilverlust des Bewußtseins, oder vielleicht lag es auch daran, daß er inzwischen so sehr vom Entsetzen über das ihm bevorstehende Gottesgericht gepackt war, daß er einen unaufhörlichen Gebetsschwall vor sich hinmurmelte. Er war unartikuliert und wirr und ergab sogar für ihn selbst wenig Sinn, aber vielleicht würde er ja erhört.

Der Pfad endete unvermittelt an einer Wasserfurche, die in einen flachen, grasbewachsenen Hang auf dem hervorspringenden Felssims mündete. Die Gefangenen wurden weitergeschoben, von den Ketten befreit, und sie durften auf das Gras niedersinken. Ein Sklave ging herum und nahm ihnen die Lendentücher ab.

Zwei der Posten blieben mit gezogenen Schwertern bei der Wasserfurche stehen, doch die anderen kümmerten sich nicht weiter um die Bewachung, was klar darauf hindeutete, daß die Furche der einzige Weg nach unten war. Nein — der einzige *sichere* Weg nach unten. Wallie kämpfte gegen einen Schwindelanfall an. Er versuchte, nicht an die Zukunft zu denken, sondern sich statt dessen zu überlegen, welche Leistung er vollbracht hatte, überhaupt hier anzukommen. Der kleine Junge müßte eigentlich mit ihm zufrieden sein.

An der höchsten Stelle des Hangs stand das Heiligtum, ein steinerner Baldachin über einer kleinen Nachbildung der Statue im Tempel. Dahinter erhob sich der glänzende nackte Fels der Klippe. Der untere Rand der Wiese endete in der leeren Luft; die gegenüberliegende Seite der Schlucht war durch Wolkentürme aus Wasserdunst verhüllt. Der Wasserfall war gewaltig — erschrekkend nah, ein senkrechter Fluß, der aus dem Himmel weit oben in die Hölle weit unten stürzte und die Erde mit seiner Wucht erschütterte, ein unvergeßlicher, gnadenloser weißer Tod.

Er wandte ihm den Rücken zu und saß still da, während er die Schlucht entlang bis zum Tempel blickte, der selbst aus dieser Entfernung erstaunlich groß wirkte. Eingelassen wie ein Juwel in das Emaille seiner Parkanlage, war es ein wahrhaft schönes Bauwerk und ein beeindruckender Tribut an die Gottheit, deren Verehrung es diente. Irgendwo dort unten befand sich Hardduju. Hardduju schuldete ihm noch etwas.

Die Stadt war nicht zu sehen, doch er konnte die Straße erkennen, die sich an der Wand des Tals entlangschlängelte, und sogar die winzigen Tupfer, die die Pilgerhütten waren. Er dachte an die süße Sklavin. Zerschmettert auf der untersten Stufe der sozialen Leiter, ohne Status oder Freiheit oder Besitz jeglicher Art, verdammt dazu, als Hure der Lust anderer zu dienen, hatte sie ihm dennoch Trost und Erquickung gespendet, die einzige Person in dieser Welt, die bisher so etwas getan hatte. Falls er überleben sollte und dank des Eingreifens der Götter die Freiheit zum Handeln erlangen sollte, dann gab es noch eine Schuld, die er begleichen mußte.

Eine ganze Zeit lang geschah nichts. Die nackten Gefangenen, die Bewacher und die Sklaven saßen in der Sonne herum, als ob sie eine Zigarettenpause eingelegt hätten. Der Wind spielte zaghaft um sie herum; in einem Moment brachte er den eisigen Hauch des Todes vom Wasserfall mit, im nächsten den warmen Duft der Erde und tropischer Blumen. Keiner schenkte einem anderen Beachtung. Das Dröhnen der Wassermassen hatte jede Unterhaltung ohnehin so gut wie unmöglich gemacht.

Der verantwortliche Viertstufler hatte die ganze Zeit den Tempel nicht aus den Augen gelassen und empfing jetzt offenbar ein Signal, denn plötzlich brüllte er, daß es Zeit sei. Anscheinend ging die Ehre, als erster in der Reihe der Angeketteten marschieren zu dürfen, einher mit der Ehre, als letzter zu sterben. Wallie verspürte kein Verlangen, diese Handhabung anzufechten. Der erste Mann schrie gellend auf und versuchte, im Gras zu versinken, als die Bewacher sich ihm näherten. Sie brüllten ihn an und traten ihn mit Füßen, bis er aufstand, zu dem Heiligtum rannte und sich an der Göttin festklammerte. Nach etwa dreißig Sekunden schlug ihn ein Bewacher mit einer Holzkeule, und er sank schlaff zusammen. Die Sklaven trugen ihn an die Felskante und warfen ihn mit Schwung in die Tiefe; falls die Tempelglocke für ihn geläutet hatte, dann war das vom Dröhnen des Wasserfalls übertönt worden.

Die Gefangenen versuchten, sich aus dem Blickfeld der Bewacher zu drücken, um sich verzweifelt an ein paar Extraminuten eines angsterfüllten Lebens zu klammern. Es half ihnen nichts. Einer nach dem anderen ging über den Rand. Dann war Wallie dran.

Der Viertstufler kam persönlich, und zwar allein. Er mußte sich herunterbeugen und schreien, um sich Gehör zu verschaffen. »Ihr seid zu Fuß gegangen, mein Lord, wie es sich für einen Schwertkämpfer gebührt. Werdet Ihr also auch selbst springen?« Der Ausdruck in seinen Augen besagte, daß Mut bei jedem etwas Bewundernswertes sei, auch bei einem Hochstapler. Er war lediglich ein Soldat, der seine Pflicht tat; Wallie brachte es fertig, ihn anzulächeln.

»Ich werde springen«, sagte Wallie. »Zuerst möchte ich noch beten, aber laßt es mich wissen, wenn meine Zeit abgelaufen ist. Ich möchte auf keinen Fall geworfen werden.« Er hoffte, daß sich seine Stimme in den Ohren des Schwertkämpfers ruhiger anhörte als in seinen eigenen.

Er humpelte zu der Statue unter dem Baldachin und kniete nieder. Voller Selbstbewußtsein betete er laut zu dem Götzenbild und bat um die physische Kraft, rennen zu können, und um die psychische Kraft, den Willen dazu aufzubringen.

Es kam keine Antwort, und es gab nichts mehr zu sagen. Er spürte sehr deutlich die Sonne auf seiner nackten Haut, war sich des blauen Himmels mit den weißen Wolken bewußt, des Tempels unten im Tal, der eindrucksvollen Wasserwand auf der anderen Seite und der Vögel, die freischwebend ihre Kreise durch die Luft zogen. Die Welt war sehr schön, und das Leben war süß ... und warum mußte dies alles ausgerechnet ihm passieren?

»Es ist Zeit«, sagte der Bewacher mit der Holzkeule.

Wallie erhob sich und drehte sich um. Er fing an, den Hang hinunterzuhumpeln. Überraschenderweise trugen ihn seine Beine und Füße. Er steigerte die Geschwindigkeit, rannte. Einige anfeuernde Rufe wurden hinter ihm laut. Er erreichte die Kante fast schneller, als er erwartet hatte, breitete die Arme aus und segelte mit einem gestrampelten Kopfsprung hinaus in die Leere. Er spürte heftigen Wind und Sprühwasser im Gesicht, und dann nichts mehr.

4

Tobender Wahn im Herzen des Donners ... Dunkelheit ...

Er hing über einem Balken wie ein Handtuch, Kopf und Füße nach unten. Der Krach war ohrenbetäubend, hämmerte in seinem Kopf und wirbelte ihn allein durch die Kraft des Geräuschs herum, im Dunkeln mit einem schwachen Lichtschimmer, bei dem er soeben erkennen konnte, daß der Balken eingeklemmt war zwischen zerklüfteten Steinen, wo mächtige Wellen ihn packten, hochhoben und fallenließen. Er umfaßte seine Knie und hielt sich verbissen fest, während das Wasser ihn hochriß und überspülte wie einen Ring an einem Stock. Es leckte gierig an ihm und tauchte ihn gleich darauf mit schmerzlicher Wucht unter, bis ihn die nächste Woge erreichte.

Keuchend und verzweifelt kletterte er auf den Balken, als das Wasser gerade wieder anfing zu steigen. Er sprang von dem Balken auf die Steine, gegen die er geschleudert wurde, fand einen Halt für die Hände, zog sich hoch, und umklammerte einen anderen Stein mit beiden Händen und Knien. Die nächste Welle schwappte ihm bis zur Taille hoch. Seine Finger rutschten ab, bevor sie abebbte.

Dunkelheit und schrecklicher Lärm.

Es gab keine Hoffnung, daß ihn jemand hören würde, doch einer weiteren Welle würde er nicht mehr standhalten können. Er versuchte zu schreien, brachte jedoch nur ein verzweifeltes Krächzen heraus: *»Kurzer! Hilf mir!«*

Plötzlich herrschte Stille. Frieden. Die Wellen hatten aufgehört.

Er dachte, daß er taub geworden oder gestorben sei. Der Schmerz in seiner Brust brachte ihn beinah um. Er hatte die Hälfte seiner Haut an den Felsen abgeschürft.

Licht kroch rings um ihn herauf. Er blinzelte, dann erkannte er die Form der Felsen und des Balkens unter sich, und dann sah er weitere Felsen, eine steile Geröllhalde mit Gesteinsbrocken so groß wie Häuser oder klein wie ein Tisch, übersät mit Strandgut wie der Balken — der offenbar Teil eines Schiffsmasten war — und Planken und Baumstämmen und Ästen, aufgetürmt zu einem chaotischen Haufen. Es war ein Hügel, der Müllberg eines Riesen, an dem er wie eine Fliege klebte.

Seine Brust drohte zu zerspringen. Er atmete in japsenden Stößen und erlebte jedesmal einen kleinen Tod.

Es gab keine Quelle für das Licht, und doch strahlte es immer heller auf, wie die Wintersonne. Alle Felsen glitzerten darin, und das Holz glänzte wie Spiegel. Über ihm bildete ein vorspringender Felssims ein Dach. Der Platz darunter war eingeschlossen von leuchtenden Schleiern aus Kristall und Silber, eine gefrorene weiße Pracht — in allen Regenbogenfarben schillernde, zerrissene Vorhänge aus Eis. Und unter ihm, fast direkt zu seinen Füßen, hatten sich die vom Wasserfall aufgewühlten gewaltigen Wellen in erstarrte Tümpel aus dunkelblaugrünem Obsidian verwandelt, mit einer Kruste aus Holzstämmen und anderem leblosen Treibgut; an den tieferen Stellen war der Farbton Indigo bis Schwarz. Die Luft funkelte von Abertausenden von Brillantsplittern, einem Dunst von schwebenden Diamanten. Dies war der Raum hinter dem Wasserfall, der wie durch ein Wunder gefroren war.

Er war nicht in der Verfassung, ein Wunder zur Kenntnis zu nehmen. Er sah einen flachen Felsen, zog sich hinauf und brach zusammen. Ströme von Wasser ergossen sich, begleitet von schmerzhaften Krämpfen, aus seiner Lunge. Er würgte und übergab sich und blieb dann nach einem letzten tiefen japsenden Luftholen reglos liegen.

Nach einer ganzen Weile klärte sich sein Geist langsam. Die Schmerzen ließen so weit nach, daß er den Kopf heben und sich in dieser lautlosen Kathedrale aus Kristall und Stein umsehen konnte, einer Gletscherhöhle in glitzerndem Weiß wie der Palast der Schneekönigin. Der zerklüftete Abgrund unter seinem Sims war erschreckend, mit gewaltigen erstarrten Wellen — wie zornige Riesen, denen vorübergehend die Beute vorenthalten wird.

»Sie sind also angekommen«, sagte die Stimme des kleinen Jungen, »sicher, wenn auch nicht ganz gesund?« Er saß mit überkreuzten Beinen auf einem nahen Fels, höher, flacher und behaglicher aussehend als Wallies. Er hielt seinen belaubten Zweig in der Hand. Und er entblößte die Zahnlücke in einem spöttischen Grinsen.

»Ich glaube, ich sterbe«, sagte Wallie schwach. Es machte ihm nichts mehr aus. Jedem Menschen war eine Grenze gesetzt, und er hatte seine bereits überschritten. Sollten die Götter mit einem anderen ihre Spielchen treiben.

»Nun, das läßt sich regeln«, sagte der Junge. »Stehen Sie auf.«

Wallie zögerte, gehorchte dann jedoch und kam stolpernd und gefährlich schwankend auf die blutigen, zerschundenen Füße, unfähig, sich ganz aufzurichten.

»Meine Güte! Sie sind vielleicht zugerichtet!« sagte der Junge. Er betrachtete Wallie eingehend und zupfte dann ein Blatt von seinem Zweig.

Wallie spürte, wie er geheilt wurde. Eine Woge der Heilung durchflutete ihn. Sie begann bei dem hämmernden Schmerz in seinem Kopf und spülte ihn hinweg. Seine Sicht wurde klar, dann gewannen seine lokkeren Zähne wieder festen Halt im Kiefer, seine Rippen wuchsen wieder zusammen, verrenkte Glieder richteten sich ein, Schnitte schlossen sich, Prellungen gingen zurück, und seine geschwollenen Hoden schrumpften wieder auf normale Größe. Das Wunder erreichte seine Füße und erstarb.

Er besah sich von oben bis unten, dann setzte er sich und untersuchte seine Füße. Sie waren besser als zuvor, aber noch weit davon entfernt, geheilt zu sein. Seine Augen blieben blutunterlaufen und geschwollen, seine blauen Flecken sichtbar, wenn auch nicht mehr schmerzhaft. Sein Inneres fühlte sich nicht mehr allzu schlimm an, doch sein Äußeres war immer noch eine deutliche Katastrophe, und mit diesen Füßen zu laufen, wäre immer noch die Hölle.

»Verpaß mir noch einen Schuß!« verlangte er. »Dir ist auf halbem Weg der Saft ausgegangen.«

Der Junge runzelte warnend die Stirn. »Die Hölle hat Ihnen viel mehr geboten als der Himmel, Mr. Smith. Ich werde Ihnen ein paar Erinnerungen daran lassen.«

Es hatte keinen Sinn, mit einer solchen Macht zu streiten. Wallie betrachtete noch einmal den merkwürdig gläsernen Wasserfall. Es hatte eines Wunders bedurft, um ihn lebend hierher zu bringen. Sicher war ein zweites vonnöten, um ihn hier wieder rauszubringen. Er fragte sich, woher das Licht wohl kommen mochte. Doch vor allem hatte er immer noch Schmerzen, war wütend und gereizt.

»Sie haben Ihren Glauben bewiesen«, sagte der Junge. Er stützte sich mit den mageren Unterarmen auf die spitzen Knie und blickte nachdenklich auf Wallie hinab. »Sie haben mir erklärt, Glaube sei der Versuch, dem Leiden einen tieferen Sinn zu geben. Hilft Ihnen das?«

»Ich hatte den Eindruck, daß dich das erheitert hat«, sagte Wallie, immer noch voller Bitterkeit.

Diesmal lag eine Drohung in dem Stirnrunzeln. »Vorsicht!«

»Tut mir leid«, murmelte Wallie, dem es nicht leid tat. »Du hast mich also getestet?«

»Auf die Probe gestellt. Sie haben die Probe bestanden. Dieser Körper hält was aus, aber Muskeln und Knochen allein genügen nicht.« Er kicherte. »Die Göttin kann andererseits auch keinen Schwertkämpfer gebrauchen, der sich bei jedem Notfall erst einmal hinsetzt und einen Krisenstab einberuft. Sie haben viel Mut und Ausdauer bewiesen.«

»Und ich vermute, vor drei Tagen wäre ich dazu noch nicht in der Lage gewesen?« Wallie rutschte auf dem Fels herum und suchte nach einer ebenen Stelle, wo er sich hinknien könnte. Er hatte das Gefühl, daß er in die Knie gehen sollte.

»Natürlich wären Sie es gewesen«, sagte der Gott, »aber Sie wußten es nicht. Jetzt wissen Sie es. Genug davon! Sie haben Ihren Glauben bewiesen, und Sie haben eingewilligt, die Aufgabe zu übernehmen, richtig? Die Belohnung richtet sich ganz nach Ihren Wünschen — Macht, Reichtum, körperliche Kraft, ein langes Leben, Glück ... Ihre Gebete werden erhört werden. Vorausgesetzt, Sie haben Erfolg. Die Alternative ist der Tod, oder etwas noch Schlimmeres.«

Wallie zitterte, obwohl ihn nicht fror. »Paradies oder ewige Verdammnis?«

»So etwa. Jetzt haben Sie jedenfalls eine Ahnung von beidem. Doch von nun an müssen Sie sich Ihre Belohnung verdienen.«

»Wer bist du?«

Der Junge lächelte und sprang auf. Er verbeugte sich und streifte mit seinem Zweig den felsigen Boden, so wie vielleicht ein Höfling mit seinem Federhut den Boden eines Palastes gestreift hätte. Und doch war er nur ein dürrer, nackter kleiner Junge. »Ich bin ein Halbgott, eine untergeordnete Gottheit, ein Erzengel — was immer Sie vorziehen. Sie können mich ›Meister‹ nennen, da es Ihnen verboten ist, meinen Namen zu kennen.« Er ließ sich wieder auf seinen Sitzplatz fallen. »Ich habe diese Gestalt gewählt, weil sie mir Spaß macht und Ihnen keinen Schrecken einjagt.«

Wallie gab sich nicht beeindruckt. »Was sollen diese Spielchen? Ich hätte viel früher an dich geglaubt, wenn du eine gottgemäßere Gestalt angenommen hättest — sogar ein Halo ...«

Er war etwas zuweit gegangen. Der Junge brauste wütend auf: »Wie Sie wünschen! Aber nur ein ganz kleines.«

Wallie schrie auf und hielt sich die Hände vor die Augen, aber zu spät.

Die Höhle hatte zuvor schon geglitzert. Doch jetzt strahlte sie in einem Glanz wie die Oberfläche eines Sterns. Der Junge blieb ein Junge, doch ein kleiner Teil seiner Göttlichkeit blitzte einen Augenblick lang auf, und das reichte, um einen Sterblichen zu einem Häuflein Angst schrumpfen zu lassen.

In diesem majestätischen Aufflackern erblickte Wallie Zeit, die alle Vorstellungskraft überstieg; sie reichte weiter zurück als bis zum Anbeginn der Galaxien und setzte sich fort bis lange nachdem solche vergänglichen Feuerwerke verblaßt waren; Gehirne mit einem IQ, der ins Unendliche ging und die jeden Gedanken jedes Wesens im Universum kannten; Kräfte, die einen Planeten so leicht, wie man einen Fingernagel reinigt, zum Verpuffen bringen konnten; eine Würde und Reinheit, gegen die sich die gesamte Menschheit tierisch und wertlos ausnahm; kalte, marmorharte Entschlußkraft, der sich nichts widersetzen konnte; Mitleid, jenseits menschlicher Wahrnehmung, das die Leiden der Sterblichen kannte und wußte, warum sie litten, diese Leiden jedoch nicht abwenden konnte, ohne das Wesen der Sterblichkeit an sich zu zerstören, das das Leiden so unvermeidbar machte. Außerdem spürte er etwas Tieferes und Schrecklicheres als all diese Dinge, eine Erscheinung, für die es keine Worte gab, die sich bei einem Sterblichen jedoch als Langeweile oder Resignation bemerkbar machen könnte und die die dunkle Seite der Unsterblichkeit war, die Bürde des Allwissens und der unbegrenzten Zukunft, ohne Überraschungen, ohne Ende, auch nach dem Ende der Zeit, immer und ewig und ewig …

Ihm wurde bewußt, daß er auf dem Felsen herumkroch und sich krümmte, sabbernd vor Entsetzen und Zerknirschung, sich benässend, heulend und um Gnade und Vergebung flehend, mit unbeherrscht schlackernden Gliedern. Er wollte sich verstecken, sterben, sich im Boden vergraben. Er wäre den ganzen Weg ins Gefängnis zurückgerannt, wenn das eine mögliche Flucht vor der Erinnerung dieses Glanzes gewesen wäre.

Er brauchte lange, bis er sich wieder einigermaßen unter Kontrolle hatte. Als sich sein Blick klärte und er sich auf die Knie erheben konnte, saß der kleine Junge immer noch auf der gleichen Stelle, hatte seine Aufmerksamkeit jedoch dem Vorhang aus funkelndem Kristall zugewandt, der einst ein Wasserfall gewesen war. Er deutete mit einem Finger darauf, und Stücke davon bewegten sich auf sein Geheiß hin, um sich zu einem riesigen Flechtwerk von verwirrender, multidimensionaler Kompliziertheit zu formen. Eine göttliche Skulptur ... schon ein flüchtiger Blick darauf reichte, um Wallie schwindelig zu machen. Er wandte die Augen rasch ab.

»Meister?« flüsterte er.

»Aha!« Der magere Junge drehte sich wieder zu ihm um, ein zufriedenes und zahnlückiges Lächeln im Gesicht. Er wartete nicht auf den Versuch einer Entschuldigung. »Sie haben sich wieder erholt! Wie ich sehe, haben Sie sich noch mehr Haut abgeschürft. Nun denn, nachdem wir Ihre Seele ins Lot gebracht, Ihren Körper mehr oder weniger geheilt und Ihr Benehmen gebessert haben, können wir jetzt vielleicht zur Sache kommen?«

»Ja?«

»Ja, *was?*«

»Ja, Meister«, sagte Wallie so unterwürfig, wie er konnte. Offenbar waren die Götter neunmalklugen Sterblichen nicht wohlgesinnt.

Der Junge stützte sich mit einem Ellbogen auf dem Knie ab und wedelte mit einem Finger durch die Luft, als ob er im Begriff sei, eine Geschichte zu erzählen. »Also — Shonsu war ein hervorragender Schwertkämpfer. Wahrscheinlich gibt es zur Zeit keinen großartigeren auf der Welt.« Er machte eine kurze Pause, um nachzudenken. »Höchstens vielleicht einen ebenbürtigen. Schwer zu sagen — wir werden sehen.« Er grinste schelmisch. »Shonsu hatte eine Mission zu erfüllen. Er versagte, und die Strafe war der Tod.«

Wallie öffnete den Mund, doch der kleine Junge kam ihm zuvor. *»Du sollst die Gerechtigkeit der Götter nicht anzweifeln!«* Er sprach in einem Ton, der alles abwürgte, was Wallie hätte vorbringen können.

»Nein. Meister.«

»Die Göttin verlangt von Ihnen, das zu vollbringen, an dem Shonsu scheiterte.«

Inwieweit durfte er wagen, Fragen zu stellen? »Meister, warum gerade ich? Wie und warum wurde ich hergebracht? Wie kann ich etwas schaffen, bei dem der größte aller ...«

Der Junge hielt eine Hand hoch und fuhr ihn an: »Sie erwarten eine Erklärung? Sie haben ja nicht einmal die Regeln des Tempels begriffen, ganz zu schweigen von den Dingen, um die es hier geht. Ich habe die Zeit angehalten, damit wir uns unterhalten können, aber ich habe sie nicht für Sie angehalten, und wenn ich Ihnen das alles erklären würde, dann würde Sie an Altersschwäche sterben, bevor wir weiterkommen.« Er seufzte.

»Die Wahrheit ist wie ein feingeschliffener Juwel, Mr. Smith, mit einer Million Facetten. Wenn ich Ihnen nun eine Facette dieses Juwels zeige, werden Sie dann zufrieden sein und andererseits nicht vergessen, daß es nur eine ist und es noch viele andere gibt?«

»Ich werde es versuchen, Meister«, sagte Wallie. Er kroch noch ein Stück weiter über den Felsen und setzte sich schließlich auf die Kante, wo er die Beine über dem Abgrund baumeln ließ.

Der Junge warf ihm einen nachdenklichen Blick zu. »Nach alledem«, sagte er, »sind Sie immer noch der Meinung, daß das Leben lebenswert ist, doch Sie wissen, daß der Tod unvermeidbar ist. Sie glauben, daß ein Elektron ein Teilchen ist und eine Welle gleichermaßen, nicht wahr? Sie wissen, daß Liebe und Lust die höchste und die niederste menschliche Antriebskraft sind, und doch lassen sie sich meistens nicht trennen. Sie besitzen also eine gewisse Fähigkeit, sich mit widersprüchlichen Wahrheiten abzufinden?«

Wallie nickte und wartete.

»Nun denn ... ich habe Ihnen einige Tips gegeben.«

»Schach und Bridge? Spielen die Götter Spiele?« Wallie wollte das nicht glauben; war die ganze Geschichte der Menschheit nichts weiter ein Spiel, mit dem sich die Götter einen Spaß machten?

»Das ist eine Facette des Juwels«, sagte der Junge. »Fassen Sie es wie ein Gleichnis auf. Und jemand hat einen falschen Zug gemacht, wie Ihnen Ihr Traum gezeigt hat. Es verstößt nicht gegen die Regeln, sich einen falschen Zug zunutze zu machen! Im Handeln der Götter, verstehen Sie, gibt es keinen Zufall und nichts Unerwartetes, doch manchmal gibt es das Ungewöhnliche. Sie waren ungewöhnlich. Das erklärt, warum Sie verfügbar waren. Das ist alles, was ich Ihnen sagen kann.«

Er bedachte Wallie mit einem angewiderten Blick. »Und eilen Sie jetzt nicht von dannen und gründen eine neue Religion mit diesen Erkenntnissen — das ist immer ein Risiko, wenn Sterblichen von Göttern etwas erklärt wird. Sehen Sie, während die eine Facette bedeutet, daß gewisse ... Kräfte ... gegeneinander wirken, sind sie in anderen Facetten des Juwels Partner. Ziemlich verwirrend, nicht wahr?«

Wallie nickte. Verwirrend war zu milde ausgedrückt.

»Viele andere Facetten hingegen enthalten überhaupt keinen Widerspruch. Deuten Sie meine Parabel nicht dahingehend, daß Sie unwichtig sind. In Ihrer früheren Welt, als die Krieger mit blechbedeckter Brust und vorgerecktem Kinn aufeinander losgingen, um Krieg zu spielen, war das ein Spiel?«

Wallie mußte lächeln. »Ja und nein, Meister.«

Der Junge sah erleichtert aus. »Also gut. Wir wollen weitermachen und uns nicht mit Erklärungen aufhalten.

Sie haben gezeigt, daß Sie Mut haben. Sie verfügen über Shonsus Körper und seine Sprache, und Sie können mit seinen Fähigkeiten ausgestattet werden. Fühlen Sie sich dem gewachsen?«

Wallie kam der Gedanke, daß dies das merkwürdigste Bewerbungsgespräch in der Geschichte des Planetensystems sein dürfte — was für ein Planetensystem das immer sein mochte. Ein kleiner nackter Junge, der am Rand eines Felsens hinter einem erstarrten Wasserfall einen großen nackten Mann prüfte!

»Ich bin besser als Hardduju. Er ist der einzige Maßstab, nach dem ich urteilen kann.«

Der Junge zischte etwas Unverständliches über Hardduju. »Für alle Künste gibt es ein Sutra«, sagte er, »und in den meisten Fällen enthält das erste Sutra einen Kodex. Wenn ein Junge zum Schwertkämpfer wird, dann schwört er, sich dem Kodex der Schwertkämpfer zu unterwerfen. Hören Sie zu!«

Er leierte eine lange Latte von Gelöbnissen herunter. Wallie hörte ihm mit wachsendem Mißfallen und Unbehagen zu. Bei den Schwertkämpfern mußte es sich allem Anschein nach um ein Mittelding zwischen Tempelritter und Pfadfinder handeln. Kein Sterblicher konnte diesen hohen Anforderungen gerecht werden ... zumindest nicht Wallie Smith.

#KODEX

Ich gelobe, mich allzeit treu zu fügen
dem Willen der Göttin,
den Sutras der Schwertkämpfer,
dem Gesetz des Volkes.
Ich werde mächtig mit den Mächtigen verfahren,
sanft mit den Schwachen,
großzügig mit den Armen,
gnadenlos mit den Habgierigen.

Ich werde nichts tun, dessen ich mich schämen muß,
und nichts umgehen, das mich ehrt.
Ich werde anderen nichts als Gerechtigkeit
widerfahren lassen,
und für mich selbst nicht mehr verlangen.
Ich werde unerschrocken sein, was den Kampf angeht,
und bescheiden, was Wohlstand angeht.
Ich werde in Freuden leben.
Ich werde in Tapferkeit sterben.

»Ich gelobe es«, sagte er zaghaft. »Und ich hoffe, ich kann es so gut halten, wie es ein Mensch nur vermag, obwohl es mehr ein Kodex für Götter als für schlichte Sterbliche ist.«

»Schwertkämpfer haben eine Schwäche für furchteinflößende Eide«, sagte der Junge geheimnisvoll und starrte ihn eine Weile so eindringlich an, daß er anfing zu zittern. »Ja«, sagte er schließlich, »ich habe den Eindruck, Sie werden sich alle Mühe geben. Sie fangen gleich ganz oben an, auf der Siebten Stufe, und Sie kommen nicht in den Genuß einer langen Ausbildung, damit Ihnen die nötige Einstellung beigebracht werden kann. Ihr vergangenes Leben kann kaum als geeignete Schulung angesehen werden. Sie müssen begreifen lernen, daß der Kampf gegen das Böse unter Umständen drastische Mittel rechtfertigt und daß süße Vernunft allein nicht genügt.«

»Na ja, ich habe eine ungefähre Vorstellung«, entgegnete Wallie. »Mein Vater war Polizist.«

Der kleine Gott lehnte sich auf seinen pfeifenstieldünnen Armen zurück und lachte ein langes und kindlich-hohes Lachen, für das Wallie nicht den geringsten Anlaß sah. Das Kristall warf das Echo zurück, bis die ganze Höhle davon widerhallte.

»Sie lernen, Mr. Smith! Sehr gut! Das erste, was Sie jetzt tun müssen, ist, zum Tempel zurückzukehren und Hardduju zu töten. Das ist Ihre Aufgabe. Diese Pflicht schulden Sie der Göttin, und es ist eine Gunst, die Sie Ihnen erweist. Er ist untragbar. Natürlich könnte sich die Göttin seiner entledigen — durch einen Herzanfall oder eine Blutvergiftung am Finger —, doch er ist so schlecht, daß mit ihm ein Exempel statuiert werden muß. Sie könnte einen Blitzstrahl auf ihn schleudern, doch das wäre eine ziemlich primitive Wundertat. Wunder sollten subtil und unaufdringlich sein. Es ist etwas Gerechtes, wenn ein besserer Schwertkämpfer des Weges kommt und ihn öffentlich hinrichtet. Können Sie das bewerkstelligen?«

»Es wird mir ein Vergnügen sein«, sagte Wallie zu seiner eigenen Überraschung, doch das fette rote Gesicht kam ihm in den Sinn, das im Gefängnis vor Vergnügen schwitzte. »Ich brauche eine Waffe, am liebsten wäre mir Napalm.«

Der Junge lächelte mild und schüttelte den Kopf. »Sie mögen sich dieser Waffe bedienen«, verkündete er, während er ein Blatt von seinem Zweig zupfte.

Schwert und Geschirr erschienen auf dem Felsen neben Wallie.

Der Griff war aus Silber, eingefaßt mit Gold, und der Schaft hatte die Form eines heraldischen Tiers, so fein gearbeitet, daß jeder Muskel, jedes einzelne Haar sichtbar war. Eingefaßt zwischen dem Schnabel und den winzigen Krallen der Vorderfüße, als oberer Abschluß des Griffs, schimmerte ein riesiger Stein wie eine blaue Sonne. Eine ganz ausgezeichnete Arbeit.

Ehrfürchtig hob Wallie es hoch und zog es aus der Scheide. Die Klinge war ein Band aus winterlichem Mondlicht, mit ziselierten Darstellungen von Kampfszenen zwischen Helden und Ungeheuern. Es funkelte und glänzte strahlender als alles andere in der leuchtenden Kristallhöhle. Es war ein Rembrandt, ein da Vinci unter den Schwertern. Nein, ein Cellini: es konnte sich mit den Kronjuwelen eines Weltreiches messen.

Wallie war sich nicht sicher, was ihn mehr beein-

druckte — die künstlerische Schönheit oder der rein materielle Wert eines solchen Prachtstücks. Er hob den Blick zu dem Jungen und sagte bewundernd: »Es ist großartig! Noch nie habe ich etwas so Schönes gesehen!«

Der Halbgott schnaubte hörbar durch die Nase. »Sie werden feststellen, daß es einen hohen Preis hat. In jeder Gasse werden die Diebe die Messer wetzen, wenn Sie vorbeikommen. Jeder Schwertkämpfer der Welt wird Sie bereitwillig herausfordern, um in seinen Besitz zu gelangen.«

Das war ein unangenehmer Gedanke, wenn man bedachte, daß die Schwertkämpfer gleichzeitig Polizisten waren.

»Das kann ich mir vorstellen«, sagte Wallie einfühlsam. Was würde der Gott mit ihm machen, wenn er sich das Schwert stehlen ließe? »Und der erste, der scharf drauf ist, wird es bekommen. Ich kann besser mit einem Billardstab umgehen als damit. Ich bin nun mal einfach kein Schwertkämpfer, Meister.«

Der Junge sagte: »Ich habe Ihnen Shonsus Fähigkeiten versprochen.« Ein weiteres Blatt fiel von seinem Zweig.

Wallie spürte in sich selbst nichts, doch das Schwert in seiner Hand verwandelte sich. Es war immer noch ein künstlerisches Meisterwerk, aber jetzt sah er, daß es auch ein Meisterwerk des Schmiedehandwerks war — ein da Vinci, aber auch eine Stradivari. Es war nicht mehr schwer, es war sogar überraschend leicht. Er sprang auf und schwang es durch die Luft.

En garde — Quart ...

Ausfall ...

Parade ...

Riposte — Quint ...

Er hielt die Waffe mit ausgewogenem, sicherem Griff in der Hand. Jetzt erkannte er die vorzügliche Kombination von Biegsamkeit für ein kraftvolles Zustoßen und

Starrheit für ein wirkungsvolles Eindringen. Er hätte sich damit rasieren können, wenn sich für ihn noch die Notwendigkeit des Rasierens ergeben hätte. Es war ein unglaublicher Triumph der Metallverarbeitung und Formgebung und Schönheit, um eine Fingerlänge länger als die meisten Schwerter, um mit dem schmuckvollen Griff zu harmonieren. Doch das Metall war von so feiner Qualität, daß er nicht zu befürchten brauchte, die Überlänge könnte die Waffe schwächen. Mit seinen langen Armen konnte er ein solches Schwert ziehen — und er hatte den furchteinflößenden Vorteil der größeren Reichweite. Intuitiv zitierte er aus dem vierten Sutra »über den Umgang mit dem Schwert«: *»Das Schwert ist das Leben des Schwertkämpfers und der Tod seines Widersachers.«*

Dann hielt er inne und starrte verblüfft den mit überkreuzten Beinen dasitzenden Jungen auf dem Felsen an. Es gab elfhundertundvierundvierzig Sutras. Er hätte jedes zitieren können. Alle zusammen versorgten ihn mit dem Wissen, das er brauchte ...

Er war ein Schwertkämpfer der Siebten Stufe.

»Also wirklich, Ihr habt ein großartiges Wunder vollbracht, Meister«, sagte er voller Hochachtung.

Das Kind kicherte wie ein Kind. »Man hat selten Gelegenheit dazu. Aber seid gewarnt — es ist ein sterbliches Schwert. Es hat keine magischen Kräfte. Es kann verlorengehen oder zerbrechen, und auch Ihr seid sterblich. Ich habe Euch die Fähigkeiten und das Wissen von Shonsu gegeben, das ist alles. Ihr könntet besiegt werden.«

Wallie hob das Schwertgeschirr auf, legte es um und ließ die Klinge fachmännisch in die Scheide gleiten. Er schloß die Schnallen, und die Ausrüstung war perfekt. Glaube und Vertrauen strömten durch seine Adern, und jetzt, mit einemmal, konnte er schwelgen in dieser unvertrauten, doch wundervollen Jugend und Stärke und Geschicktheit, die ihm verliehen worden waren. Sein

Schrecken vor dem Gott war zu einem achtsamen Respekt verblaßt. Zum erstenmal, seit er in der Pilgerhütte aufgewacht war, freute er sich auf die Zukunft. Er stellte fest, daß ihm sogar auch ziemlich klar war, was diese sieben Schwerter in seinem Gesicht bedeuteten — nach irdischen Maßstäben des Mittelalters war er so etwas wie ein königlicher Herzog. Diese Welt stand ihm offen. Kein Wunder, daß die Götter ihn zunächst gefragt hatten, ob er mit einer solchen Autorität auch umgehen könne! *Macht verdirbt den Charakter.* Die Leute in der Stadt hatten aus ihren Gefühlen gegenüber einem Schwertkämpfer der Siebten Stufe keinen Hehl gemacht.

»Darf ich Euch jetzt diesen Eid leisten, Meister?« sagte er und behielt seine Erregung fest im Griff.

»Dieser Eid wird nicht mir geleistet!« fuhr ihn der Junge an. Er sprang auf. »Aber ich werde Euer Zeuge sein. Los!«

Also zog Wallie das Schwert erneut. Er erhob es über den Kopf und gelobte, sich dem Kodex der Schwertkämpfer zu unterwerfen. Die uralten Worte erfüllten ihn mit Ehrfurcht, und er verspürte große Zufriedenheit, als er die Klinge wieder in die Scheide schob. Jetzt brauchte er sich keine Sorgen mehr darum zu machen, daß er sie richtig auf dem Rücken trug — Shonsu würde das automatisch für ihn regeln.

»Was ist meine Aufgabe, Meister?« fragte er.

Der Junge hatte seinen Platz auf dem Felsen wieder eingenommen und ließ die Beine über die Kante baumeln. Er grübelte eine Weile und sah dabei Wallie forschend an.

Dann sagte er:

»Erst mußt du deinen Bruder in Ketten legen,
dann nach dem Wissen eines andren streben.
Wenn der Mächt'ge ist geschmäht,
ein Heer verdient, ein Kreis gedreht,

die Lektion gelernt auf deinen Wegen,
gib zurück das Schwert nach göttlichem Willen,
damit sich seine Bestimmung wird erfüllen.«

Schweigen.

»Aber ...«, sagte Wallie und hielt inne.

Der Junge lachte. »Ihr habt gedacht, Ihr bekämt die Aufgabe, einen Drachen zu töten oder eine Revolte niederzuschlagen oder so etwas, ja? Eure Mission ist viel wichtiger als all dieses.«

»Aber, Meister, ich verstehe nicht.«

»Natürlich nicht. Ich spreche in delphischen Rätseln — das ist alter Brauch bei den Göttern.«

Wallie schlug die Augen nieder; da stand er auf seinem Felssims, und seine Euphorie, die ihn gerade noch durchwallt hatte, schwand dahin. Warum gibt man einem Mann eine Aufgabe und sagt ihm dann nicht, um was es sich handelt? Ihm fiel dazu nur ein Grund ein — der Halbgott mißtraute ihm. Worauf richtete sich sein Mißtrauen — Wallies Mut oder seine Ehrenhaftigkeit? Dann zuckten plötzlich seine Nackenmuskeln, so daß sein Kopf nach hinten gerissen wurde und er dem grinsenden Jungen auf dem höhergelegenen Felsen ins Gesicht sehen mußte.

»Das ist wie die Sache mit dem Glauben«, sagte der Junge sanft. »Ihr werdet selbst Entscheidungen treffen müssen. Eine große Tat, die aus eigenem Willen vollbracht wird, befriedigt die Götter mehr als eine, die auf Befehl ausgeführt wird.«

Das hörte sich für Wallie verdächtig nach einer Spielregel an. Der Gott schien seinen Gedanken lesen zu können, und er runzelte die Stirn, dann lachte er.

»Geh und sei ein Schwertkämpfer, Shonsu! Sei ehrenhaft und tapfer. Und freue dich des Lebens, denn die Welt ist zu deinem Ergötzen da. Deine Aufgabe wird dir schon noch enthüllt werden. Du wirst mein Rätsel zur gegebenen Zeit lösen.«

»Werde ich Oberster Anführer der Tempelwache sein, so wie es der Priester wollte?«

Der Junge schnaubte: »Warum Perlen vor die Säue werfen? Der Tempel braucht keinen Shonsu.« Er bedachte Wallie mit einem seiner durchdringenden Blicke und fuhr fort: »Genausogut hätte man Napoleon Bonaparte zum König von Elba machen können!«

»Aber was hat es mit diesem Bruder auf sich?« fragte Wallie beharrlich weiter. »Ihr habt mir die Sprache und besondere Fähigkeiten verliehen, Meister, aber was ist mit den anderen Erinnerungen? Heimat und Familie? Ich weiß nicht, wo ich anfangen soll oder wie mein Bruder aussieht. Ich werde einen Fehler nach dem anderen machen, schon bei so einfachen Dingen wie Tischmanieren ...«

Wieder brach das Kind in schallendes Gelächter aus. »Wer wird an den Tischmanieren eines Siebentstuflers Anstoß nehmen? Wenn ich Euch sämtliche Erinnerungen Shonsus geben würde, dann wäret Ihr Shonsu und würdet die gleichen Fehler machen, die er gemacht hat. Ihr denkt nicht wie Shonsu, und das gefällt mir. Ihr werdet Anleitungen bekommen.«

Wallie war erleichtert. »Es werden also weitere Wunder geschehen?«

»Vergeßt nicht, was ich Euch über Wunder gesagt habe«, warnte der Junge mit hochgezogenen Augenbrauen. »Die Götter vollbringen Wunder, wenn ihnen danach zumute ist, selten auf Bitten und niemals auf Befehl. Honakura ist ein guter Mann — ihm könnt Ihr trauen. Bringt ihn dazu, daß er Euch die Geschichte über das siebzehnte Sutra erzählt. Sie paßt sehr gut zu Eurem Fall.« Er lächelte über einen ganz persönlichen Witz, und Wallie fragte sich, ob das Sutra in diesem Moment durch ein Wunder geändert worden war. Er hatte nicht vor zu fragen.

»Ja, Meister.«

Der Junge zog erneut die Augenbrauen hoch und musterte ihn von oben bis unten. »Ihr seht immer noch nicht wie ein Held aus, eher wie dessen Opfer. Das Schwert hat Euch die Göttin geschickt, aber ich habe auch ein Geschenk für Euch.«

Er brach ein Stück von dem Kristall ab und warf es hinunter. Wallie fing es auf. In seiner Hand glitzerte eine silberne Haarspange mit einem riesigen Saphir als Gegenstück zu dem Juwel auf dem Schwert; blaues Licht funkelte und blitzte darin. Wieder konnte er hören, wie hinter seinem Rücken die Messer gewetzt wurden, doch er dankte dem Gott, raffte seine Haare hoch und befestigte sie mit der Spange.

»Schon deutlich besser!« sagte der Junge. »Ihr hattet keinen besonders guten Eindruck von dieser Welt, als wir durch die Stadt gingen. Wie denkt Ihr jetzt darüber?«

»Jetzt weiß ich es besser, Meister«, sagte Wallie schnell, aber voller Ernst. »Es gab die gleiche Armut auf der Erde, und ich habe dort nichts dagegen unternommen. Es ist nicht sehr lange her, daß auch dort Diebe mit dem Tode bestraft oder Gefangene gefoltert wurden. Das geschieht auch heute noch vielerorts. Ich werde mir nicht mehr anmaßen, der Göttin Ratschläge zu geben, wie Sie Ihre Welt zu führen hat.«

Der Junge nickte. »Ihr macht anscheinend Fortschritte. Und Ihr seht entschieden mehr wie ein Schwertkämpfer aus. Jetzt — zu den Unkosten.« Er zupfte ein weiteres Blatt ab. Es geschah gar nichts, soweit Wallie sehen konnte. Der Halbgott sah Wallie lange an. »Das Tier auf dem Griff dieses Schwertes ist ein Fabelwesen mit dem Körper eines Löwen und dem Kopf eines Adlers. Würdet Ihr sagen, daß das paßt?«

»Der Körper bestimmt«, sagte Wallie. »Ich werde versuchen, wie ein Adler zu denken.«

Der Gott lächelte nicht. »Adler können weiter sehen als Löwen«, erklärte er. »Dieses Fabeltier wird von den geringeren Königen sehr geschätzt. Für das Volk bedeutet es: *Kraft, weise eingesetzt.* Vergeßt das nicht, Shonsu, dann könnt Ihr nicht fehlgehen.«

Wallie zitterte bei diesen hintergründigen Worten.

Der Junge stand auf. »Und jetzt ist es Zeit, daß die Zeit weiterläuft. Weniger als ein Herzschlag ist vergangen, seitdem Ihr hier angekommen seid. Die Priester werden immer noch am Teich auf Euch warten.« Er deutete hinunter auf die eisblauen Glasberge unter ihnen. »Geht und tut Eure Pflicht, Lord Shonsu. Springt!«

Wallie blickte hinunter auf das dunkle und zerklüftete Chaos weit unter ihm. Er drehte sich um und starrte den kleinen Jungen entsetzt an. Er erntete ein spöttisches Lächeln — also handelte es sich offenbar um eine weitere Glaubens- und Mutprobe. Er zog das Schwert und vollführte die erforderlichen Gesten, um einem Gott seinen Gruß zu entbieten. Dann schob er die Klinge wieder in die Scheide, trat an den Rand des Felsens, atmete ein paarmal tief durch und schloß die Augen.

Und sprang.

5

Schwimmen oder nicht schwimmen war keine Frage — er wurde herumgewirbelt wie ein Körnchen in einer Mischmaschine, in die Dunkelheit hinuntergezogen, bis er dachte, der Kopf müßte ihm platzen, und dann wieder hochgeworfen in den Schaum und die lebensrettende Luft. Seine Reise durch die Schlucht flußabwärts verlief entschieden schneller als aufwärts. Dann ließ die Strömung nach, und er hatte den Tempelteich erreicht.

Das Schwertgeschirr behinderte ihn nicht. Mit kräftigen Schmetterlingsschlägen, durch die er mit höchstmöglicher Geschwindigkeit vorankam, schwamm er auf die gewaltige Fassade des Tempels zu. Er wunderte sich sehr über die Kraft, die in seinen neuerlangten Schultern steckte.

Als er die Füße auf den Grund setzte, wurde er daran erinnert, daß sie immer noch arg zugerichtet waren, doch er humpelte aus dem Wasser auf den heißen Kies des Ufers, der im grellen Schein der tropischen Sonne glitzerte; er war sich seiner weitgehenden Nacktheit kaum bewußt und kam sich vor wie Kolumbus, der in einer neuen Welt an Land geht. Er war ein Schwertkämpfer! Keine Gefängniszellen und Mißhandlungen drohten ihm mehr. Doch Hardduju war immer noch eine Gefahr, derer er sich als erstes annehmen mußte, bevor er sich um Kleider oder Essen oder sonst etwas kümmerte.

All das neugewonnene Wissen eines Schwertkämpfers war klar und scharf in seinem Geist eingeprägt. Die Erkenntnis, was jetzt nötig war, kam ihm so leicht in den Sinn, wie er in seinem früheren Leben ein Buch aus einem Regal genommen hatte. Und wie der Gott ihm gesagt hatte, war jetzt die Herausforderung zu einem Zweikampf nötig. Kein Schwertkämpfer konnte eine formgerechte Herausforderung ablehnen. Doch zum Duellieren brauchte man einen Sekundanten — nicht unbedingt, aber es war ratsam. Deshalb begutachtete Wallie, noch bevor seine Füße vollends aus dem Wasser getreten waren, kritisch die Gruppe, die am Ufer wartete.

Etwa ein Dutzend Leute starrten ihn verwundert an. Denn daß ein Mann das Göttliche Gericht unbeschadet übersteht, war an sich schon eine Seltenheit, doch daß dieser Mann bei seiner Wiederkehr auch noch ein Schwert trägt, mußte wohl einzigartig sein. Die Zuschauer wußten nicht, ob sie ihm zujubeln oder davonrennen sollten. Die meisten waren ältere Priester und Priesterinnen, doch es waren auch einige Heilkundige darunter — und ein Schwertkämpfer.

Wallie hatte gehofft, es möge einer der Dritten oder noch höheren Stufe sein, doch dieser Schwertkämpfer war nur ein schlacksiger, magerer Jüngling der Zweiten

Stufe, aber er mußte genügen. Er hatte helle Haut und ungewöhnlich rotes Haar, fast kupferfarben. Er sah genauso verdutzt wie die anderen Herumstehenden aus, doch während die anderen zurückwichen, blieb er auf seinem Platz, was als gutes Zeichen zu werten war. Wallie humpelte keuchend über den Kies zu ihm hin.

Der Junge schluckte, als er die Gesichtsmarkierung Shonsus sah. Diese Erscheinung aus dem Fluß mochte nichts anderes tragen als ein Schwert und einen Saphir, aber es waren die Zeichen in seinem Gesicht, die zählten. Mit weit aufgerissenen Augen zog er die Klinge und entbot mit weicher Tenorstimme einem Höhergestellten seinen Gruß. »Ich bin Nnanji, Schwertkämpfer der Zweiten Stufe, und es ist mein dringendster und unterwürfigster Wunsch, daß die Göttin Selbst Euch ein langes Leben und Glück bescheren und Euch bewegen möge, meine in aller Bescheidenheit und Willigkeit dargebotenen Dienste anzunehmen, auf welche Art auch immer ich Euren edlen Zielen zu Nutzen gereichen kann.«

Sein Schwert war die Karikatur einer Waffe, aus Roheisen, nicht geeignet, um auch nur ein angriffslustiges Karnickel abzuwehren, doch er beherrschte sicher den Umgang damit. Wallie zog zur Erwiderung seine Wunderklinge.

»Ich bin Shonsu, Schwertkämpfer der Siebten Stufe, und ich fühle mich geehrt, Eure wertvollen Dienste annehmen zu dürfen.«

Die Schwerter wurden wieder in die Scheiden gesteckt, und die Priester näherten sich mit strahlenden Gesichtern und erhobenen Händen, um mit ihrer Grußzeremonie zu beginnen.

Wallie machte dem Zweitstufler das Zeichen der Herausforderung zum Kampf.

Der Junge zuckte zusammen und wurde bleich, soweit jemand mit seiner Hautfarbe bleich werden konnte. Ein Messen mit tödlichen Waffen zwischen einem

Siebentstufler und einem Zweitstufler war eine Hinrichtung, kein Kampf. Er beeilte sich, das Zeichen des Unterwerfens zu vollführen.

Nichts von diesem Vorgang war für die glücklich lächelnden Schaulustigen bemerkbar — nur ein Schwertkämpfer der Zweiten oder einer höheren Stufe hätte die Signale verstanden. Deshalb konnte in diesem Fall eine Herausforderung angetragen und abgewiesen werden, ohne daß jemand das Gesicht verlor. Der älteste Priester versuchte, Wallies Aufmerksamkeit zu gewinnen, damit er seinerseits mit der Begrüßung anfangen könnte. Wallie beachtete ihn nicht, sondern sah weiterhin dem jungen Schwertkämpfer eindringlich ins Gesicht.

»Das erste Gelöbnis«, sagte er.

Die Augen des Jungen richteten sich wieder flackernd auf Wallies Schwertgriff. Zögernd zog er seine Waffe wieder. »Ich, Nnanji, Schwertkämpfer der Zweiten Stufe, schwöre, daß ich Euren Befehlen gehorchen und Euch treu ergeben sein werde, soweit es meine Ehre zuläßt.

Im Namen der Göttin.«

Die Schaulustigen schwiegen. Irgend etwas stimmte hier nicht.

Jetzt merkte Wallie, daß das erste Gelöbnis zu seicht für seine Zwecke war; es wurde vor allem angewendet, um Zivilisten zu beeindrucken, zum Beispiel wenn der Bürgermeister einer kleinen Ortschaft einen Söldner beauftragt, mit einem Nest von Banditen aufzuräumen. In dem hier gegebenen Zusammenhang war es nicht viel mehr als die öffentliche Anerkennung von Wallies höherem Rang. Es enthielt den Vorbehalt der Ehre des Gelobenden, und das konnte alles mögliche bedeuten.

»Und auch das zweite Gelöbnis.«

Damit wurde die Sache ernst, denn das war das Gelöbnis der bedingungslosen Ergebenheit eines Schülers gegenüber seinem Lehrer... Die Augen des jungen Nnanji traten fast aus den Höhlen, dann zählten sie offenbar noch einmal die Zeichen im Gesicht des Ankömmlings. Langsam sank er auf die Knie und bot sein Schwert mit beiden Händen dar. Er ließ es mit ängstlich hochgezogenen Augenbrauen sinken.

»Ich stehe bereits unter Eid, mein Lord.«

Natürlich tat er das, und Wallies Ansinnen stellte eine tödliche Beleidigung von Nnanjis gegenwärtigem Mentor dar, welchen Rang auch immer dieser einnehmen mochte, und die Folge davon mußte Blutvergießen sein. Für Nnanji war es überdies praktisch Verrat, wenn er einem anderen Mentor den Eid leistete, obwohl selten jemand über diesen Punkt mit einem Siebentstufler streiten würde.

Wallie verlieh Shonsus Gesicht einen Ausdruck, von dem er hoffte, daß er streng wirkte — mit dem unbehaglichen Bewußtsein, daß wahrscheinlich eine fürchterliche Grimasse dabei herauskommen würde. »Welcher Stufe gehört Euer Mentor an?«

»Der Vierten, mein Lord.«

Wallie zog sein Schwert, und lautes Knirschen des Kieses verriet, daß sich die Priester und Heilkundigen zurückzogen.

»Er kann Euch im Ernstfall nicht einmal rächen. Also schwört!«

Das Jüngelchen machte wieder Anstalten, sein Schwert darzubieten, dann ließ er es wieder sinken. Mit einem gequälten Ausdruck in den Augen blickte er zu Wallie auf. Sein Schwert war Schrott, sein gelber Kilt war zu einem fadenscheinigen Beige verwaschen, und seine Stiefel waren mehrfach geflickt, doch trotzig schob er das Kinn vor.

Wallie war verdutzt. Alles, was er brauchte, war ein junger Kerl, der ihm in einem Duell als Sekundant diente, und hier war er an einen Idealisten geraten, dem Ehre über Leben ging. Ein mickeriger Zweitstufler, der sich einem Siebentstufler widersetzte? Plötzlich packte ihn die Wut über soviel blödsinnige Sturheit. Er spürte, wie der Zorn in ihm hochstieg. Er hörte ein grimmiges Schnauben ... sein Arm bewegte sich ...

Er konnte ihn gerade noch rechtzeitig anhalten — sein Schwert verharrte einen Fingerbreit vor Nnanjis Hals. Nnanji hatte in Erwartung des Hiebs die Augen geschlossen.

Wallie war entsetzt. Was war denn hier passiert? Er war nahe daran gewesen — wirklich *sehr* nahe —, diesem Kind den Kopf abzuschlagen. Nur um eine Darstellung von Mut zu geben? Er zog die Klinge in sichere Entfernung zurück. Nnanji, der offenbar erst die Entdeckung machte, daß er noch lebte, öffnete mißtrauisch die Augen.

Aber die Angelegenheit war immer noch nicht ausgestanden. Selbst der Umstand, daß er soeben noch mal mit dem Leben davongekommen war, hatte dem Jungen die Widerspenstigkeit nicht ausgetrieben, was deutlich an seinem Gesicht abzulesen war, und Lord Shonsu der Siebten Stufe konnte andererseits seinen Befehl auch nicht zurückziehen. Das Dasein als hochrangiger Schwertkämpfer war nicht ganz so einfach, wie es der Halbgott dargestellt hatte. Schnell wühlte Wallies Geist in seinem Wissen über das Handwerk der Schwertkämpfer herum, und ein Ausweg fiel ihm ein.

»Nun denn!« Er gab den Befehl zur Schlacht. *»Blut muß fließen: Erklärt Eure Unterwerfung.«*

Der Junge riß die Augen weit auf. »Das *dritte* Gelöbnis, mein Lord?«

»Kennt Ihr den Wortlaut?«

Nnanji nickte heftig. Er fragte nicht nach Einzelheiten, obwohl ihm dieses Recht theoretisch zugestanden hätte. Das war eine lebensrettende Lösung in seiner problematischen Lage. »Ja, mein Lord«, antwortete er eifrig. Er legte sein Schwert Wallie zu Füßen und warf sich selbst der Länge nach in den Kies.

»Ich, Nnanji, schwöre bei meiner unsterblichen Seele und ohne jeden Vorbehalt, mich Euch in jeder Hinsicht zu unterwerfen, Shonsu, Euch als meinem rechtmäßigen Herrn zu dienen und Eure Befehle zu befolgen, mein Leben für Euch einzusetzen, an Eurer Seite zu sterben, alle Schmerzen zu ertragen und Euch allein in Treue ergeben zu sein, jetzt und immerdar, im Namen aller Götter.«

Dann küßte er Wallies Fuß.

Wenn das keine Sklaverei war, dachte Wallie, was war es dann? Der Gott hatte die Wahrheit gesagt, als er behauptete, Schwertkämpfer hätten eine Schwäche für furchterregende Schwüre. Er sprach die Antwort: »Ich nehme dich, Nnanji, als meinen Vasall und Gefolgsmann an, im Namen aller Götter.«

Nnanji stieß ein lautes Seufzen der Erleichterung aus und rappelte sich auf die Knie hoch. Er hob sein Schwert mit beiden Händen hoch und blickte erwartungsvoll auf. »Jetzt könnt Ihr mir *befehlen,* das zweite Gelöbnis abzulegen, mein Lord!«

Wallie hätte fast gelacht. Er versuchte hier, einen tödlichen Kampf einzuleiten, und dieses Knäblein verwikkelte ihn in spitzfindige Haarspaltereien. Dennoch, es war auf jeden Fall besser, die Fragen der Loyalität unmißverständlich zu klären. »Vasall«, sagte er feierlich, »leiste mir den zweiten Eid.«

Während seine blassen Augen starr auf Wallies gerichtet waren, gelobte der Junge: »Ich, Nnanji, Schwertkämpfer der Zweiten Stufe, erkenne Euch, Shonsu, Schwertkämpfer der Siebten Stufe, als meinen Meister und Mentor an und schwöre, in Treue, Gehorsam und Bescheidenheit nach Eurem Wort zu leben, durch Euer Beispiel zu lernen und stets Eure Ehre im Sinn zu tragen, im Namen der Göttin.«

Wallie berührte das Schwert und gab die förmliche Antwort: »Ich, Shonsu, Schwertkämpfer der Siebten Stufe, nehme dich, Nnanji, Schwertkämpfer der Zweiten Stufe, als meinen Schützling und Schüler an, um dich zu deinem Wohle zu schützen und in den Regeln der Ehre und den Geheimnissen unserer Kunst zu unterweisen, im Namen der Göttin.

Gut gemacht!« fügte er vergnügt hinzu und half ihm beim Aufstehen. Jetzt hatte er nicht nur ein Schwert, sondern auch noch einen Schützling. Wenn er nun noch ein paar Sachen zum Anziehen hätte, könnte er vielleicht langsam so aussehen, wie es seiner Rolle gerecht würde.

Alle Schaulustigen hatten sich entfernt, mit Ausnahme von zwei stämmigen Sklaven, die die Szene mit unbewegten Gesichtern beobachtet hatten. Sklaven, die ja Besitz waren, gerieten niemals in persönliche Gefahr.

»Ich danke Euch, mein Lo ... mein Gebieter.« Nnanji sah aus wie ein Mann, der aus dem Bett gehüpft war und feststellte, daß er bis zu den Knien zwischen Schlangen stand. Er ließ sein jämmerliches Schwert in die Scheide gleiten, blinzelte und straffte die Schultern. Offensichtlich versuchte er, seelisch mit etwas fertigzuwerden. Er hatte soeben den Mentor gewechselt, was an sich schon keine Kleinigkeit war, und dann war er auch noch zum Vasallen geworden — ein dramatisches Ereignis für einen Schwertkämpfer jeder Stufe. Der dritte Eid war sehr selten, er wurde nur vor einer Schlacht geleistet und wurde daher von einem Zweitstufler kaum verlangt. Von einem Eleven erwartete man nicht, daß er in Schlachten mitkämpfte. Vielleicht war dieser Eid sogar noch niemals innerhalb der Tempelanlage abgelegt worden.

Er sah Wallie voller Zweifel an. Aus einer langweiligen Alltagsroutine war er an den Rand des Todes gerissen — so mußte es ihm wenigstens erscheinen — und damit in ein wildes Abenteuer gestürzt worden. Und dieser überaus gefährliche Gegner war jetzt, wenn er hielt, was seine Gesichtszeichen versprachen, sein schreckenverbreitender Beschützer. »Mein Gebieter«, wiederholte er und ließ sich das ungewohnte Wort auf der Zunge zergehen.

Wallie ließ ihm einen Moment Zeit, um seine Fassung wiederzufinden, dann sagte er: »Gut! Also, Nnanji, es wird zu einem Duell kommen. Du wirst mein Sekundant sein. Unter keinen Umständen wirst du selbst die Waffe ziehen. Solltest du angegriffen werden, ergib dich. Ich entbinde dich von der Pflicht, mich zu rächen.« Es hätte keinen Sinn, wenn sie beide sterben würden, falls die Dinge nicht wie vorgesehen liefen. »Du kennst die Aufgaben eines Sekundanten?«

Nnanji strahlte begeistert auf. »Ja, mein Gebieter!«

Das war ein glücklicher Zufall — sie stammten nämlich aus einem Sutra, das nicht zu denen gehörte, die ein Zweitstufler unbedingt kennen mußte.

»Du wirst dich weder einmischen noch auf Einmischungen reagieren.«

Nnanji riß bei dieser Anweisung die Augen weit auf, doch wieder sagte er ja.

Wallie nickte zufrieden. »So, wo ist der Oberste Anführer der Wache?«

»Mein Gebieter, ich nehme an, er ist im Tempel. Er hat die Stunde des Gerichts verfolgt.«

Natürlich! Was sonst ... Wallie ließ den Blick über den vor Hitze flimmernden Platz bis zu der großen Treppe schweifen. Oben hatte sich eine dichte Menge von Neugierigen aller Schattierungen versammelt, die sich das unerwartete Schauspiel nicht entgehen lassen wollten. Irgendwo dort drin mußte Hardduju angestrengt nachdenken.

Er verharrte, um sich den Plan für seine Herausforderung zurechtzulegen.

»Was glaubst du, in welcher Gesellschaft er sich wohl befindet, mein guter Eleve?«

Nnanji rümpfte die Stupsnase. »Ich habe ihn vorhin noch gesehen, mein Gebieter, mit dem Ehrenwerten Tarru und zwei Fünftstuflern.«

»Begib dich jetzt zu ihm«, sagte Wallie. »*Entbiete ihm keinen Gruß!* Dann sage: ›Lord Shonsu schickt mich mit dieser Botschaft.‹ Halte den rechten Arm mit geballter Faust an deine Seite, stelle den rechten Fuß vor, und lege die linke Hand flach auf deine Brust. Mach es mir mal vor!«

Nnanji tat, wie ihm geheißen, mit konzentriertem, angespanntem Gesicht. Das Weglassen des Grußes war die Beleidigung, das war klar, doch das andere war das Zeichen der Herausforderung eines Fünftstuflers. Nnanji ahnte vielleicht, was damit gemeint war, doch er brauchte seine Bedeutung nicht zu kennen und auch nicht zu wissen, welcher Rang damit angesprochen wurde.

Wallie nickte. »Das ist alles. Vergiß nicht — kein Gruß. Wenn du ihn allein antriffst, dann hole erst noch einen hochrangigen Zeugen hinzu. Und beantworte keine Frage. Er soll dir sagen, ob er kommt, das ist alles.«

Nnanji nickte feierlich, seine Lippen bewegten sich lautlos. Dann setzte er völlig unerwartet ein breites, jugendliches Grinsen auf — er hatte begriffen.

»Also, dann los mit dir!« Wallie lächelte ihm aufmunternd zu.

»Ja, mein L ... sofort, mein Gebieter.« Nnanji sauste über den Kies davon, wobei seine langen Beine wie Dreschflegel ausschlugen.

Wallie blickte ihm einen Moment lang nach. Es wäre schade, aber nur allzu verständlich, wenn der Junge einfach weiterliefe, durch die Tempelanlage, durch die Stadt, über den Hügel und immer weiter bis zum Horizont.

Dann drehte sich Wallie um und musterte die beiden Sklaven, die sich im dürftigen Schatten einer Akazie niedergekauert hatten. Sie zuckten leicht zusammen. Er wählte den größeren.

»Zieh dich aus!« sagte er. Der Mann sprang erschreckt auf, löste sein schwarzes Lendentuch und streifte die schmutzigen Sandalen ab. »Haut ab!« befahl

Wallie, und beide hauten ab. Er kleidete sich erleichtert an, da er es satt hatte, von der sengenden Sonne geröstet zu werden.

Er stapfte über den knirschenden Kies und trat auf die heißen Pflastersteine des Tempelhofs. Er hatte vergessen, wie groß der Platz war — einen Großstadtblock breit und mindestens doppelt so lang. Die Priester und Heilkundigen, die zuvor am Strand gewesen waren, hatten sich dem Alter nach hintereinander aufgereiht; die jüngsten und kräftigsten standen auf halber Höhe der Treppe auf der anderen Seite. Nnanji marschierte unbeirrt weiter, vorbei an den Sechzig- und Fünfzigjährigen, überholte die Vierzigjährigen. Oben auf der Treppe standen Pilger und Priester in Vierer- oder Fünferreihen hintereinander über die ganze Breite verteilt, die Rücken der Göttin zugewandt, um das Drama zu beobachten, das sich am Ufer unten anbahnte. Diese gewaltigen Stufen wirkten wie die Tribüne auf der einen Seite eines Stadions. Er fand diesen Vergleich unter den gegebenen Umständen sehr passend und bedauerte, daß er keine Eintrittskarten verkaufen konnte.

Dann erblickte er Hardduju, der sich vom Bogengang des Tempels her näherte. Bei ihm waren vier weitere Schwertkämpfer. Nnanji war bei den Stufen angekommen und machte sich an den Aufstieg.

Wallie erinnerte sich mit einem gewissen Schuldgefühl an seinen ersten Eindruck von dem Tempel. Damals hatte er an Größenwahn gedacht; eine habsüchtige Priesterschaft, die sich an den armen Bauern bereicherte, doch das war zu einer Zeit gewesen, als er noch Ungläubiger war. Inzwischen hatte er mit einem Gott gesprochen, und jetzt erschien ihm der Tempel als großartiger Tribut, den Generationen von inbrünstig Glaubenden ihrer Göttin zollten. Großartig war er zweifellos, obwohl ihm der architektonische Stil fremd war; die Säulen mochten dem Tempel von Karnak entlehnt sein, mit korinthischen Kapitellen, auf denen gotische Bögen ruhten, darüber gab es barocke Fenster und schließlich, bis zum Himmel reichend, islamische Minaretts aus Gold. Offenbar war der Plan des Baumeisters während der Jahrhunderte der Entstehung vielmals geändert und revidiert worden, und doch hatten sich die grundverschiedenen Elemente durch das Altern zu einem harmonischen, überwältigenden und von frommer Ehrfurcht zeugenden Monument aus bemoostem, verwittertem Stein vereinigt.

Nnanji und Hardduju waren jetzt auf einer Höhe. Wallie fragte sich, ob der Junge wohl noch ausreichend Puste hatte, um seine Botschaft zu übermitteln. Dem Anschein nach ja, denn er drehte sich um und hüpfte die Stufen wieder hinab, um zu seinem Gebieter zurückzukehren. Bitte brich dir kein Bein, junger Nnanji! Also, hatte der Oberste Anführer die Einladung zu einem Zweikampf angenommen, hatte er Verstärkung herbeigerufen oder kam er mit seinen momentanen Begleitern herunter? Gut — er kam mit einem einzigen Viertstufler. Die anderen folgten langsamer mit einigem Abstand. Der Auftakt stand kurz bevor.

Nnanji war wieder unten auf dem Platz angekommen und rannte durch die Wogen von Hitze, die jetzt über ihm tanzten. Irgendwo in Wallies Innerem mahnte eine Stimme *du sollst nicht töten,* und als ihr beschieden wurde, daß schließlich ein Gott dieses Töten angeordnet hatte, maulte sie weiter, daß *du dich dann wenigstens nicht drauf freuen sollst*. Denn Wallie merkte ganz deutlich, wie sein Puls schneller wurde vor Vorfreude auf den kommenden Genuß eines Kampfes. *Bastonade! Ich werde es dem Kerl zeigen!* Es war ein gutes Gefühl, wenn einem ein Gott gesagt hatte, daß man gewinnen würde.

Immer mehr Schaulustige strömten aus dem Tempel und verbreiteten sich wie Schimmel auf den obersten Treppenstufen. Aufmerksam suchte Wallie mit den Augen den Platz ab und fragte sich, wann der Rest der Tempelwache wohl auftauchen würde.

Nnanji war zurückgekehrt, glückselig strahlend und kaum in der Lage zu sprechen.

»Er kommt, mein Gebieter«, keuchte er.

»Gut gemacht, Vasall!« lobte ihn Wallie. »Nächstesmal werde ich dir ein Pferd besorgen.« Der Junge grinste und japste weiter nach Luft.

Hardduju kam gemächlichen Schrittes hinterhergeschlendert. Er mußte ziemlich verdutzt sein — wie war der Gefangene in den Besitz eines Schwertes gelangt? Die nächstliegende Antwort wäre gewesen: Verrat innerhalb der Wache — der Verurteilte war dem Göttlichen Gericht gar nicht überantwortet worden. War dieser Fremde ein Hochstapler, wie es den Anschein gehabt hatte, oder war er ein Schwertkämpfer? Das Signal, das er von Nnanji empfangen hatte, mußte von einem hochrangigen Schwertkämpfer gekommen sein, also von Shonsu. Wenn er also kein Hochstapler war, wieso hatte er sich dann im Tempel wie einer benommen? Ja, Hardduju mußte ziemlich verdutzt sein. Es konnte natürlich sein, daß er mit seiner Vermutung der Wahrheit recht nahekam, wenn er an ein Wunder dachte. Jetzt verstand Wallie, warum der Halbgott seine Wunden nur zum Teil geheilt hatte — Hardduju hatte ihn erst gestern gesehen, und eine offensichtliche Wunderheilung wäre ein eindeutiges Zeichen dafür, daß Götter die Hände im Spiel hatten.

Wallie rührte sich nicht vom Fleck und ließ den Obersten Anführer so weit herankommen, daß eine Unterhaltung in normaler Lautstärke möglich war. Das verlebte Gesicht war in der Hitze noch dunkler gerötet als sonst. Der Speckbauch glänzte ebenso vor Schweiß wie Nnanjis Rippen. Der Mann hatte keine gute Kondition, und sein Gewicht würde seine Schnelligkeit beeinträchtigen. Ein Teil des Schweißes, der ihm übers Gesicht rann, beruhte sicher auf Angst, und Wallie genoß diese Vorstellung.

Nnanji stellte sich zu Wallies Linken, der Viertstufler

plazierte sich auf der anderen Seite. Wallie lächelte und verharrte eine Weile still, um die Spannung zu steigern. Jetzt kannte er die Rituale. Von ihm als dem Jüngeren und dem Besucher wurde erwartet, mit der Begrüßung zu beginnen. Schließlich zog er sein Schwert. Er sprach die blumenreichen und scheinheiligen Worte und vollführte dazu mit seiner wundervollen Klinge die entsprechenden Bewegungen. Dann schob er sie wieder in die Scheide.

Ja, er sah die Angst. Die Augen des Obersten Anführers flackerten unruhig hin und her. Er zögerte seine Erwiderung hinaus, wohl wissend, was geschehen würde, sobald die Einleitung vorüber war.

Wallie fuhr fort und machte das Zeichen der Herausforderung — nicht der Herausforderung eines Siebentstuflers, sondern eine allgemeine Herausforderung.

»Einen Augenblick«, sagte Hardduju, »Ihr wart dem Göttlichen Gericht überantwortet. Dieses Schwert habt Ihr nicht auf dem Platz der Gnade erhalten. Bevor ich zufriedenstellend davon überzeugt worden bin, daß das Urteil ausgeführt wurde, werde ich Euren Status nicht anerkennen.«

Wallie machte ein zweites Mal das Zeichen. Beim dritten Mal war keine Erwiderung erforderlich.

Hardduju blickte hinter sich, dann sah er seinen Sekundanten an. »Lauf los und alarmiere die Wachen«, bellte er. »Ein Gefangener ist entflohen.« Der Viertstufler gaffte ihn mit offenem Mund an.

Er hatte sich den falschen Gefolgsmann mitgebracht, dachte Wallie; er hatte sich nicht beizeiten eine Strategie ausgedacht. Trotzdem, er durfte nicht zulassen, daß diese Auseinandersetzung noch länger hinausgezögert wurde, sonst würde es seinem Gegner vielleicht noch gelingen, sie ganz zu umgehen.

»Los!« brüllte Hardduju den Viertstufler an.

»Hiergeblieben!« schrie Wallie. »Lord Hardduju, werdet Ihr meinen Gruß nach den Regeln der Ehre erwidern? Falls nicht, werde ich Euch öffentlich bloßstellen und gleichwohl ziehen.«

»Sehr wohl denn«, sagte der Oberste Anführer bissig. »Dann werdet Ihr mir aber die Herkunft dieses Schwertes erklären.«

Er zog und begann mit dem Großritual — und stürzte dann vor. Wallie hätte er bestimmt überrumpelt, und wahrscheinlich neun von zehn Schwertkämpfern, selbst Siebentstufler, doch Shonsu war der zehnte. Intuitiv hatte er Harddujus linke Schulter nicht aus den Augen gelassen. Als sie sich von ihm abdrehte, warf er einerseits den linken Fuß zurück und zog; die großartige Klinge krümmte sich wie ein Bogen, um ihm entgegenzukommen und einige wertvolle Bruchteile von Sekunden zu gewinnen. Er parierte mit einer Quint, doch er geriet etwas aus dem Gleichgewicht, und seine Riposte ging ins Leere. Doch Hardduju wich zurück.

Er starrte Wallie einen Moment lang aus zusammengekniffenen Augen an; dies war kein Hochstapler. Dann machte er einen zweiten Ausfall. Parade, Riposte, Parade — ein paar Sekunden lang klirrte Metall auf Metall, und wieder war es Hardduju, der zurückwich, doch er blieb in Quartstellung, in ungünstiger Höhe und Reichweite für einen Vorstoß Wallies. Ein Fehler war genug. Wallies Hieb traf das Handgelenk seines Gegners an der Außenseite. Ein ungewöhnlicher Angriff. Mit einer geschickten Parade hätte er abgefangen werden können, doch er wurde nicht pariert. Harddujus Schwert fiel scheppernd zu Boden, und er umklammerte seinen verwundeten Arm.

»Zieht!« schrie der Viertstufler, obwohl er auf eine Aufforderung von Nnanji hätte warten müssen. Nnanji verhielt sich still, wie ihm geheißen worden war, und so war die Einladung ungültig.

Wallie sah das Entsetzen in den Augen seines Opfers, und seine Entschlossenheit geriet ins Wanken. Dann dachte er an die Macht des kleinen Gottes und wie sie ihm offenbart worden war. Mit mehr Furcht als Haß führte er seinen Befehl aus und rammte das göttliche Schwert in Harddujus Brust. Es ließ sich leicht herausziehen, als der Körper zusammensackte.

Der ganze Kampf hatte etwa eine halbe Minute gedauert.

Wallie Smith hatte einen Menschen getötet.

6

Das Klirren der Schwerter wurde abgelöst von Harddujus Todesröcheln, dann folgte ein kurzes Klacken von Stiefelabsätzen auf den Pflastersteinen — und dann Stille, durchbrochen von einem schrillen Schrei aus Nnanjis Kehle. Er machte einen Schritt vorwärts, erstarrte jedoch, als sich sonst niemand bewegte. Wallie, der es nicht wagte, den Viertstufler aus den Augen zu lassen, bekannte sich durch die entsprechende Geste als Tiefergestellter. Der Viertstufler schluckte einige Male, und sein Blick wanderte ratlos zwischen dem Toten und diesem Rächer aus dem Fluß hin und her. Noch ein paar Sekunden lang hing der Ausgang in der Schwebe — würde er diesen Kampf als ein faires Duell getreu den Regeln anerkennen oder nach den Wachen rufen und sterben? Man konnte durchaus darüber streiten, denn die Regeln waren nicht streng eingehalten worden, doch nicht Wallie hatte die Fehler begangen, und das wußte der Mann. Er zückte sein Schwert zum Gruß. Wallie erwiderte ihn. Der Friede war besiegelt — für den Augenblick.

Jetzt konnte Nnanji hervortreten und das Schwert des Toten aufheben. In vorbildlicher Haltung ließ er sich auf ein Knie sinken und bot es Wallie dar, wobei er die Feierlichkeit des Rituals durch ein Grinsen von Ohr zu Ohr etwas trübte. Von einem unbekannten nackten Dahergelaufenen in dessen Dienst gezwungen zu werden, war eine Sache; sich plötzlich in einem bemerkenswerten Wettstreit auf der Gewinnerseite zu sehen, war wieder etwas ganz anderes.

Wallie würdigte das Schwert, das ihm dargeboten wurde, so gut wie keines Blickes. Es war eine Waffe von überladener Pracht, mit zu vielen filigranen Schnörkeln am Griff, um gut in der Hand zu liegen, aber es gehörte jetzt ihm und war eine Menge Geld wert. Außerdem war es auf jeden Fall ein besseres Schwert als Nnanjis, und es war Brauch, daß der Gewinner seines Duells seinem Sekundanten eine Anerkennung zukommen ließ.

»Du kannst es behalten«, sagte er. »Und sorge dafür, daß das Ding auf deinem Rücken wieder in die Küche kommt, wo es hingehört.«

»Potzblitz«, sagte Nnanji, ganz aus dem Häuschen. »Ich meine *danke,* mein Gebieter.«

Wallie säuberte sein Schwert am Kilt des Toten, was die althergebrachte Geste zum Ausdruck der Verachtung war. »Wir sind noch nicht fertig«, sagte er. »Wer waren Lord Hardduju s Stellvertreter?«

»Nur Tarru, mein Gebieter, ein Sechststufler.«

»Für dich immer noch der Ehrenwerte Tarru, Freundchen. Kannst du mich zu ihm bringen?«

»Da kommt er gerade, mein Gebieter.« Und Nnanji deutete zu den drei Männern, die Hardduju auf den Stufen zurückgelassen hatte. Ein grüner Kilt und zwei rote — ein Sechst- und zwei Fünftstufler. Sie hatten den halben Weg über den Platz zurückgelegt. Weitere Schwertkämpfer strömten die Tempeltreppe herunter, drängten von beiden Seiten auf den Platz.

»Dann laß uns gehen!« Wallie ging voraus und überließ es dem Viertstufler, sich um den Leichnam zu kümmern, was zu den Pflichten eines Sekundanten gehörte. Es konnte zu weiteren Scherereien kommen. Vielleicht trachtete Tarru danach, Hardduju zu rächen. Als stellvertretend amtierender Oberster Anführer wäre er sogar berechtigt, die ganze Tempelwache gegen einen Eindringling zu mobilisieren, obwohl das nach dem Kodex der Schwertkämpfer ein unwahrscheinliches Vorgehen war. Wallie spürte jetzt die Reaktion auf das Geschehen, und er fühlte sich unglaublich erschöpft.

Sie traten aufeinander zu und blieben schweigend stehen. Tarru war ein narbenübersäter, grauhaariger Veteran, doch sein schlanker Körper war drahtig, und seine Augen blickten scharf. Sein grüner Kilt war sauber und gediegen — er hielt offenbar nichts von Edelsteinen und Zierrat, wie es Hardduju getan hatte. Tief eingegrabene Furchen in seinem Gesicht ließen ihn wettergegerbt und abgehärtet erscheinen. Er mochte eine Stufe unter Wallie stehen, doch er war kein Schlappschwanz und befand sich in weit besserer Körperverfassung als sein Vorgesetzter.

Er erhob sein Schwert zum Gruß, und Wallie antwortete.

Die beiden Männer musterten sich gegenseitig eine lange Weile mit forschenden Blicken, und diese scharf blickenden Augen wanderten blitzschnell zu dem Schwertgriff mit dem Saphir und dann hinunter zu den blutbefleckten Sandalen. Es war keine Ehre beleidigt worden, niemand verlangte Satisfaktion, wenn Harddujus Sekundant das Duell als fairen Kampf anerkannt hatte, doch die Verlockung, dieses besondere Schwert zu besitzen, war zu groß, genau wie der Halbgott vorausgesagt hatte. Töte einen Krüppel und erlange ein Vermögen — der Einsatz war gering, und der Gewinn hoch, so schien es.

Die Habgier siegte. Tarru machte das Zeichen der Herausforderung.

»Nun denn!« brüllte Wallie, und die Schwerter sausten blitzend durch die Luft. Nnanji und einer der Fünftstufler eilten herbei, um ihre Plätze als Sekundanten einzunehmen.

Tarru griff mit einer Sixt an, und Wallie parierte und führte einen Gegenstoß. Und da war wieder diese aufwallende Wut. Tarru parierte viel zu spät und versuchte einen Ausfall, einen sehr langsamen Ausfall. Wallie wehrte ohne Mühe ab. Als er merkte, daß er sich nicht in Gefahr befand, entspannte er sich etwas und parierte die unglaublich durchschaubaren Stöße, wodurch er den nächsten jeweils dahin lenkte, wohin er ihn haben wollte, ohne sich die Mühe einer Riposte zu machen.

Tarru tänzelte vor und zurück. Wallie drehte sich langsam, um ihm direkt gegenüberzustehen, und die Sekundanten umkreisten die beiden wie Planeten. Eine Menge sammelte sich, und der zweite Fünftstufler schrie ständig Anweisungen, damit sie zurückgehalten wurde.

Stiefel stampften auf den Steinen und wirbelten Staub auf. Metall klirrte. Stoß ... Parade ... Ausfall ... Tarrus Atem wurde laut in der brütenden Hitze unter einem Backofen-Himmel, und auch sein Gesicht bekam einen feurigen Glanz.

Wallie entdeckte, was es für ein Gefühl war, der größte Schwertkämpfer der Welt zu sein: es war ein angenehmer Sport. Er brauchte seine strapazierten Füße kaum zu bewegen, und sein Arm hätte den ganzen Tag so weitermachen können. Tarru war ein ausgezeichneter Sechststufler — das sah Shonsu ihm an —, doch innerhalb der Siebten Stufe gab es keine Begrenzung nach oben, und Shonsu hätte nach derselben Bemessungsskala durchaus ein Acht- oder Neuntstufler sein können. Er übertraf den älteren Mann um viele Klassen. Er wagte es nicht, sich umzusehen, doch er wußte, daß unter den Zuschauern etliche Schwertkämpfer waren, und er fragte sich, wie Tarru zumute sein mochte. Die Anstrengung machte sich bei ihm bemerkbar; sein Atem wurde zu einem rasselnden Keuchen. Er war der Herausforderer gewesen — daß er jetzt nicht an seinen Gegner herankam, machte ihn zu einer lächerlichen Figur. Von welcher Empfindung war seine Habgier abgelöst worden — Wut? Angst? Demütigung?

Schließlich wich Tarru zurück und blieb keuchend stehen, offensichtlich geschlagen, mit weit aufgerissenen Augen und glasigem Blick. Wallie tat so, als ob er ein Gähnen unterdrückte. Einige in der Menge kicherten, und jemand gab einen verhaltenen Buhruf von sich.

»Rückzug?« rief Tarrus Sekundant herüber. Ein anerkennenswerter Versuch, aber er durfte nicht viel Hoffnung haben.

Nach den Regeln war es Wallie nicht erlaubt zu sprechen, und er wagte es nicht, die Augen von seinem Gegner zu lassen, doch er nickte schnell.

Es entstand eine Pause. Nnanji hatte ausdrückliche Anweisungen bekommen, die über Leben und Tod entschieden. Denn eine Auseinandersetzung mit tödlichen Waffen ohne Blutvergießen war so gut wie undenkbar. Würde der Junge begreifen?

»Rückzug angenommen!« Nnanjis Stimme war schrill vor Aufregung.

Wallie atmete erleichtert auf, schenkte seinem Sekundanten ein lobendes Lächeln und schob sein Schwert in die Scheide. Einen Moment lang war Tarru zu erschlagen, um sich zu bewegen, doch dann trat er für die förmliche Umarmung vor.

Er brachte keine Entschuldigung hervor, keine Gratulation, und zeigte kein Zeichen von Scham, als er seinen Sekundanten vorstellte.

»Darf ich mir erlauben, Euch, kühner Lord Shonsu, meinen Schützling, Meister Trasingji der Fünften Stufe vorzustellen?«

Wallie nahm dessen Ehrbezeugung entgegen und sagte arglos: »Ich glaube, Ihr kennt meinen Sekundanten bereits, Ehrenwerter Tarru? Es ist der Eleve Nnanji der Zweiten Stufe, mein Gefolgsmann.«

Tarru verzog das Gesicht zu einer finsteren Miene, und Trasingji hätte sich fast verschluckt. Ein Zweitstufler, durch den Blutschwur gebunden? Nnanji schwoll sichtlich an und entbot seinen Gruß.

Wahrscheinlich hätten sie noch den ganzen Tag damit verbringen können, auf diesem sonnenerhitzten Backblech zu braten und Sprechblasen mit sinnlosen Formalitäten auszustoßen wie eine Versammlung chinesischer Mandarine, doch Wallie war erschöpft und fand diese Rituale lächerlich. »Werdet Ihr Euch darum kümmern, daß die sterbliche Hülle des edlen Harddaju mit der angemessenen Hochachtung versorgt wird?« fragte er, und Tarru verbeugte sich. »Ich glaube, ich sollte mich in die Obhut eines Heilkundigen begeben. Würdet Ihr die Güte haben, mich an einen Ort zu bringen, an dem ich mich etwas ausruhen kann?«

Tarru verbeugte sich erneut, immer noch schwer atmend. »Die Unterkünfte unserer Tempelwache bieten leider nur ein bescheidenes Lager für einen so überragenden Krieger, doch wenn Eure Lordschaft sich großzügigerweise herablassen würden, unsere armselige Gastfreundschaft anzunehmen, fühlten wir uns überaus geehrt.«

Wallie rief das Sutra *über die Gastfreundschaft* aus seiner neuen geistigen Datenbank ab und stellte fest, daß die Höhle des Löwen wahrscheinlich tatsächlich der sicherste Aufenthaltsort war. »Ihr seid überaus freundlich. Ich werde der Göttin noch ein kurzes Gebet widmen, dann komme ich umgehend.«

Tarru machte eine Handbewegung. Jetzt erst bemerkte Wallie, daß sich die Menge ausschließlich aus Schwertkämpfern zusammensetzte. Es waren mindestens dreißig. Er seufzte. Es war also noch kein Ende der Formalitäten abzusehen.

Tarru stellte ihm einen weiteren Schützling vor. Dann stellten dieser Schützling und Trasingji wiederum ihre Schützlinge vor, und so ging es weiter in der Art einer Endlosbriefkette. Zwei andere Fünftstufler traten in Erscheinung und mußten vorgestellt werden, und sie stellten ihre Junioren vor. Wallie ließ die Prozedur über sich ergehen und reagierte mit automatischen Gesten, während ein Name nach dem anderen verschwommen an ihm vorbeiglitt. Dumpf wurde ihm bewußt, daß er eine gefeierte Persönlichkeit war. Wenn Hardduju jemals so etwas wie Loyalität entgegengebracht worden war, dann war sie jetzt in seinem Fall umgeschlagen in kollegiale Bewunderung seiner Kunst. Er wurde mit echter Hochachtung betrachtet.

Und natürlich gingen sie alle von der Annahme aus, daß er der Nachfolger des Obersten Anführers werden würde. Er hatte noch nicht daran gedacht, abzulehnen. Sollte er das jetzt tun oder bis zu einem späteren Zeitpunkt warten? Er war zu müde, um so verzwickte Probleme zu lösen.

Dann wurde sein Abgehen der Reihen unterbrochen, die Routine bekam einen Knacks. Der Viertstufler, der jetzt vor ihm stand, war nicht voller Bewunderung — er war voller Angst; sein Schwert zitterte sichtbar. Wallie zwang seine Augen zu einer schärferen Sicht. Das Gesicht des Mannes war ihm bekannt. Er war einer der drei Männer, die ihn zusammengeschlagen hatten, bevor man ihn ins Gefängnis warf. Er kramte einen Moment lang in seinem Gedächtnis nach dem Namen ... Meliu.

Rache!

Zum drittenmal spürte er einen plötzlichen Zorn in sich aufwallen. Rotes Geflimmer funkelte ihm vor den Augen.

Meliu war ein Fettwanst, etwa in Shonsus Alter, und er sah nicht allzu klug aus, obwohl man das in seiner gegenwärtigen Verfassung nicht beurteilen konnte. Was hätte Shonsu getan? Antwort: Shonsu hätte niemals zugelassen, daß er in eine so üble Lage geraten wäre, wie es Wallie passiert war. Doch Shonsus Reaktion hätte sich bestimmt in diesem inzwischen vertrauten Aufwallen von Zorn ausgedrückt — und entladen, indem er diesen Schuft herausgefordert und getötet hätte wegen der ungeheuren Vermessenheit, einen Siebentstufler zu schlagen. Wallie Smith hingegen neigte eher dazu, zu vergeben, denn der Mann hatte nur auf Befehl gehandelt, und sollte jetzt die Strafe für denjenigen abbüßen, der den Befehl erteilt hatte. Aber wie Wallie Smith zu handeln, war ein doppeltes Risiko. Er mußte seiner Rolle treu bleiben. Ein Schaf im Wolfspelz sollte nicht unbedingt mitten im Rudel blöken.

Also ein Kompromiß. Er bezähmte seine Wut, ignorierte den Gruß und wandte sich an den Fünftstufler, der ihm diesen Mann vorgestellt hatte.

»Wer ist der nächste?«

Das war eine schmachvolle Beleidigung. Die Menge wartete, was Meliu tun würde. Ihm stand die Möglichkeit des Selbstmordes offen — er konnte eine Herausforderung signalisieren. Statt dessen drehte er sich um und rannte davon. Ausgehend von der Annahme, daß Shonsu der zukünftige Oberster Anführer war, würde er den Tempel wahrscheinlich vor Einbruch der Dunkelheit verlassen haben. Eine zufriedenstellende Lösung!

Schließlich kamen sie zum Ende, dem letzten stammelnden Drittstufler. All die vielen Zweit- und Erststufler, die noch nach ihm rangierten, zählten nicht, der Göttin sei Dank.

Tarru deutete eine Verbeugung an. »Darf ich mir die Kühnheit herausnehmen, mein Lord, Euch zu fragen, welche Dispositionen Ihr im Hinblick auf die Tempelwache zu treffen wünscht?«

Da hatte er also die Bescherung! Er beschloß, die Sache hinauszuschieben, da ihn irgendein instinktives Unbehagen warnte, die Leute nicht über ihren Irrtum aufzuklären.

»Bis sich die Priester in der Lage sehen, einen Ersatz für den Obersten Anführer zu verpflichten, werdet Ihr das Beste tun, Ehrenwerter Tarru, davon bin ich überzeugt.«

»Lord Shonsu, Ihr seid überaus liebenswürdig ... und was habt Ihr für den Eleven Nnanji der Zweiten Stufe vorgesehen? Soll er — äh — von den Pflichten der Wache befreit sein?«

Wallie drehte sich um und sah den jungen Nnanji an, der den tapferen Versuch unternahm, beflissenen Eifer an den Tag zu legen, es jedoch nicht lassen konnte, Wallie einen verzweifelt flehenden Blick aus dem Augenwinkel zuzuwerfen.

»Fürs erste werde ich den Eleven Nnanji in meinem persönlichen Dienst behalten.«

Der Eleve Nnanji entspannte sich.

Tarru verbeugte sich wieder. Wallie wurde von Minute zu Minute müder und befürchtete, daß er womöglich aus lauter Müdigkeit anfangen würde zu zittern. Er verabschiedete sich mit wenigen Worten und Gesten. Vierzig Schwerter blitzten in einem Salut auf, während er auf die Treppe zuging und sein Gefolgsmann mit geschwellter Brust hinter ihm herstolzierte.

7

Sobald Lord Shonsus Ziel offensichtlich wurde, entstand ein Wirbelwind von Aktivität in der Menge oben auf der großen Treppe. Wallie stieg langsam hinauf, um seine vor Schmerzen pochenden Füße zu schonen, und auf halbem Wege blieb er stehen, damit die Priester ihre Vorbereitungen vollenden konnten, worin immer diese bestehen mochten. Er drehte sich um und bewunderte die Aussicht. Das Göttliche Gericht sah aus der Entfernung entschieden besser aus als aus der Nähe.

Die Wache hatte sich formiert und marschierte jetzt von dannen, mit schwingenden Armen und hoch erhobenen Köpfen, um den neuen Mann zu beeindrucken.

Ein Schwarm Tauben ließ sich hinter ihnen auf dem großen Platz nieder. Zwei Sklaven schrubbten die Pflastersteine an der Stelle, wo der Oberste Anführer gestorben war.

Das Leben war schön — auf jeder Welt. Wallie fühlte eine Zufriedenheit in sich. Der unangenehmen Angelegenheit mit Hardduju hatte er sich mühelos entledigt, und selbst das Wissen, daß er jetzt einen Menschen getötet hatte, belastete ihn nicht sehr. Er war abgesichert durch den Ehrenkodex der Schwertkämpfer, unter dessen Ägide er stand. Die einzige Falte in seiner behaglichen Decke der Zufriedenheit war die Erinnerung an jene plötzlichen Anfälle von rasendem Zorn, die auftraten, wenn es um die heikle Frage seines Status als Schwertkämpfer ging — ausgelöst durch Nnanjis zunächst trotzige Haltung, durch Tarrus unverschämte Herausforderung und durch die Gelegenheit, mit Meliu abzurechnen. Dieser Zorn kam nicht aus Wallie Smith, und er hatte den Verdacht, daß Shonsu, wenn er an seiner Stelle hier gewesen wäre, vier blutige Leichname zurückgelassen hätte, und nicht nur einen. Zorn wurde durch Adrenalin verursacht. Adrenalin entstand irgendwo in der Gegend der Nieren. Er war nicht mit Shonsus Charaktereigenschaften ausgestattet worden, doch er hatte seine Drüsen, und in Zukunft mußte er darauf achten, daß Wallie Smiths Geist die feste Oberherrschaft über Shonsus Körper behielt.

Er wollte ein Schwertkämpfer sein, kein Schlächter.

Dann sah er Nnanji an und begegnete einem verklärten Lächeln voller hochprozentiger Heldenverehrung, die ihn aufregte.

»Gut gemacht, Vasall«, sagte er. »Du warst ein großartiger Sekundant.«

Nnanji lief vor Freude purpurrot an.

»Es war sehr klug von dir, mein Zeichen hinsichtlich des Rückzuges richtig zu deuten«, fuhr Wallie fort. »Ich hätte dir vorher eingehendere Anweisungen geben sollen.«

»Ihr hattet ihn bis zur linken Armbeuge, mein Gebieter.«

Wallie entdeckte, daß sein Gedächtnisimplantat auch den Schwertkämpfer-Slang beinhaltete, aber diesen Ausdruck hätte er auch so deuten können — die linke Armbeuge war bei einem rechtshändigen Gegner ein unerreichbarer Angriffspunkt. In Nnanjis Verhalten schien jedoch der stille Vorwurf zu liegen, daß Wallie dem anderen vollends den Todesstoß hätte versetzen müssen. Blutrünstiger junger Teufel!

Die Heldenverehrung störte ihn immer mehr, je länger er darüber nachdachte. Die Vorzüge eines hervorragend trainierten Körpers und meisterhafter Fechtkunst waren die des verstorbenen Lord Shonsus, nicht die seinen. Doch er konnte kaum hoffen, diesen feinen Unterschied erklären zu können. Der Knabe war offenbar schlagartig von der treu ergebenen Anhänglichkeit eines jungen Hundes gepackt worden, und Wallie mußte sich irgendeine sanfte Methode ausdenken, um ihn davon abzubringen.

Er blickte hinauf zu den Bögen. Die Pilger waren nach beiden Seiten zu zwei Keilen zusammengetrieben worden, so daß der Eingang für ihn frei war. »Ich glaube, wir haben ihnen genügend Zeit gelassen, sich die Haare zu richten«, sagte er. »Wir wollen gehen.«

Wir wollen gehen ... diesen Ausspruch hatte er von dem Halbgott übernommen.

Die Wachtposten am mittleren Bogen waren jetzt zwei von den Fünftstuflern, die er gerade vorhin kennengelernt hatte; sie waren immer noch leicht aus der Puste, weil sie so schnell gerannt waren, um vor ihm oben anzukommen. Sie salutierten, als er in den kühlen Schatten des Bogens trat, wofür sie ein anerkennendes Kopfnicken von Wallie und ein unverschämtes Grinsen von Nnanji ernteten.

Und so betrat Lord Shonsu also zum drittenmal das große Mittelschiff, und Wallie Smith zum zweitenmal.

Seine kühle Weiträumigkeit war immer noch überwältigend, der Glanz bunter Lichtstrahlen, die durch die Fenster fielen, immer noch prächtig. Es war kein Priester da, um ihn zu führen, und er schritt immer weiter geradeaus, so gut es mit seinen blutgetränkten Sandalen ging. Nach der halben Länge des Mittelschiffs betrat er den priesterlichen Bereich; eine doppelte Linie verlief von dieser Stelle bis hin zum Altar. Priester auf der einen Seite, Priesterinnen auf der anderen, Erststufler in Weiß in vorderster Reihe, gelbgewandete Zweitstufler dahinter.

Als er vorbeiging, kniete einer nach dem anderen nieder, so daß er sich vorkam wie ein Sturm, der durch einen Wald fegt — ein peinliches und schreckliches Gefühl für ihn. Er kam sich unwürdig und verlogen vor. Er hätte ihnen gern zugerufen, damit aufzuhören, doch er war zu nichts anderem in der Lage, als so schnell wie möglich weiterzueilen und nicht hinzusehen.

Nnanji schluckte, als die Kniefälle begannen, und flüsterte in eindringlichem Ton: »Soll ich zurückbleiben, mein Gebieter?«

»Du heftest dich an mich wie Rost!« befahl Wallie in der gleichen Art von Flüstern, und die beiden brachten gemeinsam die majestätische Prozession durch das lange Mittelschiff hinter sich; der Herr und Gebieter in einem dreckigen Sklavenlumpen und sein Vasall in einem fadenscheinigen gelben Kilt. Nur Wallies Schwert und seine Haarspange entsprachen dem gesellschaftlichen Umfeld.

Dann, einige hundert Priester und Priesterinnen weiter, erreichten sie das Ende, und dort war ihnen der Weg versperrt durch eine Gruppe von unglaublich alten Frauen in Blau, zahnlos und fürchterlich verschrumpelt; einige hatten Schemel dabei. Auch sie gingen eine nach der anderen in die Knie.

»Die Heiligen Mütter!« sagte Nnanij mit ehrfurchtsvoller Stimme.

»Kniet nicht vor mir, edle Damen!« protestierte Wallie. »Ich bin doch nur ein einfacher Schwertkämpfer, der gekommen ist, um der Göttin zu huldigen.«

Sie knieten nichtsdestoweniger.

Mit rotem Gesicht und voller Wut schritt Wallie durch eine schmale Lücke in der Mitte der Reihe und bis zum Rand des Sockels. Und dort stand die winzige Gestalt von Lord Honakura, der ihn stolz anlächelte. Wallie nickte ihm kurz zu. Dann fiel er schweigend auf die Knie und brachte der Göttin seine Huldigung dar. Alle Gebete und Rituale, die eines Schwertkämpfers angemessen waren, hatte er im Kopf — er flehte um Vergebung, er schwor, sein Schwert in Ihren Dienst zu stellen, er gelobte Ihr Gehorsam. Er wartete, doch es erfolgte keine Antwort, und er hatte auch nicht mit einer gerechnet. Seine wirkliche Hingabe hatte bereits anderswo stattgefunden; diese Vorstellung hier galt nicht der Göttin, sondern den Zuschauern und vielleicht ihm selbst. Aus Angst, er könnte da am Boden einschlafen, rappelte er sich auf, gefolgt von Nnanji.

Er warf einen Abschiedsblick auf die Reichtümer aus Jahrhunderten, die auf dem Sockel glitzerten. Nichts von all dem, was er sah, hielt dem Vergleich mit seinem Schwert stand, doch was ihm einst als schändliches Elsternnest erschienen war, beeindruckte ihn jetzt als großartige Opfergaben. Gläubige hatten seit Tausenden von Jahren ihren wertvollsten Besitz hierhergebracht, ihre größten Schätze, um sie der geliebten Göttin zu Füßen zu legen. Wer war er, daß er ihre guten Absichten in Frage gestellt hatte? Seltsam, wie das, was man sah, davon abhing, wie man es betrachtete.

Er wandte sich zu Honakura um. *Ihm kannst du trauen,* hatte der Gott gesagt und damit angedeutet, daß die anderen nicht unbedingt vertrauenswürdig waren. Bevor Wallie jedoch das Wort ergreifen konnte, kam ihm der Priester zuvor.

»Der Rat ist bereit, Euch unverzüglich als Obersten

Anführer der Tempelwache einzuführen, mein Lord«, verkündete er strahlend, »auch wenn wir es vorziehen würden, eine etwas förmlichere Zeremonie für morgen oder übermorgen vorzubereiten.« Er warf einen mitleidigen Blick auf Wallies Füße und die Blutflecken, die er dort, wo er gekniet hatte, auf dem Boden zurückgelassen hatte.

Niemand befand sich in Hörweite. »Ich werde das Amt des Obersten Anführers nicht übernehmen«, antwortete Wallie leise.

Das war ein großer Schock, und im ersten Moment hatte es dem alten Mann die Sprache verschlagen. Dann brach es aus ihm heraus: »Aber, mein Lord, wir haben doch alles genau besprochen ...«

Wallie kämpfte die teuflische Versuchung nieder zu sagen: »Ihr habt den Handel mit Shonsu abgeschlossen, und ich bin Wallie Smith.« Er widerstand ihr, aber nur mit Mühe. »Ich bedaure, Eure Heiligkeit.«

Honakura sah fassungslos aus, verängstigt und so erschüttert, als wäre Verrat an ihm verübt worden. Wallie rief sich die spitze Bemerkung ins Gedächtnis, die der Gott über die Machenschaften des Tempels geäußert hatte.

»Mir ist verboten, dieses Amt zu übernehmen«, sagte er schlicht.

»Verboten?«

Einem Schwertkämpfer der Siebten Stufe? Dann dämmerte in seinem Geist die Erkenntnis, und der Blick des Alten schweifte zu dem Schwertgriff.

Wallie nickte. »Ich habe heute mit einem Gott gesprochen«, erklärte er sanft. »Er gab mir dieses Schwert und beauftragte mich, Hardduju zu töten. Doch er verbot mir auch, weiterhin im Tempel zu bleiben. Ich habe eine Mission, die ich für die Göttin erfüllen muß, eine Angelegenheit, die für Sie von größter Bedeutung ist, und deshalb muß ich weiterziehen.«

Es war ausgeschlossen, mit dieser Autorität zu hadern. Honakura verneigte sich. »Das ist die höchste Ehre, die einem Sterblichen zuteil werden kann, mein Lord. Ich schätze mich glücklich, daß ich auch nur Eure Bekanntschaft gemacht habe.« Das war eine blumenreiche Höflichkeitsfloskel, doch vielleicht steckte auch ein Fünkchen Ernsthaftigkeit darin.

»Ich werde mich jetzt in die Unterkünfte begeben«, sagte Wallie. *Meine Füße bringen mich um!* »Vielleicht können wir unser Gespräch morgen fortsetzen, Eure Heiligkeit?«

»Selbstverständlich, mein Lord.« Der Alte senkte seine Stimme zu einem Flüstern. »Hütet Euch vor Verrätern, Lord Shonsu!«

Wallie nickte erneut und wandte sich um, um zu sehen, wo sein Vasall geblieben war. Nnanji stand in Bereitschaft, direkt hinter seiner linken Schulter. Und starrte ihn entgeistert an.

Nnanji hatte alles mitgehört.

Der Eleve Nnanji war in so ernsthafter Gefahr, daß ihm fast die Augen aus den Höhlen fielen.

Wallie schleppte sich humpelnd voran, kaum in der Lage, mit seinem storchenbeinigen Vasallen schrittzuhalten, der auf dem gewundenen Weg durch den Hinterausgang vor ihm herging. Die Blicke, die Nnanji immer wieder zu seinem Gebieter zurückwarf, waren so voller Fassungslosigkeit und Bewunderung, daß sie fast brannten.

Wallies erschöpfter Geist konnte sich sehr gut vorstellen, wie eine Gedankenblase wie in einem Comic-strip aus Nnanjis Kopf aufstieg. Darin stand etwa folgendes: »Erst Hardduju, dann Tarru, dann die Sache mit den Heiligen Müttern, und dann unterhält er sich auch noch mit Göttern! Wuff! Was für ein Boß!«

Walli hegte die feste Hoffnung, daß es zu keinen weiteren Duellen mehr kommen würde, also brauchte er ihn nicht mehr; doch wie würde man einen so anhänglichen Gefolgsmann los, ohne ihn zu beleidigen und zu verletzen?

Sie zogen hintereinander durch schmale Korridore, Treppen hinunter, durch weitere Gänge, und schließlich traten sie auf der Rückseite des Tempels ins grelle Tageslicht. Dort standen einige große Häuser, vor denen Sklaven Blumenbeete pflegten, samtglatte Rasen mit Sicheln in Bestform trimmten und Wasserkarren umherzogen. Sie kamen an den Rand eines großen Hofs, den Wallie kannte — es war der Paradeplatz, den er am Morgen überquert und dann noch einmal überquert hatte.

»Halt!« krächzte er. Er wankte schlaff zu einer niedrigen Mauer, die den letzten der Blumengärten umgab. Er sank an der Mauer unter einem schattenspendenden Baum nieder und zerfloß förmlich. Üppige Blüten schickten ihm das Summen von Bienen und einen betäubenden Duft. Er mußte seit Stunden auf den Beinen sein, denn die Sonne neigte sich bereits, und die Schatten wurden länger. Er bettete den Kopf eine Zeitlang in die Hände. Erschöpfung, Mangel an Essen, emotionale Überbeanspruchung ...

Nach einer Weile blickte er auf und sah einen zu Tode erschreckten Ausdruck im Gesicht seines Vasallen.

»Mir geht's gut«, sagte Wallie. »Ich hatte nur einen etwas anstrengenden Tag.« Er erntete ein unsicheres Nicken. »Ich habe gesagt, daß ich mich mit Göttern unterhalte, verdammt, nicht daß ich einer bin!« Das löste ein sehr schwaches Lächeln aus. »Setz dich her zu mir, Nnanji. Erzähl mir, warum niemand um Hardduju trauert.«

Nnanji faltete seine spinnendünnen Glieder und ließ sich neben seinem Gebieter an der Wand nieder. Vorsicht und Verachtung jagten sich abwechselnd in seinem Gesicht, bis die Verachtung schließlich gewann. »Er war verabscheuungswürdig, mein Gebieter, verletzte seine Eide. Er *ließ sich bestechen.*«

Wallie nickte. Kein Wort über Sadismus?

Dann wagte Nnanji einen Vorstoß. »Mein Gebieter? Warum haben die Priester überhaupt je einen solchen Mann zum Obersten Anführer gemacht? Er war eine Schande für unsere ehrenwerte Zunft.«

»Vielleicht war er damals, als sie ihn mit dem Amt betrauten, noch ein anständiger Mensch?«

Nnanji sah ihn verständnislos an. »Mein Gebieter?«

»Macht verdirbt den Charakter, Nnanji!« Das war ein Problem, mit dem er sich an diesem Tag schon eingehend beschäftigt hatte, doch für Nnanji war diese Idee offenbar vollkommen neu, und Wallie erklärte es ihm, indem er ihm erzählte, wie ihm die Menge zugejubelt hatte.

»Ich danke Euch, mein Gebieter«, sagte sein Vasall feierlich. »Ich werde daran denken, wenn ich dereinst einen hohen Rang einnehme.« Nnanji war natürlich ein Idealist und somit ein Romantiker.

Wallie sagte hoffnungsvoll: »Nnanji, die Schwierigkeiten sind jetzt wohl ausgestanden. Möchtest du, daß ich dich aus deinen Eiden entlasse?«

Nnanjis Gesichtsausdruck ließ erkennen, daß er lieber durch eine Getreidemühle gedreht oder blutsaugenden Zecken zum Fraß vorgeworfen würde. »*Nein*, mein Gebieter!«

»Nicht einmal aus dem dritten? Das ist ein ziemlich fürchterlicher Eid, mein guter Eleve. Ich kann dir alles mögliche befehlen — Morde, abartige, ja widerwärtige Handlungen.«

Nnanji grinste nur — sein Held würde so etwas niemals tun. »Ich fühle mich geehrt, an ihn gebunden zu sein, mein Gebieter.« Wahrscheinlich war er glücklicher als je in seinem Leben, da er in seinen eigenen Augen in dem Glanz strahlte, den der Ruhm auf ihn abwarf.

»Nun gut«, sagte Wallie zögernd. »Doch wenn du irgendwann von diesem Gelöbnis entbunden werden möchtest, mußt du es sofort sagen. Das Sutra sagt, daß es aufgehoben werden kann, sobald die unmittelbare Notwendigkeit nicht mehr besteht.«

Nnanji öffnete den Mund, schloß ihn wieder, sah Wallie an, dann seine Füße; dann beschloß er, etwas zu wagen.

»Ihr habt eine Mission für die Göttin zu erfüllen, mein Gebieter«, sagte er leise. Er hatte es nicht als Frage ausgesprochen, doch er wurde offensichtlich von Neugier gequält.

Nnanji bildete sich also ein, daß er dabei auch mitmachen könnte, wie? Wallie seufzte. Er mußte sich auf jeden Fall ein paar tapfere Kämpfer suchen, die ihm den Rücken schützten und das Vermögen, das er darauf herumtrug, doch das letzte, was er sich für eine wichtige Mission aussuchen würde, wäre ein schlacksiger Halbwüchsiger, der ihm vor den Füßen herumhampelte. Ein unausgebildeter Lehrling wäre kein Schutz, eher lästig als nützlich. Wieder entstand in seinem übermüdeten Geist eine lächerliche Vorstellung: Nnanji, würdest du bitte mal eben in die Höhle laufen und den Drachen bitten, herauszutreten? Nnanji, geh doch schon vor zur Burg und sage, sie sollen das Öl schon mal heißmachen ...

Dann fiel ihm ein, daß irgendwo Verrat lauern könnte. Wie sollte er Schwertkämpfer finden, denen er trauen konnte, die wahrhaft seinen Rücken schützen und nicht ein Messer hineinstoßen würden? Was er brauchte, war Loyalität, und hier saß sie und blickte ihn mit glühenden Augen an. Nnanji konnte ihn überdies beraten, welchen Männern in den Reihen der Wache er so weit trauen konnte, daß er sie zu den seinen machen konnte. Er hörte seine eigene Stimme — Shonsus Stimme — sagen: *»Es ist eine nichtsnutzige Straße, die nicht in zwei Richtungen führt.«*

Nnanji setzte wieder sein breites Grinsen auf. »Zweites Sutra«, sagte er. »Über Schützlinge und Gefolgsleute.«

Wallie starrte ihn einen Moment lang an — schäbig gekleidet, staksig und ungelenk, wenn auch durch die langen Beine ein guter Läufer, rotes Haar, Stupsnase, unsichtbare Wimpern, alle Knochen zu zählen; unerfahren wie ein neugelegtes Ei, aber so willig, wie es überhaupt nur ging. Er hatte jetzt schon einen an Schwachsinn grenzenden Mut an den Tag gelegt, indem er angesichts eines gezückten Schwertes Widerworte gab. Nnanji war durchaus berechtigt, sich als an der Mission beteiligt zu betrachten, denn auch Wallie hatte an diesem Tag ein Gelöbnis abgelegt, ihn zu seinem Wohle zu schützen und zu lenken. Nach den Maßstäben einer Welt, in der es noch keine Schrift gab, hatte er einen Vertrag unterzeichnet. Er konnte sich jetzt nicht gut einfach aus dem Staub machen und den Jungen der Rache von Harddujus Anhängern überlassen. Ob es ihm gefiel oder nicht, er hatte diesen Nnanji am Hals.

»Bist du vertraut mit dem Sutra ›Über die Geheimhaltung‹?« fragte er zaghaft.

Nnanji strahlte auf. »Ja, mein Gebieter.« Und bevor Wallie ihn daran hindern konnte, rasselte er es ungebremst herunter.

175 ÜBER DIE GEHEIMHALTUNG

Epitome

Ein Schützling darf nicht über seinen Mentor sprechen,
noch über die Angelegenheiten seines Mentors,
noch über die Befehle seines Mentors,
noch über die Verbündeten seines Mentors,
noch über irgendwelche Kunde,
die er selbst seinem Mentor überbracht haben mag.

Episode

Als Fandarrasu der Folterung unterzogen wurde,
sprach er nicht, doch sein Atem roch nach Knoblauch.

Auf diese Weise erfuhr Kungi,
daß Nachschub die belagerte Stadt erreicht hatte.

Epigramm
Die Zunge ist mächtiger als ein Schwert,
denn ein einziges Wort kann eine Armee vernichten.

»Richtig«, sagte Wallie, den sein Eifer belustigte. Wenn schon sonst nichts, so würde dieser Nnanji wenigstens für Unterhaltung sorgen! »Jedermann vermutet, daß ich Oberster Anführer werde — lassen wir es im Moment dabei. Was die Aufgabe angeht, so weiß ich nichts darüber. Das einzige, was mir der Gott erzählt hat, ist, daß ... ein gewisser hervorragender Schwertkämpfer ... versucht hat, sie zu lösen, und scheiterte, und ich bin als nächster dran. Es ist für die Göttin sehr wichtig ...«

Nnanji nickte und machte ein ehrfürchtiges Gesicht.

»Ich habe die Anweisung, hinaus in die Welt zu gehen und ein ehrenhafter und tapferer Schwertkämpfer zu sein. Worin die Aufgabe besteht, wird mir zur gegebenen Zeit offenbart werden. Das bedeutet, von hier aufzubrechen und sich auf die Reise zu begeben. Vermutlich bedeutet es Gefahr. Möglicherweise Ehre.«

Er hielt inne und genoß den Anblick von Nnanjis aufgerissenen Augen und dem aufklaffenden Mund. »Ich nehme nicht an ... möchtest du eventuell als mein Schützling und Gefolgsmann mitkommen?«

Das war offenbar eine törichte Frage. Gefolgsmann eines Siebentstuflers? In einer göttlichen Mission unterwegs? Das war ein Angebot, an das Nnanjis wildeste Phantastereien nicht heranreichten. Die Antwort sprudelte in schlimmstem Schwertkämpferslang aus ihm heraus: »Na klar. Und ich wette, meine Spielsachen bleiben alle dran!«

Wallie lachte und hatte das Gefühl, daß er in Zukunft ziemlich gut mit ihm auskommen würde. »Das hoffe ich doch sehr«, sagte er. »Ich habe jedenfalls die Absicht, meine zu behalten! Aber hör zu, Vasall, ich weiß, daß ich ein guter Schwertkämpfer bin, und einige sehr merkwürdige Dinge sind mir widerfahren. Ich werde versuchen, dir ein guter Herr und Lehrmeister zu sein, aber ich bin kein Supermann. Ich bin nicht einer von diesen Helden, wie sie in den Epen gepriesen werden.«

»Nein, mein Gebieter«, antwortete Nnanji höflich.

Das war das einzige, was er Wallie nicht glaubte.

Buch Drei

Wie das Schwert einen Namen erhielt

1

Die Mannschaftsunterkünfte befanden sich in einem massiven Marmorbau mit Balkonen und Bogenfenstern, der etwa an einen maurischen Palast des Mittelalters erinnerte. Tarru hatte ihre Ankunft ankündigen lassen, und so wurde der Besucher von der Dienerschaft begrüßt; sie bestand ausschließlich aus Veteranen oder versehrten Kämpfern, die die Waffen aus der Hand gelegt hatten. Der oberste Kammerherr hatte zwar noch alle Gliedmaßen, doch er war alt und gebeugt, hielt den grauen Kopf wie eine Schildkröte vorgereckt, und seine Gesten waren unter dem gekrümmten Rumpf versteckt, als er sich als Coningu der Fünften Stufe vorstellte. Mit geübtem Auge erfaßte er Wallies Zustand auf den ersten Blick, verkürzte die Formalitäten und fragte nach den Bedürfnissen seiner Lordschaft.

»Ein heißes Bad, Verbände, Essen, ein Bett?«

Coningu nickte einem Untergebenen zu und ging dann voraus auf einer Marmortreppe, deren Breite für eine vierspurige Autobahn ausgereicht hätte. Offenbar waren alle Gebäude, die dem Tempel angegliedert waren, nach dem gleichen gigantischen Maßstab errichtet worden, und die Decken waren so hoch, daß man drei Treppenabsätze erklimmen mußte, um das nächste Stockwerk zu erreichen. Wallie wagte nicht, sich umzusehen, aus Angst, er könnte Blutspuren auf jeder Stufe hinterlassen, die die Sklaven wegwischen müßten. Endlich kamen sie im oberen Stockwerk an und gingen durch einen Korridor von entsprechenden Ausmaßen, bis Coningu eine Tür öffnete und zur Seite trat.

Wallie war beeindruckt. Der Raum war groß und luftig — der Boden aus glattem Holz mit prächtigen Teppichen darauf, Wände aus kühlem Marmor mit leuchtenden Wandbehängen und eine unglaublich hohe getäfelte Decke mit verblaßten Fresken, die aus der Sixtinischen Kapelle hätten stammen können. Es standen vier Betten darin und etliche andere Möbelstücke, doch der Raum war so weitläufig, daß er nicht im geringsten vollgestopft wirkte. Dann bemerkte er, daß Coningu zu einer anderen Tür weiterging — dies war erst der Vorraum.

Das eigentliche Gästezimmer war dreimal so groß, mit einem Bett von der Größe eines Schwimmbeckens. Fenster mit heruntergelassenen Jalousien gingen zu beiden Seiten auf Balkone hinaus und ließen einen angenehm kühlen Lufthauch durch den Raum streifen. Die Teppiche und Wandbehänge waren vorzügliche Kunstwerke, und das Holz strahlte in poliertem Glanz. Nnanjis Gesichtsausdruck nach zu schließen, hatte er diesen Teil der Unterkünfte noch nie gesehen und war überwältigt.

»Was hältst du davon?« murmelte Wallie und hoffte, daß es Coningu nicht hörte. »Reicht uns das, oder sollen wir sehen, ob es die Straße weiter runter noch was Besseres gibt?«

Nnanji starrte ihn verwirrt an. Coningu hatte es gehört und lächelte mit einem Seitenblick, der keine Regung verriet.

»Es ist großartig«, beeilte sich Wallie ihm zu versichern. »Eines Königs würdig.«

»Es hat bestimmt schon viele davon beherbergt, mein Lord«, erwiderte der Kammerherr geschmeichelt.

Wallie konnte sich einen kleinen Scherz nicht verkneifen. »Knastbrüder auch schon? Wißt Ihr, wo ich letzte Nacht geschlafen habe?«

Über Coningus Gesicht huschte ein spöttisches Lächeln. »Auch die, mein Lord, möchte ich annehmen. Das Tempelgericht mußte sich schon mehrmals umstimmen lassen.«

Für den Augenblick hatte Wallie seine wunden Füße vergessen, und er sah sich gründlich um. Er entdeckte einen Klingelzug und einen schweren faßgroßen Behälter, verziert mit Nymphen und Blumen im Halbrelief. Er kam zu dem Schluß, daß das der Nachttopf sein mußte. Die verzierten Wandlampen bestanden offenbar aus purem Gold. Eine wuchtige geschnitzte Truhe war voll mit Florettdegen, Fechtmasken und Hanteln — alles, was ein Schwertkämpfer im Urlaub sich wünschen konnte. Er schritt über einige der Teppiche und entschied, daß sie aus Seide sein mußten, ebenso wie die Wandbehänge. Als er die dicken Eisenriegel an der inneren Tür sah, überzeugte er sich davon, daß die äußere Tür ebenso ausgestattet war, und dann humpelte er auf den Balkon hinaus, um dort die Sicherheitseinrichtungen zu untersuchen.

Das schattenspendende Überdach war breit, und die glatten Seitenwände boten keinerlei Halt. Jeder Dieb, der versuchen würde einzusteigen, brauchte Flügel. Unter ihm erstreckte sich der Bilderbuchpark, jenseits davon die hohe Mauer, die Gebäude und Elendsbaracken der Stadt und dahinter das Tal mit seiner steilen Straße und der Reihe der Pilgerhütten ... und schließlich der indigofarbene Himmel. Der andere Balkon ging wahrscheinlich in die Richtung des Gefängnisses hinaus. Wallie betrachtete mit finsterer Miene die Stadt; er erinnerte sich an das Elend dort und wie es auf ihn gewirkt hatte. Er hörte förmlich die Botschaft, die ihm übermittelt wurde: *Die Göttin belohnt ihre Diener reichlich. Zweifle nicht an der Gerechtigkeit der Göttin.*

Er entdeckte einen silbernen Spiegel, in dem er sich von oben bis unten betrachten konnte. Und wieder war da das Bild von Shonsu, das er in seinem Delirium gesehen hatte, nur daß seine Vision nackt gewesen und nicht mit einem groben Sklaventuch umwickelt war, und jetzt wiesen das Gesicht und der Körper über und über Prellungen und Schürfwunden und Schwellungen auf, die Augen waren gequollen und rot unterlaufen, die schwarzen Haare zu einem halb aufgelösten Pferdeschwanz gebunden. Er schnitt seinem Spiegelbild eine

Fratze, und der Gesamteindruck war abscheulich. Wie konnte Nnanji nur den Befehl einer solchen Schreckensgestalt entgegennehmen?

Stimmen und Geklapper kündeten davon, daß Sklaven mit einer riesigen Kupferbadewanne und dampfenden Eimern hereingekommen waren. Ein einbeiniger Schwertkämpfer erteilte in zackigem Ton Anweisungen. Ein anderer Versehrter führte weitere Sklaven mit Handtüchern und Kästen herein. Langsam wurde der Raum voll. Jetzt wurde Wallie klar, daß von ihm erwartet wurde, seine Toilette unter den Augen der Öffentlichkeit zu erledigen, wie Louis XIV., doch er war zu erschöpft, um dagegen etwas einzuwenden. Nnanji löste die Riemen von Wallies Schwertgeschirr und nahm ihm Schwert und Scheide ab, was offensichtlich zu den Aufgaben eines Schützlings gehörte. Sklaven gossen Wasser in die Wanne und schafften im Laufschritt noch mehr herbei. Wallie seufzte bei der wehmütigen Vorstellung eines Brausebads mit gutem Badeschaum, dann ließ er die königliche Behandlung über sich ergehen.

Die Sklaven bedienten ihn sklavisch, und Wallie ließ sich genüßlich in der Wanne aufweichen, während die anderen Schwertkämpfer eine schweigende Traube um Nnanji bildeten. Es war bestimmt ein halbes Dutzend von ihnen anwesend, denn Wallie war vielleicht das Aufregendste, das hier seit einem oder zwei Jahrhunderten passiert war. Jeder Vorwand war gut genug, um bei dem Schauspiel dabeizusein und sich daran zu erfreuen.

»Darf ich es ziehen, mein Gebieter?« fragte Nnanji.

Gemeint war sein Schwert, das das Interesse der Schwertkämpfer erregt hatte — sie umringten es wie Jungen einen ausländischen Sportwagen.

»Aber sicher«, sagte Wallie schläfrig. Er vernahm bewunderndes Gemurmel, als die Gruppe die Klinge bestaunen durfte. Dann rezitierte Nnanji plötzlich in einem merkwürdigen Singsang:

»Am Griff den Vogel Greif wir schauen,
in Silberweiß und Saphir prahlend,
Rubin die Augen, Gold die Klauen,
der Klinge Stahl wie Sterne strahlend.
Das Siebte Schwert, so fein geschmiedet,
daß alle anderen es besieget.«

»Was, um alles in der Welt, soll das denn?« fragte Wallie, der plötzlich wieder hellwach war und Badewasser über Sklaven und Fußboden schwappen ließ.

»Das Lied eines Barden, mein Gebieter.« Nnanji sah ihm ins Gesicht und wartete gespannt auf seine Reaktion. »Es handelt von den Sieben Schwertern des Chioxin. Ich kann Euch alles über die ersten sechs erzählen, wenn Ihr wollt, aber es ist ein ziemlich langes Gedicht.«

»Chioxin? *Chioxin?*« Ein Bild tauchte vor Wallies geistigem Auge auf — ein Stück einer Schwertklinge, an einer Wand aufgehängt, eine alte und schartige Klinge, an beiden Enden abgebrochen, doch mit Gravuren von Menschen und Monstern. Er strengte sich an, weitere Einzelheiten zu sehen, doch es war eine Shonsu-Erinnerung, ein Bruchstück an der Grenze zwischen den auf sein Handwerk bezogenen Erinnerungen, die ihm gegeben worden waren, und seinen persönlichen Erinnerungen, die sich ihm entzogen. Das Empfinden bereitete ihm Unbehagen. Wer oder was war Chioxin?

»Das hört sich nach diesem Schwert an, nicht wahr?« sagte er. »Der Vogel Greif und der Saphir. Was weißt du noch darüber?«

Nnanji machte plötzlich ein verlegenes Gesicht. »Den Rest habe ich nie gehört, mein Gebieter. Es war in meiner ersten Nacht im Lager der Schwertkämpfer, ich stand vor der Kratzprobe.« Er lächelte bei der Erinnerung an sich selbst in jüngeren Jahren. »Wenn ich heute daran zurückdenke, halte ich denjenigen nicht mehr für einen besonders guten Barden, aber damals kam er mir wundervoll vor. Er sang die Ballade von den Sieben Schwertern des Chioxin, und ich wollte sie ganz hören. Aber er war gerade bis zum letzten Teil gekommen, in dem es um das Siebte Schwert geht, und dann ... und dann mußte ich weg, mein Gebieter.«

»Zur Wilden Ani, möchte ich wetten«, sagte einer der anderen. Alle brüllten und johlten vor Lachen, und Nnanji lief vor Zorn dunkelrot an.

Coningu, der schwankend am Rand der Gruppe stand wie eine vom Wind gebeugte Zypresse am Strand, starrte das Schwert an. Er spürte Wallies Augen auf sich, wandte den Blick zu ihm und dann schnell in die andere Richtung. Coningu hatte die Ballade gehört, von Anfang bis Ende, und er wußte, was darin über das Siebte Schwert gesagt wurde. So alt und abgeklärt wie er, jetzt sah er doch so aus, als wäre er von etwas tief beeindruckt.

Wallie hievte sich aus der Wanne, um für Ablenkung zu sorgen. Kurz darauf war er abgetrocknet, und man bot ihm eine Auswahl verschiedener blauer Kilts aus den Kästen der Kleiderkammer an. Er entschied sich für den schlichtesten, obwohl auch der aus feinstem Damast bestand. Nnanji schnallte ihm den Harnisch um — und dann zog er sich aus und ließ sich platschend in das gebrauchte Badewasser seines Mentors plumpsen. Das gehörte offensichtlich zu den Privilegien eines Schützlings.

Zwei Heilkundige, einer der Sechsten und einer der Dritten Stufe, verneigten sich vor Wallie und nickten voller Anerkennung beim Anblick eines Patienten, der so aufsehenerregende Verletzungen hatte, im Grunde aber kerngesund war. Widerwillig erlaubte er ihnen, Salbe auf seine Wunden zu schmieren. Dann machten sie sich daran, ihm die Füße zu verbinden.

»Halt!« fuhr er dazwischen. »Was ist das?«

»Das sind Verbände, mein Lord«, erklärte der Sechststufler überrascht. »Das sind sehr gute Verbände. Ich habe sie vor vielen Jahren im Tempel weihen lassen, und seither haben sie schon zahlreiche Patienten geheilt.«

Sie sahen aus wie die alten Lappen einer Autowerkstatt.

»Wie ist es den letzten beiden Patienten ergangen?« wollte Wallie wissen, und die Antwort bestand aus einem vernichtenden Blick. »Beschafft Euch ein paar neue, Heilkundiger. Das Geweihte an diesen hat sich abgenutzt. Im Moment könnt Ihr Handtücher verwenden.«

Der Heilkundige setzte zu einer Widerrede an.

Wallie war zu müde für eine Auseinandersetzung. »Vasall?« sagte er, und Nnanji, der sich gerade wieder fertig angezogen hatte, lächelte und zog sein Schwert.

Wallies Füße wurden mit Handtüchern umwickelt wie im Endstadium der Gicht.

Auf einem Tisch waren allerlei Speisen aufgetragen worden, und mehr brauchte er nicht. Er dankte ihnen und schickte sie alle weg — den Kammerherrn, die Sklaven, Schwertkämpfer, Heilkundige sowie die Badewanne — unter Ablehnung aller Angebote von Tischbedienung oder Musikanten oder weiblicher Gesellschaft ... woraufhin Nnanji ein etwas enttäuschtes Gesicht machte. Dann schob er die Riegel vor die Tür zum Korridor. Frieden!

Nnanji hob die silbernen Deckel von den Schüsseln. Wallie lief so stark das Wasser im Mund zusammen, daß es weh tat. Suppen, gebackener Fisch, gebratenes Geflügel und würzige Fleischpasteten, mehrere Currys, verschiedene Gemüseplatten und Desserts, knusprig warmes Brot, etliche Käsesorten, sechs Karaffen Wein, Kuchen und Obst. Nein, kein Obst, danke.

»Das reicht bestimmt für zwanzig Leute«, sagte Wallie und nahm Platz. »Deshalb kann ich dir vielleicht auch ein bißchen abgeben, Vasall. Mit was möchtest du anfangen?«

»Nach Euch, mein Gebieter.« Nnanjis Augen glitzerten, aber seine Erziehung gebot ihm zu warten.

Wallie befahl ihm, sich hinzusetzen, und eine Weile schwelgten sie schweigend in den Genüssen. Wallie wunderte sich, wieviel er essen konnte, aber schließlich war er jetzt ein großer Mann und hatte seit Tagen gehungert. Nnanji, der typische Halbwüchsige, hielt Bissen um Bissen mit; es hatte vielerlei Vorteile, Vasall eines Siebentstuflers zu sein. Als sie schließlich etwas langsamer wurden und eine Unterhaltung begannen, war nicht mehr viel übrig.

»Das ist schon was anderes als im Gefängnis.«

»Und was ganz anderes als in der Kantine der Nachwuchs-Schwertkämpfer.«

Sie lachten, und Wallie erhob sich.

»Ich werde jetzt bis zum Morgen schlafen«, verkündete Wallie, »aber ob bis zum morgigen Morgen oder dem übermorgigen, kann ich nicht mit Sicherheit sagen. Auf jeden Fall muß zumindest eine von diesen beiden Türen verriegelt bleiben, denn mein kleiner Gott könnte etwas wütend werden, wenn ich mir sein Schwert stehlen lasse. Wenn du willst, kann ich dich jetzt rauslassen, dann kannst du dich noch eine Weile rumtreiben und später im vorderen Raum schlafen. Wie es dir beliebt.«

Es war noch sehr früh zum Schlafengehen, aber Nnanji konnte sich nicht überwinden wegzugehen. Vielleicht hatte er Angst, Wallie würde sich inzwischen auflösen wie ein Traum.

Wallie legte sein Schwert aufs Bett, häufte ein paar Kissen übereinander und legte sich in der Matratze versinkend zurück.

»Ein Federbett! Etwas weicher als der Gefängnisboden!« Und dann, weil er wollte, daß sein Begleiter die Unterhaltung führte, fragte er: »Erzähle mir die Sache mit der Wilden Ani!«

Nnanji wurde wieder rot. »Eine der Frauen in der Mannschaftskaserne, mein Gebieter. Eine Sklavin. Sie ist groß und häßlich und kräftig wie ein alter Ochse. Titten wie Mehlsäcke, ein Auge weg. Sie schließt Wetten ab, daß kein Mann sie vergewaltigen kann, in unbegrenzter Höhe, und bis jetzt hat sie immer gewonnen.« Er kicherte. »Man sagte, daß einige Männer mehr verloren haben als ihren Einsatz.«

»Die Frau meiner Träume«, sagte Wallie schläfrig. »Und was ist die Kratzprobe?«

»Das ist eine Tradition. Wir ... die Zweitstufler erklären den Anfängern, daß sie ihre Männlichkeit unter Beweis stellen müssen. Jeder muß seine erste Nacht mit der Wilden Ani verbringen.« Er kicherte wieder. »Deshalb habe ich das Ende der Ballade nicht gehört.«

»Du brauchst mir nicht zu erzählen, wie es war.«

»Da ist nichts dabei«, sagte Nnanji ohne Verlegenheit. »Sie ist in Wirklichkeit eine großartige Frau. Wenn man einen weiblichen Drachen will, sie ist ein weiblicher Drache, so brutal, wie man es sich nur vorstellen kann. Doch mit einem Neuling ist sie geduldig und mitfühlend. Also, ich meine, ich wußte ja nicht wo ... ich meine, was ...« Er grinste, als die Erinnerungen zurückkamen. Dann sah er, daß sein Gebieter bereits eingeschlafen war.

2

Auf der einen Seite des Schwerts kämpften sieben Schwertkämpfer mit sieben Fabeltieren; auf der anderen Seite wurden dieselben Tiere gefüttert, geritten oder sonstwie von sieben Jungfrauen verwöhnt. Keine Körperhaltung glich genau der anderen, und sogar der Ausdruck in den einzelnen Gesichtern war unterschiedlich. Wallie hatte keine Vorstellung, wie so kunstvolle und zarte Linien in ein so hartes Material geritzt werden konnten.

In den Unterkünften der Schwertkämpfer herrschte

noch Stille, und die Morgendämmerung schöpfte erst noch im Osten Atem, um sich darauf vorzubereiten, den Tagesanbruch mit Lichtfanfaren zu verkünden. Ein undefinierbares Deckenbündel, das quer vor der Tür lag, zeugte davon, wie die romantischen Vorstellungen von Pflichterfüllung eines gewissen Vasallen über die Anziehungskraft eines Bettes gesiegt hatte. Ein Büschel roter Haare stand an einem Ende heraus.

Wallie lag in dem riesigen Federbett; er fuhr müßig mit dem Finger über das Schwert des Gottes und kuschelte sich immer wieder voller Wohlbehagen zusammen. Seine Verletzungen waren bis zum Maße fast angenehmer Schmerzen gelindert, wie man sie vielleicht von zuviel sportlicher Betätigung zurückbehalten mochte; das Pochen in seinen Füßen war nur noch ein sanftes Kribbeln im Vergleich zu dem, was es gewesen war. Diese Welt hatte alle Voraussetzungen, daß er sie genießen konnte, wie der Halbgott ihm prophezeit hatte. Noch ein paar Tage für seine Genesung und das Anheuern einiger tauglicher Schützlinge der mittleren Stufen, dann konnte er sich auf den Weg machen, diese Welt zu erforschen, unerschrocken und ehrenwert, und die Offenbarung seiner Aufgabe erwarten. Gestern war er auf glitschigem Stein erwacht, in der Erwartung der Vollstreckung seines Todesurteils; heute schwelgte er im Luxus und genoß Macht und Freiheit.

Eine Welt ohne Sorgen?

Er sah sich den Harnisch an, den ihm der Gott mitgegeben hatte. Das Leder war gepunzt, und die Darstellungen zeigten die gleichen Szenen wie auf dem Schwert, obwohl sie künstlerisch nicht ganz so eindrucksvoll sein konnten. Die linke Tasche war leer. Sie enthielt üblicherweise den Wetzstein, also wurde ihm somit eine weitere Botschaft übermittelt: Das Schwert stammte von den Göttern, doch er mußte selbst für das Schärfen der Klinge sorgen. In der rechten Tasche entdeckte er einen Schatz aus funkelnden blauen Edelstei-

nen. Jetzt verstand er die Bemerkung des Gottes hinsichtlich der Unkosten — er war nicht nur mächtig, er war reich.

Sein Blick wanderte zu der weit entfernten Decke. Die Fresken über dem Bett waren ausgesprochen erotisch. Dieser Körper, der ihm gegeben worden war, brodelte vor Lust — er brauchte noch andere Gesellschaft als die eines Schwertkämpfers. Er drehte den Kopf und blickte durch das Fenster auf der anderen Seite, zu der dünnen Linie von Pilgerhütten, die sich an der Straße am Hang entlangzog. Er hatte noch eine weitere Schuld zu begleichen, doch das war wieder eine ganz andere Angelegenheit. Wenn sie sich entschließen würde ... aber es mußte eine vollkommen freie Entscheidung sein. Sich eine Konkubine, eine Sklavin zu halten, käme nach Wallie Smiths Maßstäben einer Vergewaltigung gleich. Davon würde er nicht abgehen. Ehrenhaft und unerschrokken, aber vor allem ehrenhaft.

In der Ferne ertönte ein Signalhorn. Die Mumie an der Tür stob zu einem Wirbel von Decken und langen Gliedern auf, und da war Nnanji, im Schneidersitz, mit strahlenden Augen und nur mit seinem unglaublichen Grinsen von Ohr zu Ohr angetan, bereit zu allen Schandtaten, überall und immer.

»Guten Morgen, Vasall.«

»Die Göttin sei bei Euch, mein Gebieter.«

»Und bei dir«, erwiderte Wallie. »Ich nehme an, man bekommt in dieser Kneipe ein Frühstück serviert, was? Ich bin so hungrig, daß ich ein ganzes Pferd verputzen könnte.«

»Normalerweise servieren sie tatsächlich Pferd zum Frühstück«, sagte Nnanji vergnügt und sah so aus, als ob er es ernst meinte.

Wallie setzte seine eingewickelten Füße vorsichtig zu Boden und zuckte zusammen. »Heute habe ich vor, so ziemlich gar nichts zu tun«, sagte er. »Hast du irgendwelche bestimmten Wünsche?«

»Ich möchte kämpfen lernen, wie Ihr es könnt«, sagte Nnanji schüchtern.

»Oh!« sagte Wallie versonnen. »Das dauert unter Umständen länger als einen Tag. Aber wir können ja mal mit einer oder zwei Unterrichtsstunden anfangen.«

Nnanji grinste begeistert.

Sie erledigten die Morgenandacht gemeinsam und machten sich bereit loszugehen. Nnanji hob Harddujus Schwert auf und betrachtete es zweifelnd.

»Soll ich das wirklich haben, mein Gebieter?« fragte er und fuhr mit dem Finger ungläubig über das Gold und die Rubine. Als Wallie es ihm bestätigte, machte er einen noch verwirrteren Eindruck. »Soll ich es verkaufen?«

Wallie brauchte einen Moment, bis er verstand, und dann ließ ihm die Erkenntnis so sehr das Blut in den Adern stocken, daß er sie schnell mit einem Scherz abtat. »Sonst muß ich dich rächen, das versteht sich — und zwar jedes Mal.«

Nnanji lächelte brav.

»Wir wollen es uns einmal genau ansehen«, sagte Wallie, und bald darauf wies er Nnanji auf die unzulängliche Ausgewogenheit und das unnötige Gewicht hin. Dann ließ er Nnanji das Schwert des Gottes ausprobieren, und das war überhaupt kein Vergleich. Harddujus Schwert war zum Eindruckmachen, nicht zum Kämpfen. Für den Erlös könnte man eine erstklassige Klinge kaufen und behielt noch genug für ein Dutzend andere übrig, während sein Besitz für einen jungen Schwertkämpfer das Todesurteil bedeutete.

Nnanji sah erleichtert aus, wenn auch immer noch überrascht über einen Siebentstufler, der sich herabließ, mit einem Zweitstufler zu scherzen und ihm überdies so mir nichts, dir nichts ein Vermögen schenkte. »Ich danke Euch, mein Gebieter«, sagte er. Er legte das Schwert unter Wallies Bett und trug während des Frühstücks sein altes.

Ihr Weg führte sie hinunter ins Erdgeschoß und durch den Werkstattbereich der Mannschaftsunterkünfte, der immer noch im größten Maßstab angelegt war, aber aus Sandstein anstatt aus Marmor bestand. Der Speisesaal war so groß wie das Gästezimmer und sogar noch höher, mit weit oben angebrachten Fenstern und vielen Bannern an den Wänden darunter. Wallie nahm diese skeptisch in Augenschein und kam zu dem Schluß, daß sie die Ausgeburt der Phantasie eines Innenarchitekten waren und nicht etwa echte Schlachttrophäen.

Der weitläufige Raum war zur Hälfte angefüllt mit Schwertkämpfern, die an langen Tischen saßen, aus Schalen aßen und sich unterhielten; sie schwiegen jedoch, als er im Eingang stehenblieb, und einige Augenblicke lang war nichts anderes zu hören als das Scharren fetter Hunde, die emsig die Abfälle am Boden durchwühlten. Wallie sah sich auf der Suche nach freien Plätzen um und traf dann seine Wahl, ohne weiter darüber nachzudenken.

»Nein, du zuerst«, sagte er zu Nnanji, und sie beide nahmen Platz. Schwertkämpfer saßen natürlich auf Hockern, damit die Scheiden frei hängen konnten.

»Warum, mein Gebieter?« fragte Nnanji verdutzt.

»Warum was?«

»Warum seid Ihr ausgerechnet zu diesem Platz gegangen, und warum sollte ich mich zuerst setzen?«

Wallie grub in Shonsus Gedächtnis. »Mit dem Rücken zur Wand, damit wir die Tür im Auge behalten können, mit dem besten Schwertarm zur Rechten«, sagte er.

»Vielen Dank, mein Gebieter«, sagte Nnanji feierlich.

»Gern geschehen«, erwiderte Wallie. »Das war die erste Lektion.« Für sie beide.

Die Gespräche waren zögernd wieder in Gang gekommen, doch die Neuankömmlinge wurden mit vielen seitlichen Blicken beobachtet, was Wallie ignorierte. Ein Diener mit einem Holzbein brachte zwei Schalen mit einem Eintopfgericht, zwei dunkle Laibe dampfendes

Roggenbrot und zwei Humpen Bier. Falls das Fleisch in dem Eintopf Pferdefleisch war, so roch es jedenfalls köstlich und ließ Shonsu das Wasser im Mund zusammenlaufen, und das Bier reichte, um einen mittleren Brand zu löschen. Er kam schnell dahinter, daß das Bier unbedingt nötig war, denn das Gericht war feurigscharf gewürzt, in der Art, wie man in heißen Ländern das Fleisch vom Vortag behandelte. Aber es schmeckte gut.

Wallies Füße pochten wieder unter den Verbänden. Er legte sie auf einen Hocker vor sich, sich der Tatsache bewußt, daß sie lächerlich aussehen mußten, ohne sich jedoch besonders darum zu scheren. Er hatte sich bei dem Halbgott beschwert, daß er sich nicht in den Tischsitten dieser Welt auskannte, doch wenn er sich Nnanji als Beispiel nahm, dann waren hauptsächlich Begeisterung und Geschwindigkeit gefragt. Eine Weile lang schaufelten sie schweigend das Essen in sich hinein und tranken Bier dazu. Männer kamen und gingen ungezwungen ein und aus, manche nahmen auch ihr Essen und wechselten zu einem anderen Tisch. Als er die Gepflogenheiten genauer beobachtete, merkte er, daß das Ende der Mahlzeit dadurch angezeigt wurde, daß man die Schüsseln zu Boden stellte, damit sie die Hunde auslecken konnten. Er aß immer weniger und beobachtete immer mehr.

Sein erster Eindruck von den Schwertkämpfern war, als der Halbgott ihn durch das Tempeltor geführt hatte, der eines verwilderten Haufens gewesen. Während er sich im Speisesaal umsah, entdeckte er nicht viel, was diesen Eindruck widerlegt hätte. Von einem Siebentstufler wurde erwartet, daß er seinen Schützling anständig kleidete; der Erlös aus Harddujus Schwert würde die Kosten dafür decken, und Nnanji war wenigstens sauber und gekämmt. Viele der anderen Jungen waren das nicht. Welche dieser Schwertkämpfer sollte er versuchen für sich als Leibwache zu gewinnen?

Dann merkte er, daß ihn ein Viertstufler unverhohlen anstarrte — ein Mann von ungefähr dreißig Jahren, gut gebaut und auffallend ordentlicher und sauberer aussehend als die meisten. Er kannte diesen Mann.

»Vasall?« fragte er leise. »Wer ist dieser Viertstufler dort drüben, der neben dem Drittstufler sitzt? Er war der Befehlshaber der Todesschwadron von gestern.«

Nnanji blickte hinüber und wandte die Augen dann schnell wieder ab.

»Der Adept Briu, mein Gebieter«, sagte er. Er starrte hinunter in seinen Eintopf und schien keinen Appetit mehr zu haben.

Gestern hatte sich Briu einer abscheulichen Aufgabe mit Würde entledigt. Er hatte den Kopf behalten, als die Menge ihren boshaften Gefühlen freien Lauf ließ, und er hatte davon abgesehen, die Peitsche zu benutzen, als ihn Wallie reizte. Briu könnte als brauchbarer Gefolgsmann in Frage kommen.

»Glaubst du, daß er Lust haben könnte, sich unserer Mission anzuschließen?« fragte Wallie.

Nnanji schenkte ihm ein kurzes Lächeln für das Wort »unserer«, doch dann schüttelte er den Kopf. »Seine Frau steht kurz vor der Entbindung, mein Gebieter.«

Schade, dachte Wallie. »Aber er ist ein Mann von Ehre?«

»Selbstverständlich, mein Gebieter.«

Die Antwort war eine Spur zu zögernd gekommen.

»Wie steht's mit dem Adepten Gorramini?« fragte Wallie mißtrauisch.

Nnanji biß sich auf die Lippe, rutschte verlegen auf dem Hocker hin und her und sagte: »Selbstverständlich, mein Gebieter.« Wieder das gleiche Zögern.

Plan Nummer eins gestrichen! Ganz eindeutig gab es noch eine andere Stelle im Kodex der Schwertkämpfer, von der der Halbgott ihm nichts gesagt hatte: »Ich werde niemanden in die Pfanne hauen.« Getreuer Vasall oder nicht, Nnanji war offenbar nicht willens, über irgend jemanden eine schlechte Auskunft zu geben — wenn man sich zu einem mißratenen Vogel bekennt, gerät der ganze Hühnerstall in Verruf, einschließlich der eigenen Person, weil man auf der gleichen Stange hockt. Und wenn diese Regel allgemein beachtet wurde, dann wußte der Bursche sowieso nicht, wer was auf dem Kerbholz hatte oder im Schilde führte. Gorramini war ein weiterer von Harddujus drei Gorillas gewesen, und nach Wallies Einschätzung konnte er bestimmt nicht als Mann von Ehre bezeichnet werden. Er war jedoch nicht mit Meliu zusammen im Tempelhof erschienen und schien auch jetzt nicht im Saal anwesend zu sein.

Nnanji sah noch einmal zu Briu hinüber. Dann schob er seine Schüssel und seinen Bierhumpen zurück, verschränkte die Arme und blickte mit starrer Miene geradeaus. Wallie beobachtete ihn neugierig.

»Stimmt was nicht?« fragte er.

Über Nnanjis Gesicht huschte Traurigkeit, dann wurde es wieder hölzern. »Es war zu schön, um wahr zu sein, mein Gebieter«, sagte er düster.

Wallie sah sich aufmerksam um. Erst-, Zweit-, Dritt- und Viertstufler ... kein Fünftstufler. Als er hereingekommen war, hatten sich mindestens fünf rote Kilts im Saal befunden. Fast alle saßen ihm jetzt gegenüber. Es wurde immer stiller im Saal. Irgend etwas lag deutlich in der Luft, und im Brennpunkt waren Briu und sein Freund. Wallie schob seine Schüssel und seinen Humpen ebenfalls zur Seite.

Briu und der Drittstufler erhoben sich, und jede Unterhaltung versiegte endgültig. Die Diener und Köche hatten sich an der Wand neben der Tür zur Küche in einer Reihe aufgestellt. Selbst Nnanji wußte offenbar, was gespielt wurde, verdammt! Wallie nahm die Füße vom Hocker und stand auf, darauf vorbereitet, die Grenzen zu verteidigen.

Briu kam ans andere Ende des Tisches und entbot

dem Höhergestellten seinen Gruß. Wallie gab die Erwiderung.

»Lord Shonsu«, sagte der Viertstufler in einem Ton, der sich an die Zuschauer richtete, »würdet Ihr gütigerweise für eine Weile die Gastfreundschaft hinter einen Belang der Ehre zurückstellen?«

So machten sie das also! Theoretisch hätte Wallie ablehnen können, praktisch jedoch nicht. Er hatte keine Ahnung, was dieser Belang der Ehre wohl sein mochte, es sei denn, seine gestrigen Handlungen hatten diesen Briu in irgendeiner Weise beleidigt. Vielleicht war nichts weiter erforderlich als eine Erklärung von Lord Shonsu, daß er das Schwert, das auf so unerklärliche Weise in seinen Besitz gelangt war, nicht von ihm erhalten hatte.

»Die Ehre hat vor allem anderen Vorrang«, sagte Wallie in der gleichen Lautstärke. Briu sah angespannt aus, doch keinesfalls so besorgt, wie es normal gewesen wäre, wenn er einen Kampf gegen einen Siebentstufler geplant hätte.

Er neigte leicht den Kopf zum Zeichen der Zustimmung. »Dann seid so liebenswürdig, mir Euren Schützling vorzustellen, mein Lord.«

Verdammt! Nnanjis früherer Mentor, natürlich! Aber warum zeigte Briu nicht mehr Besorgnis? Wallie sah hinüber zu Nnanji; dieser stand stocksteif zu seiner Linken, und sein Gesicht war auf die gleiche Weise verzerrt wie am Tag zuvor, als Wallies Schwert an seiner Kehle war.

Wallie war im Begriff, einen Streit vom Zaun zu brechen, doch dann beschloß er, daß es besser wäre, zuerst die Formalitäten zu beachten. »Adept Briu, erlaubt Ihr mir, daß ich Euch ...«

Nnanji entbot seinen Gruß.

Brius Erwiderung ging nahtlos in das Zeichen der Herausforderung über.

»*Halt!*« sagte Wallie. »Ich verbiete dir, darauf einzugehen!« Nnanji hatte den Mund bereits geöffnet, und einen Moment lang hielt er ihn so. Sein Gesicht war so rot wie sein Haar, und er drehte sich um, um seinen Gebieter fassungslos anzustarren.

»Ich möchte eine Erklärung zu diesem sogenannten Belang der Ehre abgeben«, sagte Wallie. »Euch ist vielleicht nicht bekannt, Adept Briu, daß sich der Eleve Nnanji geweigert hat — trotz direkter Bedrohung durch mein Schwert —, sich mir durch den zweiten Eid zu verpflichten, mit der Begründung, daß er bereits durch einen Eid an Euch gebunden ist. Ich nehme doch an, daß Ihr solcher Loyalität würdig seid?«

Briu lief rot an. »Er hatte die Pflicht, mein Lord.«

»Und Ihr die Verantwortung. Ihr solltet außerdem wissen, daß der Eleve Nnanji mir den zweiten Eid erst leistete, nachdem ich es ihm befohlen hatte, als er bereits mein Vasall war und mir nichts mehr abschlagen konnte.«

Die Zuschauer mußten eine Weile auf Brius Antwort warten.

»Dahingehend wurde ich von Zeugen unterrichtet, mein Lord.«

Tarru und die anderen auf der Treppe — sie hatten genau an den Gesten ablesen können, welche Eide geschworen wurden.

»Dann liegt der Fehler bei mir, als seinem Gebieter«, sagte Wallie. *Los, nur zu, fordere mich heraus.*

Brius Gesicht blieb ausdruckslos, doch er schüttelte leicht den Kopf. »Da der dritte Eid die Ehre seines Mentors berührte, hätte er ihn nicht ohne Erlaubnis schwören dürfen, mein Lord.«

Daran hatte Wallie nicht gedacht, und es entstand eine leichte Regung unter den Zuschauern, als ob dieser Gesichtspunkt auch bei ihnen Überraschung ausgelöst hätte. Hatte ihn sein Shonsu-Gedächtnis im Stich gelassen? Um Zeit zum Nachdenken zu gewinnen, hob er eine Augenbraue und erkundigte sich:

»Tatsächlich? In welchem Sutra ist das festgelegt?«

Briu zögerte. »In keinem Sutra, das ich jetzt anführen könnte, mein Lord. Und natürlich bewerte ich Eure Kenntnisse der Sutras höher als meine. Es ist lediglich eine Auslegung.«

Es gab also einen Ausweg. Als der höchstrangige Schwertkämpfer im Tal konnte Wallie ihm einfach erklären, daß diese Auslegung falsch war, und Wallies Standpunkt wäre auf jeden Fall der überlegene. Das wäre eine demütigende Lösung, obwohl vielleicht genau die erwartet wurde.

»Ich muß gestehen, ich habe noch nie eine Auseinandersetzung in dieser Hinsicht gehört«, sagte Wallie und wollte damit sagen, Shonsu hatte das noch nie gehört.

»Die Tatsache, daß die Sutras hierzu keine ausdrücklichen Anleitungen bieten, bestätigen, daß es ein sehr seltener Sachverhalt ist. Guter Gesprächsstoff für einen heißen Nachmittag bei einem kalten Bier, meine ich. Ist diese Auslegung Eure eigene?«

Jetzt wich Briu seinem Blick aus. »Ich habe darüber mit Schwertkämpfern der höheren Stufen gesprochen, mein Lord, und deren Ansicht deckt sich mit der meinen.«

Natürlich Tarru! Er hatte dieses Theater inszeniert oder zumindest davon gewußt. Bestimmt war Briu mit dieser Angelegenheit zum höchsten Mann gegangen, den er finden konnte, und nur Tarru konnte allen Fünftstuflern das Verlassen des Saals befohlen haben. Welche Dreistigkeit! Nun denn, die Situation verlangte offenbar nach einer kleinen Darstellung von Macht, und — fast wie durch eine bewußte Handlung, zum Beispiel das Drücken eines Schalters — übernahm Wallie die Kontrolle über Shonsu.

Seine Stimme schwoll bedrohlich an. »Ihr fordert also einen Zweitstufler wegen einer Interpretationsfrage zum Kampf mit tödlichen Waffen heraus, ja, Adept Briu? Nach meiner Meinung ist das verabscheuungswürdig, das Verhalten eines *Feiglings!*«

Briu verlagerte sein Gewicht schaukelnd auf die Absätze und wurde schreckensbleich, während sämtliche Schwertkämpfer im Saal gleichzeitig die Luft anzuhalten schienen.

Wallie hob spöttisch eine Augenbraue.

Mit hölzernen Bewegungen, zögernd — wie ein Mann, der zu seiner Hinrichtung schreitet — hob Briu die Hand und machte das Zeichen der Herausforderung.

»*Los!*« brüllte Wallie und zog.

3

Die Hand des Adepten Briu hielt auf halben Weg zum Schwertgriff inne.

Die Spitze von Lord Shonsus Schwert deutete auf sein Herz.

Einer der Hunde an der anderen Seite des Raums versuchte sich einen Floh aus dem Fell zu kratzen, und das gleichmäßige Klopfen seines Beins auf den Boden war das einzige, was im Saal zu hören war. Es war alles reglos bis auf das träge Wellenschlagen der Banner in dem Lufthauch, der von den Fenstern her wehte.

Wallie beugte sich leicht vor, die linke Hand auf den Tisch gestützt, um hinter sich Platz für den Ellbogen zu haben. Es standen Hocker und ein zweiter Tisch hinter Briu, und er wußte wahrscheinlich nicht genau, wo. Wenn er zurückgewichen wäre, hätte ihm das Schwert sofort um die ganze Länge von Wallies Arm folgen können. Wallie empfand fast so etwas wie Mitleid mit ihm, denn er war bestimmt ein stolzer Vertreter seiner Zunft in seinem feinsäuberlich gefältelten Kilt und dem mit Fett auf Hochglanz gebrachten Harnisch, doch jetzt war er sowohl der Gefahr als auch äußerster Lächerlichkeit ausgesetzt. Das Schweigen dauerte wahrscheinlich nur ein paar Sekunden, doch es schien wie eine Stunde, bis der Mann, der jetzt seinen Einsatz in diesem Schauspiel hatte, endlich aufwachte.

»Äh ... ergebt Ihr Euch?« brachte Nnanji krächzend heraus.

Der Drittstufler starrte ungläubig auf Briu und den tödlichen Streifen Stahl, der ganz plötzlich aus dem Nichts aufgetaucht war. »Ich ergebe mich«, stimmte er sofort zu, wobei er ebenso entsetzt aussah wie sein Gegner.

Brius Arm schien dahinzuschmelzen, und seine Hand sank herunter. Die Schwertspitze war immer noch vor seinem Herzen, und er gehörte jetzt Wallie, bis hin zur vollkommenen Unterwerfung, wenn der Sieger es verlangte. Er mußte gehorchen oder sterben. Seine Augen drückten Angst und Scham aus.

»Sagt mir, Adept Briu«, sprach Wallie immer noch so laut, daß es alle Umstehenden hören konnten, »als Ihr Euren Schüler über den zweiten und dritten Eid belehrt habt, habt Ihr ihm da auch erklärt, daß der dritte nicht ohne Erlaubnis des Mentors abgelegt werden darf?«

Natürlich hätte Briu ja sagen können, aber niemand hätte ihm geglaubt — dieser Punkt war zu abwegig und hypothetisch. »Nein, mein Lord.« Seine Stimme war heiser.

»Dann ist der Fehler — sofern man davon sprechen kann — nicht dem Eleven Nnanji anzulasten, sondern der unzulänglichen Unterweisung, die er von seinem Mentor erhalten hat?«

Brius Lippen bewegten sich, doch kein Laut drang heraus. Dann schluckte er zweimal und sagte: »So hat es den Anschein, mein Lord.«

Wallie zog das Schwert ein winziges Stück zurück. »Ich glaube, das haben nicht alle gehört. Sprecht laut aus, daß Ihr Euch geirrt habt.«

»Lord Shonsu«, sagte Briu mit etwas kräftigerer Stimme, »ich sehe ein, daß ich es versäumt habe, meinen früheren Schützling, den Eleven Nnanji, auf die nötigen Vorkehrungen für das Ablegen des dritten Eides hinzuweisen, und falls der gestrige Vorgang einen Makel aufwies, dann lag der Fehler bei mir; er handelte guten Glaubens.«

»Dann hegt Ihr also keinerlei Groll mehr gegen den Eleven Nnanji oder mich in dieser Angelegenheit?«

»Nein, mein Lord.«

Wallie schob sein Schwert in die Scheide zum Zeichen seines Einverständnisses. »Ich widerrufe jede Beschuldigung der Feigheit, Adept Briu. Ihr habt durch die Herausforderung eines Siebentstuflers beispielhaften Mut an den Tag gelegt. Ich werde Euren Mentor beglückwünschen, wenn ich ihn das nächstemal sehe.«

»Ich danke Euch, mein Lord«, sagte der gedemütigte Viertstufler.

»So, können wir in unserer Eigenschaft als *Gäste* vielleicht jetzt unser Frühstück beenden?«

Wallie setzte sich und zog seine Schüssel wieder zu sich heran, ohne dem Rest der Anwesenden seine Aufmerksamkeit zu schenken. Nnanji tat es ihm zögernd gleich. Brius Begleiter legte diesem einen Arm um die Schulter und geleitete ihn hinaus.

Doch die Sache war für Wallie noch nicht abgeschlossen. Er hatte gewußt, daß der Diebstahl eines Schützlings eine Herausforderung zur Folge haben würde, doch er hatte ehrlichen Gewissens damit gerechnet, daß die Herausforderung an ihn gerichtet sein würde, denn das wäre nur gerecht gewesen. Offenbar hatte er die Auffassung der Schwertkämpfer falsch eingeschätzt. Die Sutras erkannten Nötigung nicht als Entschuldigung an — ein bekräftigter Eid war bindend, keine Gefahr entschuldigte einen Bruch. Also war für sie Nnanji der Schuldige, nicht er. Eine gnadenlose Einstellung, aber er hätte es wissen müssen.

Das Problem lag in der Schattenzone zwischen seinem Shonsu-Bewußtsein und seinem Wallie-Bewußtsein. *Du denkst nicht wie Shonsu, und das gefällt mir,* hatte der Halbgott gesagt. Doch wenn er das Schwert führte, mußte er wie Shonsu denken. Es herrschten zwei unterschiedliche Regeln, Strategie von Wallie, Taktik von Shonsu, und es würde folgenschwere und weitreichende Probleme geben, wenn er diese beiden Dinge häufiger durcheinanderbringen würde. Es zählte mehr im Dasein eines Schwertkämpfers als handwerkliche Kunstfertigkeit und eine Liste von Sutras — Werte zum Beispiel.

Überall im Saal wurden flüsternd Gespräche geführt. Nnanji stocherte in seinem Eintopf herum und starrte mit einem wütenden Stirnrunzeln hinein.

»Was ist denn los?« wollte Wallie wissen. Nnanji sah nicht aus wie ein Mann, der gerade seiner Verstümmelung entgangen war.

»Ich hätte mich weigern sollen, Euch den Eid zu schwören, mein Lord.«

»Und sterben?«

»Ja«, sagte Nnanji verbittert.

»Ich glaube nicht, daß ich dich getötet hätte«, sagte Wallie und erntete einen erstaunten Blick. »Ich töte selten, wenn ich nicht unbedingt muß.« Er hoffte, daß seine Miene unbewegt blieb.

»Nun, was hättet Ihr denn getan, wenn ich mich geweigert hätte?« fragte Nnanji verdutzt und vielleicht auch gereizt.

Wallie fragte sich das selbst auch. »Ich weiß nicht genau. Ich nehme an, ich hätte dich gebeten, mir einen Feigling zu bringen. Ich bin sehr froh, daß es nicht so gekommen ist. Möchtest du, daß ich dich von dem Eid entbinde?«

Nnanji wußte darauf keine Antwort.

Sein Mentor widerstand dem Verlangen, ihn hochzuheben und zu schütteln. Offenbar lebte Nnanji nach völlig unrealistischen Prinzipien, und möglicherweise würde ihn das in der Zukunft zu einer ernsthaften Last machen. Doch wenn er darüber nachdachte, kam Wallie zu der Ansicht, daß ein Siebentstufler, der aus mehr als elfhundert Sutras schöpfen konnte, so ziemlich alles zu rechtfertigen wußte.

»Ich lege gewiß keinen Wert auf einen Mann von zweifelhafter Ehre als Begleiter bei meiner Mission«, sagte er — und Nnanji wurde blaß. »Du hast einen Fehler gemacht.« Nnanji wurde kalkweiß.

»Du hättest fragen sollen, *warum es* zum Blutvergießen kommen würde. Dann hätte ich dir natürlich gesagt, daß ich einen Auftrag von der Göttin hätte ...«

Nnanjis Augen weiteten sich, vielleicht bei dem Gedanken, einen Siebentstufler einem Kreuzverhör zu unterziehen.

»Und natürlich haben Gehorsam und Treue gegenüber der Göttin Vorrang vor allem anderen, selbst vor der Pflicht gegenüber einem Mentor.«

Nnanji schnappte nach Luft. Erleichterung und Dankbarkeit überfluteten sein Gesicht, an dem so erstaunlich leicht jede Regung abzulesen war. »Ich bin ein Mann von Ehre, mein Gebieter ... glaube ich.«

»Das glaube ich auch«, sagte Wallie bestimmt. »Und damit ist die Sache abgeschlossen! Jedenfalls haben wir soeben die zweite Lektion durchgenommen. Was hast du aus dem Duell gelernt, wenn ich es mal so nennen darf?«

Bei der Erwähnung der Schwertkämpferkunst gewann Nnanji seine gute Laune wieder und kicherte. »Er hatte den Daumen in der Nase, mein Gebieter.«

»Stimmt«, sagte Wallie lächelnd. »Aber warum? Ein Viertstufler dürfte eigentlich nicht so leicht kleinzukriegen sein, auch für mich nicht.«

Nnanji dachte nach, dann zählte er mit den Fingern auf, während er sagte: »Ihr habt ihn so beleidigt, daß er Euch herausfordern mußte, und damit hattet Ihr die Wahl von Zeit und Ort, richtig? Dann hat er Euren Verband gesehen und wahrscheinlich gedacht, Ihr würdet die Sache lieber um einen oder zwei Tage verschieben. Drittens: Innerhalb des Kasernenbereichs sind keine Duelle erlaubt. Er hat vergessen, daß Ihr diese Regel nicht kennt oder nicht daran gebunden seid.« Er lachte laut. »Und wer hat je davon gehört, daß ein Duell quer über einen Tisch ausgetragen wurde?« Er grinste fröhlich.

»Sehr gut!« sagte Wallie. Er dachte selbst eine Weile darüber nach. »Ich würde diese Methode jedoch nicht für den alltäglichen Gebrauch empfehlen. Wenn er nur eine Spur schneller gewesen wäre, hätte er mich an die Wand hinter mir genagelt.« Shonsu mochte zwar der Schnellste im Ziehen auf dieser ganzen Welt sein, doch Schwerter waren keine Pistolen. Hier war nicht Dodge City.

Unauffällig schlüpften ein paar Fünftstufler wieder in den Saal, während andere Männer hinausgingen, um an ihr Tagewerk zu gehen. Nachdem kurze Zeit verstrichen war — gerade genug, daß es nicht so aussah, als hätte er in der Nähe gelauert —, kam der Ehrenwerte Tarru hereingeeilt, mit einem Ausdruck tiefsten Bedauerns. Wallie erhob sich für die formelle Begrüßung. Nnanji machte Anstalten, sich zu entfernen, doch Wallie winkte ihn zurück zu seinem Platz.

Tarru entschuldigte sich überschwenglich wegen der Verletzung der Gastfreundschaft, die natürlich niemals vorgekommen wäre, wenn einige der älteren Männer zugegen gewesen wären, und die sicher nie wieder vorkommen würde.

»Gut«, sagte Wallie mit einem — so hoffte er — drohenden Unterton.

Tarru war wahrscheinlich jünger, als er aussah, vermutete er — vorzeitig ergraut und eher wettergegerbt als faltig — und so vertrauenswürdig wie ein hungriger, tollwütiger Leopard. Während des anödenden Austauschs von Liebenswürdigkeiten, der Erkundigung nach dem Fortschritt der Heilung und anderen Belanglosigkeiten, schweifte sein Blick häufig ab zum Griff von Wallies Schwert.

Nnanji verlangte mit einer Handbewegung eine zweite Portion Eintopf. Tarru nahm einen Humpen Bier entgegen, und Wallie lehnte einen ab, obwohl es schwaches und damit verhältnismäßig harmloses Bier war. Wallie rechnete damit, daß Tarru, sobald die Konversationsfloskeln erschöpft wären, sich nach den Plänen seines Gastes erkundigen würde, deshalb kam er ihm mit einer Angelegenheit zuvor, die ihm selbst am Herzen lag.

»Es gibt eine Kleinigkeit, die mich beschäftigt«, sagte er. »Der Versuch des Exorzierens, den die Priester vor drei Tagen durchgeführt haben, hat mich in den Zustand der Bewußtlosigkeit versetzt. Als ich aufwachte, befand ich mich in einer Art Hütte, an der Straße durch die Schlucht gelegen.«

»Die Pilgerhütten«, sagte Tarru. »Ein Drache von einer Priesterin ist dafür zuständig.«

»Ich habe keinen Drachen gesehen. Statt dessen eine junge Sklavin, die sich um mich gekümmert hat ... ihr Name war Jja. Ich habe Zuneigung zu ihr gefaßt.«

Tarru war voller Verachtung. »Pah! Nichts als Schlampen, mein Lord. Tagsüber schrubben sie Böden, abends schröpfen sie Pilger, Pferdehändler, wandernde Gaukler und gewöhnliche Seeleute — zum Nutzen von Kikarani, versteht sich. Wir haben jedoch einen sehr ordentlichen Stall von Huren in den Unterkünften der Wache ...«

Wallie hörte ein merkwürdiges Geräusch und stellte erstaunt fest, daß er mit den Zähnen knirschte. Er hatte die Hände zu Fäusten geballt, und sein Herz pochte wild vor Wut. Tarru war bleich geworden und hielt mitten im Satz inne.

»Ist eine Schlampe zu einem vernünftigen Preis wohlfeil?« flüsterte Wallie. Er fuhr mit zwei Fingern in die Tasche, die ihm als Börse diente, und ließ einen glitzernden blauen Stein auf den Tisch fallen. »Das reicht für eine Schlampe, möchte ich annehmen.«

Tarru schnappte hörbar nach Luft. »Mein Lord! Dafür könnt Ihr alle Sklavinnen Kikaranis kaufen und den Drachen selbst noch dazu!«

»Ich habe zufällig gerade kein Kleingeld«, sagte Wallie. Er wußte, daß er unvernünftig handelte, und er scherte sich einen Dreck darum. »Nnanji, kennst du diese Kikarani?«

»Ja, mein Gebieter«, sagte Nnanji mit weit aufgerissenen Augen.

»Dann begib dich jetzt sofort zu ihr. Biete ihr diesen Stein als Gegenleistung für den ausschließlichen Besitz der Sklavin Jja an. Bring das Mädchen hierher zurück, mit all ihren Habseligkeiten. Noch Fragen?«

»Sie wird vermuten, daß der Stein gestohlen ist, mein Gebieter.«

Wallie warf ihm einen Blick zu, der ihn veranlaßte, den Edelstein zu nehmen und zur Tür zu eilen. Doch nach ein paar Schritten drehte er sich blitzartig um und schritt statt dessen zum Ausgang auf der anderen Seite. Das gab ihm Gelegenheit, die ganze Länge des Raums zu durchmessen, was er mit hocherhobenem Haupt tat und die Blicke genoß, die ihn begleiteten.

»Sein Vater ist ein Teppichknüpfer«, sagte Tarru mit grenzenloser Verachtung. »Ihr werdet weder ihn noch das Mädchen wiedersehen, mein Lord.«

»Lieber opfere ich einen Edelstein, als daß ich mich der Gier von Dieben aussetze.« Wallies Blutdruck war immer noch hoch.

»Wie wahr«, sagte Tarru diplomatisch — aber er konnte die Sache noch nicht auf sich beruhen lassen. »Eine geringere Versuchung wäre klüger gewesen. Ich gehe zumindest jede Wette ein, daß der Stein zu Geld gemacht wird, bevor Kikarani ihn zu Gesicht bekommt, und Ihr werdet kein Wechselgeld zurückbekommen.«

Der Gedanke, Nnanji könnte unehrlich sein, erschien

ihm vollkommen absurd. »Wette angenommen!« Ein weiterer Saphir fiel auf den Tisch, und Tarrus Augen wurden noch größer. »Ich nehme an, daß es in den Reihen der Tempelwache einige unverdächtige Spitzel gibt. Sie sollen meinem Schützling folgen. Wenn er den Stein zu Geld macht oder damit verschwindet, dann gehört dieser hier Euch.«

Er hatte Tarrus Habgier richtig eingeschätzt. Der Mann war wie hypnotisiert von dem blauen Stein auf dem Tisch. Er streckte die Hand danach aus und hielt auf halbem Wege inne. »Ich habe Eurem Einsatz nichts Gleichwertiges entgegenzusetzen, mein Lord.«

Wallie dachte einen Moment lang nach. »Wenn ich gewinne, erbitte ich lediglich eine kleine Gefälligkeit von Euch, nichts, das mit Eurer Ehre nicht zu vereinbaren wäre. Hier, Ihr verwaltet den Einsatz.« Tarru nahm den Edelstein auf und starrte ihn an. Er war mißtrauisch, doch das blaue Feuer verbrannte seine Handfläche. Er erhob sich und eilte aus dem Raum.

Wallie nahm einen Schluck Bier und wartete, daß sich seine Wut legen würde. Diesmal hatten Shonsus Drüsen die Oberhand gewonnen. In einer entspannten Situation, in der die Regeln der Schwertkämpferzunft ohne Belang waren, hatte seine Wachsamkeit nachgelassen, und dieses aufbrausende Temperament war durchgebrochen, ehe er sich's versehen hatte. Das hatte dazu geführt, daß er den Eindruck eines unverantwortlichen Verschwenders und Spielers gemacht hatte, und ihn veranlaßt, das Geld, das zur Deckung der Unkosten gedacht war, für eine persönliche Laune hinauszuwerfen, obwohl er nicht einmal wußte, für welchen Zweck ihm der Edelstein gegeben worden war — ein unguter Anfang seiner Mission. Dann wurde ihm bewußt, daß er genausogut das Todesurteil für seinen Vasallen hätte unterschreiben können. Er stand halb auf, dann sank er auf seinen Sitz zurück. Es war zu spät, um die Wette rückgängig zu machen oder den Edelstein zurückzuverlangen. Betrübt sagte er sich, daß Tarru als einziger Zeuge jedenfalls den Stein nicht auf seinen Befehl hin stehlen lassen könnte, ohne sich selbst verdächtig zu machen.

Das hoffte er wenigstens, doch sein Scherz vom Morgen, daß er Nnanji rächen müßte, erschien ihm nun überhaupt nicht mehr komisch.

Dann kehrte Tarru zurück, diesmal in Begleitung eines großen und kräftig gebauten Siebentstuflers, dessen Gesichtsmarkierung Schwerter waren, jedoch umgekehrte. Das azurblaue Gewand des Mannes war makellos und sein dünnes weißes Haar ordentlich gekämmt, doch seine Hände waren schwielig und geschwärzt, und selbst die rötliche Haut seines Gesichts schien mit kleinen schwarzen Flecken gesprenkelt zu sein. Er war älter als Shonsu, doch kein Schwertkämpfer, also war er der erste, der vorgestellt wurde und seinen Gruß entbot — Athinalani, Waffenmeister der Siebten Stufe.

Er ließ Wallie kaum Zeit für eine Erwiderung, und er verzichtete auf die üblichen Höflichkeitsfloskeln. »Das muß es sein!« sagte er. »Das Siebte Schwert des Chioxin! Mein Lord, ich bitte Euch, es in Augenschein nehmen zu dürfen.«

Wallie legte das Schwert auf den Tisch. Athinalani betrachtete es eingehend, jede kleinste Linie und jedes Zeichen. Tarru und Wallie tranken Bier, solang die Prüfung andauerte. Athinalani drehte das Schwert um und unterzog die andere Seite der gleichen gründlichen Untersuchung. Als er fertig war, sah er zutiefst berührt aus.

»Es ist das Saphirschwert des Chioxin«, sagte er. »Daran kann kein Zweifel bestehen. Der Vogel Greif am Schaft, die Darstellungen auf der Klinge ... die hochwertige Qualität. Niemand anderes als Chioxin konnte so etwas schaffen. Als mir das Gerücht darüber zu Ohren kam, war ich überzeugt, daß es sich um eine Fälschung handeln müsse, doch nachdem ich es gesehen habe, hege ich nicht mehr den geringsten Zweifel. Mein Lord, darf ich es anheben?«

Seine großen Hände befühlten es liebevoll, prüften die Biegsamkeit und das Gewicht und die Ausgewogenheit. Hier, das war eindeutig, handelte es sich um einen Fachmann. Dann legte er es wieder aus der Hand und sah seinen Besitzer fragend an.

Wallie zuckte mit den Schultern. »Klärt mich auf.«

Athinalani war mit taktvoller Zurückhaltung erstaunt über seine Unwissenheit. »Chioxin«, sagte er, »war der größte Schwertschmied aller Zeiten. Viele seiner Waffen sind noch immer in Gebrauch, nach siebenhundert Jahren, und es werden die höchsten Preise dafür gezahlt. Seinem handwerklichen Können kam nur sein hohes künstlerisches Niveau gleich. Seine Schwerter waren nicht nur die besten, sie waren auch die schönsten. Die Linien, mit denen diese Figuren dargestellt sind ... seht nur hier, und hier!

Nun, nach der Überlieferung bestand sein größtes Meisterwerk in sieben Schwertern, die er in hohem Alter anfertigte. Die Barden singen davon, daß er der Göttin sieben zusätzliche Lebensjahre abgehandelt hat, indem er versprach, diese Waffen zu fertigen. Vielleicht stimmt das. Doch jedes Schwert hatte ein anderes Wappentier am Schaft, und jedes war mit einem großen Edelstein am Griff verziert — Perle, Beryll, Achat, Topas, Rubin, Smaragd und Saphir. Jedes Schwert hat seine eigene Geschichte. Ich bin kein Barde, mein Lord, ich werde euch also nichts vorsingen, doch wurde das Smaragdschwert zum Beispiel von dem großen Helden Xinimi geschwungen, als er dem Ungeheuer von Vinhanugoo den Garaus machte, und dann ging es in den Besitz von Darijuki über, der damit die Schlacht von Haur gewann — so wird jedenfalls berichtet. Die Barden wissen die ganze Nacht davon zu singen.«

Schließlich wurde er gewahr, daß ein Humpen seiner harrte, und nahm einen großen Schluck. Tarrus Miene verriet Argwohn. Wallie wartete darauf, etwas von Fluch und Verwünschung zu hören — in solchen Geschichten kam doch immer das eine oder andere Verwunschene vor oder ein Fluch lastete auf etwas. Der Speisesaal leerte sich immer mehr, da die Männer der Wache sich nach und nach wieder ihren Beschäftigungen zuwandten. Die Diener räumten die Schüsseln weg, die die Hunde ausgeleckt hatten.

Der Waffenschmied wischte sich den Schaum vom Mund und fuhr mit seiner Beschreibung fort. »Und ich habe das Perlenschwert gesehen. Oder immerhin Teile davon. Der Griff und Bruchstücke der Klinge befinden sich im Besitz des Königs von Kalna, und er hat es mir gezeigt, als ich noch ein junger Lehrling war. Angeblich besitzt die Stadt Dis Marin das Beryllschwert, und ein Stück einer anderen Klinge ist in der Sommerresidenz in Casr. Der Griff ist verlorengegangen, doch es wird angenommen, daß es der Rubin war.«

Wieder dieses Flüstern des Gedächtnisses. *Casr?*

»Und das Saphirschwert?« fragte Wallie.

»Ach! Es gibt keine Überlieferung zu dem Saphirschwert. Nur die sechs sind bekannt. Nach den Balladen der Barden schenkte Chioxin das siebte Schwert der Göttin selbst.«

Es entstand eine bedeutsame Pause. Das erklärte den Ausdruck im Gesicht des alten Coningu gestern abend. Die unausgesprochene Frage hing in der Luft, doch man stellte einem Siebentstufler keine solchen Fragen.

»Kein Fluch?« erkundigte sich Wallie. »Keine magischen Kräfte?«

»Oh, die Barden ... Sie erzählen, daß jemand, der ein solches Schwert handhabt, niemals geschlagen werden kann. Aber ich bin nur Handwerker. Ich kenne kein Rezept, um einem Schwert magische Kraft zu verleihen.«

»Mit diesem hier sind bis jetzt zwei Siege und eine Beilegung durch Rückzug zu verzeichnen«, bemerkte Wallie nüchtern.

Tarru wurde jetzt tatsächlich rot. »Es ist für ein Schwert dieses Alters in einem bemerkenswert guten Zustand.«

»Die Göttin wird es schon ordentlich gepflegt haben, nehme ich an«, sagte Wallie scherzhaft. Er lächelte Tarru an. »Ihr habt mich aus dem Wasser kommen sehen. Ich vermute, daß Ihr die Schwertkämpfer verhört habt, die mich beim Hineingehen gesehen haben.«

»Ja, mein Lord«, sagte Tarru mürrisch. »Sehr gründlich.« Wie sein früherer Vorgesetzter war er kein Mann, der an Wunder glaubte.

»Mein Lord«, sagte Athinalani. »Würdet Ihr gütigerweise einwilligen, daß ich diese Darstellungen von einem Künstler kopieren lasse? Ich wäre ewig in Eurer Schuld.«

»Selbstverständlich. Ich nehme an, daß Ihr Schwerter zu verkaufen habt? Mein Schützling wird zu Euch kommen, um Euch ein ziemlich wertvolles zu verkaufen. Gleichzeitig wird er den Wunsch haben, ein etwas brauchbareres, sozusagen ein Alltagsschwert zu erwerben.«

Kurz darauf kam der gebeugte alte Kammerherr Coningu hereingeschlurft. Er verharrte höflich vor ihnen, bis Tarru eine Augenbraue hob.

»Ein Kurier aus dem Tempel, meine Lords. Für Lord Shonsu.« Dann fügte er hinzu: »Ein Grüngewandeter.« Er rollte die Augen in Richtung Tarru, um dessen Reaktion zu beobachten — ein Sechststufler als Kurier? Tarru verzog das Gesicht.

Die Unterhaltung war abgebrochen, obwohl Athinalani offensichtlich gern den ganzen Rest des Tages dagesessen und das Siebte Schwert des Chioxin angestarrt hätte. Auf dem Weg zur Tür fragte Tarru mit gedämpfter Stimme: »Habt Ihr dem Lehrling Nnanji Lord Hardujus Schwert gegeben, mein Lord?«

»Ja«, sagte Wallie, und Tarru fletschte die Zähne wie ein Hai. »Ist das komisch?«

»Nnanji ist nur der Sohn eines Handwerkers. Zur gleichen Zeit traten mehrere Rekruten in die Tempelwache ein, die aus solchen Familien des Kleingewerbes stammen, obwohl ich weiß, daß damals viele andere Bewerber zur Verfügung standen, die tauglicher gewesen wären, die Söhne von Schwertkämpfern. Es war ungefähr um diese Zeit, daß Lord Hardduju sich dieses Schwert anschaffte.«

Tarru mochte an etlichen ernsthaften Verbrechen beteiligt gewesen sein, doch diese kleine Gaunerei diente nur dem persönlichen Vorteil des Obersten Anführers. Wodurch sich vielleicht Tarrus offensichtliche Abneigung gegen Nnanji erklärte.

»Glaubt Ihr, daß Nnanjis Familie dafür bezahlt hat?«

Tarru schnaubte durch die Nase, während er seinem Gast die Tür aufhielt. »Nur einen kleinen Teil davon, dessen bin ich sicher, mein Lord. Es war mehrere Teppichknüpfereien wert. Doch es gab noch andere, wie gesagt. Ich meine, es ist eine Ironie des Schicksals, daß es ihm so wenig Glück gebracht hat und daß es jetzt einem jener Schwertkämpfer-Lehrlinge gehört.«

Er lächelte befriedigt. Tarru war kein liebenswürdiger Mensch.

Genausowenig wie ein ehrenhafter Schwertkämpfer, wenn sich sein Argwohn bestätigen würde.

4

Seid so gut und erweist mir die Ehre, mich Eure Meinung zu diesem bescheidenen Wein wissen zu lassen, mein Lord«, quäkte der alte Priester mit seiner schepperndem, zahnlosen Stimme.

»Es ist ein unvergeßlicher Jahrgang, Hochwürden«, brummte der Schwertkämpfer mehrere Oktaven tiefer.

Honakura saß eingesunken in einem großen Korbsessel, der wie eine Tuba geformt war, entblößte beim Lächeln die zahnlosen Kiefer, spielte den Gastgeber und plapperte oberflächlichen Unsinn daher, während seinen scharfen Augen nichts entging. Wallie saß ihm gegenüber auf einem Hocker. Der Tisch zwischen ihnen war beladen mit üppigen Kuchen und Wein in Kristallpokalen; und alles war eingehüllt in einen dunstigen grünen Schatten unter Bäumen, dessen Stämme nicht einmal Shonsus Arme hätten umspannen können. Einst gepflanzt, um den Hof zu verschönern, hatten die drei Riesen ihn vereinnahmt, ausgefüllt und überdacht. Die bröseligen alten Pflastersteine hatten sich aufgeworfen, um den mächtigen Wurzeln nachzugeben, und waren in dem dreieckigen Zwischenraum abgesackt, wo jetzt die Männer saßen. Mehr als alles andere bisher vermittelte die reine Größe der Bäume Wallie einen Eindruck vom Alter des Tempels und damit von der Kultur, die ihn hervorgebracht hatte.

Es war ein intimes Plätzchen, dieser zugewachsene Innenhof. Die Mauern waren von dichten Mooskissen bedeckt und von prächtigen Bougainvillaea überwuchert. Dahinter kicherte und gluckste der Fluß und übertönte für einen eventuellen Lauscher die Unterhaltung ebenso wirkungsvoll wie der Baldachin aus Zweigen die übermächtige Sonne oder unerwünschte Blicke abhielt. Insekten schwirrten emsig umher, doch ansonsten saßen die beiden Männer ungestört in dem feuchten Schatten. Der Wein war in der Tat unvergeßlich — kratzig und metallisch schmeckend, der schlechteste, den Wallie seiner Erinnerung nach jemals gekostet hatte.

Endlich kam Honakura mit dem Höflichkeitsgeplänkel zu Ende. »Das war ein denkwürdiges Glanzstück der Waffenkunst, das Ihr gestern geliefert habt, mein Lord, eine Huldigung an die Göttin. Obwohl Ihr mit dem Rat keinen formellen Vertrag abgeschlossen hattet, bin ich bevollmächtigt, Euch eine Belohnung dafür anzubieten: entweder das Amt des Obersten Anführers der Tempelwache« — er lächelte — »oder ein angemessenes Entgelt.«

Blutgeld? Wallie merkte, daß er die Stirn runzelte, obwohl er gleichzeitig neugierig war, wieviel ein Siebentstufler für einen Schwertkampf bekam. Er sagte lediglich: »Es war mir eine Ehre, Eure Heiligkeit. Wie ich Euch schon sagte, kann ich das Amt nicht annehmen, und ich habe keinen Bedarf an Eurem Honorar. Mein Meister ist sehr großzügig.«

Honakuras nicht vorhandene Augenbrauen hoben sich. Er dämpfte die Stimme und sagte: »Ich glaube, ich höre eine Nachtigall.«

Die einzigen Vögel, die Wallie hören konnte, waren verschlafene Tauben in der Ferne.

Der Alte schmunzelte über sein verständnisloses Gesicht. »Eine alte Redensweise, mein Lord. Es wird erzählt, daß sich vor langer, langer Zeit einmal zwei Herrscher in einem Wald getroffen haben, um etwas außerordentlich Wichtiges zu besprechen, dabei sang eine Nachtigall so schön in den Wipfeln über ihnen, daß die Männer ihre ganze Aufmerksamkeit dem Gesang des Vogels widmeten. Anschließend war keiner der beiden in der Lage zu sagen, was gesprochen worden war, denn keiner hatte zugehört.«

Wallie lächelte. »Das geht ins Ohr, dieses Singen der Nachtigall.«

Der Priester lächelte zurück und wartete.

»Gestern«, sagte Wallie vergnügt, »ist mir etwas sehr Merkwürdiges widerfahren — ich habe mich mit einem Gott unterhalten. Nun ja, das ist eine ziemlich ausführliche Geschichte, und ich möchte Euch nicht über Gebühr langweilen ...«

Offenbar wurde er im Augenblick dem Charakter Lord Shonsus nicht gerecht, denn er erntete einen erstaunten Blick, gefolgt von einem höflichen, doch verblüfften Lächeln.

»Verzeiht, Eure Heiligkeit«, sagte er. »Ich sollte nicht über so geheiligte Angelegenheiten scherzen. Das bringt mir nur Scherereien ein. Aber ich habe mich wirklich mit einem Gott unterhalten, und unter anderem sagte er zu mir: *Honakura ist ein guter Mensch — ihm kannst du trauen.* Deshalb möchte ich Euch die ganze Geschichte erzählen, wenn ich darf, um Euren weisen Rat zu empfangen.«

Der Alte blickte ihn schweigend an, und plötzlich rannen ihm Tränen über die Wangen. Es dauerte ein paar Minuten, bis er selbst es merkte, dann wischte er sich mit dem Ärmel über die Augen. »Ich bitte Euch um Verzeihung, mein Lord«, murmelte er. »Es ist viele Jahre her, daß ein Höhergestellter mich um Rat gefragt hat, und ich habe verlernt, damit umzugehen. Ich bitte Euch, vergebt mir.«

Nun fühlte sich Wallie angespornt zu sagen: »Dann werde ich Euch die ganze Geschichte erzählen.«

Einen Moment lang überlegte er sich, wie uralt der Priester wirklich sein mochte — bestimmt dreimal Shonsus Alter. Doch Honakura hatte nichts Seniles an sich. Er war ein schlauer Fuchs mit messerscharfem Verstand und offenbar eine Autorität innerhalb des Tempels, und wahrscheinlich kannte er keine Skrupel, wenn es um etwas ging, das er für eine gute Sache hielt. Jetzt kuschelte er sich in seinen großen Sessel wie eine Biene, die sich in einer Trompetenblume verkriecht. Wallie erzählte ihm die ganze Geschichte, einschließlich der ersten beiden Gespräche mit dem Gott. Honakura beobachtete ihn, ohne mit der Wimper zu zucken, und nur ein schwaches Kräuseln der Lippen zeigte, daß er überhaupt noch am Leben war. Am Ende schloß er die Augen und murmelte offenbar ein Gebet vor sich hin, dann schniefte er kurz und sagte: »Ich stehe in Eurer Schuld, Lord Shonsu ... oder Walliesmith. Eure Erzählung klingt in meinen Ohren wundervoller, als ich es Euch schildern kann. Ich habe mein Leben lang gehofft, einmal Zeuge eines Wunders zu werden — eines echten, aus Stein gemeißelten Wunders! Und jetzt, nach all den Jahren ...«

»Da ist noch etwas«, beeilte sich Wallie zu sagen. »Als ich den Gott über Wunder befragte, beschied er mir, daß ich Euch vertrauen und bitten solle, mir die Anekdote aus dem siebzehnten Sutra zu erzählen.«

Honakura hatte der ganzen außergewöhnlichen Erzählung mit unbewegter Miene gelauscht, doch bei dieser Bemerkung zuckte er überrascht zusammen ... dann folgte ein schnell unterdrücktes Stirnrunzeln. Wallie erinnerte sich, daß der Gott geheimnisvoll gelächelt hatte, als er diese Anweisung gab.

»Aha!« sagte der Priester. »Nun ... ich gehe davon aus, daß die Sutras der Schwertkämpfer sich nicht allzusehr von unseren unterscheiden — die meisten enthalten eine kleine Begebenheit, die dem Gedächtnis hilft. Die Episode in unserem siebzehnten Sutra betrifft Ikondorina. Unter den gegebenen Umständen werde ich sie euch selbstverständlich erzählen.

Ikondorina war ein großer Held, der zur Göttin ging, um Ihr sein Schwert zu opfern, und dabei schwor, daß er eher Ihren Wundern vertraute als seiner sterblichen Kraft. Seine Feinde folgten ihm bis auf einen hohen Felsen, und die Göttin verwandelte ihn in einen Vogel. Dann verfolgten ihn seine Feinde bis zu einem Fluß, und die Göttin verwandelte ihn in einen Fisch. Beim dritten Mal kämpften seine Feinde in einem direkten Nahkampf gegen ihn und besiegten ihn, und als seine Seele vor die Göttin kam, fragte er, warum Sie ihn beim dritten Mal nicht gerettet habe. Und Sie gab ihm sein Schwert zurück und wies ihn an, selbst Wunder zu vollbringen. Also kehrte er auf die Welt zurück, schlachtete seine Feinde ab und wurde wieder zum großen Helden. Seht Ihr, wie gut diese Geschichte zu Eurem eigenen Fall paßt?« Er lächelte hoffnungsvoll.

Wallie hingegen nicht. »Ist das alles?«

»Das ist die ganze Anekdote«, antwortete Honakura bedächtig.

»Und was könnt Ihr mir sonst noch über diesen Ikondorina erzählen?«

Der Gesichtsausdruck des Alten war sehr beherrscht. »Er wird namentlich in einigen anderen Sutras erwähnt, doch es gibt außer dieser keine Erzählungen direkt über ihn.« Er wußte etwas, das er nicht aussprach. Der Gott hatte ihm eine Botschaft zukommen lassen, von der Wallie nichts wissen sollte.

Verwirrt und hilflos sagte Wallie: »Darf ich fragen, ob mit der Geschichte eine Moral verbunden ist?«

»Sicher. *Große Taten gereichen den Göttern zur Ehre.*«

Er dachte darüber nach. »Und große Taten werden von Sterblichen vollbracht?«

»Natürlich. Und Wunder werden von Göttern vollbracht, doch da das für sie eine Leichtigkeit ist, gereichen sie ihnen nicht zur Ehre.«

Wallie wünschte, daß auch er sich in einem bequemen Sessel zurücklehnen könnte. »Mir soll damit also wohl die Botschaft vermittelt werden, daß ich keine Hilfe von den Göttern erwarten darf?«

»Ganz so ist es nicht, glaube ich.« Honakura runzelte die Stirn. »Doch was immer es sein mag, das die Göttin getan haben möchte, sie will, daß es von Sterblichen vollbracht wird — von Euch. Vielleicht hilft Sie Euch, doch erwartet nicht, daß Sie die Arbeit tut.«

»Der Gott hat etwas davon erwähnt, daß ich geführt werden soll. Aber er hat mir auch gesagt, daß dieses Schwert verlorengehen oder zerbrechen kann und daß Götter Wunder nicht auf Befehl vollbringen. Glaubt Ihr, ich habe ihn richtig verstanden?«

Honakura nickte, wobei die Falten an seinem Hals schlaff schwabbelten. »Und was immer Eure Aufgabe sein mag, mein Lord, es geht offenbar um etwas sehr Wichtiges. Eure Belohnung wird hoch sein.«

»Sofern ich Erfolg habe«, sagte Wallie düster. Er

wünschte, der Halbgott hätte ihm ein paar Gutscheine für Wunder mitgegeben.

»Das vordringlichste Problem ist also«, sagte der Priester nachdenklich, »lebend hier herauszukommen. Aber ich vernachlässige meine Pflichten als Gastgeber … probiert doch diese Kuchen, Lord Shonsu. Die mit den Pistazien sind überaus köstlich, soweit ich mich erinnere, obwohl sie heutzutage meine Fähigkeiten zu beißen übersteigen.« Er hielt die Kuchenplatte ausgestreckt, ohne die Fliegen davon zu verscheuchen.

Wallie lehnte dankend ab. »Warum sollte es ein Problem sein, am Leben zu bleiben? Ich bin genauso geschützt durch den Kodex der Schwertkämpfer wie alle Gäste. Wer kann mir etwas anhaben?«

Der kleine Mann schüttelte traurig den Kopf. »Ich wollte, ich könnte Euch eingehender darüber aufklären, mein Lord. Es gibt nur einen Weg nach draußen, und der führt über einen langen Pfad, zum größten Teil durch einen dichten Dschungel, und eine Fähre über den Fluß nach Hann. Es steht fest, daß mehrere hochrangige Schwertkämpfer, die für Hardduju möglicherweise eine Bedrohung dargestellt haben, von Hann losgezogen und niemals angekommen sind. Ich weiß nicht, ob die Schuldigen aufständische Schwertkämpfer oder von ihm bezahlte Meuchelmörder waren.«

Meuchelmörder waren alle Zivilisten, die Schwertkämpfer umbrachten — und in den Augen der Schwertkämpfer die schlimmsten Verbrecher überhaupt.

»Wie …«, setzte Wallie an und beantwortete seine Frage selbst. »Bogenschützen?« Pfeil und Bogen waren für Schwertkämpfer etwas besonders Verabscheuungswürdiges.

Der Priester nickte, während er an einem Kuchen herumknabberte. »Ich vermute es. Oder vielleicht lag es einfach an der puren Überzahl. Viele Pilger fielen im Lauf der Jahrhunderte auf dem Pfad Wegelagerern zum Opfer. Es ist die Pflicht der Wache, dort zu patrouillieren und für die Sicherheit zu sorgen, doch ich fürchte, daß seit einiger Zeit die Hunde mit den Wölfen gemeinsame Sache machen. An der Anlegestelle der Fähre ist eine berittene Wache postiert, so daß die Nachricht von einer bedeutenden Ankunft sofort in den Tempel gebracht werden kann. Wir haben den Verdacht, daß die Nachrichten den falschen Leuten in die Hände gefallen sind, und die wertvollsten Opfergaben kamen nie an ihrem Ziel an.«

Wallie hatte ein Gespräch über seine unbekannte Mission erwartet, über das geheimnisvolle Rätsel des Gottes, und nicht über unmittelbar drohende Gefahren. »Aber warum sollten sie mir etwas anhaben?« fragte Wallie. »Ich reise ab, ich komme nicht an. Ob diese Geschöpfe der Dunkelheit vielleicht den Tod Harddujus rächen wollen?«

»Oh, das bezweifle ich sehr.« Honakura goß geistesabwesend Wein nach. »Ihre Beziehung zu ihm war rein geschäftlicher Natur, nicht sentimentaler. Aber Ihr habt mir von dem Schwert erzählt, das Ihr bei Euch tragt. Darf ich es mal sehen?«

Wallie zog das Siebte Schwert und hielt es so ausgestreckt, daß der Priester es untersuchen konnte. Im Gegensatz zu dem Waffenschmied und zu den Schwertkämpfern galt sein Interesse weniger der Klinge, statt dessen fuhren seine Finger über den Griff, und er murmelte anerkennende Worte. Er berührte den großen Saphir und hob den Blick zu der Haarspange seines Gastes.

»Ja«, sagte er schließlich, »ich glaube, dieses Schwert könnte möglicherweise der wertvollste bewegliche Gegenstand der Welt sein.«

Wallie hätte sich fast an einem Mundvoll minderwertigen Weins verschluckt. »Wer könnte es sich leisten, es zu kaufen?« fragte er. »Wer würde es haben wollen?«

»Der Vogel Greif ist ein königliches Symbol«, sagte Honakura verächtlich. »Es gibt viele hundert Städte, die von Königen regiert werden. Jeder einzelne von ihnen würde es kaufen — zu fast jedem Preis, wofür sie sich natürlich das Geld später auf anderem Wege wieder zu beschaffen trachteten.« Sein Gesicht verfinsterte sich. »Ohne Zweifel würde der Tempel es kaufen, wenn es zum Verkauf stünde. Einige meiner Kollegen sind bestimmt der felsenfesten Überzeugung, daß Ihr Schwert hierher gehört ... und Ihr müßt es auf diesem gefährlichen Pfad tragen.«

Wallie brauchte nicht die Sutras zu bemühen, um zu wissen, daß dies eine taktisch scheußlich verfahrene Situation war. Luftfracht, dachte er, wäre eine gute Lösung. »Sollte ich also um eine Eskorte durch Mitglieder der Wache bitten?«

Honakuras Miene wurde unergründlich. »Ihr könnt den Ehrenwerten Tarru darum bitten, sicher.«

Wallie hob skeptisch eine Augenbraue, und der Priester stieß einen hörbaren Seufzer der Erleichterung aus. Offenkundig waren sie der gleichen Ansicht über Tarru, doch die Höflichkeit gebot, daß sie nicht ausgesprochen wurde.

»Wen würdet Ihr mir sonst noch empfehlen?« fragte Wallie, und Honakura schüttelte betrübt den Kopf.

»Wenn ich das nur wüßte, mein Lord! Schwertkämpfer sprechen nicht über andere Schwertkämpfer, aus einleuchtenden Gründen. Die meisten, davon bin ich überzeugt, sind rechtschaffene Männer, im schlimmsten Fall zögernde Mitläufer. Sie gehorchen Befehlen, solang diese Befehle nicht allzu deutlich das Böse in sich bergen, und sie begehen jeden Verstoß gegen den Ehrenkodex, um dem Obersten Anführer zu gefallen. Aber wie könnten sie sich sonst verhalten? Es gibt zum Beispiel Berichte über verurteilte Gefangene, die den Platz der Gnade nie erreicht haben.«

»Gegen ein Lösegeld freigelassen?« sagte Wallie, der die Andeutung verstand. Diese Geschichte der allgegenwärtigen Bestechlichkeit ging ihm gewaltig an die

Nerven, und er spürte, wie Shonsus Wut in den unteren Schichten seines Bewußtseins tobte.

»Aber man kann die Exekution doch von den Stufen der Tempeltreppe aus mitzählen, und dann weiß man, wieviel …«

»Säcke mit Steinen, vermuten wir«, sagte Honakura geduldig. »Nicht alle Körper werden zum Teich zurückgetrieben. Einige der Schwertkämpfer müssen sehr tief in den Machenschaften drinstecken, und die bilden jetzt eine ernsthafte Gefahr für Euch.«

»Schlechtes Gewissen?« sagte Wallie. »Sie werden sich sicher sehr vor einem neuen Anführer fürchten, neue Besen kehren gut. Vergangene Sünden bedingen zukünftige Verbrechen?«

Honakura nickte und lächelte, vielleicht erleichtert — oder sogar überrascht — darüber, daß dieser Schwertkämpfer nicht zu einer großspurigen Abhandlung über die Ehre seiner Zunft ansetzte und mit den Wölfen heulte.

Das Plätschern des Wassers und das Summen der Bienen waren eine Zeitlang die einzigen Geräusche …

»Die erste Frage ist also«, sagte Wallie, »die Zeitplanung.« Er blickte zu seinen verbundenen Füßen hinunter. »Und die hängt davon ab, wann ich wieder beweglich sein werde. Frühestens in einer Woche, wahrscheinlich erst in zwei — ich wäre wahnsinnig, wenn ich gehen würde, bevor ich geheilt bin. Die zweite Frage: gebe ich bekannt, daß ich weggehen werde, oder lasse ich sie in dem Glauben, daß ich Harddujus Nachfolge antreten werde?« Er hielt inne, um nachzudenken. »Ich bezweifle, daß wir diese Täuschung lange aufrechterhalten können, und mir wäre es lieber, wir brauchten es nicht zu tun.«

Der Priester nickte. »Es wäre kein ehrenhaftes Verhalten, mein Lord.«

Wallie zuckte mit der Schulter. »Dann werden wir also ehrlich sein. Als schlichter Besucher werde ich weniger eine Bedrohung darstellen und mich demzufolge in geringerer Gefahr befinden. Das wird erst eintreten, wenn ich versuche, wegzugehen, nicht wahr? Am besten humpele ich also herum, stelle mich so lang wie möglich lahm, um dahinterzukommen, wer innerhalb der Wache vertrauenswürdig ist, und verschwinde dann vielleicht über Nacht, ohne Vorankündigung.«

Der Alte strahlte — ein gebrechliches Vögelchen in einem Weidenkäfig.

»In der Zwischenzeit, glaube ich«, fuhr Wallie fort, »halte ich mich mit dem Rücken immer schön zur Wand, vermeide finstere Gassen, nehme von niemandem etwas zu essen an und schlafe bei verriegelter Tür. Ja?«

Honakura rieb sich die Hände vor Vergnügen. »Ganz ausgezeichnet, mein Lord!« Offensichtlich hatte er Wallie lediglich für einen muskelbepackten Draufgänger mit schnellem Reaktionsvermögen gehalten und stellte jetzt mit Befriedigung fest, daß dieser Schwertkämpfer Vorsicht nicht als Feigheit ansah. »Es ist noch etwas länger als zwei Wochen bis zum Tag der Schwertkämpfer. Ich hatte gehofft, das übliche Spektakel noch dadurch zu bereichern, daß ich Euch als neuen Obersten Anführer präsentiere. Da es dazu nun nicht kommen wird, sollten wir vielleicht eine besondere Segnung Eurer Mission ankündigen? Damit wärt Ihr fürs erste sicher — wie Ihr sagt, die Gefahr wird auftreten, wenn Ihr versucht wegzugehen.«

Er zögerte etwas und fügte dann hinzu: »Wenn Ihr mir vergeben mögt, daß ich mir eine Beurteilung anmaße, Lord Shonsu, so möchte ich Euch sagen, daß es ein ganz besonderes Vergnügen ist, einen Schwertkämpfer kennenzulernen, dem es nichts ausmacht, unkonventionell zu handeln. Ich weiß nicht, welchen Gegner sich die Göttin für Euch ausgedacht hat, aber ich glaube, er wird sehr überrascht sein.« Er kicherte.

Wallie hatte sich auf seinen gesunden Menschenverstand verlassen und auf seine bruchstückhaften Kenntnisse der Sutras — die meistens dem gesunden Menschenverstand entsprachen —, und geschickte Kampftaktik sollte eigentlich zu seinem Geschäft gehören, deshalb fand er die Überraschung des Priesters etwas beleidigend, wenn auch andererseits erheiternd. *Ihr denkt nicht wie Shonsu ...*

»Ich habe einen Neffen, der Heilkundiger ist«, sagte Honakura, »und man kann sich auf seine Verschwiegenheit verlassen. Er wird Eure Genesung so lange wie möglich hinauszögern.«

»Ich werde ihn nach Tagen bezahlen«, versicherte ihm Wallie feierlich und wurde mit einem lauten, hemmungslosen Gähnen des Alten belohnt. »Aber sagt mir doch, Heiligkeit, wenn die Göttin bisher schon soviel Aufhebens von mir gemacht hat, wird Sie mir dann nicht auch beistehen, wenn ich in Gefahr bin?«

Sofort war das kumpelhafte Verhalten des Priesters verschwunden. Er ermahnte den Schwertkämpfer mit wackelndem Finger: »Ihr habt die Belehrung über Wunder also nicht begriffen. Von Euch als erfahrenem Schwertkämpfer wird erwartet, daß Ihr die Kampfstrategie meisterhaft beherrscht. Versetzt Euch einmal in Ihre Lage. Ihr habt Euren besten Mann aufgeboten, und er hat versagt — katastrophal, sagt Ihr. Was bedeutet das?«

Wallie unterdrückte eine wütende Entgegnung. »Da ich die Aufgabe nicht kenne, kann ich das nicht erraten. Vielleicht hat Shonsu ein Heer eingebüßt? Oder Land an den Feind verloren — wer oder was immer der Feind sein mag.«

»Im einen wie im anderen Fall«, sagte der Priester, »würdet Ihr nicht wollen, daß es allzuoft passiert, nicht wahr? Also, was tut Ihr? Ihr schickt den nächsten Mann los, und wenn er versagt, wieder den nächsten? Natürlich verfügen die Götter über einen unendlichen Fundus ...«

»Ihr habt recht, Heiligkeit«, sagte Wallie einsichtig.

Darauf hätte er selbst kommen können. »Man nimmt also den nächsten Mann und bildet ihn so gut aus, daß er besser als der erste ist.«

»Oder zumindest stellt man ihn auf die Probe«, stimmte der Priester zu. »Und wenn er es nicht einmal schafft, aus dem Tempel zu fliehen ...«

Er brauchte den Gedanken nicht zu Ende zu führen.

»Und selbst wenn er das schafft«, sagte Wallie düster, »dann muß er in der Zukunft womöglich noch weitere Prüfungen bestehen. Jetzt verstehe ich — keine Wunder.«

Er kam zu dem Schluß, daß Wunder leicht süchtig machen konnten.

Honakura hielt Wallie wieder die Platte mit den Kuchen hin und bot an, sein Glas nachzufüllen. Wallie lehnte beides ab, aus Angst, dieses üppige Leben könnte ihn bald so fett machen wie Hardduju. Er durfte nie vergessen, daß er jetzt ein professioneller Athlet war und fit bleiben mußte, da sein Leben davon abhing.

»Und Eure erste Aufgabe besteht eindeutig darin, Euch eine Schar von Gefolgsleuten zusammenzusuchen«, sagte Honakura und lehnte sich in seinem Sessel zurück, um ein Sahnetörtchen zu genießen.

Wallie schmunzelte. »Nun, einen habe ich schon gefunden. Ihr habt ihn gestern gesehen.« Er sprach über Nnanji, seinen Mut und seine absurd romantischen Vorstellungen von Pflicht und Ehre, und er schilderte den Vorfall mit Briu am Morgen.

Die schlauen alten Augen zwinkerten. »Das ist vielleicht das Werkzeug, mit dem Ihr geführt werden sollt, mein Lord.«

»Ein Wunder? Dieser Junge?« sagte Wallie spöttisch.

»Das entspricht der Art, wie Sie Wunder zu vollbringen pflegt — unauffällig. Ihr habt ihn in der Nähe des Wassers gefunden — die Macht der Göttin offenbart sich meist in der Nähe des Flusses, und der Teich ist ein Seitengewässer des Flusses. Es überrascht mich nicht zu hören, daß er ein ungewöhnlicher junger Mann ist.«

Wallie hegte wohlwollende Zweifel. »Dann muß ich also seine Schwertkämpfer-Eignung überprüfen«, sagte er.

»Mit seiner Schwertkämpfer-Eignung ist es nicht weit her, aber er hat ein sehr gutes Gedächtnis«, sagte Honakura, wobei er sich auf den letzten Bissen des Törtchens konzentrierte. Einen Moment später blickte er auf, um die Wirkung seiner Worte zu begutachten.

»Ist er der einzige Rotschopf in der Wache?« Wallie war sich nicht sicher, ob er als Wallie reagierte, nämlich belustigt, oder als Shonsu, nämlich wütend.

Der Priester nickte. »Ihr fühlt Euch nicht beleidigt? Das ist sehr ungewöhnlich für euch, Lord Shonsu.«

Wallie ging nicht auf die Stichelei ein. »Was habt Ihr noch über Nnanji in Erfahrung gebracht?«

»Über seine Ehrlichkeit kann ich nichts sagen. Sein früherer Mentor geriet manchmal außer sich wegen seiner mangelnden Schwertkämpfer-Qualitäten, doch offenbar erreichte er keine Besserung. Er sollte nicht in die Dritte Stufe befördert werden, bevor sich seine Leistungen steigerten. Er ist nicht sehr beliebt bei den anderen Männern — obwohl das vielleicht nur zu seinen Gunsten spricht.«

Der Alte machte ein selbstgefälliges Gesicht. Schwertkämpfer sprachen nicht über ihresgleichen, und die Bediensteten in den Unterkünften waren anscheinend alle ehemalige Schwertkämpfer, die wahrscheinlich an die gleiche Regel gebunden waren, wenn auch vielleicht nicht ganz so streng. Das bedeutete, daß Honakuras Spione ihre Informationen aus anderen Quellen bezogen.

»Ist er dann bei den Frauen beliebt?« fragte Wallie und bemerkte ein Aufflackern von Anerkennung, das ihm verriet, daß er ins Schwarze getroffen hatte.

»Sie geben ihm gute Noten für Begeisterungsfähigkeit und Ausdauer, schlechtere für besondere Feinheiten«, entgegnete der Priester, und seine Augen funkelten vielsagend.

»Das trifft auch für seine Tischmanieren zu!« sagte Wallie. Die Erwähnung von Frauen erinnerte ihn an Jja. »Heiligkeit, erinnert Ihr Euch an die Sklavin, die sich in der Pilgerhütte um mich gekümmert hat?«

Honakuras Lächeln verschwand sofort. »Äh — ja. Ich hatte die Absicht, für dieses Mädchen etwas zu tun — sie hat etwas Besseres verdient —, aber bisher war ich zu beschäftigt, um dazu zu kommen. Wollt Ihr sie?«

Er hatte also einen wertvollen Saphir zum Fenster hinausgeworfen, um eine Sklavin zu kaufen, um die er nur hätte zu bitten brauchen.

»Ich glaube, sie ist bereits mein«, antwortete Wallie. »Ich habe Nnanji heute morgen losgeschickt, um sie zu kaufen.« Jetzt erkannte er, daß er noch viel dümmer gewesen war, als er dachte. Er hatte vor Tarrus Augen Reichtum demonstriert, und dieser würde bestimmt vermuten, daß jemand, der so ohne weiteres einen solchen Stein herausrückt, noch viel mehr davon besitzen mußte. Außerdem wußte er, daß Wallie Harddujus wertvolles Schwert einfach verschenkt hatte.

Der alte Priester betrachtete ihn nachdenklich. »Ich hoffe, Ihr habt nicht zuviel dafür bezahlt«, sagte er.

Wallie war wie vom Donner gerüht. »Doch, das habe ich«, gab er zu. »Doch wie seid Ihr darauf gekommen?«

Honakura machte ein verschmitztes Gesicht. »Ihr habt mir gesagt, daß Euer Meister großzügig ist. Ich kann mir vorstellen, wie er zahlt.«

»So, könnt Ihr das?«

»Er ist der Gott der Edelsteine.«

»Edelsteine?« Wallie hatte sie mit keinem Wort erwähnt.

»Ja, genau.« Honakura hielt inne und sah verdutzt und seltsam unangenehm berührt aus. »Üblicherweise ist er im Bunde mit dem Feuergott, nicht mit der Göttin.

Ich frage mich, warum das so ist. Edelsteine werden im Sand des Flusses gefunden.«

Wallie sagte: »In meiner Welt glauben wir, daß die meisten Edelsteine vom Feuer geformt und vom Wasser verteilt werden.«

»Tatsächlich?« Der Priester fand das interessant. »Das wäre eine Erklärung. Normalerweise nimmt er die Gestalt eines kleinen Jungen an. Ein Juwelensucher, der einen begehrten Stein findet, pflegt zu sagen: ›Der Gott hat einen Zahn für mich verloren.‹«

Wallie lachte und leerte sein Weinglas. »Das gefällt mir. Es ist wie die Sache mit der Nachtigall. Ihr seid ein poetisches Volk, Heiligkeit. Könnt Ihr mir erklären, was es mit dem belaubten Zweig des Gottes auf sich hat?«

Honakura schnaubte und senkte die Stimme. »Der dient nur dem dramatischen Effekt, nehme ich an. Götter haben auch ihre kleinen Eitelkeiten. Ich glaube kaum, daß er einen Mnemonik nötig hat?«

»Einen was?«

Der Alte seufzte und schüttelte den Kopf. »Ihr seid wirklich unbeleckt wie ein Neugeborenes, mein Lord. Ich möchte keinesfalls die Weisheit der Göttin anzweifeln, doch ich frage mich, wie Sie erwarten kann, daß Ihr überlebt, da Ihr anscheinend überhaupt nichts wißt! Einen Mnemonik — eine Gedächtnisstütze. Gibt es in Eurer Traumwelt keine öffentlichen Redner? Sie nehmen sich einen Zweig und markieren sich jedes Blatt mit einem Zeichen, das sie jeweils an einen Punkt erinnert, auf den sie eingehen möchten, und jedesmal, wenn sie ein Thema behandelt haben, reißen sie das entsprechende Blatt ab. Das ist sehr wirkungsvoll, wenn es gut gemacht wird. Was sonst benutzt Ihr, wenn Ihr Euch zum Beispiel ein langes Sutra einprägen wollt?«

»Wir haben andere Geräte, Heiligkeit. Aber um auf Jja zurückzukommen … wie stellt man es an, eine Sklavin zu befreien?«

Über diese Äußerung war Honakura noch erstaunter als über alles andere, was er gehört hatte. »Eine Sklavin *befreien?* Das tut man nicht.«

»Wollt Ihr damit sagen, ein Sklave bleibt sein Leben lang ein Sklave?« fragte Wallie fassungslos. »Es gibt keinen Ausweg?«

Der Priester schüttelte den Kopf. »Ein Sklave wird bei der Geburt gezeichnet. Wenn er in diesem Leben gut dient, kommt er vielleicht das nächstemal auf einer höheren Stufe zur Welt. Ihr hattet also die Absicht, dieses Mädchen zu *befreien?*«

Wallie hatte inzwischen dem alten Mann schon so viel anvertraut, daß er jetzt kaum noch einen Rückzieher machen konnte. Also berichtete er ihm, wie er die Beherrschung verloren hatte.

»Wenn ich überhaupt einen Gedanken im Kopf gehabt habe«, sagte er, »dann dachte ich daran, daß ich dieses Mädchen kaufen und befreien würde. Sie war sehr gut zu mir«, brauste er auf, »und sie hat mir das Leben gerettet, als die Priesterin auf der Jagd nach mir war.«

»Und außerdem war sie eine verdammt gute Gespielin im Bett, was?« fragte der Priester und kicherte laut. »Nein, macht mir nichts vor, Schwertkämpfer! Ich habe sie gesehen. Wenn sie eine Freie wäre, würde sie als Brautpreis viele Edelsteine erzielen, aber Ihr habt sie gekauft, und sie ist Eure Sklavin. Ihr könnt sie verschenken, Ihr könnt sie verkaufen, Ihr könnt sie töten, aber Ihr könnt sie nicht befreien. Ja, wenn es Euch Vergnügen bereitet, sie mit rotglühendem Eisen zu verbrennen, wird Euch niemand daran hindern, außer vielleicht die Göttin oder ein stärkerer Schwertkämpfer, falls er sein Ehrempfinden dadurch verletzt sieht. Was kaum der Fall sein dürfte. Ihr solltet begreifen, Walliesmith, daß ein Schwertkämpfer der Siebten Stufe so ziemlich alles tun kann, was ihm beliebt. Doch auch er kann aus einer Sklavin keine freie Dame machen, und er kann sie nicht heiraten. Außer natürlich, er zieht es vor, selbst zum Sklaven zu werden.«

Wallie warf ihm einen finsteren Blick zu. »Ich vermute, Ihr haltet das für ein weiteres Wunder?«

Der Priester nickte gedankenverloren. »Könnte sein. Die Handlung, mit der sie Euch in der Hütte beschützt hat, war sehr ungewöhnlich. Die Göttin hat sicher eine Reisebegleitung für Euch ausgewählt, und dieses Mädchen spielt möglicherweise eine kleine Rolle, abgesehen davon, daß sie Euch lustvolle Betätigung bietet. Schätzt die Lust niemals zu gering, sie ist das Unterpfand für die Sterblichkeit.« Sein Erstaunen hatte sich noch immer nicht gelegt. »In Eurer Traumwelt kann man Sklaven *befreien?*«

»Dort, wo ich herkomme, haben wir keine Sklaven«, entgegnete Wallie aufgebracht. »Wir betrachten den Besitz von Sklaven als Verbrechen.«

»Dann werdet Ihr sie zur Versteigerung geben?« fragte der Priester schmunzelnd. »Ich glaube allerdings kaum, daß die Priesterin Kikarani Euch Euren Stein wiedergeben wird.«

Einen Augenblick lang bäumte sich Shonsus Temperament auf, doch Wallie stampfte es nieder. Zorn gegen die Götter war müßig. Er war ausgetrickst worden.

Honakura sah ihn forschend an. »Darf ich Euch einen bescheidenen Rat geben, mein Lord? Kennt Ihr das Geheimnis des Erfolgs im Umgang mit Sklaven?«

»Verratet es mir!« knurrte der Schwertkämpfer.

»Nehmt sie hart her!« Honakura kicherte und brach anschließend über seinen eigenen Witz in lautes Lachen aus.

5

In der marmornen Pracht des Eingangs zu den Unterkünften traf Wallie den alten Kammerherrn und fragte ihn, ob Nnanji schon zurückgekommen sei.

»O ja, mein Lord«, sagte Coningu mit einem Ausdruck geheimer Belustigung, zu wertvoll, um durch ein Ausgesprochenwerden verdorben zu werden.

Wallie durfte keine unwürdige Hast an den Tag legen, also stieg er sehr gemächlich die breite Treppe hinauf. Doch ab dem zweiten Treppenabsatz eilte er im Laufschritt weiter, und durch die Gänge rannte er. Lautlos, durch die Verbände um seine Füße, durchmaß er den ersten Raum bis zur Tür des zweiten, aus dem Gelächter drang.

Dort waren drei Leute, und sie alle saßen am Boden auf einem sonnenbeschienenen Teppich. Rechts war Jja, in der Stellung der Kopenhagener Meerjungfrau, so anmutig und begehrenswert, wie er sie in Erinnerung hatte, und von ihr kam das Lachen. Links war Nnanji, auf Knien und Ellbogen, seine Schwertscheide hinter ihm aufragend wie ein Schwanz, so daß er insgesamt einem Hund glich, der versuchte, ein Kaninchen zu schnappen, das sich in einem Erdloch verkrochen hatte. Er kitzelte den Bauch der dritten Person, eines braunen, nackten, juchzenden Babys.

Einen Moment lang blieb das Bild stehen; es war eine dieser Szenen, die sich ins Gedächtnis einbrannten und zur allgegenwärtigen Erinnerung wurden — bestand nicht letztendlich das ganze Leben aus Erinnerungen? Dann bemerkten sie ihn. Jja erhob sich, kam zu ihm und warf sich in einer fließenden Bewegung auf die Knie, um ihm die Füße zu küssen. Sie machte nicht den Eindruck, sich zu beeilen, doch sie war damit fertig, bevor Nnanji sich mit peinlich berührten Glupschaugen auf die Beine rappelte.

Er sagte: »Ich wußte nicht, ob Ihr auch das Baby haben wolltet, mein Gebieter, deshalb habe ich es mal mitgebracht. Ihr habt von Habseligkeiten gesprochen. Aber Kikarani sagte, daß sie es zurücknimmt, wenn Ihr es nicht haben wollt.«

Wallie räusperte sich. »Das mit dem Baby ist in Ordnung. Würdest du Meister Coningu meine Hochachtung übermitteln und ihn fragen, ob er ein paar Minuten für mich erübrigen kann?«

Nnanji befreite sich von dem Baby, das sich jetzt an seinem Bein hochzog, und ging schnell hinaus. Selbst die Rückseiten seiner Ohrläppchen waren rosa angelaufen.

Wallie blickte hinab zu dem Mädchen, das ihm zu Füßen kniete, und beugte sich hinab, um ihr aufzuhelfen. Er lächelte sie an, als er wieder die hohen Wangenknochen sah, die ihrem Gesicht diesen Ausdruck von Kraft verliehen, und die großen dunklen Mandelaugen, die ihn schon beim erstenmal so fasziniert hatten. Das war keine zarte Elfe: Sie war groß und starkknochig gebaut, mit üppigen Brüsten und kraftvollen, doch anmutigen Bewegungen und wachen Augen. Sie war jünger, als er gedacht hatte, doch auch diesmal fielen ihm wieder die Spuren der Sklaverei auf — rissige Hände, das schwarze Haar lieblos kurzgehackt. Wenn sie die entsprechenden Möglichkeiten hätte, wäre sie eine hinreißende Schönheit, und er wußte, daß sie unglaublich zärtlich sein konnte. Wenn ein Schwertkämpfer unbedingt eine Sklavin haben mußte, dann war dies eine gute Wahl.

Sie sah beunruhigt in sein Gesicht auf, und dann schweifte ihr Blick über seine vielen blauen Flecke und Schrammen.

»Willkommen, Jja«, sagte er. »Ich habe mir seit unserer letzten Begegnung ein paar Kratzer zugezogen. Ich habe nach dir geschickt, weil du so herrlich für beschädigte Schwertkämpfer sorgst.«

»Ich war sehr glücklich zu hören, daß ich Eure Sklavin sein darf, Herr.« Ihr Gesichtsausdruck war wachsam, doch ansonsten so unergründlich, daß er ihre Gedanken nicht erraten konnte.

Das Baby kroch hurtig auf die Tür zu, seinem neuen Freund hinterher. »Hol das Kleine hier herüber, und setz dich«, sagte Wallie. »Nein, auf den Stuhl.« Er setzte sich auf einen Hocker und musterte sie. »Wie heißt er?«

»Vixini, Herr.« Das Baby hatte einen Sklavenstreifen im Gesicht.

»Und wer ist sein Vater?«

Sie zeigte keinerlei Verlegenheit. »Das weiß ich nicht, Herr. Meine Herrin hat dem Gesichtsmarkierer versichert, daß sein Vater ein Schmied gewesen sei, doch sie hat mich niemals geschickt, um einem Schmied zu dienen.«

»Warum? Was ist so besonders an einem Schmied?«

Sie dachte offenbar, daß er das wissen müsse. »Man sagt, daß sie groß und stark sind, Herr. Das Schmiedzeichen als Vatermal gewährleistet einen guten Preis.«

Wallie stieß im stillen einige Verwünschungen aus und bemühte sich, seine Gedanken zu bezähmen. Eine Sklavin zu kaufen und sie zu befreien war eine Sache; sie zu kaufen, als Sklavin zu halten und zu benutzen, war eine andere Sache, die er am Morgen noch als Vergewaltigung bezeichnet hätte. Doch ihr Anblick und die Erinnerung an ihre gemeinsame Nacht erregte ihn bereits heftig. Sie zu besitzen und nicht zu benutzen, würde für sie eine Beleidigung bedeuten und würde wahrscheinlich seine Selbstbeherrschung übersteigen ... wie führte man ein Bewerbungsgespräch mit einer Angestellten, die bereits einen solchen Stein im Brett hatte?

Er sagte: »Ich möchte, daß du meine Sklavin bist, Jja, doch ich will keine unglückliche Sklavin, denn unglückliche Sklaven leisten keine gute Arbeit. Wenn du lieber bei Kikarani bleiben möchtest, sag es mir bitte. Ich werde nicht böse sein und dich zurückgeben. Ich werde das

Geld nicht zurückverlangen, du wirst also keine Schwierigkeiten bekommen.«

Sie schüttelte leicht den Kopf und sah verwirrt aus. »Ich werde mein Bestes tun, Herr. Sie hatte niemals Grund, mich zu schlagen. Sie hat für mich höhere Preise verlangt als für die anderen. Sie hat mich nicht verkauft, solang ich schwanger war.«

Wallie kam zu dem Schluß, daß sie die Frage nicht verstanden hatte — Sklaven konnten sich ihre Besitzer nicht aussuchen oder die eine oder andere Vorliebe haben.

»Du warst sehr gut zu mir, als ich krank war. Und ich habe es sehr genossen ...« Er hatte sagen wollen »als wir uns geliebt haben«, aber natürlich wäre die Übersetzung gewesen »als ich mich mit dir verlustiert habe«, und das hielt ihn ab. »Ich habe jene Nacht mit dir genossen, wie ich noch nie eine Nacht mit einer Frau genossen habe.« Er fühlte, wie sein Gesicht heiß wurde, als er stammelte: »Ich hege die Hoffnung, daß du in Zukunft gern das Bett mit mir teilst.«

»Selbstverständlich, Herr.«

Aus welchem anderen Grund sollte er sie wollen? Welche andere Wahl hatte sie?

Wallie fühlte sich mehr und mehr schuldig, und folglich wurde seine Wut auf sich selbst immer größer. Der Anblick dieser samtweichen Haut und die Linien ihrer Hüften und Brüste ... Er bemühte sich, sein Schuldgefühl zu unterdrücken und mit dieser Welt nach ihren Regeln zurechtzukommen.

Er fragte sie nach Eltern, Liebhabern und engen Freunden, und sie schüttelte fortgesetzt den Kopf. Das war eine Erleichterung. Er lächelte sie so aufmunternd an, wie er es vermochte. »Dann wirst du also meine Sklavin sein. Ich werde versuchen, dich glücklich zu machen Jja, denn dann wirst du mich glücklich machen. Das ist deine oberste Pflicht — mich glücklich zu machen. Danach kommt gleich die Pflicht, dich um dieses hübsche Baby zu kümmern und es so groß und stark zu machen, wie irgendein Schmied nur je sein kann. Aber du wirst mit mir Spaß haben, und nur mit mir und sonst mit keinem anderen Mann!«

Endlich bekam er eine Reaktion. Sie sah ihn gleichermaßen erstaunt und erfreut an. »Ich danke Euch, Herr.«

Ein weiteres Problem: »Ich werde in wenigen Tagen von hier weggehen.«

Keine Reaktion.

»Vielleicht kommen wir niemals zurück.«

Immer noch keine.

»Gestern habe ich Nnanji als Schützling zu mir genommen und ihm ein Geschenk gemacht. Was kann ich dir schenken? Hast du irgendeinen Wunsch?«

»Nein, Herry«, sagte sie, doch er hatte den Eindruck, daß sie die Arme enger um das Baby auf ihrem Schoß schloß.

»Ich gebe dir ein Versprechen«, sagte er. »Ich verspreche dir, daß ich dir Vixini niemals wegnehmen werde.«

Es war wahnsinnig einfach! Sie glitt auf die Knie und küßte ihm die Füße. Ärgerlich stand er auf und hob sie hoch und sah, daß sie weinte.

»Du überraschst mich allerdings«, sagte er und brachte ein krampfhaftes Lächeln zustande.

»Ich überrasche Euch, Herr?« fragte sie und wischte sich über die Augen.

»Ja. Du bist wirklich so schön, wie ich dich in Erinnerung hatte, und ich hatte nicht geglaubt, daß das möglich sei.« Das Baby saß jetzt am Boden, so daß er sie in die Arme nehmen und küssen konnte. Was als freundliche Begrüßung gedacht war, entwickelte sich unversehens zu einem wilden Gemenge von Zungen und klammernden Armen und Fingern, die ihren Körper an vielerlei Stellen drückten. Das Verlangen brodelte in ihm; er brannte, dann ließ er sie schnell los und wandte sich ab, beschämt und um Selbstbeherrschung ringend. Als er sich wieder umdrehte, hatte sie ihr schäbiges

Kleid abgelegt und saß auf dem Bett, um ihn zu erwarten.

»Jetzt nicht«, sagte er heiser. »Zuerst müssen wir herausfinden, ob ich in diesen Gemächern eine Sklavin haben darf, und wir müssen bessere Kleidung für dich besorgen und eine Regelung für Vixini treffen.«

Vixini war schon wieder in Richtung Tür unterwegs. Wallie schlenderte zu ihm hin, hob ihn hoch und kitzelte ihn, während er ihn zurücktrug. Vixini kreischte vor Vergnügen und löste auf Wallies Brust ein warmes, feuchtes Gefühl aus, das immer tiefer rann. Sein erster Gedanke war, daß er mitten auf einem der unbezahlbaren Seidenteppiche stand. Er zappelte mit der freien Hand herum, um den Fluß irgendwie zu stoppen, und mit großen Schritten hüpfte er auf den Holzboden. Als er das geschafft hatte und das Baby in sicherer Entfernung von sich halten konnte, hatte Vixini bei ihm bereits ganze Arbeit geleistet. Jja rang vor Entsetzen nach Luft, und Wallie brüllte vor Lachen. Vixini grinste so zahnlos wie Honakura.

Jja betrachtete Wallie voller Verzweiflung, und aus irgendeinem Grund fand er das ebenfalls komisch und lachte noch lauter. Sie sah sich auf der Suche nach einem Lappen oder Handtuch um, und da sie nichts Derartiges entdeckte, nahm sie ihr Kleid und wischte ihm damit die Brust ab.

Genau in diesem Moment betraten Nnanji und Coningu den Raum. Wallie setzte zum Versuch einer Erklärung an, indem er auf das Baby deutete, das er immer noch hielt, und den dunklen Fleck auf seinem Kilt, doch der Ausdruck auf Nnanjis Gesicht war zuviel für ihn. Er brachte kein Wort heraus. Coningu konnte nichts mehr aus der Fassung bringen, und er war viel zu ehrfürchtig, als daß er über einen Siebentstufler gelacht hätte, trotzdem wandte er sich ab und zupfte beflissen die Wandbehänge gerade.

Nnanji hatte noch eine ältere, matronenhafte Dienerin mitgebracht, Janu, die Kammerfrau in den Frauengemächern, und Wallie erfuhr zu seiner Überraschung, daß Vixinis Unterbringung und Pflege überhaupt kein Problem war. »Kinder gibt es hier auch?«

»O ja, mein Lord«, sagte Coningu. »Die Frauen sagen, daß die Schwertkämpfer daran schuld sind, aber ich habe noch nie gehört, daß ein Schwertkämpfer ein Baby bekommt. Ich werde klingeln, damit Euch ein frisches Gewand und Wasser zum Waschen gebracht wird, mein Lord.«

»Janu«, sagte Wallie. »Ich habe jemandem zum Sklavenkauf losgeschickt, und er hat mir gleich zwei mitgebracht. Wie du siehst, sind alle beide nackt. Jjas Kleid war für den Zweck, zu dem sie es soeben benutzt hat, keineswegs zu schade. Ich möchte, daß sie angemessen ausgestattet wird. Was würdest du vorschlagen?« Er hoffte, daß er glaubwürdig geklungen hatte.

»Soll sie nachts dienen, mein Lord?« fragte Janu, während sie die nackte Jja begutachtete, wie ein Koch ein Stück Fleisch begutachtet, ohne jedoch eine Antwort zu erwarten. Sie runzelte die Stirn über Jjas Füße und sah sich ihre Hände eingehend an. »Für das Baby eine Decke, als Umhang zu tragen, und eine Kapuze für Regentage. Für die Frau zwei Tageskleider, Sandalen, Stiefel für nasse Witterung und ein Cape. Ich nehme an, zumindest ein Kleid für abends und passende Schuhe? Mit ihrem Haar können wir nicht viel anfangen, bevor es gewachsen ist, und ihre Finger- und Fußnägel ... Ich werde sehen, was sich machen läßt. Ein paar Duftessenzen und Körperöle und kosmetische Mittelchen — nichts Aufwendiges.«

Wallie sah Jja an. »Möchtest du sonst noch etwas? Oder reicht das für den Anfang?« Sie nickte mit weit aufgerissenen Augen. »Sehr gut«, sagte er. »Ich bin sicher, Janu wird dich beraten und dich in der meinem Status angemessenen Weise kleiden. Die Unkosten werde ich danach regulieren.«

Er sc[illegible]cheln, von dem er hoffte, es wäre ermu[illegible]fernte sich, eingewickelt in ihr Bettuc[illegible]vältigt aus.

Wallie h[illegible]bestimmtes Gefühl. Der Verdacht ließ ihn nicht los, [illegible] auch er soeben ein Geschenk erhalten hatte, doch sein Bewußtsein ließ ihm nicht so viel Ruhe, daß er darüber auch nur hätte nachdenken können.

Als Wallie die Spuren von Vixinis Glanzleistung endlich beseitigt hatte, erkannte Nnanji die komische Seite daran. Welch ungeheurer Mut, sagte er augenzwinkernd — einen Siebentstufler von oben bis unten so zuzurichten!

Wallie stimmte ihm zu. »Der heutige Tag hat es offenbar in sich«, sagte er. »Und der Edelstein war annehmbar für die schreckliche Kikarani?«

Nnanji lachte. »Nie habe ich etwas schneller verschwinden sehen, mein Gebieter.«

Er hatte die Prüfung bestanden, denn wenn Nnanji gelogen hätte, hätten rote Warnlampen überall in seinem Gesicht davon gekündet. Wallie hatte jedoch nicht die Absicht, ihm davon etwas zu sagen. Statt dessen berichtete er: »Übrigens, der Waffenschmied ist der gleichen Meinung wie du, was mein Schwert betrifft — es soll das Siebte Schwert des Chioxin sein.«

Nnanji strahlte. »Ich wünschte, ich hätte den letzten Teil der Ballade auch noch gehört, mein Gebieter.«

»Offenbar ist nicht mehr darüber bekannt. Chioxin übergab es der Göttin, und danach hat nie mehr jemand davon gehört.«

Im Gegensatz zu Tarru war Nnanji gern bereit, an Wunder zu glauben. Er lachte aufgeregt. »Und jetzt hat die Göttin es Shonsu gegeben!«

»Sicher. Obwohl ich das eigenartigerweise nicht gern ausspreche. Aber ich bin neugierig. Es ist drei Jahre her, daß du diese Ballade gehört hast?«

Ein schüchternes Lächeln hus[redacted]njis Gesicht. »Etwas länger, mein Gebieter.«

Wallie sah ihn an, dann ließ er sich auf dem Boden nieder und legte das Schwert ab. Nnanji setzte sich sofort ihm gegenüber und legte sein Schwert quer über das erste. Das war die traditionelle Schwertposition, wenn Sutras zitiert werden sollten.

»Wie weit bist du gekommen?«

»Fünf siebzehn, mein Gebieter. ›Über das Duellieren‹.«

Zufall? »Ich Glücklicher! Laß uns einige hören. Vierundachtzig, ›Über die Fußbekleidung‹.«

Sie intonierten abwechselnd, vom Anfang bis zum Schluß. Die Sutras waren eine echte Offenbarung für Wallie. Er hatte sie alle im Gedächtnis gespeichert, doch er hatte sie niemals gelernt, und sie alle kamen frisch aus ihm heraus, als hörte er sie zum erstenmal. Es war ein wilder Mischmasch, von derben Versen bis zu langatmigen Aufzählungen. Manche kurz und bündig, manche endlos lang, beschäftigen sie sich mit zahllosen Themen: Techniken, Ritual, Strategie, Standesethik, Taktiken, Anatomie, Erste Hilfe, Logistik — sogar persönliche Hygiene. Viele waren langweilig und trocken, aber einige wenige besaßen die barbarische Großartigkeit, wie man sie in den besten mündlichen Überlieferungen aus der Zeit vor der Einführung der Schrift überall findet. Manche waren banal, andere so undurchsichtig wie Zen-Lehren. Die meisten enthielten ein Gesetz, eine Anekdote und ein Sprichwort. Wie Honakura gesagt hatte, halfen die Anekdoten über irgendwelche Begebenheiten dem Gedächtnis, doch häufig war der Zusammenhang hintergründig und erforderte tiefes Nachdenken.

Nnanji kannte den genauen Wortlaut jedes einzelnen, den sie sich vornahmen, also intonierte Wallie fünf achtzehn, ›Über Geiseln‹. Nnanji sprach ihm sofort nach. Überrascht versuchte es Wallie noch mit zwei weiteren

Vorgaben und ließ ihn dann noch einmal ›Über Geiseln‹ aufsagen. Er machte keinen einzigen Fehler. Wallie wußte, daß Schreibunkundige oft erstaunliche Gedächtnisleistungen zuwege brachten, doch bei Nnanji handelte es sich anscheinend um ein Phänomen. Honakura hatte recht gehabt: hier hatte die Göttin die Hand im Spiel.

Sein Schützling hatte verständlicherweise ein selbstzufriedenes Gesicht aufgesetzt. »Nun gut, Schlauberger«, sagte Wallie. »Hier ist fünf zweiundachtzig, ›Über das Füttern von Pferden‹.« Das war das längste, langweiligste und zusammenhangloseste von allen. Er kam selbst ein paarmal ins Stottern, bevor er es richtig aufgesagt hatte. Nnanji saß da und beobachtete seine Lippen. Dann wiederholte er es — ohne das Stottern.

Wallie Smith hatte Lesen und Schreiben gelernt. Deshalb war er, nach Nnanjis Maßstäben, ein geistiger Krüppel. »Du hast gewonnen!« sagte er, und Nnanji grinste. »Wenn ich alle elfhundertundvierundvierzig aufsagen würde, ein einziges Mal innerhalb derselben Sitzung, würdest du sie alle im Gedächtnis behalten?«

Nnanji bemühte sich, eine bescheidene Miene aufzusetzen. »Ich glaube nicht, mein Gebieter.«

Wallie lachte. »Lüge mich nicht an, Vasall! Du glaubst doch, und ich könnte mir denken, daß du recht hast, aber ich bin nicht Manns genug, um es auszuprobieren. Jetzt wollen wir uns mal um ein Schwert für dich kümmern.«

Die Waffenschmiede lag weit vom Tempel entfernt, in der Nähe der Pforte, wo der Krach die heiligen Verrichtungen nicht störte. Athinalani, ohne sein formelles Gewand und statt dessen mit einer Lederschürze angetan, ließ den Hammer immer wieder auf den Amboß fallen, während ein schweißtriefender Sklave den Blasebalg am Ofen bediente. Beim Eintreten der Besucher unterbrach der Schmied sofort seine Arbeit und führte sie in den hinteren Raum, wo Hunderte von Schwertern und Floretten in Gestellen hingen — weit mehr, als von den Männern der Wache je zerbrochen oder verloren werden konnten. Der wirtschaftliche Aspekt gab Wallie zu denken, doch vielleicht war es eine der Segnungen dieser Welt, daß es hier keine Wirtschaftsfachleute gab. Und doch herrschte an diesem Ort eine Betriebsatmosphäre, die ihm angenehm war und vertraut vorkam.

Athinalani wußte, was für eine Art Schwert das war, das ihm da zum Kauf angeboten wurde. Die Hochachtung, die er seinem Besitzer entgegenbrachte, war eindeutig etwas Neues und eine schmeichelhafte Erfahrung für Nnanji. Auf dieser Seite des Flusses gäbe es keinen Absatzmarkt für diese Art von Schwertern, meinte der Waffenschmied, aber er war bereit, dreihundert Goldstücke dafür zu bieten, wenn dem kühnen Nachwuchs-Schwertkämpfer an einem schnellen Verkauf gelegen war. Nnanji holte nur tief Luft und sagte: »Abgemacht!«

Das paßte Wallie sehr gut — ein wertvolles Schwert, um das man bangen mußte, reichte völlig. Er holte einen Saphir hervor und bat den Schmied um seinen Rat, wie er dieses Vermögen verflüssigen könnte. Athinalani begrüßte jede Gelegenheit, dem Träger des Siebten Schwerts des Chioxin zu Diensten zu sein, und willigte ein, den Stein für ihn in der Stadt zu verkaufen.

Die Auswahl eines neuen Schwertes brauchte seine Zeit, mit ausgiebigen Erörterungen der Länge und des Gewichts und der Biegsamkeit und der Schneide und des Schrägschliffs und der Damaszierung. Nnanji hörte mit weitaufgerissenen Augen zu und saugte alles, was er hörte, begierig in sich auf. Wallie war fasziniert von all dem Wissen, das er ausgrub und das zwei Tage zuvor noch nicht in seinem Kopf gewesen war — offenkundig war Shonsu ein ebenso guter Theoretiker wie Praktiker gewesen. Athinalani war entzückt, einen Kunden mit soviel Interesse und Sachverstand zu bedienen.

Schließlich einigten sich die drei zu aller Zufriedenheit auf ein neues Schwert für Nnanji — doch Nnanji wollte sich von seinem alten nicht trennen. Wallie wies in aller Ausführlichkeit auf dessen Mangel hin. Nnanji gab ihm in allen Punkten recht und gestand schließlich, daß er einen jüngeren Bruder habe, den er bei der Wache einzuschreiben gedenke, sobald er selbst die Dritte Stufe erreicht habe und sich einen Schützling leisten könne. Das würde niemals geschehen, solang Tarru dabei noch ein Wörtchen mitzureden hatte, und Nnanji würde dann sowieso längst nicht mehr hier sein, aber das war nicht Wallies Problem, also ließ er die Sache auf sich beruhen.

Dann ging es um die Florette. Ein Schwertkämpfer brauchte eine Attrappe, die genauso in der Hand lag wie sein echtes Schwert. Athinalani hatte dieses Problem im Zusammenhang mit dem Chioxin-Schwert vorausgesehen und war bereits an der Arbeit. Sein Gedächtnis für Länge und Gewicht war erstaunlich exakt. Er versprach, daß das Florett bis zum Sonnenuntergang fertig sein würde. Als inoffizieller Bankier der Wache schoß er jedem seiner Kunden ein paar Münzen vor, die er dem Lederbeutel entnahm, der ihm als Kasse diente. Wallie kaufte einen Wetzstein.

Das Ganze war so vergnüglich gewesen wie ein Touristen-Einkaufsbummel — was es in gewissem Sinn für Wallie auch war. Er nahm sich vor, bestimmt noch einmal herzukommen, um noch eingehender mit dem Waffenschmied zu plaudern. Die Schwertkämpfer blieben an der Tür stehen, während sich Athinalani entfernte, um Nnanjis neuem Schwert den letzten Schliff zu verleihen — nichts, das nicht von absoluter Perfektion war, durfte seine Werkstatt verlassen. Wallie brachte in Erfahrung, daß das Mittagessen im selben Raum wie das Frühstück eingenommen wurde.

»Nun denn«, sagte er. »Ich bin langsamer als du, deshalb gehe ich jetzt. Geselle dich zum Essen zu deinen

Freunden, wir werden uns hinterher treffen. Ich muß ein paar Worte mit dem Ehrenwerten Tarru wechseln.«

6

Mit seinem alten Schwert auf dem Rücken und seinem neuen Schwert und dem Florett in einer Tragehülle unter dem Arm, schlenderte Nnanji zurück zur Kaserne und kaute an einem Problem herum.

Ein neues Schwert mußte feierlich übergeben werden — wen sollte er darum bitten? Das war eine wichtige Tradition, obwohl die Sutras es nicht ausdrücklich verlangten außer bei einem blutigen Anfänger. Wie ihm Briu vor vielen Jahren erklärt hatte, war der Sinn dieser Sutra, zu gewährleisten, daß ein Knabe mindestens von zwei Schwertkämpfern in die Zunft eingeführt wurde: einer sollte sein Mentor sein, von dem anderen sollte er sein erstes Schwert empfangen. Doch die Schwertkämpfer hatten diesen Brauch auf jedes Schwert ausgedehnt, auch für eines, das sich ein Mann selbst gekauft oder durch eine Tötung gewonnen hatte; bevor er es tragen durfte, mußte es ihm ein Freund überreicht haben. Ein Freund. Nicht sein Mentor. Wer?

Natürlich hätte er einen der anderen Zweitstufler fragen können, wie zum Beispiel Darakaji oder Fonddiniji, und normalerweise hätte er auch nicht gezögert, das zu tun, aber sie alle hatten ihn während des Frühstücks mit finsteren Blicken bedacht. Briu hatte seine Beschuldigungen zurückgezogen, doch der üble Nachgeschmack blieb, und alle beneideten ihn um seinen wunderbaren neuen Mentor. Wenn er Darakaji — oder auch Fonddiniji — fragen würde, würde dieser vielleicht ablehnen. Und wenn es einer tat, würden es alle tun ... Was dann?

Immer noch in tiefes Grübeln versunken, kam Nnanji an einer der Hintertüren zu den Unterkünften an, genau in dem Moment, als der Adept Briu und der Schwertkämpfer Landinoro heraustraten und die Treppe heruntersteigen. Das war die Antwort — wenigstens war Briu der einzige Mann in der Wache, der ihn jetzt nicht mehr öffentlich als Feigling bezeichnen konnte. Das wäre ein Friedensangebot. Nnanji trat ihnen in den Weg und entbot seinen Gruß.

»Adept«, setzte Nnanji an, und es war seltsam, Briu nicht mit »Mentor« anzusprechen. »Ich möchte Euch um eine Gefälligkeit bitten.«

Briu betrachtete ihn kalt, warf einen Blick auf das Schwert unter seinem Arm und wandte sich dann an Landinoro. »Dem Jungen fehlt es nicht an Frechheit, was?«

Der Drittstufler schüttelte den Kopf und runzelte die Stirn.

Briu streckte ihm die Hand entgegen, und Nnanji reichte ihm hoffnungsvoll das Schwert. Die Angehörigen der mittleren Stufen sahen es kurz an. »Ein nettes Stück Metall«, sagte Briu. »Was meinst du, Lan'o? Soll ich Rosti sein Schwert geben oder soll ich es ihm die Kehle hinunterstoßen, bis der Schaft ihm die Zähne herausbricht?«

Landinoro kicherte. »Nach dem Vorfall heute morgen solltest du dir besser ein schnelles Pferd satteln, bevor du so etwas tust ... obwohl es sicher nicht falsch wäre.«

»Hat dir das dein Boß gekauft?« fragte Briu und wog es in der Hand.

»E ... er hat mir Lord Harddujus Schwert geschenkt, Adept«, stotterte Nnanji. »Und ich habe es verkauft.« Vielleicht war das kein guter Schachzug gewesen.

Die älteren Männer warfen sich vielsagende Blicke zu.

Briu sah Nnanji eindringlich an. »Das ist ein merkwürdiger Mentor, den du dir da aufgegabelt hast. Hat dir ziemlich viel Glück gebracht, was, Eleve?«

»Ja, Adept.«

»Ja, Adept«, ahmte ihn der Viertstufler nach. »Mir hat

er allerdings keins gebracht.« Er betrachtete immer noch das Schwert. »Der hat Mumm in den Knochen, das kann ich dir sagen. Ich hab' noch nie gesehen, daß ein Mann auf eigenen Beinen zum Göttlichen Gericht gegangen ist, nachdem der Fette seine Füße bearbeitet hat. Und er ist mit dem Kopf voraus gesprungen, wußtest du das?«

»Mit dem Kopf voraus?« sagte Nnanji. »Vom Platz der Gnade aus?« Das war unglaublich — aber bei Shonsu war alles unglaublich.

»Ich hab' so was auch noch nicht gesehen«, gab Briu zu. »Breitete die Arme aus — ich dachte schon, der fliegt davon wie ein Vogel zu seinen Jungen. Wir sind geblieben, um die Sache weiter zu beobachten, und haben ihn aus dem Wasser kommen sehen. Na gut, das hat uns gefallen, obwohl wir alle dachten, der Fette würde es ihm schnell vollends besorgen. Dann sind wir hierher zurückgekommen, und alles war immer noch in Aufruhr — der Fette tot, und der Dünne vom Wunsch beseelt, meinen Kopf in einem Korb präsentiert zu bekommen, weil er mich beschuldigte, dem Gefangenen ein Schwert verschafft zu haben, und behauptete, daß der andere gar nicht zum Göttlichen Gericht gegangen sein konnte.« Er bedachte Nnanji mit einem scharfen Blick. »Weißt *du*, woher er dieses unsagbare Schwert bekommen hat?«

Ein Schützling darf niemals Auskunft über seinen Mentor geben ... Nnanji stand stramm, schweißüberströmt.

Als er keine Antwort bekam, sagte Briu: »Es sind ein paar alte Geschichten über dieses Schwert in Umlauf. Glaubst du an die Legende von Chioxin, Eleve?«

Nnanji dachte über die Frage nach, dann sagte er: »Ja, Adept.«

Briu verzog das Gesicht. »Und danach erfuhr ich, daß einer meiner Schützlinge ...« Er unterbrach sich und fügte höhnisch hinzu: »In bezug auf den dritten Eid unzulänglich unterrichtet war.«

Nnanji sagte nichts.

»Nicht, daß du eine Wahl gehabt hättest, Eleve. Aber ich war dadurch zu einer unangenehmen Handlung gezwungen. Und dann geht er her und beschuldigt mich der Feigheit! Feigheit? Welchen Mut erfordert es von einem Siebentstufler, einem Viertstufler gegenüber das Maul aufzureißen? Ich dachte, ich wäre ein toter Mann, als ich ihm das Zeichen gab.«

Shonsu tötete nicht, wenn es nicht unbedingt sein mußte — aber das konnte Nnanji auch nicht sagen.

Briu warf seinem Begleiter einen Blick zu und zuckte mit den Schultern. Dann wandte er sich wieder an Nnanji und wollte wissen: »Du warst heute morgen drauf und dran, meine Herausforderung anzunehmen, nicht wahr?«

Landinoro gab Briu einen Klaps auf die Schulter. »Ich sage den anderen schon mal, daß du kommst«, erklärte er. Er bedachte Nnanji mit einem unergründlichen Blick und entfernte sich taktvoll. Nnanji wäre gern mit ihm gegangen, auch wenn er sein neues Schwert hätte zurücklassen müssen.

»Nun?« fragte Briu. »Du wolltest dich nicht drücken, oder?«

Nnanji krümmte sich voller Unbehagen. »Ich hätte Euch um die Gnadenfrist gebeten, Adept. Die hättet Ihr mir doch eingeräumt, oder?«

»Drei Tage?« schnaubte Briu. »Bildest du dir ein, dein Wundermann könnte dich innerhalb von drei Tagen zu einem Schwertkämpfer machen?« Er schüttelte mitleidig den Kopf. »Ich hätte versucht, deinen Arm zu verschonen und dir ans Bein zu gehen, doch auch das heilt oft nicht wieder so richtig.«

Nnanji krümmte sich noch mehr zusammen. »Wenn ich mich ergeben hätte, hättet Ihr auf äußerster Demütigung bestanden, nicht wahr?«

»Na und? Schwerter können ersetzt werden, Haare wachsen wieder.«

Nnanji schwieg. Lieber würde er sterben, viel lieber sterben, als diese Dinge über sich ergehen zu lassen.

Briu zuckte mit den Schultern und hob das Schwert, um mit dem Finger an der Schneide entlangzufahren. »Und wir wissen alle ganz genau, warum er ausgerechnet Rosti am Ufer treffen mußte, stimmt's? Nicht etwa Fonddiniji oder Ears, nein Rosti.«

»Ihr habt mich immer zum Ufer abkommandiert, wenn Ihr die Todesschwadron befehligt habt«, verteidigte sich Nnanji.

Briu blickte ihn finster an. »Du wolltest keine Steine werfen, ist es nicht so, Eleve? Du weißt, warum du dort hingestellt worden bist — weil du nicht wissen wolltest, ob wir Steine werfen. Und ich habe dir den Gefallen getan, die Götter mögen mir helfen.«

Nur ein einziges Mal war Nnanji Zeuge eines Freikaufs geworden. Er hatte seinen Anteil an Silber abgelehnt, als das Lösegeld kam — und von diesem Zeitpunkt an war nichts mehr genauso, wie es früher gewesen war.

»Wer ist der erste?« fauchte Briu ihn an.

»A-adept?« stammelte Nnanji, der nicht begriff.

»Wer ist der erste? Du hast jetzt einen leibhaftigen Blauen für dich, nicht wahr. Ganz für dich allein. Die Männer der Wache wollen jetzt wissen, Eleve: Wer ist der erste, den Rosti verrät?«

Wie konnte er nur so ein Narr sein, Briu zu fragen, ob er ihm das Schwert überreichen würde? Nichts von den Gemeinheiten, die Darakaji oder Fonddiniji hätten begehen können, hätten so schlimm sein können. Er hatte Shonsu erklärt, daß Briu ein ehrenhafter Mann sei, doch das wiederum war eine Erklärung, die ein Schützling seinem Mentor gegenüber abgegeben hatte, also durfte er darüber auch nicht sprechen.

»Was erwartet Ihr von mir, Adept? Daß ich die gesamte Wache denunziere? Meint Ihr, er würde mir glauben? Ich habe keine Verbrechen gesehen! Ich bin nicht

Zeuge von Verfehlungen geworden! Verbrechen wurden nur vom Fetten begangen. Der Rest von uns hat nur Befehle befolgt. Wir sind allesamt ehrenhafte Männer, wenn wir die Gelegenheit bekommen.«

Briu musterte ihn eiskalt. »Einige vielleicht. Aber alle haben das Geld genommen, alle außer dir, Eleve.«

»Ich glaube nicht, daß ihn das interessiert!« schrie Nnanji.

Der Ältere kniff die Augen zusammen. »Dann will er nicht Oberster Anführer werden? Wird er weggehen?«

Nnanji wünschte sich an irgendeinen anderen Ort. Egal wohin. Eine Gefängniszelle wäre ihm sehr recht gewesen.

Nach einer kurzen Weile sagte Briu: »Du hast also erreicht, was du immer angestrebt hast? Du wirst unabhängiger Schwertkämpfer sein?«

»Adept ... eins fünfundsiebzig!«

Briu seufzte. »Sicher, du darfst nicht über Shonsu sprechen. Laß uns also über dich reden. Du warst sein Sekundant, als ihn der Dünne herausgefordert hat. Warum hast du seinem Rückzugsantrag stattgegeben?«

Weil ihm Shonsu mit einem Nicken ein entsprechendes Zeichen gegeben hatte. War ein Nicken ein Befehl des Mentors, über den man nicht sprechen durfte? Nnanji schwitzte noch mehr und sagte schließlich: »Wenn es meinem Gebieter darum gegangen wäre, Blut fließen zu sehen, dann hätte er das beim ersten Streich haben können, Adept.«

»So ist mir zu Ohren gekommen. Doch ein Sekundant hat Entscheidungsfreiheit. Bist du stolz auf deine Entscheidung, Eleve?«

Schweigend nickte Nnanji. Shonsu hatte es so gewollt.

Briu runzelte die Stirn, dann zuckte er mit den Schultern. »Nun, ich muß immer noch überlegen, was ich mit diesem Metall hier tun soll.« Nnanji blickte hoffnungsvoll auf.

»Öffne den Mund weit, Rosti«, sagte Briu. Nnanji grinste vor Erleichterung.

Eine Gruppe von Schwertkämpfern trat durch die Tür heraus und stieg die Treppe herunter. Nnanji dachte, Briu würde warten, bis die Männer vorbeigegangen wären, aber das tat er nicht. Er ließ sich auf ein Knie fallen, hielt das Schwert ausgestreckt und sprach die Worte der Weihe: »Lebe durch dieses Schwert. Führe es in Ihrem Dienst. Stirb mit ihm in der Hand.«

Ehrfürchtig nahm Nnanji den Griff in die Hand und sprach die Erwiderung: »Es wird mir Ehre und Stolz sein.«

Briu erhob sich, dem Anschein nach ohne auf die überraschten Blicke der vorübergehenden Männer zu achten.

»Ich danke Euch von Herzen, Adept«, sagte Nnanji.

»Viel Glück, junger Nnanji«, sagte Briu. »Vielleicht hast du es ja sogar verdient.«

»Ich danke Euch«, sagte Nnanji noch einmal.

»Du wirst es brauchen, weißt du.«

»Warum?«

Briu warf Nnanji einen eigenartigen Blick zu, dann sagte er leise: »Eins fünfundsiebzig!« Er wandte sich um und ging davon.

Adept Briu hatte Meister Trasingji den Eid geschworen.

7

Die Banner in der großen Halle hingen schlaff in der Mittagshitze. Beim Eintreten humpelte Wallie geflissentlich mehr als nötig, denn seine Füße heilten besser, als er erwartet hatte. Von Tarru war nichts zu sehen. Nur etwa ein Dutzend Männer waren anwesend, von denen die meisten herumstanden und gleichzeitig aßen

— das Mittagessen war offensichtlich ein zwangloser Imbiß. Er ging auf ein Trio von Fünftstuflern an einem Tisch zu und erwiderte ihre Begrüßung, als sie aufsprangen, um ihm die Ehre zu erweisen, dann setzte er sich bewußt mit dem Rücken zum Raum, um ein Vertrauen vorzutäuschen, das er keineswegs hegte.

Der Ehrenwerte Tarru war zu einer Versammlung des Ältestenrates der Heiligkeiten gerufen worden. Daraus hatten die Fünftstufler geschlossen, daß Lord Shonsu nicht ihr neues Oberhaupt werden würde. Sie benahmen sich entspannt und fast freundlich.

»Ich vermute, man wird ihm antragen, das Amt des Obersten Anführers zu übernehmen«, sagte er beiläufig, »wenigstens für eine Übergangszeit.« Er nahm sich ein Brötchen und etwas weichen gelben Käse und ließ sich von dem Diener einen Humpen schwaches Bier geben. Dann lächelte er in die Runde seiner höflicherweise schweigenden, doch deutlich neugierigen Zuhörerschaft. »Ich habe ihr Angebot heute morgen nicht angenommen. Ich bin an einen anderen Ort beordert worden.«

»Beordert?« wiederholten zwei der Fünftstufler erschreckt.

Und Wallie, der zwischendurch immer wieder einen Bissen kaute, lieferte ihnen eine Kurzversion seiner Geschichte. Es konnte nicht schaden, wenn er sein Schwert und sich selbst in eine gewisse göttliche Autorität hüllte. Er konnte nicht beurteilen, wieviel sie ihm glaubten.

Dann kam ein anderer Fünftstufler hinzu, und einer der anderen ging weg, wobei er unterwegs stehenblieb, um mit einigen Viertstuflern zu plaudern. Bald hätte die Geschichte die Runde gemacht. Tarru kehrte zurück, begleitet von Trasingji der Fünften Stufe, der sein engster Vertrauter zu sein schien — ein großer, grobschlächtiger Mensch mit dunkler Hautfarbe. Er hatte überraschend weiße Augenbrauen und eine Halbglatze, so daß er nur einen sehr dürftigen Pferdeschwanz zusammenbrachte.

Tarru machte einen außerordentlich selbstzufriedenen Eindruck und ließ sich beglückwünschen. Natürlich war es nur eine vorübergehende Berufung, bis ein Siebentstufler gefunden wurde …

Und es unbeschadet bis hierher schaffte, dachte Wallie.

Er trödelte mit seinem Essen herum, wartete auf Nnanji und lauerte auf eine Gelegenheit, mit Tarru unter vier Augen sprechen zu können, doch das erwies sich schließlich als unnötig. Tarru war soeben mit der überschwenglichen Versicherung fertig, daß er und sein Vasall jederzeit und solang sie es wünschten als Gäste in den Unterkünften der Wache willkommen seien, als er sich plötzlich über den Tisch beugte. Er streckte Wallie die Faust hin und ließ den Edelstein in dessen Hand fallen. Zumindest fühlte er sich so an, als sei es derselbe, doch Wallie schob ihn zunächst in seine linke Tasche, damit er ihn später untersuchen und sich vergewissern konnte, daß er nicht geschrumpft war.

»Habt Ihr noch irgendwelche Bedürfnisse, mein Lord?« erkundigte sich der amtierende Oberste Anführer ziemlich mißmutig. »Irgendeine Gefälligkeit, die wir Euch noch erweisen können, um Euren Aufenthalt so angenehm wie möglich zu machen?«

Es wäre Zeit für die Abrechnung gewesen … doch Tarru hatte bewußt dieses öffentliche Forum gewählt, damit er Wallie nicht wegen Nnanjis Ehrlichkeit zu beglückwünschen brauchte.

»Eine Sache wäre da noch«, sagte Wallie. Langsam machte ihm dieses Spiel Spaß. Er blickte sich in der Runde der offensichtlich verdutzten Fünftstufler um. »Wie Ihr alle wißt, habe ich vor kurzem einige Nächte als Gast der Wache in einer weniger angenehmen Unterkunft verbracht.«

Ihre Mienen drückten Unbehagen aus. Solche Dinge wurden unter Gentlemen nicht offen ausgesprochen.

»Die Gefangenen werden mit beiden Fußknöcheln

festgeklemmt«, fuhr Wallie fort. »Nach einigen Stunden wird das außerordentlich schmerzhaft. Wurde diese Marter neuerdings eingeführt, oder war sie immer schon Brauch?«

Alles hatte Tarru erwartet, doch nicht die Erörterung der Verhältnisse im Gefängnis. »Das war schon immer Brauch, soweit ich weiß«, sagte er mit starr geradeaus gerichtetem Blick.

»Wenn Ihr ihn also ändert, dann wird sehr wahrscheinlich in Zukunft in der neuen Weise verfahren? Bei manchen Gefangenen stellt sich später ihre Unschuld heraus. Wenn Ihr nur einen Knöchel festklemmt, dann hätten sie viel mehr Bewegungsfreiheit. Verlangt die Göttin eine solche Quälerei? Ist sie gerecht?«

Die Schwertkämpfer sahen einander erstaunt an. Ein sonderbarer Einfall, wirklich — wen interessierte das schon?

»Ein starker Mann könnte den Steinquader dann anheben, wenn er ihn richtig zu fassen bekommt«, gab Tarru stirnrunzelnd zu bedenken.

»Das bezweifle ich«, sagte Wallie. »Es sind zwei aufrechtstehende Sklaven vonnöten, um ihn nur an einer Seite hochzuheben. Hättet Ihr Lust, mit mir hinüberzugehen, damit ich es versuche? Wenn ich es nicht kann, dann kann es kaum einer. Es handelt sich um sehr glatte, glitschige Steine.«

Tarru schien sich zu einem Entschluß durchgerungen zu haben. »Ihr habt sehr aufmerksam beobachtet, mein Lord! Dieser Angelegenheit wird meine erste Amtshandlung gelten — und wenn ich schon mal dabei bin, werde ich gleich ein neues Dach für das Gefängnis in Auftrag geben. Das jetzige gereicht der Göttin gewiß nicht zu Ehren.«

Das war ein überraschend großzügiges Kleinbeigeben! Mit einemmal wurde Wallie klar, daß Tarrus verlorener Wetteinsatz Tarru selbst keinen roten Heller kosten würde.

Tarrus Augen schweiften immer noch beständig über Wallies Schwert.

Nach und nach beendeten die anderen ihre Mahlzeit und verließen mit irgendeiner Entschuldigung den Raum, bis nur noch Trasingji und Tarru übrig waren. Dann kam Nnanji herein und machte einen Umweg rund um den Tisch, um sicherzustellen, daß Wallie ihn sah und wußte, daß er wieder da war — oder vielleicht, damit ihn die anderen unbedingt wahrnehmen mußten. Sein Kilt bestand jetzt aus leuchtendgelbem Leinen, mit Falten, die so scharf waren wie sein Schwert. Seine Stiefel waren aus buttergelbem Wildleder, sein Harnisch war glänzend und schmuckvoll geprägt. Eine silberne Haarspange glitzerte neben dem Griff seines Schwerts. Er machte den Eindruck, leicht außer Atem zu sein, als ob er gerannt wäre.

Tarru und Transingji warfen einander Blicke zu und wichen danach den Augen Lord Shonsus aus ... was vielleicht ganz gut war. Von Siebentstuflern wurde erwartet, daß sie sich in der Öffentlichkeit einigermaßen würdevoll benahmen, und Wallie lief puterrot an, so angestrengt unterdrückte er ein Lachen.

Der Exerzierbereich war ein Innenhof, teilweise überdacht und nach drei Seiten hin offen, um jeden Lufthauch einzulassen, der vom Paradeplatz herüberwehen mochte. Er war leer, mit Ausnahme einiger Ganzkörperspiegel und einiger Gestelle an der Wand, in denen Masken und Ersatzflorette aufbewahrt wurden; außerdem gab es auf halber Höhe eine Galerie für Zuschauer. Dort stand Wallie und erforschte den Platz eine Weile. Nnanji neben ihm bebte vor Eifer, endlich seine erste Unterrichtsstunde von diesem überragenden Siebentstufler zu erhalten.

Über dem Übungsplatz brütete die Nachmittagssonne. In dieser erdrückenden Hitze lümmelten etwa zwanzig Schwertkämpfer in Gruppen herum und unterhielten sich lustlos. Wallie begutachtete gerade die Farben ihrer Kilts und — soweit er sie sehen konnte — ihre Stiefel. Das gleiche hatte er beim Verlassen der großen Halle getan, denn Nnanjis neuer Prunk hatte seine frühere Schäbigkeit erst so richtig deutlich gemacht — der ausgewaschene, fadenscheinige Kilt und die geflickten Stiefel. Wallie sah sich jetzt um auf der Suche nach anderen ärmlichen Schwertkämpfern. Er sah keinen einzigen. Vielleicht gab Nnanji sein ganzes Geld seinen Eltern. Vielleicht gab er alles für Frauen aus.

Oder war er vielleicht der einzige ehrliche Mann in der Wache?

Jetzt hatte man sie bemerkt. In wenigen Augenblikken hatten alle Männer die Masken auf und standen sich paarweise gegenüber, sich vorbeugend und zurückweichend, Staubwolken mit ihrem Gestampfe aufwirbelnd und die Florette mit furchterregender Begeisterung klappernd gegeneinander schlagend.

»Sieht so aus, als ob wir sie zu neuer Aktivität inspiriert hätten«, bemerkte Wallie ironisch.

»Sie haben gehört, daß Ihr beabsichtigt wegzugehen, mein Gebieter. Jetzt wollen sie eine Probe ihres Könnens geben.«

»Einen Teufel tun sie!« Wallie beobachtete das Fechten eingehend mit Shonsus Augen. »Sind sie ordentlicher Durchschnitt, oder ist das eine Klasse von Zurückgebliebenen, die eine Extrastunde aufgebrummt bekommen hat?«

Nnanji machte ein überraschtes Gesicht. »Sie sind Durchschnitt, mein Gebieter.« Er deutete auf einzelne der Männer und erklärte, wer wahrscheinlich bald befördert werden und wer nach der allgemeinen Einschätzung durchfallen würde.

»Da ich weiß, daß du niemandem das weitersagen wirst, was ich mit dir bespreche«, sagte Wallie nach einer Weile, »werde ich dir jetzt meine Meinung sagen. Das ist die schlimmste Ansammlung von Watschelenten, die ich jemals außerhalb eines Bauernhofs gesehen habe.«

»Mein Gebieter!«

»Ich meine es so!« versicherte ihm Wallie. »Ich entdecke nicht einen Drittstufler, der der Dritten Stufe angemessen kämpft, nicht einen Viertstufler, der so kämpft, wie es sich für einen Viertstufler gehört. Zugegeben, im Moment sind sie alle so darauf bedacht, sich hervorzutun, daß keiner übrig ist, der sie anleitet, aber ich finde sie abscheulich. Ich würde sie alle mindestens um eine Stufe degradieren.«

Nnanji machte ein besorgtes Gesicht und sagte nichts.

Wahrscheinlich hatte kaum einer dieser Schwertkämpfer je in seinem Leben einen ernsthaften Kampf ausgefochten. Sie trieben Gefangene zusammen oder eingeschüchterte Pilger, das war alles. Die meisten von ihnen machten den Eindruck, noch nie einen anständigen Unterricht bekommen zu haben. Tarru war doch ein guter Schwertkämpfer — kümmerte er sich nicht darum?

»Wie viele Zweitstufler gibt es innerhalb der Wache?« wollte Wallie plötzlich wissen, während er immer noch am Geländer lehnte und ungläubig auf diese geballte Unfähigkeit hinabsah.

»Zwölf, mein Gebieter, ohne mich.«

»Wie viele davon könnten dich in einem Ausscheidungskampf schlagen?«

»Zwei, vielleicht drei«, sagte Nnanji voller Unbehagen.

Wallie wandte den Kopf um und sah ihn an. Er war dunkelrosa.

»Und wie viele kannst du schlagen?«

Nnanji murmelte: »Drei.«

»Was? Das ist doch nicht logisch!«

»Briu sagt, meine Abwehr ist sehr gut, mein Gebieter. Sie kommen kaum zum Schlag gegen mich.«

Wallie runzelte die Stirn. Wenn ihn seine Shonsu-Beurteilung nicht trog, dann stimmte hier etwas nicht. Dann bemerkte er eine sonderbare Gerätschaft auf der gegenüberliegenden Seite des Hofs, und für eine Weile vergaß er Nnanjis Probleme. Es war ein Gebilde aus massiven Balken und Riemen, und weder Wallie noch Shonsu wußte, was das war. Lange Gerten, ähnlich wie Schilf, standen in einem Faß daneben.

»Was ist das, um alles in der Welt?« fragte er, während er darauf deutete und nicht glauben wollte, was er langsam vermutete.

»Der Auspeitschstand, mein Gebieter.«

Wallie drehte sich blitzartig um und starrte seinen Vasall an. »Und wer wird ausgepeitscht?«

Nnanji zuckte mit den Schultern. »Vor allem Sklaven. Einige Mentoren wenden es bei ihren Schützlingen an.«

»In der Annahme, daß sie auf diese Weise Schwertkämpfer aus ihnen machen?« Wallie sah noch einmal zu dem Auspeitschstand hin und dann wieder kurz zu den Fechtern. »Laß uns von hier verschwinden, bevor mir das Mittagessen hochkommt.«

In dumpfem Schweigen folgte Nnanji seinem Gebieter zurück in die königlichen Gemächer, offenbar in der Annahme, daß seine Unterrichtsstunde gestrichen war. Sie durchquerten den Vorraum. »Schließ die Tür«, sagte Wallie und ging weiter, bis er sich in sicherer Entfernung in dem großen Raum befand.

»*Zieh!*« brüllte er, wirbelte herum und zog. Nnanji machte einen Satz und zog.

»He! Gar nicht schlecht!« sagte Wallie. »Und das mit einem Schwert, das dir noch nicht vertraut ist!« Er lachte über Nnanjis aufgeschrecktes Gebaren. »Entspann dich! Hast du gedacht, ich beginne die Fechtübungen mit echten Klingen? Ich wollte nur deine Geschwindigkeit testen — und du bist viel schneller als Briu. Viel schneller! Natürlich bist du jünger.«

Nnanji strahlte — es mußte lange her sein, daß er für sein Fechten gelobt worden war, wenn er von dreizehn Männern der dritte von unten war.

Der Gästeraum war fast so groß wie der Übungshof. Er war kühler und abgeschirmt und ruhig. Wallie legte das Siebte Schwert behutsam auf einen Lacktisch und rückte einen Hocker dicht an einen Sessel mit Seidenstickerei heran. Er setzte sich mit einem behaglichen Seufzer hin und legte die Füße hoch. Nnanji grinste wieder, das Schwert immer noch fest umklammernd.

»Kein Florett«, sagte Wallie. »Du mußt ein Gefühl für diese Klinge bekommen. Also, en guard — quart! Zeig mir einen Ausfall.«

Nnanji machte einen Ausfall, und eine Pause entstand.

»Schrecklich«, sagte sein Mentor. »Einwärts gerichteter Fuß, Daumen nach oben. Schlaffes Handgelenk ... vom Ellbogen ganz zu schweigen. Bei allen Göttern! Der Angriff des Killerwurms!« Er deutete auf den Spiegel. »Versuch es dort drüben noch einmal. Los — wie ist es dir beigebracht worden? Benutze dein hervorragendes Gedächtnis!«

Nnanji machte einen erneuten Ausfall in Richtung Spiegel, dann korrigierte er die Stellung seines Fußes, der Hand, des Arms, des Gelenks. Er versuchte es noch einmal, ging auf die gleiche Weise vor. Dann blickte er sich unsicher um.

»Du bist tot, mein guter Eleve«, sagte Wallie ruhig. »Drunten in der Waffenschmiede hängt dein Schwert zum Verkauf. Schade, er war so ein netter Kerl!«

Er unternahm ein Dutzend Versuche eines Ausfalls, und jedesmal machte er Fehler. Dann wies ihn Wallie an, sich ganz auf sein Handgelenk zu konzentrieren. Das gelang ihm, doch als er versuchte, auch noch seine Fußstellung zu berichtigen, wackelte sein Gelenk wieder wie zuvor. Nach einer halben Stunde hatte er nicht den geringsten Fortschritt gemacht, und sowohl Wallie als auch Shonsu waren völlig erschüttert. Er stand auf und nahm Nnanjis linke Hand.

»Ich werde dich führen«, sagte er. »Versuch es mal ganz, ganz langsam.« Wie in Zeitlupe bewegte Nnanji den Arm, hob den rechten Fuß und vollführte eine Phase nach der anderen eines Ausfalls. Wallie hielt ihn fest, bis sein rechter Fuß wieder auf den Boden kam. Während er ständig seine Haltung korrigierte, gelang Nnanji die Karikatur eines Ausfalls. Sie übten das noch eine Weile, doch die kleinste Steigerung in der Geschwindigkeit warf ihn wieder auf den Stand wie zuvor zurück.

»Es liegt an deinem verdammten Gedächtnis«, tobte Wallie. »Kannst du nicht mal was vergessen?« Doch offenbar konnte Nnanji das nicht, obwohl er vor Enttäuschung dem Wahnsinn nahe war. Die Fehler, die er sich angewöhnt hatte, hatten sich ihm eingeprägt wie die Sutras. Sie versuchten es aufs neue mit seiner linken Hand, doch er war nun mal kein Linkshänder, und sie ließen davon ab.

Sie versuchten es mit einem Florett. Sie versuchten es mit seinem alten Schwert. Sie versuchten es, indem er die Augen geschlossen hielt. Wenn Nnanjis Zerknirschung nicht so offensichtlich gewesen wäre, hätte Wallie angenommen, daß er sich einen Scherz mit ihm erlaubte und seine Sache absichtlich so schlecht machte, wie es ihm nur möglich war.

»Also gut, dann wollen wir es mal mit deiner berühmten Abwehr probieren«, seufzte Wallie. Sie holten Floretts und Masken aus der massiven Truhe mit den Metallbeschlägen und gingen in Position.

Seine Abwehr war hervorragend, kein Vergleich zu der Stümperhaftigkeit seines Angriffs.

Wallie warf die Maske ab, ließ sich in den Sessel zurückfallen und verschränkte die Arme. Nnanji stand da und sah ihn voller Verzweiflung an.

»Ich bin erschlagen«, sagte Wallie. »Deine Reflexe sind sehr gut, und deine Abwehr übertrifft alles, was ich von einem Zweitstufler dort unten gesehen habe — nach meiner Einschätzung ist sie mindestens der Dritten Stufe angemessen. Gegen deine Koordination ist nichts zu sagen, denn du machst jedesmal genau dieselben Fehler. Das einzige, was du nicht beherrschst, ist der Ausfall — und dieser Schritt macht zur Hälfte einen guten Schwertkämpfer aus. Irgendwie hast du eine innere Sperre dagegen.«

Doch es wurde nicht als »innere Sperre« ausgesprochen — die Übersetzung lautete »Fluch«, und Nnanjis Augen traten aus den Höhlen. Wallie lachte voller Unbehagen und sagte, vielleicht wäre es das beste, wenn sie die Heiligen Mütter kommen ließen.

Er deutete auf einen der chintzbezogenen Sessel. »Setz dich, und entspann dich eine Weile«, sagte er. »Laß mich mal darüber nachdenken.«

Nnanji setzte sich. Er versank geradezu in der Daunenfüllung. Doch bestimmt entspannte er sich nicht. Wallie nahm das Siebte Schwert auf und tat so, als betrachte er es.

»Du warst überrascht über den Preis, den du für dein Schwert erzielt hast«, sagte er ruhig. »Wieviel, glaubst du, ist dieses hier wert?«

»Ich weiß nicht, mein Gebieter«, sagte Nnanji traurig. »Der heilige Honakura behauptet, daß es unbezahlbar ist. Er sagte mehr oder weniger, daß Ihr alles dafür bekommen würdet, was Ihr dafür verlangt, soviel, wie Ihr nur von irgend etwas tragen könnt. Ich habe gehört, daß Banditen die Fährverbindung unsicher machen.«

Wallie starrte weiterhin die Klinge an, und nach einer Weile sagte Nnanji mit mehr Nachdruck: »So ist es, mein Gebieter.«

»Ich muß mir also Sorgen wegen unserer Reise machen«, nahm Wallie das Wort wieder auf. »Du und ich und Jja. Ich werde den Ehrenwerten Tarru bitten, uns eine Wache mitzugeben.«

Er wünschte er hätte es gewagt, zu seinem Vasall zu

blicken um zu sehen, welche Empfindungen über dessen beredtes Gesicht huschten. Überraschung? Sorge? Scham? Sicher würde Nnanji bald daraufkommen, daß ein Siebentstufler nicht so naiv sein konnte. Die entsprechende Bemerkung kam eine Spur früher, als er erwartet hatte.

»Ich habe geschworen, an Eurer Seite zu sterben, mein Gebieter.«

Jetzt konnte Wallie sich zu ihm umsehen und grinsen. Er sah verstörte und reuevolle Verlegenheit. »Wen würdest du dafür auswählen, Nnanji?«

»Ich weiß nicht, mein Gebieter. Mir haben sie nicht vertraut.«

»Das spricht nur für dich, fürchte ich. Aber ganz gewiß traue ich dem Ehrenwerten Tarru nicht. Gibt es noch einen anderen Weg, um hier herauszukommen?«

»Nein, mein Gebieter, keinen.«

»Was geschieht, wenn wir den Fluß durchqueren?« Wallie machte eine Handbewegung in die allgemeine Richtung des Flusses.

»Den Fluß durchqueren?« wiederholte Nnanji voller Entsetzen.

»Also, wenn wir könnten?« ergänzte Wallie verdutzt. Der Fluß war die Göttin — sprach irgendein Tabu gegen das Durchqueren? Sicher, es gab Stromschnellen, und der Wasserlauf war breit, doch drei kräftige junge Menschen konnten ihn durchqueren, sogar mit einem Baby. »Was ist am anderen Ufer?«

»Nur dichter Dschungel, mein Gebieter. Und die Felsklippe ...«

Wahrlich, die Klippe war keine Kleinigkeit. Na ja, er würde schon einen Weg hindurch finden. »Angenommen, wir organisieren unsere eigene Eskorte? Wen würdest du empfehlen? Gehen wir davon aus, daß du mir sagst, es seien alles Männer von Ehre, welche sind die ehrenhaftesten?«

Nnanji wand sich vor Verlegenheit. »Ich weiß es

nicht, mein Gebieter! Ich habe immer versucht, von solchen Dingen nichts zu wissen.« Dies war ein schlimmer Nachmittag für ihn — zuerst seine stümperhaften Fechtversuche und jetzt das —, doch Wallie konnte es sich nicht leisten, gnädig zu sein.

Er dachte nach, während sein Finger über die Schwertklinge fuhr. Das Problem mit Nnanji war, daß er zu ehrlich war. Es hätte einer kleinen menschlichen Unzulänglichkeit bedurft, gerade soviel, um die Drähte und die Drahtzieher zu kennen. »Wenn wir uns einen Mann aussuchen und ihn bitten sollten, eine Wache für uns zusammenzustellen, wer wäre der Richtige?«

»Briu«, sagte Nnanji und errötete unter dem überraschten Blick, den er dafür erntete. »Von ihm habe ich mein Schwert bekommen, mein Gebieter!«

»Von wegen von ihm!« entgegnete Wallie. »Doch gut für ihn — und gut von dir, daß du ihn darum gebeten hast. Nun, er hat keine Veranlassung, mich zu lieben, doch ich denke, wir könnten an ihn herantreten.«

Nnanji krümmte sich noch mehr. »Sein Mentor ist Meister Trasingji, mein Gebieter.«

Das war das Äußerste einer negativen Kritik, zu der sich Nnanji je würde hinreißen lassen, und sie enthielt eine Warnung. Selbst Briu war nicht sicher.

Wallie stöhnte. »Das wußte ich nicht. Wie zum Teufel kommen wir dann hier heraus? Ich brauche deinen Rat, Nnanji. Erinnerst du dich an Farranulu?«

Nnanji grinste.

»# 106 ÜBER DIE FLUCHT

Epitome

Wenn es die Ehre gestattet, kämpft ein kluger Krieger auf einem von ihm gewählten Terrain. Ob im Einzelkampf zu Hause oder mit einem Heer im Felde, kennt er zumindest zwei Fluchtwege, und in den meisten Fällen wird er auch für einen Ort Vorsorge getroffen haben, an dem er sich verbergen kann.

Episode

Als Farranulus Frau sich beschwerte, daß es wegen des geöffneten Fensters so kalt in ihrem Schlafzimmer sei, beschied er ihr, daß es ihr noch viel kälter werden würde, wenn er nicht mehr ihr Bett teilte.

Epigramm

Wenn der Tod gegenwärtig ist, sind die Klugen fern.

»Wir könnten uns leise hinausschleichen, ein paar Maultiere besteigen und es einfach wagen?« schlug Nnanji vor, dem jedes hinterhältige Denken fremd war.

»Am Tor sind Wachen postiert«, sagte Wallie. »Er wird Befehle erteilt haben; er wird es wissen, wenn wir uns davonmachen. Er wird uns verfolgen lassen, oder die Kunde von unserem Kommen wird uns vorauseilen. Vielleicht ist bereits ein Hinterhalt vorbereitet. Hast du beobachtet, wie er dieses Schwert angafft?

Gibt es noch ein anderes Tor?« fragte er. »Irgendwo an den Enden der Mauer?«

»Es gibt nur ein Tor«, sagte Nnanji düster. »Und die Mauern enden im Fluß.«

Wieder diese sonderbare Abneigung, ins Wasser zu gehen! Das mußte ein sehr strenges Verbot sein, und doch benutzten sie Boote. Aber auch auf der Erde erlaubten zum Beispiel viele Religionen, ihre Tempel barfuß zu betreten, während Schuhe verboten waren. Religionen brauchten nicht logisch zu sein.

Nnanji saß da und furchte tiefsinnig die Stirn, doch es kam nichts dabei heraus. Er war mit seiner Weisheit am Ende.

Wallie hatte einen noch undeutlichen Plan, den er

nicht aussprach. Wenn er Tarru allein erwischen würde, könnte er ihn zwingen, ihm den Bluteid zu leisten, wie er Nnanji gezwungen hatte, denn es bestand kein Zweifel daran, wer der bessere Schwertkämpfer war. Dann konnte er veranlassen, daß der amtierende Oberste Anführer seine Schützlinge zu sich rief, einen nach dem anderen, um ihnen zu befehlen, ebenfalls den Eid abzulegen. Theoretisch konnte er sich die ganze Wache zu Vasallen machen, von oben bis unten, Perlen und Pöbel gleichermaßen. Die Halunken würden immer Halunken bleiben und wären nach wie vor nicht vertrauenswürdig, doch die guten Männer würden sich an ihren Eid halten, und diese wären doch sicher in der Mehrzahl? Der Pferdefuß an diesem Plan war, daß Wallie Tarrus Gast war, und das Schwert gegen ihn zu ziehen bedeutete ein Vergehen. Nnanji würde vor Scham sterben, wenn er wüßte, daß sein Held eine solche Tat auch nur in Betracht zog.

»Pferde«, sagte Nnanji. »Es gibt nur ungefähr ein Dutzend im ganzen Tal, und sie gehören alle der Wache.« Er sah seinen Gebieter hoffnungsvoll an.

»Genial!« rief Wallie aus. »Teuflisch genial!«

Nnanji versuchte, bescheiden auszusehen, was ihm mißlang.

»Erzähle mir alles darüber!« verlangte Wallie.

Viel mehr gab es darüber nicht zu erzählen. Die Straße durch das Tal war so steil, daß die Handelswaren und landwirtschaftlichen Erzeugnisse auf Ochsenkarren transportiert wurden. Die Wache hielt einige Pferde, die den Wachtposten an der Fähre dienten, normalerweise drei Schwertkämpfer und ein Priester. Die Stallungen des Tempels lagen in der Nähe des Tors. Auch dort waren drei Mann als Wache postiert.

»Ihr könnt es Euch morgen ansehen, mein Gebieter«, schloß Nnanji.

»Wohl kaum!« entgegnete Wallie. »Ich werde nicht mal in die Nähe gehen, dadurch würde ich mich sofort verdächtig machen.« Sie könnten die Pferde stehlen, das wäre ein gewöhnliches Verbrechen, keine Greueltat, und wahrscheinlich würde niemandem einem Siebentstufler das Recht absprechen, sich mit allem zu bedienen, wonach ihm der Sinn stand. Rein rechtlich gehörten die Pferde vermutlich dem Tempel, so daß er wahrscheinlich sogar mit Honakura einen Handel abschließen könnte, sie vorzeitig zu kaufen, bevor sie offiziell abgestoßen wurden. Dann blieben aber immer noch die Wachen ...

»Ich glaube, du hast die Lösung gefunden, Vasall«, sagte Wallie. »Als Pferdediebe werden wir kein Problem haben. Aber ich glaube nicht, daß ich allein mit drei Mann fertigwerden kann, jedenfalls nicht, ohne ein blutiges Gemetzel anzurichten, und das möchte ich möglichst vermeiden. Wir müssen sie überwältigen und fesseln ... Ich brauche einen guten Schwertkämpfer, der mir hilft.«

Nnanjis persönliche Hölle schlug wieder über ihm zusammen.

»Es wäre also besser, wenn du dich wieder ans Üben machtest«, sagte Wallie. »Ich werde dich brauchen. Das Schwert braucht dich, die Göttin braucht dich, Nnanji.« Er deutete auf den Spiegel. »Einhundert Ausfälle mit geradeaus gerichtetem Fuß. Dann werden wir uns weiter nach oben arbeiten.«

Jetzt, da er Geld hatte, mußte einiges erledigt werden. Doch seine Füße pochten immer noch, und er wollte seine Unbeweglichkeit herausstreichen, also benutzte er die Klingel, um einen Sklaven zu rufen. Dann lehnte er sich zurück wie der königliche Gast, der er war, und ließ während des übrigen Nachmittags die Bediensteten der Wachunterkünfte für seine Zwecke springen, während Nnanji wie ein Geschoß einen Ausfall nach dem anderen vor dem Spiegel vollführte. Der Schneider kam mit Musterstoffen und nahm Maß. Der Schuster übertrug die Form seiner Füße auf Leder, obwohl er ein

Schrumpfen einkalkulieren mußte, wenn die Schwellung zurückging. Was immer Shonsu während der letzten Monate getrieben haben mochte, auf jeden Fall hatte er sich nicht die Haare schneiden lassen, deshalb ließ der neue Besitzer einen Barbier kommen. Coningu mußte eine Zuwendung bekommen, ebenso Janu, denn sie hätte Jja das Leben zur Hölle machen können. Honakuras Neffe, der Heilkundige, kam zum Wechseln der Verbände und murmelte einige Gebete über Wallies Füßen.

Wallie befahl seine Sklavin zum Sonnenuntergang zu sich, und für die gleiche Zeit bestellte er eine Mahlzeit in seine Gemächer. Das widersprach den Vorsichtsmaßregeln, die ihm Honakura aufgezählt hatte, doch für seine erste Nacht mit Jja war er bereit, das Risiko einer Vergiftung einzugehen. Er plante eine Wiederholung des Diners bei Kerzenschein, das sie in der Pilgerhütte gemeinsam genossen hatten, auch wenn seine Räumlichkeiten jetzt etwa hundertmal so groß waren. Ein gemütliches Essen, eine vertrauliche Unterhaltung, um ein paar Träume aufzubauen und herauszufinden, welche gemeinsamen Grundlagen ihr so weit auseinanderliegendes Erbe an menschlicher Erfahrung verband ... und dann jede Menge von diesen olympiareifen Liebesspielen!

Der Nachmittag nahm seinen Lauf. Er ließ sich heißes Wasser bringen und nahm ein Bad, doch diesmal ohne Hilfeleistung. Er warf immer wieder einen Blick zu Nnanji, der einen Ausfall machte und einen Ausfall und einen Ausfall ...

Er trieb seinen Vasall bis zur Erschöpfung, und der machte nicht den geringsten Fortschritt. Schließlich, als sich die Sonne bereits senkte, rief ihm Wallie zu, aufzuhören. Nnanji war den Tränen nahe, als er sich schlaff wie ein abgelegtes Hemd auf einen Hocker fallen ließ.

»Hast du eine Familie in der Stadt?« fragte Wallie.

Nnanjis Gesicht bekam wieder etwas Farbe, und sein

Körper straffte sich, streng und fast soldatisch. »Jawohl, mein Gebieter«, sagte er, um Zackigkeit bemüht.

Aha, was hatte Wallie gesagt? »Ich frage mich, ob du vielleicht Lust hättest, sie heute zu besuchen. Ich werde stark davon in Anspruch genommen sein, meiner Sklavin die Schwertkämpfer-Gesinnung beizubringen, und dafür brauche ich deine Hilfe nicht.«

»Ich danke Euch, mein Gebieter.« Nnanji war über diesen Vorschlag offensichtlich überrascht.

»Du wirst so einiges mit ihnen zu besprechen haben, nehme ich an«, sagte Wallie und wurde mit einem Grinsen bedacht. »Und du tätest gut daran, sie darauf vorzubereiten, daß du bald weggehen wirst.«

Aber wann? Und wie?

Buch Vier

Wie der Schwertkämpfer in eine missliche Lage geriet

1

»Zieh jetzt die Schuhe an!« befahl Janu, wobei sie gleichzeitig Jjas Schultern nach hinten drückte, um ihre Haltung zu straffen. Dann klopfte Janu an die Tür und führte sie zu ihrem neuen Herrn.

Es war ein merkwürdiger Tag gewesen. In Jjas Kopf dröhnte ein ständiges Pochen. Sie wandte ihre ganze Willenskraft auf, um nicht zu zittern. Außerdem mußte sie jetzt ihr Bemühen darauf richten, sich nicht etwa einen Knöchel zu brechen, denn sie hatte keine Schuhe mehr getragen, seit sie Plo verlassen hatte, und schon gar nicht Schuhe mit solchen Absätzen. Sie rief sich ins Gedächtnis, daß sie mit den Hüften wackeln und aus den Augenwinkeln lächeln sollte, wie Janu es ihr beigebracht hatte. Lord Shonsu erhob sich, um sie zu begrüßen.

»Der Umhang!« mahnte Janu.

Jja ließ den Umhang fallen, um Lord Shonsu ihr Kleid vorzuführen. Es war ein sehr ausgefallenes Kleid, das nur aus Quasten und Perlenketten und sonst gar nichts bestand. Es war nichts Ungewohntes für sie, in Gegenwart von Männern unbekleidet zu sein. Das war ihre Pflicht, die sie dem Tempel der Göttin schuldig war, und sie tat es jeden Abend; doch irgendwie fühlte sie sich in dieser Aufmachung nackter als nur einfach nackt. Sie hatte gehofft, daß das Kleid Lord Shonsu gefallen würde, doch sie kannte sich gut genug mit Männern aus, um den Schreck und das Mißfallen in seinen Augen zu erkennen. Ihr Mut sank.

Ein sehr merkwürdiger Tag — sie hatte ein heißes Bad genossen und war mit Duftessenzen und Körperölen parfümiert worden; ihr wohlriechendes Haar war mit einem heißen Eisen gelockt worden; ihre Füße hatte man von allen Schwielen befreit; ihre Hände hatten gezittert, als ihr beigebracht worden war, sich Farbe auf die Augenlider und Wimpern und das Gesicht aufzutragen; kleine spitze Schmerzen hatten das Stechen der Ohrlöcher begleitet, in denen jetzt funkelnde Gehänge prangten ...

Die anderen Sklaven hatten ihr erzählt, daß Lord Shonsu der Oberste Anführer der Wache sein würde, und hatten all die Schauermärchen über die schrecklichen Dinge wiederholt, die der letzte Oberste Anführer Sklaven zugefügt hatte. Doch Jja kannte die meisten davon bereits. Man hatte Zoten darüber gerissen, wie groß Lord Shonsu war und wie brutal er sie nehmen würde, doch sie wußte, daß er nicht brutal war. Man hatte ihr erzählt, daß Schwertkämpfer Sklavinnen mit der Flachseite ihrer Waffen zu schlagen pflegten. Sie hatte versucht, den anderen von dem Versprechen zu berichten, das ihr Lord Shonsu im Hinblick auf Vixini gegeben hatte. Sie hatten gelacht und gesagt, daß ein Versprechen, das einem Sklaven gegenüber gemacht wurde, überhaupt nichts bedeutete.

»Danke, Janu«, sagte Lord Shonsu. Er schloß die Tür mit lautem Knall. Der große Raum war erfüllt von einem wundervollen Duft nach Essen, der unter einem weißen Tuch, das über einen gedeckten Tisch gebreitet war, hervorströmte. Doch Jja hatte keinen Hunger. Ihr war übel. Sie wollte ihrem neuen Herrn gefallen, und er konnte ihr Kleid nicht leiden. Wenn sie ihm nicht gefiel, würde er sie schlagen oder verkaufen.

Dann nahm er ihre Hände in seine und sah sie an. Sie spürte, wie ihr Röte ins Gesicht stieg, und sie konnte seinem Blick nicht standhalten. Bestimmt merkte er, wie sie zitterte. Sie versuchte, auf die Art zu lächeln, wie es ihr von Janu beigebracht worden war.

»Tu das nicht!« sagte er liebevoll. »Ach, meine arme Jja! Was haben sie nur mit dir angestellt?«

Er nahm sie in die Arme, und sie begann zu schluchzen. Als ihre Tränen schließlich versiegten, zog er das Tuch vom Tisch und wischte ihr die letzten Reste der

Schminke aus dem Gesicht — und außerdem sich selbst von der Schulter.

»Hast du dir dieses Kleid ausgesucht?« fragte er.

Sie schüttelte den Kopf.

»Welche Art von Kleid würdest du gern anhaben?« fragte er. »Beschreib es mir, und ich versuche, es mir vorzustellen.«

Unter Schnieflauten antwortete sie: »Blaue Seide, Herr. Ein langes Gewand, vorne tief ausgeschnitten.«

Er lächelte. »Davon habe ich in der Hütte gesprochen, nicht wahr? Ich hatte es ganz vergessen. Ich sagte, du würdest darin wie eine Göttin aussehen. Was hat Janu dazu gemeint?«

»Janu hatte gesagt, daß Sklavinnen keine Seide tragen dürften und kein Blau, und daß lange Kleider nicht sexy seien.«

»Das können sie sehr wohl sein!« sagte ihr Herr mit Bestimmtheit. »Wir werden es ihnen zeigen! So, jetzt leg dieses abscheuliche Zeug ab und zieh das hier an.« Er reichte ihr das weiße Tuch vom Tisch und wandte sich ab, während sie all die Kordeln und Ketten und den ganzen Glitzerkram löste und sich in das Tuch hüllte.

»Das ist viel besser!« sagte er. »Du bist eine wunderschöne Frau, Jja. Die schönste und aufregendste Frau, die ich je kennengelernt habe. Du hast keine aufreizenden Klamotten wie diese da nötig! So, jetzt komm und setz dich!«

Er gab ihr Wein zu trinken, und später wünschte er, daß sie sich mit ihm zum Essen an den Tisch setzte. Er erlaubte nicht, daß sie ihn bediente. Sie zwang sich zum Essen, doch ihr war immer noch übel, und sie fragte sich, ob das an dem aufdringlichen Geruch nach Moschus und Blüten lag, den ihr Körper verströmte. Er stellte ihr allerlei Fragen. Sie versuchte, Konversation zu machen. Die Pilger hatten niemals das Ansinnen an sie gerichtet, mit Konversation unterhalten zu werden, und sie war nicht besonders gut darin.

Sie erzählte ihm vom weit entfernten Plo, wo es im Winter so kalt war, daß sogar die Kinder Kleidung trugen. Er glaubte ihr offenbar, obwohl ihr sonst niemand in ganz Hann glaubte. Sie berichtete ihm über das wenige, was ihr von ihrer Mutter in Erinnerung geblieben war — von ihrem Vater wußte sie gar nichts, außer daß er sehr wahrscheinlich ebenfalls Sklave gewesen war. Sie erzählte ihm von der Sklavenfarm, wo sie aufgewachsen war. Sie mußte ihm erklären, daß Sklavenfarmen Einrichtungen waren, die Sklavenbabys kauften, um sie auf ihre Pflichten vorzubereiten. Die Unterhaltung mit ihm war schwierig, und sie wußte, daß sie ihre Sache sehr schlecht machte.

»Und ich wurde von einem Mann aus Fex gekauft«, erzählte sie ihm. »Und als wir mit dem Schiff unterwegs waren, verschlug es uns nach Hann, und die Matrosen sagten, mein Herr wäre ein unglückbringender Jonas, doch er seinerseits behauptete, ich wäre der Jonas, weil er schon früher auf Schiffen gefahren war. Er bat die Göttin, ihn sicher nach Hause zu bringen, und machte mich dem Tempel zum Geschenk.«

Lord Shonsus Gesicht drückte Verständnislosigkeit aus, obwohl er versuchte, sie zu verbergen, und sie wußte, daß sie schrecklich versagte.

Dann endlich fragte Lord Shonsu zu ihrer großen Erleichterung, ob sie Lust hätte, ins Bett zu gehen. Sie konnte ihn im Gespräch nicht erfreuen, und auch nicht mit ihrem neuen Kleid, aber sie wußte ihn im Bett zu erfreuen.

Doch auch das gelang diesmal nicht so richtig. Sie durfte einiges, das ihm ihrer Meinung nach gefallen mußte, einfach nicht mit ihm machen — Dinge, die die Pilger von ihr verlangt hatten. Sie versuchte es mit allen Raffinessen. Er reagierte darauf, wie Männer stets reagierten, doch sie hatte das seltsame Gefühl, daß lediglich sein Körper reagierte, daß seine eigentliche Person keinen Spaß empfand, daß die Lust nicht sehr tief ging.

Und je mehr sie sich ins Zeug legte, desto verfahrener wurde die Geschichte.

Am Morgen, während sie sich in den Umhang hüllte, sagte er: »Hast du mir nicht erzählt, daß Nähen zu den Dingen gehört, die man dir in der Sklavenfarm beigebracht hat?«

Sie nickte. »Ja, Herr.«

Er stieg aus dem breiten Bett und ging auf sie zu. »Wenn ich dir Stoff besorge, kannst du dann ein Kleid nähen?«

Er hatte bereits soviel Geld für sie ausgegeben, und sie hatte ihn nicht zufriedenstellen können ... Ohne sich Zeit zum Nachdenken zu lassen, antwortete sie: »Ich könnte es versuchen, Herr.«

Er lächelte. »Warum es also nicht versuchen? Werden dir die anderen helfen, wenn ich es wünsche?«

»Das nehme ich an.« Sie ließ den Umhang fallen. »Zeigt es mir«, bat sie tapfer.

Er setzte sein jungenhaftes Grinsen auf und zeigte es ihr — eng an dieser Stelle und hier den Busen auf diese Weise betonend und hier lose fallend und hier wieder enganliegend und hier mit einer freizügigen Öffnung bis hier unten ... »Warum nicht ein Schlitz bis hier herauf?« schlug er vor. »Wenn du stehst, ist er geschlossen, doch wenn du gehst, enthüllt er diesen wohlgeformten Schenkel!« Plötzlich erbebte ihr Körper unter seinen Berührungen, und sie erwiderte sein Lächeln. Er legte die Arme um sie und küßte sie zärtlich. »Heute nacht machen wir einen erneuten Versuch«, sagte er. »Ohne Gesichtsbemalung und mit nur einem winzigen Tropfen Parfüm, einverstanden? Ich werde Janu mitteilen, daß ich meine Frauen auf diese Weise serviert bekommen möchte — im Rohzustand! Am liebsten bist du mir so, wie du jetzt bist, aber jedes Kleid, das du nähen wirst, wird besser sein als dieses Ding hier.«

Als Wallie gerade das Gefühl hatte, langsam Fortschritte zu erzielen, machte sich im Vorraum Nnanji auf einem der Betten bemerkbar; seine beiden Augen waren blaugeschlagen, einige Zähne waren locker, und er wies eine reichhaltige Auswahl von schmerzhaften Prellungen und Schrammen auf. Sein neuer gelber Kilt lag zerknittert und blutbefleckt am Boden.

»Bleib, wo du bist!« befahl Wallie, als sein Vasall versuchte aufzustehen. »Jja, geh zu Janu und bitte sie, einen Heilkundigen zu schicken.« Er zog einen Hocker neben das Bett, setzte sich und starrte das traurige Wrack von Nnanjis Gesicht an. »Wer hat das getan?«

Die Übeltäter waren Gorramini und Ghaniri, zwei von den dreien, die Wallie zum Ergötzen von Hardduju zusammengeschlagen hatten. Wallie hatte angenommen, daß sie verschwunden wären, doch dem war nicht so. Meliu hatte sich aus dem Staub gemacht, nachdem er verächtlich gemacht worden war, doch die anderen beiden waren noch immer in der Gegend, wenn sie auch dem Schwertkämpfer der Siebten Stufe sorgsam aus dem Weg gingen. Nnanji hatte auf dem Rückweg vom Haus seiner Eltern noch einen Sprung in die Bar im Vergnügungszentrum der Mannschaftsunterkünfte gemacht, vermutlich um ein wenig mit seinem neuen Staat anzugeben. Schwerter waren im Vergnügungszentrum verboten, doch Faustkämpfe waren es nicht, und vielleicht wurden die Männer sogar dazu ermuntert, da sie als sicheres Ventil zum Dampfablassen erachtet wurden.

»So, damit ist das Maß voll!« brüllte Wallie. »Ich bin den beiden sowieso noch etwas schuldig, und jetzt haben sie auch noch das Gesetz der Gastfreundschaft gebrochen!«

»Ihr werdet sie herausfordern?« fragte Nnanji nervös und fuhr sich mit der Zunge über die geschwollenen Lippen.

»Einen Teufel werde ich tun, sie herauszufordern!«

entgegnete sein Mentor mit angriffslustig gebleckten Zähnen. »Das ist ein Vergehen! Ich werde sie vor Gericht stellen und ihnen die Daumen abschneiden lassen ... ich gehe doch davon aus, daß sie den ersten Schlag geführt haben?«

Na ja ... oder vielmehr nein; Nnanji hatte den ersten Schlag ausgeteilt.

Eine der Erfahrungen, die Wallie in seiner mißlungenen Nacht mit Jja gemacht hatte, war die Erkenntnis, daß Shonsus Wortschatz ein beträchtliches Defizit an Koseworten aufwies. Jetzt entdeckte er, daß er reich mit Flüchen, Beleidigungen, Verwünschungen und gemeinsten Beschimpfungen gesegnet war. Er erklärte Nnanji in sechzehn sorgsam ausgewählten Vergleichen, welche Art von Idiot dieser sei, ohne ein einziges Wort zweimal zu gebrauchen. Nnanji gelang das Erstaunliche, sich zu ducken, während er flach auf dem Rücken lag.

»Trotzdem, zwei gegen einen ist keine Leistung«, schloß Wallie und sah seinen Gefolgsmann dann mißtrauisch an. »Es *waren* doch zwei gegen einen?«

Na ja, ganz so auch wieder nicht. Ghaniri hatte Nnanji beleidigt. Nnanji hatte ihm einen Fausthieb versetzt und sich Prügel dafür eingehandelt. Ghaniri war ein kräftiger Schläger, wie Wallie aus eigener Erfahrung wußte — kleiner als Nnanji, aber entschieden breiter und muskulöser, mit fleischigen Ohren und der für Schläger typischen Nase, die nach einem Bruch krumm zusammengewachsen war. Als Nnanji wieder auf die Beine gekommen war, hatte Gorramini die Beleidigung wiederholt, und Nnani hatte versucht, sich mit einem Kinnhaken zu rächen — woraufhin er eine noch schlimmere Abreibung erlitt.

Jetzt war Wallie so wütend und fassungslos, daß er nicht einmal mehr fluchen konnte. »Anstatt sie also vor Gericht zu bringen, kann ich jetzt hinuntergehen und mich auf dem Bauch kriechend bei Tarru für *dich* entschuldigen? Aber was, um alles in der Welt, haben sie denn zu dir gesagt, das dich veranlaßte, so blödsinnig zu handeln?« verlangte er zu wissen. »*Welche* Beleidigung ist eine Doppelschlägerei wert?«

Nnanji wandte das Gesicht ab.

»Antworte mir, Vasall! Ich befehle es dir!« brauste Wallie auf, da ihn das auf einmal brennend interessierte.

Nnanji drehte den Kopf wieder um und sah zu ihm auf, von Kummer gepeinigt. Dann schloß er das rechte Auge und deutete auf sein Lid, wiederholte das gleiche mit dem linken Auge und blickte anschließend voller Verzweiflung Wallie an, der überhaupt nichts verstand.

»Ich sagte: ›antworte mir‹, und ich meinte in Worten!« fuhr er ihn an.

Einen Moment lang dachte er, sein Vasall würde sich weigern, den Befehl zu befolgen, doch er schluckte sichtbar und flüsterte dann: »Mein Vater ist Teppichknüpfer und meine Mutter Silberschmiedin.« Genausogut hätte er gestehen können, Inzest begangen zu haben oder sich mit Drogenschieberei zu beschäftigen.

Vatermale? Jja hatte Vatermale erwähnt, und Wallie hatte nicht gewagt zu fragen, um was es sich dabei handelte. Der rätselhafte Reim des Gottes — *Erst mußt du deinen Bruder ...* Wallie rannte sofort aufgebracht zum Spiegel und untersuchte seine Augenlider — wer betrachtete schon jemals die eigenen Lider?

»Na und?« sagte Wallie. »Sind sie ehrliche Leute? Arbeiten sie schwer? Sind sie gut zu ihren Kindern?« Nnanji nickte. »Dann ehre sie! Was bedeutet es schon, welches Handwerk dein Vater ausübt, solang er ein anständiger Mensch ist?« Die kulturelle Kluft tat sich gähnend auf. Wallie setzte eben an zu sagen, daß sein Vater Polizist gewesen sei — und hielt sich gerade noch rechtzeitig zurück. In seiner Erinnerung hallte das schrille Lachen nach, das der Halbgott von sich gegeben hatte, als er diese Bemerkung gemacht hatte. Vielleicht bedeutete das, daß der Halbgott dieses Gespräch vorausgeahnt hatte, denn die Übersetzung für Polizist wäre

Schwertkämpfer, also bedeutete das keinen Trost für Nnanji.

Wallie Smiths Großvater väterlicherseits hatte sich jedoch im Laufe einer recht zweifelhaften Karriere in verschiedenen Bereichen verdingt, unter anderem ein paar Jahre lang in einer Teppichfabrik.

»Das ist allerdings ein merkwürdiger Zufall, Nnanji — mein Großvater war ebenfalls Teppichknüpfer.«

Nnanji rang nach Luft. Wenn Heldenverehrung nach der Richterskala gemessen würde, dann hätte Wallie in diesem Augenblick neuneinhalb oder zehn registrieren können.

»Aber was bedeutet das schon? *Du* bist mein Gefolgsmann, nicht dein Vater. Er versteht es offenbar vorzüglich, tapfere Söhne zu zeugen. Schade nur, daß sie keinen Verstand haben, du gehirnlose Mißgeburt!«

In diesem Moment stürzte ein Heilkundiger geschäftig herein. Während er den Patienten untersuchte, huschte Wallie zurück in das Hauptgästezimmer und humpelte, so schnell er konnte, quer durch den Raum zum Spiegel. Seine beiden Augenlider wiesen keinerlei Zeichen auf, soviel also zu diesem Geistesblitz.

Als er zurückging, machte er sich Gedanken über Nnanji. Seine übertriebene Empfindlichkeit hinsichtlich seiner Herkunft aus Nichtschwertkämpfer-Kreisen mochte eine Erklärung sein für seine hochgestochenen Ideale, was Ehre und Tapferkeit anging; Überkompensation, obwohl es einen solchen Ausdruck in dieser Welt nicht gab. Hier war offenkundig eine kleine Psychotherapie angebracht. Wenn es einem hundert Kilogramm schweren, glattgesichtigen Muskelpaket gelingen sollte, in die Rolle eines kultivierten, bärtigen Wiener Seelenarztes zu schlüpfen, dann war jetzt Zeit für Sigmund Freud. Nachdem also der Heilkundige dem unerschrokkenen Lord Shonsu versichert hatte, daß seinem Schützling kein ernsthafter Schaden zugefügt worden war, sein Honorar entgegengenommen und sich entfernt hatte, wies Wallie das Opfer an, schön liegen zu bleiben, und nahm selber wieder auf dem Hocker neben dem Bett Platz.

»Laß uns mal ein wenig über deine Schwierigkeiten mit dem Fechten sprechen«, sagte er. »Wann haben sie angefangen? Hattest du sie schon immer?«

Aber nein, bestimmt nicht, beteuerte Nnanji, während er starr zur Decke blickte und wegen seiner geschwollenen Lippen mit Mühe sprach. Als blutiger Anfänger war der Novize Nnanji der Ersten Stufe das Musterbeispiel für einen guten Rekruten gewesen. Briu hatte ihn als begabtestes Naturtalent gelobt, das ihm je begegnet sei. Briu hatte gesagt, daß keiner die Sutras so schnell und so wortgetreu lernte. Briu hatte ihm bereits nach *zwei Wochen* erklärt, daß ihm nichts mehr fehle, um den Versuch einer Beförderung zu unternehmen — abgesehen von der Regel, die verlangte, daß Erststufler frühestens nach einem Jahr aufrücken konnten. Es geschah also am ersten Jahrestag seines Eintrittes in die Zunft, daß Nnanji sein Können als Schwertkämpfer im Wettstreit mit zwei Zweitstuflern unter Beweis stellte ... »Mann o Mann, die habe ich vielleicht fertiggemacht!« schwärmte er voll wehmütiger Erinnerung.

Dann setzte er seinen rasanten Erfolg fort, in der Hoffnung, den Sprung in die Dritte Stufe ebenfalls in Rekordzeit zu schaffen — bis das Schicksal zuschlug. Eines Morgens mußte er feststellen, daß er keinen Gegner mit seinem Degen berühren konnte, was immer er auch anstellte. Und das hatte sich seither nicht mehr geändert.

Aha, dachte Wallie, wir kommen schon einen Schritt weiter!

»Erzähle mir«, forderte er ihn auf, »ob sich um diese Zeit herum noch etwas anderes Wichtiges ereignet hat?«

Die Stellen in Nnanjis Gesicht, die nicht blau angelaufen waren, wurden blaß, seine Hände ballten sich zu

Fäusten, und sein ganzer Körper erstarrte. »Ich kann mich nicht erinnern!« sagte er.

»Du kannst dich nicht erinnern? *Nnanji* kann sich nicht erinnern?«

Entweder log er, oder der bloße Versuch des Erinnerns reichte bereits aus, um ihm tiefe Angst einzujagen. Nein, er erinnere sich nicht, sagte er, und dann rollte er sich auf den Bauch und vergrub das Gesicht im Kopfkissen; das war also das!

Wallie war ziemlich sicher, daß er erraten konnte, was geschehen war. Der neugebackene Zweitstufler hatte plötzlich die Erfahrung gemacht, daß die Tempelwache keineswegs so unbestechlich und untadelig war, wie er in seiner Unschuld angenommen hatte. Er war immer noch ein Idealist und Romantiker — um wieviel ausgeprägter mußte das vorher bei ihm gewesen sein! Wie er dahintergekommen war, ob und wie man ihn zum Schweigen gebracht hatte, was man von ihm erwartete oder verlangte ... all das war nicht entscheidend. Entscheidend war vielmehr, daß Wallie kein Psychiater war, daß die Sprache dieser Welt die passenden Worte nicht enthielt und daß jeder Versuch, dem Jungen all dies zu erklären, die Dinge mit größter Wahrscheinlichkeit schlimmer anstatt besser machen würde.

»Also gut«, sagte er und stand auf. »Ich kann Gorramini und Ghaniri nicht vor Gericht bringen, und ich muß vor Tarru auf dem Bauch kriechen. Aber ich werde die Sache mit ihnen ins reine bringen, und zwar gemeinsam mit dir.«

»Mit mir?« sagte eine nuschelnde Stimme, und Nnanji rollte sich wieder herum.

»Mit dir! In einer Woche oder so lasse ich dich gegen sie in einem Wettstreit antreten, im Zuge deiner Beförderung in die Vierte Stufe, und du wirst sie öffentlich in Grund und Boden fechten.«

»Das ist unmöglich, mein Gebieter!« widersprach Nnanji heftig.

Wallie brüllte ihn an. »Erzähle du mir nicht, was unmöglich ist! Ich mache einen Viertstufler aus dir, und wenn es dich umbringt.«

Nnanji starrte seinen Mentor an und kam zu dem Schluß, daß dieser es ernst meinte; hingerissen schloß er die Augen. Nnanji der Vierten Stufe?!

»Hör zu«, sagte Wallie. »Du hast dich unglaublich dumm benommen! Du hast mich in eine peinliche Lage gebracht und meine Mission gefährdet und verzögert. Du mußt bestraft werden.«

Nnanji schluckte glucksend und kehrte ernüchtert in die Wirklichkeit zurück.

»Du wirst bis mittags im Bett bleiben — ohne etwas zu essen, flach auf dem Rücken liegend. Nebenbei ist das die beste Behandlung für deine Verletzungen. Und wenn du so daliegst, kannst du versuchen dich zu erinnern, was damals geschah, kurz bevor dir dein Fechttalent verlorenging.«

Wallie drehte sich um und schlenderte zur Tür; sein Gefolgsmann blickte ihm mit aufklaffendem Mund nach. Dann fiel ihm Nnanjis hündischer Gehorsam ein, und er feuerte zum Abschied noch einen Schuß ab. »Das bedeutet nicht, daß du ins Bett pinkeln mußt!« sagte er und ging hinaus.

Das Frühstück war an diesem Morgen keine vergnügliche Angelegenheit. Tarru erwartete ihn bereits, hofhaltend an einem Tisch in der Mitte der großen Halle, flankiert von vier Fünftstuflern; genau ihm gegenüber war ein Platz frei, der offensichtlich für Wallie reserviert war. Über alle Gesichter im Raum huschte bei seinem Eintritt ein verstohlenes Lächeln — so erging es Schwertkämpfern, die sich die Söhne von Teppichknüpfern als Schützlinge aussuchten.

Wallie entschuldigte sich für das Betragen seines Vasalls und versicherte seinem Gastgeber, daß der Mann gebührend bestraft würde. Tarru nahm die Entschuldigung huldvoll an und lächelte. Aus unerfindlichen Gründen erinnerte Wallie dieses Lächeln immer an einen Hai, obwohl die Zähne des Mannes gar nicht spitz waren. Seine Augen lagen in Falten eingebettet wie bei einem Elefanten und waren nicht etwa glasglatt wie bei einem Hai. Graues Haar war auch nicht unbedingt für Haie typisch. Vielleicht lag es einfach nur an der Art, wie er das Siebte Schwert beäugte, die ein Bild von lauerndem Umkreisen heraufbeschwor.

»Es zeugt natürlich auch nicht von gutem Benehmen seitens der Gastgeber, wenn sie einen Gast beleidigen und provozieren«, sagte Wallie, als ihm seine Schüssel mit Eintopf vorgesetzt wurde. »Vielleicht sollte ich ein paar Worte mit den Mentoren dieser beiden Herren wechseln. Wer sind sie?«

»Ach!« sagte der amtierende Oberste Anführer mit einem sonderbaren, unergründlichen Gesichtsausdruck. »Sie sind nicht Gastgeber, mein Lord, sondern ebenso Gäste wie Ihr. Sie waren Schützlinge von Lord Hardduju. Sie baten darum, noch eine Zeitlang hier verweilen zu dürfen, und ich habe eingewilligt.«

Schlau! Sie hatten angenommen, daß Wallie Harddujus Platz einnehmen würde. Wenn sie einem neuen Mentor innerhalb der Tempelwache den Eid geschworen hätten, wären sie angreifbar gewesen. Auf diese Weise hatten sie jedoch die Privilegien, die Gästen zustanden, bekommen, genau wie Wallie. Von einem Gast wurde natürlich Wohlverhalten gegenüber anderen Gästen erwartet, doch jetzt, nachdem die Shonsu-Gefahr gebannt war ...

»Sie haben also keine Mentoren?« fragte Wallie, der etwas Ungutes witterte.

»Sie haben sich niemandem durch den zweiten Eid verpflichtet«, bestätigte Tarru, immer noch mit ausdruckslosem Gesicht.

Rote Tücher flatterten in einer Ecke von Wallies Denken, doch er hatte keine Zeit, sich mit ihnen zu befassen, denn in diesem Moment wandte sich plötzlich Meister Trasingji mit den weißen Augenbrauen an Tarru und fragte: »Wie gehen die Arbeiten im Gefängnis voran, Mentor?« Er leierte die Worte wie einstudiert herunter.

»Ganz gut«, antwortete Tarru. »Es wird noch schneller gehen, wenn wir mehr Zimmerleute zur Verfügung haben. Die meisten sind mit den Arbeiten an den Stallungen beschäftigt.«

»Ich wußte gar nicht, daß Ihr Stallungen habt«, sagte Wallie. »Gibt es irgend etwas, das der Tempel nicht besitzt?« Er konnte niemanden täuschen. Tarru hatte das mögliche Fluchtloch entdeckt und stopfte es jetzt zu, indem er die Stallungen verstärkte und wahrscheinlich auch die Anzahl der Wachtposten dort erhöhte.

Irgend etwas stimmte auch mit Fünftstuflern nicht. Gestern waren sie noch ganz entspannt gewesen, nachdem sie erfahren hatten, daß Shonsu Harddujus Platz nicht einnehmen würde. Heute morgen wich Trasingji als einziger seinem Blick nicht aus.

Dann erhob sich Tarru, entschuldigte sich und entschwand. Die vier Fünftstufler marschierten mit ihm davon wie eine Leibwache. Er hatte also auch in dieser Hinsicht vorgebaut — ihm würde kein Blutschwur geleistet werden.

Wallie blieb allein in der Mitte der Halle zurück. Er saß da und aß in einsamer Betrübnis, wobei er sich wie in einem Zoo vorkam, umringt von versteckten grinsenden Gesichtern. Unwissende Barbaren der Eisenzeit! Blutrünstige prähistorische Mörderbande! Er hatte dem Halbgott versprochen, Schwertkämpfer zu sein, aber er hatte nicht zugesagt, daß es ihm auch Spaß machen würde. Er verachtete diese primitive, unkultivierte Welt und ihre mordlüsternen Schurken ...

Sobald es die Würde erlaubte, stapfte er aus der Halle und begab sich zu den Frauengemächern. Dort machte er Janu ausfindig und gab ihr Geld für Tücher, damit sich seine Sklavin ein Kleid nähen konnte. Janus mißbilligender Gesichtsausdruck sagte soviel wie: entscheide dich endlich, was du willst, eine Hure oder eine Näherin.

Dann ging er hinaus zu der vorderen Treppe und blieb voller Zorn stehen, um den finsteren Blick über den Paradeplatz schweifen zu lassen. Schwaches Hämmern drang vom Gefängnis herüber, und das war wenigstens ein Trost. Etwas Gutes hatte er hier immerhin erreicht. Doch Nnanji war ein hoffnungsloser Fall für die Psychologie, und seine Bemühungen, Jja eine Freude zu machen, vertieften nur immer mehr ihr Gefühl des Versagens und der Unsicherheit — vielleicht wäre sie glücklicher gewesen, wenn er sie gelassen hätte, wo sie war, um sich mit den Pilgern zu befassen und das zu tun, was sie beherrschte. Was Tarru anging — wenn sich dieser barbarische Möchtegern-Bandenführer einbildete, er könnte Wallie Smith austricksen, dann ...

Eine Erkenntnis wie ein Flammenblitz!

Wallie stieß eine Verwünschung aus, die fast wie ein Winseln herauskam. *Eine Falle!*

Seine verletzten Füße waren vollkommen vergessen, als er die Stufen hinabrannte und zum Tempel raste, um Honakura zu suchen.

2

Die Hitze war ungeheuerlich. Jeder Tag schien noch heißer als der vorhergegangene zu sein, und jetzt züngelten unsichtbare Flammen über das Gelände und versengten Wallies Fleisch bis auf die Knochen, wann immer ihn sein Weg ins grelle Sonnenlicht führte. Im Tempel wurde er wieder einmal durch die dämmerigen Flure in den schattigen, überwucherten Innenhof geführt, doch auch dort hatte man das Gefühl, sich in einem stickigen Ofen zu befinden. Die Riemen seines Schwertgeschirrs klebten ihm an der Haut. Nach ein paar Minuten kam der kleine Priester hereingeeilt; sein blaues Gewand war fleckig von Schweiß, wie zum Beweis, daß derjenige, der darin steckte, noch nicht vollkommen mumifiziert war.

Heute wurde auf die höflichen Gemeinplätze nach der Begrüßung verzichtet. Kaum hatten die beiden Männer auf dem Hocker und dem Korbstuhl Platz genommen, platzte Wallie heraus: »Ich wollte, ich hätte den Job angenommen, den Ihr mir angeboten habt, und wenn auch nur für eine kurze Zeit.«

»Das läßt sich immer noch einrichten«, antwortete der Priester mit Bedacht.

»Es ist zu spät«, sagte Wallie. »Tarru ist mir zuvorgekommen. Er vereidigt die Wache durch den Blutschwur.«

Er legte dar, was auf einmal so offensichtlich geworden war. Ghaniri und Gorramini hatten nicht den zweiten Eid abgelegt — sondern den dritten. Nnanjis Prügel waren von Tarru bestellt gewesen, als Bestrafung dafür, daß er ehrlich war und eine Wette für seinen Gebieter gewonnen hatte.

Das Verhalten der Fünftstufler hatte sich geändert, denn auch sie waren zu Vasallen Tarrus geworden, vermutlich unter der Bedrohung eines auf sie gerichteten Schwerts. Wahrscheinlich bereuten sie es und fühlten sich schuldig. Deswegen waren sie nicht in der Lage gewesen, dem Blick eines Mannes standzuhalten, den sie möglicherweise auf unehrenhafte Weise würden töten müssen.

Tarru hatte nicht nur sämtliche von Wallies möglichen Zügen vorausgesehen und sie vereitelt, er hatte selbst einen unternommen — eine Meisterleistung. Unschlagbar! Bestimmt war er sogar in eben diesem Moment dabei, sich durch die verschiedenen Stufen nach unten zu arbeiten, und wenn er jeden einzelnen Mann innerhalb der Wache auf sich eingeschworen hatte, dann wäre er bereit, seine Falle zuschnappen zu lassen.

»Wenn ich jetzt irgendeinen Schritt unternehme«, schloß Wallie, »dann fordere ich einen Gegenschlag heraus. Ich kann nicht sagen, wie viele der Männer er bereits auf sich eingeschworen hat, aber ich nehme an, daß es genug sind. Die übrigen würden in erster Linie ihrem jeweiligen Mentor gehorchen. Ich wäre ein Oberster Anführer ohne einen einzigen Schwertkämpfer.«

Er machte ein finsteres Gesicht. »Ich könnte den Schuft jetzt nicht einmal umbringen. Vasallen sind verpflichtet, ihren Gebieter zu rächen. Verdammt! Verdammt! Verdammt!«

Honakura begriff sofort, wie immer. »Er hat sein neues Amt wirkungsvoll genutzt, mein Lord. Er läßt das Gefängnis und die Stallungen herrichten. Er hat die Wachen an den Toren verstärkt. Das mit den Stallungen verstehe ich, aber ich muß zugeben, daß ich über das Treiben im Gefängnis verblüfft bin.«

Wallie schnaubte durch die Nase und erklärte den Sachverhalt, obwohl selbst der alte Priester über seine Sorge um die einfachen Gefangenen staunte. »Was habt Ihr also jetzt vor, mein Lord?« fragte er.

»Das weiß ich nicht«, gab Wallie zu. »Stillzusitzen und zu warten, daß meine Füße heilen, denke ich. Es ist zu spät, um sich noch mit dem Gedanken an die Rekrutierung neuer Gefolgsleute zu tragen. Selbst wenn ich wüßte, welche Männer zuverlässig sind, sind diese vielleicht bereits durch den Blutschwur gebunden und unterliegen der Schweigepflicht. Dieser verdammte Schwur hat Vorrang vor allem anderen.«

»Aha!« sagte Honakura. »Dann müßt Ihr Euch also Gefolgsleute suchen, die keine Schwertkämpfer sind. Ich brauche sechs davon, das wißt Ihr doch?« Er unterbrach sich, als eine junge Priesterin hereingehuscht kam und ein Tablett auf dem Tisch zwischen ihnen abstellte; anschließend flatterte sie nervös zwischen den Bäumen hindurch wieder davon, wie ein weißer Schmetterling. »Sagt mir doch bitte Eure Meinung zu diesem Wein, mein Lord — er ist eine Spur süßer als der gestrige.«

Die Pokale waren diesmal aus Silber anstatt aus Kristall und die kleinen Kuchen üppiger und sahniger, aufgehäuft auf einem silbernen Teller.

»Sechs? Warum, um Himmels willen?« fragte Wallie.

»Sieben ist eine geheiligte Zahl.« Honakura zog angesichts Wallies Miene die Stirn kraus. »Der Gott hat Euch empfohlen, mir zu vertrauen, sagtet Ihr? Dann vertraut mir — es müssen sieben sein.«

»Ich und Nnanji und Jja und das Baby ... oder zählen Babys nicht? Und zählen Sklaven?« Religionen brauchten nicht logisch zu sein.

Der Alte lehnte sich in seinem Korbstuhl wie in einem geflochtenen Käfig zurück und betrachtete ein paar Augenblicke lang den Baldachin aus Ästen über sich. »Normalerweise würde ich Sklaven nicht mitzählen, doch ich glaube, Ihr tut es. Also gut, ich denke, man könnte sagen, damit sind es vier.« Er verscheuchte mit einer Handbewegung die Fliegen von den Kuchen und reichte den Teller Wallie, der lehnte ab.

»Wie steht es um Euren Schützling?« fragte der Priester. »Habt Ihr seine Eignung als Schwertkämpfer geprüft?«

»Er könnte sich nicht einmal einen Weg durch einen menschenleeren Innenhof freikämpfen!« Wallie nippte höflich an dem Wein, der ihm nicht schmeckte. Er erinnerte schwach an Dieselkraftstoff. »Ich bin tatsächlich hinsichtlich Nnanjis Problem ratlos und bitte Euch als Experten im Umgang mit Menschen um Euren Rat.« Ohne seine Theorie zu erwähnen, daß irgendein traumatisches Erlebnis Nnanjis innere Sperre verursacht haben könnte, versuchte er die irdische Vorstellung von einer geistigen Blockade darzulegen, wobei er nur unter Mühen die passenden Worte fand.

Honakura nickte. »Ich kenne keinen Namen dafür, aber mir ist so etwas schon einmal begegnet. Ich hatte einmal einen Eleven, der sich in ähnlicher Weise in bestimmten Sutras verstrickte. Er war nicht dumm, doch in diesem einen Punkt schien er völlig begriffsstutzig zu sein.«

»Genauso ist es! Konntet Ihr Abhilfe schaffen?«

»O ja. Ich ließ ihn züchtigen.«

Wallie dachte an den Auspeitschstand und erschauderte. »Niemals! Auf diese Weise macht man keinen Schwertkämpfer aus ihm!«

»Und Eure Sklavin, mein Lord? Erfüllt sie ihre Pflichten zur Zufriedenheit?«

Im Bewußtsein der eindringlichen Augen, deren Blick auf ihm ruhte, lächelte Wallie kühl. »Sie braucht noch etwas Übung, und ich werde mich persönlich der Angelegenheit annehmen.«

Genausogut hätte er versuchen können, eine lahme Antilope durch einen Löwenkäfig zu schmuggeln. Der Priester sah ihn nachdenklich an und sagte: »Vergeßt nicht, sie ist nur eine Sklavin, mein Lord.«

Wallie hatte keine Lust, über sein Geschlechtsleben zu diskutieren, doch irgend etwas ärgerte ihn an dieser Bemerkung. »Ich beabsichtige, sie zu einer Freundin zu machen.«

»Eine Sklavin? Die Götter haben einen Mann mit hochgesteckten Zielen erwählt, wie ich sehe.« Honakura lehnte sich für eine Weile mit geschlossenen Augen zurück und lächelte. »Habt Ihr die Möglichkeit erwogen, daß Euch diese Sklavin und der junge Schwertkämpfer als Prüfung zugedacht sind, mein Lord?«

Das hatte Wallie nicht. Diese Vorstellung mißfiel ihm außerordentlich.

»Ich habe meine Prinzipien geopfert, um eine Sklavin zu kaufen«, sagte er. »Wenn ein Gott dahintersteckte, dann hat er mich hereingelegt. Aber ich werde Nnanji nicht auspeitschen lassen! Niemals, niemals!«

Honakura lachte scheppernd. »Ihr seht die Sache möglicherweise aus dem falschen Blickwinkel. Vielleicht ist es eine Prüfung, ob Ihr ruchlos genug seid, ihn auspeitschen zu lassen. Oder vielleicht ist es eine Prüfung, ob Ihr geduldig genug seid, ihn nicht auspeitschen zu lassen.« Jetzt hatte er Wallie vollkommen verwirrt und machte ein selbstzufriedenes Gesicht.

Wallie wechselte das Thema — es gab so viel anderes, das besprochen werden mußte. »Erzählt mir etwas über Vatermale, mein Lord. Wie ich feststellen mußte, habe ich nichts Derartiges.«

Der Priester lächelte. »Das ist mir auch aufgefallen. So etwas ist sehr ungewöhnlich, bisher ist es mir noch nicht begegnet. Das rechte Auge verrät das Handwerk des Vaters, das linke das der Mutter, versteht sich. Wenn Ihr kein Schwertkämpfer wärt, würden Euch die Leute danach fragen.«

Er lächelte und gab Wallie Zeit, das Gesagte in sich aufzunehmen. »Aber Ihr habt Shonsu an jenem ersten Tag kennengelernt ...«

»Und damals hatten Eure Augen Elternmale«, stimmte ihm der Priester zu. »Ich kann mich nicht an sie erinnern, aber es fällt so sehr auf, wenn sie nicht vorhanden sind, daß ich mich daran mit Sicherheit erinnern könnte.«

»Und wie soll ich dann meinen Bruder finden? Hat der Gott sie entfernt?«

»Allem Anschein nach«, sagte Honakura fast genüßlich.

Wallie saß da und grübelte eine Weile lang über seine Probleme, wobei er unvermeidlich wieder auf Tarru zu sprechen kam.

»Der Gott hat mich ermahnt zu lernen, ruchloser zu handeln«, sagte er. »Ich hätte ihn umbringen sollen, als er mich herausforderte.» Shonsu hätte das getan, wie wahrscheinlich jeder andere Siebentstufler.

»Dann habt Ihr also einen Fehler gemacht«, stellte

Honakura fest, »und Eure Aufgabe damit nur noch erschwert.« Das schien ihn nicht sehr zu beunruhigen, aber schließlich war es ja auch nicht sein Blut, das die Erde benetzen würde. »Doch einige Eurer Probleme könnt Ihr schon abhaken, mein Lord.«

»Wie meint Ihr das?«

Der Priester zählte an den Fingern auf. »Ihr habt Euch Sorgen gemacht über räuberische, ja über unehrenhafte Schwertkämpfer im allgemeinen, und wegen Tarru. Ihr solltet in diesem Zusammenhang auch noch die Priester einbeziehen, muß ich zu meinem Bedauern sagen — einige meiner Kollegen glauben, daß das Schwert der Göttin hierher in den Tempel gehört, sofern es sich wirklich um Ihr Schwert handelt. Doch wenn der Ehrenwerte Tarru selbst scharf darauf ist, dann wird er klugerweise keine Straßenräuber darauf ansetzen und genausowenig mit den Priestern zusammenarbeiten. Und was die Schwertkämpfer betrifft, so muß er sogar auch vor ihnen auf der Hut sein.«

Das stimmte. Die Gottlosen mochten sich durchaus um die fette Beute zanken. Doch leider würde das sehr wahrscheinlich erst nach Wallies Tod passieren.

»Ich nehme doch an«, sagte Wallie nachdenklich, »daß die Göttin irgendwann einen neuen und besser geeigneten Obersten Anführer Ihrer Tempelwache einsetzen wird?«

»Ganz gewiß, mein Lord.«

Gab es noch einen weiteren Siebentstufler? Mit einem zweiten Siebentstufler zur Seite könnte Shonsu die ganze Wache in einen großen Teller voll Koteletts verwandeln ...

»Irgendwann«, wiederholte er.

»Irgendwann«, gab Honakura wie ein Echo zurück. »Es kann natürlich sein, daß wir uns irren, aber wenn Ihr tatsächlich auf die Probe gestellt werdet, mein Lord, dann rechne ich nicht mit einem Ersatz bevor ... bevor Ihr Eure eigenen Probleme gelöst habt.«

»Verdammt!« schimpfte Wallie. »Ich brauche Zeit! Zeit, um gesund zu werden! Zeit, um Freunde zu finden! Ich kann mir lebhaft vorstellen, wie er sich in der ganzen Wache breitmacht, wie ein Krebsgeschwür, jeden einzelnen mit vorgehaltenem Schwert zum Ablegen des Eids zwingt, einen nach dem anderen. Und wenn er sie alle in seiner Macht hat — oder fast alle —, dann kann er zum entscheidenden Schlag ausholen — mich umzubringen, das Schwert an sich zu nehmen und sich aus dem Staub zu machen. Wenn es auch nur einen Bruchteil des Wertes hat, den Ihr ihm beimeßt, dann kann er alles andere im Stich lassen und sich irgendwo ein neues Leben aufbauen. Oder er kann sich zum Tempelherrscher machen ...«

Er hielt inne, dachte den Gedanken im stillen zu Ende und beobachtete, wie sich der Priester schweigend amüsierte.

»Dann brauchte er doch wohl das Schwert nicht, oder? Er könnte sich am Tempelschatz zur Genüge bereichern!« sagte Wallie. »Ist das eigentlich je vorgekommen? In den vielen tausend Jahren muß das doch mal einer der Obersten Anführer versucht haben?«

Das runzelige alte Gesicht verzog sich zu einem breiten Grinsen. »Das ist schon mindestens fünfmal passiert, allerdings in den letzten paar Jahrhunderten nicht mehr, so daß es vermutlich langsam wieder Zeit für einen weiteren Versuch wird. Natürlich klappt das niemals! Zunächst einmal, Euer Blutschwur hat nicht vor allen anderen Dingen Vorrang, mein Lord. Euer Schwertkämpfer-Kodex stellt den Willen der Göttin über die Sutras, ist es nicht so?«

»So ist es. Der Tempel ist also geschützt. Während ich es nicht bin!«

»Damit habt Ihr recht, befürchte ich. Aber es gibt noch einen weiteren Schutz — man kommt nur per Schiff von hier weg.« Der Priester schmunzelte und füllte die silbernen Pokale nach.

Wallie sah ihn verständnislos an. »Na und?«

»Die Schiffe fahren nicht«, erklärte Honakura, überrascht über Wallies Begriffsstutzigkeit. »Die Göttin wird doch keine gemeinsame Sache machen mit denen, die Ihren Tempel schänden!«

»Ach, Ihr denkt an ein Wunder?« sagte Wallie.

Nein, sagte der Priester, an ein Wunder denke er nicht, er denke vielmehr an die lenkende Hand der Göttin. Die Boote auf dem Fluß führen dahin, wohin Ihr Wille sie steuere, denn der Fluß sei ja die Göttin ...

»Und die Göttin ist der Fluß«, vollendete Wallie den Satz, wobei sein tiefes Brummen das zahnlose Murmeln des greisen Priesters übertönte. »Vielleicht könntet Ihr mir das etwas genauer erklären, mein Lord.«

Es dauerte eine Weile, denn Honakura war fassungslos über Wallies Unwissenheit, was das Wesen des Flusses betraf. Es gab nur einen einzigen Fluß — er war in dieser Welt allgegenwärtig. Nein, einen Anfang und ein Ende habe er nicht, soviel er wisse. Und Städte und Ortschaften lagen am Fluß, wie zum Beispiel Hann. Normalerweise lag Fon von Hann aus gesehen flußabwärts, und Opo lag flußaufwärts, aber das war nicht immer so.

Endlich begriff Wallie so langsam — die Geografie dieser Welt war veränderlich. Jetzt ergab auch Jjas Geschichte mehr Sinn, und er erkundigte sich nach Jonas. Ein Jonas, so wurde ihm erklärt, sei eine Person, die die Göttin an einem anderen Ort haben wollte. Wenn diese Person den Fuß auf ein Schiff setzte, dann fuhr das Schiff an diesen Ort. Wenn die Göttin wollte, daß der- oder diejenige am derzeitigen Ort verweilte, so kehrte das Schiff immer wieder dorthin zurück. Nein, das sei kein Wunder, behauptete Honakura beharrlich. So etwas geschah andauernd. Wallies Schwert hingegen, das sei schon ein Wunder.

Es gab gute Jonas und schlechte Jonas, aber die meisten waren gut — was vielleicht der Grund dafür war, daß sich der Begriff für Wallie nur umständlich übersetzen ließ. Sobald der Jonas an Land abgesetzt worden war, wurde das Schiff nur noch von den üblichen Geistern heimgesucht, und oft war ihm ein glückliches Schicksal beschieden.

Das hörte sich ganz danach an, als ob diese Welt ein sehr interessanter Ort sein müßte. Offenbar war die Plünderung des Tempelschatzes kein gewinnbringendes Unternehmen, doch der Halbgott hatte Wallie ausdrücklich gewarnt, daß das Schwert gestohlen werden könnte.

»Glauben denn diese Priester, von denen Ihr gesprochen habt, an Wunder?« fragte Wallie.

Honakura blickte mit düsterer Miene hinunter auf die Pflastersteine. »Ich bin beschämt zugeben zu müssen, daß einige Mitglieder der Priesterschaft einen tadelnswerten Mangel an Glauben aufweisen, mein Lord. Es gibt zum Beispiel eine Gruppe, die glaubt ... in der Legende ist überliefert, daß das Schwert der Göttin geschenkt worden sei. Es gibt also welche, nach deren Auslegung es als Gabe an den Tempel gedacht war und daß es hierher gehört, daß es während all der Jahrhunderte irgendwo hier versteckt gewesen war.« Er blickte zornig auf. »Mir wird vorgeworfen, es Euch gegeben zu haben, Lord Shonsu!«

Das erklärte also Tarrus Gedankengänge.

Honakura lachte unbehaglich und bot wieder den Kuchenteller an, obwohl er inzwischen die meisten Stücke selbst weggenascht hatte. »Wankt nicht in Eurem Glauben, mein Lord! Die Götter wählen keine Dummköpfe aus. Euch wird etwas einfallen. Doch jetzt bin ich an der Reihe. Erzählt mir von Eurer Traumwelt!«

So kam es, daß Wallie während des übrigen Morgens schlaff auf seinem Hocker in dem heißen Innenhof lümmelte und Honakura alles erzählte, was dieser über den Planeten Erde wissen wollte — über Jesus und Mohammed und Moses und Buddha, Zeus und Thor und

Astarte und all die anderen. Der alte Mann nahm es alles begierig auf und war entzückt.

An diesem Nachmittag unternahm Wallie einen Erkundungsgang. Begleitet von einem gleichfalls schwer mitgenommenen Nnanji — die beiden sahen aus wie die Überlebenden einer Katastrophe —, umrundete er die gesamte Tempelanlage.

Der Fluß mochte an einigen Stellen zu durchwaten und die Felsenklippen mochten an anderen Stellen zu erklettern sein, doch nirgendwo traf beides zusammen. Es gab viele wilde Stromschnellen im Flußlauf, so daß er den Traum von einem Boot oder Floß gleich aufgeben konnte. Jetzt, nachdem er erfahren hatte, daß die Göttin den Fluß angelegt hatte, um Ihre Schätze zu schützen, überraschte ihn das nicht.

Beide Enden der großen Mauer standen, wie Nnanji gesagt hatte, im Wasser, und zwar in reißendem, tiefem, strudelndem Wasser. Es gab keine Möglichkeit, sie zu umfahren.

Wallie stand eine Weile am Tor und beobachtete die ein und aus gehenden Pilger, dazu einen nicht abreißenden Strom von Handwerkern und Händlern, Sklaven und Karren. Es war ein Ort emsiger Geschäftigkeit, der Tempeleingang; jetzt waren acht Männer am Tor aufgestellt, drei davon Viertstufler. Einmal war er ungesehen hier hereingekommen, doch Wunder geschahen nicht auf Bestellung.

Die Arbeiten an den Stallungen bestanden im Einsetzen neuer massiver Tore mit Drehkreuzen, um jeden Eintretenden zu kontrollieren. Von einem Sechststufler wurde erwartet, daß er so ziemlich alle Sutras kannte, und Tarru war offenbar bestens vertraut mit jenen, die sich mit Befestigungsanlagen befaßten.

Die umfriedete Tempelanlage war an sich ein sehr komfortabler Ort. Doch jetzt war sie für Lord Shonsu zu einem sehr komfortablen Gefängnis geworden. Wie lang würde Tarru noch gestatten, daß er es sich hier gutgehen ließ? Und wie lang würde es noch dauern, bis er seine Armee schickte?

Gegen Abend schien es Nnanji entschieden besser zu gehen. Er hatte sogar seine übliche gute Laune weitgehend wiedererlangt. Wallie setzte ihn davon in Kenntnis, daß er an diesem Abend als diplomatischer Sekretär und Protokollattaché zu fungieren hätte — obwohl das in der Übersetzung schlicht als ›Herold‹ herauskam —, und sie machten sich auf den Weg in die Frauengemächer, um Jja abzuholen.

Sie blieb schüchtern in der Tür stehen, um ihn ihr Gewand bewundern zu lassen. Das fiel Wallie leicht. In Paris wäre es sicher nicht anerkannt worden, und es war immer noch ein skandalös aufreizendes Kleidungsstück, doch eine nackte Brust mit Schwertriemen samt dem Schwert hatten ebenfalls eine stark erotische Ausstrahlung, so daß sie sich gegenseitig in dieser Hinsicht vielleicht in nichts nachstanden. Sie hatte eine blaß aquamarinfarbene Seide gewählt, so zart, daß man den Eindruck hatte, sie könnte jeden Augenblick wie Rauch davonschweben, und daraus hatte sie ein enganliegendes, schlichtes langes Kleid gefertigt, das jede Einzelheit ihres herrlich geformten Körpers nachzeichnete. Der Ausschnitt reichte bis zur Taille, ihre Brustwarzen hoben sich deutlich unter dem fließenden Stoff ab, und auf Wallie wirkte dieser Reiz unvergleichlich aufregender als die vorherigen Troddeln und Quasten und die rote Bemalung.

Als sie sich auf ihn zu bewegte, öffnete sich der Schlitz, der auf seinen Vorschlag zurückging, und enthüllte die vollkommene Form ihres Beins. Nnanji schnaufte heftig vor Erstaunen und gab einen tiefen, kehligen Laut von sich, wahrscheinlich die hiesige Entsprechung eines bewundernden Pfeifens. Dann sah er seinen Gebieter nervös an.

Wallie grinste ihn von der Seite her an, ohne den Blick von seiner Sklavin wenden zu können, die sich ihm immer weiter näherte. »Solange du nur schaust«, sagte er, »werde ich davon absehen, dir die Eingeweide herauszureißen!«

Er fand, daß Jja ihr eigenes kleines Wunder vollbracht hatte. Er küßte sie inniglich und sagte ihr das, und sie strahlte vor Begeisterung, weil sie ihrem Herrn gefiel.

Nnanji ging voraus in die Räumlichkeiten, die er als Vergnügungszentrum bezeichnet hatte, den Ort für gesellige Freizeitgestaltung am Abend. Im Vorraum bewachte ein einarmiger Gehilfe das Gestell mit den zur Aufbewahrung abgegebenen Schwertern. Nnanji zog ordnungsgemäß das seine und reichte es dem Mann. Wallie hob lediglich eine Augenbraue; er war nicht gewillt, Tarru seinen Preis ohne jeglichen Kampf zu überlassen. Der Gehilfe lächelte höflich und verbeugte sich, als Wallie an ihm vorbeiging.

Ein Vergnügungszentrum wie dieses hatte Wallie noch nie gesehen, doch es gab die Andeutung einer Bar, einen Tanzsaal, ein Restaurant, eine Art Club, einen Gesellschaftsraum und ein Bordell. Das meiste davon lag im Freien, auf einer Dachterrasse mit verstreut stehenden Tischen und beleuchtet durch brennende Fackeln entlang der Balustrade. Eine Gruppe von Musikanten dudelte eine Melodie nach einem sonderbaren Siebentonsystem, während junge Leute auf einer Tanzfläche herumstampften und Verrenkungen machten. Junggesellen lehnten an einem Geländer, trinkend und spottend oder bestaunend, lachend, schwatzend und streitend.

Für eine Gesellschaft, die ansonsten auf so steife Formen und eine strenge Hierarchie bedacht war, lief das Nachtleben erstaunlich locker ab. Sicher, einer der Balkone war den höheren Rängen und deren Gästen vorbehalten — Nnanji erfüllte die Voraussetzungen, da er zu Wallie gehörte —, doch darin bestand offenbar die einzige Einschränkung. Die Männer gesellten sich ungeachtet ihrer jeweiligen Zugehörigkeit zu einer Stufe frei zueinander, begleitet von ihren Ehefrauen oder Sklavinnen oder den der Allgemeinheit zur Verfügung stehenden Freudenmädchen, und sie aßen und tranken und unterhielten sich und tanzten. Schwertkämpfer, die großen Wert auf Beinarbeit legten, waren eifrige Tänzer und meistens auch gute. Für das Essen und Trinken und die Mädchen mußte man zahlen, wahrscheinlich, um einen unmäßigen Genuß bei der übermütigen Jugend auszuschließen, doch Wallie wurde von einem der Kellner höflich darüber aufgeklärt, daß Gäste sämtliche Dienste kostenlos in Anspruch nehmen konnten. Er entschied sich für einen Tisch auf der oberen Ebene, achtete beim Platznehmen darauf, daß seine linke Schulter zum Geländer zeigte, beobachtete das bunte Treiben, und es gelang ihm, eine ganze Weile lang seine Sorgen zu vergessen.

Natürlich mußten die höheren Ränge ihm ihre Ehfrauen vorstellen, so daß er sich pausenlos erhob und wieder setzte. Und natürlich mußte sich auch seine Sklavin gleichzeitig mit ihm erheben. Er bemerkte belustigt, mit welcher abschätzenden Aufmerksamkeit Jjas Kleid gemustert wurde und wie sie sich mit Bedacht bewegte, um seine Vorzüge zur Geltung zu bringen. Lange Kleider waren nicht sexy — diese Meinung herrschte hier offenbar vor, denn die meisten Frauen trugen extrem kurze und reichverzierte Kleider, mit viel Quasten und Schnüren und anderem Zierrat. Manche trugen nur die Schnüre und Quasten, so wie Jja ihm beim erstenmal vorgeführt worden war. In der Freizeitkleidung hatten die Farben der verschiedenen Stufen offenbar keine Bedeutung, zumindest nicht innerhalb der Anlage. Jjas langes Kleid war eine kleine Sensation, und die Mienen der Männer verrieten, daß die vorherrschende Meinung bezüglich der Mode möglicherweise revidiert werden mußte.

Nach einiger Zeit bat Nnanji darum, sich entschuldigen zu dürfen, und schlenderte hinunter in die untere Ebene. Einige Minuten lang sahen sie ihn noch, wild tanzend mit einem der leichtgeschürzten Mädchen. Dann verschwand er. Doch nach einer erstaunlich kurzen Zeit tauchte er wieder auf und kippte einen ganzen Humpen Bier in sich hinein. Dieses Schauspiel wiederholte er dreimal, während sie ihr Dinner einnahmen. Wallie nahm sich im stillen vor, einen Nahkampf-Kursus in seinen Unterricht einzuschieben, aber leider ließ sich dieser doppelte Wortsinn nicht übersetzen.

Sie hatten ihr Mahl fast beendet, als am anderen Ende des Balkons ein Aufruhr entstand. Wallies Wachsamkeit war sofort aufs äußerste geweckt. Dann trat die Ursache aus der Dunkelheit, und er stellte seinen Weinpokal ab, um sie überwältigt anzustarren. Sie war sehr groß und sehr wuchtig, die weibliche Version eines Sumo-Ringers; ihr fast nackter Körper war eingeschnürt mit glänzenden Kordeln und Glitzerkram, die diese bombastische Häßlichkeit mehr betonte als verhüllte. Schichten von Schminke in ihrem Gesicht konnten weder die Falten noch die nach einem Bruch unförmig zusammengewachsene Nase verbergen. Sie war alt und von Narben übersät und trug eine mit funkelnden Steinen besetzte Binde über dem linken Auge. Schwabbeliges Fett und Krampfadern und ... »Titten wie Mehlsäcke« — hatte Nnanji gesagt. Es mußte sich also um die Wilde Ani handeln.

Ihr Erscheinen löste Befremden aus. Es war zu vermuten, daß eine Sklavin ohne Begleitung hier keinen Zutritt hatte. Shonsus Instinkt warnte: wenn irgendwo ein Durcheinander entsteht, paß gut auf, ob das nicht ein Ablenkungsmanöver ist. Im gleichen Moment entdeckte Wallie die Gruppe von Zweitstuflern auf der unteren Terrasse, die die Szene grinsend beobachteten. Er sah schnell wieder zur Wilden Ani hin, und sie kam auf ihn zu, indem sie ihre Massen zwischen den Tischen hindurchschob. Dieser schwankende Gang mußte noch eine andere Ursache haben als nur die Fettleibigkeit.

Ein paar Fünftstufler ahnten, welchem Ziel sie zuwalzte, und sprangen auf, um ihr den Weg zu versperren.

»Shonsu!« schrie sie, wobei sie die Arme ausbreitete und leicht taumelte. Dann hatten sie die Fünftstufler erreicht und packten sie, entschlossen zu verhindern, daß der hohe Gast belästigt würde.

Offenkundig hatten die Jungen die alte Frau betrunken gemacht und sich den Scherz erlaubt, sie auf Shonsu loszulassen. Eine Sklavin würde dafür gehörige Prügel beziehen.

»ANI!« dröhnte er mit donnernder Stimme. Er sprang auf und streckte ihr die Arme entgegen, während Nnanji vor Entsetzen einen Schluckauf bekam. »Ani, meine liebe Ani!«

Die Fünftstufler ließen sie los und drehten sich zu ihm um, um ihn ungläubig anzustarren. Ani blinzelte, dann straffte sie sich mit der Konzentration der Trunkenheit. Sie setzte ihren Weg fort, taumelnd zwischen den empörten Dinnergästen hindurch, den ganzen Balkon entlang, bis sie schließlich bei Wallie ankam. Sie gaffte ihn neugierig mit ihrem einen blutunterlaufenen Auge an und wiederholte: »Shonsu?«

»Ani!« sagte er und hielt immer noch die Arme ausgestreckt. Sie war riesig — fast so groß wie er, und bestimmt noch einmal halb so schwer. Sie grinste und enthüllte dabei braune Zahnstümpfe, dann umarmte sie ihn stürmisch. Es war wie der Angriff eines Wasserbetts.

Jetzt begriff Nnanji, was gespielt wurde. Mit einem entzückten Lächeln erhob er sich und bot ihr seinen Stuhl an. Ani ließ sich daraufplumpsen und beäugte den vornehmen Lord mißtrauisch. »Ich kenne Euch nicht!« sagte sie.

»Natürlich nicht«, sagte Wallie. »Aber das läßt sich ändern. Kellner — eine Karaffe vom besten für die Dame.«

Der Kellner rollte erschreckt die Augen. Jja verzog keine Miene, vielleicht weil sie das Ganze nicht verstand. Nnanji lief puterrot an, so sehr bemühte er sich, nicht loszukichern. Die hochrangigen Herren und ihre Begleiterinnen waren unschlüssig, ob sie angewidert oder nachsichtig sein sollten. In der unteren Ebene standen die jungen Kerle und gafften mit offenen Mündern herauf.

Ani versuchte zu begreifen. »Kenne ich Euch?« fragte sie lallend. Dann nahm sie einen großen Pokal mit Wein entgegen, kippte ihn in einem Zug hinunter und rülpste. Sie wandte sich wieder der Musterung Wallies zu. »Nein, ich kenne Euch wirklich nicht«, sagte sie. »Ihr seid kein Neuling, oder? Schade.« Sie streckte den Pokal zum Nachfüllen aus und bemerkte Nnanji. »Hallo, Rosti«, sagte sie. »Willst du's nachher, wie immer?«

Nnanji wäre fast unter den Tisch gerutscht.

Nach dem dritten Glas schien sie für einen Moment nüchtern zu werden und zählte sichtbar Wallies Gesichtsmale. »Es tut mir leid, mein Lord«, murmelte sie. Sie versuchte aufzustehen, was ihr jedoch nicht gelang.

»Schon gut, Ani«, sagte Wallie. »Die Zweitstufler haben Euch dazu angestiftet, nicht wahr?«

Sie nickte.

»Wirst du Schwierigkeiten deswegen bekommen, Ani?«

Sie nickte wieder, dann strahlte sie auf und leerte den Pokal erneut. »Morgen!«

Wallie sah Nnanji an. »Wenn ich mit Ani dorthin verschwinde, wo immer du mit ihr zu verschwinden pflegst, dann ersparen wir ihr die Schwierigkeiten, oder nicht?«

Nnanji bestätigte das mit einem empörten, erstaunten und außerordentlich belustigten Gesichtsausdruck — alles zur gleichen Zeit. »Hinter dieser Tür gibt es mehrere Betten, mein Gebieter.«

»Eben!« sagte Wallie. »Bleib hier und kümmere dich

eine Zeitlang um Jja.« Seinen Füßen stand eine große Belastung bevor, aber Ani war wahrscheinlich nicht mehr in der Lage, aus eigener Kraft zu laufen.

Er bückte sich leicht, schob die Arme unter sie und — nach einem bangen Moment, in dem das Gelingen in der Schwebe hing — hob sie hoch. Er trug sie hinaus, und wahrscheinlich hatte Shonsu niemals in seinem ganzen Leben seine Muskeln ärger strapaziert. Begeisterte Zurufe schallten von unten herauf.

Nnanji hatte recht gehabt. Hinter der Tür lag ein großer, schwach erleuchteter Raum mit sechs Betten darin. Eins davon, das in der hintersten Ecke stand, quietschte gewaltig, doch die anderen waren leer; eine einzelne Lampe spendete kaum Dämmerlicht. Wallie legte seine Last so sanft ab, wie er nur konnte, und rieb sich stöhnend den Rücken.

Ani lag da und starrte ihn mit ihrem einen weit aufgerissenen Auge an. Sie war nicht zu betrunken, um zu sehen, wie seine Finger in seinen Beutel fuhren. »Das ist nicht nötig, mein Lord. Ich bin umsonst.«

»Ich will heute nacht nichts von dir, Ani«, flüsterte er. »Aber sag den anderen nichts davon. Hier.« Er gab ihr ein Goldstück, das sofort in der Gewandung verschwand, in der dem Anschein nach nicht die kleinste Kleinigkeit versteckt werden konnte.

Sie lag weiterhin da und sah ihn mit verschwommenem Blick an, bis sie schließlich verstand und sagte: »Ich danke Euch, mein Lord.«

Er setzte sich auf die Bettkante und grinste sie an. Sie lächelte unsicher zurück. Jemand entfernte sich aus der anderen Ecke, Stiefel klapperten über den Boden. Nach wenigen Minuten schnarchte Ani.

Wallie wartete noch eine angemessene Zeit und ging dann an den Tisch zurück. Er lächelte Jja tröstend an und sagte: »Ich habe nichts gemacht.«

»Warum nicht, mein Gebieter?« erkundigte sich Nnanji mit einem unschuldigen Grinsen.

»Ich glaube, ich habe mir den Rücken ausgerenkt, bevor wir dort ankamen.« Wallie streckte die Hand nach der Weinflasche aus. Das war nicht ausschließlich ein Scherz gewesen.

Danach blieb er nicht mehr lange. Er führte seine Sklavin quer durch den Raum, begleitet von den Blicken aller Anwesenden, und Sklaven gingen mit Fackeln vor ihnen her, um ihnen den Weg in die königliche Suite zu beleuchten.

»Glaubst du jetzt an lange Kleider?« fragte er sie, als sie allein waren.

»Natürlich, Herr. Aber für den Eleven Nnanji wäre das nichts, sie sind schwierig auszuziehen.«

»Das ist ein Teil des Vergnügens«, sagte Wallie. »Ich will es dir zeigen.«

Doch für Jja war kein Vergnügen dabei. Sie arbeitete beflissen und schwer und voller hektischem Eifer, um ihn zufriedenzustellen, genau wie in der Nacht zuvor. Der rein körperliche Teil von ihm, der Shonsu-Teil, befriedigte seine animalische Lust wie beim letztenmal, doch der Wallie-Smith-Teil litt noch mehr unter den Qualen einer postkoitalen Depression. Es war nicht ihr Fehler — er war zu sehr von Schuldgefühlen geplagt, weil er jetzt Sklavenhalter war, um irgend etwas genießen zu können.

In der Pilgerhütte hatte sie ihm gutgetan, in der königlichen Suite tat sie ihre Pflicht. Und das war ein großer Unterschied.

3

Am nächsten Tag nahm Jja all ihren Mut zusammen und schlug vor — sehr zaghaft —, daß ihr Gewand durch ein bißchen Stickerei verschönert werden könnte. Sie wollte den Vogel Greif von dem Schwert kopieren.

Natürlich war Wallie von dem Vorschlag angetan, und also saß Jja ab dem späten Morgen mit ihrer Handarbeit in einer Ecke des großen Gästezimmers, das Schwert als Muster vor sich.

Trotz seinem verschrammten Äußeren behauptete Nnanji beharrlich, gesund genug für weitere Fechtübungen zu sein. Und tatsächlich sah auch Wallie jetzt, daß seine Verletzungen nur oberflächlich waren, wie der Heilkundige gesagt hatte. Inzwischen stand unzweifelhaft fest, daß der eigentliche Schuldige Tarru war, daß Gorramini und Ghaniri lediglich Befehle ausgeführt hatten, und das nur zögernd. Sie hatten sich bemüht, ihn nur dem Anschein nach schwer zu verletzen, und jede ernsthafte Verwundung vermieden. Und das wiederum war eine Lektion über den Unterschied zwischen Gehorsam und Loyalität.

Fechten war also angesagt. Die Masken wurden aus der Truhe geholt, und Wallie wählte die kürzesten Florette aus, die er finden konnte.

Schwertkämpfer trugen bei Fechtübungen keine weitere Schutzkleidung außer den Masken mit Halsschild, und deshalb mußten alle Stöße und Hiebe so sorgsam ausgeführt werden, daß Verletzungen vermieden wurden. Natürlich machte sich diese Gepflogenheit auch bei der Ausübung ihrer ernsthaften Kämpferarbeit bemerkbar — was die Sterblichkeitsrate, die ansonsten gespenstisch wäre, um einiges senkte. Die verletzlichsten Stellen, wie Schlüsselbein und Armbeugen, waren streng tabu. Jeder Schwertkämpfer, der einen Fechtpartner verwundete, geriet als Schlachter in Verruf und fand sich bald auf der schwarzen Liste.

»So«, sagte Wallie. »Ich werde jetzt versuchen, wie ein Zweitstufler zu fechten — ein richtiger Zweitstufler, nicht ein Tempel-Zweitstufler.«

Er griff so gut wie gar nicht in seine Trickkiste und verringerte seine Geschwindigkeit auf Schneckentempo. Er war immer noch zu gut, als daß Nnanji einen

Hieb hätte landen können, aber andererseits gelang ihm selbst auch keiner. »Deine Abwehr ist hervorragend«, verkündete er anerkennend. »Handgelenk! Fuß! Verdammt! Wenn du nur auch einen entsprechenden Angriff zustande brächtest ... achte auf den Daumen!«

Er versuchte es mit allem, was ihm nur einfiel, doch nichts half. Der Killerwurm war immer noch da. Wenn seine Geduld auf die Probe gestellt werden sollte, dann drohte er nicht zu bestehen. Nnanji wurde immer ungehaltener über sich selbst, bis er seine Klinge zu Boden schleuderte, sich die Maske vom Gesicht riß und einen Haufen unflätiger Worte vom Stapel ließ.

»Ich bin eine verdammte Niete!« schrie er. »Warum bringt Ihr mich nicht einfach zur Auspeitschstelle und schlagt mich grün und blau?«

Wallie seufzte. Der Mann brauchte eine jahrelange Psychotherapie, und für so etwas fehlte die Zeit. Er hatte nur noch eine letzte Hoffnung, auf die er setzte.

»Würdest du dich dann besser fühlen?« fragte er.

Nnanji sah ihn überrascht an, kam zu dem Schluß, daß sein Mut auf die Probe gestellt werden sollte, und antwortete trotzig: »Ja!«

»Ich möchte aber nicht, daß du dich besser fühlst«, sagte Wallie. »Ich möchte, daß du dich wie der nichtsnutzige, blöde Tölpel fühlst, der du wirklich bist. Los jetzt, setz die Maske wieder auf!«

Nnanji stand *en garde* und wurde mit dem stumpfen Ende von Wallies Florett in die Rippen gestoßen, was einen roten Striemen hinterließ.

»Autsch!« sagte er vorwurfsvoll.

»Ich glaube, du hast Angst, auf mich loszugehen ...« Wallie schlug ihn rücksichtslos vor die Brust.

»Scheiße!« Nnanji taumelte unter der Wucht des Schlags.

»Weil ich ein Schwertkämpfer bin ...« Wallie ließ sein Florett gegen Nnanjis Maske scheppern. »Und du nur der *Abfall von einem Teppichknüpfer!«* Als nächstes stieß

Wallie seine Klinge auf beleidigende Weise in den Schritt von Nnanjis Kilt.

Das hätte leicht schiefgehen können. Nachdem seine Selbstachtung in Streifen geschnitten war, nachdem er jetzt von seinem angebeteten Helden abgelehnt wurde, bestand die Gefahr, daß Nnanji wie ein ausrangiertes Zelt schlaff zusammensackte und für den Rest seines Lebens dazu zurückkehrte, Pilger in Schach zu halten. Doch die Götter statteten einen Mann nicht mit rotem Haar aus, wenn es nicht als ganz bestimmte Warnung gemeint war. Sein Temperament ging zum zweitenmal mit ihm durch, und diesmal richtete es sich nach außen, auf seinen Peiniger. Vielleicht lag der Ursprung bereits in Wallies teppichknüpfendem Großvater. Er brüllte bei dieser Beleidigung zornentbrannt auf, und jetzt begann der echte Kampf.

Wallie stach wie ein Schlachter zu. Er schlug Nnanji mit dem Florett, stach mit dem stumpfen Ende auf ihn ein, und er ließ einen Schwall aller Schimpfworte auf ihn herabprasseln, die ihm einfielen — aufgeblasener Strohkopf, Hurenbaby, Pilgerschinder, Großkotz, der sein Geld in Spelunken auf den Kopf haut, der keinen einzigen Freund hat, für den niemand einen Heller geben würde... Jedesmal, wenn Nnanji eine weitere Schramme davontrug, sagte er *Scheiße!* Aber er wurde immer wilder, und seine Angriffe wurden immer ungestümer.

»Du Mißgeburt! Du triffst nicht einmal die Breitseite des Tempels, und wenn du mit der Nase direkt davorstehst!«

Wallie jubilierte und nannte ihn einen Schwächling, ein Muttersöhnchen, einen impotenten Schlappschwanz, einen Windbeutel. Nnanjis Gesicht war nicht zu sehen, doch er fluchte immer lauter, und selbst seine Brust lief rot an. Sein Pferdeschwanz wirbelte wie eine Flamme herum. Es war ziemlich anstrengend für Wallie, denn er mußte sich ständig auf ein geringeres Können zurückbremsen, ernsthafte Verletzungen vermeiden, Nnanjis Bewegungen einschätzen, bevor er sie überhaupt gemacht hatte — und durfte gleichzeitig in seinen Beschimpfungen nicht nachlassen.

»Ich will keinen halbgaren Erststufler. Ich brauche einen Kämpfer. Gern würde ich dich Briu zurückgeben, nur leider wird der dich nicht mehr nehmen!«

Nnanji zischte unzusammenhängende Worte durch seine Maske. Da er immer noch keine Berührung geschafft hatte, versuchte er es mit unüberlegten Experimenten, und endlich gelang ihm ein Stoß, der besser war als alles, was er bis dahin geliefert hatte. Wallie wehrte ihn nicht ab. Er taumelte unter der Wucht und fragte sich, ob er wohl eine Rippe gebrochen hätte.

»Glück gehabt!« Er lachte höhnisch. Die Bemerkung war zutreffend gewesen, aber sie klang unfair. Der nächste Stoß glich in etwa dem ersten, und er wehrte ihn so ab, daß es nach Mühe und Not aussah. Dann folgte ein hinterhältiger Hieb. Den mußte er durchgehen lassen, und danach blutete auch Wallie. Er versuchte, zu einer etwas gemäßigteren Kampfart überzugehen, aber jetzt heulte Nnanji wie ein Rudel Hyänen und versuchte es mit allen Mitteln. Die ungeeigneten versagten, doch jedesmal, wenn Wallie eine Verbesserung wahrnahm, ließ er den Hieb kommen, und bald tat ihm alles genauso weh wie seinem Opfer. Sie schlugen aufeinander ein und brüllten und fluchten wie die Irren.

Endlich wußte er, daß er gewonnen hatte. Die Stöße kamen immer kräftiger und zielgenauer und mit so tödlicher Wucht, daß er Gefahr lief, verstümmelt zu werden. »Schluß jetzt!« brüllte er, doch Nnanji wollte oder konnte nicht aufhören. Wallie kämpfte wieder wie ein Siebentstufler und schlug ihm das Florett mit einem Hieb aus der Hand. Dann packte er ihn mit einem Klammergriff. Nnanji kreischte und schlug und trat um sich, bis er schließlich erschlaffte.

»Du hast es geschafft!« sagte Wallie und ließ ihn los.

Er zog ihnen beiden die Masken ab. Nnanjis Gesicht war fast violett, und seine Lippe blutete.

»Was?«

Wallie zerrte ihn zum Spiegel und warf ihm sein Florett in die Hand. »Ausfall!« befahl er.

Wütend machte Nnanji einen Ausfall in Richtung Spiegel. Er schaffte es wieder. Dann wandte er sich zu Wallie, da er jetzt endlich begriffen hatte. »Ich kann es!« Mit einem Freudengebrüll machte er Luftsprünge quer durch den Raum und warf die Arme in die Luft.

Wallie kam sich vor wie Professor Higgins — oder wie ein Flamenco-Tanzlehrer. Er gab Nnanji einen Klaps auf den Rücken. Er lachte und versicherte ihm, daß er all die Beschimpfungen, die er ausgestoßen hatte, nicht ernst gemeint habe, und versuchte ganz allgemein, ihn zu beruhigen. Nnanji tanzte ungläubig zurück vor den Spiegel und legte einen weiteren perfekten Ausfall hin; dann wirbelte er wieder durch den Raum. Die Blockade war gefallen.

»Ich habe es geschafft! Ich habe es geschafft!« Dann betrachtete Nnanji seine und Wallies Wunden, und seine Miene wurde ernster. »Ihr habt es geschafft. Ich danke Euch, mein Gebieter! Danke! Danke!«

Wallie fuhr sich mit dem Arm über die Stirn. »Gern geschehen. Und jetzt — schnell, bevor du steif wirst! Laufe hinunter und mache ein paar Abkühlungsübungen, dann nimm ein heißes Bad. Los!«

Wallie schlug die Tür hinter ihm zu, lehnte sich dagegen und schloß die Augen. Er hätte die gleiche Behandlung selbst gebraucht, aber er mußte auch mit sich ins reine kommen. Er fühlte sich schmutzig, ekelhaft, abartig. Wer war auf die Probe gestellt worden? War es vielleicht Nnanji? Oder war es eine Prüfung, um festzustellen, ob Wallie die rechte Blutrünstigkeit aufbrachte? Er hatte sich geschworen, den Jungen niemals zu schlagen, und jetzt hatte er genau das getan. Um welchen Preis hatte er Erfolg gehabt? Er war schlimmer als Hardduju.

Er öffnete die Augen, und Jja stand vor ihm. Sie musterte ihn mit ihren großen, dunklen und unergründlichen Augen. Er hatte sie in ihrer Ecke ganz vergessen. Sie hatte alles beobachtet. Was mußte sie von diesem sadistisch veranlagten Monster halten, das ihr Besitzer war?

»Jja!« sagte er. »Hab keine Angst, ich bitte dich! So etwas tue ich normalerweise nicht.«

Sie griff nach seiner Hand. »Ich habe keine Angst, Herr. Ich weiß, daß das nicht Eure Art ist.«

»Ich habe ihn verstümmelt!« sagte Wallie betrübt. »Er wird wochenlang Schmerzen haben. Die Narben werden ihm fürs ganze Leben bleiben!«

Sie legte die Arme um ihn und den Kopf auf seine Schulter, obwohl er naßgeschwitzt und blutig war, doch es war nicht Sex, den sie ihm bot — es war Trost. Er trank ihn gierig wie ein Mann kurz vor dem Verdursten.

»Der Eleve Nnanji ist ein rauher Bursche«, sagte sie. »Ich glaube, diese Lektion war für Wallie um einiges schwieriger als für Nnanji. Er wird nicht darunter leiden.«

Er griff den Gedanken erleichtert auf. »Wird er das nicht?«

Sie lachte ihm leise ins Ohr. »Das sind nur Schrammen, Herr. Er wird sie wie Juwelen tragen. Ihr habt ihm seinen Stolz zurückgegeben.«

»Habe ich das?« Wallie entspannte sich langsam. »Ja, das habe ich, nicht wahr?« Die Probe war bestanden. Er hatte einen Schwertkämpfer aus ihm gemacht, und ... »Wie hast du mich gerade genannt?«

Sie erstarrte, da ihr das gleiche plötzlich bewußt wurde. »Das ist der Name, den Ihr in unserer ersten Nacht benutzt habt, Herr. Entschuldigung!«

»Oh, du brauchst dich nicht zu entschuldigen, Jja. Ich habe es gern, wenn du mich so nennst.« Er hielt sie ein wenig auf Abstand, um sie genau ansehen zu können. »Was weißt du von Wallie?«

Sie starrte ihn an, verwirrt und unsicher, wie sie ihre Gedanken in Worte kleiden sollte. »Ich glaube, er versteckt sich im Innern von Lord Shonsu«, sagte sie schließlich verlegen.

Er nahm sie wieder fest in die Arme. »Du hast so recht, mein Liebling. Er ist einsam da drin, und er braucht dich. Du kannst ihn jederzeit herausrufen, wenn dir danach ist.«

Obwohl er es eine Zeitlang nicht in seiner ganzen Tragweite begriff, brachte dieser Moment die entscheidende Wende. Während Nnanji seine geistige Blockade eingerissen hatte, hatte sich Jja ihrerseits eine solche aufgebaut — ein merkwürdiger Zwiespalt in ihrer Beziehung zu ihrem Besitzer und zu ihrem Mann. Irgendwie hatte sie eine strenge Unterscheidung zwischen den beiden gemacht, auf eine rein gefühlsmäßige Weise, die man nicht mit Worten hätte ausdrücken können und die Honakura zum Wahnsinn gebracht hätte. Eine andere Welt oder weit entfernte Länder interessierten Jja nicht. Es war ihr gleichgültig, ob dieser Wallie, der sich in ihrem Besitzer verbarg, unsichtbar war und damit keine Gesichtsmale aufwies. Doch es war zweifelhaft, ob ihre Gedanken überhaupt so weit gingen. Es war ausschließlich eine Sache der Gefühle. Sie hatte ihn in der Pilgerhütte weinen sehen. Jetzt war er zutiefst bekümmert, weil er seinen Freund verletzt hatte. Wenn es ihm schlechtging, konnte sie ihm Trost und Linderung bieten, konnte ihm mit ihrer robusten Sklavenkraft helfen, die Fügungen der Götter hinzunehmen. In solchen Fällen reagierte er wie ein Mensch, nicht wie ein Herr.

Und Wallie hatte die Freundschaft gefunden, die er brauchte, eine andere einsame Seele, der Welt verborgen, versteckt in seiner Sklavin. Zu dieser Analyse war er gekommen, obwohl er nicht wagte, sehr tief zu forschen, um den Zauber nicht durch Logik zu brechen.

»Wallie?« sagte sie schüchtern zu seinem Schultergurt, um das Wort zu üben. »Wallie!« Sie sprach es vier-

oder fünfmal aus, jedesmal mit einer leicht veränderten Betonung. Dann hielt sie ihm das Gesicht zum Kuß entgegen, und dieser Kuß sagte mehr, als es Worte vermocht hätten. Sie führte ihn zum Bett hinüber und zeigte ihm wieder einmal, wie der kleinste aller Götter den Gott der Sorgen vertreiben konnte.

Wallie fuhr mit dem Kopf hoch und griff nach seinem Schwert, als die Tür aufflog, doch es war nur Nnanji, der zurückkehrte. Er hatte getan, wie ihm geheißen worden war, und war jetzt gekommen, um einen ungestümen Angriff auf den Spiegel durchzuführen, obwohl aus vielen seiner Schnitte noch Blut auf seinen Kilt tropfte und jeder vernünftige Mensch zunächst einmal einen Heilkundigen aufgesucht hätte. Er würdigte die beiden erschlafften, schweißüberströmten Gestalten auf dem Bett kaum eines Blickes. Für die Leute hier war Nacktheit nichts Besonderes, und für Nnanji war der Liebesakt nichts anderes als eine rein körperliche Funktion der angenehmen Art, wie das Essen. Es hätte ihn sehr überrascht, wenn sich sein Mentor über diese Störung seiner Intimsphäre beschwert hätte. Wahrscheinlich war Nnanjis einziger Gedanke in diesem Zusammenhang, daß sich Shonsu hoffentlich beeilte und schnell wieder zu Kräften käme, damit er sich den wichtigeren Dingen des Lebens zuwenden konnte, zum Beispiel dem Fechten.

Wallie sank zurück in die weichen Daunen und betrachtete eine Zeitlang Jjas Gesicht. Ein Streifen verlief auf jedem Augenlid von oben nach unten sowie ein winziger waagerechter Balken ... Sklavin und Kind von Sklaven. Sie öffnete die Augen und lächelte ihn in schläfriger Zufriedenheit an.

Seine Zweifel vom Tag zuvor waren verflogen. Er hatte recht daran getan, sie von Kikarani wegzuholen. Sie konnten einander glücklich machen, als Liebende und sogar als Freunde.

Wenn Tarru sie lassen würde …

»Ist der Gott der Sorgen zurückgekehrt, Herr?« flüsterte sie. »So schnell?«

Er nickte.

Jetzt war es an ihr, ihn eingehend zu betrachten. Dann sagte sie: »Der Ehrenwerte Tarru hat die Schwertkämpfer gegen Euch auf sich eingeschworen?«

Überrascht nickte er erneut.

Sie konnte offenbar seine Gedanken lesen. »Die Sklaven wissen alles, Herr. Sie haben es mir erzählt.«

Er spürte Erregung in sich aufsteigen. Freunde! Er hatte genau das Verbrechen begangen, dessen er die Leute hier angeklagt hatte, indem er eine Frau für einen Besitz gehalten hatte, für nichts anderes als den Quell körperlicher Freuden.

»Würden sie mir helfen?« fragte er. »Würdest du mir helfen?«

Die Frage schien sie zu überraschen. »Ich würde alles für Euch tun. Und die anderen würden ebenfalls helfen. Wegen Ani.«

»Ani?«

Sie nickte ernst, wobei ihr Gesicht so nah bei seinem war, daß er es nicht klar sehen konnte. »Ani wäre geprügelt worden, Herr, wenn Ihr sie nicht genommen hättet.«

Also hatten ihm dieser kindische Ulk und seine selbstverständliche Hilfsbereitschaft die Freundschaft der Sklaven beschert? Es gab viele Sklaven in den Mannschaftsunterkünften, wie ihm jetzt auffiel. Bisher hatte er sie kaum wahrgenommen. Wahrscheinlich nahm sie auch sonst niemand wahr. Bestimmt blieb nichts vor ihnen geheim. Natürlich wußten sie, wie er Ani behandelt hatte. Ani selbst war ja Sklavin. So wie die andere in dem Bett in der Ecke.

Er grübelte immer noch darüber nach, was er von einer Sklavenarmee halten sollte, als Jja sagte: »Wenn Ihr versucht, mit dem Schwert wegzugehen, dann wird er Euch aufhalten, Herr? So wurde mir berichtet.«

»Ja.«

»Und wenn ich es für Euch tragen würde?«

Er mußte lächeln, als die Vorstellungen ineinanderflossen.

»Nein«, entgegnete er. »Ich glaube nicht, daß das geht. Die Schwertkämpfer kennen dich — du würdest nicht einmal bis an den Fuß der Treppe kommen, Jja. Man würde dich sofort anhalten, wenn du ein langgestrecktes Bündel bei dir trügest oder eine Rolle oder ...«

Er fuhr hoch und brüllte: »Nnanji!«

In der gleichen Sekunde stellte Nnanji seine Ausfallübungen ein und drehte sich blitzartig um. »Ja, mein Gebieter?« Er grinste wie ein Schwachsinniger. Auch er würde alles tun — er würde heiße Kohlen schlucken, wenn sein Mentor es von ihm verlangte.

»Du hast mir doch erzählt, daß du einen Bruder hast, nicht wahr?« fragte Wallie.

Nnanji sah überrascht aus, als er ans Bett kam und sein Schwert in die Scheide schob. »Katanji, mein Gebieter.«

»Wie alt ist er?«

Nnanji lief rosafarben an. »Er ist alt genug, um sich zu rasieren«, gestand er.

Für einen Moment in Verlegenheit gebracht, fuhr sich Wallie mit der Hand über sein glattes Kinn. Dann begriff er, daß Nnanji nicht das Kinn meinte — Nnanji hatte sagen wollen, daß sein Bruder einen Lendenschurz tragen müßte. Die armen Familien hatten Schwierigkeiten, ihre Kinder in irgendeinem Handwerk unterzubringen. Das Geld, was Nnanji die Aufnahme bei den Schwertkämpfern ermöglicht hatte, war Bestechungsgeld gewesen, doch die Lehrherren in Handwerksberufen verlangten ganz unverblümt Einstandsgebühren.

»Ist er vertrauenswürdig, wirklich vertrauenswürdig?« fragte Wallie.

Nnanji runzelte die Stirn. »Er ist ein Tunichtgut, mein

Gebieter, aber er schafft es immer wieder, sich aus allen Schwierigkeiten herauszureden.«

»Ist er dir gegenüber wenigstens loyal? Würdest du ihm dein Leben anvertrauen?«

Jetzt war Nnanji erst recht erstaunt, aber er nickte.

»Und er möchte gern Schwertkämpfer werden?«

»Natürlich, mein Gebieter!« Nnanji konnte sich kein erstrebenswerteres Ziel vorstellen.

»Nun gut«, sagte Wallie — er sah keine andere Möglichkeit. »Jja wird ihn ausfindig machen. Ich habe eine Aufgabe für ihn. Wenn er sie getreu erfüllt, dann bekommt er jegliche Belohnung, die zu geben in meiner Macht steht.«

»Ihr würdet einen Neuling als Schützling nehmen?« rief der Vasall aus, der noch vor einer Stunde selbst nicht zu mehr nutze war als ein blutiger Anfänger.

»Sofern er das möchte.« Wallie lächelte. »Aber du wirst nächste Woche ein Viertstufler sein, vergiß das nicht! Wir können noch heute einen Drittstufler aus dir machen, wenn du weiterhin solche Ausfälle wie gerade eben machst. Er kann dir oder mir schwören, das ist mir egal.«

Voraussetzung war natürlich, daß einer von ihnen beiden überlebte.

Nnanjis mitgenommenes Äußeres war während des Mittagessens Anlaß für viel heimliche Schadenfreude — der Siebentstufler hatte also offensichtlich die Geduld mit seinem unverbesserlich unfähigen Schützling verloren. Nur den Aufmerksamsten war vielleicht nicht entgangen, daß Lord Shonsu selbst nicht weniger Schrammen und Schnitte davongetragen hatte, und einige mochten sich fragen, warum das mutmaßliche Opfer so idiotisch lächelte.

An diesem Nachmittag erwies sich Lord Shonsu als sehr anspruchsvoller Gast. Er ließ noch einmal den Schneider kommen, ebenso den Schuster. Der Heilkundige Dinartura erschien und erachtete es für notwendig, noch eine zweite, dritte und vierte Meinung zu den Füßen des edlen Herrn einzuholen; außerdem überbrachte er seinem Onkel eine geheime Botschaft. Der Masseur wurde gerufen. Ein Priester nach dem anderen machte seine Aufwartung, jeder mit geheimnisvollen Paketen. Lord Shonsu beschloß, einen Sattel zu erwerben, und schickte nach dem Sattler. Er verlangte Musik, also kamen und gingen den ganzen Nachmittag über Musikanten. Er wollte für seine Sklavin noch mehr Kleider nähen lassen, und die Stoffhändler brachten Ballen von Seide an. Badewasser wurde angefordert — nicht einmal, sondern zweimal, wegen der unerträglichen Hitze. Und schließlich, gegen Abend, kam sogar Lord Athinalani aus seiner Schmiede, begleitet von zwei Gehilfen, die Kisten voller Schwerter anschleppten. Falls sich Tarru über all diese unsinnige Aktivität auf dem laufenden halten ließ, dann mußte ihm durch die Eigenschaft des letzten Besuches ein Licht aufgegangen sein, was geschah. Doch da war er bereits geschehen.

Kurz vor Sonnenuntergang entlud sich die Hitze in einem dramatischen Gewitter. Es goß in Strömen aus einem kohleschwarzen Himmel. Büschel von lavendelfarbenen Blitzen zuckten um die spitzen Tempeltürme. Die Goldauflage machte diese Türme zu guten Blitzableitern, und dank einer göttlichen Eingebung waren sie offenbar bei der Konstruktion bestens geerdet worden.

Wallie und Nnanji, die das Schauspiel von ihrer königlichen Suite aus beobachteten, empfanden die Donnerschläge wie Hiebe auf den Kopf, bei denen ihnen die Ohren klingelten.

»Die Götter sind ungehalten, mein Gebieter«, sagte Nnanji voller Unbehagen.

»Das glaube ich nicht. Ich glaube, sie lachen sich kaputt.«

Das gesellige Leben begann später als sonst, nach dem Regen, doch die Nacht war wundervoll kühl, und die Fackeln rund um die Terrasse zischten und qualmten, und ihr Schein spiegelte sich in den nassen Pflastersteinen. Als der hohe Gast mit seiner kleinen Gefolgschaft die Räumlichkeiten durchquerte, wandten sich ihm alle Blicke zu. Mit sorgsam verhohlener Erheiterung registrierte Wallie die verdutzten Gesichter der Schwertkämpfer, die versuchten dahinterzukommen, was sich verändert hatte, und die heruntersackenden Kiefer und erstaunten Ausrufe, wenn sie es gemerkt hatten.

Es war nicht der zerzauste Zustand seines Schützlings, der die Überraschung hervorrief, auch nicht die atemberaubende Figur seiner Sklavin in ihrem blauen Gewand, das mit einem silbernen Greif auf der linken Brust verziert war — die Hälfte der an diesem Abend anwesenden Frauen trugen ähnliche Gewänder, die inzwischen »Shonsus« genannt wurden. Nein, das Aufsehen erregte der unerschrockene Lord selbst, und vor allem seine leere Schwertscheide.

Lord Shonsu hatte sein Schwert am Eingang abgegeben.

Tarru war nicht zugegen, doch drei Fünftstufler versuchten, sich so schnell und so unauffällig wie möglich in den Vorraum zu verdrücken. Der alte, einarmige Wächter zeigte ihnen das Schwert, das der edle Lord zur Aufbewahrung abgegeben hatte. Vermutlich erkannten sie es — es war die Parodie einer Waffe, aus Roheisen, nicht geeignet, und damit auch nur ein angriffslustiges Karnickel abzuwehren.

Das Schwert war eine Niete.

Wie die Schwertkämpfer.

Ihr seid am Zug, Ehrenwerter Tarru.

4

Honakuras Spionagenetz hatte wirkungsvoll gearbeitet, wie immer, und er begrüßte Wallie und sein nagelneues Schwert am nächsten Morgen mit ausgiebigem zahnlosen Kichern und begeistertem Händeschütteln. Der schattige Innenhof war kühl und feucht, und die Bougainvillaea funkelten vor diamantenen Tropfen. Die Luft duftete angenehm.

»Ich habe Euch doch gesagt, daß Ihr den Erwählten der Göttin nicht zu gering einschätzen solltet!« sagte er und brachte eine außergewöhnlich staubige irdene Flasche zum Vorschein. »Dies, mein Lord, ist die letzte Flasche eines berühmten Jahrgangs, ein neunundachtziger Plon. Ich öffne sie zur Feier Eures Sieges!«

»Das ist kein Sieg!« widersprach Wallie, während er sich wieder einmal auf dem vertrauten Hocker niederließ. »Aber ich habe die Zeit gewonnen, die ich brauche.«

»Ein Schlagabtausch, aber noch nicht der eigentliche Wettkampf?« fragte Honakura und kicherte wieder. »Habe ich das richtig verstanden?« Er stellte die Flasche auf den kleinen Tisch, beugte sich darüber und hantierte umständlich mit einem Messer herum, um das Wachssiegel zu entfernen. »Ihr habt meinem Neffen einen großen Schrecken eingejagt — er war überzeugt davon, daß der Dämon wieder in Euch gefahren war. Auch mir habt Ihr Sorgen bereitet, mein Lord. Als Dinartura mir berichtete, daß ihr verlangt hättet, die Priester sollten euch mit länglichen Paketen besuchen, dachte ich schon, ihr wolltet das Schwert an mich weitergeben. Ich überlegte ziemlich aufgeregt, an welchem sicheren Ort ich es verstecken könnte. Doch dann kamen alle Pakete ungeöffnet zurück ...« Er lachte wieder und verstreute dabei Spucketröpfchen. »Hier, bitte.« Er hatte den Wein eingeschenkt.

Wallie schnupperte an dem Wein in seinem Kristallglas, nippte daran und äußerte sich lobend. Er war wirklich nicht schlecht, einem milden Muscadet nicht unähnlich.

»Man hat Eure Gemächer durchsucht, wie ich gehört habe?« fragte Honakura.

»Mindestens viermal, so wie es dort aussieht«, antwortete Wallie. »Ich beorderte Coningu zu mir und überhäufte ihn mit einem Schwall von Beschwerden. Das Bett war halb zerrupft! Überall waren Federn verstreut.«

Der alte Priester hatte sich fast am Wein verschluckt. »Was hatte Meister Coningu zu sagen?«

»Er ließ ziemlich deutlich durchblicken, daß der Schuldige nicht von ihm zur Rechenschaft gezogen werden konnte«, sagte Wallie. Der alte Kammerherr war offenbar kein Anhänger Tarrus und könnte sich als wertvoller Verbündeter erweisen. »Jetzt ist die Schatzsuche also in vollem Gange, doch ich wurde gestern von sehr vielen Leuten besucht. Er kann unmöglich wissen, wer es mitgenommen hat.«

Honakura nickte vergnügt. »Und wen könnte er mit der Suche beauftragen? Ehrliche Männer, die mit der Sache nichts zu tun haben wollen, würden ihre Aufgabe zweifellos nur oberflächlich erfüllen; unehrliche Männer würden das wertvolle Stück vermutlich an einem anderen Ort verstecken. Er kann nicht überall selbst suchen.«

Er nippte schweigend an seinem Glas und genoß Tarrus ausweglose Dilemma; dann hob er eine seiner nicht vorhandenen Augenbrauen. »Würdet Ihr mir vielleicht im groben verraten, wie Ihr es angestellt habt?«

»Mit Vergnügen.« Wallie hatte auf diese Frage gewartet. »Der schwierigste Teil war, es die Treppe hinunter und aus dem Gebäude zu schaffen, denn es gibt Spitzel, und ich werde überall beobachtet, wohin ich auch gehe. Das Schwert wäre sicher bemerkt worden. Was ich nicht wußte, war, ob Nnanji ebenfalls beobachtet wurde ...«

Während Jja sich also auf den Weg gemacht hatte, um Nnanjis Bruder zu suchen, hatte Wallie Nnanji unterwiesen, wie man einen Verfolger ausmacht. Nnanji war enttäuscht, als er erfuhr, daß das kein Sutra war, doch Wallie hatte lediglich die Grundpraktiken, die in jeder Spionagegeschichte vorkamen, zitiert — verstohlenes Huschen in einen Hauseingang, überraschendes Hakenschlagen und so weiter. Er hatte ihm sogar ein paar Ratschläge zum Abschütteln eines Verfolgers gegeben, obwohl es in der Tempelanlage an Taxis und Hotelempfangshallen fehlte, die von Spionageromanschreibern gern empfohlen wurden. Nnanji faßte das Ganze als Spiel auf und machte sich auf den Weg zum Tor, um sich seinem Bruder Katanji zu zeigen. Und Katanji, der entsprechende Anweisungen erhalten hatte, war ihm mit einigem Abstand in die Unterkünfte gefolgt.

Honakuras Augen strahlten. »Hat sein Bruder schwarze Haare?«

»Ja«, bestätigte Wallie. »Ich hätte das Wagnis nicht eingehen können, wenn ... Woher wußtet Ihr das?«

»Auf gut Glück erraten«, antwortete der Priester, schmunzelnd und offensichtlich lügend.

Wallie runzelte die Stirn und fuhr fort: »Natürlich schenkten die Wachtposten am Tor einem nackten Jungen mit einem Teppich keinerlei Aufmerksamkeit. Er folgte Nnanji, und sie beide schlüpften in das Gestrüpp unter dem Balkon. Und ich ließ das Schwert zu ihnen hinunterfallen.«

Honakura war fassungslos — er wußte, wie hoch die Suite lag. »Ihr ließt es *hinunterfallen?* Wurde es nicht zerschmettert?«

Wallie erklärte das Prinzip von Fallschirmen. Er hatte mit vier Längen von Jjas Faden eine Kissenhülle an dem Griff befestigt. Das reichte nicht aus, um den Fall des Schwertes wesentlich abzubremsen, doch es hatte bewirkt, daß die meisterhaft ausgewogene Klinge mit der Spitze nach unten fiel, und Chioxin hatte es so konstruiert, daß es einen Aufprall in dieser Richtung aushielt. Höchstens ein unterirdischer Felsen hätte Schaden anrichten können, und dieses Risiko mußte er einfach eingehen.

Wie sich herausstellte, war das Siebte Schwert in eine unterirdische Baumwurzel gestoßen. Das hatte sich als Problem erwiesen. Katanji hatte erfolglos daran herumgezerrt und gerüttelt — die Klinge blieb fest eingepflanzt, während Wallie oben auf dem Balkon den Atem anhielt. In einer abgeschwächten Form von Hysterie fielen ihm Mallorys Worte über den jungen Arthur ein: *Wer dieses Schwert aus dem Stein und dem Amboß herauszieht, der ist rechtmäßiger König von England.* Im vorliegenden Fall hatte des jungen Arthurs schlacksiger älterer Bruder im Gestrüpp gestanden und es mit äußerster Anstrengung versucht. Doch Chioxin hatte wahrscheinlich an diese Art der Beanspruchung nicht gedacht, und Wallie litt unter der alptraumhaften Vorstellung, daß sich der Griff vom Zapfen lösen könnte. Doch schließlich war es die Klinge, die sich aus der Wurzel löste, und Sir Kay-Nnanji war flach auf den Rücken gefallen, während der junge Arthur von einem Anfall nervösen Kicherns geschüttelt wurde.

»Natürlich«, sagte Wallie, »hätten die Wachtposten einen Jungen kontrollieren sollen, der einen Teppich *aus* der Anlage trägt, doch es war so heiß gestern ... und er trägt die Vatermale eines Teppichknüpfers, so daß man ihm eine Geschichte über eine Reparatur bestimmt abgenommen hätte. Jja beobachtete ihn. Sie sagt, daß er einfach durchmarschierte, ohne irgend etwas gefragt zu werden.«

Der alte Priester runzelte die Stirn. »Das unbezahlbare Schwert befindet sich jetzt im Haus eines Teppichknüpfers?«

»Wohl kaum!« brauste Wallie auf. »Das wäre viel zu einfallslos!«

Er nahm einen Schluck Wein und genoß den Ausdruck auf Honakuras Gesicht — hatte jemals jemand Grund gehabt, Honakura der Einfallslosigkeit zu bezichtigen? Dann fuhr er fort.

»Beim Frühstück heute morgen — übrigens konnte man an den grinsenden Gesichtern bei meinem Eintreten ablesen, wer auf meiner Seite stand ... nicht, daß ich diesen Männern jetzt immer noch trauen könnte ... Wo war ich stehengeblieben? Ja. Tarru war nicht anwesend, doch Trasingji war es ...«

Wallie und sein Schützling hatten ihr Frühstück auf den üblichen Plätzen eingenommen. Dann waren sie beim Hinausgehen an Trasingji vorbeigekommen, der mit zwei anderen Fünftstuflern zusammensaß. Wallie hatte kurz bei ihnen verweilt, um ihre Begrüßung entgegenzunehmen. Nur ein leichtes Zusammenziehen der federweißen Augenbrauen hatte einen Hinweis auf Taringjis Gedanken geliefert, doch seine Begleiter hatten den Siebentstufler offen angegrinst.

»Berichtet Eurem Freund folgendes«, hatte Wallie gesagt. »Ich weiß nicht, wo es ist. Nnanji weiß nicht, wo es ist, genausowenig wie seine Eltern — es befindet sich nicht in deren Haus. Tatsächlich ist es überhaupt nicht mehr in der Stadt. All dies schwöre ich bei meinem Schwert. Die Göttin sei mit Euch, Meister.« Und dann war er von dannen geschritten, sehr zufrieden mit sich selbst. Es gab nichts Heiligeres für einen Schwertkämpfer als der Schwur auf sein Handwerkszeug, also würde man ihm vermutlich glauben.

»Ich verstehe«, sagte Honakura. »Ich glaube wenigstens, zu verstehen. Er weiß also, daß es sich immer noch innerhalb der Tempelanlage befindet?« Der Priester war gereizt, weil ihm von einem simplen Schwertkämpfer ein Rätsel aufgegeben wurde. Er wußte, daß Wallie das wußte.

Wallie nickte. »Womöglich nimmt er an, daß Ihr es habt, Heiligkeit. Ich hätte auch diese Möglichkeit ausschließen sollen; vielleicht seid Ihr in Gefahr.«

»Pah!« Honakura zog eine finstere Grimasse. »Ich glaube immer noch, daß Ihr es ganz und gar aus dem Tempelbereich geschafft habt. Doch Ihr würdet wohl kaum einen falschen Schwur ablegen ...«

»Außerdem läßt Tarru das Tor durch zusätzliche Posten bewachen. Sie alle werden bezeugen, daß weder Nnanji noch ich hinausgegangen sind. Katanji kennen sie nicht. Vielleicht haben sie Jja kommen und gehen sehen, denn den Frauen schenken sie besondere Aufmerksamkeit, doch sie trug nichts bei sich.« Er nahm einen kleinen Schluck Wein und fügte beiläufig hinzu: »Abgesehen von einer Decke, beim Zurückkommen.«

»Eine Decke?«

Walli hatte Mitleid mit ihm. »Ihr Baby hat seine Dekke vermißt. Ich habe ihr ein Kupferstück gegeben, damit sie sie Kikarani abkaufen kann. Nachdem ich daran gerochen habe, weiß ich, wie er sie wiedererkannt hat, wenn auch nicht, warum er sie unbedingt haben wollte.«

Jetzt begriff der Alte und schüttelte erstaunt den Kopf. »Ihr habt das Schwert also einer Sklavin und einem unbekannten Jungen anvertraut?«

Wallie nickte, sehr zufrieden. Wenn selbst der mit allen Wassern gewaschene Honakura, der außerdem wußte, daß Jja keine gewöhnliche Sklavin war, seine Handlungsweise unglaublich fand, dann würde Tarru niemals auch nur annähernd daraufkommen. Tarru war habgierig und eine Spielernatur, kein Mensch, der irgend jemandem vertraute. Tarru hätte Nnanji dem Schwertkämpfer nicht einmal einen Edelstein anvertraut.

»Katanji trug es in einen Teppich eingewickelt die Straße hinauf, gefolgt von Jja, die alles beobachtete. Dann huschte sie in eine leerstehende Hütte und versteckte es im Stroh. Aber ich weiß nicht, in welcher Hütte, also weiß ich nicht, wo es ist.«

»Die Decke war demnach der Vorwand, unter dem sie

sich von hier entfernte und dorthin begab«, schloß der Priester, lächelte und nickte. »Und das Schwert hat nicht nur den Tempel verlassen, sondern befindet sich auch außerhalb der Stadt. O ja! Ihr seid ein überaus einfühlsamer Schwertkämpfer, mein Lord!« Ein größeres Kompliment hätte er wahrscheinlich nicht aussprechen können.

Wallie nahm einen Kuchen an und noch mehr Wein. Er mußte zugeben, daß es einen Grund zum Feiern gab. Er erzielte einen noch größeren Heiterkeitserfolg, als er zum besten gab, wie er am Abend zuvor Nnanjis altes Schwert zur Aufbewahrung abgegeben hatte.

»Machen seine Fechtkünste Fortschritte?« fragte Honakura. »Wie ich hörte, habt Ihr ihm schwer zugesetzt.«

Wallie gab zu, daß er sich gezwungen gefühlt hatte, Nnanji zu schlagen, wenn auch nicht auf die herkömmliche Art. »Seine Schwertkämpfer-Eigenschaften sind ganz erstaunlich. Seine Abwehr war schon vorher hervorragend, und jetzt stehen ihr seine Angriffe in nichts mehr nach. Heute morgen hat er versucht, mich niederzumetzeln, aber diesen Fehler wird er schon noch ablegen.«

Nnanji konnte nach den allgemeinen Tempelmaßstäben leicht in der Dritten Stufe aufgenommen werden, ja sogar nach Shonus Maßstäben. Es hatte fast den Anschein, als ob die Ergebnisse seiner jahrelangen fruchtlosen Übungen irgendwo gespeichert und jetzt freigesetzt worden wären. Wallie hatte angeboten, seine Beförderung noch am selben Tag in die Wege zu leiten. Nnanji hatte daraufhin ganz verwegen gefragt, ob eine Regel dagegenspräche, gleich zwei Stufen auf einmal zu nehmen. Nichts sprach dagegen, also willigte Wallie ein zu warten, bis er soweit wäre, es mit der vierten Stufe zu versuchen. Nnanji war jetzt seine Geheimwaffe.

Honakura kuschelte sich in seinen Korbstuhl und blinzelte seinem Gast zu. »Und die Sklavin?«

Unbewußt mußte Wallie bei dieser Frage gähnen. Er

war nicht sicher, ob er in der letzten Nacht überhaupt geschlafen hatte. Er wünschte, Honakura wäre des Lesens kundig gewesen, dann hätte er ein Witzchen über ein Buch der Rekorde dieser Welt machen können. Doch das war er nun mal nicht, also bemerkte Wallie lediglich, daß an diesem Morgen noch viel mehr Federn auf dem Boden herumgelegen hätten. Shonsu erbrachte unermüdlich Glanzleistungen, wenn er angespornt wurde, und Jja war eine begeisterte Partnerin. Gemeinsam hatten sie die höchsten Gipfel der Leidenschaft erreicht, die er für uneinnehmbar gehalten hätte, wenn er es nicht am eigenen Leibe erfahren hätte.

»Und was habt Ihr als nächstes vor?« fragte der Priester, während er sein Glas von neuem füllte.

»Jetzt habe ich erst einmal Zeit«, sagte Wallie. »Zeit, gesund zu werden, Nnanji auszubilden, von Euch mehr über Eure Welt zu erfahren ... Zeit zum Nachdenken! Der Ehrenwerte Tarru kann ruhig weiterhin die Tempelgebäude auseinandernehmen, doch irgendwann muß er sich sein Versagen eingestehen, deshalb wird er es sich wohl überlegen.«

»Und dieser Katanji?«

»Ach«, sagte Wallie, »ich habe ihn noch nicht persönlich kennengelernt, aber ich denke, er wird der fünfte im Bunde sein. Dann fehlen noch zwei.«

»Ihr lernt, Walliesmith«, sagte Honakura.

Wallie konnte sich nicht leisten, in seiner Wachsamkeit nachzulassen, doch er spürte den Tod nicht mehr so dicht auf seinem Rücken mitspazieren. Die Tage krochen dahin, und seine Füße heilten mit einer Geschwindigkeit, die Dinartura in Erstaunen versetzte, doch die Verbände blieben dran. Wallie verbrachte die meiste Zeit in der Gästesuite — sich mit Gymnastik fit haltend, mit Nnanji fechtend und Sutras aufsagend, mit Vixini spielend, mit Jja der Liebe frönend. Jedesmal wenn er ausging, war er überzeugt, verfolgt zu werden, und er hatte den Verdacht, daß inzwischen das gleiche für Nnanji zutraf.

Shonsu war ein vorzüglicher Lehrmeister, Nnanji ein unglaublich guter Schüler. Sobald ihm einmal ein besonderer Trick oder Kunstgriff gezeigt worden war, vergaß er ihn nie wieder. Sein kämpferisches Können baute sich auf wie eine Gewitterfront an einem Sommernachmittag, was Wallie daran merkte, daß er ihm mit immer mehr Geschicklichkeit begegnen mußte, um auf einer Stufe mit ihm zu kämpfen. Es wäre besser gewesen, wenn er mehr als einen Übungspartner gehabt hätte, aber es gefiel beiden, seinen Erfolg geheimzuhalten.

Die Tage krochen dahin ...

Eines Abends, als Lehrer und Schüler ihr Bad beendet hatten und sich beide der zufriedenen Erschöpfung erfreuten, die einer langen, großen Anstrengung folgte, gestand Nnanji, daß er sich irgendwie enttäuscht fühlte.

»Ihr seid ein besserer Lehrer als irgend jemand in der Welt, mein Gebieter«, sagte er. »Ihr zeigt mir all diese wunderbaren Techniken, doch ich mache so gut wie keine Fortschritte, jedenfalls seit jenem ersten Tag nicht mehr.« Er schleuderte sein Handtuch wütend zu Boden.

Wallie lachte. »Natürlich machst du Fortschritte! Ich stelle immer höhere Anforderungen an dich.«

»Oh!« Nnanji machte ein überraschtes Gesicht. »Tut Ihr das?«

»Das tue ich. Laß uns in den Übungshof hinausgehen.«

Sie standen nebeneinander auf der kleinen Empore und beobachteten das Treiben. Um diese Tageszeiten waren nur ein halbes Dutzend Paare beim Fechten, manche unter Aufsicht und manche nur zur eigenen Übung. Nnanji sah eine Weile zu, dann wandte er sich mit einem erstaunten Grinsen an seinen Mentor.

»Wie *langsam* sie sind!« sagte er. »Wie *durchschaubar!*«

Wallie nickte. »Du kannst nicht erwarten, daß du jeden Tag vom Blitz der Erkenntnis getroffen wirst«, sagte er. »Das muß sich allmählich entwickeln. Aber du bist schon hundertmal besser als du warst.«

»Seht Euch bloß diesen Klumpfuß da drüben an!« murmelte Nnanji verächtlich.

Dann hörte eins der Paare mit den Übungen auf. Die beiden Männer zogen sich die Masken ab, und hervor kamen Gorramini und Ghaniri. Nnanji zischte, wobei seine Augen entzückt funkelten: »*Die* könnte ich allemal schlagen, mein Gebieter!«

»Möglicherweise«, sagte Wallie, der ihm im stillen recht gab. »Laß uns jedoch noch ein paar Tage damit warten.«

Jeden Morgen besuchte er Honakura in seinem kleinen Innenhof und erfuhr mehr über diese Welt. Er fragte ihn auch über Shonsu aus und war bekümmert, als er merkte, wie wenig der Priester über diesen wußte. Er war von weither gekommen, doch das bedeutete nicht unbedingt, daß er eine lange Reise gemacht hatte. Die Hand der Göttin hatte ihn bestimmt hierhergebracht, lautete Honakuras beharrlich vorgebrachte Auffassung, und auf die gleiche Weise konnte Wallie überallhin verfrachtet werden, ganz nach Ihrem Belieben. Er brauchte also nur ein Schiff in Hann zu besteigen, und schon würde er im nächsten Hafen seine Bestimmung finden — oder seinen geheimnisvollen Bruder.

»Eins solltet Ihr wissen, mein Lord«, sagte der schmächtige Mann. Er fuhr zögernd fort. »Offenbar hatte die Göttin den Dämon geschickt, da unser Exorzismus versagte.«

Für Wallie war das ein verwirrendes Thema, da er ja selbst der fragliche Dämon war, und es erinnerte ihn immer wieder an die Andeutungen des Halbgottes, daß jemand eine schlechte Vorgabe geleistet habe. »Na und?« fragte er.

»Der frühere Bewohner Eures Körpers . . .«, sagte Honakura. »Also, ich meine ... der originale Lord Shonsu ... er glaubte, daß der Dämon von Magiern geschickt worden sei.«

»Magier!« rief Wallie mißbilligend aus. »Ich wußte gar nicht, daß es in dieser Welt Magier gibt.«

»Ich auch nicht«, antwortete der Priester überraschenderweise. »Alte Legenden handeln von ihnen, aber ich habe noch nie gehört, daß ein Pilger sie erwähnt hätte. Angeblich arbeiteten sie früher einmal mit den Priestern Hand in Hand.«

Wallie fand keinen Gefallen an der Vorstellung von Magiern. Was konnte ein Schwertkämpfer gegen Magier ausrichten? Doch eine Welt voller Götter und Wunder war vermutlich auch eine Welt der Magier.

»Das reimt sich zusammen«, murmelte er mehr zu sich selbst. »Wo es Schwertkämpfer gibt, gibt es bestimmt auch Magier, nicht wahr?«

»Ich kann da keinen Zusammenhang erkennen.« Honakura schniefte. »Aber ich kann Euch einen guten Rat im Hinblick auf sie geben. Angeblich beteten sie den Feuergott an. Ihre Gesichtsmale waren Federn.«

Warum Federn? Niemand wußte es, und Wallie stellte fest, daß auch ansonsten niemand viel über Magier wußte. Nnanji machte nur ein finsteres Gesicht und maulte, daß ein Kampf gegen Magier nichts Ehrenhaftes sei. Nnanjis Ideale zielten mehr in Richtung heldenhafter von-Mann-zu-Mann-Gefechte und kämpferischer Großtaten. Er träumte wahrscheinlich von seinem Lieblingsepos: *Wie Nnanji Goliath besiegte.*

Eines Tages beförderte ein Nachwuchspriester, den Honakura mit Bedacht ausgewählt hatte, eine Botschaft zu Nnanjis Bruder. Am nächsten Morgen kniete der Junge inmitten der Pilger in den Bogengängen des Tempels. Ein Jugendlicher, der kein Handwerk erlernte, war für die Priester von geringem Interesse, doch diesem wurde nach einer gewissen Zeit Beachtung geschenkt, und jemand geleitete ihn zum Gebet ins Tempelinnere ... und dann ungesehen zu einem Hinterausgang wieder hinaus. Jetzt saß er mit eben jenem Herrn und Wallie auf einem Hocker in Honakuras Innenhof und futterte alle Kuchen weg.

Er hatte wenig mit Nnanji gemein: Seine Haare waren kurz und dunkel und gelockt, die Augen blickten scharf und ruhelos, dazu kam eine sprudelnde Frechheit, die sich wenig von der erhabenen Gesellschaft zweier Siebentstufler beeindrucken ließ. Auf Wallie wirkte er nicht gerade wie der Stoff, aus dem Schwertkämpfer gemacht werden, doch Wallie hatte sich Honakuras Glauben angeschlossen, daß die Götter schon wußten, wen sie für ihn rekrutierten, und wenn Nnanji seinen Bruder als ersten Schützling wünschte, dann sollte es wohl so sein.

Katanji gelobte feierlich, daß er niemandem etwas von seinem Bravourstück mit dem Schwert erzählt hatte. Er wurde eindringlich daran erinnert, wie wichtig das für Nnanji war, denn wenn das Schwert Tarru in die Hände fiel, dann mußte er Wallie zur Selbstverteidigung töten, oder aus reiner Boshaftigkeit. Und dann mußte er auch Nnanjis Tod planen.

Bevor Katanji ging, wurde noch ein Vertrag über die Reparaturarbeiten an einem der Teppiche im Schlafgemach eines Priesters mit ihm abgeschlossen. Falls er noch für weitere verschwörerische Tätigkeiten gebraucht würde, könnte man ihn es wissen lassen, wenn er die Stücke ablieferte. Honakura schien erschüttert über den Preis, den der junge Bursche verlangte. Er warf Wallie einen reuevoll-überraschten Blick zu, stimmte jedoch zu, daß er gezahlt würde. Katanji hüpfte beim Hinausgehen.

Als Nnanji später von den ausgehandelten Bedingungen erfuhr, ging er fast in die Luft.

»Euer Vater wird demnach sehr zufrieden sein«, sagte Wallie.

Nnanji schnitt eine unergründliche Grimasse. »Sofern er jemals etwas davon erfährt.«

Wallie war mit der Planung seiner Flucht noch kein Stück weitergekommen. Tarru hatte jeden Winkel der Schwertkämpfer-Unterkünfte durchsuchen lassen und das Schwert nicht gefunden. Er konnte schlecht die gesamte Tempelanlage auf den Kopf stellen, also mußte er warten, bis Wallie den Versuch machte, wegzugehen. Er ließ das Tor von vielen Posten bewachen. Er hatte eine Straßensperre am Fuß der Hügel errichtet und die Kontrollen im Fährhafen erheblich verschärft.

All dies erfuhr Wallie von den Sklaven. Sein Nachrichtendienst funktionierte inzwischen besser als der Honakuras. Die Sklaven wußten alles, doch im allgemeinen bildeten sie eine verschworene Gemeinschaft, aus der nichts nach außen drang. Die Angelegenheiten der Freien gingen sie nichts an, sie spielten darin keine Rolle. Im Falle Lord Shonsus machten sie eine Ausnahme, und Jja wurde mit allen Neuigkeiten versorgt, damit sie sie ihm berichten konnte.

Tarru war in eine Sackgasse geraten, doch er vereidigte weiterhin Schwertkämpfer durch den Blutschwur auf sich. Leider geschah das nicht im Beisein von Sklaven, so daß Wallie keinen Anhaltspunkt hatte, wer noch vertrauenswürdig war — wahrscheinlich seit neuestem nicht einmal mehr die Angehörigen der untersten Stufen. Einige mußten allerdings heftigen Widerstand geleistet haben, denn mehrfach wurden Sklaven hereingerufen, um Blutflecken zu entfernen. Die Mannschaft der Tempelwache war so groß, daß es nicht auffiel, wenn der eine oder andere fehlte, und über so etwas wurde ohnehin nicht gesprochen.

Wallie war entsetzt und fühlte sich irgendwie schuldig an diesen sinnlosen Toden. Selbst Nnanji machte ein bestürztes Gesicht, als er davon hörte, obwohl er von der Annahme ausging, daß die Regeln einer fairen Herausforderung eingehalten worden waren. Eine derartige dem Ritual entsprechende Tötung war kein Vergehen, sondern lediglich das Berufsrisiko jedes ehrenwerten Schwertkämpfers. Selbst die nicht mehr aktiven Schwertkämpfer, aus denen sich die Dienerschaft der Unterkünfte zusammensetzte, schienen betroffen zu sein. Der alte Kammerherr, Coningu, wurde plötzlich verbittert, unwirsch und verschlossen. Wallie vermutete, daß der alte Mann damit andeuten wollte, daß er jetzt nicht mehr vertrauenswürdig war, ohne es offen aussprechen zu können.

Die Sklaven hielten ihn also über den aktuellen Stand der Dinge auf dem laufenden. Für seine längerfristige Strategie unterzog er Honakura einer eingehenden Befragung. Was geschah, wenn man den Fluß immer weiter abwärts fuhr? Der Priester hatte darüber noch nie nachgedacht und vermutete, daß man niemals an einem Ende ankäme — wie konnte der Fluß ein Ende haben? Wohin floß das Wasser? Was geschah, wenn man sich vom Fluß entfernte? Man würde immer wieder auf ihn stoßen, denn er war überall. Sein einziges Zugeständnis war, daß es außerdem noch Berge gab, und in dieser Hinsicht war sein Wissen dürftig. Vielleicht gab es andere Völkerstämme, andere Sitten, andere Götter in den Bergen.

Die Politik, so schien es, steckte hier noch in den Kinderschuhen; jede Stadt regierte sich selbst. Wallie hatte Schwierigkeiten, dem Priester das Wesen des Krieges zu erklären, denn der war hier so gut wie unbekannt. Eine Stadt, die sich eine Nachbarstadt zu unterwerfen wünschte, würde Schwertkämpfer anheuern, denn nur Schwertkämpfer bedienten sich der Gewalt. Doch die Nachbarstadt würde natürlich ebenfalls ihrerseits Schwertkämpfer anheuern, und warum sollten die Männer zum Wohle anderer die Mitglieder ihrer eigenen Zunft umbringen? Sicher befand sich die eine Seite im Recht und die andere im Unrecht. Und kein ehrenwerter Schwertkämpfer würde jemals für das Unrecht kämpfen. Das hörte sich alles zu gut an, um wahr zu sein, und Nnanji erzählte etwas anderslautende Geschichten, in denen Gute und Böse vorkamen, doch alles in allem war diese Welt hier sicher ein friedlicherer Ort als andere Planeten.

Jjas Geschick im Umgang mit Nadel und Faden entwickelte sich ebenso blühend wie der Nnanjis mit dem Schwert, obwohl im ersten Fall Shonsus Rat keine Hilfe war. Sie hatte als Kind nähen gelernt, es war ihr jedoch nie vergönnt gewesen, das Gelernte anzuwenden. Jetzt entdeckte sie, wieviel Spaß es machte, eine Sache einfach um ihrer selbst willen zu machen. Sie war überwältigt von der Vorstellung, mehr als ein Kleidungsstück zu besitzen, und erst recht mehr als ein einziges Abendkleid, doch sie fertigte ein zweites in Weiß und ein drittes in Kobaltblau, und jedes war schöner gearbeitet und auf raffiniertere Weise aufreizend als das vorige. Sie stickte einen weißen Greif an den Saum von Wallies Kilt — und anschließend an den von Nnanjis, zu dessen großem Entzücken.

Jetzt, nachdem das Schwert »verlegt« worden war, wie sich Wallie ausdrückte, brauchte er keinen Mordanschlag durch eine Klinge oder durch Gift zu befürchten, und an manchen Abenden aß er allein mit seiner Sklavin in der intimen Atmosphäre der königlichen Suite. An anderen Abenden stellten sie ihre Gewänder im Vergnügungszentrum zur Schau.

Bei einer dieser Gelegenheiten trat ein fahrender Sänger zur Unterhaltung auf, der ein Epos über das Massaker zum Besten gab, mit dem drei kühne freie Schwerter sieben Banditen zur Strecke gebracht hatten. Die Schwertkämpfer lauschten mehr oder weniger aus Höflichkeit. Am Ende spendeten sie Beifall und belohnten den Sänger damit, daß sie ihm zwei der Freudenmädchen der Mannschaft für die Nacht überließen — drei galt als Höchstlohn.

Eine Erzählung wie diese fiel in das dunkle Schattenland von Wallies zwiegespaltener Erinnerung. Als

Shonsu konnte er ihr ein gewisses Interesse abgewinnen, wenn er sie auch nicht allzu ernst nahm — Jägerlatein aus Schwertkämpferkreisen. Als Wallie erschien sie ihm als beunruhigende Beschreibung seines Jobs, und er fragte sich, ob sich auch für ihn eines Tages ein Homer finden würde, der der Nachwelt überliefern würde, welche Großtaten auch immer er für die Göttin vollbracht haben mochte.

Er hatte angenommen, daß es sich um eine aktuelle Begebenheit handelte, doch am nächsten Tag klärte ihn Nnanji darüber auf, daß dieselbe Geschichte vor zwei Jahren schon einmal vorgebracht und diese erste Version entschieden besser erzählt worden war. Er bewies das, indem er wortgetreu hundert Zeilen der Erstfassung aufsagte. Um eine Diskussion zu vermeiden, schloß sich Wallie seinem Standpunkt an; er hätte nicht eine Strophe des Gedichtes, das er am vorhergegangenen Abend gehört hatte, zitieren können.

So vergingen die Tage, doch die eigentlichen Probleme blieben ungelöst. Früher oder später mußte Wallie etwas unternehmen, und er wußte nicht, wie er es anfangen sollte. Der Tag der Schwertkämpfer rückte immer näher, und es war beabsichtigt, daß Wallie dabei eine Hauptrolle spielen sollte. Wie konnte er das ohne das gefeierte Schwert bewerkstelligen?

Nnanji hatte sich offenbar mit seinen Fechtkünsten selbst eingeholt. Er machte zwar immer noch Fortschritte, doch mit normaler Geschwindigkeit. Der Shonsu-Teil in Wallie machte sich Vorwürfe wegen Nnanji, denn jetzt war er ein sogenannter Schläfer, ein Mann, dessen Fähigkeiten seine Stufe übertrafen. Schläfer wurden zu gering eingeschätzt, und es war ein hinterhältiger Trick, jemanden zu einem solchen zu machen.

Nnanji war der gleichen Meinung. Er wäre glücklich gewesen, wenn er jetzt endlich die Prüfung für seine Beförderung hätte ablegen dürfen. »Bin ich denn jetzt nicht so gut wie ein Viertstufler, mein Gebieter?«

»Nach meinen Maßstäben bist du ein Viertstufler«, sagte Wallie. »Und das bedeutet, ein Fünftstufler nach den Maßstäben der Tempelwache. Der Ehrenwerte Tarru könnte dir zwar die Haut abziehen und dich aufspießen, doch alle anderen, die ich gesehen habe, könntest du zu Katzenfutter machen.«

Nnanji, wie könnte es anders sein, grinste. »Also morgen?«

»Morgen«, willigte Wallie ein.

Morgen …

5

Am nächsten Morgen trug Wallie seine Stiefel zum erstenmal in der Öffentlichkeit, zur Feier der bevorstehenden Beförderung. Und doch, als er sich wie üblich mit dem Rücken zur Wand zum Frühstück niederließ, sah er sich voller Unbehagen im Saal um. Er hatte fast jeden einzelnen der Fünftstufler dann und wann einmal beim Fechten beobachtet, und nicht einer von ihnen war besser, als Nnanji jetzt war. Tarru würde wahrscheinlich einen nicht unbeträchtlichen Schock erleiden, wenn er erkennen müßte, daß er es nicht nur mit dem besten Schwertkämpfer des Tals zu tun hatte, sondern außerdem auch noch mit dem drittbesten. Diese Erkenntnis könnte ihn zu gefährlich übereiltem Handeln treiben. Wallie grübelte darüber nach, ob es wirklich gut war, seinem Schläfer die Decke wegzuziehen.

Dann erübrigten sich solche Überlegungen.

»Ich bin Janghiuki, Schwertkämpfer der Dritten Stufe …«, rief jemand von der anderen Seite des Tisches herüber. Es war ein junger Drittstufler, im gleichen Alter wie Nnanji, klein und schmächtig und beflissen und von nervösem Eifer besessen, sich einem Siebentstufler vorzustellen.

»Ich bin Shonsu, Schwertkämpfer …« Die Formalitäten waren eine lästige Angelegenheit, die den Nebeneffekt hatten, daß Wallie außerhalb seiner Räume nie lange sitzen bleiben konnte, doch da die Männer der Wache sie untereinander nicht anwandten, waren sie andererseits ein wichtiges Zeichen, das immer wieder daran erinnerte, daß er Gast und damit unantastbar war.

»Erweist Ihr mir die Ehre, mir zu erlauben ...«, sagte Janghiuki und stellte seinen Begleiter vor, einen Erststufler mit dem offiziellen Namen Ephorinzu. Er war Wallie schon zuvor aufgefallen. Nnanji hatte von ihm als Segelohr gesprochen, aus zwei offensichtlichen Gründen, und wahrscheinlich wurde er von allen anderen auch so genannt. Er war ein großer, bekümmert aussehender Mann, ungewöhnlich alt für einen Erststufler, vermutlich älter als Shonsu und sicher älter als sein Mentor mit dem jungenhaften Gesicht.

»Und erweist Ihr mir die Ehre, mir zu erlauben, meinerseits ...« Jetzt mußte Wallie Nnanji Janghiuki vorstellen, obwohl der ihn seit Jahren kannte.

»Mein Lord«, sagte der Drittstufler und kam zur Sache, »mein Schützling steht vor der Beförderung in die Zweite Stufe, und er hat den Wunsch zum Ausdruck gebracht, daß der Eleve Nnanji sich als einer der Prüfer seiner Schwertkämpferfähigkeiten zur Verfügung stellen möge.«

Wallie hatte sich schon so etwas gedacht. Schwertkämpfer sprachen übers Fechten wie Bankiers über Geld, und Nnanjis geheime Fortschritte hatten ihre Neugier bestimmt in hohem Maße geweckt. Er wußte, daß sich die Frage eigentlich an Nnanji richtete, deshalb antwortete er mit einigen nichtssagenden Floskeln, doch Nnanjis Gesicht war durchsichtig wie Luft.

»Nehmt für einen Moment Platz, Schwertkämpfer Janghiuki«, sagte er und setzte sich selbst ebenfalls. »Also, ich möchte folgendes empfehlen: Wenn euch ernsthaft daran gelegen ist, daß Euer Schützling aufsteigt, dann wendet Euch mit Eurer Bitte an jemand anderen. Wie es der Zufall will, beabsichtigt der Eleve Nnanji selbst heute morgen, sich um seine Beförderung zu bemühen. Wenn Ihr jedoch von anderer Seite angewiesen worden seid, diesen Wettkampf herauszufordern, damit sich bestimmte Leute ein Bild von seinem Können zu machen vermögen, dann wird er dem Wunsche des Novizen Ephorinzu gerne entsprechen, davon bin ich überzeugt. Aber ich warne Euch, Nnanji wird ihn niederschmettern.«

Der unglückselige Janghiuki lief hochrot an und wand sich und wußte nichts zu sagen. »Mein Schützling übertrifft mit seinen Fechtkünsten bei weitem den Durchschnitt seiner Gleichgestellten, mein Lord«, brachte er schließlich hervor.

Wenn Wallie noch immer einen Rest von Zweifel gehabt hatte, daß die meisten Männer der Wache inzwischen durch den dritten Eid gebunden waren, dann hatte dieser Vorfall ihn vollends ausgeräumt. Dieser Bursche hier handelte lediglich im Auftrag. Er war gezwungen, die dringendsten Interessen seines Schützlings zu opfern, und er litt unter dem Schatten, den das auf seine eigene Ehre warf.

Wallie stimmte also zu, seinen Gefolgsmann anzuweisen, sich nach dem Frühstück mit dem Novizen zu treffen, und blickte betrübt den beiden sich entfernenden Männern nach. Er wandte sich wieder zu dem belustigt aussehenden Nnanji um, der sich eifrig seinem Pferdefleisch-Eintopf mit Schwarzbrot widmete.

»Hat der Novize Segelohr vielleicht manchmal Schwierigkeiten, sich an die Sutras zu erinnern?«

»An schlechten Tagen kann er sich nicht einmal an seinen eigenen Namen erinnern«, sagte Nnanji geringschätzig und kaute weiter. »Mit der Klinge ist er jedoch etwa so gut wie ein Drittstufler.« Er runzelte die Stirn. »Dies ist sein neunter Versuch, glaube ich, doch den letzten hat er letztes Jahr am Tag der Pfeilschützen unternommen, also steht ihm noch gar kein neuer Versuch zu.« Das berühmte Gedächtnis hatte mal wieder gute Arbeit geleistet.

»Nein, dies ist eine Finte«, sagte Wallie. »Tarru wird zusehen, darauf kannst du dich verlassen. Du hast ihm Angst eingejagt, mein lieber Vasall!«

Nnanji war geschmeichelt. »Soll ich mich verstellen, mein Gebieter?« fragte er.

Wallie schüttelte den Kopf. »Du kannst Tarru nicht täuschen. Am besten erledigst du die Sache so schnell wie möglich, damit er gar keine Zeit hat, dich zu beurteilen — ein schneller Sieg kann immer auf purem Glück beruhen. Aber wir wollen dich ja jetzt sowieso befördern, also macht es auch nichts mehr aus. Wen würdest du dir denn gern vornehmen?«

»Die beiden!« sagte Nnanji entschlossen und nickte in Richtung Gorramini und Ghaniri in der anderen Ecke des Saales.

»Ich befürchte, die kannst du nicht kriegen«, entgegnete Wallie. »Sie haben keine Mentoren — ich müßte sie persönlich darum bitten, und der Teufel soll mich holen, wenn ich das tue! Sie würden ohnehin nur ablehnen. Und als Gast kann man keinen anderen Gast herausfordern. Es tut mir leid, Nnanji, aber du mußt dir zwei andere Opfer aussuchen.«

Murrend schlug Nnanji zwei andere Viertstufler vor, räumte dann allerdings ein, daß diese vermutlich die besten in ihrer Stufe waren. Die meisten Kandidaten wählten natürlich lieber leichtere Gegner.

»Laß es uns im Moment damit bewenden«, sagte Wallie, dem eine Idee gekommen war. »Lege Segelohr so schnell wie möglich auf die Matte, dann kann ich vielleicht bei Tarru etwas für dich erreichen.« Nnanji war nicht der einzige, der eine Rechnung zu begleichen hatte.

Beförderungswettkämpfe fanden stets großes allgemeines Interesse, und alle Schwertkämpfer, die gerade keinen Dienst hatten, versammelten sich am Fechtplatz. Die meisten umringten in einem Kreis das Wettkampfgeschehen, doch einige standen oben auf der Empore, und einige Erststufler waren auf den Auspeitschstand geklettert. Auf der gegenüberliegenden Seite des Paradeplatzes wurden die morgendlichen Opfer aus dem Gefängnis geführt, und Wallie wandte dieser Szene schleunigst den Rücken zu. Das neue Dach war fertiggestellt und prangte in vollem Glanz, und die Opfer brauchten nicht mehr unter Schreien herausgezerrt zu werden, durch die lange absolute Unbeweglichkeit zu Krüppeln geworden, doch der Gedanke an dieses Gefängnis war ihm immer noch zutiefst zuwider, und er haßte die primitive Kultur, die es widerspiegelte.

Inmitten des Kreises von Schwertkämpfern standen Segelohr und ein sehr junger und sehr verängstigter Zweitstufler, vermutlich der schlechteste Fechter in seiner Stufe. Es grenzte an eine Beleidigung, wenn man gebeten wurde, sich als Prüfer zur Verfügung zu stellen, weshalb derartige Anfragen immer an die Mentoren gerichtet wurden, wenn es irgendwie möglich war. Die Auseinandersetzung zwischen diesen beiden war keine große Zerreißprobe. Segelohr gewann zwei von drei Durchgängen in kürzester Zeit nach Punkten. Der Junge schlich geknickt davon, gedemütigt durch Pfiffe aus der Menge.

Wallie hielt sich im Hintergrund und ließ den Blick gelassen über den Kreis der Zuschauer wandern. Tarru und Trasingji bildeten die Jury, und jetzt riefen sie nach dem zweiten Prüfer. Ein schlanker, großer Zweitstufler trat vor, das Florett in der Hand, ein roter Pferdeschwanz wippte hinter der Maske. Tarrus Augen suchten kurz nach Wallie, dann sahen sie schnell wieder weg.

»Angriff!« sagte Tarru.

Nnanji machte einen Ausfall. »Treffer!« rief er.

Die Jury bestätigte das überrascht.

»Angriff!«

»Treffer!« rief Nnanji erneut und drehte sich auf dem Absatz um. Wallie selbst hätte nicht schneller gewinnen können.

Mit einem Zorngebrüll schleuderte Segelohr sein Florett zu Boden — nun mußte er wieder ein Jahr bis zum nächsten Versuch warten, und er war im praktischen Fechten durchgefallen, in dem er sich seines Sieges sicher war, und nicht etwa im Sutra-Test, der für ihn die größere Schwierigkeit darstellte.

Es erklangen keine Hochrufe und keine Pfiffe. Die Schwertkämpfer konnten sich gut daran erinnern, wie Nnanji der Zweiten Stufe noch vor zwei Wochen gefochten hatte. Sie alle starrten den Siebentstufler an, der dieses Wunder vollbracht hatte. Wallie trat mit hocherhobenem Haupt vor; er genoß die Sensation, die er ausgelöst hatte.

»Da wir hier gerade beisammen sind, Ehrenwerter Tarru«, fing er an, »ich habe einen Schützling, den Eleven Nnanji, der ebenfalls den Wunsch geäußert hat, sich der Prüfung für eine Beförderung zu unterziehen. Er hat seine Wahl der Gegner bereits verlauten lassen, doch ich benötige dazu Eure Auslegung.«

Tarru runzelte die Stirn. Die Zuschauer ließen Überraschung erkennen, denn die Regeln für eine Beförderung waren eigentlich vollkommen eindeutig festgelegt.

»Ein Mann eures Ranges benötigt bestimmt keine Auslegung von anderer Seite«, antwortete Tarru vorsichtig.

»Doch Ihr seid der Gastgeber«, sagte Wallie mit einer Unschuldsmiene, »und hier geht es um eine Angelegenheit zwischen Gästen.« Alle Augen richteten sich auf Ghaniri und Gorramini, die ganz in der Nähe standen. »Würdet Ihr es als Verletzung der Regeln der Gastfreundschaft ansehen, wenn ein Gast sich mit der Herausforderung durch einen Untergeordneten an andere Gäste wendet?«

Mißtrauen umschwirrte Tarru wie ein Schwarm Mükken. »Bei Beförderungsprüfungen ist keine Herausforderung vonnöten, mein Lord!«

Wallie setzte ein entwaffnendes Lächeln auf — er hatte das mit Shonsus Gesicht vor dem Spiegel geübt. »Nein, doch er beabsichtigt, eine Stufe zu überspringen, was unüblich ist, und er zögert, die betreffenden Männer zu fragen. Es gibt da gewisse Stolpersteine, versteht Ihr?«

Tarru verstand sehr wohl. Er suchte offenbar nach einer Falle und fand keine. Wenn er Segelohr aufgestellt hatte, um sich ein Bild von Nnanji machen zu können, dann bekam er jetzt die Gelegenheit, die ihm zuvor entgangen war. Er zuckte mit den Schultern. »Da der untergeordnete Herausforderer die Wahl der Klingen seinem Gegner überläßt, sehe ich darin keine Verletzung der Gastregeln«, bestätigte er. Ein siegesgewisser Nnanji stolzierte hinüber zu Ghaniri, der zufällig am nächsten stand.

Ghaniris Schlägergesicht verfinsterte sich vor Zorn — ein Zweitstufler, der einen Viertstufler herausforderte, beschwor alle Schwierigkeiten herauf, die ein Viertstufler zu bereiten imstande war. Tarru und Trasingji willigten gnädig ein, noch einmal die Jury zu bilden.

Die beiden Männer stellten sich mit dem Rücken zueinander auf, dann drehten sie sich bei dem entsprechenden Signal um und kreuzten die Klingen. Mehrere Angriffe und Paraden folgten hintereinander. Dann versuchte Ghaniri einen Angriff auf den Kopf; Nnanji parierte und landete einen meisterhaften Gegenstoß im Rippenbereich seines Gegners.

»Treffer!« sagte er. Die Jury bestätigte es.

Jetzt warf selbst Tarru Wallie einen anerkennenden Blick zu. Nnanji erweckte den Anschein, als handele es sich bei Ghaniri um einen ebenso leichten Gegner wie bei Segelohr.

Der zweite Durchgang dauerte um einiges länger,

doch Wallie merkte sofort, daß Nnanji sich zurückhielt. Tarru durchschaute ihn wahrscheinlich, obwohl er seine Technik nicht kannte, doch die meisten der anderen Zuschauer ließen sich vermutlich bluffen. Nnanji, der zu seiner Zufriedenheit festgestellt hatte, daß er der bessere Mann war, befürchtete vielleicht, daß er auf irgendeine trickreiche Weise um sein zweites Opfer gebracht würde, wenn er das erste zu schnell erledigte. Oder vielleicht machte ihm die Sache einfach nur Spaß. Nach einigen Minuten des Stampfens und Metallklirrens und Schwitzens und Keuchens landete er seinen nächsten Stoß.

»Treffer!« sagte er triumphierend und senkte die Klinge.

»Kein Treffer!« brauste Tarru auf.

Das war eine eindeutige Fehlentscheidung; Ghaniris Hand rieb bereits über die Stelle, wo ihn die Waffe berührt hatte. Nnanjis Gesicht war hinter der Maske nicht zu sehen, doch er wandte es mit einer heftigen Bewegung Tarru zu, so als ob er ihn mit einem wilden Blick bedachte.

»Kein Treffer!« bestätigte Trasingji zögend.

»Angriff!« rief Tarru.

Nnanji stürzte vor. Seine Klinge traf mit einem lauten Klirren auf den Metallrahmen von Ghaniris Maske. »Diesmal ein Treffer?« schrie er, und selbst Tarru konnte dieses Klirren nicht abstreiten.

Die Zuschauer brachen in begeisterten Beifall aus, was in Wallie die Befürchtung erweckte, daß das ein so einzigartiges Erlebnis für Nnanji sein könnte, daß er sich womöglich überschätzte. Er zog sich die Maske ab, rieb sich über die Stirn und lächelte seinem Mentor zu.

»Du setzt deine Abwehr zu hoch an«, fauchte ihn Wallie an. Nnanji hatte vergessen, daß andere Schwertkämpfer nicht so groß waren wie sein Lehrmeister. Er gab mit einem Nicken zu verstehen, daß er seinen Fehler einsah, und nahm einen Becher Wasser aus der Hand eines beflissenen Erststuflers entgegen.

Die kurze Unterbrechung hatte Tarru jedoch Gelegenheit gegeben, Gorramini zu sich zu winken und mit ihm zu flüstern. Wallie bemerkte es, und Unbehagen beschlich ihn. Dann fiel der Zuschauerkreis in ein rhythmisches Rufen ein: »Der nächste, der nächste, der nächste!« Dies war ein Festtag für die Schwertkämpfer.

Mit einem glücklichen Lächeln schwenkte Nnanji sein Florett zum Zeichen der Zustimmung und schlenderte zu Gorramini, um ihn herauszufordern. Gorramini war ein großer, kräftiger und athletischer Mann, mit einem arroganten Gehabe, das erkennen ließ, daß er sich den Vorzügen seiner äußeren Erscheinung sehr wohl bewußt war und Bewunderung erwartete. Er verschränkte die Arme und blickte Nnanji einen Moment lang verächtlich an. Dann sagte er: »Schwerter!«

So viele der Zuschauer sogen gleichzeitig den Atem ein, daß es sich wie ein kollektives Zischen anhörte.

»Einen Augenblick!« fuhr Wallie dazwischen. Er wandte sich an Tarru. »Soviel ich weiß, sind Schwerter unter Gästen nicht erlaubt, Eurer Ehren!«

»Ach!« sagte Tarru. *Der Hai schnappt zu!* »Ist das ein Problem, ja? Doch Ihr dürft nicht vergessen, mein Lord, daß dem Nachwuchs stets an anspruchsvoller Übung gelegen ist. Das ist auch der Grund, warum der untergeordnete Herausforderer seinem Gegner die Wahl der Klingen überläßt. Ihr selbst, als der beste Schwertkämpfer im ganzen Tal, würdet ständig von Geringeren herausgefordert werden, wenn Ihr diesen Schutz nicht hättet.«

Du verdammter schleimiger Hund! dachte Wallie angewidert. Eins mußte man Tarru jedoch lassen — dumm war er nicht. Wenn Wallie auf seiner eigenen Auslegung beharrte, dann hätte Tarru die Möglichkeit, ihn mit einer nicht abreißenden Reihe von Herausforderungen vom Gelände zu jagen.

»Ich gehe davon aus, daß der Adept Gorramini seinen Vorschlag noch einmal überdenken wird«, sagte Wallie laut. »Ich bin sicher, daß er keine Tötungsabsichten hat, doch er sollte nicht vergessen, daß der Eleve Nnanji mein Schützling ist.«

Und mit größter Wahrscheinlichkeit war Gorramini Tarrus Schützling. Wenn einer der beiden Männer bei der Auseinandersetzung den Tod fand, dann mußte ihn sein Herr rächen. Mit einemmal hing die Ahnung eines blutigen Gemetzels über dem Fechtplatz. Wallie bedachte Tarru mit einem Blick, von dem er hoffte, daß er vielsagend und bedrohlich war.

»Dann wollen wir übereinkommen, daß dies ein nackter Kampf sein soll«, lenkte Tarru sofort ein. Das bedeutete nicht etwa unbekleidet, sondern es hieß, daß die Verpflichtung zum Rächen aufgehoben wurde. Doch die bemerkenswerte Wortwahl — *dann wollen wir übereinkommen* — war das eindeutige Eingeständnis, daß Gorramini ebenfalls den Blutschwur geleistet hatte. Gorraminis Gesicht drückte jetzt Ratlosigkeit aus, als hätte er nicht erwartet, daß sich die Dinge so weit entwickeln würden.

»Ihr werdet Euren Vorschlag nicht noch einmal überdenken, Adept?« fragte Wallie und sprach ihn damit zum erstenmal direkt an.

Gorramini warf Tarru einen kurzen Blick zu, fuhr sich mit der Zunge über die Lippen und sagte dann mit Bestimmtheit: »Nein!«

Alle warteten auf Wallies Entscheidung. Als Siebentstufler hätte er ein Veto einlegen können, doch er wußte, daß es dafür zu spät war. Nnanjis Augen waren fest auf ihn geheftet, in schweigendem Flehen, wie die eines Spaniels. Sein Mentor hatte ihn gegen Briu abgeschirmt. Es wäre schmachvoll, wenn er zum zweitenmal auf diese Weise verschont würde, noch dazu, nachdem die Herausforderung von ihm ausgegangen war. Gorramini hatte seine Befehle erhalten und mußte gehorchen. Tarru hatte das Ganze sehr klug eingefädelt — wahrscheinlich würde er einen seiner Getreuen verlieren, denn Nnanji kämpfte meisterhaft, doch Tarru konnte einen solchen Verlust verschmerzen. Wallie jedoch nicht. Viele Männer, die mit dem Florett hervorragend umzugehen wußten, waren wie gelähmt angesichts einer scharfen Schneide und Spitze. Nnanji stand wirklich eine harte Prüfung bevor.

»Nun gut, ein nackter Kampf«, sagte Wallie.

Nnanji stieß einen Freudenschrei aus und warf seine Maske in die Luft. Vielleicht war das reines Imponiergehabe, vielleicht drückte es seine echten Gefühle aus. In der Menge sagte keiner ein Wort, doch aus den Mienen sprach Wut und Mißbilligung.

Es entstand notwendigerweise eine Verzögerung, weil ein Erststufler losgeschickt wurde, um einen Heilkundigen herbeizuholen. Dann kamen die beiden gemeinsam zurück, und das Duell konnte beginnen.

Jetzt gab es keine Masken mehr, keine Jury, nur noch rasiermesserscharfer Stahl gegen ungeschütztes Fleisch. Gharini trat vor, um seinem Freund als Sekundant zu dienen. Wallie stellte sich zum gleichen Zweck links neben Nnanji auf. Die beiden Hauptakteure musterten sich gegenseitig und grinsten zuversichtlich. Nnanji gab Wallie ein Zeichen.

»Wir sind bereit!« sagte Wallie förmlich.

»Los!« sagte Gorramini. Die beiden Schwerter fuhren aus den Scheiden und prallten mit einem Klirren gegeneinander. *Klirr. Klirr. Klirr*... Sie standen sich in gerader Körperhaltung dicht gegenüber und ließen die Schwerter durch die Luft wirbeln, keiner war willens, zurückzuweichen. Wallie spürte, wie Schweißperlen auf seine Stirn traten. Beide Männer kämpften in hervorragendem Viertstuflerstil, vielleicht jeweils durch den Gegner angespornt. *Klirr-klirr-klirr*... jemand mußte einen Ansatz bieten, und es war Gorramini, der das tat. Er wich leicht zurück, und Nnanji drängte unverzüglich nach, wobei er mühelos mit dem Schwert stichelte und den mörderischen silbernen Dunst durchdrang, während die

Zuschauer aus dem Weg sprangen. Es bestand jetzt kein Zweifel mehr daran, wer der Bessere war. Es bedurfte jetzt nur noch einer unbedeutenden Schramme, damit Blut floß, dann konnte Ghaniri den Rückzug anbieten. Wallie lag die Zustimmung bereits auf der Zunge. Stoß-Parade-Riposte-Parade-Hieb-Parade ... Gorramini schrie auf und stürzte zu Boden, die Hände vor den Bauch gepreßt — plötzliche Stille.

Nnanji machte einen Schritt zurück, keuchte und warf Wallie grinsend einen Blick zu.

»Wo ist der Heilkundige?« brüllte es aus der Menge, die sich um den gestürzten Mann scharte. Wallie machte einen Satz nach vorn und schob zwei Männer aus dem Weg, die sich vor ihn stellen wollten. Ghaniri kniete nieder, um zu helfen, doch Gorramini war an lebenswichtigen Organen verletzt und lag im Sterben.

Der Heilkundige beugte sich nicht einmal zu ihm hinunter, um die Verwundung zu untersuchen. »Ich übernehme diesen Fall nicht!« verkündete er.

Tarru hatte sich abgewandt und entfernte sich.

»TARRU!« Wallies Brüllen donnerte widerhallend über den Paradeplatz. Einen Augenblick lang war der Verwundete vergessen. Die Zuschauer sahen voller Nervosität Wallie an und dann Tarru, der sich blitzartig umdrehte, seinen Widersacher ansah und zischte: »Ja?«

Gorramini stöhnte und schrie abwechselnd in seinen Todesqualen.

»Ihr werdet jetzt meinen Schützling in den für die Vierte Stufe erforderlichen Sutras prüfen!« Wallie tobte innerlich gegen dieses sinnlose Sterben; er hatte die Zähne gebleckt und die Hände zu Fäusten geballt. Es war Wallie Smiths Wut, nicht Shonsus. Tarru zögerte und sah gleichermaßen mordlüstern und — widerspenstig aus.

Wallie deutete kaum erkennbar das Zeichen der Herausforderung eines Gleichgestellten an.

Der Geist des Todes lauerte jetzt in nächster Nähe, in

Erwartung Gorraminis und in Erwartung des nächsten, der sich möglicherweise in seine Hände begeben würde ...

»Ich erlasse ihm diese Prüfung!« brummte Tarru. »Wenn Ihr ihn unterrichtet habt ... Wir alle wissen um das erstaunliche Gedächtnis Eures Vasallen, mein Lord.« Er sah sich um, um den Fachmann für Gesichtszeichen ausfindig zu machen, den man optimistischerweise zu Segelohrs Beförderungsprüfung herbeibeordert hatte. »Ich verbürge mich für den Adepten Nnanji!« Dann sah er Wallie mit zusammengekniffenen Augen an. »Noch etwas?«

Wallie schüttelte den Kopf — eine schweigende Herausforderung wurde zurückgezogen. Tarru wandte sich erneut zum Gehen.

Die Menge der Schaulustigen löste sich wie Nebel auf. Trasingji gab dem Gesichtszeichner durch ein Kopfnicken sein Einverständnis zu erkennen und folgte den anderen. Jetzt war der Hof leer, mit Ausnahme von Gorramini, der winselnd seine letzten Atemzüge tat und sich in einer Lache seines Blutes und herausgetretener Eingeweide krümmte; Ghaniri kniete weinend neben ihm, während Nnanji, immer noch mit dem Schwert in der Hand, dastand und einen ungerührten und zufriedenen Eindruck machte. Der Gesichtszeichner verharrte nervös in einiger Entfernung. Der Heilkundige entfernte sich hurtig, mit steifen Schritten.

»Herzlichen Glückwunsch, Adept.« Wallie konnte die Verbitterung in seiner Stimme nicht verhehlen.

Nnanji strahlte. »Ich danke Euch, mein Gebieter. Macht Ihr Euch denn keine Kerben in den Schulterriemen?«

»Nein«, sagte Wallie. Er hatte das Gefühl, daß Gorramini die Frage gehört hatte.

»Dann werde ich es auch nicht tun.« Nnanji wartete auf den Tod seines Opfers, damit er dessen Schwert an sich nehmen konnte.

Kein Wort, dachte Wallie — kein einziges Wort des Bedauerns!

Eine einsame Gestalt trat vor, um dem Sieger die Hand zu schütteln. Nnanji grinste freudig und nahm Brius Glückwünsche entgegen. Briu sah Wallie feindselig an, entbot den Faust-aufs-Herz-Gruß und marschierte davon. Alles, was Wallie tat, schien Briu zu demütigen, selbst diese dramatische Verwandlung eines Schülers, mit dem er sich jahrelang vergebens abgemüht hatte.

Die Qualen des Sterbenden fanden schließlich ihr Ende. Ghaniri drückte seinem Freund die Augen zu. Als er sich erhob, trat Nnanji heran, um sein Schwert an dem Leichnam abzuwischen — so hatte es Lord Shonsu bei Hardduju gemacht. Dann drehte er sich erwartungsvoll zu seinem Sekundanten um. Widerwillig bückte sich Wallie, um Gorraminis Schwert aufzuheben. Er kniete nieder und bot es dem Sieger dar.

Nnanji nahm es an und betrachtete es anerkennend. »Hübsches Stückchen Metall«, sagte er.

6

Aus dem Eleven Nnanji, der nun zwei weitere Gesichtsmale und außerdem eine Einweisung von Wallie in die Geheimzeichen der Dritten und Vierten Stufe erhalten hatte, war der Adept Nnanji geworden, Schwertkämpfer der Vierten Stufe. Jetzt mußte er der Rolle auch in der entsprechenden äußeren Aufmachung gerecht werden.

Die Schneiderwerkstatt war ein schäbiger, unordentlicher Raum in einem entlegenen Winkel des Geländes. Dort kaufte er einen orangefarbenen Kilt und eine Haarspange mit einem orangefarbenen Stein. Sein Held trug einen Stein, also hatte es damit seine Richtigkeit. Die

Farbe Orange paßte nicht gut zu seinem roten Haar, doch diese Kombination ließ ihn wie einen jungen Feuergott erscheinen, der vor ungeheurer Zufriedenheit glühte. Er stand da und bewunderte sich in einem Spiegel, und obwohl seine Schrammen und Schnitte immer noch sichtbar waren, empfand er sich selbst als ruhmreichen Viertstufler. Er hatte noch kein Wort über Gorramini verloren, auch jetzt noch nicht.

Wallie sah ihn voller Traurigkeit und Zweifel an. Gekleidet in die Gewandung der mittleren Stufe und angefüllt mit einem neuen Selbstvertrauen, schien Nnanji um viele Jahre älter als damals am ersten Tag am Ufer des Teiches. Er wirkte sogar größer, und seine Körperhaltung war gestrafft. Auf Wallie machte er nicht mehr den Eindruck eines ungelenken Tolpatsches. Vielleicht hatte das damals an seinen unverhältnismäßig großen Händen und Füßen gelegen. Wenn er in ein paar Jahren in die Breite gehen würde, wäre Nnanji ein sehr stattlicher Mann. Der staksige Jugendliche hatte sich auf einmal zu einem äußerst gefährlichen jungen Mann entwickelt.

Er beendete seine Selbstanbetung vor dem Spiegel und drehte sich zu Wallie um.

»Darf ich mich Euch erneut durch den Eid verpflichten, mein Gebieter?«

»Selbstverständlich.« Der zweite Eid erlosch bei einer Beförderung.

Anscheinend war eine Schneiderwerkstatt durchaus der geeignete Ort zum Ablegen eines Eids — sofort zog Nnanji sein Schwert, fiel auf die Knie und wurde wieder zum Schützling Lord Shonsus. Sein Grinsen war so hartnäckig, daß er erhebliche Schwierigkeiten hatte, es selbst für diesen feierlichen Akt abzulegen.

»So«, sagte er, während er sich erhob, »werdet Ihr jetzt Ihre Heiligkeit besuchen gehen, mein Gebieter?«

An den meisten Tagen ging Wallie so ungefähr um diese Zeit zu Honakura, und heute gab es einen dringenden Anlaß dafür. Irgendwie mußte er jetzt endlich einen Plan fassen, und Honakura war der einzige, der ihm dabei helfen konnte. »Warum willst du das wissen?« fragte er, da er etwas ahnte.

»Ich habe ein Schwert zu verkaufen. Beim Schwertschmied liegt der Rest meines Geldes bereit, und ich möchte alles vor unserer Abreise meinen Eltern geben.« Er setzte eine Miene großer Tugendhaftigkeit und Unschuld auf.

Schwertkämpfer in ihrer Eigenschaft als Athleten erklommen die Stufen entschieden schneller, als es in anderen Zünften der Fall war. Die meisten von Nnanjis Freunden aus Kindertagen waren wahrscheinlich noch Zweit- oder sogar Erststufler. Ein Schwertkämpfer der Vierten Stufe war ein wichtiger und maßgebender Mitbürger. Sein Vater, so hatte Wallie durch eine beiläufige Erwähnung erfahren, gehörte der Dritten Stufe an. Außerdem waren da noch verschiedene jüngere Brüder und Schwestern, die es zu beeindrucken galt.

Er hatte also doch einige menschliche Regungen!

»Zwei Stunden!« sagte Wallie und war in derselben Sekunde allein, wobei er das Gefühl hatte, daß dieses freche Katzengrinsen immer noch vor ihm in der Luft hing, in der Eile zurückgelassen.

Er begab sich auf den Weg zum Tempel.

Seine Heiligkeit Honakura war nicht zu sprechen.

Während er gegen eine ständig zunehmende Ahnung einer Gefahr ankämpfte, unternahm Wallie einen Streifzug in seinen unvertrauten Stiefeln. Er inspizierte noch einmal die große Mauer, suchte nach Bäumen, deren Äste vielleicht darüberhingen, doch keiner stand dicht genug daran oder war hoch genug. Ein paar zerfallende alte Gebäude lehnten sich an die Mauer an, doch keines davon war so hoch, daß es ihm ohne Leiter die Flucht erlaubt hätte. Er stand unter Beobachtung, das wußte er, und das Mitführen von Leitern war zu aufsehenerregend.

Er bedauerte zutiefst, daß er seinen sogenannten Schläfer aufgedeckt hatte. Das war ein Fehler gewesen, doch es hatte Tarru zu einem noch größeren Fehler verleitet. Der Blutschwur war keine ganz und gar einseitige Verpflichtung, denn der Gebieter eines Vasalls schuldete diesem Schutz. Tarru hatte leichtherzig Gorramini weggeworfen. Bestimmt hatte er schon zuvor Probleme mit der Motivation seiner Männer gehabt, und jetzt mußten sie eigentlich noch viel größer sein. Es konnte durchaus passieren, daß er sich zu einer unbedachten Verzweiflungstat hinreißen ließ.

Das einzige Bruchstück eines Plans, das Wallie einfiel, war, sich verkleidet durch das Tempeltor zu mogeln. Ein Plan, nicht besser als ein leckes Boot. Nnanji wäre erschüttert über ein so unehrenhaftes Vorgehen, und es bedeutete, sich unbewaffnet davonzumachen. Es war entsetzlich riskant — Shonsus Körper war so verdammt riesig und auffallend —, doch es gab offenbar keine andere Möglichkeit. Sogar die Karren der Lieferanten wurden beim Hinausfahren durchsucht, so hatten wenigstens die Sklaven berichtet. Und dann wäre es immer noch ein sehr weiter Weg zur Fähre.

Und welche Verkleidung käme in Frage? Der Pferdeschwanz eines Schwertkämpfers war unabdingbar und wäre sofort zu erkennen gewesen. Die Gesichtsmale der Menschen hier waren geheiligt. Damit Schindluder zu treiben, war ein Kapitalverbrechen. Zögernd war Wallie zu dem Schluß gekommen, daß Shonsu, Schwertkämpfer der Siebten Stufe, zu einer Frau werden mußte, wobei er die langen Haare benutzen konnte, um seine Stirn zu verbergen. Die einzigen Leute, die er mit bedeckter Stirn gesehen hatte, waren weibliche Sklaven, und wahrscheinlich war ihnen das nur deshalb gestattet, weil sich die Sklavenstreifen über das ganze Gesicht zogen.

Langsam dörrte er in der Hitze aus, da die sengende Sonne immer grausamer wurde, und — immer noch in

Gedanken versunken — machte er sich auf den Weg zurück zu den Unterkünften. Auf dieser Seite wuchs das Gestrüpp bis weit zu den Gebäuden hinauf, und sein Weg führte ihn über einen gepflasterten Pfad, der sich zwischen hohem Buschwerk hindurchwand, fast wie durch einen Dschungel. Häufige Querpfade und überhängende Zweige bildeten einen Irrgarten. Er kannte sich in diesem Bereich nicht aus, obwohl er sich kaum ernsthaft verlaufen konnte. Eine Zeitlang wanderte er ziellos dahin, teilweise über seine Probleme grübelnd und teilweise — wie er plötzlich zu seiner eigenen Belustigung feststellte — sich mit der Gegend vertraut machend ... Sutra sieben zweiundsiebzig ...

Er war ziemlich nah an die hintere Wand der Unterkünfte geraten, als aus dem Gebüsch etwas raschenld auf ihn zukam. Wallie blieb stehen, und ein Sklave trat vor ihm auf den Pfad. Es war ein großer, fettleibiger Jugendlicher, schmutzig und lediglich mit einem schwarzen Tuch bekleidet. Er stand einen Moment lang nur da und keuchte und starrte Wallie an; in der Hand hielt er einen Spaten. Dieser und die Erde, die überall an ihm haftete, verrieten, daß er einer der Gärtner war.

»Mein Lord?«

Sklaven sprachen nicht so einfach Siebentstufler an — das Prickeln einer unguten Ahnung lief Wallie den Rücken hinunter. »Ja?«

Der Jugendliche fuhr sich mit den Lippen über die Zunge, offenbar unschlüssig, was er als nächstes sagen sollte. Entweder war er übernervös oder schlicht dumm. Oder beides. »Mein Lord«, wiederholte er. Und dann: »Soll Euch suchen.«

Wallie versuchte, ermutigend zu lächeln, als ob er es mit einem Kind zu tun hätte, doch ihm war im Umgang mit einem geistig Zurückgebliebenen noch nie wohl gewesen. Er erinnerte sich an Narrin, den schwachsinnigen Sklaven im Gefängnis, und fragte sich, ob die Sklaverei an sich Geisteskrankheiten hervorbrachte oder ob

Kinder mit derartigen Defekten kaltblütig an Händler verkauft wurden. Natürlich gab es in dieser Welt keine Einrichtungen, wo man sie auf die herkömmliche Art einsperren und vergessen konnte.

»Nun, jetzt hast du mich ja gefunden.«

»Ja, mein Lord.« Wieder folgte eine Pause.

»Wer hat gesagt, daß du mich suchen sollst?«

»Mutter.«

Schweigen. »Wie heißt deine Mutter?«

»Ani, mein Lord.«

Aha! »Und wie heißt du?«

»Anasi, mein Lord.«

»Kannst du mich zu ihr führen, Anasi?«

Der Sklave nickte. »Ja, mein Lord.« Er drehte sich um und setzte sich entlang des Pfads in Bewegung. Wallie folgte ihm.

Hier bahnten sich offenbar Scherereien an, doch im gleichen Moment ahnte Wallie noch ganz andere Scherereien — leise schlichen Stiefel hinter ihm her. Dann Stille ... dann wieder leise Schritte. Natürlich wurde er beobachtet, und natürlich mußte ihm der Beobachter in einem Irrgarten wie diesem dicht auf den Fersen bleiben. War ihr Gespräch mitgehört worden? Sollte er sich mit Anasi in die Büsche schlagen und den Verfolger vorbeigehen lassen?

Bevor er eine Entscheidung treffen konnte, endete der Pfad. Direkt vor ihnen erhob sich die Wand der Unterkünfte mit einer kleinen Toröffnung. Die Tore für die Allgemeinheit waren riesig und eindrucksvoll, dieses hier war also offenbar für Sklaven gedacht. Verdammt! Es führten keine Seitenwege mehr von dem Pfad ab. Wenn Wallie jetzt verschwand, dann konnte sein Beobachter leicht erraten, daß die Sklaven etwas damit zu tun hatten.

»Anasi!«

Der Jugendliche blieb stehen und drehte sein Mondgesicht zu Wallie um. »Mein Lord?«

»Ich warte hier. Geh du zu Ani und sag ihr, wo ich bin.«

Anasi verarbeitete diese Worte schwerfällig in seinem Kopf, nickte und verschwand durch das Tor. So leise, wie er es eben schaffte. Wallie eilte zur letzten Wegbiegung zurück und verbarg sich seitlich im Gebüsch.

Er hatte sehr töricht gehandelt. Er hatte Nnanji gestattet wegzugehen und damit seine Kräfte gespalten. Ohne Nnanji war er zehnmal so verletzbar. Und jetzt hatte er womöglich auch noch seine geheime Verbindung zur Sklavenschaft verraten — Tarru war klug genug, aufgrund von einigen Anhaltspunkten zu dieser Schlußfolgerung zu kommen. Shonsu war kein großer Meister der Verschleierungstaktik, doch Wallie Smith hätte es besser wissen müssen — viel besser. Idiot! Er verfluchte sich wegen seiner Unüberlegtheit, und er spürte, wie der Shonsu-Teil in ihm tobte und nach Heimtücke und hinterhältigem Handeln verlangte.

Die Schritte der Stiefel kamen näher, wurden lauter.

Ein Schwertkämpfer der Dritten Stufe ging vorbei, ein kleiner, dünner Mann. Er blieb überrascht stehen, als er das Ende des Weges und das Tor sah. Wallie trat hinter ihm aus dem Gebüsch und traf mit einem schwungvollen Fausthieb die Stelle, wo der Hals in die Schultern überging, so daß sich sein Opfer zusammenkrümmte und zu Boden sackte. Mit einem leisen Klappern des Schwertgriffes auf dem Pflaster rollte er zur Seite und bewegte sich nicht mehr.

Das hatte gutgetan! Wallie rieb sich die Hand und überlegte, was er als nächstes tun mußte. Das Tor war zu nah. Gleichgültig, wo sein Opfer aufwachen würde, der Mann würde sich erinnern, daß der Sklaveneingang direkt vor ihm gewesen war. Er mußte ihn fesseln und gefangenhalten.

Wallie kniete sich hin und betrachtete ihn eingehender.

Es war der junge Janghiuki, der Mentor von Segelohr.

Gegner zusammenzuschlagen und zu fesseln, entsprach aufs beste dem aus Spionageromanen bekannten Verhalten, doch für einen Schwertkämpfer war ein solches Vorgehen unstatthaft. Und es erwies sich als entschieden zwiespältiger, als es sich anhörte, besonders für einen Mann, der gerade erst mit einem neuen Körper ausgestattet worden war und seine eigene Kraft noch nicht richtig einschätzen konnte. Er hatte Janghiuki das Genick gebrochen. Der Junge war tot.

7 ÜBER DAS DUELLIEREN ZWISCHEN SCHWERTKÄMPFERN

Epitome
Sieben schwerwiegende Verstöße gibt es:

Angriff ohne Vorwarnung,
Angriff auf einen unbewaffneten Mann,
Kampf von zweien gegen einen,
Die Benutzung einer anderen Waffe als des Schwerts,
Das Werfen eines Gegenstands,
Die Benutzung einer Schleuder,
Das Tragen einer Rüstung oder eines Schildes.

Episode
Zweiundfünfzig griffen Langaunimi an und
fünfundzwanzig schlug er.
Groß ist der Name Langaunimi.
Wer waren die zweiundfünfzig?

Epigramm
Eine Tötung unter Mißachtung der Ehre vernichtet
zwei Schwertkämpfer.

Anasi kehrte zurück, nicht in Begleitung seiner Mutter, sondern eines anderen männlichen Sklaven, den Wallie bis dahin noch nie gesehen hatte. Er hatte wesentlich mehr Verstand als Anasi. Der edle Lord befinde sich in

Gefahr, sagte er. Der Ehrenwerte Tarru habe in der Gästesuite einen Hinterhalt errichtet, Männer mit Keulen und Netzen. Lord Shonsu dürfe nicht in seine Gemächer zurückkehren.

Dann müsse Nnanji geholt werden, antwortete Wallie, und er brauche einen Platz, an dem er sich verstekken könne.

Sie führten ihn hinunter in die Kellerräume und an einen Ort, der seinen Gemächern so unähnlich war, wie er es sich niemals hätte vorstellen können. Die Decke war so niedrig, daß er nicht aufrecht stehen konnte, nicht einmal zwischen den dicken Balken, die das Dach trugen. Es wäre ein verhängnisvoller Raum für ihn, wenn er hier kämpfen müßte. Er war niedrig und langgestreckt, wie ein Tunnel. Kleine vergitterte Öffnungen ließen Flecken verhaltenen Lichts auf schmutzige Strohballen fallen, auf Spinnweben und Unrat und mit verschiedenen Pilzen bewachsene Flächen in den Ecken, auf zerbrochene Möbel, die die ehemaligen Besitzer vor langer Zeit dem Müll zugedacht hatten. Als Schätze gehütete Fetzen einstiger Teppiche hingen von quergelegten Stangen. Einige baufällige Zwischenwände waren eingezogen worden, um eine notdürftige Privatsphäre zu schaffen, doch sie machten den ganzen Raum nur noch dunkler. Es war der Schlafraum der Sklaven, ein Menschenstall, in dem der jahrzehntealte Gestank ungewaschener Körper hing.

Das Erstaunliche war nicht, daß alte, unnütz gewordene Sklaven dem Göttlichen Gericht zugeführt wurden, das Erstaunliche war, daß überhaupt jemand von ihnen so alt wurde.

Wallie ließ sich auf einen Holzstuhl, dessen Lehne abgebrochen war, fallen und dachte nach. Jja war unterrichtet worden. Anasi war wieder zu seinen Pflichten als Gärtner zurückgekehrt. Janghiuki war unter einen Busch gezerrt worden, wo sich zweifellos bereits die Insekten seiner annahmen.

Mord! Was er getan hatte, wäre auf der Erde eindeutig kaltblütiger Mord gewesen, und in dieser Welt hier war es nichts anderes. Er hätte Janghiuki ohne weiteres auf legalem Wege umbringen können, wenn er es gewünscht hätte. Herausfordern, Waffen ziehen, angreifen, das Schwert sauberwischen — eine Sache von fünf Sekunden für Shonsu, und niemand hätte daran Anstoß genommen. Doch er hatte versucht, gnädig zu sein, und nun war er zum Mörder geworden!

Janghiuki der Dritten Stufe — er hatte nichts Schlechtes getan. Er hatte einen Befehl ausgeführt — Shonsu zu folgen. Einen Gast unter Beobachtung zu stellen, bedeutete keinen Bruch der Regeln der Gastfreundschaft, doch es gehörte sich einfach nicht. Der einzige Fehler des Jungen war gewesen, daß er den Blutschwur geleistet hatte, ohne daß ein zwingender äußerer Anlaß vorgelegen hatte, doch ohne Zweifel hatten Tarru oder Trasingji oder ein anderer Angehöriger der oberen Stufen mit gezücktem Schwert für alle Fälle bereitgestanden. Der Bursche hatte keine Wahl gehabt. Wahrscheinlich hatte ihm Tarru ohnehin einen einleuchtenden Grund gegeben: »Lord Shonsu hat sich unrechtmäßig das Schwert der Göttin angeeignet, und wir müssen es zurückgewinnen.« Das klang glaubhaft genug, wenn eine Verweigerung den Tod bedeutet hätte.

Früher oder später würde Tarru merken, daß Shonsu nicht mehr in seine Gemächer zurückkehrte. Die Jagd würde beginnen. Man würde Janghiukis Leiche finden. Dann brauchte sich Tarru um die Blutrünstigkeit seiner Männer keine Sorge mehr zu machen. Dann hatten die Hunde die Fährte ihrer Beute aufgenommen.

Der Besitz von Sklaven, das Anbeten von Götzenbildern, die Todesstrafe ... all diese Dinge hätten den alten Wallie Smith entsetzt. Jetzt kam noch Mord hinzu. Moralische Werte waren unveränderlich, hatte er an jenem Morgen dem kleinen Jungen erklärt. Der Halbgott hatte geantwortet, daß dies etwas Angelerntes sei, das er ebenfalls aus seinem Kopf streichen müßte. Doch das konnte er nicht.

Shonsu hätte nicht die geringsten Skrupel gehabt, Janghiuki zu töten; wenn er es nach den Vorschriften der Sutras getan hätte, hätten ihn hinterher keinerlei Schuldgefühle gequält. Er hätte die Frage der Gastregeln mit einem Zitat aus dem einen oder anderen Sutra beantwortet, und niemand hätte seine Auslegung in Frage gestellt. Wallie Smith würde niemals lernen, in diesen Bahnen zu denken. Er hatte versprochen zu versuchen, ein Schwertkämpfer zu sein, doch es würde ihm nicht gelingen.

Die Göttin mußte sich einen anderen Auserwählten suchen.

Etwas raschelte im Stroh hinter ihm. Er sprang mit einem Satz auf, doch was immer es war, es war jedenfalls nicht menschlich.

Er fragte sich, ob Honakura jemals Sklavenbehausungen wie diese hier gesehen hatte und was er dazu sagen würde. Wahrscheinlich würde er nur wieder etwas daherplappern über Missetaten in früheren Leben, für die die Sklaven büßten. Es war schon eine harte Sache, für etwas bestraft zu werden, an das man sich nicht einmal erinnern konnte! Doch Wallie hatte gelobt, der Göttin keine Vorhaltungen zu machen, wie sie Ihre Welt zu führen habe.

Es gab Hunderte von Sklaven. Es gab Hunderte von Schwertern in der Schmiede. Wie schon einige Male zuvor, spielte Wallie mit dem Gedanken an eine Sklavenarmee. Und wie jedesmal verwarf er ihn wieder. Die Sutras erlaubten einem Schwertkämpfer die Bewaffnung von Zivilisten im Notfall, doch der Wortlaut schloß Sklaven ausdrücklich davon aus. Das wäre sowohl ein Verbrechen als auch ein Verstoß gegen die Regeln. Der entscheidende Gesichtspunkt war für Wallie jedoch, daß es mit Sicherheit ein Blutbad bedeuten würde. Schwertkämpfer verfügten in jedem Fall über mehr tödliche

Macht, wie die Voraussetzungen auch sein mochten, und er wollte nicht sein eigenes Leben retten, indem er das Leben anderer Unschuldiger opferte. Außerdem war er überzeugt davon, daß die Freundschaft der Sklaven nicht so weit ging. Verständlicherweise würden sie Vergeltungsmaßnahmen befürchten. Keine Kultur, in der Sklavenbesitz üblich war, würde einen Sklavenaufstand dulden, gleichgültig, wer ihn anführte. Wenn Shonsu versuchen würde, Spartakus zu sein, würde sich der Rest dieser Welt hier gegen ihn zusammenschließen.

Was war zu tun? Wallie bemühte sich, Tarrus Gedankengänge nachzuvollziehen. Er mußte das Gefühl haben, unter Druck zu stehen. Männer zu zwingen, sich für eine unehrenhafte Sache durch einen Schwur an ihn zu binden, war ein Vergehen. Ihnen zu befehlen, die Ablegung des dritten Eides geheimzuhalten, war ein weiteres. Die Zeit war begrenzt, in der er hoffen durfte, seine rechtswidrige Armee zusammenhalten zu können, und es war überhaupt fraglich, inwieweit er ihr trauen konnte. Tarru unterlag also dem Zwang, schnell zu handeln. Er mußte das Schwert bald finden und sich aus dem Staub machen. Und der Weg zu dieser besonderen Waffe führte nur über Shonsu, der, wenn er auch wahrhaftig nicht wußte, wo es war, doch zumindest informiert sein mußte, wer es wußte. Netze waren ein naheliegendes Mittel, wenn ein Siebentstufler lebend gefangengenommen werden sollte.

Die Strafe für ein Versagen, hatte der Halbgott gesagt, war der Tod … oder etwas Schlimmeres. Tarru plante Folterqualen.

Die Tür quietschte, und Jja schlüpfte herein, mit Vixini auf dem Rücken. Wallie erhob sich, ohne sich jedoch aufrecht hinstellen zu können, und küßte sie; dann zog er einen zweiten zerbrochenen Stuhl heran, damit sie dicht beieinander sitzen konnten.

Jja lächelte ihn ermutigend an und drückte ihm die Hand.

Wallie staunte über sich selbst, wie erleichtert er war, sie zu sehen. Indem er Jja nicht als Geisel genommen hatte, hatte Tarru einen wichtigen siegbringenden Zug übersehen. Doch kein normaler Schwertkämpfer würde sein Herz als Unterpfand für eine Sklavin geben, so wie Wallie es getan hatte, deshalb konnte Tarru auch nichts davon ahnen.

Er versuchte, ihr diese Zusammenhänge zu erklären, und sie schien ebenso überrascht, wie es Tarru wohl gewesen wäre.

»Ich mache meine Sache nicht besonders gut, Jja.«

Sie sah ihn eine Weile forschend an. Waren seine Schuldgefühle so offensichtlich? Stand jetzt das Wort *Mörder* auf seiner Stirn geschrieben?

Doch nein. Was sie schließlich sagte, war folgendes: »Wißt Ihr, was die Götter von Euch wollen, Herr?«

Das war der springende Punkt.

Er nickte. »Das weiß ich. Und ich sträube mich dagegen. Du hast recht, mein Liebling. Ich muß lernen zu gehorchen.« Er starrte weiterhin den Boden an.

»Ani kommt gleich, Herr. Der Ehrenwerte Tarru und seine Männer warten immer noch in Eurem Zimmer. Kio ist losgegangen, um den Adepten Nnanji ausfindig zu machen.«

»Wer ist denn Kio?«

Jjas weiße Zähne blitzten im Dämmerlicht. »Sein Lieblingsfreudenmädchen. Früher konnte er es sich nicht leisten, erst seit Ihr ihm so viel Geld gegeben habt. Sie hat schon das halbe Schwert aufgebraucht, sagen die Frauen.«

Wallie lächelte und schwieg. Es würde Nnanji hart ankommen, wieder in den Haifischteich zurückgezogen zu werden, doch es war seine Pflicht. Und auf jeden Fall mußte er gewarnt werden, denn wenn sein Gebieter in Gefahr war, dann galt das gleiche auch für ihn.

Welche Befehle hatte Tarru erteilt? Womöglich brachte man Nnanji schon an der Pforte um.

Vixini begann zu strampeln. Jja band ihn los und setzte ihn zu Boden. Er begab sich krabbelnd auf Erkundungstour, wie ein emsiger brauner Käfer.

Wieder quietschte die Tür, und diesmal war es Ani, eine gewaltige Erscheinung in einem schwarzen Cape. Nur ihr großes, häßliches Gesicht war deutlich zu sehen, direkt unter der Decke schwebend, mit der schwarzen Binde über dem linken Auge, die wie ein Loch aussah. Ihr Haar war straff zu einem Knoten zurückgesteckt, und eine schmale silberne Linie umrahmte ihr Gesicht: der ungefärbte Ansatz, der von Ohr zu Ohr reichte. Sie verneigte sich ehrerbietig vor Wallie, doch konnte sie ein Schmunzeln über die absurde Situation nicht verbergen, daß ein Herr der Siebten Stufe in einem Sklavenkeller kauerte. Mochte ihr Sohn auch nicht mehr Verstand haben als die Pflanzen, die er versorgte, so hatte Ani doch kultivierte Männer gehabt. Sie besaß eine urwüchsige Schlauheit und strahlte gleichzeitig eine sonderbare Autorität aus, als ob sie die Königin der Sklaven sei.

»Ich bin dir sehr dankbar, Ani«, sagte Wallie.

»Und ich bin Euch sehr dankbar, mein Lord. An jenem Abend wart Ihr äußerst gütig zu einer fetten alten Frau. Nur wenige hätten diese Situation nicht ausgenutzt.«

»Ich war selbst betrunken«, sagte er. »Aber ich befürchte, ich habe damit eine nicht wiederkehrende Gelegenheit verpaßt. Was gibt es Neues von Tarru?«

Mit einem seitlichen Kopfzucken spuckte sie auf den Boden. »Er hat eine Durchsuchung angeordnet, mein Lord. Hier wird er jedoch nicht nachsehen lassen. Und wenn doch, dann können wir Euch von einem dieser Keller in den nächsten bringen. Hier seid Ihr sicher.«

Das würde nicht mehr zutreffen, wenn Tarru den geringsten Verdacht schöpfen würde, daß die Sklaven sich gegen ihn verschworen hatten. Die verräterische Leiche lag sehr nah beim Sklaveneingang, und Tarru war nicht

auf den Kopf gefallen. Sklaven hätten die Leiche natürlich an einen anderen Ort verfrachten können, doch nur unter größtem persönlichen Risiko. Wallie beschloß, Janghiuki nicht zu erwähnen.

»Ich muß eine Nachricht an Lord Honakura senden«, sagte er. »Er ist der einzige, der helfen kann, glaube ich.«

Ani schürzte die fleischigen Lippen. »Das wird nicht leicht sein, mein Lord.«

Natürlich. Kein Sklave konnte einfach an einen Mann wie Honakura herantreten und ein Gespräch mit ihm beginnen — jedenfalls nicht, ohne erhebliches Aufsehen zu erregen. Wallie griff in seinen Beutel. »Könnte dies von Nutzen sein?«

Anis Augen glitzerten beim Anblick von Gold. »Schon möglich.«

Wallie reichte ihr die Münzen und formulierte seine kurze Botschaft. Ani prägte sich die Worte durch mehrmaliges mündliches Wiederholen ein und walzte von dannen, um zu sehen, was sich machen ließ.

Er setzte sich und seufzte. Der Keller war heiß und stickig und widerwärtig. »Das Leben als meine Sklavin bietet dir allerlei Abwechslung, was, Jja? Zuerst die königliche Suite und jetzt das hier ...«

Sie lächelte gehorsam. »Die Frauenkeller sind ein bißchen sauberer, mein Herr, aber ansonsten genauso.«

Er dachte an die Frauengemächer und war verdutzt. Es waren keine Prachträume, wie die ihm zur Verfügung gestellten, doch sie waren luftig und behaglich ...

»Wovon sprichst du?« wollte er wissen. »Doch wohl nicht von den Räumen oben, wo Janu ...«

Sie schüttelte den Kopf und lächelte. »Dorthin wurde ich nur gebracht, als Ihr mich abholen kamt, Herr.«

Sie meinte natürlich die Unterkünfte der *Sklavinnen*. Wie gedankenlos er war! »Willst du damit sagen, daß du in der Zeit, als wir noch nicht zusammen waren, in einem Loch wie diesem gehaust hast?«

Sie nickte. »Meistens.«

Er ergriff ihre Hände. »Daran hatte ich nicht gedacht!«

Sie setzte an zu sagen, daß das nichts machte, doch er unterbrach sie. »Doch, das macht was! Jja, wenn wir diese schwierige Situation überstanden haben, werde ich dich für immer bei mir behalten. Vielleicht finden wir auch nichts Besseres als dies hier, aber wir werden es gemeinsam finden.« Sie senkte die Augen unter seinem Blick. »Jja ... ich liebe dich.«

Er hatte den Eindruck, daß sie rot wurde, doch er konnte es bei dem schwachen Licht nicht genau sehen. Was konnten diese Worte für eine Sklavin bedeuten? »Ich würde dich heiraten, wenn ich könnte, Jja.«

Sie blickte verwirrt auf.

»Ich würde dir alles geben, alles für dich tun«, fuhr er fort. »Ich habe dir gesagt, du sollst dich keinem anderen Mann hingeben, und jetzt verspreche ich dir, daß ich ...«

Sie legte ihm einen Finger auf die Lippen und schüttelte den Kopf.

»Ich meine, was ich sage!«

Sie zögerte, wie immer, wenn sie ihre Gedanken in Worte zu fassen versuchte. »Wallie ist sich sicher. Lord Shonsu wird ihn hindern, ein solches Versprechen zu halten.«

Er wollte etwas einwenden, doch wieder hielt sie ihn davon ab. Dann durchlief sie ein Beben. »Alles würdet Ihr für mich tun, Herr?«

»Ja.«

»Auch den Gott der Sorgen vertreiben?«

Vixini hatte sich auf einem Strohballen zusammengekringelt und lutschte schläfrig am Daumen.

Es war eine verlockende Vorstellung, denn es mochte seine letzte Gelegenheit sein, für immer. »Das Zusammensein mit dir tut mir schon ungeheuer gut, mein Liebling. Du brauchst mich nicht ins Bett zu zerren, um mir zu Gefallen zu sein. Du bedeutest mir viel mehr als nur eine solche Partnerin.«

Sie senkte den Blick und schwieg.

»Was ist los?«

»Vergebt mir, Herr.«

»Was soll ich dir vergeben?«

»Ich wollte nicht Euch zu Gefallen sein, ich bat Euch, etwas für zu meinem Gefallen zu tun.«

War sie ehrlich? Er konnte ihre Gedanken nie ergründen. Aber das war egal. Vor zwei Wochen hätte sie so etwas niemals ausgesprochen. Ein solcher Fortschritt mußte belohnt werden.

»Bestimmt gibt es hier Wanzen und Flöhe«, warnte er sie. Doch sie lächelte glücklich und hob die Lippen den seinen entgegen, und schnell beschlossen sie, es mit Wanzen und Flöhen aufzunehmen.

Der Gott der Sorgen war außergewöhnlich hartnäckig. Er wurde mehrere Male vertrieben, und jedesmal war er nach kurzer Zeit wieder da. Er setzte auf pure Beharrlichkeit. Als Nnanji endlich auftauchte, waren die beiden Flüchtlinge wieder angezogen und hingen schlaff auf den wackeligen Stuhlruinen, erhitzt und erschöpft in der stickigen Luft.

Nnanji duckte sich unter den Teppichfetzen hindurch, sah sich mit einem Stirnrunzeln um und strahlte dann Wallie an.

»Mein Gebieter, erweist Ihr mir die Ehre, mir zu gestatten, Euch meinen Schützling, den Novizen Katanji vorzustellen?«

Mut, so erinnerte sich Wallie, war einmal als das Bewahren von Haltung in Streßsituationen definiert worden. Er erhob sich, um Katanjis Gruß entgegenzunehmen, wobei er sich bei seiner Erwiderung wegen der fehlenden Raumhöhe auf flachere Gesten beschränkte. Der Junge hatte ein blutig-frisches Zeichen im Gesicht, er trug einen blendend weißen Kilt, und seine Miene drückte Überraschung aus. Nnanjis abgelegte Haarspange klammerte sich verbissen an seine kurzen schwarzen Locken, die sich beim besten Willen nicht zu einem Pferdeschwanz binden ließen. Er sah unglaublich jung aus.

Natürlich sollte er nicht hier sein. Wallie hätte ahnen können, was sich Nnanji ausgeheckt hatte, doch jetzt war es zu spät, um den Eid rückgängig zu machen.

Der Novize Katanji? Vielleicht mußte er als Zeichen der Götter dafür gedeutet werden, daß die Expedition immer noch im Gange war. Nummer fünf war soeben dazugestoßen.

»Ich habe ihm, anstatt ihm mein altes Schwert zu geben, ein neues gekauft«, verkündete Nnanji und hielt Wallie die Waffe hin.

Wenn er in die Gästezimmer hinaufgegangen wäre, um das alte zu holen ...

Doch Nnanji hatte es vor Verlegenheit die Sprache verschlagen, was selten war.

»Und jetzt möchtest du gerne, daß ich es ihm überreiche?«

»Wenn es Euch nichts ausmacht, vor einem Erststufler niederzuknien ...«, murmelte Nnanji und meinte damit: *O ja, bitte, bitte.*

»Es wird mir eine Ehre sein«, sagte Wallie. »Ich werde ihn dann sowieso immer noch überragen.«

Der Novize Katanji mußte bei dieser Bemerkung grinsen. Sein Mentor warf ihm einen finsteren Blick zu, um ihn daran zu erinnern, daß er ermahnt worden war, Lord Shonsu mit Ehrfurcht zu begegnen.

Wallie kniete sich nieder, um das Schwert mit den angemessenen Worten zu überreichen. Katanji nahm es behutsam entgegen und sprach die Antwort, doch er machte dabei bei weitem kein so feierliches und beeindrucktes Gesicht wie Nnanji. In diesen jungen Augen war ein ständiges leichtes Glitzern von Spott.

»Nnanji, ist dir niemand hierher gefolgt — bist du

ganz sicher?« fragte Wallie, während er sich wieder lässig auf seinen Stuhl setzte.

»Ganz sicher, mein Gebieter! Ihr habt mich ja entsprechend unterwiesen.«

Nnanji hatte also das Spionageroman-Sutra angewandt.

»Allerdings«, fuhr Nnanji fort, »standen Popoluini und Faraskansi am Tor. Sie versuchten mich zu warnen, daß ich nicht hereinkommen sollte.« Er runzelte die Sitrn. »Ich sagte, es ging um die Ehre. Daraufhin versprachen sie, mich nicht beobachten zu lassen.«

Wallie versuchte, diese Unterhaltung nachzuvollziehen, und gab auf. Doch es bestätigte seine Annahme, daß die vereidigten Schwertkämpfer nur widerstrebend seine Gegner waren. Sie würden Tarrus Befehle wortgetreu ausführen, mehr aber auch nicht.

Dann bemerkte er eine dritte Person, die sich im Hintergrund hielt. Er nahm zunächst an, daß es sich um Kio handelte, Nnanjis Lieblingsfreudenmädchen, doch es war eine Frau, die er noch nie irgendwo gesehen hatte. Nnanji grinste und bedeutete ihr mit einer Kopfbewegung, ins Licht vorzutreten.

»Das habe ich auch gekauft«, sagte er voller Stolz. »Wir haben so viele Sachen zu tragen —, die Florette und Kleidung zum Wechseln — und Jja hat das Baby...«

Wallie befand sich in einem Zwiespalt zwischen einem Aufwallen der Gefühle und physischer Sättigung, doch er spürte, wie sein Körper dennoch reagierte. Sie war von einer sinnlichen Üppigkeit und nur mit einem Nichts aus Spitze bekleidet, durch das ihre aufreizenden Formen noch betont wurden, obwohl sie dessen keineswegs bedurft hätten. Auf der Erde hätte er angenommen, daß derart wundervoll pralle, straffe Brüste das Werk eines gewissenlosen Schönheitschirurgen sein müßten. In dieser Welt konnte sie nur ein Wunder so herrlich in Form halten. Ihre nackten Arme und Beine waren atemberaubend. Eine Pracht von welligem hellbraunen Haar umfloß ihr makelloses Gesicht — makellos und nichtssagend —, mit Lippen wie eine Rosenknospe, erstarrt in einem schalen Lächeln, und Augen so dumpf wie Kieselsteine. Eine Schwachsinnige.

Zum Teufel! In seiner Begeisterung über seine Beförderung war Nnanji übergeschnappt. Erst seinen Bruder, und jetzt das auch noch! Sie war unglaublich erregend und unglaublich fehl am Platze, denn Nnanji würde einer solchen Idiotin nach wenigen Tagen überdrüssig. Sie gehörte in ein Nebengemach eines reichen alten Mannes, der sie verwöhnen könnte, und nicht an die Seite eines wandernden Schwertkämpfers. Dies konnte auf keinen Fall das angekündigte sechste Mitglied des Teams sein! Nie und nimmer!

»Vielleicht hätte ich Euch vorher fragen sollen, mein Gebieter …« Nnanji hatte Wallies Reaktion bemerkt.

»Das hättest du allerdings!« fauchte Wallie. In düsterer Verzweiflung sank er auf seinen Stuhl zurück. Alles entglitt ihm. Sobald er dachte, auf den Grund gekommen zu sein, stellte er fest, daß es noch eine Schicht darunter gab. »*Wie* hast du sie genannt?«

»Kuhi, mein Gebieter«, antwortete Nnanji.

Es war ihm rätselhaft, warum Lord Shonsu diesen Namen so unerklärlich komisch fand.

Die Zeit verging schleppend. Nnanji wollte sich mit seinem neuen Spielzeug auf ein geeignetes Lager verziehen und damit spielen; Wallie verbot es mit aller Strenge. Er erklärte ihm die Sache mit Tarru und seinen Netzen und erwähnte zaghaft den Tod Janghiukis, ohne zu schildern, wie er es getan hatte. Nnanjis Gemüt wurde so düster wie der Keller ringsum, und er hockte mit finsterem Gesicht auf einem der Stühle. Vixini wachte auf und weinte aus Hunger und Langeweile. Katanji saß auf einem Strohballen und starrte vor sich hin, wahrscheinlich darüber grübelnd, ob dies nun das gepriesene Leben eines Schwertkämpfers war, und vielleicht voller Angst vor diesem mordenden Siebentstufler. Kuhi saß einfach nur da.

Wie sollten sie ihre Flucht aus den Mannschaftsunterkünften bewerkstelligen, aus der Tempelanlage, aus der Stadt, von der Insel?

Wallie wäre gern aufgestanden und auf und ab geschritten, doch in diesem elenden Loch konnte er nur kriechen, ein Schreiten war unmöglich. Er war festgenagelt. Tarru hatte ihn Zoll um Zoll weiter in die Enge getrieben, wie ein Verbrecher, der ein Stadtviertel in Schach hält, wie ein Hitler, der einen Kontinent schluckt, unter ruchloser Ausnutzung der Eigenschaft eines friedliebenden Menschen, der zögerte, Gewalt anzuwenden.

Shonsu hatte seine Machenschaften durchschaut. Wallie Smith ebenfalls, doch er hatte nichts dagegen unternommen. Er hatte sich eingeredet, er spielte lediglich um Zeitgewinn, während doch die Zeit seinem Gegner mehr gebracht hatte als ihm. Seine Gedanken zuckten und krümmten sich, während er versuchte, sich eine Fluchtmöglichkeit aus dieser mißlichen Lage einfallen zu lassen. Nichts fiel ihm ein, und so blieb ihm nur noch die schwache Hoffnung, daß Honakura vielleicht noch einen Trumpf in der Hand haben könnte.

Nnanji wurde immer mißmutiger. Vielleicht gab er Tarru die Schuld, weil er die Wache zur Korruption angestiftet hatte, vielleicht veränderte sich jedoch auch seine Einstellung zu dem Mann, der gesagt hatte, er würde nicht töten, wenn es vermeidbar wäre. Ein Gast, der einen seiner Gastgeber umbrachte? Wer war der Ubeltäter? War das Vorbereiten einer Falle bereits ein Verstoß, oder war es erst ein Verstoß, wenn die Falle zuschnappte, oder ein Vergehen oder ein Verbrechen? War das Beobachtenlassen eines Gastes ein duldbares Verhalten?

Wallie bemerkte seinen zerknirschten Gesichtsausdruck und fragte sich, ob die Wiederkehr des Killer-

Zwischendurch: [redacted]

[redacted]

[redacted] Vixini und seine Freunde sind in einer bedauernswerten Lage – und es steht ihnen noch einiges bevor. Nicht mal eine kleine Stärkung reicht man den Unglücklichen. [redacted]

[redacted] Haben wir also Mitleid mit ihnen, denn für uns ist eine kleine heiße Mahlzeit zwischendurch kein Problem. Wir können uns bei Bedarf immer eine kleine Stärkung gönnen. Beispielsweise die … [redacted]

[redacted]

wurms bevorstünde. Nnanji mußte sich zum zweitenmal verraten vorkommen — zum erstenmal durch die Tempelwache und jetzt durch Shonsu. Nicht nur Tarru hatte Probleme mit der Motivation seiner Leute.

Endlich quietschte die Tür wieder einmal, und Anis gewaltige Formlosigkeit walzte herein. Sie brachte ihre Massen vor Wallie zum Stehen und schüttelte traurig den Kopf.

»Lord Honakura?« fragte der Schwertkämpfer, doch er konnte ihrem Gesicht ablesen, daß er noch tiefer gefallen war.

»Nein, mein Lord«, sagte sie. »Er ist im Gefängnis.«

Buch Fünf

Wie der Schwertkämpfer seinen Bruder fand

1

Mörderische Mittagsglut: Die Vögel schwiegen in den Bäumen, die Gärtnersklaven bewegten sich träge und hielten sich sorgsam aus der grellen Sonne, und selbst die Insekten waren still. Die Reihe der Pilger, die auf den Tempelstufen knieten und stöhnten, schien in der sengenden Hitze immer mehr dahinzuschmelzen. Nur der Fluß setzte seine Bewegung und seine Geräusche fort, während die Welt dahindämmerte und den Abend herbeisehnte.

Der Paradehof lag verlassen da und war heiß wie ein Grillrost. Drei Leute bogen um die Ecke des Mannschaftsbaus, ließen den Fechtplatz hinter sich. Da jeder Mann der Wache damit beschäftigt war, nach Lord Shonsu zu suchen, gab es niemanden, der die drei bemerkt hätte. Sie durchquerten den Hof ungesehen und gingen in Richtung Gefängnis, im weißen Flimmern auf ihren Schatten dahingleitend.

An der Spitze der kleinen Gruppe marschierte ein Schwertkämpfer der Vierten Stufe, fein herausgeputzt in einem sehr neuen orangefarbenen Kilt. Sein Pferdeschwanz war pechschwarz, passend zu seinem finsteren Gesichtsausdruck. Er war nahe daran gewesen, sich gegen seinen Gebieter, dem er sich durch einen Eid zum Gehorsam verpflichtet hatte, aufzulehnen, und er hatte kein Wort mehr gesprochen, seit die Sklaven sein Haar mit Lampenfett und Ruß eingeschmiert hatten.

Das Schlußlicht bildete ein kleiner, dunkelhaariger Erststufler. Seine unbeholfene Haltung, die Art, wie er mit der Hand den Schwertgriff festhielt, die geschwollenen frischen Gesichtsmale, der strahlendweiße Kilt und das viel zu kurze Haar verrieten ihn eindeutig als Neuling. Sogar der rastlose Blick seiner dunklen Augen deutete darauf hin. Er hielt ein Seil umklammert, dessen anderes Ende um den Hals einer Sklavin gebunden war, offenbar eines Neuzugangs zu den Gefangenen.

Sie war groß und für eine Frau äußerst häßlich. Ihr schwarzes Haar war viel zu lang für eine Sklavin — struppig abstehende Locken, die immer noch nach Brenneisen rochen. Ihr schwarzer, alles verhüllender Umhang hätte der berüchtigten Wilden Ani gehören können; er war merkwürdig ausgebeult, als ob der Körper darunter deformiert sei.

Die Hitze unter den Kissen war unvorstellbar. Wallie wußte, daß das gefährlich war. Selbst wenn er nicht durch einen Hitzschlag zusammenbrach, so wurde er doch ständig schwächer. Er konnte kaum noch etwas sehen, so rann ihm der Schweiß in die Augen, und er wagte nicht, sie sich freizureiben, da er ja so tun mußte, als seien ihm die Hände auf dem Rücken gefesselt. Kein vernünftiger Schwertkämpfer käme je auf die Idee, daß sich Lord Shonsu der Siebten Stufe in dieser Weise verkleiden würde. Er hatte davon abgesehen, sich ein gefälschtes Gesichtsmal anzubringen, zum einen aus Rücksicht auf Nnanjis Gefühle, zum anderen aber auch aus der Befürchtung heraus, daß ihm jemand allzu nahe kommen und die Tarnung durchschauen könnte. Abgesehen von seiner Größe, hätte man ihn aus der Ferne jedoch durchaus für eine Sklavin halten können. Er machte kurze Schritte, er zog die Schultern ein — und er schwitzte sichtbar.

Bevor das Gefängnis mit einem neuen Dach ausgestattet worden war, hätte vielleicht noch die Möglichkeit bestanden, einen Gefangenen zu befreien, ohne daß die Wachen etwas merkten, doch jetzt war die einzige Öffnung nur noch die Tür, und die führte in den Wachraum. Die Tür stand offen. Die Ankömmlinge marschierten unbeirrt hindurch.

Briu der Vierten Stufe war mit zwei Zweitstuflern an einem Tisch mit Würfeln beschäftigt. Drei Sklaven saßen in einer Ecke am Boden und zupften Läuse aus

Kleidungsstücken. Sie blickten auf und sahen Schwertkämpfer, die eine neue Gefangene hereinbrachten.

Katanji, der noch ganz am Anfang seiner Karriere stand, hatte bisher erst eine einzige Schwertkämpfer-Verhaltensweise beigebracht bekommen. Es handelte sich dabei um eine Methode, die noch keinem anderen Schwertkämpfer beigebracht worden war. Er wandte sie jetzt an, indem er sich blitzschnell umdrehte und sich mit gesenktem Kopf hinkniete. Die Sklavin zog das Schwert aus seiner Scheide und hielt die Spitze an Brius Kehle, bevor dieser ziehen konnte.

»Das konntet ja nur wieder mal ausgerechnet Ihr sein, was?« sagte Wallie. »Legt die Hände auf den Tisch, und befehlt Euren Männern, dasselbe zu tun.«

In Brius leidenschaftslosem Gesicht war so gut wie keine Veränderung des Ausdrucks bemerkbar. Er musterte Wallie mit einem kurzen Blick, nahm Nnanji mit einem Anflug von Überraschung zur Kenntnis und legte dann die Hände auf den Tisch. Die Zweitstufler folgten seinem Beispiel, ohne daß es ihnen befohlen wurde; sie sahen überrumpelt aus.

»Warum muß ich ausgerechnet immer Euch in die Quere kommen?« fragte Wallie. »Ich hatte nie Streit mit Euch, doch jedesmal, wenn ich etwas unternahm, mußte der Adept Briu darunter leiden. Seid Ihr Tarrus Vasall?«

»Ich verweigere die Antwort auf diese Frage.«

»Er veranstaltet eine Treibjagd auf mich. Er beabsichtigt, mich zu foltern, damit ich ihm verrate, wo sich das Schwert befindet. Streitet Ihr das ab?«

»Nein. Genausowenig, wie ich es bestätige.«

»Welche Gefühle hat ein Mann von Ehre dabei?«

Briu kniff die Augen zusammen. »Was macht Euch glauben, ich sei ein Mann von Ehre?«

»Nnanji hat es gesagt, etwa fünf Minuten bevor Ihr ihn an jenem Morgen herausgefordert habt.«

»Dann hat er gelogen.«

»Ich glaube nicht, daß er gelogen hat.«

Briu zuckte mit den Schultern. »Jedes Verbrechen, das von einem Vasallen begangen wird, wird seinem Gebieter zur Last gelegt. Wenn ich Tarrus Vasall bin, wie Ihr behauptet, dann verpflichtet mich der Eid zu bedingungslosem Gehorsam, und meine Ehre hat keine Bedeutung.«

»Warum habt Ihr einem solchen Mann den Eid geschworen?« erkundigte sich Nnanji mit leiser Stimme über Wallies Schulter hinweg. Es klang verbittert.

»Die gleiche Frage könnte ich Euch stellen, Adept«, entgegnete Briu.

Nnanji gab einen erstickten Laut von sich und sagte dann: »Ihr habt gesehen, wie Shonsu ins Wasser gesprungen ist. Ihr wißt, besser als jeder andere, daß das Schwert ein Wunder ist!«

Briu starrte ihn mit unbewegter Miene an. »Ich habe keine gute Arbeit geleistet, als ich Euch als Euer Mentor über den dritten Eid aufgeklärt habe. Wir wollen sehen, ob ich in anderer Hinsicht mehr geleistet habe. Wenn ein Befehlshaber korrupt ist, wessen Pflicht ist es dann, etwas dagegen zu unternehmen?«

Nach kurzem Nachdenken flüsterte Nnanji: »Die seines Stellvertreters.«

»Und wie soll er das machen?«

»Indem er ihn herausfordert, sofern er gut genug ist. Ansonsten muß er einen Stärkeren dafür heranziehen.« Das war ein Zitat, und Nnanji hörte sich genauso an wie Briu, als er es vorbrachte.

Briu nickte. »Doch dein Lord Shonsu ließ Tarru am Leben, obwohl er offenkundig schuldig war.«

Wallie wußte, daß er damit seinen ersten Fehler begangen hatte. Der Gott hatte ihm gesagt, daß einige grausame Maßnahmen nötig sein würden. Bei ihrer allerersten Begegnung hatte er ihn gewarnt, daß es jeder ehrenhafte Schwertkämpfer für seine Pflicht erachten mußte, Hardduju zu töten und die Ehre der Zunft wiederherzustellen. Er hatte ihm sogar einen deutlichen Wink gegeben, indem er Napoleon erwähnt hatte, denn Napoleon *war* tatsächlich König von Elba gewesen, wenn auch nur für kurze Zeit. Es war ein Betrug an jedem ehrlichen Mann in der Wache, daß er Tarru verschont hatte. Er hätte Tarru mit einem Streich töten, die Führung übernehmen und die Fünftstufler auf der Stelle dem Gericht überstellen und weitere Schuldige ausfindig machen sollen — doch nichts davon hatte er getan.

»Ich gestehe meinen Fehler ein«, sagte Wallie. »Nnanji hat mich direkt danach fast ausdrücklich darauf hingewiesen, damals auf den Tempelstufen. Doch von jenem Augenblick an war ich Tarrus Gast.«

Briu bedachte ihn mit einem Strahl der Verachtung, der von einem Düsentriebwerk hätte stammen können. »Ihr hattet ausreichend Gelegenheit und fandet immer wieder Ausflüchte. Er verpflichtete sich Gorramini und Ghaniri durch den dritten Eid und setzte sie auf Nnanji an. Dann bearbeitete er die Fünftstufler. Wußtet Ihr das vielleicht nicht?«

Ein Siebentstufler hätte sich das nicht von einem Viertstufler gefallen lassen sollen, doch Wallie fühlte sich zu sehr schuldig, um beleidigt zu sein. »Ich hatte den Verdacht.«

»So?« fragte Briu. »Wenn Ihr etwas unternommen und um Beistand gerufen hättet, meint Ihr, die übrigen von uns hätten untätig zugesehen? Wir wollten einen Anführer! Wir wollten unsere Ehre wiederherstellen! Keiner von uns konnte sich ganz von Schuld freisprechen, doch ...« Er hielt inne und senkte den Blick auf die Tischplatte. »Eine einzige Ausnahme gab es. Wenn der Rest von uns nur halb so ehrenhaft wie er gewesen wäre, dann hätten wir uns schon vor Jahren widersetzt.«

Wallies Erklärung hätte einen Schwertkämpfer niemals überzeugt — er hatte Blutvergießen vermeiden wollen. Er hatte Tarru verschont, das war *ein* Mann. Als Nnanji die Stallungen erwähnte, hatte er den Gedanken verworfen, um nicht *drei* Männer zu töten. Doch jede Verzögerung erhöhte den Preis. Wenn ihm jetzt irgendwie die Flucht gelänge, dann würde es viele Leben kosten.

Bevor er sprechen konnte, blickte Briu wieder auf und sah ihn mit gerötetem Gesicht und feurigen Augen an. »Sogar noch heute morgen! Gorramini war hereingelegt worden! Doch Ihr habt *nichts* getan!«

»Ich tue jetzt etwas«, sagte Wallie mit fester Stimme.

Briu musterte erneut abschätzig die Sklavenverkleidung und spuckte aus.

Shonsus Temperament geriet in Wallung. Wallie konnte es nur mit großer Mühe unterdrücken. »Ihr habt einen Priester hier als Gefangenen, und den werde ich mitnehmen. Dann verschwinde ich.« Die Frage war nur: wie? »Die Göttin wird sich um die Ehre Ihrer Tempelwache kümmern. Das ist nicht die Aufgabe, mit der Sie mich betraut hat.«

Briu hob die Schultern und betrachtete wieder finster seine Hände auf dem Tisch.

»Warum habt Ihr Tarru den dritten Eid geschworen?« fragte Nnanji noch einmal.

»Meine Frau hatte gerade Zwillingen das Leben geschenkt, Adept«, sagte Briu. »Sie braucht etwas zu essen, sie alle brauchen etwas. Wenn Ihr einmal älter seid, werdet Ihr es verstehen.«

Schwertkämpfer waren versessen auf furchterregende Eide, doch sie waren keine Unmenschen.

»Briu«, sagte Wallie, »meine Geschichte ist zu lang, als daß ich sie hier und jetzt erzählen könnte. Doch ich gestehe meinen Fehler ein. Wenn ich die Gelegenheit bekomme, ihn zu berichtigen, dann werde ich es tun. Ich habe eine Aufgabe für die Göttin zu erfüllen, und ich brauche ehrliche Männer, die mir dabei zur Seite stehen. Ist Eure Frau wieder so wohlauf, daß sie reisen kann?«

Shonsu, Nnanji, Katanji plus Briu samt Familie … sieben, wenn man die Sklaven nicht mitzählte.

»Nein, mein Lord. Und ich auch nicht.«

Wallie wies Katanji an, den Männern die Schwerter abzunehmen.

Durch das neue Dach war es im Gefängnis heißer denn je, und der Gestank schlimmer. Ihm wurde schwindelig, sobald er den ersten Schritt hinein tat, und er fragte sich, wie lange ein gebrechlicher alter Mann wie Honakura das wohl aushalten mochte. Es waren vier Gefangene da, jeder nur mit einem Knöchel unter den Steinquadern festgehalten, doch Wallie war jetzt zu verbittert, um Befriedigung über diese geringe Erleichterung zu empfinden. Er eilte zu der einen winzigen, verschrumpelten Gestalt.

Honakura kicherte vergnügt, als er seinen Retter erblickte. Dann zog er seinen dürren Fuß aus der Öffnung und ließ sich beim Aufstehen helfen.

Wallie zog ein schwarzes Gewand aus seinem ausgestopften Busen. »Ihr werdet jetzt ein Namenloser sein, mein Lord. In der Tasche findet Ihr ein Kopfband. Es ist besser, wenn Ihr Euch oben anzieht, dort ist es kühler.«

Immer noch kichernd, tapste Honakura auf die Treppe zu. Wallie ließ die Schwertkämpfer von den Sklaven in die Steine klemmen, dann klemmte er die Sklaven ebenfalls ein.

»Lebt wohl, Adept«, sagte er zu Briu. »Keiner von uns ist ohne Makel.«

Briu seufzte. »Nein. Aber ich glaube, wir dürfen in unseren Bemühungen nicht nachlassen, uns zu bessern.«

Wallie streckte ihm die Hand entgegen. Nach einem Moment nahm Briu sie. »Ich hoffe sehr, einige Männer werden versuchen, Euch auf Eurer Reise zu vergewaltigen, mein Lord.«

Unter Lachen über diesen unerwarteten Anflug von Humor ging Wallie wieder hinauf in den Wachraum. Er gab Katanji sein Schwert zurück und mußte ihm dann helfen, es wieder in die Scheide zu schieben. Honakura hatte sich das schwarze Gewand angezogen, und Nnanji verknotete das Haarband für ihn.

»Wir befinden uns in ernsthaften Schwierigkeiten, mein … Alter«, sagte Wallie. »Ich habe keine Ahnung, wie wir herauskommen. Doch wir sollten uns so schnell wie möglich in die Mannschaftsunterkünfte zurückbegeben.«

»In die Unterkünfte?« fragte Honakura mit Unschuldsmiene. »Warum nicht hinaus in die Stadt?«

»Und was schlagt Ihr vor, wie …«, setzte Wallie an, dann starrte er ihn an. »Bei allen Teufeln! Es gibt einen Geheimgang, nehme ich an?«

»Natürlich«, sagte Honakura. »Habt Ihr vielleicht geglaubt, die Priester hätten keinen Geheimgang? Ihr habt mich nie danach gefragt.«

Er ließ ein schrill-vergnügtes Kichern vernehmen.

2

Nachdem sie das Gefängnis hinter sich gelassen hatten, gruppierten sie sich neu, indem die zwei Schwertkämpfer vorne gingen und die beiden Schwarzgewandeten dahinter. Honakura bemühte sich stolpernd, schrittzuhalten, wobei er sein zu langes Gewand anhob und so schnell tippelte, wie er konnte. Wallie selbst war auch nicht viel beweglicher, da seine halbwegs verheilten Füße von den Sklavensandalen wieder aufgescheuert wurden. Doch eine gemäßigte Gangart war sowieso ratsam; es war zu heiß, um sich zu beeilen. Die wenigen Leute, denen sie begegneten, schenkten ihnen keine Beachtung.

Der Alte wies Nnanji mit kurzatmigem Japsen den Weg. Sie bewegten sich flußabwärts bis fast ans Ende der Anlage und dann weiter auf einem Pfad zwischen dichten Bäumen hindurch entlang der großen Mauer.

»Ich befürchte, wir werden eine Schaufel brauchen«, zischte er irgendwann, und die Götter führten sie an einem verlassenen Schubkarren mit Gartengerät vorbei. Wallie brauchte nur zwei Schritte vom Pfad abzuweichen, um sich eine Schaufel zu schnappen. Dann fragte der Priester: »Ist die Luft rein?«, und als das bestätigt wurde, schlugen sie sich seitlich ins Gebüsch.

Gut verborgen im Unterholz stand ein uraltes, verwittertes Taubenhaus dicht an der Außenmauer, aus moosbewachsenen, halbzerfallenen Steinen. Die Tür war klein und baufällig. Sie gab dem Druck von Wallies Schulter sofort nach. Lautes Flügelschlagen erklang im Innern.

Der Raum war düster, dreckig und stinkend. In dikken Schichten von Taubenkot wimmelte es von allerlei Käfern. Gardinen aus Spinnweben schimmerten im spärlichen Licht, das durch ein Loch im Dach hereinfiel. Aufgeschreckte weiße Vögel beäugten sie aus den Taubenlöchern im oberen Teil der Mauer.

»Vorausgesetzt, niemand hat uns gesehen«, sagte Wallie, »sind wir hier sicher. Offenbar ist seit Jahren niemand mehr hier gewesen.«

»Seit Generationen«, erwiderte Honakura. »Ich hoffe nur, der Durchgang ist noch offen. Wahrscheinlich ist er seit Jahrhunderten nicht mehr benutzt worden, womöglich sogar noch nie.« Er schniefte. »Vielleicht ist er am anderen Ende zugemauert.«

»Nette Aussichten!« sagte Wallie. »Ich denke, Katanji sollte jetzt die anderen holen gehen. Was meinst du, Nnanji?«

Nnanji, immer noch düsterer Stimmung, nickte.

»Wir brauchen jemanden, der die Tür hinter uns schließt«, sagte der Priester.

»Dann bringe also Jja, Kuhi und Ani mit«, befahl Wallie. Der Junge grinste und wandte sich der Tür zu. »Geh gemächlich. Wenn dich jemand fragt, dann bist du der neue Schützling des Adepten Briu, auf einem Besorgungsgang für diesen ... du kannst die Auskunft darüber verweigern, um was es sich dabei handelt. Und bring meine Stiefel mit!«

Katanji machte sich auf den Weg.

Honakura schmunzelte. »Und wer, bitte, ist Kuhi?«

»Ich nehme an, sie ist die sechste im Bunde«, sagte Wallie und verzog das Gesicht zu einer Grimasse, während er sich in dem stinkenden Dreck des Taubenhauses umsah. »Nnanji hat sich eine Sklavin gekauft.«

»Und mit mir sind wir sieben.«

Wallie sah ihn ungläubig an. »Ihr? Bei aller Hochachtung, Heiligkeit, aber das wird Euch umbringen!«

»Davon gehe ich aus«, sagte Honakura ruhig, »wenn Ihr damit sagen wollt, daß ich nie mehr zurückkehren werde. Es kann auch Euch umbringen, junger Mann, und Ihr habt entschieden mehr zu verlieren als ich. Andererseits habt Ihr gute Aussichten auf eine Rückkehr.«

»Wie meint Ihr das?«

»Ihr müßt das Schwert zurückbringen, entsinnt Ihr Euch? Was das bedeutet, weiß ich genausowenig wie Ihr. Doch es könnte bedeuten, daß Ihr es dorthin zurückbringen müßt, wo Ihr es erhalten habt.«

Die Tauben gurrten unwillig, während Wallie über die Vorstellung nachgrübelte, einen so uralten Mann, der an Luxus und ein bequemes Leben gewöhnt war, den Unbilden und Gefahren einer unbekannten Mission auszusetzen. »Ich möchte Euch nicht mitnehmen.«

Der Priester atmete schnaubend aus und schniefte erneut mehrmals. »Seit Ihr mich über die Botschaft des Gottes unterrichtet habt, weiß ich, daß ich mitkommen werde. Meint Ihr nicht, ich könnte von Nutzen sein?«

Darauf gab es keine Antwort. »Ich bin nach wie vor der Meinung, daß Ihr hierbleiben solltet«, sagte Wallie so sanft, wie er konnte. Er hatte Zuneigung zu dem alten Mann gefaßt und wollte ihn verschonen.

»Wenn ich nicht mitkomme, werde ich dem Göttlichen Gericht überantwortet! Natürlich komme ich mit! Sieben müssen es sein! Also, angeblich befindet sich der Ausgang in der vom Tempel am weitesten entfernten Ecke, ich vermute demnach, daß es die dort ist.«

Wallie runzelte die Stirn über die Berge von Taubenkot und reichte Nnanji die Schaufel. Nnanji hatte seine Schmollstimmung einigermaßen überwunden, und langsam erwachte sein Interesse an dem abenteuerlichen Aspekt, den ein Geheimgang bot. Auch er rümpfte zunächst über den Dreck die Nase. Dann zog er seinen neuen orangefarbenen Kilt aus und gab ihn Wallie. Er fing an zu graben, und sofort stiegen faulig riechende Wolken von Verwesungsstaub auf. Wallie und der Priester flüchteten feige hinaus in die frische Luft. Sie standen im Gebüsch und unterhielten sich flüsternd.

»Wie viele Priester kennen diesen Geheimgang?« fragte Wallie.

Honakura schüttelte den Kopf. »Ich weiß es nicht«, sagte er. »Das Wissen wird von einem zum anderen weitergegeben. Ich habe vor vielen, vielen Jahren davon erfahren. Als mein Informant starb, weihte ich einen anderen ein. Doch der erste Mann, an den ich deshalb herantrat, wußte bereits davon.«

Ein einfaches System, doch es funktionierte seit wer weiß wie vielen Jahrhunderten. Wallie hätte sich denken können, daß die Priester einen Fluchtweg kannten, von dem die Schwertkämpfer nichts wußten. Vielleicht gab es sogar mehr als einen.

Dann fragte er, warum der alte Mann ins Gefängnis geworfen worden war. Die Antwort bestätigte, was der Halbgott ihm gesagt hatte — er würde die Politik des Tempels niemals begreifen. Ein Teil des Problems schien darin zu liegen, daß Honakura, als er den Plan gefaßt hatte, mit Wallie wegzugehen, zu viel Macht zu schnell aufgegeben hatte. Auch um die Festlichkeiten am Tag der Schwertkämpfer rankten sich offenbar so allerlei

Verschwörungen. Honakura hatte erreichen wollen, daß eine offizielle Erklärung abgegeben würde, wonach Wallies Auftrag auf dem Willen der Göttin beruhe, um so alle anwesenden Schwertkämpfer davon zu überzeugen. Da der Wille der Göttin über allen anderen Dingen stand, wäre damit tatsächlich Tarrus dritter Eid nichtig geworden. Ein ganz schlauer Versuch, doch Wallie bezweifelte, daß sich Schwertkämpfer auf diese Weise von den Priestern hätten gängeln lassen. Ob Tarru etwas mit seinem Niedergang zu tun hatte, vermochte Honakura nicht zu sagen.

Er sprach es zwar nicht aus, doch Wallie überlegte, ob er selbst womöglich einen Teil der Schuld daran trug. Bei all dem byzantinisch anmutenden Machtgehabe innerhalb der Priesterschaft hatte Honakura offenbar viel von seinem Einfluß und Ansehen für diesen mysteriösen Schwertkämpfer aufs Spiel gesetzt, der dann seinerseits versäumte, die Tempelwache gründlich zu säubern. Wallie hatte seine Anhänger bei den Priestern ebenso enttäuscht wie alle ehrlichen Schwertkämpfer.

Wo war Katanji? Wallie wurde immer unruhiger, je mehr Zeit verstrich. Er hatte einem unerfahrenen Jungen eine ungeheure Verantwortung aufgebürdet.

Nnanji trat geduckt durch die Tür, wie die Pest persönlich, bedeckt mit einer dicken grauen Staubschicht mit braunen Streifen, wo ihm der Schweiß heruntergelaufen war. Seine Augen waren gerötet und trieften. »Eine Falltür«, sagte er hustend. »Kann sie nicht bewegen.«

Wallie ging hinein und stieg über die Dreckhaufen zu der Stelle, die Nnanji freigeschaufelt hatte. Er fand eine Einstiegsluke, abgedeckt durch einen Stein mit einem Bronzering daran, der durch die Nitrate in dem Vogelmist stark zerfressen war. Er umfaßte ihn mit festem Griff und zog daran, bis seine Glieder knackten. Einen Moment lang befürchtete er, daß auch er ihn nicht heben könnte, doch dann löste er sich knirschend und ließ sich ziemlich leicht an einem Drehzapfen heben. Er blickte stirnrunzelnd in die Dunkelheit hinunter und wünschte, er hätte Katnaji beauftragt, auch eine Lampe mitzubringen. Dann ging er wieder hinaus ans Tageslicht, damit alle giftigen Gase von dort unten zuerst einmal entweichen konnten.

Die drei Männer saßen in nervösem Schweigen am Boden. Katanjis Geschichte müßte sich eigentlich glaubhaft anhören, wenn er nicht gerade Tarru persönlich in die Arme lief oder wenn man nicht Briu bereits entdeckt und er erzählt hatte, was passiert war. Ein neugebackener Erststufler war glaubhaft, redete sich Wallie beharrlich ein, und dann fiel ihm ein, daß er Katanji hätte warnen sollen, die Augen offen zu halten. Zwei Teppichknüpfersöhne waren auf jeden Fall zuviel.

»Wenn es am anderen Ende ebenfalls eine Falltür gibt, dann steht vielleicht längst ein Haus drauf«, gab Nnanji düster zu bedenken.

»Wir werden in der Mauer eine Treppe finden, die nach oben in eine tote Kammer führt«, sagte Wallie. »Dort ist eine weitere Luke im Boden, durch die man in einen außengelegenen Alkoven kommt.«

Der Priester starrte ihn fassungslos an. »Woher wißt Ihr das?«

Wallie lächelte verschmitzt. »Das werde ich Euch sagen, wenn Ihr mir verratet, wieso Ihr wußtet, daß Katanji schwarze Haare hat.« Er erhielt keine Antwort. Er hatte geraten, indem er eine Analyse der möglichen Konstruktion angestellt hatte. Dies war ein Einbahnfluchtweg. Falltüren waren die sichersten und zuverlässigsten Einrichtungen zum Verschließen eines solchen. Der Halbgott hatte ihm erzählt, daß die Stadt ungefähr alle fünfzig Jahre niederbrannte, und er hatte gesehen, wie hoch die Gebäude an der Mauer emporreichten. Ein Alkoven wäre ein nützlicher Abstellraum, der bei jedem Neuaufbau wieder errichtet würde. Sonst wäre der Geheimgang möglicherweise irgendwann hinter einer Wand oder unter einem Boden zu Ende gewesen.

Eine Gruppe von Gärtnersklaven schlurfte über den Weg, und die Versteckten verhielten sich still. Dann kam ein meditierender Priester vorbei, der Sutras vor sich hin murmelte.

Endlich erschienen Katanji und die anderen, und jetzt erst merkte Wallie, wie angespannt er gewesen war. Er hieß Jja und Vixini mit einer Umarmung willkommen. Kuhi machte ein verständnisloses Gesicht, als Nnanji den Arm um sie legte. Offenbar war ihr nicht ganz klar, wer er war. Hatte ihr neuer Besitzer denn nicht rote Haare gehabt?

Ani erzählte kichernd, daß der Ehrenwerte Tarru kurz vor dem Tod durch Schlagfuß stünde, so sehr hatte ihn das Verschwinden der Flüchtlinge und die Untätigkeit seiner Gefolgsleute mitgenommen. Er hatte sämtliche Unterkünfte und die wichtigsten der öffentlichen Gebäude durchforstet und beabsichtigte jetzt, das ganze Gelände absuchen zu lassen. Bald würde man also Janghiukis Leiche finden. Und dann würden die Männer der Wache ernsthaft Wallies Verfolgung aufnehmen, da diese feige Mordtat nach Rache schrie.

Ani hatte Feuerstein, Feuerstahl und Wachsfackeln mitgebracht.

»Wie bist du auf die Idee gekommen?« fragte Wallie voller Entzücken.

»Der Neuling hat gesagt, das soll ich mitnehmen, mein Lord.«

Wallie sah Katanji erstaunt in die blitzenden Augen und beglückwünschte ihn; im stillen mußte er sich eingestehen, daß die Göttin seine Begleiter besser ausgesucht hatte, als er selbst es vermocht hätte.

Während Nnanji vor dem Eingang Wache hielt, krochen die anderen in den Taubenschlag und inspizierten den Durchgang. Die Fackel brannte kräftig weiter, als Wallie sie in das Loch hielt; die Luft war demnach gut.

Katanji hüpfte aufgeregt herum, und ihm stand eine Belohnung zu — Wallie schickte ihn als ersten zur Erforschung hinein.

Nach etwa fünf Minuten kam er zurück.

»Da ist eine Treppe, mein Lord ...«

Wallie erwiderte Honakuras bewundernden Blick mit großer Zufriedenheit.

Wallie konnte sich nur mit Mühe und Not durch den Durchgang quetschen; in Jahrhunderten hatten Ameisen und Insekten ihn übel zugerichtet; zum Glück gab es dem Anschein nach keine Skorpione.

Am oberen Ende der Treppe kamen sie in die kleine Kammer, wie er es vorausgesagt hatte. Er konnte nicht aufrecht darin stehen, doch auch hier war wieder seine Kraft nötig, um die Falltür im Boden anzuheben. Er hatte die Stufen gezählt und konnte sich ausmalen, daß der Alkoven darunter sehr niedrig sein mußte, wahrscheinlich ungefähr so hoch wie eine Hundehütte. Er hoffte, daß er nicht tatsächlich zu diesem Zweck genutzt wurde. Mit den merkwürdigsten Verrenkungen, wobei er überall an der Wand anstieß, packte er den Bronzering und zog. Düsteres Licht umflutete ihn.

Er ließ sich auf die Knie sinken und steckte den Kopf in das Loch, um zu sehen, wo er rausgekommen war.

Man hätte darüber streiten können, wer überraschter war — Wallie oder das Maultier.

3

Pilger pflegten im allgemeinen morgens und abends zu reisen. Die Mittagsstunden dienten der Ruhe, und deshalb hatte es sich Ponofiti, Maultiertreiber der Dritten Stufe, zur Gewohnheit gemacht, seine Tiere über Mittag in den Stall zu stellen — doch ohne ihnen die Sättel abzunehmen, denn er war ein fauler Mann. Er war nach Hause gegangen, um mit seiner Frau zu Mittag zu essen und dann mit seiner Geliebten ein Schläfchen zu halten. Es war früher Nachmittag, als er wieder an die Arbeit ging.

Ein ganz normaler Tag im Leben eines Maultiertreibers.

Bis er den Riegel seiner Stalltür zurückschob.

Katanji hatte sich in einen Berg Gerümpel in dem Alkoven hinuntergelassen — zerbrochene Stühle und Teile von Pferdegeschirren und Säcke der verschiedensten Art — und redete jetzt auf das Maultier ein, damit es sich zu einer Box ohne Alkoven führen ließ. Dann endlich hatte er den Weg für die anderen freigemacht.

Jja hatte erklärt, warum die Maultiere mitten am Tag in dem düsteren und stinkenden Stall standen.

Es war ebenfalls Jja, die Saumzeug für die Maultiere ausgemacht und die Verkleidung ihres Herrn an jenen Stellen zurechtgerückt hatte, wo sich die Kissen herausgeschoben hatten. Wallie hatte einen Spiegel entdeckt, der ihm bestätigte, daß der Staub seine Haare grau gemacht hatte, was eine angemessene Ergänzung zu dem Altfrauenkleid war, das er trug. Wenn er den Kopf gesenkt hielt, konnte er es bestimmt vermeiden, in der Stadt allzuviel Aufmerksamkeit zu erwecken.

Nnanji hatte sich widerwillig davon überzeugen lassen, daß sein blitzblanker orangefarbener Kilt zu seinem derzeitigen Zustand überhaupt nicht paßte, und hatte ihn gründlich mit Dreck aus dem Stall eingerieben. Er hatte sogar unter gebrummten Verwünschungen seinen Pferdeschwanz gelöst, allerdings brachte er es immer noch nicht fertig, seinen verkleideten Herrn anzusehen.

Ani, so nahmen sie an, hatte vereinbarungsgemäß die andere Falltür mit Vogelmist bedeckt, die Tür des Taubenhauses verschlossen und war in die Mannschaftsunterkünfte zurückgekehrt.

Kuhi, die noch gar nichts getan hatte, war irgendwie sauberer und frischer geblieben als alle anderen. Wallie verhinderte, daß Nnanji mit ihr auf dem Heuboden verschwand, und verbot alle derartigen Prüfungen ihrer Qualitäten bis auf Widerruf.

Vixini hatte einen starken Drang an den Tag gelegt, ein Maultier zu besteigen, indem er an seinem Hinterbein hochkletterte, doch seine Mutter hatte ihn davon abgehalten.

Honakura hatte einen Getreidesack gefunden, auf dem er jetzt saß und zahnlos vor sich hin grinste.

Und nun konnten sie nichts anderes tun, als auf die Rückkehr des Maultiertreibers zu warten.

Ponifit war kein großer Mann, und er trat entschieden schneller als sonst in den Stall, von Wallies Hand an den Haaren gezogen. Die Tür wurde hinter ihm geschlossen.

Der Maultiertreiber war dunkelhaarig und rotgesichtig, und er roch sogar noch strenger als seine Tiere, doch er war nicht ganz blöd. Der Anblick seines eigenen Dolches vor seinem Gesicht reichte aus, damit er seine Sinne zusammennahm.

»Wieviel verlangt Ihr im allgemeinen für den Weg von hier bis zur Anlegestelle der Fähre?« fragte die riesige Gestalt, die mit einem alten schwarzen Sklavinnengewand bekleidet war und mit einer männlichen Baßstimme sprach.

»Drei Kupferstücke ... Meister?« sagte er.

Wallie hob seine Locken hoch, damit er seine Gesichtsmale zählen konnte. Sie erzielten noch mehr Wirkung als der Dolch.

»Mein Lord!«

Wenn die Banditen Verbündete in den Reihen der Wache hatten, dann war es sehr wahrscheinlich, daß sie auch diesen Maultiertreiber beherrschten, entweder durch Schmiergelder oder Zwangsmaßnahmen. Vielleicht hatten sie bestimmte Zeichen vereinbart. Wallie streckte die Hand zu einem erreichbaren Vorsprung in der Mauer aus und legte nacheinander fünf Goldstücke darauf. Nach kurzem Überlegen fügte er noch zwei weitere hinzu.

»Die bleiben so lange hier liegen, bis Ihr zurückkehrt«, sagte er. In den Augen des Mannes war zu lesen, daß es sich für ihn um ein Vermögen handelte. »Ich werde mit dem Maultier direkt hinter Euch reiten. Wenn Ihr von Banditen oder von Schwertkämpfern angehalten werdet, ganz besonders von Schwertkämpfern« — er wirbelte den Dolch durch die Luft und schleuderte ihn gegen die Mauer — »dann werdet Ihr nicht zurückkommen. Noch Fragen?«

Es war nicht einfach, die Schwerter zu verbergen. Wallie mußte seine ganze ihm kraft des dritten Eides zustehende Autorität ausschöpfen, um Nnanji dazu zu bringen, Schwert und Harnisch abzugeben, und er tat es schließlich mit störrischer Wut. Beides wurde zusammen mit Katanjis Ausrüstung in Sackleinen gepackt und unter einem großen Getreidesack einem der Maultiere auf den Rücken gebunden. Wallies Ersatzschwert befand sich noch irgendwo im Gelände der Mannschaftsunterkünfte. Derart unbewaffnet, abgesehen von einem Dolch, der in Wallies üppigem Busen verborgen war, setzten sich die Abenteurer also als Maultierkarawane in Bewegung, durch die Stadt in Richtung des Kontrollpunkts am Fuß der Hügel.

Mit Ausnahme von Kuhi waren sie alle unglaublich schmutzig. Wallie wußte, daß er wie eine Mißgeburt aussehen mußte, mit muskulösen Männerbeinen, die unter einer fettleibigen Frauengestalt herausbaumelten. Nnanji, dessen Haar ein fettverklebter schwarzer Filz war, war lediglich ein dürrer Viertstufler einer nicht zu bestimmenden Zunft, wenn auch ungewöhnlich jung für diese Stufe. Katanji war nur ein unbedeutender Erststufler. Den übrigen würde wohl keine Aufmerksamkeit geschenkt werden.

Der Kontrollpunkt stellte eine große Gefahr dar, denn dort waren acht Männer postiert, und Wallie hatte nichts als einen Dolch. Wenn nicht der schwächliche Honakura dabeigewesen wäre, hätte Wallie niemals versucht, ausgerechnet diese Stelle zu passieren — irgendwo in den Bergen gab es bestimmt noch einen anderen Weg.

Die Schwertkämpfer lümmelten faul im Schatten eines Maulbeerbaums und beobachteten den Verkehr aus der Ferne, ohne die Passanten aus der Nähe zu kontrollieren. Ihre lässige Haltung verriet, daß das Mordopfer noch nicht gefunden worden war. Sie hielten Ausschau nach einem Schwertkämpfer der Siebten Stufe oder möglicherweise noch nach seinem Gefolgsmann, und die meisten von ihnen hielten Nnanji immer noch für einen Zweitstufler. Eine Gruppe aus einem halben Dutzend verschiedener Pilger interessierte sie nicht. Angehörige der höheren Stufen würden sich niemals mit einem solchen Gesindel zusammentun, und die Vorstellung, daß sich ein Schwertkämpfer der Siebten Stufe als Sklavin verkleidete, käme ihnen niemals in den Sinn, auch wenn sie so alt würden wie der Tempel selbst. Wallie hielt den Kopf gesenkt und schwitzte noch mehr als zuvor, doch ein paar Minuten später hatte die Maultierkarawane den Kontrollpunkt hinter sich gelassen und setzte ihren Weg hügelaufwärts fort.

Es war unwahrscheinlich, daß Banditen Pilger belästigten, die die Stadt verließen. Sie zogen es vor, fette Beute zu machen, bevor es die Priester taten, und nicht danach. Wallie blieb also nichts weiter zu tun, als das Siebte Schwert wieder an sich zu bringen und anschließend seine Reisegruppe sicher auf ein Schiff zu verfrachten. Das klang einfach! Wenn er den Anlegeplatz erreichte, bevor die Nachricht von seinem Mord die Runde gemacht hatte, dann konnte er hoffen, daß die Wachleute dort ebenso nachlässig waren wie der lächerliche Posten am Kontrollpunkt — in schleppender und damit wirkungsloser Verrichtung eines ungeliebten Dienstes. Zum erstenmal seit vielen Tagen schöpfte Wallie wieder Hoffnung. Er betete.

Die Sache mit dem Schwert war einfach. Alle Maultiere mußten irgendwann auf dem Weg durch die Hügel eine Rast einlegen, und er rief dem Maultiertreiber zu, anzuhalten, als sie die vierzehnte Hütte erreicht hatten. »Maultierzug! Pendelzug zur Fähre und zurück!« rief der Treiber gehorsam. Wallie und Jja stiegen ab.

Sie schlüpften durch den Vorhang und fanden die Hütte leer. Sie hatten diese ausgewählt, weil sie am schlimmsten heruntergekommen war und deshalb selten benutzt wurde. Der Boden war mit Dreck bedeckt, und es gab keine Möblierung außer zwei vor sich hin faulenden Matratzen. Offenbar war der Schuppen, in dem er Jja zum erstenmal begegnet war, eine der Luxusbehausungen.

»Dort, Herr«, sagte sie und deutete nach oben; und Wallie brauchte nichts anderes zu tun, als den Arm auszustrecken und das Schwert aus dem Stroh des Daches zu ziehen. Es schimmerte in seiner Hand, der Saphir funkelte, und sein Herz machte wieder einmal einen Satz beim Anblick dieser Schönheit. Er hielt es kurz hoch, um es zu bewundern, und wickelte es dann zögernd in Vixinis Decke.

Jja hatte sich zum Gehen umgewandt, doch diese schäbige kleine Hütte erinnerte ihn an ihre erste gemeinsame Nacht. Er streckte die Hand nach ihrem Arm aus. Sie drehte sich um und sah ihn fragend an.

»Jja?« sagte er.

»Herr?«

Er schüttelte den Kopf. Sie lächelte und flüsterte: »Wallie?«

Er nickte. »Dies ist der zweite Schatz, den ich in einer solchen Hütte gefunden habe.«

Sie blickte durch die Tür hinaus zu den dampfenden Maultieren und runzelte kurz die Stirn. Dann wandte sie sich wieder ihm zu. »Werdet Ihr mir die Welt zeigen, Herr?«

»Wenn du mir einen Kuß gibst?«

Sie senkte demütig den Blick. »Eine gute Sklavin befolgt nur Befehle.«

»Küß mich, Sklavin.«

»Maultierzug zur Fähre!« rief der Treiber. Er stand direkt vor der Tür, doch für Wallie hörte er sich weit entfernt an.

Da eine gepolsterte Lagerstatt wie ein Sofa oder ähnliches fehlte, umarmten sie sich leidenschaftlich im Stehen, und Wallie sagte atemlos: »Küß mich noch einmal, Sklavin!«

»Herr!« murmelte sie mahnend. »Wir müssen gehen!« Doch sie strahlte Fröhlichkeit und Glück aus, wie er es bei ihr noch nie erlebt hatte. Sie verließ einen Ort, der wenig angenehme Erinnerung für sie barg. Es war nicht vorgesehen, daß Sklaven Gefühle hatten, doch während diese schäbigen Hütten für Wallie eine ganz bestimmte Bedeutung hatten, erinnerten sie Jja vor allem daran, daß sie hier in der Miete inbegriffen gewesen war.

Und er wußte, daß sie recht hatte. Sie mußten gehen, sonst würde ihr ungewöhnlich langes Ausbleiben Aufsehen erregen. »Also los, schnell!«

Sie küßten sich noch einmal, diesmal nur kurz, und traten durch die Tür hinaus. Wie immer, wollte er ihr den Vortritt lassen. Wie immer, blieb sie zurück. Er bestand darauf, sie gehorchte.

Dann prallte sie auf ihn zurück und schob ihn schnell wieder in die Hütte. »Pferde!« sagte sie.

Wallie wagte es, einen Blick hinauszuwerfen. Drei Reittiere kamen den Hügel herauf, und darauf saßen je ein Mann in Rot, in Orange, in Grün — Tarru persönlich!

»Treiber!« Wallie gab dem Mann ein Zeichen, daß der Zug sich weiterbewegen sollte. Er wickelte das Schwert aus und trat ans Fenster. Ohne sich selbst sehen zu lassen, beobachtete er, wie die Maultierkarawane vorbeizog ...

An vorderster Stelle ritt der Treiber selbst, lasch auf seinem Sattel hängend, gelangweilt; dann Nnanji, mit pechschwarzem Haar, der Vixini in den Armen hielt und ihn zu trösten versuchte, daß seine Mutter gleich wiederkäme; Katanji, der sich umgedreht hatte und den Hügel hinunterblickte; Honakura, der gebeugt im Sattel kauerte und bereits sehr erschöpft aussah; und schließlich Kuhi am Schluß.

Wallies Blick blieb auf ihr haften. Es war das erstemal, daß er Kuhi bei vollem Tageslicht sah. Und Kuhi auf einem Maultier! Die ganze Länge ihrer atemberaubenden Beine war sichtbar, und das netzartige Gewand umspannte eng ihren Körper, so daß alle anderen sensationellen Reize voll zur Geltung kamen. Wuff! Shonsus Drüsen produzierten bei diesem Anblick einen geballten Hormonschub. Sie war fehl am Platze, davon war er überzeugt, ein Irrtum. Eine andere Person hätte auf diesem Sattel sitzen müssen, mit Sicherheit ein weiterer Schwertkämpfer, ein älterer Mann mit mehr Erfahrung als Nnanji. Einer, der eine Schlacht schlagen konnte. Doch Wallie hatte keine Ahnung, wer das hätte sein sollen, und ... Oh, was für ein Anblick!

Dann wurde das Trappeln der Hufe lauter.

Hatte man sie entlarvt? Das schien unwahrscheinlich. Eher war anzunehmen, daß Tarru beschlossen hatte, seine stärkste Kraft, sich selbst, an den Anlegeplatz der Fähre zu verlegen. Wenn er seinen Widersacher in der Tempelanlage nicht finden konnte, dann war dies die beste Strategie, denn dort konnte er ihm nicht auf Umwegen entkommen.

War etwa die Leiche des Drittstuflers gefunden worden?

Vielleicht. Und Briu? Die Wachen im Gefängnis wurden am Mittag ausgetauscht, und spätestens dann hatte man Briu befreit. Er hatte bestimmt berichtet, daß Lord Shonsu angekündigt hatte, wegzugehen.

Schlimmer noch, Briu hatte vielleicht auch darauf hingewiesen, daß Honakura unter den Flüchtigen war, und zwar in schwarzer Gewandung, und daß Nnanji jetzt schwarze Haare hatte. Zum Glück hielt Nnanji das Baby im Arm, was ihn unauffällig machte, doch Tarru würde bestimmt den Maultierzug untersuchen, wenn er ihn einholte. So unwillig einige seiner Gefolgsleute auch sein mochten, zumindest Tarru selbst war motiviert, und Tarru war kein Dummkopf.

Oder vielleicht ... eine plötzliche Erkenntnis überfiel Wallie mit Schrecken. Vielleicht war es für sie am Kontrollpunkt allzu glatt verlaufen. Vielleicht war es eine Finte gewesen. Der Befehl der Männer hatte womöglich gelautet, die Flüchtigen passieren zu lassen und an den Tempel Bericht zu erstatten. Selbst für Tarru war es besser, einen Mord außerhalb der Stadt zu begehen, irgendwo im dichten Wald.

Tarru, ein Fünftstufler und ein Viertstufler ... sie preschten den Hang entschieden schneller herauf, als es für ihre Reittiere gut war. Wallie und Nnanji gemeinsam wären mit diesen dreien wahrscheinlich in einem direkten Kampf fertiggeworden, wenn er unter gleichen Voraussetzungen stattgefunden hätte. Doch die drei saßen zu Pferde, Nnanji war unbewaffnet, und am Fuß des Hügels tauchten noch acht weitere Männer auf.

Selbst mit dem Siebten Schwert des Chioxin, dachte Wallie, war Shonsu wohl kaum in der Lage, es allein auf sich gestellt mit drei Männern zu Pferde aufzunehmen.

Er zog sich vom Fenster zurück, lauschte dem Hufgetrappel und wartete darauf, daß das Geräusch schwächer würde.

Die Maultierkarawane war um vier oder fünf Hütten weiter bergan gestiegen, als die drei Berittenen mit dumpfem Stampfen an der Hütte vorbeikamen, in der sich das Schwert, das sie suchten, befand — im festen

Griff einer Hand, deren Knöchel weiß hervortraten. Und das Hufgetrappel wurde nicht leiser.

Wallie wagte es, den Kopf durch die Tür zu stecken, um ihnen nachzusehen. Er fuhr blitzschnell zurück, denn alle drei Männer waren im Sattel herumgefahren, um in seine Richtung zu blicken — er sah in die Gesichter von Tarru, Trasingji und Ghaniri. Einen Moment lang hielt er sein Spiel für verloren, doch die Pferde setzten ihren Trab fort. Nach wenigen Minuten war nichts mehr von ihnen zu hören.

Er wischte sich über die Stirn und sah Jja an. Mit einer spontanen Bewegung schlossen sie einander in die Arme.

»Kuhi!« sagte er schließlich.

Sie blickte ihn verständnislos an.

Er erklärte es ihr. Sie brach in Lachen aus. Sie beide lachten immer noch, während sie das Schwert wieder in Vixinis Decke wickelten, und auch dann noch, als sie Hand in Hand losrannten, um den Zug einzuholen.

Kuhi war nicht fehl am Platz. Sie war wahrhaftig eine der sieben Auserwählten der Götter. Sie hatte sie auch sicher durch die Kontrollstation gebracht, obwohl ihm das in jenem Moment nicht bewußt gewesen war.

Tarru und Trasingji und Ghaniri waren in der Entfernung einer Schwertlänge an Nnanji vorbeigeritten, und sie hatten nichts anderes gesehen als Kuhi.

4

Die Maultiere kletterten an den letzten Hütten vorbei bergan, und der staubige Zug stieg weiterhin den Hang entlang des Tales hinauf. Die Stadt und die Tempelanlage erstreckten sich weit unter ihnen, und darüber erhoben sich die Säulen aus Wasserdunst des Göttlichen Gerichts wie Wächter.

Wallie fluchte im stillen über die aufgezwungene Untätigkeit, mit der er auf dem Rücken eines trägen Maultiers saß. Vom Kamm des Hügels aus bot sich ihm für eine kurze Weile ein letzter Blick auf das ganze Tal, das den gewaltigen Tempel als Herzstück einschloß. Dann war es entschwunden. Eines Tages würde er vielleicht das Schwert zurückbringen — oder vielleicht auch nicht.

Der Weg, inzwischen nur noch ein schmaler Pfad, wand sich durch Buschwerk und üppigen Baumbestand, der immer dichter wurde, bis sie sich schließlich in einem echten Tropenwald befanden. Das Geflecht der Baumwipfel wölbte sich wie ein Baldachin unter dem Himmel, und ein Pflanzendickicht bedeckte den Boden. Der Schatten wurde immer tiefer. Selbst das entfernte Dröhnen des Wasserfalls klang nur noch gedämpft herüber, bis das einzige Geräusch von den Hufen der Maultiere stammte, die in ihrem eintönigen Trott über die dicken Steine trappelten, ohne sich um die Eile oder innere Unruhe der Menschen zu scheren.

Von Zeit zu Zeit kamen sie an Lichtungen mit roter Erde vorbei, bepflanzt mit einer Kornart, die Wallie nicht kannte, und manchmal gingen noch schmalere Pfade zur Seite ab und verschwanden geheimnisvoll im Urwald. Zunächst begegneten sie hin und wieder anderen Reisenden auf dem Pfad: vereinzelten Pilgern, die zu zweit oder dritt wanderten, und einem halben Dutzend Maultierzügen, die jene transportierten, die sich einen Ritt leisten konnten. Und als sich der Tag neigte, trafen sie auf kleine Gruppen von Landarbeitern, die müde dahinschlurften, ohne auf die Flüchtigen zu achten.

Es gab keine Anzeichen für Wegelagerer, doch diese pflegten sich normalerweise nicht anzukündigen, und er konnte sich nicht entspannen. Ohne Zweifel war die Route speziell für sie angelegt worden; sie war eng und gewunden und führte auf und ab. Bei jeder Biegung waren sie halbwegs darauf gefaßt, dahinter auf eine Reihe bewaffneter Männer zu stoßen, die sich ihnen in den Weg stellten.

Er schwitzte fürchterlich unter seinen Kissen und einer Wolke von Fliegen. Seine Feldflasche war fast leer. Offenbar waren Steigbügel in dieser Welt noch nicht erfunden, und die Sättel waren Folterinstrumente, in denen Falten schweißnassen Stoffs über nackte Haut scheuerten, bis sie Blasen warf, die wiederum aufgerieben wurden. Es war jetzt zum reinen Glücksspiel geworden, ob er einen Hitzeschlag bekäme oder nicht, und endlich kam er zu dem Schluß, daß er besser daran täte, die letzten Reste seiner Kraft für einen eventuellen Kampf zu bewahren. Er rutschte von seinem Reittier und zog sich wieder den Kilt und das Schwertgeschirr an. Die Erleichterung war unbeschreiblich. Aus den Kissen, mit denen er sich gepolstert hatte, kamen seine Stiefel zum Vorschein. Er zog sie an, schob sich den Dolch des Maultiertreibers in den Gürtel und rannte los, um den Zug einzuholen.

Als erstes langte er bei Kuhi an, die bemitleidenswert verwirrt und traurig aussah. Er wollte mit ihr sprechen, doch sie blinzelte nur langsam und antwortete nicht. »Das geht bald vorüber!« tröstete er sie und konnte sich nicht zurückhalten, ihr den hübschen Schenkel zu tätscheln. In wenigen Tagen würde sich Nnanji wahrscheinlich geehrt fühlen, wenn er ihm ... Er unterdrückte diesen lustvollen Gedanken energisch.

Er schritt weiter voran, um Honakura einzuholen, und war erschüttert über dessen erbärmliches Aussehen.

»Ist alles in Ordnung mit Euch, Heiligkeit?«

Einen Moment lang erfolgte keine Antwort. Dann gaffte ihn Honakura mit starrem Blick an und sagte: »Nein. Was werdet Ihr dagegen tun?« Er schloß die Augen wieder.

Katanjis Grinsen war nicht so breit wie das seines

Bruders, doch er tat sein Bestes und hatte offenbar einen Riesenspaß. Wenn das das Leben eines Schwertkämpfers war, dann war er allem Anschein nach besonders begünstigt, ohne zu wissen, daß er bereits mehr Aufregung geboten bekommen hatte, als ihm normalerweise im Laufe von Jahren widerfahren sollte.

Wallie rief Nnanji zu sich, der absprang und zu ihm kam, um auf der anderen Seite von Katanjis Maultier neben ihm her zu gehen. Er erspähte den Dolch in seinem Gürtel auf den ersten Blick und musterte ihn mit finsterer Miene. Katanji blickte jetzt auf eine Eskorte aus Schwertkämpfern hinab und genoß das anscheinend sehr.

»Kann ich jetzt vielleicht mein Schwert zurückbekommen?« Da er seit Erreichen der Pubertät nicht mehr unbewaffnet in der Öffentlichkeit erschienen war, mußte sich Nnanji ohne sein geliebtes Schwert entsetzlich nackt und verletzlich vorkommen.

»Noch nicht!« sagte Wallie. »Ich habe mich nur ausgezogen, weil ich wie Fleisch in einer Pastete geschmort habe. Du hast gesehen, daß Tarru vorbeigeritten ist — ich nehme an, er wird am Hafen bleiben, doch es kann auch sein, daß er zurückkehrt. Vielleicht sind Kundschafter unterwegs. Wir werden unsere Schwerter also noch nicht zeigen. Wenn wir Hufe hören, dann bedeutete das: ab in die Büsche! So, jetzt erzähl mir etwas über die Anlegestelle.«

Nnanji sagte: »Ich war erst einmal dort, als Erststufler.« Sein betrübter Gesichtsausdruck wich, während er neben dem Maultier her stakste und starr geradeaus blickte, um aus seiner unfehlbaren Datenbank eine Erinnerung abzurufen.

Wallie hatte Mitleid mit Nnanji. Heute morgen noch hatte sich ihm die Welt in einem Licht gezeigt, das ganz seinen Vorstellungen entsprach. Er hatte seine erste Herausforderung ausgesprochen, hatte seinen Mut im Kampf mit echten Schwertern bewiesen, hatte zum erstenmal getötet — all diese Dinge bedeuteten ihm ungeheuer viel. Er war in eine mittlere Stufe aufgestiegen, so daß er seinen Bruder auf sich vereidigen und sich diese traumhafte Sklavin kaufen konnte. Wie sehr hätte er es genossen, wenn er sie an diesem Abend im Vergnügungszentrum hätte vorzeigen können!

Dann war diese Welt mit einemmal zusammengebrochen, schlimmer denn je zuvor. Es hatte sich herausgestellt, daß sein Held nicht nur auf tönernen Füßen stand, sondern auch noch einen Pferdefuß hatte. Mitternacht war eingeläutet, der Spuk zu Ende. Cinderellas Prunkkutsche hatte sich in eine saure Zitrone zurückverwandelt.

»Plötzlich endet die Straße irgendwo«, sagte Nnanji, »in einer Lichtung am Ufer — etwa hundert Schritte nach beiden Seiten — und darauf befinden sich Koppeln für Reittiere und ein einziges Gebäude, das Wachhaus. Das mißt etwa zwanzig Schritt im Quadrat, schätze ich. Man kommt nur durch dieses Wachhaus an die Anlegestelle — der Weg führt direkt hindurch. Ein großer Bogen auf der einen Seite, ein zweiter auf der anderen. Pferdeställe auf der einen Seite, Zimmer auf der anderen — Küche und Schlafraum und so was. Es herrschte dort schreckliche Unordnung, und man konnte nicht viel damit anfangen, als ich damals dort war. Oben nur ein Dachboden — für Heu und ähnliches. Keine Fenster auf der Seite mit den Pferden. Die liegt ... flußabwärts.«

»Sehr gut gemacht!« sagte Wallie. »Ausgezeichneter Bericht, Adept!«

Nnanjis Lächeln erstarb im Ansatz. Eine Zeitlang marschierten sie schweigend neben dem Maultier her und erwehrten sich mit um sich schlagenden Händen der Fliegen.

Wallie sagte: »Ich werde mich also verdrücken, bevor wir dort ankommen. Sobald ich weg bin, kannst du dein Schwert wieder anlegen.«

Er warf einen Blick zu Katanji hinauf. »Hör auch du gut zu. Ich gebe dir den Auftrag, Nnanji, die anderen sicher nach Hann zu bringen. Keine Widerrede! Das ist das Beste, das du für mich tun kannst, dann brauche ich mich nur noch um mich selbst zu sorgen. Ich werde versuchen, noch während des Ablegens auf das Schiff zu springen, aber haltet es nicht meinetwegen auf — fahrt los. Wartet in Hann auf mich. Wir müssen uns irgendwo verabreden. Sicher hast du mal die Namen von Tavernen in Hann gehört?«

Wieder ein schnelles Auffinden in der Erinnerung. »Es gibt die *Sieben Schwerter.*«

»Nein, ich möchte in keine gehen, in der sich Schwertkämpfer aufhalten.«

Nnanji sah überrascht aus und dachte weiter nach. »Die *Goldene Glocke,* aber das Essen dort ist schlecht.«

Was für ein unglaubliches Gedächtnis! Dieses Wissen mußte er aus irgendeiner beiläufig hingeworfenen Bemerkung aufgeschnappt haben, wahrscheinlich vor vielen Jahren. Nnanji würde Wallie sehr fehlen.

»Gut! Wenn ich nicht auf dem Schiff bin, dann bringe bitte Jja und Vixi und den alten Mann in die *Goldene Glocke* und bezahle ihre Unterbringung für zehn Tage. Wenn du bis dahin nichts von mir gehört hast, überlasse ich dir Jja. Dem alten Mann kannst du vertrauen, aber er sieht nicht so aus, als ob er lebend den Hafen erreichen würde, ganz zu schweigen von Hann.«

»Tarru wird mich nicht durchlassen«, entgegnete Nnanji wütend.

»Vielleicht doch, Nnanji, und ich bitte dich lediglich, dich um Jja zu kümmern, ich befehle es dir nicht.« Wallie holte tief Luft. »Ich entbinde dich von deinen Eiden.«

»NEIN!« brüllte Nnanji und sah ihn voller Entsetzen über das Maultier hinweg an. »Das dürft Ihr nicht, mein Gebieter!«

»Doch, ich werde es tun. Doch nicht jetzt, denn ich will nicht, daß du dein Schwert anlegst.«

»Aber …« Vermutlich hatte Nnanji gedacht, daß es gar nicht schlimmer kommen könnte, und jetzt war es doch schlimmer gekommen.

»Aber du mußt mich verraten«, sagte Wallie und brachte den Gedanken zu Ende. »Du bist Zeuge von Vergehen geworden. Es ist deine Pflicht, mich bei einem Höhergestellten oder einer übergeordneten Macht zu denunzieren. Tarru ist eine übergeordnete Macht. Also los! Er wird entzückt sein. Er wird sich so sehr freuen, daß er dich unbehelligt laufen lassen wird.«

»Der zweite Eid kann nur mit meiner Zustimmung aufgehoben werden«, sagte Nnanji triumphierend.

»Dann befehle ich dir, zuzustimmen!« erwiderte Wallie, erheitert über die verzwickte Logik ihrer Unterhaltung. »Als mein Vasall schuldest du mir Gehorsam, nicht wahr?«

Es war wirklich nicht fair, Nnanji mit solchen geistigen Knoten zu fesseln. Er wußte keine Antwort, sein Gesicht war ein verzweifeltes Ödland. Jetzt war er hin- und hergerissen zwischen seinen Idealen und seiner Pflicht seinerseits und seiner — eindeutig — persönlichen Loyalität auf der anderen. Wallie ging das zu Herzen, doch er blieb entschlossen.

»Ihr vertraut mir nicht!« murmelte Nnanji.

Daran war etwas Wahres. Seine Loyalität war über jeden Zweifel erhaben, doch in seinem Unterbewußtsein könnte sich womöglich der Killerwurm wieder aufrichten.

»Ich habe volles Vertrauen in deine Ehre und in deinen Mut, Nnanji, aber ich glaube, wir nähern uns dem entscheidenden Höhepunkt der Auseinandersetzung zwischen mir und Tarru. Ich möchte, daß sich jemand um Jja kümmert. Wirst du das für mich tun. Nur um der Freundschaft willen?«

»Aber Tarru hat als erster Verbrechen begangen«, sagte Nnanji aufgebracht. »Wie kann ich Euch bei ihm denunzieren?«

Wallie hatte mit diesem Einwand natürlich gerechnet. »Hast du sie gesehen? Hast du irgendwelche Beweise außer den Aussagen der Sklaven? Ein Sklave ist als Zeuge nicht zulässig, Nnanji.«

Wieder wußte Nnanji keine Antwort.

»Er ahnt wahrscheinlich nicht, daß du über seine Missetaten Bescheid weißt«, sagte Wallie. »Auf jeden Fall werde ich dich aller Pflichten entheben und dich verlassen. Und nun, bitte, Nnanji, mein Freund, würdest du dich an meiner Stelle Jjas und Vixinis und des alten Mannes annehmen, falls er am Leben bleibt?«

Zornig nickte Nnanji, ohne ihn anzusehen.

»Es kann auch sein, daß Tarru dich festnehmen und die anderen laufen lassen wird«, sagte Wallie und fragte sich, ob Tarru wohl wußte, daß Honakura aus seinem Gefängnis entflohen war. »Wenn das eintritt, dann wirst du, Novize Katanji, das tun müssen, was ich soeben Nnanji aufgetragen habe. Der alte Mann ist ein Namenloser. Weder er noch die Sklaven dürfen Geld bei sich haben. Wenn Nnanji aufgehalten wird, geht die Verantwortung auf dich über.«

Das Strahlen in Katanjis jungem Gesicht erlosch augenblicklich. Wallie ließ ihn das Gesagte wiederholen, vergewisserte sich, daß er verstanden hatte, und gab ihm Geld. Nachdem das getan war, sahen beide Brüder gleichermaßen besorgt und unglücklich aus.

»So, jetzt Kopf hoch!« sagte Wallie. »Die Göttin ist mit Euch, und ich bin sicher, Sie wird uns sicher durch all das geleiten. Und noch eine letzte Bitte — wenn es zum Schlimmsten kommen sollte, verkauft Vixini nicht getrennt von Jja! Viel Glück!«

Er holte mit einigen großen Schritten Jja ein und wechselte einige Worte mit ihr. Sie lächelte ihn tapfer an, doch sie machte sich Sorgen um Vixini, der müde und hungrig war. Wallie fiel nicht viel ein, um sie aufzumuntern. Dann kehrte er zu seinem eigenen Maulesel zurück, dem Tier, das das wertvollste Stück beweglichen

Guts dieser Welt auf dem Rücken trug. Er saß auf und grübelte weiter.

Seine Strategie war von Verzweiflung bestimmt. Falls durch ein Wunder Tarru nicht am Hafen auf sie wartete, dann konnten Nnanji und die anderen ohne weiteres durchkommen, ohne angehalten zu werden. Wenn es so ablief, dann würde Wallie zu ihrem Schiff hinausschwimmen, oder zu einem anderen. Wenn Tarru dort war, würde er Nnanji vielleicht laufenlassen — sehr unwahrscheinlich. Oder er würde Nnanji aufhalten und die anderen unbehelligt lassen — auch nicht viel wahrscheinlicher. Doch zumindest würden sie ihn ablenken, während Wallie irgend etwas improvisieren konnte. Er brauchte jetzt nicht gegen die ganze Wache zu kämpfen — vielleicht gegen zehn oder ein Dutzend, und die Hälfte davon taugte nichts. Die Voraussetzungen gestalteten sich dadurch günstiger.

Endlich wurde der Baumbestand dünner, der Zug erreichte den Rand einer Felsenklippe, und er bekam zum erstenmal den Fluß zu sehen. Er war erstaunt über dessen Größe. Er konnte kaum das andere Ufer sehen, obwohl er sich auf der Höhe einer Böschung befand, die fast so hoch aufragte wie die Wand des Tempel-Tals. In weiter Ferne strahlte die Abendsonne auf Dächer und Türme, wahrscheinlich die der Tempel von Hann, doch ansonsten trennte nur eine schwache Linie den blauen Himmel von einer weiten Fläche glitzernden Wassers, hier und da geschmückt mit Segeln der vielfältigsten Formen und Farben. Zum erstenmal konnte er nachempfinden, warum dieser gewaltige schiffbare Fluß so stark die Kultur der Leute hier beherrschte, daß sie ihn als Göttin verehrten.

Er betete, daß es ihm beschieden sein würde, darauf zu fahren. Und er fragte sich, wohin er ihn wohl bringen würde.

Der Weg schlängelte sich abwechselnd durch Waldstücke und freie Flächen und bot immer wieder Ausblikke auf das Ufer und dann eine kurze Sicht auf den Hafen. Er sah das einsam dastehende Holzgebäude am Rand des Wassers und einen Anlegesteg aus roten Steinen, der weit in das blaßblaue Wasser hineinreichte. An seinem Ende entlud ein Schiff Passagiere und nahm neue auf — der Fluß mußte an dieser Stelle sehr flach sein, da ein so langer Steg erforderlich war. Dann verschwand das alles wieder hinter weiteren Bäumen.

Seine nächste Überlegung galt der Frage nach dem geeigneten Ort und Zeitpunkt, um den Maultierzug zu verlassen. Er erhielt die Antwort, als der Pfad plötzlich wieder in einen dichten Urwald tauchte und einen steilen, überwucherten Abhang hinabführte. Bald war es fast so dunkel wie bei Nacht, und der Pfad verlief vollkommen verborgen durch wildes Dickicht. Er konnte sich entspannen und warten, bis sie fast angekommen waren. Ein Maultierzug kam ihnen entgegen, der einen weiteren Schub Pilger heranbrachte.

Dann wurde das Gefälle gemäßigter. Der Weg vor ihnen lag in hellerem Licht. Er rief dem Maultiertreiber zu, anzuhalten, stieg ab und ging zu ihm hin.

»Wie weit ist es noch, Treiber?«

»Bis zur nächsten Biegung, mein Lord«, antwortete der rotgesichtige Mann nervös.

»Ihr habt uns gute Dienste geleistet«, sagte Wallie. »Erfreut Euch Eurer Belohnung, wenn Ihr zurückkommt. Ich muß hier kurze Zeit verweilen.«

Während er zurückschritt zu seinem Gefolgsmann Nnanji, schnaubten die Maultiere ungehalten, weil sie das Wasser vor sich witterten.

»Nnanji der ...«

»Nein! Ich bitte Euch, mein Gebieter! Tut es nicht!« Nnanji litt Folterqualen.

Wallie lächelte und schüttelte den Kopf. »Nnanji der Vierten Stufe, ich entbinde Euch von all Euren Eiden!« Er machte keine Anstalten zum Händeschütteln, nicht als Mann ohne Ehre. »Bitte schaut mir nicht nach, wohin ich gehe«, sagte er. »Die Göttin sei mit Euch, mein Freund. Ihr wart ein großartiger Vasall!«

Dann rief er dem Maultiertreiber zu, den Weg fortzusetzen, zog das Siebte Schwert vom Rücken des Maultiers und verschwand zwischen den Bäumen.

5

Vielleicht hatte Tarru Beobachter im Wald postiert, doch das war unwahrscheinlich, wenn die Lage so war, wie Nnanji sie beschrieben hatte. Der Mann nahm strategisch eine sehr starke Position ein und brauchte seine Kräfte nicht zu spalten. Er hatte eine freie Grasfläche vor sich, und er verfügte über Pferde. Er kontrollierte den einzigen Zugang. Wallie kam nicht um ihn herum. Er hatte die Trümpfe in der Hand.

Das Laubdach des Waldes war so dicht, daß am Boden so gut wie nichts wuchs. Wallie stapfte zwischen den Baumstämmen hindurch, durch die heiße, grüne Düsternis, bis er an den Rand einer Lichtung gelangte, wo sich ein Teppich von blühenden Bodengewächsen in der Sonne ausbreitete. Es boten sich ihm jetzt immer wieder Durchblicke auf das Wachhaus, doch er wandte sich stromaufwärts und hastete in Richtung Wasser, wobei seine Füße immer wieder schmatzend im nassen Laub versanken. Die Seite stromabwärts hatte keine Fenster, hatte Nnanji gesagt, es war also eher zu vermuten, daß dort ein Wachtposten aufgestellt war.

Dann hatte er das Ufer erreicht und blieb stehen, um Luft zu schöpfen, und bei jedem japsenden Atemzug drang ihm die stechende Hitze in die Lunge. Abermillionen von Insekten entdeckten ihn zur gleichen Zeit und brachten Freunde mit. Ohne auf sie zu achten, spähte er zwischen den Blättern hindurch hinaus.

Die Wiese war, wie Nnanji gesagt hatte, flach, grasbewachsen und offen. Sie fiel ganz leicht zum Fluß hin ab und endete in einem Ufer, das so flach wie eine Türschwelle war. Es gab keinen Unterstand darauf, nur einen baufälligen Pferch am Ende des Pfades. Die Farben waren so strahlend wie auf einem Kindergemälde — Gras und Wald von schillerndem Grün, das Wasser von einem unwahrscheinlich glitzernden Blau.

Lediglich das Wachhaus war schäbig, die Bretter ausgelaugt, silbergrau verwittert und in mehreren Schichten ausgebessert. Größer, als er erwartet hatte, erstreckte es sich breit über die brüchigen roten Steine der Anlegestelle hinaus nach beiden Seiten am Ufer entlang. Im Augenblick lag die Anlegestelle verlassen da, doch ein weiteres Schiff näherte sich bereits. Seine Freunde waren abgesessen und überquerten langsam die Wiese auf das Gebäude zu.

Es waren keine Wachen zu sehen, niemand außer seinen Begleitern und dem Maultiertreiber. Eine Falle?

Nnanji und sein Bruder trugen ihre Schwerter wieder. Sie führten Honakura stützend zwischen sich und kamen nur langsam voran. Vixini weinte laut in seinem Tragetuch auf Jjas Rücken. Kuhi ging mit einem verführerischen, hüftschwingenden Tänzelschritt hinter Nnanji her.

Wallie wartete, bis sie in dem Gebäude verschwunden waren, sonst hätten sie ihn vielleicht gesehen und womöglich durch ihr Verhalten Beobachter auf ihn aufmerksam gemacht. Er maß im Geist die Zeit bis zu dem Moment, in dem die Ablenkung am größten sein würde ... Sie würden einen leeren Schuppen betreten, weitergehen ... und wenn der letzte drin wäre, würde die Falle hinter ihnen zuschnappen. Tarru würde auf sie zukommen. Nach einer kurzen Weile würde Nnanji erklären, daß er nicht mehr Shonsus Gefolgsmann sei ... Überraschung und erneutes Nachdenken ...

Zeit zum Losstürmen!

Wallie stürzte durch die Dornenbüsche und Zweige,

dann rannte er am Ufer entlang. Der Maultiertreiber hatte seine Tiere auf die andere Seite des Gebäudes getrieben und schwenkte einen Eimer an einer Stange, mit dem er Wasser in einen Trog schöpfte. Wallie erreichte das Gebäude und blieb keuchend stehen.

Nichts geschah. Kein Alarm, kein aufgeregtes Gebrüll, kein Kampf. Niemand war zwischen den Bäumen postiert gewesen, niemand an den Fenstern. Damit hatte er nicht gerechnet. Was nun?

Zwei Tore gingen in den Bootsschuppen hinaus, und das landseitig gelegene war bestimmt bewacht. Er trat vorsichtig ins Wasser. Es war voller Gewächse, doch es reichte ihm nur bis zur halben Stiefelhöhe, und der Grund war fest. Er watete seitlich am Wachhaus entlang weiter hinaus und versuchte dabei, nicht zu platschen; langsam wurde es tiefer. Seine Stiefel füllten sich mit einem kühlen Schwall, und von da an hatte er bei jedem Schritt Mühe zu verhindern, daß sie ihm von den Füßen rutschten. Als er am anderen Ende des Gebäudes angelangt war, reichte ihm das Wasser gut über die Knie, tränkte seinen Kilt, spendete wundervoll angenehme Kühle.

Das rote Mauerwerk des Steges bestand aus groben Steinen, die unterhalb der Wasserlinie von Algen überzogen waren. Die Laufplanken waren auf einer Höhe mit seinen Schultern. Entlang der Wand des Gebäudes, zu beiden Seiten des Eingangsbogens, lag allerlei Gerümpel herum — zerbrochene Steuerräder und Stücke von Bohlen, zerrissene Fischernetze und alte Körbe. Seine Finger fanden zwischen den dicken Steinen einen Halt, und er hievte sich hoch; dann beugte er die Knie, um das Wasser aus seinen Stiefeln laufen zu lassen.

Eine Weile blieb er verstört so knien. Er hatte die Wachtposten umgangen. Und das war verdächtig einfach gegangen.

Dann hörte er Stimmen, Gelächter — das Rasseln von Schwertern.

Er kroch auf Händen und Knien um den Gerümpelhaufen herum bis an den Rand der Tür, und er spähte hinein, wobei sich sein Kopf auf Bodenhöhe befand.

Dort drin hielten sich zehn Männer der Wache auf. Am nächsten stand, mit dem Rücken zu Wallie, die grobschlächtige Gestalt Trasingjis und versperrte das letzte Stück Fluchtweg zum Anlegesteg.

Am weitesten entfernt, direkt hinter der landwärtigen Tür, bewachten drei Angehörige niedriger Stufen Jja, Katanji und die anderen.

Etwas näher hatte sich eine Linie von fünf Viert- und Fünftstuflern aufgebaut, und alle beobachteten Nnanji und Tarru höchstpersönlich, die sich mit gezogenen Schwertern gegenüberstanden. Nnanji sprang vor, Tarru wehrte ihn mühelos ab und lachte. Dann wartete er auf den nächsten Zug seines Opfers, um Katz und Maus mit Nnanji zu spielen.

An diesem Morgen hatte Nnanji sich als erstklassiger Schwertkämpfer zu erkennen gegeben. Tarru würde ihn jetzt zurechtstutzen. Es würde zu einem blutigen Mord kommen.

Wallie war nicht bereit, das zuzulassen. Er stand auf, ließ mit der linken Hand den Dolch aus seinem Gürtel gleiten und zog gleichzeitig mit der rechten das Schwert der Göttin aus der Scheide.

In einem entlegenen Winkel seines Gehirns nahm er wahr, daß hinter ihm das nächste Fährschiff angelegt hatte, doch er schenkte dem keine Beachtung. Die Szene nahm vor seinen Augen einen leicht rosafarbenen Ton an. Er hörte ein unheilvolles Geräusch, das er zuvor schon einmal gehört hatte, ein Zähneknirschen. Er wußte, was geschehen würde, und diesmal ließ er es geschehen. Wenn der Blutrausch ihn gepackt hatte, wurde Shonsu zum Berserker.

Shonsu übernahm jetzt die Herrschaft.

Mit einem barbarischen Zorngebrüll stürzte er vor.

Im Vorbeirennen stieß er Trasingji den Dolch in den Rücken und zog ihn wieder heraus, ohne im Laufen innezuhalten. Aus einem Augenwinkel sah er, wie sich der Mann zusammenkrümmte, doch er tobte bereits auf Tarru und Nnanji zu, ein blutrünstiges Geheul ausstoßend; die Haare standen ihm wild nach allen Richtungen ab, und seine Augen glühten rot. Tarru drehte sich langsam um und empfing von hinten einen seitlich geschwungenen Hieb in den unteren Teil des Brustkastens, wo das Schwert kaum auf den Widerstand von Rippen stieß. Es war kein Schlag, der auf der Stelle tötete, doch er machte einen Mann kampfunfähig.

Nnanjis Kinn sank herunter, und seine clownhaft pechschwarz gefärbten Augenbrauen schossen hoch. Sein Gesicht war ein fast lächerliches, erstarrtes Abbild des Schreckens; sein Schwert ragte sinnlos in die Luft, während das Ungeheuer an ihm vorbeisauste.

Wallie sollte sich später noch oft fragen, was wohl geschehen wäre, wenn er an diesem Punkt haltgemacht hätte — wenn er stehengeblieben wäre, das blutbesudelte Schwert der Göttin vor den Viert- und Fünftstuflern herumgeschwenkt und ihnen erklärt hätte, es sei Ihr Wille, daß er die Insel mit dem Schwert verlasse. Sehr wahrscheinlich wären sie damit einverstanden gewesen, und damit wäre das Töten vorüber gewesen. So hätte jemand mit gesundem Menschenverstand gehandelt, und ganz bestimmt der gute, alte Wallie Smith. Doch es hätte genausogut Selbstmord sein können, denn sein einziger Vorteil lag in der Überrumpelung. Es war nicht seine Taktik, daß er Shonsu herbeirief, wenn dieser vom Blutrausch besessen war. Grausame Maßnahmen, hatte der Gott gesagt ...

Die Reihen der Viert- und Fünftstufler erkannten zu spät, welche Gefahr ihnen drohte, die Erkenntnis dämmerte ihnen zu langsam, daß dieser tobende Rächer es auch auf sie abgesehen hatte. Sie besannen sich und zogen die Waffen. Shonsu fing mit dem mittleren an.

Während der Mann seine Klinge noch nicht ganz aus der Scheide hatte, wurde er vom Siebten Schwert am ausgestreckten Arm durchbohrt. Sein Nebenmann, links von Shonsu, schaffte es noch, zu ziehen, doch bevor er in Fechtstellung gehen konnte, hatte sein Angreifer einen Satz auf ihn zu gemacht, so daß es zur Brust-an-Brust-Berührung kam, und er starb am Dolch.

Damit blieben noch zwei auf der rechten und einer auf der linken Seite übrig, und ihre Reaktion wurde durch den Schock über die Tode und die beiden erschlafften Körper, die ihnen vor die Füße fielen, um einen Moment verzögert. Shonsu taumelte etwas durch die Wucht des Aufpralls; er zog seinen Dolch los und wirbelte herum, um mit dem ersten Mann zu seiner Rechten — Ghaniri, wie er durch den roten Dunst erkannte — die Klingen zu kreuzen. Er drückte die Waffen nach oben und stieß wieder mit dem Dolch zu, diesmal in den Schwertarm seines Gegners. Er traf auf Knochen. Ghaniri brüllte auf und fiel nach hinten, während Shonsu erneut herumwirbelte und einen Angriff des einzelnen Mannes zur Linken abwehrte, als ob er ihn von hinten hätte kommen sehen. Doch er wußte, daß Ghaniri immer noch bewegungsfähig und immer noch hinter ihm war, und es gab noch einen Mann ...

Dann hörte er das Klirren von zwei aufeinanderprallenden Schwertern, das ihm sagte, daß nun auch Nnanji am Kampf teilnahm und sich mit dem anderen beschäftigte.

Er vollführte eine Riposte, die pariert wurde, und hörte immer wieder die Klingen — *klirr, klirr, klirr,* als ob sie zählten, wie wertvolle Sekunden seines Lebens verstrichen. Dann gelang es ihm, mit einem tiefangesetzten Stoß die Abwehr seines Gegners zu unterlaufen und sein Schwert in dessen Brust zu bohren, doch es verklemmte sich zwischen den Rippen, als der andere fiel, und wieder verging ein lebenswichtiger Augenblick, während er sich hinunterbeugen und es herausziehen mußte. Er drehte sich blitzschnell um und hielt den Dolch hoch, in der Hoffnung, so Ghaniris unvermeidlichen, von hinten gezielten Angriff abzuwehren. Noch während der Bewegung erkannte er, daß es zu spät war.

Einen Moment lang hatte er das Bild von Ghaniris häßlichem, verunstaltetem Gesicht vor Augen, verzerrt vor Haß oder Wut oder Angst. Mit hocherhobenem rechten Ellbogen stach er mit dem Schwert herab wie ein Stierkämpfer, der zu einem langen, glatten Todesstoß ansetzte, und Wallie hatte einfach keine Zeit ... Doch dann zeigte sich plötzlich Verblüffung auf diesem Gesicht, als nämlich Nnanjis Schwert mit Wucht herabsauste und ihm die Hand vom Gelenk trennte und nach weiterem Ausholen in die Eingeweide drang. Blut schoß in Strömen heraus ...

Immer noch mit wildem Geheul wirbelte Shonsu im Kreis herum und erblickte einen grinsenden Nnanji auf den Beinen und fünf Leichen am Boden. Dann richtete sich sein Toben gegen die jungen Schwertkämpfer. Sie hatten bereits die Flucht ergriffen und ihre Gefangenen unbewacht zurückgelassen. Mit hocherhobenem Schwert rannte er hinter ihnen her, mitten zwischen Jja und der kreischenden Kuhi hindurch.

Er holte einen von ihnen kurz vor dem Ende des Schuppens ein und streckte ihn nieder, ohne im Laufen innezuhalten. Die anderen beiden rannten in verschiedenen Richtungen weiter, der eine floh auf der Straße, der andere wandte sich nach rechts und jagte über die Wiese. Shonsu nahm brüllend die Verfolgung des letzteren auf, wobei er ihm immer näher kam, bis der Junge plötzlich, ohne Vorankündigung, auf dem Absatz kehrtmachte und auf die Knie fiel. Shonsus Schwert verharrte einen Fingerbreit vor seinem Hals. Sein Kopf war zurückgeneigt, er starrte nach oben, mit Augen, die um die Iris herum vollkommen weiß waren, die Lippen zu einem lautlosen Schrei des Entsetzens aufgerissen, mit zitternden Händen das Zeichen der Unterwerfung vollführend und wartend.

Der rote Dunstschleier hob sich. Das Brüllen hörte auf. Das Schwert wurde zurückgezogen.

Der Zweitstufler fiel in todesähnlicher Ohnmacht nach vorn.

Als er halbwegs wieder bei Bewußtsein war, doch immer noch zuckend und schlotternd, während seine Brust sich in stoßweisen Atemzügen wild hob und senkte, blickte Wallie auf ihn hinab. Die Geschehnisse der letzten paar Minuten erschienen ihm wie etwas, an das er sich aus lang vergangenen Zeiten erinnerte. War das er selbst gewesen? Dieser brüllende, tobende, mordende Satan? Er fiel flach aufs Gras und holte tief Luft. Die Kehle tat ihm weh.

Es war vorüber!

Tarru war tot, und der andere übriggebliebene Junge flitzte auf dem Weg davon, als ob alle Höllengeister hinter ihm her wären.

Er hatte gewonnen.

Gelobt sei die Göttin!

Mit dem merkwürdigen Gefühl, von den Geschehnissen um sich herum losgelöst zu sein, wie ein unbeteiligter Zuschauer, wischte Wallie sein Schwert am Gras ab. Der Zweitstufler öffnete die Augen und zuckte vor neu aufwallendem Schreck zusammen, als er ihn sah.

»Alles in Ordnung«, sagte Wallie und lächelte. »Es ist vorbei.« Er hob sein Schwert und schob es in die Scheide, dann streckte er dem Jungen die Hand hin, um ihm beim Aufstehen zu helfen. Er zitterte wie Espenlaub mit Schüttelfrost. »Beruhige dich!« sagte Wallie beharrlich. »Tarru ist tot. Du lebst, und ich lebe auch. Das ist das einzige, das zählt. Komm jetzt.«

Er legte dem Zweitstufler einen Arm um die Schulter und führte ihn zurück zum Schuppen, wobei er nicht ganz genau wußte, wer wen stützte. Direkt vor der Tür lag die Leiche eines weiteren Zweitstuflers, den er niedergestreckt hatte. Das war schlimm, sehr schlimm. Das war das Schlimmste, was an diesem ganzen schrecklichen Tag passiert war, denn der Junge war keine Bedrohung gewesen. Selbst Janghiuki war eine Bedrohung gewesen, aber dieser hier hatte weglaufen wollen. Er war dem berserkerhaften Irren zum Opfer gefallen, über den Wallie nicht rechtzeitig die Beherrschung wiedererlangt hatte. Fast hatte er den Eindruck, als ob das Ganze nicht gerechtfertigt gewesen wäre, wenn er das hier getan hatte.

Im Innern lagen fünf weitere Leichen, doch die belasteten Wallie nicht so sehr — schon gar nicht Ghaniri und der andere Viertstufler, den Nnanji getötet hatte, denn ihr Tod bedeutete, daß mit Nnanji alles stimmte. Der Killerwurm war nicht zurückgekehrt. Und Nnanji hatte das nicht als Vasall ausgeführt, er hatte es für seinen Freund Shonsu getan. Das war ein schönes Gefühl.

Er entdeckte Jja und Kuhi und den alten Mann, die am Boden saßen, mit den Rücken an die Wand gelehnt, und er lächelte ihnen zu. Sein Lächeln wurde nicht erwidert. Honakura hatte die Augen geschlossen und war allem Anschein nach bewußtlos. Kuhis Gesichtsausdruck war wie immer leer. Jja sah ihn eindringlich mit einer Miene an, die deutlich als Warnung gemeint war.

Er blickte sich erschöpft um. Er war einigermaßen überrascht, daß noch so viele Männer da waren, doch sie standen im Gegenlicht vor der Tür an der gegenüberliegenden Seite, so daß er sie im ersten Moment nicht klar ausmachen konnte. Dann erkannte er Nnanji.

Nnanji stand zwischen zwei Schwertkämpfern, ohne Zweifel gefangengenommen.

6

Ich bin Imperkanni, Schwertkämpfer der Siebten Stufe, und ich danke der Allerhöchsten, daß Sie mir diese Gelegenheit beschert hat, Euch zu versichern, daß Euer Wohlergehen und Gedeih und Glück stets mein oberstes Anliegen und Gegenstand meiner Gebete sein werden.«

»Ich bin Shonsu, Schwertkämpfer der Siebten Stufe; ich fühle mich geehrt durch Eure Liebenswürdigkeit und wünsche, daß dasselbe Wohlergehen Eurer edlen Person beschieden sein möge.«

Er war ein großer Mann, breit und stattlich, schätzungsweise Ende Vierzig. Erfahrung und Leistung hatten sein ledriges, markantes Gesicht zu einer Maske aus Arroganz und Autorität geformt. Er hatte buschige, von Grau durchzogene Augenbrauen, doch seine Haare waren mit Kalk gebleicht, was ihm einen herrlichen weißen Pferdeschwanz beschert hatte, den er länger trug als die meisten Männer. Das einzige andere Merkmal an ihm, das auf seine Eitelkeit hinweis, war seine Armut — sein blauer Kilt war geflickt und fadenscheinig, seine Stiefel abgetreten, sein Harnisch mehr als schäbig. Armut war ein beliebtes Mittel der Selbstdarstellung bei den Freien, um ihre Ehrlichkeit zu zeigen. Doch sein Schwert war hell und strahlend, die muskulösen Arme wiesen viele Narben auf, und der rechte Schulterriemen hatte mindestens ein Dutzend Kerben.

Hier handelte es sich um einen echten Schwertkämpfer, einen Veteranen, einen Professionellen. Verglichen damit war Tarru ein kleiner Fisch gewesen. Der Befehlshaber einer eigenständigen Armee, niemandes Untertan, nur seinem eigenen Gewissen und der Göttin verpflichtet, war Imperkanni eine der Mächte dieser Welt.

Seine Augen waren von der blassesten Farbe, die Wallie je bei den Leuten hier gesehen hatte, blasser noch als Nnanjis. Diese bernsteinhellen Augen musterten das Siebte Schwert und die Haarspange mit dem Saphir und verengten sich voller Mißbilligung. Es waren kalte Augen, ohne Sinn für Unsinn.

»Erweist Ihr mir die Ehre mir zu erlauben, Euch, edler Lord Shonsu, meinen Schützling, den Ehrenwerten Yoningu der Sechsten Stufe vorzustellen?«

Yoningu war etwas jünger und schlanker, mit lockigem dunklen Haar und wachen Augen. Sein Gesicht war eigenartig unsymmetrisch, was den Eindruck vermittelte, als könnte er in Gesellschaft der große Spaßmacher sein. Die spaßhafte Seite an ihm, sofern es sie wirklich gab, war zur Zeit offenbar unterdrückt, denn er hatte eine so abweisende Miene wie sein Herr aufgesetzt. Auch er war sichtlich ein erfahrener Kämpfer, mit Schrammen wie eine alte Schlachtbank.

Wallie nahm den Gruß entgegen und warf einen Blick hinüber zu seinem früheren Gefolgsmann, der mit gesenktem Kopf dastand und geschlagen und vernichtet aussah.

»Wir haben die Bekanntschaft des Adepten Nnanji bereits gemacht«, sagte Imperkanni eisig. Er wandte sich an Yoningu. »Seid Ihr bereit, mein Schützling?«

»Ich bin bereit«, antwortete Yoningu. Er ließ den Blick schnell zu Wallie schweifen und dann zu Nnanji, und sprach anschließend laut: »Ich beschuldige Lord Shonsu ebenfalls, das siebte Sutra verletzt zu haben.«

Er hatte also bereits Nnanji beschuldigt. Imperkanni würde sich als Richter aufspielen, Yoningu als Ankläger. Nach Wallies Einschätzung war das eine sehr primitive Art der Justiz, denn die beiden Männer waren gleichzeitig Zeugen, und wahrscheinlich verband sie eine kumpelhafte Freundschaft aus langen gemeinsamen Jahren miteinander, doch es war besser als nichts.

Dies waren also die Passagiere, die von Bord des Schiffes gekommen waren — insgesamt ungefähr ein Dutzend, zwei Sklaven und vielleicht zehn Schwertkämpfer von der Zweiten bis zur Siebten Stufe. Sie waren gerade rechtzeitig angekommen, um den Kampf noch mitzuerleben, eine Gesellschaft bestehend aus jenen Freien Schwertern, von denen Nnanji mit soviel Bewunderung und Sehnsucht zu sprechen pflegte — die Hüter der Ordnung, die Bewahrer des Friedens —, die die Schwertkämpfe der regulären Streitkräfte und der Wache unterstützten, im Zaum hielten und, wenn nötig, zur Räson brachten.

Imperkanni warf einen Blick hinaus auf die Wiese und rief über die Schulter einem seiner Männer zu: »Kandanni, sorge dafür, daß uns diese Maultiere nicht weglaufen!«

Ein Drittstufler stapfte beflissen aus dem Schuppen.

»Gute Idee«, sagte Wallie. »Vielleicht, mein Lord, hättet Ihr auch die Güte, das Schiff aufzuhalten.«

Imperkanni runzelte mißtrauisch die Stirn, nickte dann jedoch einem Zweitstufler zu, der auf den Anlegesteg hinausrannte. Er mochte bereits fest von der Schuld der Angeklagten überzeugt sein, doch er war willens, die Formen einzuhalten.

Wallie war so erschöpft, daß seine Knie zitterten, doch wenn sie sich nicht von selbst setzen würden, würde er es nicht vorschlagen. Die Schwertkämpfer hatten das Tor in Richtung Wiese sorgsam verriegelt, für den Fall, daß die Gefangenen einen Fluchtversuch unternehmen würden, doch Wallie war überzeugt davon, daß das eine reine Formsache war, da beiden Gefangenen gestattet worden war, ihre Schwerter zu behalten. Diese Männer waren keine Haudegen wie die Tempelwache. Diese Männer waren Kämpfer.

Er sollte vor Gericht gestellt werden, hier und jetzt, in diesem widerhallenden und blutbefleckten Wachhaus. Es war ein seltsamer Gerichtssaal: ein riesiger Holzschuppen mit einem breiten Pflastersteinboden, der wie eine Straße mitten hindurchlief. Die Pferdeställe auf der einen Seite waren nach oben hin offen bis zu einer hohen Balkendecke, doch die gegenüberliegende Wand war massiv, unterbrochen durch ein paar gewöhnliche Türen. Schwalben segelten in den Torbogen an beiden Seiten ein und aus, schwangen sich hinauf zu ihren Nestern in den Sparren, schimpften mit ärgerlichem Gezwitscher auf die Männer hinunter. Wenn Wallie das Ganze überhaupt an etwas erinnerte, dann an die Rückansicht einer Theaterbühne, alle Balken und kahlen Flächen waren unverschönt sichtbar, und die Leichen aus dem letzten Akt von *Hamlet* lagen noch auf dem Boden verstreut.

Der Maultiertreiber und der Kapitän des Schiffes wurden hereingeführt und angewiesen, sich zu setzen, direkt neben Jja und Kuhi. Schwertkämpfer zogen das Handeln langen Diskussionen vor. Nicht daß irgendein Zivilist mit gesundem Menschenverstand versucht hätte, mit ihnen zu diskutieren.

Katanji stand hinter seinem Bruder und starrte Wallie mit großen, verängstigten Augen an. Die schwachen Strahlen der tiefstehenden Abendsonne fielen durch die flußwärtige Tür und erhellten Trasingjis Körper wie Flutlicht. Pferde wieherten hinter der Stalltür.

»Ihr könnt beginnen, Ehrenwerter Yoningu«, sagte der Richter.

Der Ankläger schritt hinüber zu Trasingji. Imperkanni und Wallie gingen neben ihm her.

»Ich habe beobachtet, wie Lord Shonsu diesen Mann von hinten erstach, und zwar mit einem Dolch.«

Sie schritten zurück zu Tarru. Wallie war erschüttert, als er sah, daß er den Mann beinahe in zwei Teile geschnitten hatte und daß die Steine ringsum in Blut getaucht waren, als ob es ihn zerrissen hätte.

»Ich habe beobachtet, wie Lord Shonsu diesen Mann von hinten angegriffen hat.«

Als nächstes folgte die Gruppe mit den fünf Leichen, und Yoningu hielt einen Moment inne, um seine Erinnerung aufzufrischen — oder um sich zu vergewissern, daß er entscheidende Anklagepunkte vortragen konnte. Der schiefe Eindruck, den sein Gesicht machte, beruhte auf einer Narbe, die einen Mundwinkel in die Höhe zog — vielleicht hatte er in Wirklichkeit nicht die Spur von Humor. Wenn ihn sein Mentor verurteilte, würde dann Wallie der Sklave dieses Mannes? Nein, hier handelte es sich um Schwerverbrechen, die die Todesstrafe verlangten.

»Ich habe beobachtet, wie Lord Shonsu diese Männer ohne formgerechte Herausforderung angriff. Ich habe beobachtet, wie er diesen mit einem Dolch erstach, und diesen ebenfalls.« Er zuckte mit den Schultern, um anzudeuten, daß diese Anklagepunkte wohl fürs erste genügen müßten.

Imperkanni wandte sich an Wallie. »Habt Ihr etwas zu Eurer Verteidigung vorzubringen?«

»Eine ganze Menge, mein Lord.« Wallie lächelte, um zu zeigen, daß er sich nicht schuldig fühlte. »Der Ehrenwerte Yoningu hat einen ausgelassen, glaube ich.« Er deutete zwischen den an der Tür Wache haltenden Schwertkämpfern hindurch auf die Leiche des Zweitstuflers draußen. Bei ihm handelte es sich in Wallies Augen tatsächlich um ein Schwerverbrechen, und nur bei ihm.

Yoningu sah ihn wütend an, als ob Wallie die Zeit des Gerichtes mit Belanglosigkeiten verschwende. »Dieser Mann ist davongelaufen«, sagte er.

Die Woge eines Kulturschocks brach über Wallie zusammen, so daß ihm vorübergehend die Luft wegblieb. Indem er weggelaufen war, hatte der Junge sein Recht verwirkt, gerächt zu werden. Und doch war das nach kurzem Nachdenken für Wallie ein schwacher Trost, denn der andere Zweitstufler hatte angehalten und sich unterworfen, und das hatte ausgereicht, um den Mechanismus zur Kontrolle Shonsus auszulösen und dem Berserker Einhalt zu gebieten. Kein großer Trost, doch immerhin etwas. Der erste Junge wäre auch noch am

Leben, wenn er sich an das erinnert hätte, was er gelernt hatte.

Das Gericht wartete auf ihn.

»Darf ich die gegen Nnanji erhobenen Anklagepunkte hören, bitte? Dann werden wir mit unserer Verteidigung beginnen.«

Imperkanni nickte. Nnanji unterbrach seine eingehende Erforschung des Fußbodens und sah auf, um sich mit verbitterter Miene dem Geschehen zu widmen.

Yoningu zögerte beim ersten Mann, den Nnanji getötet hatte, beschloß, diesen außer acht zu lassen, und deutete mit einer lässigen Bewegung auf die Leiche von Ghaniri. »Ich habe beobachtet, wie der Adept Nnanji von hinten auf diesen Mann einhieb, während jener bereits mit einem anderen kämpfte.«

Nnanji senkte den Blick wieder.

»Eure Verteidigung, mein Lord?« fragte Imperkanni Wallie. Sein Verhalten drückte aus, daß Wallie gut daran täte, sich überzeugend zu verteidigen.

»Ich glaube, auch Adept Nnanji hat einige Anklagepunkte gegen mich vorzubringen«, sagte Wallie ungerührt.

Das erzielte den gewünschten Schockeffekt, doch Imperkanni gewann schnell die Fassung zurück. »Adept Nnanji?«

Nnanji blickte wieder auf. Er starrte Wallie mit mehr Schmerz und Zerknirschung an, als ein Mensch eigentlich zu ertragen vermochte. Als er anfing zu sprechen, kamen die Worte so leise heraus, daß er sich unterbrach und noch einmal begann. »Ich habe gesehen, wie Lord Shonsu heute morgen ohne Vorwarnung das Schwert gegen den Adepten Briu erhob. Ich sah, wie sich Lord Shonsu als Sklavin verkleidete.«

Das erzielte einen noch größeren Schockeffekt. Wallie sah bedauernd zu Honakura hin. Ein Priester der Sieb-ten Stufe könnte als unanfechtbarer Zeuge auftreten, doch der alte Mann saß immer noch zusammengesunken da wie eine Lumpenpuppe. Seine Augen waren halb geöffnet, doch es war nur das Weiße darin zu sehen. Vielleicht war er tot, vielleicht war er kurz davor zu sterben, aber auf jeden Fall erlaubte sein Zustand nicht, daß er als Zeuge aussagte.

»Wir warten, mein Lord«, mahnte Imperkanni mit einem drohenden Unterton.

»Seid Ihr vertraut mit der Legende über Chioxin?« fragte Wallie.

»Nein«, sagte Imperkanni.

Verflucht!

Dann bemerkte er den Zweitstufler, den er verschont hatte. Er kauerte geduckt neben einem Pfosten, immer noch zitternd.

»Laßt uns einen unabhängigen Zeugen anhören, mein Lord«, sagte Wallie. »Meine Geschichte ist ungewöhnlich, um es milde auszudrücken. Es wäre mir daran gelegen, sie bekräftigen zu lassen. He, du! Wie heißt du?«

Der Zweitstufler rollte mit den Augen und sagte nichts. Einer der freien Schwerter, ein Viertstufler, ging zu ihm hinüber und schlug ihm ins Gesicht. Der Junge brabbelte etwas, und Speichel floß ihm aus dem Mund.

Dreimal verflucht!

»Dann muß ich es selbst erzählen, nehme ich an«, sagte Wallie. Er brauchte etwas zu essen, zu trinken und mindestens zwei Nächte Schlaf. »Der Oberste Anführer der Tempelwache, Hardduju der Siebten Stufe, war ein sehr korrupter Mann. Die Priester haben seit langem darum gebetet, daß die Göttin ihnen einen Ersatz schikken möge ...«

Dieser Ersatz war offenkundig Imperkanni, aber das zu erwähnen hätte sich wie Bestechung angehört oder wie der Versuch einer Schmeichelei. Es war eine Ironie des Schicksals, daß der Mann, von dem Wallie gehofft hatte, er möge zu seiner Rettung auftauchen, statt dessen gerade rechtzeitig erschien, um ihm Rache anzudrohen, weil er die Schlacht gewonnen hatte. Die ganze Sache steckte voller Ironie. Er hoffte, daß der kleine Gott seinen Spaß daran haben würde.

Als er die Geschichte zur Hälfte erzählt hatte, bat er um etwas zu trinken. Imperkanni war nicht bewußt grausam. Jetzt erst bemerkte er Wallies Erschöpfung und befahl, daß Sitzgelegenheiten herbeigebracht werden sollten. Seine Männer durchsuchten eifrig die Räume und kamen schließlich mit Hockern zurück. Das Gericht wurde weiterhin am Ort des Verbrechens abgehalten, ein Kreis von vier Männern inmitten der Spuren eines Gemetzels — Wallie, Nnanji, Imperkanni und Yoningu. Die anderen Schwertkämpfer rückten näher heran und umringten sie, wachsam und leidenschaftslos.

Schließlich, heiser und so sehr am Ende seiner Kräfte, daß er sich fragte, ob ihm das Ganze überhaupt noch etwas ausmachte, kam Wallie zu seinem Schlußwort. »Es gab etliche Vergehen«, sagte er, »doch sie nahmen ihren Anfang durch Tarru. Nachdem er mich in der Tempelanlage gefangenhielt, galten in dieser Angelegenheit nicht mehr die Regeln der Ehre.«

Imperkanni wartete eine Weile, um sich zu vergewissern, daß das alles war, dann holte er tief Luft. Er sah Yoningu fragend an, als ob er sagen wollte: »Der Zeuge steht Euch zur Verfügung!«

»Habt Ihr versucht, die Anlage zu verlassen, mein Lord?«

Wallie gab zu, daß er das nicht versucht hatte.

»Ihr sagtet, daß Ihr Gast des Ehrenwerten Tarru gewesen seid. Doch Ihr wart doch wohl kaum noch sein Gast, als Ihr hier angekommen seid, oder?«

»Nun, wir hatten uns nicht auf Wiedersehen und bis bald gesagt.«

Yoningu war beharrlich. Es lag nur an seinem verschobenen Mund, daß er so aussah, als hätte er Spaß an der Sache. Es mußte ihm weh tun, einen Mann anzuklagen, der so großes schwertkämpferisches Können an den Tag gelegt hatte, aber es war nun mal illegal gewesen. »Ein Gast, der ohne Abschied abreist, bleibt nicht für alle Zeiten Gast. Er war nicht mehr Euer Gastgeber, also befand er sich im Recht, als er den Adepten Nnanji herausforderte. Ihr habt Euch in eine ehrenhafte kämpferische Auseinandersetzung eingemischt.«

Das war lächerlich. Wallie war überzeugt davon, daß es irgendwo eine Antwort zu all diesem geben mußte, doch selbst Todesangst reichte offenbar nicht aus, um sein Gehirn wieder in Gang zu setzen.

»Nnanji«, krächzte er. »Sprich du für eine Weile.«

Nnanji blickte traurig auf. »Ich gebe der Anklage recht«, sagte er. Dann stützte er sich wieder mit den Ellbogen auf die Knie, verflocht die übergroßen Hände ineinander und starrte erneut Yoningus Stiefel auf der anderen Seite des kleinen Kreises an.

»Was?«

Diesmal hob Nnanji nicht einmal den Kopf. »Ich habe mich durch eine persönliche Freundschaft hinreißen lassen, eine Untat zu begehen. Ich bin glücklich, daß ich Euer Leben retten konnte, Lord Shonsu, aber ich habe dabei unrecht getan.«

»Was, zum Teufel, hätte ich denn tun sollen?« fragte Wallie und sah Yoningu und Imperkanni an. »Wir waren seine Gäste, und er hatte in unseren Räumen eine Falle vorbereitet. Er hat seine Männer mit vorgehaltenem Schwert gezwungen, den Blutschwur zu leisten. Dieser Eid erfordert einen zwingenden Grund, und der einzige Grund war, daß er mein Schwert stehlen wollte, das Schwert der Göttin! Sie sprachen ihn nicht mit ›Gebieter‹ an. Er verheimlichte den Schwur — ein weiteres Vergehen, wie Ihr sehr wohl wißt.«

»Habt Ihr beobachtet, wie diese Eide geschworen wurden?«

Wallie seufzte. »Nein. Wie ich Euch sagte, wurde es mir von den Sklaven berichtet.«

Nnanji blickte auf und verzog das Gesicht zu einer Grimasse. Sklaven konnten nicht als Zeugen aussagen.

Lord Shonsu hatte dieses Argument zur Verteidigung damit bereits selbst zunichte gemacht.

»Der Adept Briu bestätigte, den dritten Eid geleistet zu haben!« schrie Wallie. »Ebenso wie den Angriff auf Nnanji ...«

»Dann muß dieser Briu, als er das zugab, entweder seinem Gebieter gegenüber den Gehorsam gebrochen oder Euch angelogen haben, nicht wahr?«

Wallie hätte ihm am liebsten die Faust ins Gesicht geschlagen. Ihm fiel keine Antwort darauf ein.

Katanji stieß seinen Bruder von hinten an. Nnanji winkte ihm ab, ohne sich umzudrehen.

»Wer hat mit dem Blutvergießen begonnen?« fragte Yoningu.

Jetzt kam es — Tod vor Unehrenhaftigkeit. Es wurde von einem Mann verlangt, um jeden Preis ehrenhaft zu sein. Wenn sein Feind ihn mit unehrenhaften Mitteln umbrachte, dann hatte er Pech gehabt, doch dafür würde er gerächt werden. Nach den hiesigen Regeln hätte Wallie versuchen sollen, durch das Tor zu marschieren, und sich niedermetzeln lassen müssen, oder einfach warten, bis sich Tarru mit ihm beschäftigte. Derjenige, der den ersten Stein warf, war der Übeltäter.

Einige der Schwertkämpfer hatten lieber den Tod in Kauf genommen, als Tarru den Eid zu leisten — doch auch dafür gab es keine Zeugen außer den Sklaven.

»Ich war der erste, der tötete!« sagte Wallie. Er dachte an Janghiuki, doch die anderen würden annehmen, er spräche von Trasingji. Aber was machte das schon aus?

Imperkanni brach das bedrückende Schweigen. »Warum habt Ihr Euren Vasall und Schützling von seinen Eiden entbunden, mein Lord?«

Das mußte für ihn eine völlig unverständliche Entscheidung sein, und vielleicht suchte er nach einem Ausweg, um Nnanji zu verschonen.

»Ich hatte gehofft, man würde ihn passieren lassen«, antwortete Wallie, »gemeinsam mit den anderen.«

Imperkanni und Yoningu sahen seine Begleiter an und wechselten dann miteinander Blicke — zwei Sklavinnen, ein Junge, ein Baby und ein alter Bettler? Was kümmerten ihn die?

Imperkanni verschränkte die Arme und dachte eine Weile nach, wobei er Nnanji musterte. Ja, er suchte offenbar nach einem Weg, diesen Mittäter aus der Sache herauszuhalten — Wallies Schuld war eindeutig. »Ich möchte gerne wissen, was sich bei Eurer Ankunft hier abspielte, Adept. Welche Worte fielen, bevor Euch der Ehrenwerte Tarru herausforderte?«

Nnanji sah auf und erwiderte den Blick des Siebentstuflers mit finsterer Miene. »Ich habe ihn herausgefordert, mein Lord«, sagte er.

Offensichtlich war dies für Imperkanni ein schwieriger Fall. Er runzelte die Stirn. »Wenn ich mir Eure Gesichtsmale so ansehe, Adept, dann wart Ihr noch vor kurzem ein Zweitstufler.«

»Heute morgen noch, mein Lord.«

Ein sehr schwieriger Fall; beide Angeklagten schienen nicht bei Verstand zu sein. »Heute morgen wart Ihr noch ein Zweitstufler, und heute nachmittag habt Ihr einen Sechststufler herausgefordert?«

Nnanji sah zu Wallie hinüber, und plötzlich, nur eine Sekunde lang, verzog er das Gesicht zu einem Grinsen. Dann wurde seine Miene wieder finster. Wallie hätte ihm liebend gern einen Stoß versetzt. Gorramini und Ghaniri hatten ganz genau gewußt, wie sie Nnanji zur Gewalttätigkeit reizen konnten. Das mußte in der Wache allgemein bekannt gewesen sein. Tarru brauchte nur eine Bemerkung über Teppichknüpfer fallenzulassen.

»Hat er Euch beleidigt?« fragte Imperkanni.

Nnanji zuckte mit den Schultern. »Ja. Er war entschlossen, einen Kampf anzuzetteln, deshalb ging ich nicht darauf ein, als er mich beleidigte, doch dann beleidigte er meinen ... Freund, Lord Shonsu, der nicht anwesend war, um sich zu verteidigen.«

Die beiden Männer warfen sich Blicke zu. Wallie ahnte, was jetzt kommen würde.

»Was hat er gesagt?« wollte Imperkanni wissen. Als Nnanji nicht antwortete, fügte er hinzu: »Der edle Lord ist jetzt anwesend, um sich zu verteidigen.«

Nnanji blickte wütend auf. »Er behauptete, er sei ein Mörder.«

Das Gericht wandte sich Wallie zu, der das traurige Gefühl hatte, Nnanjis Freundschaft nicht wert zu sein. Das schmerzte ihn fast so sehr wie die Schuld an den Morden oder die Aussicht auf einen baldigen Tod, die sich jetzt düster vor ihm auftat.

»Ich befürchte, daß er damit recht hatte, Nnanji«, sagte er. »Ich habe Janghiuki mit der Faust umgebracht. Ich hatte nur beabsichtigt, ihn außer Gefecht zu setzen ... doch sein Tod war keine ehrenhafte Angelegenheit.«

Imperkanni wollte wissen, wer denn Janghiuki sei, und Wallie erklärte es ihm, ohne seine Worte noch sorgfältig abzuwägen.

»Dieses Geständnis ist eine weitere Ergänzung der Liste von ...« Dann hielt Yoningu plötzlich inne. Er und Imperkanni starrten einander eine Zeitlang schweigend an. Der Siebentstufler schien sich überhaupt nicht zu rühren, doch sein weißer Pferdeschwanz bewegte sich ganz leicht hin und her, wie in einer leichten Brise. Yoningu sagte schnell: »Ich ziehe diesen Punkt zurück.«

»Ich gehe davon aus, daß der Tod des Schwertkämpfers Janghiuki ein Unfall war, mein Lord«, sagte Imperkanni. »Wenn Ihr ihn hättet töten wollen, hättet Ihr Euch wohl kaum der Faust bedient.«

Nnanji sah überrascht auf.

Katanji zupfte ihn erneut von hinten. Nnanji schenkte ihm keine Beachtung.

Wallie sah hinüber zu Honakura. Er hatte die Augen jetzt vollends geöffnet, doch er keuchte schwer und nahm das Geschehen um ihn herum offenbar nicht wahr. Von ihm war also nichts zu erhoffen.

»Der Wille der Göttin hat Vorrang vor den Sutras!« sagte Wallie. Diese Gerichtsverhandlung entwickelte sich immer mehr zu seinen Ungunsten. Er brauchte Zeugen! Der alte Coningu hätte aussagen können — er wußte Bescheid. Oder Briu. Doch er war sicher, daß das Gericht sich nicht darauf einlassen würde, die Verhandlung in den Tempel zu verlegen, wenn er darum bitten würde. Imperkanni wurde langsam ungeduldig.

»Das stimmt«, sagte der Richter. »Wir schwören, daß der Wille der Göttin für uns oberstes Gebot ist, vor den Sutras. Doch wer bestimmt, was Ihr Wille ist? Wir müssen davon ausgehen, daß die Sutras Ihre Gebote enthalten, sofern wir nicht eindeutige Beweise für das Gegenteil haben ... ein Wunder wäre ein solcher Beweis, vermute ich. Ich muß zugeben, daß Ihr ein bemerkenswertes Schwert besitzt, Lord Shonsu, doch das gibt Euch noch lange nicht das Recht, jede Greueltat zu begehen, nach der Euch der Sinn steht. Hier liegen acht tote Männer. Habt Ihr sonst noch etwas zu Eurer Verteidigung vorzubringen?«

Welchen Sinn hatte es, noch mehr zu sagen? Wallie war auf faire Weise angehört worden, was einem Angehörigen einer niedrigeren Stufe wahrscheinlich nicht gewährt worden wäre. Die Götter bestraften ihn. Er hatte Janghiuki umgebracht und dann einen Zweitstufler auf der Flucht niedergestochen. Möglicherweise wurde er für die falschen Verbrechen bestraft, aber Verbrechen hatte er nun mal begangen. Nnanji hatte recht — warum sollte er es also nicht einfach zugeben?

Die Strafe für sein Versagen war der Tod. Enthauptung war eine schnelle und schmerzlose Methode, es hätte schlimmer kommen können.

»Mein Lord!« quiekte Katanji; sein Gesicht war weiß vor Angst, sein Schwert baumelte ihm in lächerlicher Schräglage auf dem Rücken. Imperkannis Gesicht verdüsterte sich bei dieser Anmaßung. Einer der Viertstufler streckte eine riesige Hand aus, um den frechen Bengel zu packen.

»Fragt Lord Shonsu, warum sein Kilt naß ist!« kreischte Katanji, während er weggezerrt wurde.

»Halt!« befahl Imperkanni barsch. »Was habt Ihr gesagt, Novize?«

Der Viertstufler richtete Katanji wieder in eine aufrechte Lage auf und ließ ihn los.

»Mein Lord, fragt Lord Shonsu, wie es kommt, daß sein Kilt naß ist.« Katanji brachte ein verzerrtes Grinsen zustande und rieb sich die mißhandelte Schulter.

Imperkanni, Yoningu und Nnanji sahen auf Wallies Kilt und seinen Stiefel hinab.

Großartig! dachte Wallie. Er hatte das Tabu gebrochen und war in den Fluß gegangen, doch niemandem war das aufgefallen außer diesem vorwitzigen Bürschchen. Wahrscheinlich stand als Strafe darauf ein qualvoller Tod durch Folterung — vielleicht das Schmoren auf einem heißen Rost zum Auftakt. Danke, Katanji!

Yoningu sprang von seinem Hocker auf und rannte hinaus zum Anlegesteg, wobei er im Laufen einen Satz über Trasingji machte.

Imperkanni entblößte die Zähne und bedachte Wallie mit einem sehr sonderbaren und unfröhlichen Lächeln.

Nnanji starrte ihn mit funkelnden Augen an.

Doch unter dem Vogelmist und dem Staub der Straße und den Rußstreifen und den Blutflecken — unter all diesem zeigte sich in Nnanjis Gesicht so etwas wie sein altes Grinsen. Heldenverehrung, Stärke zehn.

Was, zum Teufel, ging hier vor sich?

Sichtbar erbleicht, kam Yoningu mit schweren Schritten wieder herein, nahm neben seinem Hocker Haltung an und sagte steif: »Mentor, ich möchte meine Anklage gegen Lord Shonsu in allen Punkten zurückziehen.«

»Wirklich?« sagte Imperkanni. »Ja, ich denke, Ihr tut gut daran! Lord Shonsu, würdet Ihr gnädigerweise meinem Schützling gestatten, seine Anklage zurückzuziehen?« Er schenkte ihm jetzt ein offenes, freundliches Lächeln.

So einfach sollte er also davonkommen? Wallie erinnerte sich an den kleinen Heilkundigen im Gefängnis, der mit dem Tode bestraft wurde, weil einer seiner Patienten gestorben war. Yoningu war also weniger ein Ankläger als ein Gegenanwalt, und wenn das Gericht zu dem Schluß kam, daß er falsche Beschuldigungen vorgebracht hatte, dann müßte er bestraft werden — eine gute Methode, um leichtfertig angestrengte Prozesse zu verhindern, und ein ausgezeichnetes Mittel, um das Überhandnehmen von Anwälten einzudämmen. Nicht daß Wallie einen Sklaven gebraucht hätte, sofern sich ihm hier die Möglichkeit bot, doch ein guter Sechststufler wäre eine wertvolle Ergänzung seiner kleinen Truppe, vielleicht ließe sich in dieser Hinsicht ein Handel abschließen ...

Dann merkte er, daß sein Zögern dazu geführt hatte, daß Imperkannis Lächeln versiegt war und daß er umgeben war von gesenkten Köpfen und geballten Fäusten und zusammengekniffenen Augen. Wie immer die Regeln lauten mochten, Yoningu hatte hier seine Verbündeten. Wenn Wallie ein Pfund des Fleisches, welches auch immer ihm zustehen mochte, verlangte, dann müßte er hinterher gegen jeden einzelnen dieser Männer kämpfen, angefangen von Imperkanni bis hinunter zum geringsten Eleven.

»Wird die Anklage gegen den Adepten Nnanji ebenfalls in allen Punkten zurückgezogen?« fragte Wallie, obwohl er nicht verstand, warum überhaupt irgend etwas zurückgezogen wurde.

Imperkanni entspannte sich und setzte sein Lächeln wieder auf. »Selbstverständlich, mein Lord.« Er betrachtete Nnanji eine ganze Weile lang, und als er sich mit seinem Lächeln wieder Wallie zuwandte, sagte dieses ganz deutlich, daß er Nnanji durchschaute wie einen Glaskasten. Er war ein erfahrener Menschenführer. In

Nnanji erblickte er das Ringen um Ideale und die Heldenverehrung der Jugend, die im Lichte der Erfahrung verblassen würden; Mut, Ausdauer und Zuverlässigkeit würden dann um so heller strahlen.

»Wie Ihr sagtet, mein Lord, hier ging es nicht um die Ehre, sondern es war ein Kampf auf Leben und Tod. Dem Adepten Nnanji kann man nur zu einem glänzenden Beginn seiner Laufbahn beglückwünschen. Er hat recht daran gehabt, Euch beizustehen. Seine Ehre ist unbefleckt, sein Mut steht außer Frage, mein Lord, und das gleiche gilt für Euch.«

Nnanji holte tief Luft, dann dankte er ihm stammelnd und schniefend. Schließlich straffte er die Schultern und grinste Wallie an.

Imperkanni erhob sich, also folgten die anderen seinem Beispiel. »Tatsächlich würde ich ihn gern in meine Truppe aufnehmen, doch vermute ich richtig, daß Ihr ihn selbst wieder als Schützling übernehmen möchtet, mein Lord?« fragte er, und seine gelben Augen blinzelten.

»Wenn er mich als Mentor annimmt«, sagte Wallie, »werde ich mich geehrt fühlen — in aller Bescheidenheit.«

Ungläubigkeit und Begeisterung huschten gleichzeitig über Nnanjis verschmiertes Gesicht. »Mein Lord! Ihr gestattet, daß ich Euch den Eid ablege, obwohl ich Euch verraten habe?« Cinderellas Zitrone war wieder eine Prunkkutsche, mit allem Drum und Dran.

»Es war deine Pflicht«, sagte Wallie. »Wenn du es nicht getan hättest, dann würde ich dich nicht wollen.« Alice im Wunderland könnten sie auch noch spielen, an ihm sollte es nicht liegen.

Yoningu hatte Nnanjis Behandlung mit einem Lächeln verfolgt, wodurch sein schiefes Gesicht noch schiefer aussah. Er und Imperkanni, die beiden langjährigen Vertrauten, konnten wahrscheinlich mühelos jeweils die Gedanken des anderen lesen. Er blinzelte Wallie an und bemerkte: »Natürlich, mein Lord, werden wir den ersten Barden, der uns über den Weg läuft, davon unterrichten, wie Shonsu und Nnanji in einem bravourösen Glanzstück der Waffenkunst zehn Schwertkämpfer geschlagen haben.«

Nnanji war bis jetzt der Gedanke an Ruhm noch gar nicht gekommen. Er öffnete den Mund, und nichts als ein Krächzen drang heraus. Das war der gläserne Schuh — Cinderella hätte allein damit glücklich bis ans Ende ihrer Tage leben können.

»Nicht *Shonsu und Nnanji*«, sagte Wallie feierlich, »sondern *Nnanji und Shonsu*. Er hat den Anfang gemacht.«

Jja lächelte ihn an. Kuhi war eingeschlafen. Selbst der alte Mann sah etwas besser aus, er saß aufrecht da und hörte zu. Katanji ... Katanji musterte Wallie erstaunt. Er war offenbar der einzige, der durchschaute, daß Wallie den Freispruch überhaupt nicht verstand.

»Ich versichere Euch, mein Lord«, sagte Imperkanni nachdenklich, »daß ich nicht beabsichtige, mich in Eure Angelegenheiten einzumischen ... doch in diesem Fall könntet Ihr vielleicht sogar elf vierundvierzig in Betracht ziehen.«

Die oberen Stufen liebten es, über die Köpfe der jüngeren hinweg Sutras mit hohen Nummern zu zitieren — das taten alle. Yoningu runzelte die Stirn, denn mit Sechststuflern trieb man dieses Spiel normalerweise nicht. Nnanji machte ein beleidigtes und ratloses Gesicht.

Elf vierundvierzig? Das *letzte* Sutra? Wollte Imperkanni prüfen, ob Shonsu ein echter Siebentstufler war?

Dann ging Wallie ein Licht auf, und ein Blitz der Erregung erhellte die Dunkelheit seiner Schuldgefühle und seiner Müdigkeit. Er erkannte das Wohlwollen der Götter. Es war keine Prüfung gewesen — denn eine Prüfung hätte er nicht bestanden —, es war eine Lektion, und er hatte sie gelernt, wie es von ihm verlangt wurde. Er war kein Versager, er war immer noch Ihr Auserwählter. Seine Erleichterung war so groß wie die Nnanjis.

»Selbstverständlich!« sagte er. »Warum nicht? Eine sehr gute Idee, Lord Imperkanni!« Dann warf er den Kopf zurück und stieß das tiefe, dröhnende Lachen Shonsus aus, bei dem sich die Schwalben in die Lüfte hoben und die Pferde scheuten, die Maulesel auf der Wiese erstaunt aufhörten zu fressen, das Baby aufwachte, und dessen Echo hallte und widerhallte und über die Leichen im Wachhaus rollte wie der Schall der Tempelglocke.

TRIUMPH!

1144 DER VIERTE EID

Glücklich ist der, der das Leben eines Mitkämpfers rettet, und begnadet sind zwei, die jeweils das Leben des anderen gerettet haben. Nur diesen ist gestattet, diesen Eid abzulegen, und er soll vor allen anderen Vorrang haben, bedingungslos und unwiderruflich:

Ich bin dein Bruder,
Mein Leben ist dein Leben,
Deine Freude ist meine Freude,
Meine Ehre ist deine Ehre,
Dein Zorn ist mein Zorn,
Meine Freunde sind deine Freunde,
Deine Feinde sind meine Feinde,
Meine Geheimnisse sind deine Geheimnisse,
Deine Gelöbnisse sind meine Gelöbnisse,
Meine Güter sind deine Güter,
Du bist mein Bruder.

7

Die Sonne versank am Horizont, wie ein Blutstropfen im Sand versinkt, und deutete mit einem anklagenden, blutigen Finger über die Wellenkämme zu Wallie, der auf dem Anlegesteg stand. Vielleicht, so schlug Imperkanni vor, sollte der edle Lord erwägen, die Nacht im Wachhaus zu verbringen und die Reise am nächsten Tag fortzusetzen. Doch trotz seiner plötzlichen überschwenglichen glücklichen Stimmung wünschte sich Wallie nichts sehnlicher, als diesen Schauplatz des blutigen Gemetzels und überhaupt die ganze heilige Insel so schnell wie möglich zu verlassen. An jedem anderen Ort wäre ihm wohler zumute.

Er wandte sich an den Schiffskapitän, der während der ganzen Verhandlung schicksalsergeben am Boden gesessen hatte und der jetzt erleichtert war. »Habt Ihr irgendwelche Bedenken, bei Nacht zu fahren, Schiffer?«

»Nicht mit Euch an Bord, mein Lord«, sagte der Mann schmeichlerisch. Demnach hatte also das, was immer geschehen sein mochte, auch seine Auswirkung auf Schiffsleute.

Der Verdacht und die Feindseligkeit waren wie weggeblasen. Jeder einzelne Mann aus der Truppe der Freien war dem unerschrockenen Lord Shonsu und dem unerbittlichen Adepten Nnanji vorgestellt worden, und jeder hatte sie unterwürfig zu ihrer großartigen Glanzleistung der Waffenkunst beglückwünscht. Nnanjis Grinsen war offenbar zur Dauereinrichtung geworden.

Imperkanni hatte seine wirkungsvolle Organisation in Gang gesetzt. Nahrungsmittel und Matratzen wurden im Wachhaus zusammengesucht und zum Schiff getragen, die Leichen wurden weggeräumt, Pferde auf ihre Tauglichkeit hin untersucht und versorgt. Ein lachender Drittstufler brachte den brüllenden Vixini mit etwas Eßbarem zur Ruhe und weckte die Lebensgeister des alten Mannes mit einem Glas Wein, was eine dramatische Verbesserung seines Zustandes zur Folge hatte.

»Wir unsererseits werden heute nacht hier bleiben«, sagte der Siebentstufler. Er sah den Maultiertreiber an. »Ihr könnt in einem der Pferdeställe schlafen. Wir werden einige der Maultiere morgen früh brauchen. Nicht viele.«

Der Maultiertreiber machte den Eindruck, als ob er die schlimmsten Nachrichten über eine größere Katastrophe erhalten hätte. Der Blick seiner rattenhaften Augen zuckte vorwurfsvoll zu Wallie hinüber, der im ersten Moment verdutzt war, dann aber zu lachen anfing.

»Ich befürchte, man wird ihn zu Hause sehr vermissen, wenn er nicht zu seinen Lieben zurückkehrt, mein Lord«, sagte er. »Man wird ihm jemanden nachschikken, um nach seinem Verbleib zu forschen. Stimmt es, Treiber?«

Der Mann nickte vielsagend. »Meine Frau, mein Lord.«

Und sie würde keinen Ehemann, keine Maultiere, sondern ein Vermögen an Goldmünzen im Stall finden.

»Ich bin überzeugt davon, daß Eure Männer mit Maultieren umgehen können, oder nicht, Lord Imperkanni? Behaltet soviel Tiere, wie Ihr braucht, und laßt ihn mit den anderen ziehen. Er hat sich mir als sehr nützlich erwiesen.«

Der weißmähnige Schwertkämpfer hob erstaunt die graumelierten Augenbrauen, willigte jedoch ein, um Lord Shonsu einen Gefallen zu tun. Wallie war belustigt — selbst Massenmörder konnten manchmal nette Kerle sein.

In schweigender Übereinkunft schlenderten die beiden Siebentstufler los zu einem Spaziergang auf dem Anlegesteg, um sich unter vier Augen zu unterhalten.

»Ist Euch klar, daß Euch die Göttin hierhergebracht hat, damit Ihr Oberster Anführer Ihrer Tempelwache werdet?« sagte Wallie. »Die Priester werden Euch schneller ernennen, als Ihr vom Pferd steigen könnt.«

Der ältere Mann nickte. »Ich gebe zu, daß das eine verlockende Vorstellung ist«, antwortete er. »Yoningu und ich haben in letzter Zeit oft davon gesprochen, uns in ruhigere Gefilde zu begeben. Man wird alt, fürchte ich. Das gute Leben reizt mehr als das Kämpfen.«

Er schwieg eine Weile, dann fuhr er fort: »Dies war nicht das erstemal, daß uns Ihre Hand gelenkt hat, und danach gab es für unsere Schwerter jedesmal ehrenhafte Arbeit zu tun. Doch Hann war eine Überraschung, wir fanden keine Aufgabe vor, die unserer bedurft hätte. Dann überredete mich Yoningu, die Pilgerreise zu unternehmen. Er wollte Nachforschungen über seinen Vater anstellen — und jetzt sind wir also hier.« Er schmunzelte auf eine jovial-väterliche Art. »Als wir den Anlegesteg betraten und die Schwerter hörten, dachte ich, Ihr wärt das Problem, mein Lord. Jetzt erkenne ich, daß Ihr die Lösung seid.«

Dies war offenbar ein Test, um Wallies Flammpunkt herauszufinden, doch Wallie hatte keine Lust, ihn finden zu lassen. »Erzählt mir etwas über seinen Vater«, bat er.

Imperkanni zuckte mit den Schultern. »Zuletzt hat er vor vielen, vielen Jahren etwas von ihm gehört. Damals kam er hierher mit der Absicht, sich bei der Tempelwache einzuschreiben. Ich nehme an, seit seinem Tod sind aus Eicheln Eichen gewachsen.«

»Wir könnten Nnanji fragen, ob er mal gehört hat, daß von ihm gesprochen wurde«, regte Wallie an. »Wie lautete sein Name?«

»Coningu der Fünften Stufe.«

»Tatsächlich?« Plötzlich schien Lord Shonsu das Interesse zu verlieren. »Wenn ich es mir recht überlege, wäre es vielleicht das beste, Yoningu würde sich bei dem alten Kammerherrn erkundigen, den ich erwähnt habe. Wenn irgend jemand etwas weiß, dann ist es er.

Er wird Euch sicher bereitwillig und ehrlich Auskunft erteilen.« Er wandte sich einem etwas heikleren Thema zu. »Einige Eurer jüngeren Männer würden das Leben in der Tempelwache ziemlich langweilig finden, meint Ihr nicht?«

Die goldfarbenen Augen wurden kalt wie Stein, und Wallie hatte den Eindruck, daß der weiße Pferdeschwanz von selbst wippte. Er fragte sich, ob zwei Siebentstufler jemals entspannt miteinander umgehen könnten, zwei Leithammel, die über ihre Herden sprachen.

»Mir ist die Stelle bis jetzt noch nicht angeboten worden, mein Lord.«

Er ging nicht darauf ein!

Wallie seufzte und lächelte dann. »Berichten zufolge lauern Wegelagerer den Pilgern auf dem Weg zum Tempel auf.«

Imperkanni schmunzelte. »Ich kann nur in aller Bescheidenheit zur Göttin beten, daß sie das morgen versuchen!«

Am Ende des Steges drehten sie um und machten sich auf den Weg zurück. Es ging ein leichter Wind. Die Vorbereitungen am Schiff waren offenbar fast vollendet. Wallie sah sich um, um die Gruppe seiner Begleiter zu suchen — und wieder einmal begegnete er dem Blick des jungen Katanji.

Katanji stieß seinen Bruder an, der neben ihm stand. Er wurde ärgerlich abgewimmelt, doch auch Imperkanni hatte den kleinen Vorfall wahrgenommen. Er sah Nnanji mit einer hochgezogenen Augenbraue fragend an.

Nnanji wurde rot. »Es ist nichts, mein Lord.«

»Dieser Schützling, den Ihr Euch da zugelegt habt, ist ein messerscharfer Beobachter«, lobte der Siebentstufler. »Ihm ist etwas aufgefallen, was niemand sonst bemerkt hat; und Lord Shonsu war zu stolz, darauf hinzuweisen. Ich bin ihm verpflichtet. Stellt ihn mir vor.«

»Er kennt sich mit den Grußformeln und Erwiderungen noch nicht so richtig aus, mein Lord«, wandte Nnanji ein.

Jeder Schwertkämpfer der Siebten Stufe konnte einem Mann mit einem einzigen Blick einen eiskalten Schauer das Rückgrat entlang jagen. Selbst der furchtlose Adept Nnanji wand sich unter dem Blick, den er jetzt empfing.

»Dann soll er wie ein Zivilist grüßen«, sagte Imperkanni.

Also wurde Katanji vorgestellt und bekam die Gelegenheit, etwas vorzubringen, das ihm am Herzen lag. »Ich weiß nicht, ob ich vielleicht einen Eurer jungen Männer bitten dürfte, meinen ... unseren Eltern eine Nachricht zu übermitteln? Nur damit sie wissen, wo wir sind?« Er warf einen raschen Blick zu Wallie. »Und ihnen auszurichten, daß ich in guten Händen bin?«

Nnanji war solche Gefühlsduselei peinlich. Imperkanni tauschte mit Wallie ein Lächeln aus. Er hatte die zivilen Elternmale des Jungen bemerkt. »Ich werde diese Botschaft persönlich übermitteln«, sagte er. »Und ich werde ihnen bestätigen, daß sie wunderbare Söhne hervorbringen, ausgezeichnete Schwertkämpfer ... und daß ihr unter Ihrer Obhut steht. Wer kann mich zu ihnen führen?«

»D..der A..adept Briu, mein Lord«, stotterte Nnanji, rot im Gesicht und sich vor Verlegenheit krümmend.

Wallie sagte: »Ich kann Euch Briu nur empfehlen, mein Lord. Ich könnte mir denken, daß er dankbar eine Gelegenheit ergreift, etwas wiedergutzumachen. Er ist im Grund ein ehrlicher Mann. Er kann Euch zumindest beraten, was die anderen angeht.«

Imperkanni dankte ihm höflich, hegte jedoch offensichtlich die Absicht, sich selbst ein Bild über die Tempelwache zu machen und danach zu entscheiden.

Schließlich war das Schiff zum Auslaufen bereit, und die Nacht war langsam über den Himmel gesickert.

»Seid Ihr ganz sicher, daß Ihr mit uns kommen wollt?« fragte Wallie Honakura.

»Vollkommen sicher!« fuhr der alte Mann ihn an, obwohl er immer noch sehr wackelig auf den Beinen war. »Noch ein Ritt auf einem Maultier wären zwei zuviel«, sagte er kichernd. »Außerdem habe ich ein berufliches Interesse an Wundern, und sie scheinen Euch zu folgen wie Fliegen den Kühen.«

»Wir haben noch eine traurige Pflicht zu erfüllen, bevor Ihr ablegt, mein Lord«, sagte Imperkanni zu Wallie und deutete mit einem Kopfnicken zu der Stelle, wo seine Männer acht nackte Leichen auf den Steg gelegt hatten.

»Hm?« sagte Honakura. »Vielleicht sollte ich für einen kurzen Moment noch mal Priester sein?« Er schlurfte zu den Körpern und zog sein Stirnband ab.

Imperkannis Mienenspiel, als er die Gesichtszeichen des alten Mannes zählte, erfüllte Wallie mit beträchtlicher Genugtuung.

So kam es, daß Wallies letzte Handlung auf der heiligen Insel das Beiwohnen einer Beerdigung war. Die Freien Schwerter wußten, wie so etwas abzulaufen hatte. Da er seine Unwissenheit nicht preisgeben wollte, entfernte er sich, um sich zu erleichtern, und als er zurückkam, hatten sich alle in Reih und Glied aufgestellt und einen offensichtlichen Platz für ihn frei gelassen. Zwölf Schwertkämpfer standen in einer Linie entlang des Stegrandes, Katanji als der kleinste und jüngste am hintersten Ende, Imperkanni zu Honakuras Rechten in der Mitte. Wallie schlüpfte in die Lücke zu seiner Linken und zog sein Schwert zum Salut, genau wie die anderen.

»Der Ehrenwerte Tarru«, sagte Nnanji, als die erste Leiche von den Sklaven hergezogen wurde. Honakura sprach die Worte des letzten Abschieds:

»Tarru der Sechsten Stufe, wir geben dich der Großen Mutter zurück, unser aller Mutter, denn deine Reise auf dieser Welt ist beendet.

Gehe hin zu Ihr, wie wir alle es eines Tages tun werden, bedeckt mit dem Staub und dem Schmutz des Weges, die Sie mit ihrem Trost von dir nehmen wird; bedacht mit Freuden und Ehren, die Sie willkommen heißen wird.

Gehe hin zu ihr, auf daß du Erneuerung und Lobpreisung erfährst, bis du irgendwann, wenn Sie die Zeit für gekommen hält, erneut auf die Reise geschickt wirst.

Sage Ihr, so bitten wir dich, daß unser Sinn erfüllt ist von Ihr, und daß auch wir Ihren Ruf erwarten: denn aus dem Wasser kommen wir, und zum Wasser müssen wir alle zurückkehren.«

Der Körper fiel mit einem Platschen ins Wasser ... und das Wasser fing an zu brodeln, schäumte wild auf, toste mit silberner Gischt, verfärbte sich rot und zischte, als die Luft aus den Lungen entwich, und erstarb schließlich zu einem blaßrosafarbenen Fleck, der langsam stromabwärts trieb. Alles war in wenigen Augenblicken vorüber, die Leiche war verschwunden. Wallie war so erschreckt, daß er fast sein Schwert herabsinken lassen hätte.

»Meister Trasingji ...«

Vom zweiten Mal an war Wallie auf die Dinge gefaßt, doch er spürte, wie ihn jedesmal ein eiskalter Schauder durchrann, und er mußte sich sehr bemühen, daß er nicht sichtbar zitterte. Welchem Schicksal er entronnen war! Aus dem tief in seinem Bewußtsein vergrabenen Wortschatz Shonsus stieg ein Begriff auf ... er schwebte in seinem Kopf beständig rundherum, bis schließlich der innere Übersetzer ein passendes Equivalent fand: Piranha.

Jetzt verstand er das Urteil des Gerichts. Der Wille der Göttin hatte Vorrang vor den Sutras, und Sie hatte Ihren Willen kundgetan. Nur Ihr Auserwählter konnte den Steg lebend auf diesem Weg erreichen, denn sie hob schützend die Hand über ihn. Kein menschliches Gericht durfte anders entscheiden als Sie. Jetzt verstand er, warum Nnanji auf seinen Vorschlag, den Fluß zu durchqueren, so entsetzt reagiert hatte, er verstand, warum das Wort »schwimmen« nur im Zusammenhang mit Fischen gebraucht wurde, warum sich die Priester am Teich so hartnäckig gesträubt hatten, sich die Füße naß zu machen, warum der Maultiertreiber seine Tiere an einem Trog tränkte, warum es so leicht gewesen war, Tarru auf diesem Weg zu umgehen. Kein Wunder, daß man ihm mit derart abergläubischer Ehrfurcht begegnet war, nach einer Handlung, die soviel Glaube und Mut bewies.

Er blickte über die vielen Meilen ruhigen Wassers bis zu der letzten Abendröte. Er dachte daran, wie sehr das Schwimmen seine angegriffenen Nerven beruhigen, seinem dreckigen, erschöpften und vom Sattel aufgescheuerten Körper guttun würde. Doch in diesem Leben brauchte er nicht ans Schwimmen zu denken.

Die Götter vollbrachten Wunder, wenn *sie* wollten, niemals auf Anfrage.

Die Fähre war ein Schiff von der Art der Walfänger mit Schonertakelage. Es hätte vielleicht zwei Dutzend Passagiere auf seinen Bänken befördern können, doch die meisten davon waren von den Schwertkämpfern entfernt worden. Statt dessen waren strohgefüllte Matratzen auf den Bohlen verteilt worden, so daß sieben Passagiere bequem Platz hatten, um sich auszustrecken und die mitgebrachte Verpflegung zu verzehren — kaltes Huhn, altbackenes Brot, vertrockneter Käse und Karaffen mit warmem Bier. Sachte angetrieben von einer kaum wahrnehmbaren Brise, glitt die Fähre ruhig über die trägen Wellen. Es gab genügend Essen, um ein Regiment von lauter Nnanjis satt zu bekommen, deshalb luden sie auch den dickwanstigen, kriecherischen Kapitän und den tölpelhaften Jungen, der seine Crew bildete, dazu ein.

Die Nacht war warm und ruhig und strahlend, der Bogen des Traumgottes wölbte sich eindrucksvoll zwischen den Sternen, heller als der Vollmond auf der Erde, und tauchte das Schiff in silberne und graue Farbe auf schwarzem und silbernem Wasser.

Die Söhne des Teppichknüpfers und Kuhi hatten sich mittschiffs niedergelassen, die Mannschaft an der Ruderpinne. Wallie saß auf einer Bank am Bug, mit Jja neben sich und Honakura im Schneidersitz zu seinen Füßen. Vixini hatte den ganzen Tag über mit sanfter Gewalt gebändigt werden müssen, da er brüllend die Freiheit verlangt hatte, überall herumzukrabbeln. Nachdem er schließlich bekommen hatte, was er wollte, rollte er sich jetzt zur Kugel zusammen und schlief ein.

Sobald das Boot vom Steg abgelegt hatte, hatte Wallie Jja geküßt. Sie hatte seine Küsse erwidert, so wie es sich für eine brave Sklavin gehörte.

Eine Sklavin, keine Freundin. Er lächelte sie ermunternd an und versuchte, ihr nicht zu zeigen, wie sehr ihn das verletzte. Doch wie hätte es anders sein können? Sie hatte ihn in einem blutigen Gemetzel erlebt. Auch er selbst konnte den Gedanken daran fast nicht ertragen, wie durfte er also von ihr Vergebung, Vergessen und Verständnis erwarten? Wenn er ihre Liebe verloren hatte, dann war der Preis für seinen Sieg allerdings ein höherer, als er zu zahlen bereit gewesen war.

Mißmutig war er sich der Anwesenheit des naseweisen kleinen Priesters bewußt, der alles hören konnte, was er sagte. Er wäre gern mit ihr weggegangen, um irgendwo ungestört reden zu können, doch er hätte nicht gewußt, wie er seine Gefühle in Worte hätte kleiden sollen.

Jja versuchte fast nie, Gefühle in Worten auszudrükken, doch sie erwiderte seinen Blick lange und eindringlich, mit unergründlichem Gesicht, und sagte schließlich: »Wir beide sind Sklaven, Herr.«

»Wie meinst du das?«

Ein ganz schwaches Lächeln huschte in dem silbernen Dämmern über ihre Miene. »Ich muß meinem Herrn gefallen. Mein Herr muß den Göttern gefallen.«

Er legte den Arm fest um sie. »Sehr wahr, mein Liebling.«

»War es das, was sie von Euch wollten?« fragte sie leise.

Er nickte. »Blut! Unbarmherzigkeit. Grausamkeit.«

»Wallie oder Shonsu?«

»Wallie!« brauste er auf. »Shonsu besaß diese Eigenschaften bereits.«

Sie schwieg eine Zeitlang, während das Schiff offenbar an Fahrt zulegte. »Für mich ist es leichter«, sagte sie ruhig. »Meine Aufgabe ist es, Euch Vergnügen zu bereiten, und das bereitet auch mir große Freude.«

»Das Töten wird mir niemals Vergnügen bereiten«, knurrte er.

Sie schüttelte den Kopf. »Doch Ihr werdet den Göttern gehorchen, Herr?«

»Ja.« Er seufzte. »Das werde ich wohl. Sie belohnen mich großzügig.«

Dann legte sie die Arme um ihn. Sie küßten sich mit der Leidenschaft von Liebenden, und er wußte, daß ihre Liebe nicht verloren, sondern im Gegenteil gestärkt worden war.

Er beendete die Umarmung, bevor seine Drüsen vollkommen außer Rand und Band gerieten, und blieb eine Weile still sitzen, mit keuchendem Atem und einem entschieden besseren Gefühl als zuvor.

»Ich habe gerade darüber nachgedacht«, sagte Honakura in den nächtlichen Himmel, »daß Schiffe gegenüber Maultieren einen gewaltigen Vorteil haben.«

»Das habt Ihr bestimmt nicht gedacht, Alter!«

»Doch«, antwortete der Priester schmunzelnd. »Wie hättet Ihr sie auf einem Maultier küssen können?«

Später, als Wallie seine Mahlzeit beendet hatte, warf er die Reste über Bord, Stück für Stück, und beobachtete in entsetzter Faszination, wie die Piranhas sich daraufstürzten. Aus dieser geringen Entfernung zum Wasser konnte er sie einzeln ausmachen, wenn er genau hinsah — flüchtiges Aufflackern von Silber im schwarzen Wasser, nicht größer als der kleine Finger eines Mannes, aber mit der Fähigkeit ausgestattet, sofort in einer unbegrenzten Zahl zu erscheinen.

»Gab es in Eurer Welt keine Piranhas, mein Lord?« fragte Honakura, während er sich ans Schanzdeck lehnte und ihn belustigt ansah. Wallie fühlte sich ertappt.

»Üblicherweise nicht«, gab er zu. »Wenn der Halbgott mich in solchem Unwissen über die Welt gelassen hat, dann muß er auch die Verantwortung dafür übernehmen, mich zu leiten.«

Der Priester lächelte. »Ich schlage vor, daß Ihr diese Übung nicht noch einmal wiederholt, nachdem Ihr jetzt Bescheid wißt.«

»Das habe ich mir bereits geschworen«, antwortete Wallie. »Aber erklärt mir doch bitte, was es mit dem Tempelteich auf sich hat.«

»Auch dort kommen sie manchmal vor«, sagte der alte Mann. »Doch im allgemeinen meiden sie schnellfließendes Wasser, und daran könnte es liegen, daß der Teich überwiegend vor ihnen sicher ist. Ich würde allerdings trotzdem nicht freiwillig hineinwaten.«

Wallie fragte sich, welche weiteren Schrecken diese Welt für ihn wohl noch parat haben mochte.

Jja legte sich neben Vixini hin und schlief sofort ein. Wallie war noch zu aufgedreht, um dasselbe jetzt schon zu versuchen. Das Licht war heller als der Mondschein, doch merkwürdig diffus, Doppelschatten erzeugend. Dunst stieg über dem Fluß auf. Die Sichtweite wurde immer geringer, und jetzt waren nicht einmal mehr die undeutlichen Gestalten von Kuni, Nnanji und Katanji mittschiffs zu erkennen.

Einige Minuten später kam Nnanji auf allen vieren herangekrochen und kniete sich vor Wallie und — zufällig — auch vor Honakura nieder. Er leckte sich noch immer die Finger ab, und sein Gesicht strahlte in der Dunkelheit unter einer dicken Dreckkruste. Er hatte sein Schwert nicht abgelegt, was merkwürdig war, aber sicher hatte ihn irgendeiner der schwer nachvollziehbaren Schwertkämpfergründe dazu bewogen.

»Mein Lord?« sagte er. »Darf ich Euch jetzt den zweiten Eid schwören?«

Wallie schüttelte den Kopf. »Das hat bis morgen Zeit, oder nicht? Du bist doch wohl nicht scharf auf eine Fechtlektion hier auf dem Boot, was?«

Ein Grinsen entblößte weiße Zähne. »Nein, mein Lord.« Dann herrschte Schweigen.

»Laß mich raten«, sagte Wallie. »Du möchtest wissen, warum die Götter diese Vergehen zugelassen haben?«

»Ja, mein Lord.« Nnanji hörte sich erleichtert an.

»Vielleicht kann dir das unser ehrwürdiger Freund erklären«, sagte Wallie. »Warum ließ es die Göttin wohl zu, daß so viele Vergehen begangen wurden? Wir können doch davon ausgehen, daß Sie unrechtes Tun verabscheut. Stimmt das, Heiligkeit?« Er sah hinunter auf die zusammengekauerte kleine Gestalt neben ihm.

»Ich bin keine Heiligkeit mehr«, sagte Honakura kleinlaut. »Aber, ja, von dieser Vermutung können wir ausgehen.«

»Und ich verabscheue es«, sagte Wallie, »wenn Mentoren ihre Schützlinge züchtigen. Und doch habe ich Euch einmal ziemlich schmerzhaft zugesetzt, mein junger Freund.«

Nnanjis Augen leuchteten strahlendweiß in der Dunkelheit. »Das geschah, um den Bann, der auf mir lag, zu brechen, mein Lord.«

Plötzlich merkte Wallie, daß mittschiffs unerwartete Dinge vor sich gingen. Er versuchte, nicht allzu offen in diese Richtung zu blicken, doch es sah ganz danach aus, als ob Katanji sehr dicht zu Kuhi hingerutscht wäre. Nnanji kniete mit dem Rücken zu den beiden.

»Ich glaube, daß die Götter versucht haben, *meinen* Bann zu brechen, Nnanji.«

»Auf Euch lag kein Bann, mein Lord!« widersprach Nnanji voll treuer Hingabe.

»O doch! Ich habe es dir einmal erklärt — es widerstrebt mir, Menschen zu töten.«

Nnanji öffnete den Mund und schloß ihn wieder.

»Der Gott befahl mir, Hardduju zu töten. Ich habe es getan, aber nur, weil ich den ganz speziellen Auftrag dazu hatte. Darüber hinaus hatte ich nur den Auftrag, ein ehrenhafter und tapferer Schwertkämpfer zu sein. Ein ehrenhafter Schwertkämpfer hätte Tarru und seine niederträchtigen Machenschaften nicht einen Augenblick lang dulden dürfen. Ich habe auf dich eingeschlagen und dich gereizt, bis du die Beherrschung verlorst und mich angriffst. Die Götter haben mich in eine Ecke gedrängt, bis ich nicht mehr anders konnte, als Blut zu vergießen und zu zeigen, daß ich jemanden umbringen kann. Das ist der gleiche Vorgang.«

»Das ist wie das Ausprobieren eines Schwerts, nicht wahr?« sagte Nnanji. »Man biegt es, um zu sehen, ob es zurückfedert oder bricht.«

»Ja«, sagte Wallie überrascht. »Ein sehr guter Vergleich!«

»Und trotzdem«, fügte Nnanji beharrlich hinzu, »selbst wenn die Götter all dieses geplant haben ...«

Sein Gewissen machte ihm immer noch zu schaffen.

»Wir haben keine Verbrechen begangen, keiner von uns beiden. Die Tempelwache war eine Bande von Gaunern. Imperkanni hat uns freigesprochen. Seid Ihr mit seinem Urteil einverstanden, Alter?«

»O ja! Ganz eindeutig seid Ihr gezwungen worden«,

sagte Honakura. »Die Götter haben Euch beide ausgewählt und ...«

»Uns beide?« unterbrach ihn Nnanji.

Katanji machte Fortschritte. Er traf nicht auf Entgegenkommen, aber er stieß auch nicht auf Widerstand. In Katanjis persönlicher Welt, so hatte es den Anschein, war alles, das nicht gegen ihn war, für ihn, und offensichtlich war dies ein Neuling, der von der Wilden Ani keinen Nachhilfeunterricht brauchte.

»Wenn Ihr wollt, Adept Nnanji«, sagte Wallie, »dann könnt Ihr mir den zweiten Eid leisten. Und ich hoffe sehr, Ihr wollt es, denn ich wäre stolz, Euch wieder zum Schützling zu haben, und dann gibt es noch einen anderen Eid, durch den ich mich mit Euch verbinden möchte.«

»Den Bluteid? Selbstverständlich, mein Lord!« sagte Nnanji eifrig.

»Niemals!« entgegnete Wallie. »In meinen Augen ist dieser Eid ein Vergehen, selbst wenn die Göttin die Sutras verfaßt hat. Ich habe für die nächsten beiden Leben genug vom dritten Eid. Nein, ich spreche vom vierten Eid.«

Nnanji machte ein mißtrauisches Gesicht. »Ich habe nie von einem vierten Eid gehört!«

Honakura hatte immer behauptet, nichts von Schwertkämpfereiden zu verstehen, doch er versuchte jetzt neugierig, Wallie in dem Dämmerlicht anzusehen.

»Das kannst du auch gar nicht«, sagte Wallie. »Erstens ist es im Sutra elf vierundvierzig enthalten ...«

»Ach so!« sagte Nnanji.

»Im letzten Sutra. Nur ein Anwärter auf die Siebte Stufe erfährt davon, es sei denn, ein Siebentstufler klärt ihn absichtlich darüber auf, so wie ich dich darüber aufklären werde. Und zweitens unterliegt er gewissen Einschränkungen ...«

»Oh!« entfuhr es Nnanji.

»Doch wir beide erfüllen die Voraussetzungen, du

und ich. Er kann nur von solchen Männern geleistet werden, die sich gegenseitig das Leben gerettet haben, und das wiederum kann nur in einer Schlacht geschehen, nicht in einer Auseinandersetzung um die Ehre. Ich glaube, mein Freund Nnanji, daß uns die Götter aus diesem Grunde heute in die Schlacht geschickt haben. Ich habe dich vor Tarru gerettet, und du hast mich vor Ghaniri gerettet. Anscheinend wird dieser Eid sehr selten geleistet, und ich glaube, man spricht überhaupt nicht allzuviel darüber.«

Nnanjis Augen glänzten in der Dunkelheit. Geheime Zeichen und schwerwiegende Eide waren Sinn und Wesen der Schwertkämpferzunft, ein geheimer Eid bereitete ihm also doppeltes Vergnügen.

»Sagt mir die Worte, und ich werde schwören«, sagte er.

Katanjis Forschungen gingen zügig voran. Er hatte Kuhi aller Hüllen entledigt und betrieb die Sache emsig weiter. Nnanji hatte offenbar viel für seinen jüngeren Bruder übrig, und seine Einstellung zu Sex war erstaunlich großzügig, aber konnte sie tatsächlich so großzügig sein, daß er seine neuerworbene Sklavin auslieh, bevor er sie selbst ausprobiert hatte?

Mit großer Willenskraft wandte Wallie den Blick ab. »Überstürze nichts, Nnanji«, warnte er. »In gewisser Hinsicht ist er noch schrecklicher als der dritte Eid. Aber er ist gerecht. Er bindet beide Teile gleichermaßen, es gibt keinen Sklaven und keinen Herrn.«

Honakura hüstelte im Dämmerlicht. »Handelt es sich vielleicht zufällig um einen Bruderschaftseid, mein Lord?«

»So ist es«, sagte Wallie lächelnd. »Siehst du, Nnanji, meine erste Aufgabe war, so hat es mir der Gott gesagt, meinen Bruder zu finden, und ... nun, ich habe keine Brüder, soweit ich weiß.«

»Ich?« Nnanji war äußerst aufgeregt. »Ich war von dem Gott gemeint?«

»Bestimmt, denn er hat dich damals ans Ufer des Teichs gestellt, so daß ich fast über dich gestolpert wäre, als ich aus dem Wasser kam. Du wirst eine wichtige Rolle bei der Erfüllung Ihrer Aufgabe spielen müssen, Nnanji, wenn du schwörst, mein Eidbruder zu sein.«

»Sprecht mir die Worte vor, mein Lord!«

Die Zeit war gekommen. Katanjis Kilt fiel auf die Matratze.

»Nnanji«, sagte Waliie, »ich unterbreche ungern diese bedeutsame Unterhaltung, und es geht mich auch eigentlich gar nichts an, aber hast du deinem Schützling die Erlaubnis gegeben, das zu tun, was er soeben beabsichtigt zu tun?«

»Was zu tun?« fragte Nnanji und wandte sich um. »Arrrrgh!«

Er kroch eilends auf allen vieren zum Hinterdeck, während Honakura in sich hinein kicherte. Ein schriller Schmerzensschrei ertönte, gefolgt von heftigem Poltern.

»Ihr habt den Teil vom Erlangen des Wissens weggelassen«, bemerkte Honakura.

»Ich nehme an, ›eines andren‹ bedeutet eines anderen Bruders«, antwortete Wallie, während er sich auf einer Matratze ausstreckte. »Und falls das zutrifft, dann hat der in Frage kommende Mann soeben für sich selbst ein wenig neues Wissen erlangt.«

»Aber *in Ketten legen,* mein Lord? Deinen Bruder in *Ketten* legen?«

»Der vierte Eid ist unwiderruflich!«

»Tatsächlich? Von einem solchen Eid habe ich noch nie gehört. Das ist ja hochinteressant!«

»Aber jetzt seid Ihr an der Reihe. Wieso wußtet Ihr, daß Katanji schwarze Haare hat? Und wieso spracht Ihr von Bruderschaft?«

»Hmm. Nun ja«, sagte Honakura. Er legte sich ebenfalls hin und machte es sich bequem. »Ich habe Euch doch erzählt, daß Ikondorina mehrmals in anderen Sutras erwähnt wird, mein Lord. Einmal wird Bezug genommen auf ›Ikondorinas rothaarigen Bruder‹, und einmal auf ›Ikondorinas schwarzhaarigen Bruder‹. Das ist alles. Rote Haare sind sehr selten, wie Ihr wißt, und pechschwarzes Haar ist zumindest ungewöhnlich.«

Wallie blickte hinauf zu den Ringen und Sternen. »Erzählt mir also alles darüber.«

»Vielleicht eines Tages«, sagte Honakura.

Warum war der Alte so zurückhaltend? Hatte er eine bestimmte Ahnung? Wallie sah keine Möglichkeit, das herauszufinden — und vielleicht war es auch besser für ihn, wenn er es nicht wußte. Doch er war sicher, daß er jetzt den ersten Teil seiner Aufgabe gelöst hatte. Nnanji mußte darin eine Rolle spielen, und mit ziemlicher Sicherheit war es Katanji, der mit seiner Weisheit dazu beitragen würde, was er ja bereits getan hatte, da er der Gerichtsverhandlung die entscheidende Wende gegeben hatte. Deshalb hatte Wallie im Wachhaus gelacht und sich gefreut — er war auf der richtigen Spur.

Das Schiff wackelte plötzlich in einem neuen Rhythmus, und er setzte sich auf, um die Ursache zu erkunden. Die Ursache lag bei Kuhi.

Er konnte nicht einschlafen. Etwas fehlte, ein Gedanke kämpfte darum, sich aus seinem Unterbewußtsein zu befreien. Die vielfältigen Ereignisse des Tages zogen ihm immer wieder durch den Sinn und ließen ihn nicht in Ruhe. Der Alte schnarchte. Etwas stach ihn in den Rücken ...

Er verlagerte seinen Körper und versuchte es aufs neue, mit ebenso geringem Erfolg. Das Licht des Traumgottes erinnerte ihn an seine Nächte im Gefängnis. Dann drehte er sich zur Seite und blickte in ein Paar großer dunkler Augen, nicht weit von ihm entfernt. Katanji konnte also ebenfalls nicht schlafen, und das war kein Wunder. Wenn es für Wallie ein bedeutender Tag war, was mußte es dann erst für ihn sein?

»Heimweh?« fragte Wallie leise.

»Ein wenig, mein Lord.«

Auch als er so alt war wie Katanji jetzt, hätte sich sein Bruder lieber alle Zehennägel herausreißen lassen, als das zuzugeben.

»Es wäre schön, zu Hause zu sein«, flüsterte Katanja, »nur für ein Weilchen, damit ich ihnen erzählen könnte, was ich heute alles erlebt habe.«

»Du darfst nicht erwarten, daß solche Tage allzuoft vorkommen«, sagte Wallie.

»Aber es wird doch bestimmt wieder gute Tage geben, mein Lord, oder nicht?«

War dies ein guter Tag gewesen? Nun ja, vielleicht war es so, letztendlich. »Ich denke schon. Gute Nacht, Novize Katanji.«

»Gute Nacht, mein Lord.«

Nnanji setzte das Schiff zum zweitenmal in schaukelnde Bewegung.

Wallie öffnete noch mal die Augen und sah, daß der Junge immer noch wach war.

»Ich danke dir, Katanji. Ich hatte keine Ahnung von den Piranhas!«

»Das dachte ich mir, mein Lord.«

Wallie sagte: »Das Geld, das ich dir unterwegs gegeben habe ...«

»Oh!« Katanji nestelte ungeschickt an dem unvertrauten Beutel seines Harnischs herum. »Das habe ich ganz vergessen, mein Lord.«

Eier konnten doch fliegen! »Nein«, sagte Wallie. »Behalte es.«

Katanji dankte ihm feierlich.

Nach einer Weile flüsterte der Junge erneut: »Mein Lord? Hattet Ihr keine Elternmale?«

»Hatte ich keine?«

»Jetzt habt Ihr ein Vatermal, doch immer noch kein Muttermal.«

»Hab ich das?« sagte Wallie laut und senkte dann wieder die Stimme. »Machst du keine Witze?« Er rieb sich mit einem Finger, den er mit etwas Spucke angefeuchtet hatte, über das rechte Augenlid. »Ist es immer noch da?«

Katanji beugte sich näher heran, um besser sehen zu können. »Ja, mein Lord, ein Schwert.«

»Ich danke dir, Katanji. So ... jetzt versuche zu schlafen.«

»Ja, mein Lord.«

Ein Schwert ... Shonsus Vater? Oder Hauptkommissar Smith? Oder einfach nur ein Zeichen der Anerkennung von dem Halbgott, der sich irgendwo freute und lachte? *Danke, Kurzer.* Welchen Beruf hatte Shonsus Mutter ausgeübt? Wallies Mutter war Berichterstatterin für die Sparte Verbrechen. Das könnte man mit dem Begriff »weibliche Barde« übersetzen, dachte er und schmunzelte in sich hinein.

Er lag da und lauschte dem Knirschen der Seile und dem Gluckern und Rauschen der Bugwelle. Er dachte an den silberfarbenen Tod, der unter ihm in Schwärmen vorbeizog, nur ein paar Zoll entfernt.

»Mein Lord?« Es war ein sehr leises Flüstern.

Wallie öffnete die Augen. »Ja?«

»Was machen wir morgen?« fragte Katanji.

»Oh, ich denke, uns wird schon etwas einfallen«, sagte Wallie.

Das war sein Fehler, er hatte über den vergangenen Tag gegrübelt, der erledigt und abgehakt war, weggespült und abgetrieben von den Gewässern der Göttin, wie die Leichen. Er sollte lieber an die Zukunft denken. Der Gedanke, der sich aus seinem Unterbewußtsein hochkämpfte, erschien endlich an der Oberfläche, und es war ein Befehl des Halbgottes: *Geh hin und sei Schwertkämpfer, Shonsu! Sei ehrenhaft und tapfer. Und genieße das Leben, denn die Welt ist zu deiner Freude da.*

Dann schlief er ein.

Und der Traumgott strahlte zwischen den Sternen hindurch.

VERZEICHNIS DER SCHWERTKÄMPFER

Shonsu	der Siebten Stufe, Schwertkämpfer unbekannter Herkunft
Hardduju	der Siebten Stufe, Oberster Anführer der Tempelwache
Gorramini	der Vierten Stufe, Gefolgsmann in der Tempelwache
Nnanji	der Zweiten Stufe, Schwertträger in der Tempelwache und später Vasall von Lord Shonsu
Tarru	der Sechsten Stufe, Stellvertreter von Lord Hardduju
Trasingji	der Fünften Stufe, Schützling des Ehrenwerten Tarru
Meliu	der Vierten Stufe, Gefolgsmann in der Tempelwache
Coningu	der Fünften Stufe, ehemaliger Schwertkämpfer, Kammerherr in den Unterkünften der Tempelwache
Briu	der Vierten Stufe, früherer Mentor des Eleven Nnanji
Landinoro	der Dritten Stufe, ein Freund Brius
Janghiuki	der Dritten Stufe, Schwertkämpfer in der Tempelwache
Ephorinzu	der Ersten Stufe, genannt ›Segelohr‹, Schützling des Schwertkämpfers Janghiuki
Ghaniri	der Vierten Stufe, ein weiterer Gefolgsmann in der Tempelwache
Imperkanni	der Siebten Stufe, ein freier Schwertkämpfer
Yoningu	der Sechsten Stufe, Schützling von Lord Imperkanni

HEYNE BÜCHER

HEYNE FANTASY

Romane und Erzählungen internationaler Fantasy-Autoren im Heyne-Taschenbuch.

06/4508

06/4509

06/4519

06/4520

06/4497

06/4514

06/4526

06/4530